细细密密的光

马曳 ———— 著

湖南文艺出版社
HUNAN LITERATURE AND ART PUBLISHING HOUSE

博集天卷
CS-BOOKY

鸣 谢 咖 喱 鸡 医 生 的 专 业 指 导

序一
淡极方为真

作家　桐华

　　看《细细密密的光》，字里行间总有股熟悉的气息，并不是我多么了解律师和医生这两个职业，而是文字中的生活气息，距离自己很近，总会让人想起自己的所见所感。

　　但看着看着，那种下意识比较追寻的感觉消失了，我真正融入了故事之中，只想知道后续，几乎一口气读完，掩卷后意犹未尽，以至给马曳发信息抱怨太戛然而止了，其实是没有看够而已。

　　这故事很淡，淡得有点不像是言情故事了，看上去无论是男主谢迅还是女主顾晓音都没有为他们的情感表现得多么执着，没有神魂颠倒，也丝毫没有难舍难分。

　　清浅的情动，克制的试探，平静的相约，自然的答应，水到渠成地在一起。

　　就算晓音提出分手，也不过几句话，谢迅也立即接受。没有挽留，也没有太多对痛苦的渲染。生活依旧兵荒马乱地前行，两人的心神似乎都给了自己的事业，精力都给了压力重重的生活，面对爱情，反倒都淡淡的，只有偶尔楼下的两支烟，楼梯间不算长的等待。

但名校毕业，彼此知根知底，事业成功，已经是事务所合伙人，长袖善舞，有能力为晓音安排工作……当生活把这样一个看似完美的丈夫人选送到晓音面前时，晓音在短暂的迷惑过后却毫不迟疑地拒绝了。

　　谢迅也一样，在已经看不到和晓音的希望时，明明有年轻美丽的护士，相较忙碌的晓音，能理解他的工作，而且肯定更顾家，更会打理生活琐事，但他就是莫名其妙地蹉跎着时间，其实就是不肯将就，在等那个深夜和他一起吃烤红薯、爬楼梯的人。

　　淡淡的感情下是心灵的相惜，是喧嚷的红尘中同频率振动的灵魂。

　　两个活得认真努力的人，因为少了几分世故，所以多了几分坎坷，少了几分成功，在鲜花和虱子并存的生活中，他们带着自己都不见得意识得到的执着和理解，让彼此没有相互错过。

序二

坚硬与柔软

对外经济贸易大学中文学院教授、文学评论家　胡少卿

　　九月的一天晚上，我和马曳并肩走在北京金融街的一条人行道上，和我们上次在晚上见面、交谈已经隔了许多年。一切都没有变，北京仍然像一头呼吸沉重的巨兽，若有若无地趴伏在我们周围。我们谈着话，像随手捡起上一次尚未终了的话题，只是补充了各自在时光中摘取的证明。

　　马曳大学时和我在文学社共事，她曾发表过一篇令我印象深刻的小说，我将它选入《当代大学文学社团作品选》。在这本书的后记里，我写道："我们之中一小部分幸运的人将留下来，维持着造梦的能力，更多曾经写出天才篇章的人注定要改行，文学注定只是他们青春中短暂的陪伴物。"马曳便是这拨人中不多的有效保护了自己的文学才能的人。当马曳留学海外、深耕法律行业多年后，又重新拾起她的笔时，我毫不意外，只当是一次老友重逢。

　　《细细密密的光》是她出版的第三部长篇小说。我读它的时候，颇欲罢不能。它本质上是一个爱情故事，展示了对爱情的信仰。谁不向往爱情呢，尤其在这微凉的金秋时节。想一想，我的好几段恋爱都是从秋天开始的。马曳笔下的爱情真是纯洁啊，闪着银白的光芒，容不得一点细沙。边看我边想，啊，我的师妹马曳，她的心里还住着一个那么纯真的小姑娘。这段爱情有许多波折，然而，只要对方还在彼此视野里，波折也是甜蜜的，痛苦正是爱情的一部分。马曳深谙"小说就是折腾"的道理，她可劲地折腾着顾晓音和谢迅的爱情，不停地抛出障碍、诱惑、误会、芥蒂，可这爱情是颠扑不破的——只要孤男寡女还住着对门。

马曳给他们设定的恋爱地点异常坚硬，它发生在北京 CBD（中心商务区）一带。这里可以说是北京最坚硬的部分——拥有最多的钢筋大楼，最蓬勃的金钱欲望，最严谨的商业理性。男主和女主分别从事医务和法律的工作，这两种工作的属性亦是高度坚硬的，容不得丝毫马虎、随意、拖沓。小说中人物的生活主要体现在两个方面：一方面是写字楼里夜以继日的工作，另一方面是急诊室里夜以继日的抢救。这正是生活的坚硬。在这一切坚硬的映衬下，爱情这柔软的部分便显得异常珍贵，像唯一的救赎，像冬夜里递到饥饿的人面前的一个烤红薯。

马曳的文字是睿智、优雅、充满机锋的，它们鲜明、透彻、干脆、敏锐，有时还非常俏皮。我常从这小说凝练的文字中去倒推她的职业状态。在工作中，她一定是个冰雪聪明、一针见血、绝不拖泥带水的强者。她构建的小说世界全无阴暗与恶毒，人们都在光亮里，带着明朗的毛茸茸的笑脸。这不是本雅明概念中的"拾垃圾者"的世界，而是一个心胸宽阔者或好孩子看到的世界。马曳笔下的恋爱中的人，是《诗经》层面的君子、淑女，他们保持了极好的风度和清爽感。连"沙姜鸡"这样的语言油滑者，也被刻画成一个柏拉图式的痴恋者。朱磊是一个并无劣迹的公务员，只是有一些虚荣和狡黠。生活稍微混乱的人只有徐曼，这是文艺青年从马曳的世界一掠而过。

曹雪芹写："世事洞明皆学问，人情练达即文章。"马曳继承的是以《金瓶梅》《红楼梦》为代表的中国世情小说的传统。她精通家庭政治和职场政治，她设定的人物性格和言行能让读者联想到身边的现实。小说里的邓家、君度律所、中心医院是三个互有重叠的俗世生态系统，人们在这些系统中扮演各自的角色，如同蝴蝶效应一般相互依存、相互影响，带动着情节发生一连串有趣的滚动。马曳重点探索的是人心深处的宇宙。在那个宇宙里，也有浩瀚的心事、曲折的波动、细微的光芒、一闪而过的萤火似的流星，还有一两声被男权社会压榨出的女性的悲鸣。马曳写出了人言、人行和人心的微妙之处。在她的宇宙中，个人的独立、自尊、自由仍然是高高飘扬的旗帜，爱情乃是两个独立灵魂的相互欣赏，一个成年人的生活只能由自己决定，绝不能用爱的名义去干扰或剥夺对方。

马曳努力从方言口语、北京地理、老北京故事等方面加强了对北京色彩的烘染。这里有一种南方人的顽皮和小说创作者的自信。北京对于她，始终是一个可以怀念的城市吧。就好比顾晓音终于还是踏上了记忆中的校园小径，走到记忆中的湖边。另一个她着力的方向是医院和医生。把律所生活写得逼真不奇怪，但她在某个医生的指导下写出来的医院生活看起来也相当真实，可谓"有师自通"，需要一种特别强大的经验迁移能力。

评论家师力斌曾深深感慨于"商人不写作，写作者不经商；官员不写作，写作者不当官；农民工不写作，写作者没时间打工"这样的身份错位。文坛如果真的是个坛，只会腌出酸菜来。我真心希望马曳能携带她的天赋和法律专长成为一个文学上的破局者。

2022.10.9

Contents
目 录

上 篇

在那些决定命运的时刻，上帝给我们的
提示往往少得可怜，因此它看起来和之前或
之后的一刻并没有什么不同。

下 篇

然而掌握自己的命运是容易的，掌握别人的命运却是难的。

没有勇气的原因归根结底在于猜不透结局。

上 篇

————

　　在那些决定命运的时刻，上天给我们的提示往往少得可怜，因此它看起来和之前或之后的一刻并没有什么不同。

————
细 细 密 密 的 光
————

第一章　甜美生活

这个城市天蓝的时候，总让人想尽情地生活。

然而顾晓音做不到。四分二十秒以内，如果她还没有到办公室，客户的邮件就会发给整个工作组，抄送她的老板："顾律师，我们已经在线上等你了。"

她做不到，表姐蒋近男应该是可以的，顾晓音想。蒋近男在一家VC^①公司做投资总监，寥寥几人之下，无数人之上，每天在各种项目上尽情使唤一众乙方。

不知道蒋近男骂律师的时候，会不会因为想到自己而对她们温柔一些。

但现在不是想这个的时候，今天是蒋近男领证的大日子，她最好还是低眉顺眼地把这个电话会议开完，免得横生枝节，耽误了下午去民政局观礼。想到这里，顾晓音收回远眺的目光，低头疾走几步跨进电梯间。

偏今日不巧，跟她一同进电梯的三四个人各自按了一个比她低的楼层，顾晓音在最后一分钟踏进律所的门，直往自己办公室冲去。走廊上，陈硕正慢悠悠地往这边来，见到她，陈硕开口道："晓音……"顾晓音却无暇回应，她做了个打电话的手势，赶紧进屋关上房门。

---

① 风险投资。

"君度在线。"顾晓音终于在最后关头加入电话会议，保证了她的全勤记录。

"很好。人都到齐了，我们开始吧。"客户明明是个德国人，却讲一口带台湾腔的普通话。顾晓音跟他在项目上合作过一两回，深知他平日不苟言笑，对下属和对乙方用"F-word①"就像用"你好"那么自然，而且看文件吹毛求疵，动不动就会写信向律所的合伙人投诉。顾晓音在战术上畏之甚于畏虎，然而在战略上，却因他这一口台湾腔把所有严肃的气氛消解于无形，始终难以产生相应的戒备心。

今日这个项目，君度说到底不过是为别人抬轿子而已。客户早已请了外资所统管全盘，只是因为交易方提出需要一份中国法律意见书，所以君度也被拉了进来。

"这才是最好的项目。"陈硕评论道，"那些电话会议你只需要开着免提消音，自己想干什么便干什么，你轻轻松松地赚到了计费时间，刘老板轻轻松松地赚到了钱，哪儿还有比这更便宜的事。"

"那你自己上吧，你的钟比我贵，老板还能多挣点。"顾晓音说。

"不不不，那个德国的台湾腔我可受不了，会在电话会议上笑场的。"陈硕连连摆手。

顾晓音明知陈硕是因为德国人难以对付才不想接这个项目，也不戳穿。君度上上下下好几百人，认识顾晓音的人不多，可认识顾晓音的都知道顾律师最好说话。合伙人总让她上最苦的项目，手底下的小朋友们习惯性地把顾晓音派下的活儿往后排，就连打扫卫生的阿姨有时都能忘记洗她的杯子。一言以蔽之——她是一个名声在外的"软柿子"。陈硕笑她像君度的一件家具一般逆来顺受，哀其不幸，怒其不争。顾晓音只是笑笑，没有要反驳的意思。

这归根结底还是因为她觉得做律师没意思。顾晓音是一个相信形而上的人，一份工作如果没有形而上的意义，那它的本质和搬砖也差不太多。

"我们的计费时间，就跟我妈从前在人民公社劳动一样，反正都是挣工分呗。"顾晓音总是这么跟陈硕说。

"人民公社也没见谁半夜起来挣工分的呀。"陈硕反驳道。

---

① 粗话。

顾晓音当然也知道人民公社不需要半夜起来挣工分，但她避免去想那些想不出解决方案的问题，尤其是深夜加班的时候。好在今日并没有这种需求。感谢德国人，这电话会议一开就开到快中午，顾晓音一边竖着半个耳朵听，一边在电脑上处理其他文件，短短一个上午就挣出五个"工分"来。

　　这让她去参加蒋近男领证仪式的时候，心里十分松快。

　　蒋近男今日却有些忐忑。她许久以前便和朱磊打好招呼，领证这一天，除了顾晓音，其他亲朋好友一概谢绝到场，反正她妈妈和朱磊的妈妈早安排好了婚宴的一切细节，那才是他俩的大日子。顾晓音觉得这是蒋近男的有趣之处——平日里她是个最高调的人，但到了这些该高调的时候，她却低调起来，仿佛略一张扬，那些好事便会消失不见一样。

　　蒋近男正是这样想的。因此她捡了个再普通不过的双数日子，在下午民政局快下班的时候去和朱磊扯证。早上，蒋近恩给她打电话要求出席，她都没答应："有顾晓音陪着我们哪，你就别来添乱了。"

　　蒋近男给自己约了下午四点半的号。顾晓音四点十五赶到婚姻登记处，蒋近男竟然还没到，她不由得打趣朱磊："我表姐今天不会要逃婚吧？"两人一起等到四点二十八，蒋近男才姗姗来迟，朱磊赶忙拉着她去前台接待处审核文件，被接待处的大叔数落了一通："当结婚是赶火车啊，踩着点来！"

　　这结婚看起来只是领个证而已，实际流程上倒有好几步。蒋近男和朱磊在各个窗口排队，顾晓音也帮不上什么忙，便坐在大厅里看人。

　　左边几个窗口都排了长龙，那是结婚的队伍，最右边那个窗口人倒是少，可惜是离婚专用窗口。最前面排了一对中年夫妻，从顾晓音的角度看过去，只能看见那个女方，她脸上毫无悲戚之色，倒是在兴高采烈地跟准前夫说话。顾晓音想起前些日子在新闻里读到许多夫妻为了保存买房资格突击离婚，心里默默判定，这一对大概就是这种情况。

　　他们后面那对貌似对离婚的态度就严肃得多。两个人都不说话，女的偏着头望向蒋近男那一队，男的好像在看她，又好似眼神穿过了她，聚焦在别的什么地方。这男人长了一双细而长的丹凤眼，眉色浓重，此刻微微皱着眉，不知心事几何。

　　这才像是离婚的样子。顾晓音不禁猜测起这二位离婚的原因：两个人看起来都挺年轻，难道是有人出轨？可这男的看起来并不像是心怀愧疚的样子，或者是因为女的不能生孩子？若是这样的话，这男的倒真是如假包换的渣男……顾晓音胡思乱想了一阵，眼看这两位都办好手续，被叫进一个小黑屋了。蒋近男的队伍只前进了五米，还得等上两对才轮到她和朱磊。

顾晓音想，这小黑屋的作用会不会就像武侠小说里的男女主人公被困井底似的？如果这样还不能旧情复燃，那大概是完全没戏了。咱民政局为了不拆一桩婚，还真是处心积虑。

她的好奇心几乎耗尽，蒋近男和朱磊才办完了手续，可以去国徽下宣誓领证，作为今日的专职陪同兼打杂兼跑腿，顾晓音尽责地跑前跑后，给两人拍了许多照片。

"别说，蒋近男，你穿上白衬衫看着还挺像十六岁的，搞得朱磊像是有诱拐未成年少女之嫌。"顾晓音一边给蒋近男看照片，一边打趣她。朱磊接过话头："你别着急，等你领证的时候，我给你修一张看起来是十四岁的，给你男人整上点刑事责任。"三人有说有笑地往外走，路过接待处，顺道向大叔说再见，大叔笑眯眯地回答："咱这儿不是随便来的地方，最好再也别见啦！"

此时天色已晚，蒋近男提议去附近某家餐厅吃饭。于是，蒋近男去取车，顾晓音和朱磊在大厅门口等。顾晓音眼尖，发现离他们不远的地方，那对刚才在离婚的年轻夫妻正默默相对站着，女的盯着手里紫红色的离婚证，脸上风云变幻，似是随时能哭出来。男的背对着他们，虽然看不到表情，可顾晓音能看到他的手将抬未抬，似是在犹豫要不要将女的拉入怀中。

看来这小黑屋果然是有些用处的，虽然这证已经领了，亡羊补牢，犹未晚矣，顾晓音想。她不由得在心里为这男的打气，希望他能鼓足勇气伸出手去。女的伸出一只手，低头拭泪，男的终于抬起胳膊，顾晓音在心里叫了一声好。然而，正在这时，男人收回了本已经伸出去的手，从裤子口袋里掏出手机来，接了一个电话。他二人和顾晓音隔着几米的距离，顾晓音听不清内容，只听到他最后说："好，我马上回来。"

那只本来要伸出去的手终于再没有机会伸出。女人拭完泪，抬头对男人说："谢迅，你可听好了，咱俩之间真正的小三就是你的工作。"

这个叫谢迅的男人再没说话，转身离开了婚姻登记处。

蒋近男开着车拐了几个弯，找到了一间开在小区底商的餐厅。街边的位置停满了，蒋近男放下朱磊和顾晓音，自己去找停车场。顾晓音素来知道自己这个表姐在某些地方别扭得很，然而，结婚当天选这么个地方，还是有点突破底线的意思。此时，顾晓音身边停下一辆出租车，打里面下来一个半大少年。

"蒋近恩！好巧，我们也刚到。"

"表姐。"

"你姐还是松口让你来吃饭了嘛。"顾晓音揽着蒋近恩的肩膀说。

"哪儿能啊！朱磊哥哥……哎，不，我姐夫给发的地址，我姐还不知道呢。"

朱磊在一旁笑："等会儿见了你姐，可千万别说是我。"

果然，蒋近男一踏进餐厅，看见蒋近恩，先拉下了脸。"你怎么来了？"

"来添乱呗。"蒋近恩满不在乎地朝朱磊举杯。"姐夫，恭喜你终于持证上岗。"

朱磊笑呵呵地给小舅子打圆场："姐姐结婚，弟弟来恭喜一下也是应该的。而且今天你开车，蒋近恩不来，都没人能陪我喝一杯。"

蒋近男也没再发难，只说："你悠着点，别把他灌醉了。"

朱磊笑嘻嘻地保证不为难小舅子，让老板娘上了一瓶二两的二锅头，又叫了几个菜。

"你姐每次来就是那三板斧：白馒头，红烧带鱼，炒土豆丝。这回多了你们两个，我好歹能吃上几个新菜。"

这个餐厅地方有限。门口一个高高的吧台，老板娘便坐在这吧台后，算账兼分派酒水饮料。闲时趴在吧台上看各桌食客，颇有睥睨众生的意思。这老板娘四十出头，年轻时大约是个美人，且保养得当，看着不过三十来岁的样子。

"你们打算什么时候办酒？"蒋近恩问。

"我妈和你妈选了哪天来着？"蒋近男问朱磊。

"十月十二号。"朱磊回答，"本来想选双十来着，结果国际俱乐部那天中午被人抢了先，只剩晚上。要我俩说，晚上就晚上，可两个妈不干，只好挪了个日子。"

蒋近恩觉得啼笑皆非。"这是你俩结婚，还是咱妈结婚哪？"

"她俩爱张罗，让她俩张罗去呗。"蒋近男悠悠地开了口，"我反正对结婚那些仪式一点兴趣都没有，最好啥都不办，扯个证算完。只有像我妈那种闲得慌，要靠这种高光时刻出风头的人，才把这些劳什子看得这么重。"

"我看挺好，多省心啊。回头我妈要是催我结婚，我干脆让她连新娘一起找好，给我发个请帖去参加自己的婚礼，齐活儿！"蒋近恩说。

顾晓音连忙扯他的袖子。"胡说什么呢？"

蒋近男笑道："你别觉得咱妈干不出这事，回头我就把你今天说的告诉咱妈，有你哭的！"

蒋近恩连忙打脸求饶。几个人说说笑笑，一顿饭吃了两个小时有余。朱磊如愿以偿地吃了许多道新菜，蒋近恩又陪他喝了几两小酒，两人都微醺。蒋近男把自家的两个男人安排上车，对顾晓音说："你也上来吧，我把你捎回去。"

顾晓音连忙摆手。"你们不用管我，我溜达着就回去了。今晚吃了这么多，得走走路减肥。"

朱磊虽然有点喝高了，但还没忘了关照自己这新晋小姨子："你还住新光天地旁边那破楼呢？早就跟你说小姑娘一人得搬个好点的公寓，再不济也得有小区保安的，你赶紧的啊。"

这些年，朱磊把这话说了少说得有二十遍，顾晓音从来都是左耳朵进，右耳朵出，她早有准备地敷衍朱磊："没问题，等我跟你家蒋近男赚得一样多了，立刻也搬去棕榈泉跟你们做邻居！"

顾晓音提着打包的剩菜，沿着小街走上一段，便是西大望路，沿着西大望路向北，再走上一公里，穿过通惠河，再越过建国路，马路西北角就是顾晓音住的光辉里。这光辉里虽在已经被妖魔化了的SKP^①边上，但因为是20世纪60年代开始建的老居民区，可谓是不折不扣的价值洼地。顾晓音觉得自己这房子什么都好，只有一条不好，午夜到早六点电梯停运，因此，她时不时地就得在加班之后爬楼回家。

对此，顾晓音表示，自己不过是住在十楼而已。夜间爬楼，一能锻炼身体，二能磨炼意志，更重要的是房东知道自己这房子的硬伤，许多年都没涨过房租，综上所述，确乃瑕不掩瑜。

朱磊绝不能同意顾晓音的看法。周末，他来找顾晓音，正赶上她隔壁在搬家。各种家具、大件小件的行李、纸箱，堆满了整个楼道。朱磊在这巨大的混乱中左右腾挪，才算跨过这片雷区。饶是朱磊从前住杂院，早习惯了邻居们各

---

① 一家时尚奢侈品百货公司。

自在院子里做道场，时不时连下脚的地儿都稀罕，此刻也真觉得费劲儿。偏这时候，邻居女的出得门来，看到他，以为顾晓音谈了男朋友，热情地打招呼，朱磊只得应付她。

这一位比朱磊还健谈。没几分钟，朱磊已经被迫掌握了两人的新房地址、买房过程，以及黑心房东如何不肯提前解约，非得给他物色好无缝衔接的下任房客才肯不扣押金的一系列历史。

朱磊想着怎样脱身，勉强应付道："你们的东西可够多的。"

"哪儿有！"对方倒更来劲儿了，"我们就是搬点杂物。新来的租客没家具，我们刚好装修新房子，大件的家具我们可都留给下一任了。"

"哟，恭喜！"朱磊赶紧应付了两句，好从这场谈话里脱出身来。

"你也赶紧搬家吧，你看这种房子的邻居都是啥素质！"他见到顾晓音便抱怨道，"你这破地儿，但凡邻居在走廊里干点啥，就连脚都下不去，小时候听过姜昆有个叫《楼道曲》的相声吗？你这儿简直经典重现了！"

顾晓音笑了。"小时候谁家不那样啊？"

"可咱们不是小时候了呀，这都21世纪了，房改二十几年了，连你都要奔三十了，得有更高的追求。"

"好好好，"顾晓音拿起包推着朱磊，"我昨儿不都跟你保证过了吗，什么时候我赚得跟蒋近男一样多了，立刻搬去你们棕榈泉那样的高档小区。"

"说得像那么回事！"朱磊低声咕哝道。顾晓音听见了只当没听见，她把朱磊推出门外。"我姐都专门来接我给你们垫背了，可见今天是鸿门宴，姐夫你别在我这儿浪费弹药，一会儿我大姨那边有你发挥的……"

邓家有两姐妹。蒋近男的妈妈邓佩瑜是姐姐，顾晓音的妈妈邓佩瑶是妹妹。严格算起来，邓家是浙江人，顾晓音的姥姥姥爷在20世纪50年代随单位迁到北京，邓家的孩子都是在北京出生的。然而，顾晓音却不那么确定自己是北京人。邓佩瑶下放去了安徽，顾晓音在芜湖出生，小学快毕业才被送回北京，在姥姥姥爷身边念书，邓佩瑶自己和顾晓音的爸爸顾国锋继续留在安徽。如果不是顾晓音高二那年顾国锋被调进北京，顾晓音怀疑邓佩瑶怕是退休也不会回北京了。

几人一踏进邓佩瑜家，顾晓音便被大姨拉到沙发上。"小音你总算来了！快给我们看看你拍的照片。你姐也是，领证这么大的事情都不让我们长辈参与。"

　　蒋近男没出声，倒是蒋近恩开了口："人怕的就是这个。你要是去了，还不得跟狗仔似的，端着长枪短炮对着她一通拍？"

　　"小恩，怎么跟你妈说话呢?！"蒋建斌不悦地开口。邓佩瑜细细翻看顾晓音手机里那些照片，倒没有要责怪儿子的意思。她从头翻到尾，又从尾翻到头。"你看看，只拍了这么一点，也没录个视频什么的！"顾晓音的手机被传到邓佩瑶手里，她挪去父亲邓兆真身边，一张张翻给他看。"好像是少了一点点，不过小男跟朱磊都拍得蛮好蛮自然的。爸爸你说是吧？"

　　邓兆真点头。两人看完，手机又在蒋近恩父子和顾国锋手里转了一轮，几人草草看完，等回到顾晓音手上时，已经耗去了一小半的电。

　　"小音你也是。"邓佩瑜终究意难平，又把手机拿去细细挑选，"你姐别扭，你应该多照顾我们长辈的心情，多拍一点。就这几张，朱磊爸爸妈妈肯定也有意见的。"她转向朱磊。

　　"我爸妈没事，您别担心。"朱磊立刻打包票。邓佩瑜把手机还给顾晓音，想想意犹未尽，又指了指顾晓音。"小音，你把照片都发给大姨，一定要发原图。"

　　从前邓佩瑜是京剧团里的旦角，如今二十年过去，依稀还有过去身段的影子，因此这手伸得颇有那么点"为何私自转长安"的意思。二十年前，剧团重排《红鬃烈马》，邓佩瑜演的代战公主出尽了风头。更重要的是，那时候邓佩瑜年轻，刚生完蒋近男没几年，容貌和体态都在人生巅峰，而扮演王宝钏的是团里的前辈，经历过十年浩劫的洗礼，扮上妆虽然不大看得出来，却人如角色，到底没有年轻的没低过头的"代战公主"鲜活。因此，她们一场场演下来，有人计算过她二人收到的鲜花，竟有平分秋色的意思。这出戏巡演完，团长对邓佩瑜另眼相看，接下来便打算让她挑大梁，排《穆桂英挂帅》。谁知，剧快排好时，邓佩瑜怀上了蒋近恩。蒋建斌要搏个儿子，为此干脆辞去公职下海，邓佩瑜去团长办公室哭了一场，老团长长长叹一声，没给她处分，把她调去了区文化馆。

　　二十年后的"代战公主"伸出一根手指还是相当有威慑力。顾晓音看了蒋近男一眼，意思是——我这人情你可欠上了。

　　好在这个任务布置完，邓佩瑜的重点立刻转移到正式婚礼，这根本不能指望这些年轻姑娘能做得妥贴了，因此顾晓音退下，由邓佩瑜钦点的邓佩瑶和朱磊顶上。这倒不是邓佩瑜觉得同是年轻孩子，男的就堪用些，朱磊被邀请进这智囊团，不过是替他妈妈赵芳做个代理人兼传声筒。

"还好你对婚礼无所谓……"顾晓音不禁对蒋近男感慨道。

也许是顾晓音的错觉，蒋近男近日显得有些疲惫。

"她高兴就好。只要她不做京剧扮相上台，我都随她。"

那边邓佩瑜正在布置工作："老蒋的那些贵客肯定要安排在靠舞台最近的桌子，左边最近一桌要留给亲家的客人，要么把王书记和李局长安排在主桌好了，万一他们不是自己来的，就让小音带着伴郎坐到旁边一桌去。"

邓佩瑜说到这里停顿一下，看准女婿会不会主动提出把男方客人往外挪一挪。朱磊虽然听出了这当中的玄机，却不打算为了取悦丈母娘而损害自家的利益，因此，他只装作在回手机信息，没有接话。邓佩瑜又停了一晌，见准女婿没有要救场的意思，她也没理由开口要求他这么做，只得继续对邓佩瑶说："你家老顾字写得好看，下个星期我买好请帖，周末让老顾来写请帖。"

邓佩瑶想到姐姐这回要宴开二十五桌，这便是至少一百张帖子，心下有些心疼自己丈夫。她正酝酿着怎么开口，朱磊说："那可得把顾叔叔累坏了，我家那些请帖，我爸妈自己准备就行，我跟小男的朋友也不用啥请帖，别浪费了顾叔叔的好字。"

邓佩瑶松了一口气，这话由朱磊说出来，可比自己去抹姐姐的面子好太多。果然，邓佩瑜松了口："也好，万一亲家的名单还有个修改什么的。那我下周买了请帖就给他们送去。"

朱磊连忙说自己来取，务必保证丈母娘满意。邓佩瑜又跟邓佩瑶商量了一圈其他事项，最后回到朱磊这里。"小朱，你的伴郎找得怎么样了？一定要找个优质单身汉，要适合跟我们小音发展。"

朱磊回答了什么顾晓音没听见，蒋近男抬起眉毛看她，顾晓音举起手，向表姐做了一个求饶的姿势。

顾晓音好容易挨到吃过晚饭，终于因为要回所里加班而找着了一个早退的借口。"哟，小音，你一直这样可不行，周末都加班，哪里有时间谈恋爱？"邓佩瑜衷心地说。"小朱，你可不要把阿姨说的当耳边风，一定要找到一个适合我们小音的伴郎！"

"成，阿姨，这您就放心吧。"朱磊一边打着包票，一边朝顾晓音做了个鬼脸。

"不如您直接给表姐包办个婚姻得了。要能赶上跟姐一起集体婚礼，您还省得忙二回。"蒋近恩在旁边不咸不淡地说。

"嘿！这孩子！"邓佩瑜假装要恼。蒋近恩忙换上一副笑脸。"我这也是心疼您！"

那边官司打得火热，被编派的顾晓音只当没听见。她走去客厅和邓兆真说再见。每天晚上七点开始看中央一套，是邓兆真雷打不动的安排。从前姥姥还在的时候，两人先看新闻联播，邓兆真再陪着她把八点档电视剧看完。姥姥不在了，八点档还在，邓兆真自个儿把这个习惯保持了下来。

"姥爷，我还得回办公室加会儿班。我妈说，一会儿她和我爸送您回去。"顾晓音弯下腰在邓兆真耳朵旁边说。

邓兆真拍拍顾晓音搭在他肩膀上的手，说："你去，你去。注意身体。"

邓佩瑶把顾晓音送上电梯，临别不禁又叮嘱几句："多穿衣，少熬夜。"

顾晓音乖乖点头，电梯门合上的那刻，她有一种虎口脱险的松快感。

试问，如何让周末加班变得这么有吸引力？果然是没有比较就没有伤害。顾晓音走出办公楼的电梯间，周末的夜晚，公共走廊照例是黑的，白天灯火通明的前台现在也在一片黑暗里，只有各处紧急出口的牌子提供了有限的光源。

顾晓音周末加班一般从后门走，离她的办公室近。今日，她看见前台地上有大约是白天邮递员塞进去的信，不由得刷卡进门，蹲在地上翻了一翻，果然有两封都是她的。

顾晓音手执这两封薄薄的信，快步往自己的办公室走。周围一片黑暗，让这屋内的夜来得比外面深沉许多，顾晓音听见自己的心脏怦怦地跳动，她紧走几步，打开自己办公室的灯，又立刻关上门，像外面有人山人海在等着偷窥这信的内容似的。她从信封侧边扯开一个小缝，将食指伸进去，再把信封边缘一路顶开，抽出那张薄薄的纸，扫了一眼。打开第二封时，她的速度更快了一些，一时不慎，把信封整个扯开了。

两封拒信。顾晓音慢慢走到自己的办公桌前，坐了下来。从前她听说，美国的学校也好，公司也好，若是要录取你，可能有电话、邮件、厚厚的装在文件夹里的信……若是要拒绝，便是薄薄一封信了事。这两个月，这样的信她已经收了六封，到今天为止，所有她想去的 LLM[①] 项目都拒绝了她。厚厚的装在文件夹里的信她倒是也收到一封，是美国中部玉米地里的一所学校。那是顾晓音收到的第一封回信，她当时满心欢喜，觉得开门大吉，是个极好的兆头。顾晓音本来也不想去玉米地学校，不过是申来保底的。一年好几万美金镀一个纯度不高的金，她觉得太奢侈，因此，顾晓音把那个信封扔在抽屉里，当作一个坚实的基础。

她打开办公桌抽屉，那个"坚实基础"上横七竖八地躺着另外四个薄信封。顾晓音不甘心地拿出一封自己刚收到的信再看——和那些其他的信并没有什么区别，都是说"我们觉得你的背景很好，然而今年录取名额有限，我们不得不忍痛割爱"云云。就像从前她被发过的那张好人卡，套路，全都是套路。

顾晓音把胳膊交叠放在办公桌上，把头埋进去，闭上眼睛。从小她就是这样，遇上十分不开心的事，顾晓音总是以睡眠来抵抗。大学里，室友失恋，借酒消愁，顾晓音失恋时，在宿舍里蒙头大睡了两天。室友嘲笑她，顾晓音的回答是："反正借酒消愁也是为了不要那么清醒地面对痛苦，干脆睡觉，不是更好？既麻痹了自己，又补充了睡眠，还不花钱，简直一箭三雕。"

可惜大学时她可以一睡两天，现在却是不能够了。顾晓音枕在自己胳膊上，意识正渐渐模糊，忽然听到有人敲门，她从臂弯当中抬起头，只见一个人影在办公室门边的玻璃窗上晃动。顾晓音戴上眼镜，是陈硕。

顾晓音做了个进来的手势，陈硕转动门把，又从窗边向她摆摆手，表示打不开。顾晓音这才想起，自己刚才因为情绪激动，进门之后顺道把门闩上了，赶忙走过去开门。谁知陈硕看见她，"扑哧"一声先乐了。见顾晓音一脸蒙圈的样子，陈硕提醒她："你拿个镜子照照。"

顾晓音找出抽屉里的化妆镜，这一瞧，自己也忍俊不禁——她今儿穿了一件灯芯绒西装，刚才脸在袖子上那么一压，现在整个额头就像多普勒效应的演示板。她忙举手揉了揉自己的额头，这动作看在陈硕眼里有点幼稚。自己这个同学快三十了，还是一副小姑娘的做派，倒真的是有点不以物喜，不以己悲，有时还挺让他羡慕的。

若是顾晓音听到陈硕此时的想法，可能会哭笑不得。顾晓音也不是不想像

---

① 一般指法学硕士。

陈硕那样一步一个台阶地追求事业进步，只是每迈出一步，和自己预想的目标仿佛又差得多了一点点。这就好比俩人早起去长城，其中一个晚了一步，没赶上车，只好临时起意去香山。走到动物园，发现去香山的车也开走了。无奈之下，随遇而安，逛了半天动物园。被人流挤得晕头转向了之后，又在门口遇见了那从长城逛回来的人，兜头来了一句："您这一天可悠闲，在家门口遛弯了！"

简直令人恨不得立时吐血三升。

"你今天都在办公室？"陈硕问。

"没，刚来。"顾晓音没法跟陈硕解释，自家那一摊事导致她白天没能来加班却比加班还累，只能一笔带过。

"你那项目不就一法律意见书吗？怎么还能搞到周末加班的地步？刘老板不会又给你加码新活儿了吧？"陈硕关心地问。

"刘老板没加新活儿，外资所律师在折腾呢。他们要求法律意见书全面涵盖公司业务可能面临的合规敞口，不能用'重大不利事件'或者'据我们所知'来收窄范围。"顾晓音无奈解释。

"这律师有病吧！"陈硕打抱不平起来，"咱中国的法律从来就不是非黑即白的，谁能打这种包票？"

"可不是嘛！可对方律师就是不依不饶，说别的中国律所都可以给，为啥就我们君度不行。"顾晓音停顿了一下，"哎，这个律师你可能还认识，是你前东家明德的，叫高琴。"

陈硕摇头。"不认识，可能是我走了以后才去的。"他掏出手机搜索了一下明德的律师名单，柔声安慰顾晓音："这姑娘貌似也就一二年级，你别把她当回事，得罪了就得罪了。"

顾晓音愁眉苦脸。"我并不怕得罪她，可是我怕德国人啊。而且她已经威胁我两回了，再不给出令人满意的意见书，就去找刘老板和德国人。"

"你就让她找刘老板！德国人要是听说明德没搞定，肯定也会把她骂得狗血淋头。这姑娘只要脑子没有大问题，绝不会那么傻。刘老板是明德出来的，她也得给刘老板几分面子。何况，就算德国人最后非要这些条款，刘老板亲自给可比你给好得多，未来就算出了事，也有刘老板顶着。"

陈硕这一席话让顾晓音很有点醍醐灌顶的感觉。她不禁在心里感慨，自己这位同学确实在各方面都比自己强太多，怪不得人家可以去 H 记^①，而自己只拿到玉米地大学的 LLM 录取通知书，还因为对自己没有正确认识而错过了回复的最后期限。

但她说出的话还是轻快的："这样看来，我本来需要持久战的，现在写个邮件把担子甩给刘老板就可以回家了！"

"孺子可教！"陈硕笑眯眯地看着她。

"那你呢？你又是来忙什么？"顾晓音问陈硕。

"我嘛，"陈硕笑，"我显然是周末约了人在附近吃饭，干脆来加一个小时的班，好把饭钱和打车费都算到客户头上。"

这种"成本转嫁"并不是稀罕的事，不过像陈硕这样能把占客户便宜就像播报天气一样自然地说出来，的确是一种天赋。顾晓音自己做不出这样的事，但陈硕这样坦然，却给它赋予了某种正当性。当然，他能在自己面前如此坦然，自然也是因为两人这许多年的交情，和一般同事又是不同的。

想到这儿，顾晓音心里有一点欢喜，那欢喜如此惊鸿一瞥，还没来得及欣赏便消失不见，空余抓不住的懊丧与怅惘。

陈硕走了有一段时间，顾晓音还沉浸在自己的思绪里。她打开自己办公桌的抽屉，在那一堆薄信封和一个厚信封下面，藏着一个招商银行的信封，里面除了顾晓音多年前的开户文件，还有一张照片，照片里是大学毕业那一天的陈硕和顾晓音。两人在学校大门口合影留念，陈硕在散伙饭上喝多了，因此，照片里他揽着顾晓音的肩，半个身子斜倚在她身上，面色酡红。两人不像好友合影，倒像顾晓音在救死扶伤似的。

如果她那天像原计划一样跟陈硕表白，两人现在会不会在一起？然而历史没有如果。如果吴三桂没引清兵入关？如果斐迪南大公没在萨拉热窝被刺杀？如果她拿到玉米地学校的 offer（录取通知）就接了？历史就像洪流，你打开哪一个闸门，它就从哪个闸门滚滚而去。

顾晓音怔了一会儿，把照片收了回去。

法律意见书的皮球踢给了刘老板，顾晓音得以在十一点半离开办公室。虽然办公室离她家也不过是一公里多的距离，但既然是周末加班，可以报销，顾

---

① 哈佛大学。

晓音见贤思齐，爽快地打了一辆车。

午夜里的北京出租车司机是最难取悦的一群人，顾晓音家他们嫌近，真给他一个石景山的活儿吧，人家保管嫌远不肯拉。顾晓音在叫车平台上乖乖排了二十分钟的队才上车。好在今天她运气不错，赶在午夜前踏进电梯，免除了半夜爬楼的锻炼机会。

楼虽然没有爬上，十楼却漆黑一片，不知是不是邻居搬家时野蛮施工，撞坏了走廊里的灯。顾晓音无奈地打开手机的手电功能，一路摸去自家门口。正在顾晓音朝包里摸钥匙的当儿，电梯门忽然又开了，有人从里面走出来。那脚步声越来越近，越来越近，却在她背后不远处停住。顾晓音不由得心跳如鼓，背后起了一层薄汗，脑海里无数个惊悚故事呼啸而过。她强迫自己镇定下来。眼下并无妙计可施，只能在能力范围内搏上一搏。想到这里，她暗暗把手机在手里转了一个角度，心里数着一，二，三，骤然转身，把手机的强光往那人脸上刺去。

第二章　北冥有鱼

"人说中年男人三大幸事，升官发财死老婆。祝贺你恢复自由身，可以像我一样泡小护士了！"沙姜鸡一边说，一边朝远处病房门口正在配药的护士飞了个眼风，"今年新一批卫校毕业的护士过几个星期就要上岗了，留给你调整心情的时间可不充裕。"

"我算了，你自己慢慢挑。"谢迅硬邦邦地回道。

"别呀，虽然你们离婚人士在这个市场上是不如我们未婚男青年抢手，但以你的脸还是可以试一试的。"

谢迅望着挂在墙上的病人状况概览，直接转移了话题："三十二床是昨天那个夹层病人？"

"是啊。"沙姜鸡望了一眼屏幕回答，"也不亏你撇下新离的妻子来抢救他，昨儿我的夜班，一晚上统共送来三个夹层病人，就他一个命大活下来了。"

谢迅紧抿着嘴唇，没有说话。

沙姜鸡原名沙楚生，若从实习算起，他和谢迅共事了十年有余。此刻看到谢迅的表情，便知道自己的老同学还没到能笑谈风云的时候。他在心里默默为谢迅的坏运气叹一口气，面上倒还是那一副玩世不恭的样子。"明天老金要做心脏移植手术，让我当一助。这老贼回回做大手术都跟吃了枪药似的，我还真挺紧张，你说我不会有一天像小师弟一样手滑把供体掉地上吧？"

谢迅也知道沙姜鸡这是在转移话题，免得触痛自己，自然接受了他的善意。"那我觉得你不能够。你今儿跟麻醉科护士长打招呼的时候，别只关心台下护士的颜值，记得让她给你排个数学好的，别把纱布数错了就行。"

"怎么着也得给我排个德艺双馨的吧……"沙姜鸡自言自语道。

"鸡医生，三十五床的病人血氧一直有点低，家属想请您过去看看。"一个护士匆匆走过来对他说。

沙楚生在中心医院里有不少名字，主任、副主任和护士长叫他"小沙"，不熟悉的医生和护士叫他"沙医生"，熟悉他的人叫他"沙姜鸡"，而心脏外科的护士们叫他"鸡医生"。这全拜前些年的一个新护士所赐。本来心脏外科的护士们当面叫他"沙医生"，背后呼其"沙姜鸡"。然而"沙姜鸡"叫多了，某天有个新护士在病房走廊里迎头撞上沙楚生，一时嘴溜，"鸡医生"便自然而然地脱口而出。

从那时起，沙姜鸡每年的计划里都有"从今年新一批护士做起，摆脱'鸡医生'名号"这么一条，每年都以失败告终。

"我觉得挺好，这名字一听就充满采花大盗的风采，至少让新来的小护士们心存警惕。"谢迅对此评价道。

沙姜鸡报以哀怨的眼神，并暗下决心，要更加奋力地引导下一年的新护士们。

沙姜鸡被护士叫走了，谢迅站在原地略一思量，往三十二床的病房走去。

三十二床是个六十岁出头的大爷，有高血压、心脏病史，昨天下午出现背痛症状，家人担心心脏病复发，便送他来看急诊。急诊医生觉得有主动脉夹层的可能，立刻送去做了CT（电子计算机断层扫描）。主动脉夹层就像定时炸弹，一旦发生，谁也不知道主动脉何时会破裂，而一旦破裂，人差不多登时就没。合该这大爷命大，家人送医及时，又立刻排上了手术。家属在等待手术完成的过程中，眼看着其他病人被送来，还没确诊便发生意外，此时正如惊弓之鸟一般。听见谢迅走进病房，趁病人睡着，坐在床边打盹的病人老伴和儿子连忙起身，一个劲儿给谢迅道谢。

谢迅照例安抚家属："夹层这病虽然凶险，及时手术后还是很有希望恢复的，大爷渡过了这一关，必有后福。"这倒是衷心的话。夹层病人看多了，谢迅不得不承认现代医学离掌握命运还远得很。被救回来的病人的家属总像这位大妈一样，觉得亲人得救是他们这些医生的功劳，然而谢迅知道，这是大爷命好。行医十年，他总算慢慢嚼透了大学里听过的传言：搞基础医学的信科学，搞流行病的信统计，搞临床医学的——信命。

这大爷刚从监护室移回病房，护理级别还标着"病危"。假如没有意外，再过两天会下调成"病重"。他身上插着的各种管子会被拔去，过不了多久，他就可以出院。他长着一张典型北方男人的脸——大脸盘子，脸上的各个部位被皱纹划分得泾渭分明，再配上两块大眼袋——生活像是给他的脸安上了一个面具。他的一只手因为插了吊针而伸在被子外面，指甲大而黄，怕是常年抽烟和干体力活儿的缘故。谢迅在心里下了定论，这位大爷怕不是养尊处优的那一类。然而，命运在他脸上和手上无情刻画出许多痕迹，回过头来总算是温柔了一把，把他扶过了夹层这道鬼门关。

他低声给家人讲了几句这两天需要密切注意的可能出现的症状，又看了看隔壁床做心脏瓣膜手术的病人，便准备离开。今天不是他的班，只是他现如今空下来也无事可做，来医院里转上一圈，也算消磨时间。

他掏出手机打了个电话。

谢保华今儿上早班，三点钟下班，他径直去医院对面公园里找摆摊儿下棋的老哥几个切磋去了。轮到他上场之前，他仔细检查了一遍自己的手机，确认振动和响铃功能都是好的，谢保华带着一种运筹帷幄的心情开了局。果然，一局未完，对家老何正在垂死挣扎，谢保华的手机响了。

"没呢，在公园里跟老哥们儿下棋。"谢保华又听了两句，笑眯眯地挂上电话，对老何说："老何，咱今儿这局就算平了吧？我儿子找我吃饭。"

老何估计自己输棋也就在接下来的几步之间。听闻这句，心里一宽，嘴里却还要占个便宜："饭什么时候不能吃？！你看你这么快就要走，白浪费了我一盘好棋。"

周围观棋的两位大爷不禁摇头，谢保华却不恼。"得了，下周咱再继续！"

谢迅走进职工食堂，一眼看见了坐在里面，面前两份饭菜的谢保华。

两年前，谢保华退休，没跟谢迅商量就找了中心医院的工作，在停车场当个三班倒的保安，看车。第一回在医院碰见谢迅，他理直气壮地说："怕你觉得你爸当保安给你丢人，没提前招呼，你要是真觉得丢人，咱上班就装不认识！"

谢迅并不觉得自己的父亲在医院当保安是件丢人的事，可老爷子这我行我素的作风却让他哭笑不得。不过他很快觉出了这双职工的好处——谢迅的妈去世得早，他跟谢保华父子二人相依为命十几年，可这些年一来谢迅工作忙，二来结婚后难免把多数时间花在小家庭里，父子俩竟难得见面。自从谢保华在医院工作，俩人倒时不时地打个照面，在食堂里一起吃个饭什么的。谢保华虽然从来没说过什么，谢迅还是慢慢品味出了老爷子的苦心。

谢保华长了跟三十二床大爷一样——秤砣似的俩眼袋。谢迅看到谢保华，心里难免有些酸涩，谢保华也像那位大爷一样吃过许多生活的苦，可还没怎么感受过命运的垂青，光是自己这个儿子，就不让他省心。

"我和徐曼离了。昨儿去的民政局。"谢迅扒了两口饭，囫囵地说了句。

"嗯。"谢保华夹菜的筷子只停了那么一下，便接着夹起菜送进自己嘴里，"那你俩谁搬出去了？"

"我。"谢迅边吃边说，"她一女的在北京也不容易，房子她先住着，回头卖了我俩再分割。"

谢保华觉得也是这么个理，可是到底有点心疼儿子，"那要不要搬回来？"

"不用。我就在这附近找了个旧民房，靠得近，争取每天能多睡半小时。"

谢保华有点遗憾。然而转念一想，孩子还年轻，到底不像他觉少，每天五点就起床，弄完早饭吃完了溜达着去公车站，坐车上七点的早班还有富余。他调整了一下自己的心情。"搬家需要我找辆车帮你弄吗？"

"我就衣服跟书什么的，哪儿谈得上搬家。早上一台出租车就搞定了。"父子俩完成了基本信息的交换，谢迅低着头吃饭，谢保华自己又扒了两口菜，却没品出是什么味道。他像中国的几乎所有父亲一样，把口才全献给了不相干的人，面对着眼前明显沉郁的儿子，却找不出自己要说的话来。

两人草草吃完一顿饭。走出食堂大门，谢迅掏出一包烟。"爸，您要吗？"谢保华摇摇头，谢迅摸出一支来给自己点上。谢保华想说自己最近看医院宣传栏里的文章讲这吸烟对肺的种种损害，他也该去看看。转念一想，儿子这一行压力实在大，那胸科专管肺癌开刀的谭主任，自己十回见着他，有八回看见他在抽烟。

他把到了嘴边的话又咽了回去。

中心医院的占地面积足有一个中型小区那么大。光是临街的大门就有三个，新门诊大楼南边和西边各开一个供人和车进出的门，这南门的东边还有一个小南门，只供员工和内部车辆进出，通到现已改做其他用途的旧门诊大楼。门诊楼后面是四五栋高矮新旧不一的楼，各科室的病房和行政部门分布其中，从空中鸟瞰下去，显得杂乱无章。

员工食堂就在这整个医院中心位置的一栋三层小楼里。这是整个中心医院年代最久远的楼，也是20世纪60年代建院初期的楼群里唯一保留下来的一栋，从这里辐射开去，中心医院慢慢盖起了一栋栋新楼，直到去年刚落成的新大楼，足有二十六层。门诊、急诊、病房、手术室一应俱全。

"就跟肿瘤发展的病程是一样的。"沙姜鸡某次总结说。

谢迅极少去员工食堂吃饭，平日多半是请别人帮他带一份，有时候忙到下午三四点还没来得及吃午饭，他才会趁放风抽烟的时候自己走去买一份——食堂很理解这些医生的作息，除了正经饭点，其他时候去也可以买到饺子、面条之类的简餐。若是谢迅在食堂坐下吃饭，十有八九不是跟谢保华，就是跟来找他的徐曼。当然，后面这个情况未来大约不会再有了。

谢迅陪着谢保华往小南门走。这小南门靠公交和地铁站都近，但新大楼建成后，医院为了分流，把小南门改造成需要员工刷卡才能进入。患者和家属都需要绕着外墙走到新南门才能进，尤其是那些去靠近小南门的病房探视的家属，为此积累了不少怨气。徐曼不是员工，照例也得从新南门进，出门的时候，谢迅只要不是太忙，总是送她从小南门抄个近道。做医生的人需要避免感情用事，谢迅觉得自己在这方面一向做得不错，然而今晚走在这条他跟徐曼走过许多次的路上，他不可避免地想起过往。

谢保华组织了半天语言。"小迅……"他好不容易开了口，谢迅的手机忽然响了。谢迅给医院和所有同事的电话都设了同一个响铃。谢保华不知道那是肖邦的《革命》，可他每次听到这音乐响起都忍不住腹诽——简直比救护车的声音还令人焦虑，半夜里响起还不得把人惊得从床上坐起来！他暗地里设想过儿媳妇是否受得了，但没好意思问，拐弯抹角地问过儿子："干吗不干脆设成救护车的声音算了？"谢迅回答："那万一真是夜里楼下经过一辆救护车，我不是白起了吗？"

谢保华觉着也对，然而每次这音乐响起，他还是不由自主地想跳脚。谢迅接了电话，说："没呢……进监护室了吗？你先给他打上去甲肾上腺素，我就在楼下，马上回来。"

这些年下来，谢保华觉得自己也差不多成了半个医生。听着儿子这只言片语，他就知道肯定有病人心衰了。刚才组织好的语言忽然没了用场，谢保华赶紧叮嘱了一句："你快去，晚上尽量早点休息。"

父子俩就此别过。

三十二床的大爷已经被推进了重症监护室，谢迅刚要进去，被大爷的老伴拦住。"谢医生，你下午还说老胡他运气好，及时手术应该没事了，怎么现在又不行了呢？"

谢迅刚要张口，从重症监护室里出来的护士长给他使了个眼色，特意站在旁边，像是有话要说。谢迅知道护士长是来镇场子的，她最讨厌年轻医生跟家属说病人会好起来的，最好每次都像金主任那样神色凝重地告诉家属情况危急，人随时可能会走，让家属做好心理准备。谢迅这些年亲眼看见过两个家属当时就在重症监护室门口犯了心梗，还好就在医院里，两个都被救回来了。

不过，护士长这回不需要震慑谢迅也能达到目的，在夹层手术后突发急性心衰，这无论如何都是万分凶险的事。谢迅斟酌了一下，跟大妈说："目前看来，情况是不太好，我先进去看一下，尽力而为，您作为家属，这边也要做好思想准备。"

说完，谢迅进了重症监护室。他知道护士长没啥需要跟他谈的，就是有，她也可以进来谈。这些年里，谢迅养成的习惯是——如果要和家属谈一个坏消息，他会用最短的句子把该说的话说了，说完就走。

重症监护室的门在谢迅背后关上。老胡的老伴和儿子此时在外面如何如坐针毡，对谢迅来说都是多想无益。如果老胡和他的家人真的运气好，明天下午他老伴或者儿子可以进来探望半个小时，如果他运气不好……谢迅强制自己不要继续想下去。

谢迅看了眼床头的记录，去甲肾上腺素泵入的速度已经调到了最大，但血压并无起色，还在缓慢下降。他盯着监控仪看了几分钟，吩咐护士取来了肾上腺素。第一针下去，老胡的心率和血压都有明显的提升，但这效果没能支撑几分钟，血压很快降到60，心率却飙升到130。

谢迅忽然感到无比沮丧。急性心衰病人在临终时往往会反复推送肾上腺素而没有效果，换句话说，他们的心脏已经不想再工作，你用强力药物踢它一脚，它会再努力泵上几下血，但很快又会意懒下来，因为内在的动力完全消失了。但谢迅不能接受老胡已经挺过了夹层那一关，挺过了术后的重症监护，却死在急性心衰上。这种事例过去当然也经常发生，但今天不行，老胡不行，就像沙姜鸡说的那样，自己扔下了刚离婚的妻子把他救了回来，他不能就这么死了。

谢迅咬着牙，盯着护士又给老胡静推了一针肾上腺素。他决定今晚要跟老胡的命运搏上一搏。监护仪上的血压又往上跳升了一下，接着往回落，低压90，80，75……谢迅两手插在白大褂的两个兜里，分别用力往下压。70，68，67……谢迅闭上眼睛，再睁开，老胡的血压停在了65，没有再往下降。

谢迅盯住那个数字足有一分钟，终于长舒了一口气。低压65虽然不理想，但在此时此刻，它算是老胡又过了一关的证明。命运对老胡确有温柔的一面，连带他谢迅今天也沾了光，不必面对人生的重重失败。

临近午夜，谢迅终于成功踏出了中心医院的大门。老胡救了回来，让他感觉轻飘飘的。他下意识地走去公共汽车站，一辆车开来，他在看到车上的牌子时，才蓦然想起自己今天搬了家，从今往后需要坐地铁回家。这让谢迅仿佛被当头淋了一盆冰水，救回老胡带来的那一点欣喜立刻消失。那些在一段长久关系里形成的习惯，仿佛肌肉记忆一般，不知何时何处便会跳出来，提醒他自己失去了什么。

光辉里这房子说起来还是护士长给他牵的线。护士长侄女买了房，正愁着房东不肯提前解约，这下有人接手房子，还顺带用个不错的价钱买了她的旧家具，护士长觉得自己这好人好事做得让两边双赢，简直跟撮合了一对年轻人一样有成就感。谢迅在搬来之前统共看过五分钟的房，今天把他的两个旅行箱搬进来。谢迅本该收拾一下自己的新家，却本能地逃回了医院。

电梯门开了，外面却是一片漆黑。只有走廊尽头有一点惨白的灯光。谢迅在心里问候了一句不知谁人的母亲，掏出手机，却见一条电池电量不足百分之五的信息，显然是那人母亲的回赠。他想着这最后的一点电得留到找门锁的时候，便摸黑往自己家门口走。

谢迅记得自己住的1003是电梯左手边第三个门。他在黑暗里摸过去，眼睛慢慢适应了黑暗，却见自己家门口站着个人，刚才走廊尽头那一点惨白的灯光便是那人的手机。谢迅并不相信鬼神，何况鬼神哪儿还有需要拿个手机照明的？但深更半夜有人在自家门口盘桓总不是什么有趣的事，谢迅不禁停下脚步——这从背影看起来是个女的，那她到底要干吗？

他正想着，未料这女的倒迅速转过身来，用那白光刺他的眼睛。谢迅皱着眉，别开脸，只听那人疑惑地说了句："是你？你在这儿干吗?！"

谢迅眨着刺痛的眼睛，在黑暗里还是能看到点点白光，可见刚才确是被这女的照个正着。他不由得没好气地回了一句："我回家！我还没问你干吗呢！"

"你是1003的新租客？"顾晓音不由得问。她忽然想起，谢迅并不知道自己是谁，这说下去怕是解释不清，赶忙试图结束话题："你走错了，我这儿是1004，1003在那边。"

谢迅一愣，赶忙掏出他那处于弥留状态的手机，打开手电。果然，1003在自己刚走过的地方。谢迅向顾晓音告了罪，好歹在手机阵亡前打开了房门，他回头，正瞧见芳邻合上的大门。经历了如此折腾的一天，谢迅实在没力气再管家里的东西，他打开一个旅行箱，取出洗漱用品和被褥，胡乱洗漱完在床上躺平，一个疑问缓缓地浮出水面。

那女的见到他分明先问了一句"是你"，难道她认识自己？

第三章　一人有一个梦想

　　顾晓音的办公室在CBD（中心商务区）一栋著名写字楼里。君度刚搬到这里来的时候，颇收获了一些年轻员工的不满。顾晓音也是其中之一。她最早加入君度时，君度还在东二环附近，办公楼虽然没有这么人尽皆知，但好在靠近旧居民区，吃饭方便又实惠。搬到这里之后，顾晓音陡然发现楼下随便一个快餐都得五六十起步，更别说坐在餐厅里吃饭。这对她这种每月全部收入加在一起都不能保证过两万的小律师来说，实在是有点强人所难。

　　把那天文数字的租金发给我们多好，顾晓音想。就算自己在办公室坐拥价值千万的景色，还是不如每个月多一千块饭补实在。

　　当然，老板们是不会这么想的。正是因为有顾晓音这样的员工存在，君度才能够保持现在这样的利润水平。像顾晓音这样只有本土学历的律师，向客户收的小时费用只比陈硕这样在海外镀过金又有外资所经验的低一些，但一个陈硕的成本可以抵上八个顾晓音。所以君度的策略一向是由合伙人带一个陈硕这样的律师去谈项目，拿到之后再配上三两个顾晓音把活儿给干了。

　　有的人充的是面子，有的人充的是里子。顾晓音何尝不想当那个充面子的人，然而那一摞薄薄的信封实实在在地告诉她：你不配。

　　顾晓音走在一号线国贸站的通道里，总觉得自己应该做点打算，却又不知要从哪里打算起。她穿过通道，穿过一间间店铺。上大学的时候，国贸桥对面有个中服大厦，里面有个挺著名的川菜馆。她宿舍里那个重庆来的女生经常拉着全宿舍从海淀斜穿过一个北京城来打牙祭，因此，那个川菜馆见证了宿舍里每一个女生的男友正式登场的历史时刻。每一个——除了顾晓音。吃完饭，她们有时会过街去国贸商城逛上一圈，美其名曰"自我激励"。那时候她们满怀希望地认为律师是一个镀金的行业，就像她们的师兄——君度的创始合伙人来学院演讲时鼓励她们的那样："中国的法律服务还是一片蓝海，你们这一代的顶级律师一定会像美国的律师一样，既有社会地位，又有经济地位。"

没想到顾晓音现在离负担国贸里那些名品店的商品还遥遥无期，就连负担国贸里的一顿午饭都有点够呛。

顾晓音进了办公室，拿上自己的杯子，先去会议室附近供客户使用的茶水间做了一杯咖啡。这虽然有那么一点不合规矩，但谁让内部茶水间里只有速溶咖啡呢。顾晓音觉得自己吃的是草，挤的是奶，偶尔打个秋风，也是为了能挤出更多的奶。

她回到自己办公室，正遇上手里端着两杯星巴克的陈硕。陈硕看到顾晓音手里的保温杯便是一副"还是晚来一步"的痛心表情。他把一杯咖啡往顾晓音的办公桌上一搁。"难为您今早咖啡因要过量了。"

顾晓音立刻掉转方向。"不会，我把手里这杯放冰箱里，下午热热再喝。"

等她从茶水间回来，陈硕已经走了。顾晓音拿起陈硕给的咖啡喝了一大口——花钱的和不花钱的到底不一样，手里这杯就是童叟无欺、咖啡因管够的味道。她一口气喝完，扔掉杯子，又打开办公桌抽屉，把里面那些学校寄来的大的小的信封一股脑也扔进了垃圾桶。

既往不咎。她深吸一口气，登入了办公室电脑。

这一天一定是财神眷顾顾晓音的日子。早上喝上了免费的咖啡，临近中午，还没等她开始想今天去哪里买午饭，蒋近男给她发了一条信息，约她在楼下吃饭。

顾晓音说下楼吃饭，一般也就是楼下的茶餐厅。蒋近男说下楼吃饭，意思可就不一样了。果然，蒋近男见到她就说："走吧，我在中国大饭店·夏宫订了个位子。"

这却是忒隆重了些。顾晓音不由得想到自己这个表姐前两天领证结婚才选了个社区底商吃饭，今儿平白无故地却要上中国大饭店，不禁在心里感慨一句：有钱人的世界咱是真不懂。

不懂也可以勉强装懂。顾晓音故作镇定地端起服务员给她斟的茶，刚要放到嘴边，只听蒋近男悠悠说了句："我怀孕了。"

顾晓音放下茶杯。直觉告诉她，这就是蒋近男今天要见她的原因，而且恐怕还不是来听自己恭喜她的。

难怪选在这么贵的地方，原来是一场鸿门宴。

但鸿门宴也没办法，自己的姐姐，难道她约我在一茶一坐，我就不帮她排忧解难了吗？顾晓音这么想着，对蒋近男说："姐夫的效率可真够高的，这领证才几天啊。"

"快两个月了，我发现怀孕才跟他领证的。"

顾晓音在电光石火间串起了前因后果。她忽然想到了一种情理之外、意料之中的可能性："你不会不想要这孩子吧？"

蒋近男端起茶来喝了一口。顾晓音想说"孕妇不是不能喝茶"，又觉得表姐都在想要不要了，纠结这个干吗。果然，蒋近男放下茶杯说："我也没想好，这不是找不到人商量——只好找你吗。"

顾晓音在心里暗暗叫苦，这位姑奶奶找自己肯定是为了寻求支持，可自己要是支持，回头大姨要是知道还不把她给吃了。但眼下不是说这个的时候，顾晓音只能循循善诱："你俩都已经结婚了，有孩子也没什么不好吧？"

蒋近男也知道结了婚便立刻可以生孩子乃是普天之下都深以为然的道理，然而道理好讲，别人是不会代替她生的。她发现即使是对着顾晓音，她也无法坦然讲出自己那些对朱磊、对婚姻和对做母亲这件事的恐惧，也许在潜意识里，连她自己也觉得那些可能是对的，自己可能是错的，而她无法理直气壮地说"我才不管你们怎么想，我自己开心就行"。

她正陷在自己的思绪里，顾晓音倒是叹了口气："你真不想要，好好跟姐夫说一下也没关系吧？朱磊对你言听计从，你说一，他还敢说二？"

蒋近男苦笑。"可能吧，但去年年初我也意外中过一次招。当时我同时在做两个项目，一个在广东，一个在西安。可能太累，压力又大，我还没来得及跟朱磊说，就流产了。上周我去看了医生，医生说，如果这个孩子我再不要的话，以后再要孩子可能会困难。"

顾晓音在心里咆哮："那您二位倒是做点保护措施啊！"话到嘴边变成了："哎呀，这听起来是有点麻烦，毕竟你也不是想丁克，只是觉得时机有点不赶巧。要不你再找个医生问问？姐夫那边现在是不能说了，好歹你多搜集点信息，自己参考。"

蒋近男也确实觉得自己把事情搞砸了。来找顾晓音前，她咨询过好几家医院，公立医院的医生怕担责任，口径一致地数落她把风险不当回事。北医三院的一位中年女大夫直接跟她说："你去隔壁生殖中心看看，人家想要要不上的，吃了多少苦头，对家庭关系造成多大影响。你这还纠结时机不时机的，要还没到二十，那时机可能是不对，你现在这年龄，都够上大龄产妇了，还纠结什么？胡闹！"

私立医院就委婉点，虽然口径也不差太多，但好歹安慰她现在人工辅助手段发达，若是未来受到影响也不是不可补救。

她忽然觉得自己非拉着顾晓音商量是挺自私的。顾晓音除了担忧自己，又能实际做些什么？她一个基本没谈过恋爱的小孩，还没学会走路，又怎么可能跑得起来。想到这里，蒋近男主动转变了话题："我听说朱磊成功完成我妈的任务，找了个医学世家出身的男医生给他做伴郎。"

"没听说朱磊有当医生的好朋友啊。"顾晓音不解地说。

"是没有。他最磁的那拨朋友都结婚了，反正剩下没结婚的关系都那样，他就干脆按照给你找男友的标准选了一个。"

"嗬，"顾晓音不由得分辩，"对丈母娘布置的任务可真上心哪。就是不知道姐夫心目当中我的标准男友啥样。"

"我也真没见过。"蒋近男坦白说，"这医生叫沙楚生，广东人，在中心医院心脏外科工作，据说他爸是中山医科大学的知名教授。"

顾晓音"噗"的一声笑了出来。"'杀畜生'？！你确定叫这个名字的人能当医生？我听着可像是随时要下手草菅人命的主儿。"

蒋近男不由得也笑了。"瞧瞧你这张嘴！还不认识就能编出这么一大套来。人家广东人讲粤语，想必就是没想到普通话的谐音罢了。"

顾晓音却忽然正色道："朱磊和这个'杀畜生'怎么认识的？"

蒋近男却是有点不好意思。"他俩打游戏认识的……虽说这认识的方式不太正经吧，但两人据说经常聊天，也见过面……"

"不熟好。"顾晓音打断了蒋近男，说。

蒋近男明白她的意思，叹了口气："我看你连这医生的长相都不问，就觉得约莫没戏。"

顾晓音却又变回嬉皮笑脸的样子。"嘿，那也难说。也许这沙医生人如其名，长了张张飞似的脸，而我因为太过震惊，审美观一下子就被扭歪了，自己打脸也未可知。"

吃完和蒋近男的这顿饭，顾晓音回到所里，把早上放进冰箱的那杯咖啡热了热。她回到自己的办公室，坐下喝了一口。本来就不怎么样，复热以后是真难喝，顾晓音想着。一边小口酌着这难咽的咖啡，一边咀嚼自己的心事。终于，她放下杯子，俯身从垃圾桶里把早上扔进去的那些信封通通都捡回来。玉米地学校的黄信封上已经洒了几个早上的咖啡斑点。顾晓音把那些薄信封都塞进黄信封里，起身把黄信封塞进了墙上书架里看不见的地方。

蒋近男结婚的前一天晚上，顾晓音睡在了律所里。北方的风俗，婚宴得放在午饭时间。化妆师凌晨三点半上门给新娘、伴娘和邓佩瑜化妆，八点迎亲，十点敬茶，十一点十八分婚宴开始。邓佩瑜给顾晓音下了三点必须到的任务。顾晓音算了算，那几天刚好有项目死线，与其自己干活儿干到半夜，回家爬完楼睡上两小时，再摸黑爬下楼去表姐家，还不如干完活儿在办公室眯一会儿直接去。

同样纠结的还有赵芳。朱磊家过去住在城里的大杂院，拆迁之后搬去了石景山附近。因为距离太远，朱磊和蒋近男跟酒店打了招呼，把新婚套房提前给打开，就在酒店里走这个流程。赵芳不大满意，觉得敬茶必须得在自个儿家里，那才算是老朱家娶媳妇。可这北京的交通着实不给她长脸，她反反复复演算了许多遍，发现迎亲这个环节得能在七点开始，七点半结束，蒋近男才来得及去一趟石景山。

她喜滋滋地把自己推演出的时间表跟老朱商量。老朱这一辈子，没对老婆说过一个不字，然而饶是如此，他觉得在婚礼这天非得把其他事都压缩，就为了能来趟家里，好像也有那么点说不过去。但老朱绝不会为此破坏他全面服从老婆的光辉形象，于是他对老婆大人说："他们小的要是愿意，时间上看起来也能凑合，不过还是跟朱磊商量商量吧？"

果然，朱磊一听他妈的意见，立刻表示反对："酒店的套房都给订好了，现在怎么又出这么蛾子？按现在的安排我都得五点半起来准备，您再给提前一小时，我还睡不睡觉？"

赵芳在老朱家的面子和自己儿子的睡眠之间摇摆了一阵，迟疑地倒向了后者。但老朱家的面子也不能吃太多亏，为了防止儿子立场不够坚定，赵芳直接给邓佩瑜打了个电话，用她一辈子在国企做办公室主任练就的柔软身段和灵活话术，表达了自己的意思。

蒋近男从她妈那儿听说赵芳要求她敬茶的时候穿套大红的衣服，下跪敬茶，立刻表示不干："要跪让她儿子跪，衣服我早就选好了，没法临时换。"

邓佩瑜劝她："毕竟是你婆婆，你就让着她点，以后你们又不一起过。"

蒋近男冷笑一声："共产党员不是不搞封建迷信这一套吗？合着为了拿捏媳妇，共产主义信仰都不要了？"

她没把这事放在心上。要求既然是跟邓佩瑜提的，让邓佩瑜去处理好了。因此，她在朱磊面前提都没提。结婚前一晚，她住回父母家，一家四口吃完晚饭，又坐着聊了很久。蒋建斌说起蒋近男小时候，自己怎样带她去北海公园玩，又怎样差点在地坛庙会上让她走丢了，满头大汗地找回来。蒋近男回想起那些自己还是独生子女的年月，不禁也觉得黯然。正说着，邓佩瑜回房间拿出一件大红旗袍给蒋近男看。"前两天我去逛街，逛到这条旗袍，本来我想明天穿，左试右试还是不大适合我这个年龄，不如你拿去敬茶穿吧？"

蒋近男不接。"你这怕是为了完成我婆婆的任务专门买的吧。"

邓佩瑜还没来得及回答，蒋建斌先开口了："我让你妈去买的。你做人家媳妇，要有个人家媳妇的样子。婚礼是大事，长辈的意见要尊重。"

"没道理的意见也要尊重吗？"

蒋建斌本来就声如洪钟，多年公司老总当下来，开口更加是说一不二的笃定："你婆婆的这个要求虽然传统了些，但不是没有道理。而且就算没有道理，这么重要的事情也要尊重长辈，以长辈的意见为主。"

蒋近恩眼看着姐姐和爸爸就要顶上，连忙打圆场："我也觉得非得让我姐下跪敬茶不应该。要非得跪的话，那我看姐夫来迎亲的时候得先跪您二位。"

蒋近男心领了蒋近恩的好意，却不打算这么糊弄过去。"蒋近恩你别帮忙了，我说不会跪就是不会跪。姥爷我都没跪过，绝不可能给个外人下跪。"

"要按照三纲五常，你姥爷才是外人！"蒋建斌受到蒋近男的刺激，有点口不择言起来。

蒋近男的心凉了半截。她早知道父亲的心里还笃信几百年前那一套，三纲五常，妻贤子孝。小时候她觉得自己的名字挺响亮，等蒋近恩出生，她才明白，原来父亲不过是碍着新的时代，不好意思给她取名蒋招弟，只得迂回行事而已。这名字寄托着他对她是女儿的遗憾。那些小时候蒋建斌把她捧在手心里的记忆并不是假的。然而弟弟出生之后，她慢慢懂得，那是因为当时的父亲没有选择，中年得子才是蒋建斌的恩典。

她不由得在脸上浮出一个冷笑，正要开口，邓佩瑜看情势不对，连忙插进来："我看小男明天见机行事就行。她说得也没错，这都 21 世纪了，孝顺长辈也不体现在这一杯茶上。"说着，她使劲儿给蒋近男使眼色。"明天你还按原计划穿着白纱裙出门，到酒店把旗袍换上，敬一杯茶就脱！"

蒋建斌没说话，邓佩瑜忙把旗袍塞到蒋近男手里。"就这么着，明儿你三点就得起，赶紧去睡吧。"

顾晓音披星戴月地赶在三点差五分踏进大姨家的门，自觉颇有点红拂夜奔的气氛。邓佩瑜见到她，心里稍稍松了一口气。蒋近男从昨晚不欢而散后就把自己关在房间里，邓佩瑜两次试着想进去，蒋近男都说自己睡了，然而门缝里她的台灯千真万确地亮着。蒋建斌也比平时更早回了卧室，坐在沙发上看电视，邓佩瑜劝他几回早点休息，蒋建斌摆摆手说自己再看会儿电视，如果邓佩瑜要休息了，自己挪到客厅去看就是。

老蒋今晚心里怕是比女儿更不好受。邓佩瑜叹了口气，下厨房炖上了一锅冰糖银耳雪梨。

是以顾晓音一进门，邓佩瑜连忙盛了两碗送到她手上。"小男可能有点紧张，晓音你开导开导她。"

"表姐还有紧张的时候啊。"顾晓音嬉皮笑脸地接过托盘，推开蒋近男的房门。

蒋近男坐在窗边，仿佛外面在演一出好戏。然而从顾晓音的角度看过去，外面不过是黑洞洞的夜空，对面楼有一个窗户里亮着灯，不知是哪一家的未眠人。白色的纱裙和红色的旗袍静静躺在床上，但蒋近男脸上的神色实在算不上喜悦。顾晓音不由得怔住，从前姥爷邓兆真写字台的玻璃台板下总压着一张邓家两姐妹在 1976 年拍的合影，是邓佩瑶出发去安徽前拍的。顾晓音无数次在写作业发呆时和这张照片对望，慢慢品出照片里大姨的意气风发和母亲的沉静并不完全是两人性格的直接反映。穿透重重的时光，顾晓音觉得她看见了几十年前照片里的邓佩瑶，在命运的洪流即将到来时惘然的脸……

这让她开门时嬉皮笑脸的态度一下子严肃了起来。

"想什么呢？"顾晓音把甜羹递给蒋近男，自己也坐了下来，"你不会是想临阵跑路吧？"她貌似漫不经心地抛出这句话，蒋近男没有否认，这让顾晓音心里"咯噔"了一声。

"姐，您不是来真的吧？"顾晓音跟蒋近男一起厮混了十几年，当然明白自己这表姐是来真的，然而箭在弦上，顾晓音决定自己只能像每一个纯正的中国人一样，做个和事佬。因此，她没等蒋近男回答，便继续说："咱中国这婚礼也就走个形式，你跟朱磊都扯过证了，今儿就算你跑了，回头还得去民政局离婚不是？"

正如顾晓音所料，蒋近男听完这话，像是陷入短暂的沉思，接着便端起银耳羹，吃了几口递给顾晓音。"我先去洗澡，一会儿化妆师就该来了。"她走到卫生间门口，不忘回头叮嘱顾晓音："楼下咖啡店六点半开门，要是蒋近恩六点还没起，你把他叫起来给咱们买咖啡去，这大早上的，咱俩得在出门前喝点黑咖啡消消肿。"

顾晓音忙不迭地应承下来，能想到给自己和蒋近恩派这些细枝末节的活儿，蒋近男心里这一关，算是过去了。

蒋近男还没洗完澡，有人在门上敲了两声，没等顾晓音回应便推开了门。邓佩瑜带着一个姑娘走进来，不见蒋近男，倒有些讪讪的。"化妆师到了，我带她进来。"说完向顾晓音使了个眼色，顾晓音自然明白大姨这一趟进来的真正目的，便体贴地回答："表姐在洗澡，说一会儿把小恩叫起来给咱跑腿买咖啡呢。"

邓佩瑜稍稍放下心来，暗想，幸好她早早让顾晓音来家里，这些年她能感觉到蒋近男和她慢慢疏远开去，邓佩瑜从生气到无奈，渐渐地，跟蒋近男说话也小心起来，有什么事倒是通过顾晓音旁敲侧击的多。晓音这孩子各方面都不如小男，但脾气倒确实随和可亲，邓佩瑜想到朱磊前段时间跟她汇报，他特意找了中心医院年轻有为的心脏外科大夫做伴郎，就是为给顾晓音牵这条线。她觉得自己这姨妈当得算是可圈可点了。

蒋近男洗完澡，像没事人一样开始化妆。顾晓音按照指令，一大早把睡眼惺忪的蒋近恩叫起去买了咖啡。家里的每个女人都仔仔细细地化了妆，邓佩瑶原想没自己什么事，也被邓佩瑜死活叫来，让化妆师给上粉抹了口红。八点还差着一刻钟，朱磊带着伴郎和发小们，一群人浩浩荡荡地就来了。顾晓音刚帮着表姐和姨妈收拾停当，刚想歇一口气，便听到门铃响。她自个儿在心里叹口气，倒没忘叮嘱蒋近男别心软，要让她拿足未来姐夫的红包才行，这才带上卧室的房门，率领客厅里早已等着的一班小姐妹上前设路障去了。

蒋近男穿着白纱裙坐在床上等，只听得外面人声鼎沸。她时不时能听到一两个自己熟悉的声音忽然从声浪里冒出头来，有时是朱磊，有时是晓音，还有时候是小恩。蒋近男平日自认是个全无废话的人，她不喜欢在无意义的事上浪费时间，然而她笃定外面这一重重的声浪全是毫无意义的话——若是有意义，也不会留到结婚当天在这鼎沸人声里说了。蒋近男像忽然发现什么有趣的事那样轻笑了一下，她索性从床上站起来，走到窗边去看外面。

她发了许久的呆。忽然门开了，顾晓音和她的小姐妹们冲了进来，又大力关上房门上了锁。蒋近男唬了一跳，连忙快步走回床边。顾晓音喘着气向她汇报情况："朱磊今天可超水平发挥呀，平时没觉得他这么能打，可见得是多么迫不及待要见到朱太太。"她秀出随身包里的一把红包。"你看，出血都出到这程度了。"

没等蒋近男回话，只听得一阵急促的敲门声，正似渔阳鼙鼓动地来，顾晓音连忙带着其他姑娘前去应门，不忘回头给蒋近男使个眼色，那意思是：你看，我说的吧。

外面的人高声叫喊，里面的人奋力抵抗。蒋近男字字句句听着他们说的话，却没有一句真的入了脑子里。她茫然看着门被打开了一条缝，随即有无数只手伸进来，朱磊一条腿顶进门里，又用半个身子撞开了门。

所有的人如潮水决堤般涌进来的那一刻，蒋近男想，朱磊后面站着的这些人里，哪一个是沙楚生呢？

朱磊在众人的起哄声中到蒋近男面前单膝跪下，后面有人递给他一张字条，朱磊接过来，不知道是准备不够充分还是句子写得太拗口，他念得结结巴巴的。

蒋近男听出来了，是许多年前张柏芝还年轻的时候演的电影里的台词。她在别人的婚礼上听过几回，每次都觉得烂俗且天真得近乎蠢，谁能想到自己还得在结婚这一天听朱磊念一遍。早知道有今日，她倒是该在婚礼上多花点心思，免得出这个丑。

正想着，朱磊把纸揉成一团丢给了背后的某人。回过身来，仍旧跪着抓住她的手。"小男，这些都是虚的，我也说不好，但我保证一辈子对你好。"

蒋近男想笑他一句"平日里舌灿莲花似的今天怎么露怯了"，却到底没有说出口，她忽然明白为何爱近乎慈悲，从这点上讲，她确实不算不爱朱磊。

于是她握着朱磊的手，带着他向前拥抱了自己。朱磊身上出了汗，一阵热气混着汗味往蒋近男的脸上扑过来，然而她罕见地没有介意。

新娘终于到手，两人去给蒋建斌和邓佩瑜敬茶。蒋近男心里早有打算，顾晓音刚把茶端来，她先拿过一杯，向蒋建斌深深鞠躬。"爸爸您喝茶。"朱磊不明就里，立刻跟着有样学样。蒋建斌自是看懂了女儿的心思，然而他心里虽然恼火，此时却不便发作，只好接过两人的茶，让流程顺利往下走。蒋近男和朱磊也同样给邓佩瑜敬茶，邓佩瑜笑呵呵地喝了，摸出一个厚红包塞到朱磊手里，听他响亮地叫了一声爸妈。

众人欢笑，有人起哄让蒋近恩背姐姐下楼，蒋近恩欣然应允，立刻蹲下身来，随时等待姐姐起驾。有人赶去楼梯口拉纸炮，顾晓音连忙去卧室拿上东西，准备跟着走。

蒋建斌本想找机会再叮嘱女儿两句，盼得她也许会回心转意。这时只能眼看着儿子背起女儿往门外走，他深深叹一口气，却听邓佩瑶在旁边说："我还记得你们那时候结婚，我姐非要学外国风俗穿白色礼服，把两家长辈气得够呛。转眼小男都结婚了，真快呀。"

虽是邓佩瑶无心说的话，蒋建斌却听了进去，并且释然了。他记得当年的事，他和邓佩瑜结婚后，一桩桩一件件类似的琐事，家庭关系也颇鸡飞狗跳过一阵，然而几十年终究过去了，他和邓佩瑜过得不错，儿女双全，那些小事无伤大雅，就让孩子们自己做决定吧。

赵芳真没生气。倒不是因为心愿得偿——蒋近男最后还是去酒店新娘房换上了大红旗袍，没想到旗袍太紧，朱磊在车里听说蒋近男得因为他妈的要求专门换一套衣服敬茶，已经觉得小题大做耽误时间，看到蒋近男被旗袍勒得有点喘不过气来的样子便有些心疼，再看到赵芳专门在沙发前摆好的蒲团，索性走上去把蒲团捡起来扔去一边。"什么年代了，搞这劳什子！"

蒋近男本来盘算好的办法没用上，她不知道朱磊是觉得她旗袍太紧跪不下来，不由得心里一热，觉得夫妻二人还是有些默契。赵芳对儿子一贯言听计从，就算是蒋近男预先吹好的枕边风，朱磊真来了这么一招，赵芳也只能秋后慢慢算账。好在蒋近男好歹是穿着大红色的衣服，不算完全驳了她的面子。她顺势下了台阶，顺顺当当地吃了茶。

顾晓音忙活了一上午，觉得做伴娘可比上班累几倍不止。难怪人说做了超过三次伴娘是结不了婚的——真这么累了四回，谁还敢结婚哪。尤其到了十一点，简直跟她的大项目到死线似的，司仪催着赶紧入席，留出足够时间走仪式流程。"要是到十二点还没开酒席，那可就奔着二婚去了……"然而，总有贵客姗姗来迟，大家只好一次次商量哪些机动环节可以拿掉。

终于入了席，司仪开始贫，朱磊的领导作为证婚人讲话，蒋建斌讲话，赵芳讲话。司仪笑说，看来朱家有老婆当家的良好传统，蒋建斌和邓佩瑜可以放心把蒋近男嫁过去。赵芳的脸当时就有点挂不住。十一点五十，司仪紧赶慢赶，终于赶在一婚的时间段里让大家吃上了饭。顾晓音靠着夜里那一碗甜汤和早上的咖啡打底，这会儿是真饿了。她囫囵塞了几口食物，赶去陪蒋近男换衣服敬酒。这一环节倒没有她什么事，跟着就行。倒霉的是新郎，当然，还有新郎准备介绍给她的伴郎沙楚生。

其实这一早上顾晓音跟沙楚生没说过几句话，这让顾晓音几乎觉得自己涉险过关，不必理会大姨和姐夫的乱点鸳鸯谱。然而她还是太天真，婚礼终于结束，朱磊把蒋近男的车钥匙塞进顾晓音手里。"晓音哪，沙医生喝大了，我们没法送，只好麻烦你开小男的车把他送回家。"

至少载一个喝大的人是没有尴尬相亲的风险的，顾晓音这么想着，把满身酒气的沙楚生塞进了蒋近男的车。一路上沙楚生都非常安静，直到顾晓音把车停在他家楼下，这位一路乖巧的沙医生开了口："姑娘，你知道你姐夫想撮合咱俩吗？"

顾晓音正不知道如何回答，沙医生继续说："我好心给你个建议，千万别找医生当男朋友。别被美剧骗了，觉得我们医生就跟你们律师一样多金，其实啊，国内的医生跟美国医生一样没日没夜，但咱没钱。今儿多谢你送我，但愿咱后会无期。"

没等顾晓音回答，沙楚生推门下车走了，顾晓音只听见他不成调子的唱腔："有人安眠锦帐里，有人漏夜①赴抢救……"

倒是个有意思的人。顾晓音一边重新启动汽车，一边想，谁说我们国内律师也多金的，美剧看多了的还不知道是谁呢。

---

① 粤语中的深夜之意。

第四章 树下走来的人

"如果我吻你你就微笑我就吻你，小莉啊谁人能像我这样对你……"

沙姜鸡哼着歌走进办公室，谢迅正看着CT片子，然而歌词太浪，他不由得抬起头来。"护士站刚来了新护士？"

沙姜鸡正色道："你以为这是我编的歌？ No（不）……这是著名摇滚歌手的作品！你还别说，没几首歌能像这歌一样代表我的心声。"他又哼唱起来，"小莉啊谢谢你借给我钱花，谢谢你借给我钱花小莉啊……"

"这年头果然世风日下，著名摇滚歌手都能这么堂而皇之地吃软饭。"谢迅正笑着打趣沙姜鸡，有护士拿着一袋糖进来，说自己刚休完婚假回来，请各位同事吃糖。两人照例恭喜对方，又寒暄几句，这边护士刚走，沙姜鸡便苦着脸说："太让人伤心了，这个小护士去年还给我买过夜宵，转眼就送喜糖，也不问问我有意见没。"

"你不是准备找个金主吗？护士又没钱，你还能有什么意见？"

"理虽然是这个理，"沙姜鸡剥了一颗糖扔进嘴里，"但金主不好找，在找金主的过程中还需要小护士们的温柔安慰。"话没说完，他把嘴里的糖吐了出来。"小护士看来也没找着金主，这费列罗跟我昨天参加婚礼拿到的那个连味都不一样，怕是假的吧！"

谢迅奇道："你怎么不说昨天那个可能是假的？"

沙姜鸡嘿嘿一笑："昨儿结婚那朋友老婆有钱，人家还没结婚就住上了老婆买的棕榈泉。要说我朋友那个性，还真有可能买假费列罗——他跟我们撸个串都能躲着尽量不买单。可我看他老婆那架势，绝不能够！"

"那你跟你朋友商量商量，给你介绍个小姨子。"

"人家还真给我介绍了个小姨子！"沙姜鸡笑眯眯地抄起谢迅的可乐给自己倒了半杯，"可惜这个小姨子不是亲的，还是个律师，律师虽然听说挣钱多吧，但这职业也跟我们一样苦哈哈的，回头我加个大夜班，好不容易回到家里，发现媳妇儿比我加班还晚，我还得伺候她。不行不行，这种组合还不如贫穷但温柔貌美的小护士呢。"

谢迅笑了。"祝你如愿。"

"话说，"沙姜鸡又绕回谢迅桌子旁，"你今年真不准备再搞论文了？"

"没必要。"谢迅头都没抬。

"老金也确实有点欺负人，你就能甘心？我看他就是拿那事压着你，让你一直给他做便宜苦力。"

"老金是有点鸡贼。不过这事我们也算一个愿打一个愿挨，他需要人给他干活儿，我愿意干活儿，不想写论文，挺好。"谢迅终于放下片子，"你今年SCI（《科学引文索引》）任务完成了吗？"

沙姜鸡的脸皱成了一团，正准备诉苦，一个护士冲进来。"鸡医生，十九床病人情况不太好，麻烦你去看看。"

沙姜鸡放下杯子，赶紧跟护士走，谢迅只听得他撂下了一句："想到这个我的心儿就碎了"，也不知是刚才那首摇滚歌曲的歌词，还是沙姜鸡现编的。

老金喜欢嘲笑沙姜鸡和谢迅这两人"焦不离孟，孟不离焦"，不过，这一天两人一别两宽，谢迅到八点多下班都没再见到沙姜鸡。十九床的病人情况确实不好，本来安排了三天后手术，现在不得不提前，直到谢迅离开，沙姜鸡都还没下手术。

谢迅本来想让沙姜鸡帮他照看下自己某个术后预后不太好的病人，这下只得给他留了条信息，又仔细跟今天的夜班医生做过交接，方才离开医院，匆匆往谢保华那儿去。冬天快来了，谢保华家里的电暖器不热，今天约了师傅来修，顺带还得把屋外的水管给包起来，免得水管上冻。

谢保华住在东城一个胡同杂院里。从东直门往里，这样的胡同杂院还保留了不少。地段好的好些被改造成了酒吧餐厅什么的，有些个外国人也爱租翻新的四合院。那说的都不是谢保华这种。谢保华住的是个底层的杂院，一个四合院塞进去十来户的那种。从前的老邻居们多是三教九流，烧锅炉的，国营菜场卖菜的，孩子们悄悄议论，角落里住着的那个不爱说话总板着脸的老太太，解放前从事"那种工作"，所以她的女儿是收养的，和她不亲。

　　在这样的环境里，像谢保华这样当过兵的，已经算是院子里受人尊敬的大哥。最早谢保华和谢迅奶奶二人住着里院的东屋，屋前有一棵树干有大腿那么粗的槐树，后来谢保华在屋前加建了个小厨房，油烟熏得槐树半死不活了一阵，"那种工作"转业的老太太还来找谢迅奶奶吵过架。对杂院里的人来说，生活是至高的理想，所有其他的都得让位。因此谢迅奶奶跟邻居吵归吵，一点改造厨房的念头都没有。

　　这个矛盾最后被生活的演进解决了。谢保华和谢迅他妈结了婚，结果谢迅他妈跟谢迅奶奶干架，谢保华只得把小厨房又改造成一间小卧室，勉强拉开了点婆媳距离。槐树活过来了，但这个改造工程占用了更多的公用面积，"那种工作"转业的老太太又来跟谢迅奶奶吵了一架。

　　谢迅每踏进这个院子，就总觉得奶奶、他妈，或者"那种工作"转业的老太太还能随时从某个角落冲出来，因为他昨天捅出的娄子而把他追得满院子跑。然而，"那种工作"转业的老太太女儿虽然跟她不亲，还是在 20 世纪 90年代初把她接去了自家的单元房。隔一年，奶奶过世，他从出生起住的那间小卧室又被谢保华改回了厨房。谢迅他妈不像他奶奶那么爱做饭，对树的祸害就没那么大。又过一年，有一天他们正吃着晚饭，妈妈忽然大汗淋漓，说不出话来。谢保华赶紧带她去看急诊，谢迅留在家里等，然而妈妈再也没有回来。从此两个大老爷们儿相依为命，厨房用得不多，槐树到底是幸存了下来。

　　谢迅现在知道，他妈妈当年患上的是长期冠心病导致的心肌梗死，因为没能及时做上搭桥手术，所以救不回来。20 世纪 90 年代，搭桥还是稀见的手术，谢迅为此决心学医，而且要学心脏外科。谁知医学进步得如此之快，二十年前他妈妈走在心脏搭桥普及的前夜，现在这种病只要去医院放个支架就好，根本不归心脏外科管。

　　谢保华的屋子亮着灯，门也没锁，可谢保华不在家，十有八九是解大号去了。这些年，谢保华的院子里陆陆续续搬来过不少向往二环内生活的文艺青年，大多坚持不过一个冬天。杂院里就算是改造过有独立厕所的房子，也不能上大号。没辙，院子里的下水管道就是按照大家都用胡同里的公共厕所那么设计的，承载不了高级功能。就算是谢迅这种从小杂院里长大的，都觉得冬天上厕所是一种酷刑，永远习惯不了。几年前，谢迅出钱给谢保华修了个独立厕所，但还是解决不了所有的问题。

好在事情还是在慢慢变好的，前几年政府统一改造，杂院里每户都装上了电暖器，冬天再不必生炉子，已经是巨大的进步。谢迅打开电暖器等了一会儿，温的，看来师傅是已经来过了。他找出谢保华的工具箱和应急灯，拿上自己带来的材料，回到院里帮谢保华包水管——室内的问题由电暖器解决了，室外水管结冰这事还是无解，还得靠每年冬天给水管"穿棉衣"。

事实证明，做外科手术的手操作水管并没有优势，从前谢保华自己弄的时候，总是三下五除二就好了，现在谢迅接过这活儿，每年都得搞上一个多钟头。谢保华从公共厕所回来，站在院里看谢迅弄，谢迅心疼他，让他回屋里歇着。结果有个地方就是包不紧，没一会儿，还得把谢保华请出山指导工作。

这么一干就干到了十点多。谢迅想着陪他爸说两句话就走，谢保华年纪大了，难免有点絮叨，几件小事说完，时针已经接近十二，谢迅赶紧告辞出门，紧赶慢赶，坐上了零点十三分的末班地铁。

他远远瞧见光辉里楼门口站着个人，走近了点，发现是个女的站在门口，正在手机上努力打字。

这大晚上的，要写啥回家再写多好，谢迅正想着，那女的像听到了他的建议，收起手机，走进单元门。

谢迅想起自己刚搬来时跟芳邻的偶遇，决定打个时间差，免得把这女的也吓着。他掏出烟来抽了一支，算算时间差不太多，才走进单元门。

爬到五楼，谢迅听到头顶上"哗啦"一声响。像是在这楼梯间里有人跌倒，他急忙快跑两层，果然发现刚才门口那个女的倒在七楼往八楼去的拐弯处。谢迅探了探鼻息，又摸了下手腕的桡动脉，心里大概有了数。这姑娘的手腕也就比皮包骨头好上那么一点点，十有八九是低血糖。

顾晓音最近碰上个难缠的项目。客户和对方律师都不是省油的灯，她夹在中间难免被来回轰炸。适才在楼下刚回复了对方律师的一个要求，这楼还没爬完，客户已经写了两封邮件追问细节。顾晓音干脆坐在楼梯上，把邮件回复了再说，按下发送键，刚站起身来就觉得眼前一黑。

醒来时，她旁边站了个人，正用手机的手电光照着她。顾晓音觉得有点刺眼，不禁伸手遮住眼睛。

谢迅见她醒了，扶她依旧在楼梯上坐下。自己坐在旁边，从包里摸出自己早上获得的那包巧克力喜糖递过去。"你刚才多半是低血糖，吃颗巧克力应该就能缓解。"他停了停，又补充一句："我是个医生，住十楼，刚好碰上。"

就着谢迅手机电筒的光，顾晓音已经看到了他的脸。原来他是医生，顾晓音想。她说了声"谢谢"，接过谢迅递过来的巧克力，剥了一颗放在嘴里。

一股代可可脂的特殊味道在嘴里散发开来。顾晓音不由得一愣——这年头还有人吃代可可脂的巧克力。但人家这糖是当药发给自己的，她想，管它味道如何。

谢迅从听见顾晓音摔倒到检查、给糖都是标准操作，这会儿姑娘吃了糖应该没事了，他忽然觉出些尴尬来。他站起身问："你住几楼？还爬得动楼吗？"

顾晓音连忙扶着楼梯把手站起来，停一会儿，倒是没觉得不舒服。"没事，我也住十楼，自己可以爬上去。"

谢迅觉得他明白这姑娘身上那一点让他莫名熟悉的感觉是从哪里来的了——这姑娘就是他搬来那天半夜把他当贼的！还真是巧，他心想，她是做什么工作的，三不五时就得像他这个外科狗那样加班到半夜。

两人沉默着爬楼，顾晓音在前，谢迅在后。后面的人忽然想到上一回的谜团，择日不如撞日，谢迅开口问："上次见面时，你说：'是你？'，我们以前就认识？"

顾晓音上回受的刺激太大，口不择言之后，自己就把这事给忘了。没想到自个儿忘了，别人还记得。她暗叹自己运气不好，可又觉得没法实话实说，情急之下，顾晓音胡编道："我有个小学同学跟你长得有点像，当时以为是他，不好意思啊。"

这话说完，连顾晓音都觉得自己特扯，逻辑清奇到简直给广大法律工作者丢脸。她连忙低头走路，不敢看谢迅的反应。没想到谢迅伸手拉住她的胳膊，借楼梯拐角窗口外的月光端详了她一会儿。

"你是顾晓音？"谢迅缓缓问道。

这回换顾晓音莫名惊诧。"你认识我?!"

谢迅终于证实了他的判断,有点得意于自己果然没有白当医生。但他忽然想要把顾晓音逗上一逗,于是故意避重就轻地回答道:"你没记错,我就是你那个小学同学。"

顾晓音只觉心里有万千头神兽飞驰而过——这随口编的还能成真了!自己在北京一共才上过两年小学,什么时候有过这一位小学同学?然而人家这么斩钉截铁地说有,她倒也不好把自己的疑惑表现得太明显。于是顾晓音只好假装惊喜道:"真的?!这也太巧了。"

既已"相认",顾晓音只好没话找话地边走边问谢迅小学毕业去了哪儿,现在在哪里上班。谢迅一一回答,又礼尚往来地问顾晓音的近况。这么一来一往,就走到了各自家门口。

"今天多谢你。"顾晓音说着,打开自己的门。谢迅点了点头,看她把门合上,自己开门进屋。也许应该问她要个联系方式的,他想。二十年都过去了,顾晓音还能记得自己,看来是还在记仇呢。

被按了顶记仇帽子的那位正在绞尽脑汁地想自己为什么对这位"小学同学"一点印象都没有,然而一无所获。顾晓音甚至给自己还有联系的唯一一个小学同学发了消息,问她班上有没有个叫谢迅的。

时钟早已指向一点有余,对方当然没有回复。顾晓音带着满腹狐疑躺下,辗转许久才真正睡着。

第二天她正赶着出门时,对方回复:"没有这个人,我刚才专门查过毕业照的。"

这就奇了,顾晓音想。昨晚她搜索了中心医院的挂号信息,也没看到心外科有这么个医生,她刚目睹对方离婚,昨夜他却塞给自己一包明显是假货的费列罗喜糖,这人不会是个骗子吧?

可惜上次没跟朱磊介绍的那个医生交换联系方式,不然直接问问他就行。她盯着谢迅的门瞧了一会儿才转身上班去了。

谢迅还在得意自己昨儿在那种情况下能凭顾晓音额角的疤痕就把她给想起来,全然不知自己在顾晓音眼里已经滑落到卖大力丸的边缘了。二十年前他妈妈刚走那一段时间,谢迅在学校里时常犯浑,有一天体育课上练接力,快到他接棒的时候,有个小姑娘走路不看路,眼看就要挡在他面前,他奋力将人推开，接过棒去，边跑边听到后面的惊呼声。

顾晓音那时刚到北京，邓兆真给她联系了史家胡同小学，然而，手续一时还没办齐，先让她在门口的新鲜胡同小学插一个月的班。新鲜胡同没去两天，她在体育课上被男同学推了一把，额角摔在钢管上，缝了六针。谢迅为此被谢保华狠狠揍了一顿，还带他上门给人道过歉。谢迅像每一个皮得伤心的四年级男生一样，记吃不记打，这一顿打倒让他看见了座位隔他一个过道的顾晓音。这个转学来的小姑娘说话一口奇奇怪怪的口音，让他心痒痒地总想跟着学。

顾晓音的额角包了一周的纱布才摘。妈妈不在，大姨邓佩瑜仔仔细细地叮嘱她，拆线后伤口愈合会痒，千万不可以抓，否则会破相。顾晓音把大姨的话听了进去，辛苦地忍着，每天照镜子看那道像半条蜈蚣一样的伤口慢慢由红变白。然而始作俑者竟然毫不悔改，不仅没有离她远点，还每天学她的口音嘲笑她，让她觉得北京这个地方真是糟透了。

因此，她决心以暴易暴，在转学前一天毅然决然地把一瓶胶水倒在谢迅头上，趁对方还在愣神，背起书包头也不回地走了。

那天谢保华上中班，等他回到家，儿子已经用凉水冲了很久的头，那头发还是跟刺猬似的。谢保华长叹一口气，第二天一大早带谢迅去剃了个光头。天冷，谢迅带上谢保华参军时的帽子赶去学校，要跟顾晓音决一死战，却发现隔着走道的座位已经空了，那个左额角上有疤的姑娘从此不知去向。

顾晓音刚转学那段时间，谢迅想起她来还挺爱恨交织的。假使顾晓音留在新鲜胡同小学，这也许是个欢喜冤家故事的开头。然而生活的行进路线不像小说那样奇峰突起又峰回路转，谢迅回头便把顾晓音忘了，只有这个名字和女生额头上那个疤痕，出乎意料地铭记在心。

因此，他第二天跟沙姜鸡说起这事的时候，就跟说起前夜那盘游戏一样，只为奇谭，无关风月。

沙姜鸡倒是接过话头去："顾晓音？前儿人家给我介绍的那个律师也叫顾晓音，不会是同一个人吧？"

谢迅想到昨晚顾晓音确实提到过自己是律师，看来还真是同一个人。不由得打趣道："看来还真是。你现在后悔了还来得及去把人家追回来，回头我就把地址写给你。"

"别，千万别。"沙姜鸡连连摆手，"有钱的律师我还得思量思量，都沦落到跟你当邻居了，肯定也没挣着钱，这性价比小护士可差远了。"说完他又惯性使然地促狭一句："你一向喜欢劲儿劲儿的女的，干脆你自己近水楼台吧？"

"劲儿劲儿的"，倒确实可以用来形容小学时候的顾晓音，谢迅想。只是最近这两回不期而遇，顾晓音显得比当年拘谨许多，从前往自己头上倒胶水那个劲头不知道哪里去了。然而谁又能一成不变呢？谢迅想到自己这些年经的事，只能感慨×蛋的生活没有放过任何一个无辜的人。

"像我这样在感情问题上屡战屡败的，还是不要去祸害人家姑娘了。"

想到这位的感情史，沙姜鸡觉得自己确实也有点操之过急，跟护士长似的——眼里容不得一个单身汉。

"话说，"沙姜鸡想想又凑到谢迅身边，"下周一老金有个心脏搭桥手术，你帮我顶一下？我周末准备去趟外地，想请一天假。"

"又要去南京？"谢迅问。

这一下子被揭了底，沙姜鸡有点不好意思，还没等他想出怎么回答，谢迅接着说："我帮你顶是没问题，可老金是为了栽培你才让你上，你看我们平时哪有上搭桥手术的荣幸，每次都是留给你的。你确定要这么不解风情地推掉？"

沙姜鸡明白老金确实是在给自己开小灶。他爹跟张主任是同学兼多年好友，沙姜鸡分来中心医院时，他爹是专门把他托付给张主任的。张主任作为心脏外科主任，却不好太直接照顾老朋友的儿子，于是把他放在金副主任的组里。这老金水平相当过硬，为人上却有些善于钻营，因此在群众当中威信不是那么高——连护士们有时都能背地里嘀咕两句"金主任对那些'红本'患者也未免太前倨后恭了些"。但张主任的本来目的便是要偏袒沙姜鸡，若是放到不知变通的老史组里，便失却了照顾的目的。

沙姜鸡渐渐也想明白了这当中的玄机。这心脏外科除了张主任这位老大外，尚有三个副主任，每人带一个组。陈主任水平一般，但待人接物情商极高，若是张主任不得不接下某个可能会闹到医务处去的刺儿头病人，一般都塞到陈主任那里去。史主任和金主任论手术水平都是一把好手，做人却是泾渭分明的两种风格：史主任刚直，有时甚至有些迂腐，自个儿还是个工作狂，他组里的小医生，非白事不能随便请假；老金却是把自己的手下人像对那病人一样，自个儿先分门别类归置好，区别以待之——沙姜鸡是得好好培养的，平日里他要请个假，老金也睁一只眼闭一只眼，谢迅这小子好用，只要不把他压榨狠了，且能给自己打上十年二十年的下手，还有那谁谁谁——老金在这中心医院干了二十多年，自觉一切尽在掌握，病人付不付得出钱，新来的小子得不得用，他只消掌一眼，心里便明镜着呢。

沙姜鸡虽能理解张主任的苦心，却实在不大看得上金主任为人处世的风格——这阵子金主任觉得组里收入不够，昨儿来了个全自费的夹层病人，还威逼利诱让人家手术用进口耗材！然而金主任从来明摆着偏袒他，他也没法端起碗吃饭，放下筷子骂娘，这其中的憋屈，难以为外人道也！

因此他听出了谢迅那话里揶揄的意思，也只得顾左右而言他："南墙没撞够，总还想试试呗。"

沙姜鸡的"南墙"是个同样当医生的高中师妹。两人的故事就跟西游记一样，劫难没完没了。沙姜鸡医学院毕业时动过去南京的念头，也动过把师妹哄来北京的念头，还动过两人一起回广州的念头。但这些最终一个也没实现，他还是那个平日调戏小护士，隔段时间便找借门去趟南京的风流医生。

谢迅便了然，并且坦然接受了沙姜鸡的安排，顺便敲了他两包烟——在他眼里，这两人最多也就到了三打白骨精那一段，大雷音寺还遥不可及呢，有的是需要他帮衬顶上的时候。

周一手术的患者是个退休的大学教授，姓杨，六十多了，前段时间出现明显的冠心病症状，来医院检查，发现三支冠脉都有病变，只能考虑搭桥。这教授一家看上去都是文质彬彬的读书人，按老金的话说，可能最省事，也可能最麻烦。果然，住院手续办好，当日查房的时候，杨教授的儿子就企图跟老金讨论自己父亲的病情。这位是真读过书，也是真为自己父亲下过苦功，上来便向老金讨教各种指标的意义，预备手术期用的每个药的原因和剂量，说话间时不时还说起："我看梅奥诊所的某论文上说如何如何……"

谢迅和沙姜鸡跟在老金身后，看不到他此刻表情，两人相视一眼，都觉得老金这回碰上个难啃的骨头。谁知老金一言不发，任由这位说完，接着笑眯眯地对杨教授说："你这个儿子很关心你啊，我看他已经自学成半个心外科医生，再努力一把，周一我就可以把他带上手术台了。"

杨教授忙说自己儿子这是瞎研究，一切还得听医生的。老金又谦虚两句，话锋一转，对杨教授说了一番"最好的术前准备是良好的心态"之类形而上的话，说完，他指着杨教授床头柜上的烟盒说："就好像我们作为医生，肯定是要跟你讲你这冠心病十有八九跟抽烟有关。等做完手术，别的不说，烟必须戒了，这是书本上的知识，梅奥诊所肯定也是这么讲的。但有的人一辈子烟抽下来了，今天让他说戒就戒，搞不好比心脏病死得更快。"

这话说完，看杨教授一家的表情，老金已经大获全胜，因此他也穷寇莫追，只让杨教授安心休息，等待手术，便结束查房。

病房外走出两步，老金脸色一沉，便开始敲打后面跟着的几个年轻人："这个病人的病历须得小心着写，尽量保守简要，别留任何把柄。老头子十有八九术后也戒不了烟，回头要是预后不好，他那个儿子要较起真来，够咱们喝一壶的。别给我惹事！"

第五章　似是故人来

"刘老板现在是抖起来了。"陈硕对顾晓音吐槽,"自从他从明德手里把那个大国企客户抢过来,光在我面前就已经耻笑他从前的明德老板三回了。从前他整天抱怨老板伺候国企客户时恭顺得就跟太监似的,我看他现在也没什么区别。就前两天,还跟我分享如何先跟科室领导混熟了再慢慢往上发展,跟以前明德老板的路数都是一样的。"

陈硕伸出手指,在顾晓音办公桌边来回摩挲,不再说话。顾晓音猜他心里想的也许是"王侯将相,宁有种乎",但这些心思两人各自懂就好,点破了反而没意思。顾晓音是个胆小的人,她虽然晓得在办公室里一起吐槽领导或者其他同事乃是快速拉近私人感情的好方法——就像两个小女孩水泼不进的友情多半建立在互诉恋爱愁绪上——但别人向她伸出这橄榄枝时,顾晓音总是干听不回应。久而久之,办公室里只有两类人会在顾晓音面前抱怨同事:没啥心眼的二愣子和陈硕。

陈硕知道顾晓音知道他在想什么,就像顾晓音知道陈硕知道自己喜欢他。因为大家反正心知肚明,更加没有开口的必要。一旦开口,求的就是一个结果。如果顾晓音能得到她要的结果,陈硕总有办法暗示她,既然这个暗示迟迟没有到来,就不会是顾晓音想要的结果。

顾晓音这个人，平日里看着挺活泼，真到了紧要关头，八竿子也打不出一句话来。这样的人往往最犟。高考的时候，顾晓音想学考古，顾国锋希望女儿接自己的班当法官，大笔一挥改了她的志愿。顾晓音当时也没有和父母大闹，老老实实地念了四年法律系，接着就放弃保送资格，自己找了份律师的工作。把顾国锋气得心脏病发作，住了回医院。

邓家唯有蒋近男偶尔能问出顾晓音的心思来。这两人因为不同的原因，从小一起在邓兆真家消磨了漫长的时间，虽然是表姊妹，蒋近男和顾晓音倒比和蒋近恩更亲近些。大约女人一旦自己有了固定伴侣，总希望身边的人都俪影成双，蒋近男也问过顾晓音的个人打算。

顾晓音也真没瞒着，她做出一副不正经的样子回答："等着呗，要么陈硕良心发现，要么等来一个让陈硕不必再良心发现的人。"

蒋近男想，自己这表妹是真傻，如果陈硕不知道顾晓音的心思，倒还有良心发现的可能。然而这么多年下来，陈硕要还不知道自己这个表妹喜欢他，这人怕是个混迹于律师圈子里的东郭先生吧。

北京城一天没有倾覆，这两人之间的困局是解不了的，而那个能让陈硕不必再良心发现的人，也不知道出生了没有。

这个陈硕也不自己把话说明白了，钓着我家晓音，真是渣。蒋近男在心里啐了一口。

陈硕也时不时地觉得自己还是跟顾晓音把话说开了好。多年前他谈第一个女朋友时，想了很久要怎么告诉顾晓音。陈硕鼓起勇气打开和顾晓音的聊天窗口，然而最终只是聊了聊三环边新开的火锅店。

和女朋友分手时，陈硕庆幸自己当时没有贸然行事。毕竟和顾晓音挑明她已经知道的事，除了徒增尴尬，并不能改变其他，简直可以算作赔了夫人又折兵。经历过两遭这种情绪的轮回之后，陈硕慢慢变得坦然起来——他在无法接受顾晓音感情的情况下保持好朋友的关系，虽然在行为上有些软弱，但总比给姑娘画饼"到了××岁两人还都单身就在一起"好。他和顾晓音的关系，如若一开始算是各取所需，各尽所能，时至今日陈硕倒有点"晓音如手足，女人如衣服"的感觉。

这感觉在他跳槽到君度和顾晓音成了同事后愈加明显。

陈硕和顾晓音关系好差不多是君度非诉组公开的秘密。有时，同组的罗晓薇打电话找陈硕找不着，甚至会直接打给顾晓音。陈硕刚跳槽的时候，君度里颇传了一阵这俩人的八卦，然而顾晓音被问到敏感话题时是个笑眯眯的锯嘴葫芦，陈硕又否认得坦荡，最关键的是，两人明知这八卦已经传得火热，也一点没有避嫌的意思，导致吃瓜群众们最后硬是得出了"男女同事之间还是有真友情"的错误结论。

陈硕对着顾晓音吐完了刘老板的槽，自己的心事也想明白了，便关心起她的申请情况来。顾晓音也没瞒着，反正申请已经失败，陈硕总会知道的，拖得越久，就越会像自己的心事那样无法启齿。

果然，陈硕只是沉吟了一小会儿："其实也没什么。左右不过是为了拿一个纽约州执照，去外所镀一两年金。我感觉现在中资所慢慢也不看这个了，最后谁能上去还是看手上的客户和资源。"

顾晓音知道陈硕又在用那套"条条大路为升 Par①"的思路想问题，不知道是该笑他有浓厚的老友滤镜，竟然觉得自己这种挣"工分"的律师还有客户和资源，还是恼他不懂自己的志趣所在。但她还是笑着解释："我哪儿有你那么厉害，我纯粹是想出去读一年书休息休息，读完书要能有机会转行就更好了。"

"你想转行？"陈硕有些吃惊地问。

"其实我也不知道实不实际，我听说华盛顿的那些国际组织有时候会招美国法学院毕业生，就还挺期待试一试的。"

陈硕从前在美国念书的时候，同学间总是笑谈，申请法学院的学生里十个有八个在自述里写自己的目标是学习国际法或者救助弱势人群，毕业的时候，十个倒有九个去了律所为资本打工。像顾晓音这样为资本打了这许多年工，还想放下工作经验重投国际组织的，还真是逆水行舟。

还没等他再说话，罗晓薇门也没敲，开门走进来。"你果然在这儿，大老板在刘老板那儿，叫我们去呢。"

陈硕站起身问："你知道是什么事吗？"

罗晓薇看也没看顾晓音，自顾自地拉了陈硕往外走。"还不是为了刘老板从李老板那边挖来的大客户，大老板要找我们去谈谈怎样更好地服务这个客户。"

顾晓音把视线转回电脑前，正要开始做事。耳边传来那二人的对话声，只

---

① 即合伙人（partner）。——作者注（如无特殊说明，皆为编者注）

听罗晓薇问："我听说你和晓音是大学同班同学？"陈硕似是应了一声，罗晓薇又说："那你俩还能保持这么好的关系也真不容易……"

两人的声音渐行渐远，顾晓音没能听到罗晓薇接下来说了什么，陈硕又回答了什么。

也罢，她想。陈硕现在在所里的地位日益稳固，大概过不了多久，刘老板就会让陈硕带着她干活儿，毕业不过七八年，两人竟成了上下级的关系，换了别人，大概是会心生罅隙的吧。

顾晓音倒真觉得陈硕在君度有今天也是应该的。从大学起，陈硕就是个既有成算，执行能力又强的人，有一次大家一起吃夜宵时，他说自己研究过，最好的路径是大学毕业先去外所工作两三年，能进顶尖的就进，一般的也没什么。两三年后去美国镀金念 LLM，最好是名校，第一学期必须得全力学习，靠绩点找名牌外所的工作。外所做上三四年再跳回内所，顺利的话很快就可以升成合伙人，比在内所里一点点挨上去好多了。

当时有人打趣他，要都能考上名校进名牌外所了，何不努力当外所合伙人，那多高大上，还混什么内所？

顾晓音记得当时陈硕刚从火锅里捞起一块羊肉，听到这个问题，他低头轻笑一声，把羊肉放下，倒似循循善诱地回答："现在外所厉害，不过是因为内所里还没有厉害的人。你想，如果有一天内所的律师也可以做外所的项目，客户更愿意选谁？"

一群人当时都将信将疑，只有顾晓音相信了他的话。回头想来，她当时不过是情人眼里出西施，陈硕说什么她都觉得是对的，谁能想到十年过去，陈硕真按他当时规划的轨迹一步步地走了过来，而中国的法律市场竟然也真的像他说的那样，留给外资所的空间越来越窄。

所以活该人家现在被当成预备合伙人培养，而自己还在这里混日子挣"工分"。

不过，顾晓音一向认为欲戴王冠，必承其重。自己这个胸无大志的，自从被父亲安排学了法律，人生就变成了围城。若能成功留学，也许还有反转的机会，现在顾晓音只能转投她的 B 计划，争取早日存够钱把她那个破屋子买下来，若能有房无贷，那她也可以转行找个不挣钱的工作。

至于那工作是什么，顾晓音觉得，等咱至少付了首付再想，时间上绰绰有余。

论及同学，顾晓音又想起谢迅来。说不上是什么原因，顾晓音不愿意相信谢迅骗她，可自己周末还专门回家翻出了小学时的毕业照，上面印着所有人的名字，确实没有谢迅这号人。难道说的是新鲜胡同的同学？自己在那儿不过插了一个月的班，除了收获额角上的疤痕一处，实在没有留下什么痕迹。要说同学也委实勉强了点。

顾晓音决定从中心医院下手。她鬼使神差地给朱磊发了条信息，请他帮忙问问沙医生有没有一个同事叫谢迅。

"嘿，我那朋友的小姨子向我打听你呢！"两人正在进行下午的例行查房，沙姜鸡忽然收到一条信息。他看一眼，挑了挑眉，出得病房便告诉了谢迅。

"就你那位芳邻！"见谢迅一脸不解，急于吃瓜的沙姜鸡赶紧揭开谜底，"这都拐弯抹角问到我这儿来了，看来对你真有点意思哦。"

谢迅却觉得不大可能，"她打听我什么？"

"这倒没有什么劲爆的，就问你是不是我同事。"

谢迅陷入沉思。

倒是沙姜鸡先反应过来。"上回你说这姑娘低血糖晕了过去，你给人塞了块巧克力，不会是上回我们拿到的喜糖吧？"

谢迅黑了脸。"当然就是那喜糖，不然我一大男人随身带什么巧克力。"

沙姜鸡哈哈大笑。那动静着实有点大，走廊里的人纷纷看他，远处护士长投来飞镖似的眼神。他好不容易忍了回去，脸憋得有些红。谢迅嫌弃地看了他一眼。

"人家姑娘肯定是看你深更半夜回家，还塞给她假巧克力，不相信咱医生队伍里能混入你这种人！"

谢迅不信："巧克力就算是假的，她又怎么知道？"

"哥哥喂，"沙姜鸡无奈道，"费列罗这种牌子的巧克力能用代可可脂吗？再说了，就算人家吃不出来，头一天她亲表姐刚用过同款喜糖，她还能比较不出来？"

沙姜鸡想，谢迅这么不解风情的人怎么就能结过婚，现下还能貌似被其他姑娘看上，自己怎么如此情路坎坷，回回去南京都感觉杀敌八百，自损一千；谢迅想，这姑娘一别二十九年倒是出息了，搞起侦查工作，肯定是干律师这一行培养出的职业病。两人在同床异梦中又查了几个病房，谢迅问："你回答了吗？她托谁问的？"

啊哈！沙姜鸡在心里想，还想着这事呢，果然有奸情。

谢迅听到沙姜鸡说他如实回答了对方的问题，莫名松了一口气。沙姜鸡说的这新郎，听名字倒有点耳熟。从前他们大院里就有个叫朱磊的，不过这名字太普通，大街上叫一声，保不齐能有三五个应声的。谢迅对那不相干的人没有八卦的兴趣，当时按下不提。

沙姜鸡怀着一颗八卦的心，等谢迅再问他"对方有没有进一步的问题"，好打趣谢迅萌动的春心。谁知，病房一个个查过去，谢迅再没提起这茬儿，到八点多谢迅离开办公室，哪怕是旁敲侧击地给他一下都没有，朱磊那边也偃旗息鼓，把沙姜鸡憋得晚饭都少吃了二两米饭。

谢迅从大望路地铁站出来，忽然想起家里卫生纸用没了，折返方向，往最近的便利店走。这便利店开在一条无名商业街的最西头。商业街大概一百来米，北边一排铺子算是蓝堡小区的底商，开着咖啡厅美发店什么的，虽不能跟一街之隔的SKP比，也算是CBD小区中档标配。这南边的一排，是一溜儿的平房，开着黄焖鸡米饭、沙县小吃、重庆小面、驴肉火烧，等等。接地气得很。谢迅最初搬来时，很是不解为什么在这四周房价都十万开外的地方会有这么一条街，要说是为光辉里居民服务吧，光辉里居民数量有限，撑不起这许多店的生意——好多个店家做了假二楼，硬是多开辟出一个堂食的店面来。若是天气许可，一家家的桌子便搬到门外，不管是重庆小面还是驴肉火烧，都架起烧烤炉，做起夜宵撸串的生意。

谢迅平时吃饭都在中心医院食堂解决，只有周末难得不用加班又不去谢保华那儿的时候，才会来光顾小街的生意。但他还是慢慢看出点门道——到了饭点，那小区里的保安，附近万达广场那些地产中介里的小弟小妹，穿着按摩店制服的中年女人，都从四面八方汇聚到这条小街上——还有他这个囊中羞涩的心脏外科医生，也许还有写字楼里想要省钱的白领，谁的生活还真像社交媒体展示出来的那么光鲜呢？

被点名的顾晓音打了个喷嚏。今天刘老板去见客户，为表示重视，刘老板搞起人海战术，连她都带上了。他们在西边跟客户开了一下午的会，结束后，刘老板让陈硕帮他起草项目报价书，她这凑数的倒是八点就下班——连所里报销晚饭的点都没到。这会儿她正排在驴肉火烧门口，手里提着一个火烧的袋子，等她的羊肉串。情急之下，顾晓音抬起手臂把喷嚏打到自己的手背上，她面前那一排正在烤的串应该是躲过一劫，手里那袋驴肉火烧不知道沾上多少。顾晓音只能安慰自己，自个儿的飞沫，不脏。她悄悄看烤肉的师傅和旁边站着的俩人，大家都神态自若，只盯着串，对她毫无意见的样子。顾晓音忽然想到，也许是习以为常？这让她狠狠硌硬了一会儿。

不过顾晓音这人忘性大，不记仇。没过几分钟，师傅把烤好的串递到她手上，眼看着那烤得焦黄的羊油，闻着扑鼻而来的混着孜然味的肉香，顾晓音乐呵呵的忘记了刚才的插曲，向师傅道了谢后，便往家走。

谢迅提着一大包卫生纸走出便利店，便看到穿着黑色西装套装的顾晓音一手提溜着一个油腻的塑料袋，一手举着几串羊肉串，面带笑容地往家走。在这深秋萧瑟的场景里，显得格外不严肃，直接刷新了谢迅对律师行业的认知底线。

"顾律师。"谢迅踏进电梯，朝顾晓音颔首。

顾晓音早从朱磊那儿得到了情报。朱磊不仅给她反馈了沙姜鸡的回答，还问顾晓音，这姓谢的哥们儿是不是某某胡同长大的。顾晓音哪儿知道这些底细，本想回答可能是新鲜胡同小学毕业的，转念一想朱磊那风格，连忙改口，只说跟自己差不多年纪，北京人。

"我听着像！"电话那头的朱磊更精神了，"晓音妹妹，我可跟你说，谢迅这名字可不常见，要真是我认识的那哥们儿，哥没搬家前和他是一个院子里的。这小子虽然长得人模狗样的，家里条件在那破杂院里都算倒数的，还早早死了妈。看人不能只看脸，沙楚生跟他比，绝对是一个天上，一个地下……"

"打住，打住。"顾晓音连忙给自己姐夫踩刹车。她暗暗后悔自己多此一举找朱磊八卦，如今再找借口，只能越抹越黑。只好四两拨千斤地说这是自己刚搬来的邻居，听说是中心医院的，就好奇多问了一句。

朱磊倒没再追问。顾晓音得了沙姜鸡和朱磊两边的情报，再加上当初在婚姻登记处听到的墙脚，这会儿再看谢迅便有了上帝视角，拼凑出了个红颜薄命的故事：少年丧母，好不容易考进医学院当上了医生，又因为工作太忙导致婚姻不幸。端的是可叹，可叹啊。

于是顾晓音相当小意温柔地问了句："谢医生吃了吗？"

谢迅瞧了瞧顾晓音手里的两样东西。秋意深浓，顾晓音的羊肉串外罩着的塑料袋上结起一层大大小小的红色油点，若是他爸在，铁定要劝上一句："闺女，这大油的东西不能冷了吃，要积食的。"谢迅不信中医，但他忽然觉得顾晓音虽然穿上了严肃的西装当了律师，然而今日这左一袋驴肉右一把羊肉的，倒还有点当年往自己头上倒胶水的浑不吝样。

他不知为何放下心来。"吃了。你也刚下班？"

顾晓音点头。"今儿算早的。"

谢迅想到两人前几次在楼梯间的相遇，这时再回想起沙姜鸡说律师工作太苦，不适合当老婆，不禁觉得自己这哥们儿虽然现实了点，多少也算话糙理不糙。光辉里的电梯老旧，一层层慢慢向上爬，这处在相识与不相识之间的两人，最是难以寻找话题。只听"叮"一声响，电梯停在六楼，一位大妈走了进来，看见顾晓音便眉开眼笑，说："晓音下班啦？"

谢迅眼见着顾晓音刚才因尴尬而变得紧绷的神情如春雪般融化开来，整个人又像他在街上远远瞧着的那样活泛了。"是呀，大妈，楼下串门哪？"

这位大妈刚笑着点头，随即便皱起了眉。"晓音哪，羊肉串大油的，你回去可别就这么冷着吃，要积食的。好歹在锅里热一下。"

谢迅没憋住，转过头去咬紧嘴唇才没笑出声来——果然全天下的大爷大妈都拿了同样的台词本。他平复完心情再转回身，余光里却见顾晓音盯着他瞧，显然是不满意谢迅笑话自己。

顾晓音和大妈你一句我一句的，没两个来回就到了十楼，倒是快得很。大妈显然从前没在十楼见过谢迅，见他尾随她俩走出电梯，立刻拿出朝阳群众的警惕性，上下打量他。

顾晓音是个促狭的好人，她立刻为谢迅"解围"道："大妈，这是1003刚搬来的谢医生，在中心医院当心脏外科大夫。"

果然，大妈立刻对谢迅产生了兴趣，站在楼道里便攀谈起来。顾晓音给谢迅一个"活该"的眼神，关上了自家的门。

长辈们的关心总是躲得过初一，躲不过十五。顾晓音周末去看姥爷，不过晚到了一些，朱磊俨然已经令邓家两姐妹相信顾晓音在中心医院心脏外科有了两个追求者。邓佩瑜向来心里不藏事，顾晓音刚进门，她便先发制人："晓音啊，最近跟小沙有联系吗？"

反正伸头缩头都是一刀，顾晓音索性实话实说："没有。沙医生应该没看上我，那天都没跟我要联系方式。"

　　邓佩瑜显然没从朱磊那里得到过这个反馈，倒是吃了一惊。她不由得看了一眼邓佩瑶，见自己妹妹没有特别的反应，邓佩瑜接着说："这都 21 世纪了，他没要你的，你可以要他的嘛。大姨跟你说，这找男朋友啊，家庭环境特别重要，那单亲的，家里特别穷的，可千万不能考虑，尤其是当医生的，他万一是个心术不正的，能神不知鬼不觉地把你害了……"

　　眼看邓佩瑜只差把"不能找谢迅当男朋友"挂嘴边了，顾晓音无奈道："大姨，我真没情况，沙医生跟我也真不合适。"

　　"老没情况也不行啊！"邓佩瑜急道，"你姐这都有孩子了，你也得抓紧，别让姥爷且等。"

　　顾晓音虽怕大姨，对姥爷总是有办法的，她走过去抱住邓兆真的胳膊。"表姐都已经提前完成任务了，我稍微拖点后腿也不要紧，反正后面还有蒋近恩呢，姥爷怎么也得且等等。"她把头靠在邓兆真肩膀上，轻轻地说："姥爷你可得长命百岁呀，怎么也得看着蒋近恩生三个孩子。"

　　蒋近恩一大小伙子哪受得了这种编派，跳过来便要和表姐算账。顾晓音往邓兆真身上拱，邓兆真笑着把蒋近恩挡开。"好，好，我一定长命百岁，争取看到你们所有人的下一代。"

　　这一章算是揭过，一家人午饭后，邓佩瑶在厨房里洗碗，邓佩瑜帮她把餐桌上的碗筷收拾进厨房，想想还是关上厨房门。"晓音对她的终身大事到底是什么想法，你这当妈的也不着急?!"

　　邓佩瑶叹口气："着急呀，只怕老顾比我还着急。只是晓音不愿意讲，我们怕越催她越抵触。前段时间，她偶尔提过一句想要出国深造，也许是想等深造回来再考虑终身大事。"

　　邓佩瑜差点脱口而出：等回来都成老姑娘了，到底看着妹妹的脸色没能说出口。顾晓音小时候没在邓佩瑶的身边长大，等她两口子回北京，顾晓音转眼就高中毕业念大学，一家人统共没在一起住过几年，也难免不够亲近。现在的孩子，邓佩瑜不由得也叹了口气，蒋近男这个自己身边长大的女儿，还不是什么都不跟自己讲，连怀孕这种事都要等过了三个月才肯告诉自己亲妈！

　　"你什么时候告诉大姨和姐夫的?"顾晓音问蒋近男。

蒋近男边开车边回答："上周。"

"想通了？"

蒋近男看着前方笑了一声，倒像是自嘲："我又去协和国际看了一次，医生说的跟北医三院一样，这次不要，以后就会困难。既然没有选择，就想得通了。"

顾晓音有点难过，她总觉得蒋近男并没有初为人母的喜悦，也许这个孩子确实来得有些着急。可如果孩子没有来，蒋近男会不嫁给朱磊吗？蒋近男今年三十二岁，她和朱磊从大学开始，恋爱谈了十年。顾晓音常听说超过八年的恋爱是无法结婚的，她每次都对此嗤之以鼻——朱磊和蒋近男就结婚了呀。

怀疑的种子一旦种下去，就跟杰克的豌豆似的。顾晓音不由得问："这周末大下午的，朱磊不陪你这个孕妇，自己去了哪儿？"

蒋近男倒并无抱怨。"他不刚买辆新车吗，去做保养。"

顾晓音这才想起来，刚刚下楼时，蒋近男和朱磊确实一人开了一辆车。她起先还以为朱磊那辆锃亮的 Q7 是朋友的车，没想到是新买的。她不由得把疑虑说出了口："朱磊在机关里开这么一大豪车合适吗？"

蒋近男显然已经想过这个问题。"他要买，不合适他自己担着呗。"

顾晓音想，但这进口车的钱肯定不能只靠姐夫那点机关工资出呀。然而为了不给孕妇添堵，她自个儿把那疑虑给消化了。

蒋近男把顾晓音送到楼下，顾晓音上得十楼，只见 1003 门口堆着两个纸箱，纸箱上坐着一个人。

她仔细看，这人她也见过——谢迅的前妻。

第六章　故人西辞黄鹤楼

两个箱子摞在一起，徐曼坐在箱子上跷着二郎腿，两条腿都悬空晃悠着。

徐曼算是一个美人。她五官生得小巧，本不算现下最讨巧的长相，幸而得了一张莹白的鹅蛋小脸，略略尖的下巴，最重要的是在鼻翼斜上方生了一颗只比本来肤色略略深一些的痣，立刻给整张脸带来了画龙点睛的效果。

顾晓音只能看到徐曼的侧脸。一把青丝扎成马尾，额角有细细的碎发落下来，徐曼低着头在手机上按数字，露出长而白的后颈。顾晓音想起蒋近男领证的那天，徐曼站在谢迅面前，也是这样低着头。徐曼娇小，而谢迅目测至少有一米八，比她高了一头不止。也许娇小会低头的女人天生容易博得同情和好感，顾晓音看到她，首先想的便是：她这身板是怎么把这两个看起来很沉的箱子弄上十楼来的，谢迅也太不怜香惜玉了。

徐曼接通电话，顾晓音开门进屋时，刚好听见她对电话那头说："你啊，永远都是这样……"未尽的尾音消失在走廊里，似嗔似怪。

顾晓音想：她的声音可真温柔。

一晃便是晚饭时分，顾晓音懒得开火，决计还是下楼买个驴肉火烧当晚饭。她打开门，惊讶地发现徐曼还坐在那儿。北京的深秋天黑得早，此时走廊还未亮灯，黑洞洞的，只有徐曼手机的那一点光亮。她早已改换姿势，两腿并拢放在纸箱上，整个人蜷成一团，看起来楚楚可怜。

顾晓音见多了被快递员丢在门口的纸箱，不禁猜测徐曼这两箱东西到底得多重要，才值得她在这里等谢迅一下午。想到这儿，顾晓音好邻居上身，走过去对徐曼说："你等谢医生哪？我住隔壁，要不箱子先搁我家里，谢医生回来，我交给他。"

徐曼抬头皱着眉看了顾晓音一眼。她和谢迅结婚两年多，从没见谢迅和邻居说过一句话，最多是碰面点个头而已。这刚搬来光辉里没多久，竟培养出了个能代收东西的邻居？徐曼看向顾晓音的目光不由得带了点探究。顾晓音觉着这位来者不善——难道怕我勾引你前夫？这都前夫了你管得着吗，然而同为女人，她又有那么一点理解徐曼，如果真像她那天道听途说来的，徐曼是因为谢迅工作太忙，所以离婚，那主观上确实还有可能仍旧把这男人看作自己的一亩三分地。

嫉妒的力量最是强大，顾晓音决定自己还是不要蹚这趟浑水，徐曼既然没有接她的话，顾晓音也不打算继续自作多情，点个头便走。

本打算买个驴肉火烧回家吃，到了店里，顾晓音闻着店门口烤串的味儿，到底是改了主意。上回穿着西装怕沾味儿，今天反正是胡穿的。填饱了肚子的顾晓音溜达回家，琢磨着晚上在家把这周末的活儿干完，晚点就晚点，明天可以睡个自然醒。

她正打着自己的如意算盘，冷不丁迈出电梯，便看见徐曼终究是把人给等来了，倒把她吓了一跳。谢迅背对着她站着，顾晓音看不见徐曼，可是谢迅的背后有两只手。这俩终于还是抱上了！顾晓音不禁想到在登记处那天，如果谢迅没被医院的电话叫走，接下来必然也是这样的戏码。

既然如此舍不得，又干吗要离婚呢？顾晓音不明白。对于男女之间那些事，顾晓音迄今为止还是以理论知识为主。初中时她暗恋过一个高中部学长，每天翘首以盼他走过自己窗前。到她初中毕业，考去另外一所高中，顾晓音终于鼓起勇气给对方写了一封无关风月的信。对方倒是回信了，只是内容像校报摘录似的，结尾祝她考上心仪的大学。顾晓音一直珍藏着那封信，整个高中生涯，她时不时地便拿出来读一遍，像是个强迫症患者。人说新的不来，旧的不去。顾晓音在大学里遇见陈硕，那封信终于被夹在旧年的日记本里束之高阁了。

她向来以为自己虽然没吃过猪肉，好歹见过猪跑。如今猪从她面前跑过，她发现没吃过猪肉还真是不知道猪跑个啥。

好在律师可能缺钱缺觉，却独独不缺乏理性。顾晓音把自己的位置摆得相当正，她目不斜视地从两人身边走了过去，直到关上自家大门都没看这二人一眼，给他们留出了足足的私人空间。

谢迅瞧着那个身影走过去，到了她自家门口，还相当不自然地保持了一个侧身的姿态，端的是非礼勿视。

徐曼早上给他打电话说整理了家里余下的东西，要给他送两箱书来。谢迅提议自己改天去拿或者留在他门口，徐曼都不肯，他便猜着了徐曼这是有事要当面说。谢迅今天加班，本来跟沙姜鸡讲好饭点前后替他掩护，自己溜班去把人见了，谁知饭点还没到，前儿那位他跟老金做搭桥手术的杨教授又被送回来了。

杨教授出院没过一周，医务处找上了心外科，说病人家属投诉老金和谢迅医风不正，对待病人敷衍草率。张主任把医务处发来的材料转给老金——厚厚一沓打印材料，里面有杨教授住院期间所有的病历和医嘱单，被一条条注解过。有的写着"某操作和梅奥诊所的推荐操作不一样"，有的是"病人家属咨询过阜外心外科某主任医师，认为药物剂量过大"……还有长篇陈情，历数查房时老金和谢迅怎样不肯直接回答自己的疑问，绕弯子，兜圈子，怀疑是为了甩脱责任。最后总结：杨教授虽然术后正常出院，但这段经历给教授和家人都造成了不小的心理阴影。

这种并无实际医疗事故的指控，中心医院的一向做法是带组主任和主治医生当月工资各扣五百。老金倒是不在乎这点小钱，唯有恶心而已。他把材料扔给谢迅，自己问候了若干天杨教授儿子的母亲，直到有一天，沙姜鸡挠着头给他指出，杨教授儿子的母亲就是杨教授太太，他们查房时都见过，这可真有点不妥。老金往沙姜鸡头上招呼了一巴掌，从此揭过不提。沙姜鸡捂着头对谢迅说，我帮你挨这一巴掌，你那五百的人情也算是还了。

谢迅又给了他一下，笑道："这是利息。"

"你说这家属真找过阜外的某主任吗？"办公室里有小朋友问，"他都能够上某主任了，干吗不直接在阜外做搭桥，非得上咱这儿来犯到老金手上？"

"我还是林巧稚接生的呢。"沙姜鸡不屑地回答，"反正没有病历，我说啥还不就是啥。"

"那还是不同的。"谢迅慢悠悠地说,"你出生的时候,林巧稚都去世六年了。"

再见到杨教授一家,谢迅在心里叹口气,赶紧汇报给老金。恶心的事他们年年都要遇上百八十桩,恶心恶心着也就习惯了。然而这病人又回到医院来,却往往是不能善了的。杨教授自诉,这两天经常觉得一阵阵心慌,今天在家摸脉搏,发现心率每分钟只有三十几下。谢迅心里有个基本判断,但还是安排杨教授先做心电监护。趁老金还没到,他赶紧给徐曼打电话,叫她别等。

电话那头徐曼叹了口气:"你啊,永远都是这样⋯⋯"可还是坚持会等他。这时,护士来找谢迅,他只来得及匆匆说了句"真不知道今天几点能回,你还是别等的好",便匆匆收了线。

心电监护做完,老金也来了。果然和谢迅想的一样,杨教授出现了慢房颤。这对老金和谢迅来说,算是个有好有坏的消息,好消息是慢房颤的标准处理流程是先放心脏起搏器,然后再射频消融,这都是心内科的范畴,心外可以把这烫手山芋扔出去;坏消息是这位小杨先生把自家爹的病历批注一番又告去医务处的操作已经传遍全院,老金要扔山芋,只怕人家不接。

谢迅听自己在其他医院工作的同事说过类似情况的恐怖结局:自己科处理不了,其他科不接收,但病人家属咬死"这第一个手术是你们做的,必须是你们治好,治不好,我就上医务处卫生局告医疗事故"。在心外这种科室,谢迅见多了,往往那些生死立判的病人不容易扯皮,扯皮的都是第一次救回来的。他不由得为自己老板捏了一把汗。

老金出去抽了支烟,回来以后,叫谢迅找家属一起谈话。谢迅跟老金工作了这许多年,看这架势,老金多半是已经想好了对策。果然,杨教授的老伴和儿子进了办公室,老金先听他儿子分析了半天病情,连一点不耐烦的神情都没有。等他讲完,老金缓缓开口:"你父亲的情况听起来你已经很了解了,我下面说的可能和你知道的也不会有太多不同。他老人家这个情况,很不好,眼下要做的是尽快转到心内科放心脏起搏器。我刚刚给心内打过电话,现在是秋冬心血管疾病多发季节,中心医院眼下心内没有病房。那么就是两种选择,一种是等中心医院的心内病房,但是以杨教授的情况,随时有可能发生心衰或者脑梗,一旦发生,估计就救不回来了;还有一种选择是联系其他医院的心内科,尽快转院，尽快手术。"

杨教授的老伴哭了起来，谢迅赶忙递纸巾过去。儿子紧紧抿着嘴，似是在天人交战。老金也不催他，过了半分钟，儿子问："这心脏起搏器的植入手术，心外科不能做吗？"

谢迅以为老金会立刻否决，然而老金没有。"我老实告诉你，我一个有几十年经验的心外科医生，从能力上来说是能做的，但我要是做了，轻则免职，重则吊销医护证，而这些都是小事，重要的是这手术是归心内科做的，你肯定不放心交给我一个心外科医生做。"

杨教授儿子嘴唇翕动，却没有说出话来，又过了很久，他问："那刚才您说的两种选择，您觉得哪种风险小点？"

老金故意没有立刻回答，他顿了一会儿说："我可以告诉你，教科书上认为这两种风险差不多，但是除了教科书里那个病例，没有哪个病人是照着教科书长的。"

"如果是您父亲呢？"杨教授儿子声音都略微颤抖起来。

老金摇摇头。"你在这里反复权衡，还不如赶快打电话看看别的医院能不能接收，老爷子还监护着呢，多等一分钟都是额外的风险。"他站起身来，"小谢你留在这里，我先去看别的病人，有需要随时找我。"

杨教授儿子权衡了很久，到底是决定尽快转院。儿子出去打电话的当儿，杨教授老伴开口便向谢迅和老金赔不是。杨教授儿子虽然迂腐点，老爷子老太太却是懂的，这一回既给人惹了麻烦，还上院里告了一状，老太太自然明白自家这二进宫必然是讨人嫌来了，只是孩子大了，和父母之间不知不觉掉了个个儿，杨家老两口虽然觉得儿子不妥，但自个儿毕竟依仗着儿子，也不敢多说。

老太太絮絮叨叨地兜着圈子把这意思给说了，谢迅在心里叹口气，不知道怎么接话。老太太又接着感谢他们还不计前嫌地接诊，让谢迅一定把这歉意和谢意给金主任带到。

谢迅心一软，差点要说"如果联系不到其他医院，中心医院的心外也未必全无机会"，但想到老金，到底是犹豫起来。正在这时，杨教授儿子回来了，说某某医院心内有床位，大概一个小时之后可以安排转院。

谢迅松了口气。这某某医院虽然不如中心医院，但好歹也是个三甲。这时候折腾转院固然有风险，但如若老金不亲自去打招呼，中心医院的心内是万万不会接的。之前老金跟杨教授家属说心内没病房，说不定就是心内自己支出来的借口。

现下尘埃落定，谢迅去跟老金汇报，顺便传达了老太太的话。也许是这几句话的作用，老金在杨教授转院前，还去监护室看了看他。虽什么话也没说，但周围的人都懂，这时候是好是坏老金都不可能开口，能来看一趟，已经算是尽了心意。

把杨教授一家送走，沙姜鸡说："文化人真是难对付啊，这下该某某医院接招了。"

老金却叹口气："你懂什么，文化人还是好对付的。他要是个泼的，今天就讹上咱们了，老太太再假装犯个心脏病躺你这儿，你还真一点办法没有。别说咱院心内，他要约阜外安贞联合会诊，我都得给他想办法。"

劫后余生的老金去抽烟，留下两个徒弟在原地各自咀嚼他扔下的话，良久，倒是沙姜鸡先回过神来。"你中午本来不是还要溜班吗？是不是也黄了？"

谢迅如梦初醒，赶紧打电话给徐曼。徐曼的声音远而空洞，像是在一个桥洞里，不消说，显然是还在等着。谢迅心里一阵愧疚，在沙姜鸡面前却不好说什么，只撂下句"我马上打车过去"，便要走。

"我×，徐曼上你那儿等你去了？这是要破镜重圆的节奏啊！"沙姜鸡在一旁大惊小怪地说。

谢迅想，徐曼如此这般，显然是有求于他，但要说她有破镜重圆的心思……谢迅摇了摇头。"不可能。"

"那最好！"沙姜鸡叉着手说，"你可别心软，不然我的沙发就被你白睡了。"

谢迅挑眉。"这意思好像你沙发遭受了多大委屈似的。"

沙姜鸡笑眯眯地回答："你别说，我还真就这意思。"

谢迅走出电梯，眼前正是顾晓音目睹的那一幕——徐曼蜷缩在纸箱上，四下里唯有手机那一点惨白的光。她该是在这儿冻了很久，谢迅想着，心先软下来。徐曼做文字工作，有一搭没一搭地给几家旧媒体新媒体写稿子赚点稿费，有时谢迅加班到凌晨回家，徐曼关了灯，一个人蜷缩在沙发上抱着笔记本敲字。纵然写作的人喜欢夜里码字，谢迅也领了徐曼这等他的情。徐曼人如其名，散漫得很，她自己也承认，大学毕业后没有任何一份工作做满了半年，上一回她朝九晚五地上班还是认识谢迅的时候——徐曼在中心医院宣传部干了四个月零二十八天，在第四个月零二十七天的时候，她接到一个采访心外科史主任的任务。两人不欢而散，史主任砸了个杯子，徐曼第二天被领导骂，当即辞了职。那天恰好被谢迅撞上，他们就是这么认识的。

谢迅现在还能时时想起那一幕，那天徐曼穿了一条黑色长袖连衣裙，上身严严实实地连脖子也遮住半截，裙摆却只到膝盖上三寸。她光脚穿了一双飞跃球鞋，露出整条白色的腿来。谢迅回办公室时，徐曼正从里面飞奔而出，长发飞起，活脱儿是MV（音乐短片）《悬崖》里的王祖贤。谢迅眼睁睁地看着她撞进自己怀里，又顺势扯了把他的白大褂躲在他身后，只见史主任声色俱厉地从办公室冲出来，谢迅立刻便丧失了立场。

后来，史主任气得连谢迅的喜糖都不肯拿。谢迅问过徐曼当时的情况——徐曼本来是要采访史主任的先进事迹的，不知怎么，扯到药品回扣上，徐曼直接问史主任娶了医药代理这件事。史主任娶医药代理是当年中心医院的大新闻，他的前妻因此来院里大闹过一场，从此尽人皆知。史主任低调了许多年，这事慢慢揭过。谁料，被徐曼当头问起，言语里还有质疑他跟医药代理过从甚密的意思。史主任自从娶了新太太，为避嫌的缘故，早让太太转了行，此时哪儿能忍徐曼这明里暗里的质疑，直接砸了杯子，拍案而起……

谢迅没怪史主任不肯拿他的喜糖，也没怪徐曼。文艺青年的可爱，一大半在于她们近乎不负责任的天真，和不切实际的随性。谢迅因职业使然，极少有能随性的时候，他觉得，身边能有一个文艺的太太，也算是虽不能至，心向往之。他忘了文艺青年总爱仰望天上的月亮，对脚下的六便士视而不见。徐曼和那人趁他值夜班时去酒店，被沙姜鸡遇到。事后倒是毫不拖泥带水地承认了，而且态度磊落得很，既承认自己爱上别人，要跟谢迅分手，且觉得自己出轨，谢迅至少要负一半的责任——那些等他下班的深夜，磨掉了徐曼对这场婚姻所有的耐心。

谢迅在沙姜鸡的沙发上深切反省过自己失败的人生——他既恨过徐曼，也恨过医生这一行，还恨过自己。谢迅在感情上从来欠缺运气，他读研究生那会儿，谈了四年的女朋友大学毕业出国念书，两人约好美国见，谢迅为此考了托福，认真考虑过去美国是转专业还是争取迂回几年再考MD①。正准备着

---

① 医学博士学位。

GRE[①]，女朋友跟一个律师闪婚了。他因此消沉好几年，直到遇到徐曼。

虽然最后是这样的收场，两人之间到底也有过徐曼在灯下码字等他归来的日子。谢迅一时踌躇着不忍上前，徐曼倒反应迟缓地看向电梯这边，仿佛是刚意识到十楼有人来。见是谢迅，徐曼从箱子上跳下来，许是坐久了腿脚不听使唤，徐曼一个趔趄，伸手扶住箱子。谢迅连忙上前。

"没事吧？"

徐曼抬头道："还好。"她指了指那两个箱子。"我在家收拾书柜和其他地方，又找出两箱你的书和资料，就给你送来了。"

谢迅皱眉。"这东西这么沉，是你弄上来的？"

"也不是。"徐曼低头，"有人帮忙，他就住这后面的蓝堡。"

谢迅忽然明白这"有人"是何许人也，不由得语带讥讽："你就让人家帮你搬两箱书给前夫，再由着你坐在他门口一个下午？"

徐曼的头仿佛更低了些，两人站得这么近，即使是在昏暗的走廊里，谢迅也能看到徐曼那瓷白色的后颈。这是他曾经的枕边人，即使两人的关系已经在法律上解除，他曾经拥有过的那些关于对方的知识和记忆却无法一并清空。谢迅忽然没了脾气，终于问："你等我这么久，是有事要说？"

徐曼点头。"我想跟你商量，房子我们之前说好尽快挂出去卖掉，你要是这阵子不急着用钱，能不能等几个月再卖？"

因为沙姜鸡提到破镜重圆，谢迅在回家的路上忽然想到了某种可能性，不由得出了一身冷汗。这会儿徐曼没说自己有了，只是要求晚些卖房，他不由得松口气，又觉得徐曼有些小题大做，左右是晚几个月卖房，何至于此，自己又不会跟她要房租。

"你就先住着吧，晚两三个月无妨。"

得了谢迅这句话，徐曼的心里也有了底。"最晚到过年，过年前我就搬走。"

话音刚落，只听吱吱呀呀几声怪响，谢迅在这楼里住久了，知道是这电梯在犯怪。徐曼不明就里，惊吓之下，像从前一样一把抱住谢迅。

谢迅没有推她。总有一些肌肉记忆是长年累月的习惯，就像他仍然习惯于睡床的左半边一样，只有经历过的人才能谅解这其中的荒诞。徐曼容易受惊

---

① 留学研究生入学考试。

吓，就像兔子似的，风吹草动便要抱住谢迅，此时不过是习惯成自然。谢迅闭了闭眼，听见电梯门开了又合上，却没有脚步声，像是有人愣在电梯口。没多久，他的芳邻从身边走过，用夸张的姿态表达了自己避嫌的决心。

顾晓音的门"吧嗒"一声合上，谢迅在心里叹了口气。"你要搬去哪儿？"

徐曼从这个超时的拥抱中全身而退，仍低着头回答："他蓝堡的房子正要开始装修，装好我就搬进去。"

谢迅忽然明白徐曼为什么在这时候收拾出这两箱东西来，心里不由得一堵。

也许是因为看到不该看的场景，顾晓音今晚的运气欠奉。Citrix[1] 登录五分钟，挂线半小时。顾晓音折腾了两回，换用本地电脑改文件，大功即将告成时，Word[2] 忽然崩溃。等顾晓音再重启电脑，打开薛定谔的箱子，发现猫死了——她根本没存盘。

顾晓音叹口气，到底是穿上外套出门，去了办公室。上帝在 Citrix 第一次掉线时，可能就向她发出了去办公室的指引，顾晓音想，然而作为一个愚蠢的人类，她非要跟命运抗衡，这又能怪谁呢？

顾晓音哼着《山丘》出了门。周末的九点多，一号线向西的车厢里人影稀稀落落，到了国贸站更是作鸟兽散。那些转乘十号线的乘客，年轻点的也许是要去三里屯续摊。顾晓音形单影只地往出口走去，穿过国贸商城，那些店铺早已打烊，唯有橱窗和灯箱依旧闪亮，像被关进金丝笼里的人生。

出乎顾晓音的意料，陈硕也在办公室，而且并不像她熟悉的那样——来打酱油混个晚饭报销。此时陈硕的办公室门关着，却可以听到电话会议的声音，透过玻璃窗还能看到陈硕的对面坐着个低年级律师，正在奋笔疾书。谈判大概正进行到要紧之处，顾晓音在窗外站了一小会儿，陈硕完全没注意到她。

顾晓音忽然就被这气氛感染了，她收起自己那点自怨自艾的情绪，疾步回到自己办公室，开始做之前的工作。那些做过的内容虽然被 Word "吃"掉了，好歹走过一遍的路，此时复盘起来倒是也快，顾晓音把文件做完发出去，还不到十一点。休息一下就回家，顾晓音对自己说，她伸手打开了书架上的音箱，

---

① 一个远程工作软件。
② 微软公司的一个文字处理器应用程序。

有一个娓娓道来的男声唱道:"谁能够代替你呢,趁年轻尽情地爱吧……"

顾晓音闭上眼睛。老狼的声线是如此循循善诱,不禁让人产生错觉,觉得爱情不过是唾手可得的事。她不由自主地想到傍晚在楼道里拥抱着的两个人,也许自己真的应该抓住青春的尾巴尝试一下,就算最后发现自己不过是又在命运面前不自量力了一把,反正也不会比现在更糟……

她正胡思乱想着,办公室门忽然打开,她的幻想对象走了进来。

"深更半夜在办公室听歌?你倒是挺有雅兴。"

因为陈硕忽然出现在自己面前,因为她刚刚在想的心事,顾晓音忽然绯红了脸。她伸手关掉音箱,却发现这忽然安静下来的环境,倒是让人更加局促。

"我来的时候见你在电话会议上,什么项目这么拼,周六晚上还把你和小朋友一起搞来办公室开会?"顾晓音岔开话题,说完,她又有点鄙视自己,以自己这避重就轻的能力,活该陈硕从来看不到她。

陈硕哪知道顾晓音今晚的心事,被她这一问,便愤愤地回答:"还不是刘老板挖来的老客户。这帮孙子生怕我们不加班,每周雷打不动地要安排周六早晚各一场会,确保他们996的时候你肯定也没闲着。"

吐槽客户乃是所有律师之间社交的常青话题,就像英国人谈论天气一样,总不愁没有可说的。可同样的内容从陈硕嘴里说出来,顾晓音就觉得这客户格外可气。然而同仇敌忾并不能安慰陈硕,她想了想说:"我从前听说在律所里工作就是个吃派的游戏,你越努力工作,上司越认可你,就会给你越多的工作。直到有一天你升了合伙人,从劳方变成资方,就变成发派的人了。"

陈硕打断她:"你看刘老板还不是整天苦×着干活儿?合伙人最多是做派的,离发派的还远着呢。"

顾晓音笑道:"那好歹也有人帮你吃啊。再说,我们这群同学里,大概就你离那个位置最近,苟富贵,毋相忘。"

陈硕没回答,但顾晓音看到他嘴角淡淡的笑意,知道这话他听进去了。

因为这个插曲,顾晓音又差不多踩着电梯停工的点回到了光辉里。正要迈进单元门洞,她看见谢迅坐在花坛边上抽烟。谢迅似乎在想心事,夹着烟的手虚搁在二郎腿上,烧了长长一截的烟灰没抖掉。

他深更半夜在楼下,不会前妻留在他家,到了这会儿才走吧?顾晓音赶紧拉回自己澎湃的八卦之心,正要走,却又鬼使神差地往那个方向主语不明地说了一句："再不上楼，电梯就停了。"

那个沉思的人终于站起身，把烟在花坛边上压灭，仍旧拿在手上，向她走来。

顾晓音莫名觉得今晚的谢迅情绪低落，像是受了某种严重的打击。难道谢医生用了整晚的时间向前妻求复合被拒？那不能啊，对方要是要拒他，还巴巴地等他一整个下午干什么。

顾晓音正在脑海里写八点档剧本，谢迅却在想别的。徐曼得到他肯定的答复后就走了，谢迅回医院又加了一晚上的班，回家走到楼下却又停住，抽了两支烟。

他确实觉得自己对不起徐曼。虽然这场婚姻走到尽头是因为徐曼出轨，但归根到底还是自己没照顾好她。谢迅想起离婚那天，徐曼哭着对他说，他们之间真正的小三是他的工作，其实她也没有说错。所以分割财产的时候，徐曼要求拿那个房子的三分之一，谢迅没多考虑就答应了，也做好了让徐曼在房子里住上半年才能把它变现分割的准备。然而理解照顾徐曼是一回事，看着她欢欣热切地奔向新生活是另一回事。在心脏外科见惯生死大事的谢迅，此时又一次被迫承认自己不过是一个狭隘的凡人。他下午回家的路上还担心前妻可能怀孕，让两人再度纠缠不清，转眼就因为她的情人要住进自己名下的房子里而恨不得明天就把房子卖掉。

顾晓音却不知道谢迅心里这些曲折，为了对抗电梯里的低气压，顾晓音决定没话找话。

"你朋友今天下午等了你挺久的。我中午回来她就在等，前后怎么着也有三四个小时吧。"

"她不是我朋友，是我前妻。"

顾晓音差点脱口而出"嗐，我知道"。然而谢迅如此坦然，她反而接不上话来，吭哧了半响，顾晓音觉得绕弯子也没意思，干脆问："那你还好吗？我看你好像有点不开心。"

谢迅垂目望着地上，从顾晓音这个角度看过去，他像是皱了眉，嘴巴抿成一线，似有许多吐无可吐的心事。顾晓音的心里忽然像被羽毛抚过，又了无痕迹。谢迅恢复了平静的模样，仿佛刚才那一瞬间流露出的脆弱只是顾晓音的幻觉。

"我没事。"他说。

一个人说他没事，无论是否言不由衷，至少明明白白是要转换话题的意思。顾晓音于是不再追问。两人沉默着到十楼，顾晓音率先走出电梯，走到谢迅家门口，她迟疑着停下脚步。

"我觉得，"顾晓音斟酌着怎样把这交浅言深的话说出口，"她能一直那么等着你，大概还是有想挽回的意思。也许她有点难以启齿，毕竟你们已经……"顾晓音到底没把"离婚"这两个字说出口，她有点紧张地望向谢迅，等待他的反应。

除了沙姜鸡和谢保华，谢迅身边再没有别人知道他离婚的真相。老金有次在组会上旁敲侧击地教育他们年轻人：不要把婚姻不当回事，想结就结，想离就离。沙姜鸡差点要开口，被谢迅拉住衣角制止了。

会后，沙姜鸡问谢迅："我要帮你说话，你拉我干吗？"

谢迅赔着笑。"知道你维护我，行了，徐曼那事搞得尽人皆知我也没脸。"

话说的是自己，沙姜鸡却明白，谢迅还是在维护徐曼，不愿意说她不好。

此时面对着顾晓音，谢迅却有些踌躇。他难得想解释一下，可又觉得跟顾晓音说明这背后的因果有违自己的原则。权衡再三，谢迅开口道："她今儿来找我，是有别的事。"

顾晓音明明是想要鼓励谢迅，然而她自己这些年间在陈硕的身边故作云淡风轻地周旋，此时下意识代入徐曼的角色，话里便带了些抱不平的意思："她如果不是想见到你，没有什么事是不能用电话和信息说明白的。"

谢迅觉得顾晓音有些多管闲事。然而以他多年在医院里和女性病人家属打交道的经历，谢迅深知绕圈子对一个想刨根问底的女人是没用的，不过是浪费双方更多时间而已。此时，顾晓音不知钻进了哪个牛角尖里，像居委会大妈一样旁敲侧击地劝和，最好的办法莫过于让她就此死心。

于是谢迅道："她已经有新男朋友了。"

这话听在顾晓音耳朵里，端的是但见新人笑的落寞。愧疚感立刻涌上心头，她不由得脱口而出："你不会是为了这个在楼下坐了一晚上吧？"

谢迅有点困惑地看着她。"一晚上？"他随即明白了顾晓音的误会，倒是笑了，"没有，我今天加班，下午临时回来一下，又回医院了，大概也就比你早五分钟到楼下。"

顾晓音讪笑。"那就好，那就好。"她觉得自己今晚这个八卦的形象需要止损，"那你早点休息。"

"顾晓音。"她正从包里掏自家钥匙，听见谢迅在背后说："还是谢谢你。"

她在黑暗里点了点头，开门进屋。

谢迅打开窗户，破例在家里点上一支烟。他的人生是一个个被抛下的瞬间——母亲，前女友，徐曼，就连顾晓音都曾经在倒了他满头胶水之后不告而别。然而看她重逢时的反应，大概根本不记得这件事的存在……可是这好像也不能怪顾晓音。就像他觉得自己也未必真的有立场去怪徐曼，他很早便发现徐曼在爱情里投入的对象并不是他，而是爱情本身。然而他们还是结了婚。

但愿那个住蓝堡的哥们儿比他运气好吧，谢迅伸手关窗的时候这么想着。

第七章 红玫瑰与白玫瑰

幸福的人往往幸福得像一个个孤岛，倒霉的人却容易扎堆倒霉。这几天，顾晓音觉得罗晓薇忽然有些奇怪，自己走过她身边的时候，对方似是在观察她，等她望过去，罗晓薇又移开了视线，像是有什么不欲被她窥探到的秘密。

如果一个人怀揣着秘密，只要她让你知道了这件事，这便是个猫捉老鼠的游戏。真正怀有秘密的人不会露出任何端倪，如果她有意露了破绽，必然是希望引来追问。一旦看到破绽的人不愿追问，整个游戏的主动权便掉了个个儿。顾晓音早年经常用这个方法把小时候的蒋近恩逗得团团转，现如今，她十分沉得住气——顾晓音是个擅长掩耳盗铃的人，若是罗晓薇知道什么关于她的坏消息，只要她顾晓音还没有发现，这事就还与她无关。

果然，这天中午顾晓音吃完午饭，罗晓薇提着自己刚买的盒饭在茶水间里遇到她，放下盒饭便说自己忘了买果汁，要顾晓音陪她再下一趟楼。

这便是要图穷匕见了，顾晓音想。继续做鸵鸟也没什么意思。顾晓音跟她下了楼，果然，在一楼写字楼闸口外，一个姑娘和陈硕面对面站着，两手握着陈硕的一只手，在玩他的手指。

这样依依惜别的景象，从前顾晓音在宿舍楼下见得多了。看这女生的打扮，貌似不超过二十五岁，因此，即使是顾晓音这"情敌"看来，也并不觉得她做出这小女儿情态有什么不妥。顾晓音在心里叹口气，这些年陈硕的口味始终如一——大眼睛，鹅蛋脸，中长发，性格要娇俏，正是妥妥的高中校花型。

罗晓薇见顾晓音明明看到了陈硕跟个小姑娘你侬我侬的场面，仍旧好整以暇地和他们擦身而过，连面部表情都没有什么特殊变化，恰似买了高价票去电影院看大片，结果却看到一部注水电影的观众，心下懊恼得很。两人买了果汁回来，十八相送的戏码已经结束。罗晓薇急着上楼去挽救她那怕是已凉了的午饭，倒没注意顾晓音这会儿对着两人话别的"遗址"露出了一个无比惆怅的表情。

顾晓音明明只是喝了果汁，倒像咖啡过量一样，坐在办公桌前还觉得心悸，脑海里却是奇异的心平气和。她不是第一次见到陈硕谈女朋友，楼下那一幕从视觉上给她的冲击，甚至未必有前日谢迅背后伸出的那双手来得更尴尬，更像某种捉奸的场景。她只是无法接受陈硕又找了一个同样类型的女朋友，而自己还站在原地，幻想有一天他的口味终于发生了变化，能用玫瑰色的眼神看向自己。这亏她吃了一遍又一遍——然而愚公移山到底是骗人的，龟兔赛跑也是骗人的，她那一点不肯动摇的执着，说得好听是不自量力，其实不过是自暴自弃。

她强迫自己工作，未果。刚推送进来的工作邮件不过短短几行字，顾晓音在电脑屏幕上看了三遍，也没读出对方是什么意思。她干脆把邮件打印出来，对着那白纸黑字一个字一个字地看过去，一句话一句话地想，才总算把那漫天游移的思绪聚拢回来了。

那走了蜜运的人此时也并没有人逢喜事精神爽。罗晓薇拎着饭盒上楼时，自以为并未被陈硕发现，但其实陈硕看到了她走进电梯的背影。几分钟后，她带着顾晓音下楼，陈硕便在心里啐了一声"八婆"。凡人总擅严以待人，宽以律己。陈硕就完全没去想，自己任由女朋友站在员工出入闸口的对面告别，在大多数人眼里都是昭告天下的意思。顾晓音看见他的时候，他确有几分奇异的被捉奸在床般的感觉，等那眼神只在自己身上停留片刻，那人便翩然而去时，他心里又兀自涌起几分失落，像冬天被人长久握过的手指松开了，指尖的皮肤有淡淡的痒，带着并不受人欢迎的凉意。此时，对面的姑娘正一根根把玩他的手指，那感觉和心上的感受别扭地合二为一，又完全不是同一码事。陈硕忽然难以忍受这样的身体接触，他抽出手来，揉揉对面姑娘的头发。

"我该上去了。"他声音平淡地说。

陈硕在电梯里还在回味顾晓音那个短暂停留的目光，是因为无法忍受还是事不关己？陈硕发现自己其实相当在意这个问题的正确答案。他从大学时就知道顾晓音和他的审美喜好实在不同，他也从没打算过要改变口味，但那些娇俏的姑娘们会和他有争执，让他时不时地觉得她们不可理喻，持靓行凶。而顾晓音是平和的，稳妥的，笨拙的，他甚至不必去考虑顾晓音的想法，只需要在她面前松弛地做自己就好。这种经年累月的松弛让陈硕不知不觉地生出对顾晓音的依赖感来，它慢慢演化成了一种悖论：他对顾晓音的依赖和在顾晓音面前的安全感源自笃定顾晓音对他的心思，一旦他对这心思产生了怀疑，陈硕便陷入强烈的患得患失中去。

他割不掉心上的朱砂痣，也不能想象没有月光的晚上。

罗晓薇专门带顾晓音走这一趟，是出于女性之间的兔死狐悲还是落井下石？陈硕发现无论怎样推演，都只能让他对这位两届同事充满憎恶。

北京已经进入隆冬。整个城市的上空飘着一股淡淡的烧煤的味道，国贸写字楼里的人也许整天谈着不接地气的项目，但有了这点共享的煤味，大家也算是天涯共此时。冬季是心脏病高发季节，连沙姜鸡都好几个月没去看过小师妹了，谢迅如今了无牵挂，更加心安理得地忙得脚不沾地。

顾晓音一下午最多也只能算打了酱油，她在办公室磨到八点多，总算把今天必须交出去的工作做完，再也没有心情留在所里。走出大望路地铁站，她忽然看到对面出了个烤红薯的摊子，顾晓音这个冬天时时提醒着自己，贴秋膘一时爽，春天减肥火葬场。然而今天她决定自己还就破罐子破摔了，烤红薯一买就是俩。

付钱时十分豪迈的顾晓音，走在路上想到中午那个姑娘的腰身线条，刚才那股劲儿不由得泄了一半。她正想着要不留一个明天当早饭，手机响了，是个不熟悉的座机号码。这种时候的座机来电，除了推销就是客户，她叹口气接起来，却是她的高冷芳邻。

谢迅其实也不确定这电话打了有没有用，纯粹是死马当活马医。他昨天通了个宵，今天白天的事没人接手，他只好又上了一整天班。下班回家后，他热上谢保华前几天非塞给他清火的绿豆汤，眯了会儿，起床叫个外卖，外卖还没到，老金的电话先到了——晚上有紧急手术，他得立刻回去。

这人一累，脑子就不那么好使，尤其是生活上的事。谢迅都踏进中心医院大门了，想起他那锅绿豆汤——他到底关火了没有？谢迅死活想不起来。这时候也没法再回去看，谢迅一个没辙，只好给顾晓音打电话，想着要是顾晓音也在加班，他就只能去麻烦始作俑者谢保华。

顾晓音听完谢迅阐述的来龙去脉，刚好走到他家门口，地上放着一袋被辜负的外卖。谢迅家还没烧起来。顾晓音跟谢迅汇报了情况，那边沉吟一下，"我立刻叫闪送把钥匙送给你，这之前能不能麻烦你留意一下我家？要是情况不对，你立刻打119。"

顾晓音一口答应下来。挂上电话，她仔仔细细地闻了闻谢迅家的门缝——没有特殊味道，又把耳朵贴在门上听。这1003她从没进去过，不知道厨房在哪儿，可顾晓音觉得自己隐隐约约听到"咕噜咕噜"，像是液体沸腾的声音，再仔细听，又好像没有。她左耳右耳轮流听了好几遍，那声音时有时无，搞得她就跟神经病似的。

她最终还是放弃，回家搬把椅子坐在谢迅家门口，幻想自己是一只鼻子未必好使的哈士奇。哈士奇剥开一个自带的红薯，刚咬一口，想起什么，把椅子往自家门口挪动两米——这会儿要有个邻居刚巧回来，见谢迅家门口这块宝地刚接待过一个姑娘，这会儿又来一个自带椅子的，不知道要脑补多少三角恋爱剧情。

一个红薯吃完，钥匙还没送到。顾晓音回屋里拿了个阅读器，像卖火柴的小女孩那样蜷在黑暗里读起了书。

可能中心医院和大望路确实离得近，也就半个多小时的工夫，顾晓音拿到了钥匙。她打开门，第一时间找到厨房冲进去。里头安静得很，灶台上一只精钢锅，一点声息也没有。顾晓音揭开锅，锅盖上凝结的水滴噼里啪啦地掉进汤里。顾晓音笑了，整整大半锅水，锅底有浅浅一层煮烂了的绿豆——她对着这奇妙的比例摇头，就算谢迅真的忘记关火，这会儿怕是离烧干也还远得很。

顾晓音叹口气，单身男人的生活啊。

谢迅却是白戴了这顶高帽子。母亲去世后，他和谢保华相依为命这许多年，两个男人加起来虽然也抵不上他妈，但跟那些从小到老在女人羽翼下被保护得滴水不漏的男人相比，谢家两父子还是相当有生活经验的。以前他家困难，逢年过节下不了馆子，俩人联手能凑出整整一桌菜来，今天谢迅怕自己睡过头，硬是给冲多了水。

不过露怯有露怯的好处，顾晓音这会儿心里软软的，完全没有要怪罪谢迅无事生非的意思。她掏出手机来，想到谢迅这会儿恐怕在手术室里，便发了个信息："火是关着的，放心。"想想她又补了一句："其实下回你可以用电饭煲煮绿豆汤，就算真忘记了也没事。"

汇报完工作，顾晓音开门把那袋外卖拿进来，帮谢迅放在冰箱里。等他回来，他这锅绿豆汤和外卖怕是都吃不得了——一念及此，顾晓音去把她自己买的另一个红薯拿来，放在谢迅客厅桌上。

谢迅的房子跟她家的格局差不多，客厅、卧室、厨房、卫生间，再加一个小小的阳台，最多四十平米。客厅里有一张小餐桌，摆着两把椅子，别人家放电视柜的地方，谢医生靠墙堆着一摞又一摞的书，可就是没书架。靠阳台的角落放着一把躺椅，侧面还有一个小茶几。

堪称家徒四壁。

顾晓音蹲在谢迅那"书山"前看书脊，前几排都是医学类，又一排是历史类，谢医生看起来喜欢唐史，连着好几本赖瑞和、荣新江，下一排的主题估计是外国人写的中国史，有史景迁、孔飞力……顾晓音接着往下看，发现黄仁宇被归在此类，还压在几乎最底层，不禁笑了起来。她发现谢医生的书全是按主题归类的，除了医学类，以历史类为主，兼有些考古类、武侠小说什么的。文学书极少，除了几本张大春，还有帕慕克的《纯真博物馆》。

顾晓音在心里啧啧了一阵。《纯真博物馆》她也买过一本，有阵子每天晚上睡前读，不超过三五页的工夫，书必定砸了头，第二天醒来，读了什么一点也记不得了。她嘲笑自己，附庸风雅果然现形得快，顺理成章地将其束之高阁。

谢迅这本看起来却是好好读过的，顾晓音抽出来看，发现书脊的背面都有些弯曲的痕迹，也许这书谢迅读了还不止一遍。这谢迅还真是文艺得很，怪不得一脸高岭之花的样子，顾晓音想。他的家和"书山"一样整整齐齐，看着一样多余的东西也无，跟雪洞似的。也不知道他是天性如此，还是学医学出的强迫症。

还好谢迅卧室的门关着，顾晓音没遇上试探自己好奇心底线的机会。她把钥匙塞进谢迅门口的地垫下便回了家。好奇心会杀死猫，对女人也同样致命——顾晓音整个晚上都在惋惜谢迅这么个端方青年，端的是时运不济，命途多舛，工作像她一样，既忙又没钱也就算了，还为此赔上太太，没等到他挽回，太太交了新男朋友。这样看来，两人倒有点同是天涯沦落人的意思，怪不得有缘当邻居。

顾晓音带着一点同病相怜的心情入睡。早上醒来，手机上有芳邻的两条信息。第一条是两点多发的，大概刚做完手术，看到她汇报的情况，向她致谢。第二条的时间是一个小时后，只有短短一句："谢谢你的红薯，很甜。"

顾晓音头脑一热就回复："邻居互相照应是应该的。"

似乎并不需要睡觉的谢医生竟然立刻顺杆爬了上去："你要不介意的话，我搁一把备用钥匙在你这儿吧？"

顾晓音立刻翻身坐了起来，盯着这条信息瞅了半晌。要是那信息是一颗种子，此时也许能被顾晓音瞅成一棵树。她觉得谢迅的建议有些不妥，虽说邻居之间互相帮忙是应该的，她自问也心安理得得很。但是自己一单身女青年，拿着隔壁离异男青年的钥匙算什么事？更何况她自己下班时间也挺没点的，下回谢迅再产生同样需求，自己搞不好被电话会议困住，只能眼看着他的屋子烧了。要说备用钥匙的最佳归宿，其实还是1001的于大妈。

顾晓音正考虑着怎么帮谢迅和于大妈牵线，谢迅又发了条信息来："刚才我考虑不周，唐突了。"

于是顾晓音倒有点不好意思起来，她蹙着眉打字："没关系，只是我也经常加班，我介绍1001的于大妈给你吧，她整天在家，人又热心，靠得住。"

谢迅没接于大妈的话茬儿。他发出那条信息，纯粹是从前杂院生活的惯性，还真没有什么旖旎的心思。谢迅结婚才从杂院搬出来，徐曼不上班，他俩自然也没有托付钥匙的需求。这会儿有了，谢迅第一个想到的还是邻居。信息发出去，他才后知后觉地想到楼房里的邻里关系不比杂院，而对方还是个年轻姑娘，这可太不恰当了。

谢迅的心情顿时就像昨夜看到顾晓音说火没开着的时候一样懊丧。那时他刚从手术室里出来，病人送来的时候就不大好，他和老金努力许久，病人还是没能下得来手术台。老金去抽烟，谢迅拿出手机来看，真确认了是虚惊一场，他却丝毫没有"果然如此"的喜悦，只觉得自己实在是蠢。

谢迅一时没回复，顾晓音也没多想，自个儿起床梳洗，准备上班。临出门时，她收到一条谢迅发来的商品链接，是个密码锁，可以挂在防盗门上，把备用钥匙藏里面。

顾晓音如释重负，心下便顽皮起来，不由得打趣谢医生道："您这是社恐，还是视于大妈为洪水猛兽啊？小心我向于大妈告状，够你喝一壶的。"

谢迅回复："我这是在为晚年移居芬兰做准备。"

两人有来有回地聊，顾晓音不知不觉便已走到办公室。她推开自己办公室的门——办公桌上放着一杯咖啡，杯口还贴心地插着绿色的防溢棒。

那防溢棒好似插在顾晓音的心口，堵得慌。她不由得劈手拿过那杯子便往外走，想送回陈硕那里去。如果她想要的最终求而不得，顾晓音也并不打算从此老死不相往来，感情本是一件求仁得仁的事，只是她不能忍受自己这样明晃晃地被放在一个备胎的位置上，像足球队里的替补队员一样，主力训练的时候他们也训练，为的是保存实力，以待他日，然而"他日"也许永远不会到来。

陈硕的办公室关着门，里面传来电话会议的声音。顾晓音把咖啡放在他门口秘书工位挡板的横沿上，到底顶不住秘书的八卦眼光，解释了一句："陈律师送错了。"

陈硕打完电话会议出来，那杯咖啡便明晃晃地戳在他眼里。没等秘书开口，他抄起杯子扔进秘书的字纸篓，纸杯承受不了这样的冲击力，杯盖脱落，咖啡全洒了出来。秘书来不及跟陈硕计较，也顾不上自己丝袜上被溅上的咖啡，急急拎起字纸篓往茶水间冲。陈硕呆呆地站在原地，过了好一会儿，他走去茶水间对正在收拾残局的秘书说了声对不起。秘书心里有气，不由得嘟哝一句："您二位闹别扭殃及我呀。"

这一天陈硕心里都烦闷得很，本想用咖啡示好，把昨日那章尴尬揭过，没想到却种瓜得瓜，收获了变本加厉的尴尬。下午刘煜问他，过段时间校园招聘，去他的母校，他要不要和罗晓薇去。陈硕还置着气，便回答："我不跟她去，她那二流学历，代表咱所是不是有点寒碜？"

刘煜想想，说："也是，那你还是和顾晓音去吧。你俩都是校友，刚好合适。"

和顾晓音去，陈硕也觉得别扭。早晨那杯咖啡，是他的示好，同时也是确认一切如常，跟机器检修是同样的道理——衣服上身了一件新的，手足还是那个手足。然而今日机器忽然人工智能起来，不仅异常运行，还负隅顽抗。但这回陈硕没有再跟刘煜要求换人。换一个还能说出点别人的不合适来，换第二个只能说明自己有问题。

也罢。干脆搁置一阵，等校园招聘的时候再争取破冰吧。陈硕想。

顾晓音早上凭着骨气拒绝了陈硕的咖啡，然而骨气不能当咖啡因用，一个小时以内，顾晓音打了十来个哈欠，到了这个份儿上，茶水间的胶囊咖啡是不中用的，顾晓音认命地下楼，远远看见星巴克绿色的招牌，顾晓音后知后觉地感到早上那杯咖啡里的防溢棒化成了喉间刺，你以为它已经下去，下一次咽口水，它还在那里，不动如山。

顾晓音转身往 Costa^① 的方向走。

路上倒是遇见了蒋近男。

蒋近男还是老样子，得仔细看，才能发现小肚子那里有一点点凸起。她连打扮都没什么变化，衣服也继续选有腰身的式样，不过是从前三寸的高跟鞋变成了两寸，铅笔裙变成伞裙，妆都照样化着，和顾晓音所里那些一怀孕便躲在粉色碎花防辐射罩衣里不见天日的孕妇简直云泥之别。

顾晓音在心里为表姐叫好，又不由自主地想，蒋近男到底是掌握自己命运的人，朱磊对她可谓言听计从，哪是那些因为婆婆一句话就得喝一个月不加盐鱼汤的孕妇可比的。然而自己的条件跟蒋近男相比可差得远……顾晓音强令自己打住，作为早上刚被盖章备胎的人，想这些屠龙之术纯粹是浪费脑细胞。

蒋近男走近便说："我刚好要找你。我们要投一个公司，我这边用外资所，公司那边用不起太贵的，之前两轮用的中资所又太差了，刚好介绍给你。这公司我挺看好的，估计这次 C 轮融资做完，最快明年下半年就能启动上市。"

顾晓音迟疑了一下。"我跟合伙人说一下。"

"你傻呀！"蒋近男打断她，"你们律所里不是谁带进来的客户算谁的吗？您倒好，直接送给老板。合着我白替你张罗了。"

顾晓音还想辩解："项目上也必须得有个合伙人呀。"

蒋近男摆摆手。"你们那套，我懂！你听我说，明儿我带你和公司的人喝

———————

① 一家咖啡专卖店。

次咖啡。这事谈得八九不离十了，你再找你老板批折扣，顺便把他的名字挂上，这才能算是你的业绩。你现在就找他，回头项目有没有你的事都难说！"

"好，可你还没告诉我这公司是做什么的呢……"

"做高端医疗耗材的，具体我晚点再给你打电话，约了医生产检，要迟到了，我得赶紧的。"蒋近男扔下这句话就走。

顾晓音望着蒋近男踩着中跟鞋风风火火的背影，哪儿像个孕妇呀，她笑着腹诽，领了表姐的情。

第八章　望帝春心托杜鹃

蒋近男果然下午就给顾晓音打了电话。顾晓音问她产检情况如何，蒋近男说："挺好。"停了半晌，又说："其实我今天去看小孩性别了。"

"真的吗?! 男孩女孩?!"顾晓音在电话里兴奋地问。

蒋近男皱着眉把手机拿远了一点，等顾晓音兴奋的声音终于平息，她收回手机："女孩。"

顾晓音那边迟疑了片刻，然后她恢复了刚才兴奋的口气："朱磊肯定特激动吧? 上回他还跟我说要是个姑娘就好了。"

那片刻的迟疑落到蒋近男心上，像水珠落在平静的水面，弹起来，又落下去，一圈圈地荡漾开来……

顾晓音也已经明白自己找补得晚了，因为蒋近男懒懒地说了一声："他呀，就那么回事。"便岔开话题说起早上提过的融资项目。从顾晓音的角度来看，大姨和大姨夫并没有明显地重男轻女，传说中那些压榨女儿来扶持儿子的事，他们一件也没有做过——当然，以蒋家的条件，也没有任何必要。不过未来姨父的生意是不是要留给蒋近恩，顾晓音就不敢妄做猜测了。也许蒋近恩压根不想接手家里的生意，而蒋近男做了这些年投资刚好近水楼台，顾晓音乐观地想，现在猜测这些，是给自己找几十年无谓的不痛快。

然而这世上从来不患寡而患不均。顾晓音刚来北京的时候，蒋近恩不到一岁，蒋建斌刚下海，邓佩瑜不擅家务。然而以她去了文化馆之后那点收入，无论如何也负担不起保姆。最后的权宜之计是让当时上初中的蒋近男住到姥姥姥爷家，反正顾晓音已经在那里，再多一个也不添许多麻烦，如此一来，邓佩瑜可以专心照料蒋近恩，顾晓音也有个伴。

　　所有人都觉得很好，所有人——除了蒋近男。但一个小孩的意见，在所有的因素里，是最不需要考虑的。

　　两个女孩倒是很快就混得很熟。姥姥安排她们睡一起——两个姑娘挤一张一米五宽的床，刚好。也不是没有尴尬的时刻，有一天早上顾晓音起床，正刷着牙，忽然哭着去找大人。姥姥买菜不在家，她扑到邓兆真怀里，抽泣着说："姥爷，我腿上好多血。"

　　邓兆真忙把她的裤腿卷上去查看伤口，什么也没发现。他于是有了个猜测，却没法跟顾晓音解释。老伴不在家，邓兆真对顾晓音说："去，让小男帮你看看。"

　　顾晓音擤着鼻涕去找蒋近男，蒋近男见着她的裤子，立刻红了脸，却不肯解释，只虎着脸说："咋呼什么！我昨儿晚上流鼻血，蹭到床单上，肯定是你睡觉不老实碰到了。"

　　顾晓音想不明白为什么鼻血能蹭到腿上，可表姐像是快要生气的样子，她也没敢问。等她自己终于来初潮，好歹解开了这个旧案。姥姥绝经的时候还没有卫生巾，邓佩瑶不在身边，蒋近男带着顾晓音去选了人生当中第一包护舒宝，陪着她走进新的世界。

　　顾晓音早知道蒋近男的心结。有一次蒋近男带回一张光碟，神神秘秘地带着顾晓音在姥姥姥爷出门的时候看。那是好多年前香港拍的一部电影，叫《五个女子和一根绳子》，顾晓音看那VCD①的封面就觉得害怕，最后她肯陪蒋近男看，是因为蒋近男指着其中一个演员跟她说："你看，这就是唱《我的1997》的那个艾敬。"

　　艾敬，顾晓音知道的，那时候香港刚回归，艾敬的那首歌还时常能听到。她便应了。

———————————

　　① 影音光碟。

香港回归转眼二十年了，再过二十年，顾晓音还能记得那个下午。大冬天，阳光一直晒到屋子里头，暖气烧得热热的，她捉着蒋近男的手，出了一身又一身冷汗。她那时候小，不明白那是自己身为女性对其他女性的命运天然的感同身受，只觉得这电影为什么这样恐怖，尤其到了最后，五个年轻姑娘穿着大红的衣裳，排成一排站在房梁上挂着的绳子后头……顾晓音再也承受不住，转头靠在蒋近男身上，不敢再看。蒋近男的手凉凉的，不像顾晓音那样一手是汗，她脸上并没有特殊表情，然而紧紧握住了顾晓音的手。

顾晓音看完电影，足足三天睡不好觉，闭上眼睛，她就想到那个场景。黑暗里，她紧紧抱住蒋近男一只胳膊，想要把脑海里的恐怖画面挥去。蒋近男无法，只得伸出另外一只手在顾晓音背后反复摩挲，直到她身体放松下来，发出绵长的呼吸声……蒋近男收回手，擦拭了一下湿润的眼角，先前被泪痕划过的皮肤有种不自然的紧绷，蒋近男狠狠揉了揉。

顾晓音从此对上吊留下了心理阴影。多年后，她在大学宿舍里看阿加莎·克里斯蒂的《无人生还》，看到结尾，恨不得把书烧了。那天晚上她又睡不着觉，不由自主地反复想着那些绳圈，那几个穿着红衫红裤的姑娘——顾晓音觉得若是自己面前放了绳圈，她可能也会像小说里的维拉一样，不由自主地走上前去结束自己的生命，这想法让她辗转反侧，汗涔涔的。

然而再没有蒋近男握住她的手，或是抚摸着她的背让她睡着。成长真是一件残忍的事。

成人以后，顾晓音懂了，蒋近男从小对她特别照顾，是因为她俩同病相怜。顾晓音或许还可以安慰自己，邓佩瑶和顾国锋是为了让她受到更好的教育，蒋近男却是被舍弃的那一个。蒋近恩若是个妹妹，蒋近男也许可以多体谅邓佩瑜两分，但蒋建斌和邓佩瑜终究是搏到了儿子，这根刺深深地埋在她心里，成了她血肉的一部分。

同是不在父母身边长大的孩子，顾晓音很小就懂得要体谅一个人的难处，首先是不要触痛她的痛点，就像患了癌症的人最怕每个人用同情的眼光看他，或是貌似体贴地探问病情——如果帮不上实际的忙，最好还是闭嘴，听对方说的话，跟着对方谈话的方向走就好。因此，顾晓音虽然懊恼自己说错话，蒋近男岔开话题说融资项目的事，她也就揭过不提。

蒋近男说到做到，第二天下午果然带着顾晓音去见潜在客户。程秋帆三十出头，头发非常短，穿着白色麻质衬衫，整个人看上去非常清爽。顾晓音见甲方领导前，总喜欢预设一个油腻中年男形象，底线设得足够低，才能时不时地遇到惊喜，比如程秋帆。

程秋帆公司的主要产品是心血管方向的介入耗材、人工血管、先天性心脏病封堵器，等等。两个创始人，一个原先是材料学教授，另一个是心外科主刀医生。从前的袁医生——现在的袁总在美国做访问学者时遇见了方教授，后者当时正想回国创业，便积极说服袁总和自己一起干。袁总本来是没兴趣的，毕竟他当时在北京数一数二的心外科已经做到副主任级别，一年收入过百万，既有面子，也有里子，犯不着蹚这浑水。谁知这一年里跟来陪读的太太怀了双胞胎，袁家一下从三口之家升级到五口之家，其中两个还是必须读国际学校的美国人。袁总算了算，按照自己现有的收入，升成主任之前都吃力得很。

袁总是苏州人。面子虽然重要，但皮之不存，毛将焉附？袁总相当拎得清。他算了算自己需要的现金流，和方教授动之以情、晓之以理地谈了许多回，确保只要公司有现金流，他还是能完成自己的养家任务，才最后点了头。他和方教授之间的分账谈妥，袁总又提出，公司除他二人每人占股 27.5%，投资方占股 15% 以外，剩下的 30% 不能全留作员工激励，至少 20% 应该邀请他熟识的大心外科主任们参股。这样既可以保证公司产品不愁销路，万一有一天各方闹翻，他自己的股份加这些老朋友们的股份，比其他任何两方加起来都多，可谓一箭双雕。

方教授学术做得好，若论对人性的了解，比在医院里摸爬滚打许多年的袁总差得还远，因此轻易就被袁总说服了。果然，"护生"这个牌子的产品做出来，很快获得认可。公司第三年便成功盈利，去年盈利一千万，B 轮估值三亿人民币，准备今年 C 轮融好就启动香港上市。

公司有了这个愿景，很多内部岗位便需要升级。护生的财务总监是袁总的小姨子，从前做会计，给各种小公司代账。姐夫发达了，又想把公司财务握在自己手里，便干脆推掉其他工作进了护生。平心而论，袁总小姨子的业务能力还是可以的，学习能力也不弱，然而护生既然要融 C 轮冲上市，主持大局的 CFO[①] 到底得有更拿得出手的资历和资本市场的经验。这便成就了程秋帆

---

① 首席财务官。

的空降。

　　蒋近男能参与到护生的 C 轮融资里，还是程秋帆的缘故。程秋帆来护生之前，在另一家上市公司做 CFO。那是他从投行跳出来后的第一份工作，上任后的头一件事是上市前的 D 轮融资，蒋近男所在的基金领投。两个人谈判时拍了几回桌子，拍完倒成了朋友。公司顺利上市，没想到三个月之内，股价跌破发行价，董事长虽仍旧笑眯眯地建议大家除了手上的期权外，不妨趁低在公开市场也买上一点，关起门来，对程秋帆却像疑心男人出轨的太太一样，下死劲儿盯牢他的一举一动。

　　程秋帆冤得很。他进公司晚，手里的期权转眼间行权价快赶上股价，有了也跟没有差不多。公司的业务没做上去，难道财务报表还能兀自开出花来？从投行 ED①到上市公司 CFO，在旁人眼里，他算是体面地上了岸，然而这甲方的体面未必能当饭吃。

　　程秋帆终于没等到期权全部到手就下了走的决心。现在的上市公司找 CFO，有太多都是找一个帮助上市的招牌，一方许的是黄袍加身后的富贵，另一方许的是系出名门的正统，端的是一场"政治婚姻"。有时这两方慢慢处出些感情来，更多的是上市完短期内杯酒释兵权的例子——除非公司在资本市场上还想乘风破浪，否则那些季报、年报、公司披露之类，有个差不多的人就行了，犯不着花那么多钱请个高盛、美林的。

　　在重新找工作的过程中，程秋帆想清楚了一个道理：公司光够得上上市资格是不够的，还得有长远的想象力。饼能做到足够大，分饼的人才不至于那么抠抠搜搜。一次两人吃饭，程秋帆心里烦闷，多喝了两杯，便把这想法跟蒋近男说了。蒋近男当下心里不由得叹气——她怎么说也是公司投资人那边的，程秋帆能对她说这话，虽是出于好朋友之间的信任，大概离要走也是不远了。这话却不能说破。于是蒋近男把这口气叹了出来："你啊，还是在象牙塔里待的时间太长，对人性没有足够的了解。无论饼大饼小，若是为了某个项目请来的佛，项目做完，这供品还有没有，可就看香客的心情了。除非你能保证他一直不能少了你，否则，项目做完时，没拿到手的钱和股份，就只有俩字——随缘。"

---

　　① 执行董事。

说者有意，听者有心。程秋帆第二天酒醒，才意识到自己昨晚的话有多么不妥——蒋近男基金在他公司里的投资还没完全退出，CFO 离职也算是重大内幕信息，以蒋近男的人品，她不会去向自己老板告密，但自己也许会给她制造不大不小的合规问题。好在他的话没完全说破，好在他早已打算好这几天跟护生谈好股权激励就交辞呈，否则蒋近男握着这个内幕消息，倒是进退两难。他仔细想了想蒋近男说的话，当天便答复袁总和方总，股权数量他可以再让一点，但大部分需在上市前落实；期权部分他愿意跟着公司的授予时间表走，但现在就需要白纸黑字写在合同里，而且假若他因为任何原因走了，除非有重大过错，否则已授予未兑现的期权得在走前一次兑现。

　　袁总收到程秋帆的邮件，在心里感叹，一线投行出来的人果然精明。他把这邮件压了一周，又见了好几个猎头推荐来的人选，才终于答应了程秋帆的条件。

　　程秋帆以最快的速度和护生谈好合同，向前东家递上辞呈。

　　这件事过去，程秋帆和蒋近男的关系默默上了一个台阶。正逢蒋近男结婚，她便给程秋帆发了张请帖。程秋帆还真去了——他以为像蒋近男这样的人，结婚必然是小而精致的派对，却没想到会是那么平庸俗气的一场婚礼。新郎的长相和谈吐就像任何一个三十出头急着"成家立业"的人，名字叫什么他都没记住。

　　现代社会里，人和人的交往就像碰碰车。能否擦出火花，全看在那短暂接触的时刻，双方以什么角度碰到一起。有时刚巧撞到正确的部位，便令人产生双方心意相通的错觉。程秋帆参加完蒋近男的婚礼，把刚升级成私人好友的蒋近男又放回了普通朋友兼工作伙伴的位置。

　　好友之间可以不计得失，工作伙伴的人情却是要还的。程秋帆履新[①]后，开始操作 C 轮融资，便想还了蒋近男这个人情。蒋近男却不知她在程秋帆心里这一起一落。她之前就看过护生，头两轮却遗憾错过，因此这回接到程秋帆电话，立刻表示对这个项目有兴趣，还稍嫌过界地准备顺便把顾晓音也捎上，一鱼两吃。

　　三人在咖啡馆坐定，蒋近男叫了三杯咖啡。见顾晓音努力地避开程秋帆的

---

　　① 就任新职。

视线，向她使眼色，她叹口气，对服务员说："把我那杯改成低因的。"

程秋帆已然看到这对表姐妹的眉眼官司，听到这话，再联系蒋近男微微凸起的小腹，哪儿有不明白的。想到不过两个月前的婚礼，他忽然觉得自己触到了真相。

咖啡端上来时，他和顾晓音的谈话已经渐入佳境。程秋帆坦称，君度要做护生的法律顾问乃是绰绰有余，唯一障碍在于价格谈不谈得拢。若是顾晓音能接这个项目，欠下人情的反而是他程秋帆。袁总是个精打细算的性格，不舍得在律师身上多花钱，上两轮融资的文件都是小姨子认识的律所随便糊弄过去的——大概袁总也没想到公司会发展得这么快。现在大家都有了升级律师的共识，但最后真能掏出多少律师费，新官上任的程秋帆也只能尽力帮顾晓音争取。

顾晓音想了想，问他："您那方对接律师的是哪位？"

"我带着公司法务。"程秋帆说完又补一句，"不过主要应该还是我。"

顾晓音接着问："那您会想要合伙人花很多时间在这项目上吗？"

程秋帆笑了，这果然是蒋近男的妹妹。"我们既不是国企也不是黑石，不需要合伙人事必躬亲。这种面子是钱买来的。我们既然要省钱，自然希望花小钱办大事。反正最后做事的多半还是下面的律师，我听近男说，顾律师你也有很多年经验了，这个项目你牵头，需要合伙人的时候，有合伙人能顶上就行。"

顾晓音点点头。"就算平时合伙人不出面，大合同发给对方之前，肯定是会审阅把关的，这您放心。我们君度做项目，只给估算的律师费数目，不给上限，但我可以跟老板商量一下，主要由我带一个初级律师做，项目费用给您估低些，我每两周向您汇报律师费进度，您看行吗？"

程秋帆早明白这些大所的套路。顾晓音给的这个解决方案要真能按她说的那样落实，倒是个两全其美的法子。不过顾晓音这法子到底成不成，还得看她上面的合伙人愿意估多低的律师费来，自己内部好不好交代。

他想到自己当年还在投行做最低级的分析员时，也敢动辄打电话找外资大所的合伙人解决问题。一个电话怕是就能打出值他半个月工资的律师费，现在自己好歹C字头了，反而要躲着合伙人走，真是三十年河东，三十年河西。

顾晓音拿着程秋帆给她的数，仔仔细细地把各种情况推演了一遍，快到傍晚时，才去刘煜的办公室跟他说了这事。果然，刘煜觉得护生这个公司不错，若是君度能因此变成公司法律顾问，一举吃下未来的上市项目，确实挺有吸引力——君度最近刚搞了个香港办公室，想拓展香港上市业务。刘煜自己有香港律师资格，从前还在外资所的时候，也做过香港上市，这蛋糕他是可以分的。

但眼前的问题是护生的 C 轮律师费预算实在太少，若按顾晓音说的，只由她带个初级律师来做，确实可以保证他不减记太多律师费。但这世上没有不透风的墙，护生的预算还不到一般同类项目的二分之一，若是传了出去，个个都会来找他打折。他不想开这个先河。

他给顾晓音讲清其中的利害，让她回复护生：若是聘书合同里能写明长期聘用关系，律师费按照正常的水平估，君度可以按照顾晓音建议的方案配律师，口头保证项目律师费不超过护生的预算。

顾晓音自己没想到先例的问题，此时正感慨"老板果然是老板"，遂一口应承下来。刘煜又说："晓音，你一贯闷头做事，难得像今天这样主动接触新项目，倒让我挺惊喜的。你也算资深律师了，要想再往前走，这方面要多花点心思。"

顾晓音有些脸红。若不是蒋近男拉来了程秋帆，她是万万不会主动找新项目的，刘老板算是白表扬她了。她对刘煜报以微笑，准备赶紧撤退。正起身之际，刘煜又说："所里下周一要去你和陈硕的母校做校园招聘，我已经跟陈硕说过了，让他和你去。"

顾晓音有几天没和陈硕说话了。早上她路过陈硕的办公室门口，陈硕的秘书还笑着问她，最近是不是还在跟陈律师闹别扭，这几天都没见他俩像从前那样串门聊天。顾晓音其实并不知道那天陈硕摔了杯子的事，饶是如此，她听到这话还是觉得别扭得很。这位琳达小姐，按陈硕的话说，跟他从前的秘书相比简直一无是处，只堪在前台收发包裹，要做秘书，能力和意愿都差得远。偏她嘴甜，深得几个大老板的喜欢，因此地位稳得很。虽无晋升为老板秘书的机会，却也毫不担心会被发配到前台去。宁得罪君子，不得罪小人，顾晓音笑一笑便走。

现在刘老板又非把他俩凑作堆，顾晓音苦笑。君度北京办公室里，他俩的校友没有一百个也有八十个，并不是什么稀有品种。她知道刘老板的私心是宣讲会后顺便面试几个本组的实习生，前阵子陈硕还给她看过简历。一切都是顺理成章的，但她现在就是不想和陈硕一起乘上一个小时的车去海淀，回母校，让她不得不和她的失败执手对望，无语凝噎。

她现在这样子像足了从前，学不好哪门课就看哪门课不顺眼，明明全无道理，但内心的那些抗拒本就没有道理可讲，且因为这进退不能、无处安放的情绪，顾晓音越发觉得委屈。少年的时候也许还有种种借口由得自己去，现如今却只能调动所有的理智负隅顽抗，不死不休。

顾晓音记得自己小时候，若是有了不开心的事，回到家来，邓兆真便会叮嘱她先什么都不想，睡上一会儿。邓兆真喜欢说"甭管碰上什么烦心事，一觉醒来总会好上许多"。若是在姥爷家，邓兆真还会专门熬上一碗稠稠的粥，放一勺白糖，等她醒来吃。顾晓音和蒋近男不知有多少心事都化在那黑甜乡中的白糖粥里，了无痕迹。

晚饭顾晓音是在蓝堡楼下的嘉和一品吃的，专门叫了碗甜粥。虽是仪式感多于实质，顾晓音还是觉得自己获得了一点安慰。周末该去看姥爷了，她正想着，可巧邓佩瑜发来信息，说这周末大家都去姥爷家，她已在楼下订好饭店，让顾晓音务必早点去。

邓佩瑜的指示，在邓家一向如金科玉律，等闲人士不可反抗。要说例外也不是没有，邓佩瑜对老公和儿子可谓言听计从，然而这二位在家轻易并不发号施令——蒋建斌懒得管家务事，而蒋近恩天性随意，所以邓佩瑜坐的约等于第一把交椅。

顾晓音敢在大学毕业时忤逆顾国锋的意思，要她反抗邓佩瑜，她却是不敢的。别说她，蒋近男遇上邓佩瑜也绕道走，能虚与委蛇的绝不硬抗。

所以到了周末，顾晓音加班到下午三点，算着邓兆真午睡该起床了，便收拾东西往姥爷家去。邓兆真还住在从前的房子里，按现在的地铁路线，东四站最近。然而人是习惯的动物，顾晓音跟邓兆真住的时候，还没有地铁五号线，因此，她永远从建国门换乘二号线，再从朝阳门站溜达过去。

邓兆真正坐在南阳台喝茶看报。报永远是《环球日报》和《参考消息》，茶必定是碧螺春。邓兆真在北京生活了五十多年，户口本和身份证都再看不出痕迹来，但总有一些地方会出卖他的来处，比如说他既喝不惯香片，也喝不惯龙井。蒋近男工作后，有一回去福建出差得了罐上好的金骏眉，便拿来孝敬姥爷。邓兆真笑眯眯地收下，放在客厅五斗柜上。五年过去，那罐金骏眉原封不动。蒋近男每次问起，邓兆真都虚心表示马上就喝，然后继续将其束之高阁。

"看报呢，姥爷？"顾晓音在茶几旁另一把椅子上坐下，自然而然地端起邓兆真的茶杯喝了一口，"嘿，您这茶泡了几道了？都能喝出口水味！我给您换一杯去。"

"别，还能喝一泡！"邓兆真抗议着，顾晓音却已扬长而去，转眼端了两杯回来。"我自助了啊，姥爷！"

冬日里的阳光洒在南阳台，封闭阳台里暖融融的。这两把藤椅怕是比顾晓音的年纪还大，她回到北京时，这二位便像尉迟敬德和秦琼一样镇守阳台，冬天放上两张垫子，夏天则干脆"裸奔"。最早的垫子是姥姥用夹棉的布自己做的，天长日久，棉布有一种奇异的光滑和柔软，若把脸贴上去，还能闻到一股淡淡的绵软的气味，那种经年使用后的棉织品特有的温柔气味，丝毫没有侵略性，然而十几年过去，依旧盘踞在顾晓音的记忆里。

八九年前，蒋近男给姥爷买了两张羊皮，从此藤椅鸟枪换炮，冬天也算穿起了"貂"。顾晓音有点遗憾，然而邓兆真愉快地奔向了现代化，顾晓音也只好作罢。她如今抱着茶杯靠在羊皮上，理解了邓兆真的选择——这羊皮确实比垫子暖和多了。

"你打家里还是办公室来的？"邓兆真摘了老花镜放在报纸上，认真地开始和外孙女谈话。

"办公室。"

"你们年轻人工作辛苦，要多注意身体。三餐要定时，别饿坏了胃。"

"好的，姥爷！"顾晓音对邓兆真的叮嘱向来有十二分的耐心。

"工作上要和同事和和气气的，年轻人吃点亏也不要紧。我们那个时候，办公室里最年轻的那个都要早上提早半小时去打扫办公室还有灌暖水瓶。"

"现在真不用啦，我们那儿有专门打扫卫生的阿姨。"

"你们现在条件好！"邓兆真说着，又戴起老花镜，找到报纸上某一篇报道，指着对顾晓音说，"《环球时报》说最近资本市场出现动荡，对你和小男做业务有没有影响？"

"对我们影响不大，最近我们业务挺好的，你看，这不，我周末还在加班呢。"顾晓音笑眯眯地回答。姥爷一直努力理解她和蒋近男的工作性质，两人解释完，邓兆真记住了资本市场这几个字，从此只要《环球时报》和《参考消息》提到资本市场，他必记在心里，下次见到二人便详细询问。

"那就好，那就好。"邓兆真又放下眼镜，"你今天怎么来的？打车？"

"我还和从前一样，坐地铁到朝阳门走过来。"

"朝阳门站远，你下回该坐到东四站。"邓兆真皱了眉。

"没多远，今儿天好，这几步路我腿儿着挺好的。"

"还是东四站近……"邓兆真未能满意，"我那天往那边散步，还专门数了步数。从我这儿走啊，东四站比朝阳门站近七百三十步。那天我刚发了工资，还又多走了几步，去白魁吃了碗烧羊肉面。唉，大不如前，大不如前啊。你姥姥怀你大姨的时候，特别馋白魁的烧羊肉，我就每个月发工资带她去吃一次，在白魁买一份烧羊肉，带去对门的灶温配面吃。有时候你姥姥还不够，还要叫一份摊黄菜。这摊黄菜啊，就是炒鸡蛋，老北京人不爱说炒鸡蛋，非说摊黄菜……"

顾晓音不说话，只听邓兆真说。这些故事她听过百八十遍，这些年邓兆真老了，愈发喜欢把讲过许多遍的旧事当作头一回从箱底挖出的宝贝讲给小辈听，高兴起来还要唱一曲他小学音乐课里学到的《苏武牧羊》，调子自是荒腔走板，顾晓音得聚精会神地听，才能听出姥爷唱的是什么词。

但她愿意在这里陪他消磨这些时光，好像他们还有大把时光可以挥霍似的。

怀抱有时，不怀抱有时。顾晓音的茶喝完两泡，天色已暗。邓兆真站起身来。"外面黑黢黢的，坐着也没意思，我们进去吧。"话音刚落，只听大门响了，随即邓佩瑜的声音响起来："爸！"

"哎呀，晓音你在啊，早知道我就不上来了，打电话让你带姥爷去饭店就行。"邓佩瑜到底是登过台的旦角，这么多年过去了，说起话来还是大珠小珠落玉盘，瞬间在邓兆真这七十来平方米的房子里四散弹开，满房子都是她的声音。

"小男说她晚了一点，直接去饭店了。你爸妈马上到，咱们得赶紧过去，你姨夫从来都是别人帮他点菜，他和小恩点不出菜来。"邓佩瑜转身就走，到门口不放心，又回头叮嘱一句，"我去把车开过来等你们，你们赶紧下楼！"

门又"砰"的一声关上了，邓佩瑜的声音慢慢从空中落下，沉到地上消失不见。

邓兆真早已乖乖回屋，未几，便穿戴好外套和帽子走到门口。顾晓音急忙跟他会合，两人下得楼去，果然，邓佩瑜已经在等着了。

餐厅其实不远。唯冬夜寒冷，腿儿着也许不适合邓兆真这么大年纪。顾晓音想，还是大姨想得周到。邓佩瑜选的餐厅十分高档，门口还有代客泊车的小伙子。邓佩瑜和对方交接钥匙，顾晓音便扛着邓兆真的胳膊往餐厅门口走，却见侧面有个人拎着几盒打包的饭菜匆匆忙忙地走过来，也许是因为天气寒冷，而他没戴围巾，这人缩着脖子低着头走路，差点撞到正往这边赶的邓佩瑜。

"嘿你这人！"邓佩瑜不快地开口。

"对不起！"

"谢医生！"谢迅抬头向邓佩瑜道歉的当儿，顾晓音已经认出了他。见大姨正要发作的样子，顾晓音连忙小跑两步过去，假装没看见他和邓佩瑜的官司，"这么巧！"

谢迅站直了身子。"顾律师，好巧。"

"你怎么会在附近？"

谢迅答："我爸住这附近。"他提了提自己手里的饭盒让顾晓音瞧，又对邓佩瑜说："刚才差点撞上您，真对不起。"

邓佩瑜正用审视的目光上下打量谢迅，听到这话，她不咸不淡地应了一声："哦，原来是晓音的朋友。"

谢迅不欲多说，向顾晓音和邓佩瑜点了头便走。邓佩瑜这一章却还没揭过，往包间去的路上，她便问顾晓音："这位谢医生，是你什么朋友？"

顾晓音愣了一下，如实答道："邻居。"

"邻居……"邓佩瑜玩味了一下这个词，"单身邻居还是有家室的邻居？"

"算……单身吧。"顾晓音勉强招架。

"哪个医院的？"邓佩瑜步步为营。等她三人走进包间，邓佩瑜已经掌握了谢迅所在医院和科室。

"医生蛮好的，晓音你其实可以发展一下。不过这一片的房子好像都是大杂院，要是他爸住这里，家里面条件估计够呛……"眼看着在座的她妈妈、蒋近男和蒋近恩已经投来八卦的眼光，顾晓音头皮发麻，不得不出卖谢医生的隐私保平安："大姨你想多了，人家刚离婚，不会有这种心思的。"

"离异啊?！"邓佩瑜立刻止住，"那是绝对不行。"

"好了好了，她们年轻人的事让她们自己安排。"邓兆真边落座，边发了话。邓佩瑜还想说什么，朱磊已经举起酒杯。"今天有个好消息要告诉大家，小男上周刚去查过，我们要有个姑娘啦！"

大家纷纷举杯。邓兆真乐呵呵地说："我们家的第四代！"

蒋近恩不解地问："现在不是不让查性别吗？你们怎么知道的？"

朱磊一副"小孩子不懂"的表情。"现在私立医院早就不查那么严啦，医生虽然不会亲口告诉你，可是会送你袜子，蓝色的就是小子，粉色的就是姑娘。"

"原来如此！现在的医院还真会变通。"邓佩瑶不禁赞叹，"现在知道是姑娘，你们俩名字可以想起来了！"

"用不着那么着急。"蒋建斌说，"小男这才四个月，说不定看错了呢。"

邓佩瑶刚想附和一句，一直沉默的蒋近男忽然道："看错了又能怎样？就算是个儿子，也不会跟你姓。"

第九章　午夜爬梯俱乐部

　　饭桌上的气氛顿时凝固起来，像有人按下了相机延时拍照的按钮，却怎么也等不来照相时的"咔嚓"声，一众人等只得辛苦维持之前的表情。蒋建斌胸口微微起伏，像是这画面活动着的唯一证明。

　　朱磊举着杯子，只能在桌下伸脚轻轻踢了一下蒋近男。蒋近男没理他。过去了漫长的时间，也许是十分钟，也许只是十秒，邓兆真说："跟谁姓也是老蒋家、老邓家的亲孙女，你们两个谁也不跟我姓，不也是我身边长大的吗？"

　　蒋近男低下头去不说话。邓佩瑶忙把酒杯举高了些。"咱们祝小公主健康长大，祝小男孕期一切顺利，也祝爸爸和姐夫荣升太姥爷和姥爷！"

　　朱磊附和："小公主一出来，咱这儿所有人都得升级！小恩，以后你就不是最小的了，你可是如假包换的亲舅！"

　　大家纷纷附和，蒋近恩率先把杯子里的酒一饮而尽，邓佩瑜埋怨他小小年纪怎能喝酒逞能，蒋近恩笑着把妈妈按坐下去。"我没事，您没听姐夫说吗，我这就当舅舅了！"

　　这一篇仿佛翻了过去。一家人像平日那样——顾国锋和朱磊陪老蒋喝酒，邓佩瑜主导全桌话题。今日因为遇见谢迅这一插曲，邓佩瑜又想起了顾晓音的个人问题。

"上回小朱给你选的那个沙医生吧，大姨觉得没看上你也是好事，虽说咱家要能有个中心医院的亲戚，回头你姥爷和我们老了要跑医院肯定更方便些，可是吧，这医生要是有天跟你感情不好了，他悄悄做点手脚，也许神不知鬼不觉就能把你给害了……"

邓佩瑶假作拉下脸。"姐你瞎说什么呢？小沙医生挺好的，他俩就是没缘分。"

"也是。"邓佩瑜想再敲打下侄女不能下嫁，想到自己女婿，到底是没当这么多人的面说出来，她看了顾晓音一眼，"不过你们年轻人啊，也别光顾着那些虚无缥缈的感觉，人生归宿，最重要的还是看性格合不合适，条件配不配得上。"

顾晓音猜着了大姨那一眼里多半是告诫的意思。她的人生信条一向是碰到困难先绕着走，此时便麻利地端起酒杯。"大姨，我以后要是谈了男朋友，结婚前一定带来给您掌眼，您批准了我们才结婚，我妈他们批准都不算数！"

邓佩瑜笑着说她滑头，邓佩瑶和顾国锋也笑，邓兆真说："等你和小恩都结婚成家了，姥爷的心愿就了了，能去见你姥姥了。"

顾晓音赶忙打断他："您千万别，这说得怪吓人的。要按您这样说啊，我可且得单着，再单个三十年五十年的，让您且见不着我姥姥！"一众人又笑她贫。

一顿饭就这么你一言我一语地过去，蒋近男很快把最开始的不愉快抛到脑后，蒋建斌比平时沉默，但蒋近男也不想哄他——反正哄他的人那么多，不缺她一个。

一顿饭勉强太平着吃完，邓佩瑜结完账便习惯性地张罗："小男，你们开车送姥爷，再把小音带回家。我们送老顾和佩瑶，他俩刚好跟小恩坐后座。"

邓佩瑶摆手。"我们叫个车就成，你们也不顺路，别麻烦了。"

邓佩瑜却不许，邓佩瑶到底拗不过姐姐，只得点头。大家各自把东西拿好起身，蒋建斌却晃了晃，又捂着胸口坐了下去……

一家人赶忙围拢过去。蒋建斌紧紧皱着眉，却还勉力做个镇定的样子。"我没事，可能在这房间里闷久了，胸口有点不舒服，坐一下就好。"

邓佩瑜松了一口气。"老蒋你吓死我了。"

蒋近男却不觉得情况真如蒋建斌说的这么轻描淡写。她这段时间看程秋帆的公司，连带着对心脏病的发作症状也谙熟于心。她有点后悔刚才不管不顾地说了那么戳心窝子的话，万一老蒋真来个心脏病……蒋近男不敢再往下想，忙对顾晓音说："你跟着我妈带我爸去附近的医院看一下，我跟朱磊送了姥爷就来。"

邓佩瑜忙道："不用不用，小男你怀着孩子呢，去医院那种地方不好……"却被邓佩瑶拉住，示意她别说了。

邓佩瑶在蒋建斌面前蹲下，问他："姐夫，你觉得怎么样？"

蒋建斌的眉头稍稍松开一点，手也不再捂住胸口，却还在微微喘气："我真没事。"

"小男说得对，还是应该去医院看一下。毕竟咱都这个年纪的人了，小心驶得万年船。我和老顾跟姐姐一起陪你去好不好？"

蒋建斌摇头。"哪儿还需要你和老顾一起跟着，佩瑜带我去就行了。"

邓佩瑶柔声说："那还是小音和小恩陪着去，万一有个什么跑腿交费之类的事，他俩年轻人也跑得快。"

朱磊插进来："就带咱爸去中心医院，离这儿最近。我给沙楚生打个招呼，他就是中心医院心外科的。"

蒋建斌终于点点头。邓佩瑶站起身来。"我和老顾就自己先回去了，小音，你陪着大姨和姨夫，有需要立刻给我打电话。"

顾晓音连忙应下。蒋建斌又对蒋近恩招手。"小恩来扶我一下。"蒋近恩听话地去扶蒋建斌站起来，蒋近男见他站住了，表情也并不痛苦的样子，略略放下心来。

邓佩瑶和顾国锋站在饭店门口，看蒋近男和邓佩瑜的车都开走了，邓佩瑶挽着顾国锋走到路边，拦了辆出租车。

八点多钟的急诊室还有不少人，门口的座位坐得满满当当。邓佩瑜转了两圈，一个空位也没有。她瞅着有个挺年轻的小伙子看着不像是重病的样子，便凑上前去，想让他给老蒋让个座。小伙子白了她一眼，指指身后刚推进急诊室的担架："上急诊的谁还不是着急看病的？瞧见没？真病重坐不住的都直接给抬进去了……"

邓佩瑜刚要发作，被顾晓音一把拉住。"大姨，有一个位置咱四个人也不够，我跟小恩商量好了，他在这儿等着叫号，我陪您和姨夫去大厅里坐着，大厅通风比这儿还强些，对姨夫好。"

邓佩瑜到底点了头。这急诊室里各种被窝里裹着来的，被人架着来的，靠在家属身上一脸痛苦的，她看着也觉得糟心，老蒋这肯定还是被小男气的，小男这孩子看着省心，反骨硬着呢，要是老蒋真来个心梗什么的……她胡思乱想了一阵，愈发觉得害怕，却见有人朝他们这边走过来，是刚才晚饭前差点撞到她的那个医生。她连忙拍拍旁边正在低头跟蒋近男发信息的顾晓音。

谢迅陪谢保华吃完晚饭，刚踏进中心医院门诊大厅，就看见眉头深锁紧盯着手机的顾晓音。旁边正是她那个差点被自己撞到的亲戚。不知是谁生病，谢迅想着，已迈步往那边去。顾晓音抬起头，谢迅正到了近前，她连忙站起身来。

"谢医生！"

谢迅看了眼邓佩瑜。"顾律师，怎么突然上医院来了？"

顾晓音拣着要点，把蒋建斌的情况说给谢迅听。谢迅问了蒋建斌的既往病史，又详细问了现在感觉如何，对顾晓音和邓佩瑜说："看起来应该问题不大，我带你们去急诊开几个检查，看看具体情况。"

邓佩瑜听他说问题不大，先松了一口气，又听说还是要做检查，没来由地想到新闻里说医生以过度检查作为创收手段，眼前这位谢医生杂院出身，怕正是急需创收的那一类。她正想着怎样开口质疑，顾晓音电话响了，是朱磊打来的。

顾晓音接完电话，谢迅的电话跟着响起来。他看了一眼，跟两位女士说声抱歉，走到一边去接电话。顾晓音趁这个当儿给邓佩瑜汇报情况：朱磊说他和蒋近男正在过来的路上，他打了电话给沙医生，沙医生今晚不在，但会安排个朋友来看看。

邓佩瑜立刻说："那敢情好，我看你这个谢医生上来就要开检查，保不齐是拿咱当冤大头使。"

刚好谢迅走回来，也不知道听没听到最后这一句，邓佩瑜用眼神制止想要开口的顾晓音，施施然对谢迅说："谢医生，刚才真是太谢谢您了！可巧啊，我女婿跟心外科的沙医生熟，沙医生给老蒋安排了他的朋友照应，我们就不耽误您的时间了。"

谢迅点头："您客气了。"

邓佩瑜刚要拉着顾晓音再坐下，谢迅又说："沙医生安排的朋友就是我，刚才那电话是他打的。"

"哟，真巧！"邓佩瑜心想，小沙怎么给安排了这位？脸上虽没表现出来，说出的话却因言不由衷而自带夸张效果。她本是旦角出身，这三个字被她说得腔调婉转，更显得像在春晚演小品似的，充满不必要的戏剧性。

顾晓音想提醒大姨，然而和谢迅站得这么近，所有的蛛丝马迹都在他的视野之内，反而显得画蛇添足。她有点难堪地看向谢迅，谢迅却好似没听出话中机锋一样，坦然对顾晓音说："你先跟我来，请阿姨扶着叔叔慢慢过来急诊就行。"

四人兵分两路。谢迅跟顾晓音走在前面，拉出一段距离后，谢迅小声问："你姨夫自己说平时没有高血压、冠心病之类的问题，今天他不舒服前有什么诱因吗？"

顾晓音简单给谢迅讲了晚餐时的来龙去脉。谢迅不解道："你表姐好好的干吗这么撑她亲爹？"

顾晓音叹口气："冰冻三尺，非一日之寒。"

说话间，两人走进急诊室，蒋近恩看见他俩，迎上来便说："前面还有十几号人，且等着呢。"周围都是排队的人，顾晓音不欲张扬，使了个眼色，便打发他去给邓佩瑜做帮手。

"看来这就是那结冰的水了。"谢迅喃喃自语。顾晓音张了半天嘴，没把那个"对"字说出来。他俩进了个空置的诊室，谢迅很快就开好几张检查单，顾晓音接过一看：心电图，心肌酶，胸部CT。

"要查这么多？"顾晓音问。

"错，是'只查这么多'。"顾晓音闻声抬起头，见谢迅两臂交叠放在桌上，正眼带笑意地望着自己，"马上你大姨来了，你可得这么说，不然她那眼神够扣我仨月工资的了。"

顾晓音想到刚才大姨的表现，不由得也笑。她笑起来，眼下便现出两道薄薄的卧蚕，把眼睛挤成两道尖尖的月牙，山根处皱出几道纹路来，谢迅第一次注意到顾晓音长了两颗尖尖的虎牙，让她笑起来像一只猫科动物，尤其那仿佛皱成一团的眼鼻，更衬托着她的笑像《爱丽丝漫游仙境》里的柴郡猫一般。

谢迅忽然很想伸出手去摸摸顾晓音鼻梁上的褶皱，是不是也像院里邻居家虎斑猫的额头一样，看起来是三道条纹，摸上去却是厚厚一层毛。他正胡思乱想着，邓佩瑜等人已扶着蒋建斌走进诊室，后面还跟着刚赶到医院的蒋近男和朱磊。

谢迅眼见顾晓音的脸在一秒钟内恢复原状，他却不知为何，觉得那笑容还留在原地，正和柴郡猫一模一样……

"嘿，小子哎，还真是你！"朱磊面带惊喜冲上前来，"我就说谢迅这个名字不常见，早知道就是你，我也不用绕沙楚生那一圈了。"

沙姜鸡在电话里给谢迅说的是"你邻居的表姐的爹"，倒没说过这表姐夫就是朱磊。不过就算听到了这名字，他大概也不会往认识的人头上想，毕竟朱磊家已经从杂院搬走很多年，朱磊又是个常见的名字。话虽如此，谢迅由衷地对老邻居说了句"好久不见，世界真小"。

有朱磊在，不愁冷场。蒋近男总闲闲地说他上辈子大概是天桥说相声的，有说不完的话，贫得她脑袋疼。谢迅给蒋建斌量血压的当儿，朱磊给邓佩瑜科普了他和谢迅从前在杂院当邻居的渊源，又随口问谢迅父子现在搬哪儿了，得到他爹没搬的消息，朱磊像听到奇谭一般："哟，那你可得赶紧给老爷子置换置换，杂院那条件现在哪儿还能住啊？"

谢迅正低头记录蒋建斌的血压数据，只当没听见这句。他在病历单上写了几行，一起交给顾晓音。"血压稍微有点高，但刚才我给你开的那三项检查查完，病人就可以先回去。检查结果全出来大概要两个小时，我可以下班后帮忙取结果，拍照给你，实在不放心的话，你们留个人等也行。"

"小音你……"邓佩瑜刚开口，便被一直没说话的蒋近男打断："那拜托你……"

邓佩瑜还要再开口，顾晓音急忙救场："别麻烦谢医生了，还是我留在这儿等着吧，每项检查结果出来了立刻能看到。我一拿到就发给你们，大家也放心。"

蒋近男还未罢休。"那我和朱磊留这儿等，小音你忙你的。"

顾晓音心知自己绝对是大姨心里留守医院的不二人选。表姐主动请缨，也许是始作俑者的过意不去，也许是心疼自己，但她一孕妇，委实不适合干这活儿。她这等正值壮年的单身女青年，在律所里被老板当男人用，在家里也得顶得上。她不禁粲然一笑。"别呀，我连笔记本都带着呢，反正要加班做文件，在哪儿加都一样。再说了，"她给谢迅使了个眼色，"我和谢医生是邻居，说不准一会儿还能蹭他的车。"

谢迅收到顾晓音的眼风，还没体会到含意，便听顾晓音坦然撒了个谎。他不明白明明自己可以顺手代劳的事，顾晓音为什么非得留在医院等，不过他行医多年，也见多了家属的奇怪举动，此时便见怪不怪地起身告辞。一行人连忙七嘴八舌地向他道谢，目送他翩然而去。

"我们先去排检查的队，小音，小恩，你们带爸慢慢走过来。"蒋近男到底没把跟老蒋道歉的话说出口，只从顾晓音手里拿过检查单，便准备往外走。

"等等。"蒋建斌沉声道。

蒋近男停下，转过身来，却终于只是半侧着身，垂目听蒋建斌要说什么。

"你跟朱磊先回去。这里有你妈和小音、小恩足够了。你一个孕妇大着肚子，晚上在医院里跑来跑去的不合适！"

"没什么不合适的。"蒋近男说着就要走。

"胡闹！"蒋建斌声音提高了几度，"你是要趁着在医院里，再把我气病吗？"

蒋近男咬着牙，脸绷得紧紧的。邓佩瑜眼看着这对父女又要吵起来，连忙开口调停："我们三个人足够照顾你爸。朱磊明天上班也要早起，今儿晚上大家都怪累的，医生既然觉得没事，做完检查我们就回去，你们先走吧。"

朱磊领会了"上峰"的意思，便立刻也接上："我觉着也是，咱这许多人跟着，别说爸，也招医生烦不是？"

蒋近男终于没再说什么，任朱磊把她带走了。两人身影渐远，邓佩瑜忍不住埋怨了一句："你们两个啊，尽拣对方不爱听的话说！"

谢迅头一个小时看了好几回手机。除了沙姜鸡给他发了条信息，心电图室的同事告诉他心电图结果一切正常，没有任何来自顾晓音的消息。谢迅想，一会儿CT做完该给影像科医生打个招呼，或者至少把片子拿来，自己看一眼，不然这报告可有顾晓音等的。还没等他把这些付诸实施，有护士冲进来说某某床情况不好，这里刚处理完，急诊又送来一个疑似夹层病人……

再次点亮手机时，已经是下班时分，然而手机上除了同事给他发的蒋建斌心肌酶结果，没有任何其他信息，谢迅一边脱白大褂，一边给手机解锁，不死心地再点进微信去——溜他设了静音的群缀着红点，但顾晓音没找过他。

也许她已经拿到报告，发现一切正常就回家了。谢迅忽然生出淡淡的别扭情绪，是英雄无用武之地的失望感，还是被用后即弃的懊丧？已经过了十一点半，现在赶回光辉里，电梯也肯定停了，谢迅这么想着，忽然生出点自暴自弃的念头，他干脆又写了两个病历，跟夜班同事谈了一个病情，这才离开办公室。

他早认定顾晓音已经回家，却还是往 CT 室的方向走，穿过 CT 室去西门最近，那里等客的出租车多。他刚给自己找到这个借口，便看见始作俑者坐在 CT 室外的长椅上，谢迅心里立刻受用起来——原来不是顾晓音没有发信息，是她还在等。笔记本放在她的腿上，她就这么佝偻着脖子皱着眉坐在那里打字，也不嫌脖子低得难受。她的大衣和包放在旁边椅子上，只穿着深紫色的毛衣，显得她弯着的那截后颈分外地白。

谢迅无端想到"白如凝脂，素犹积雪"，一时有些心猿意马。他不由得在心里嘲笑自己，大约是离婚后旷得久了，看着女邻居在医院加班都能脑补出句淫词艳曲来。

深夜里还等在 CT 室外的，十有八九都是急症或者重症病人。门口有三个人围着一个移动病床，病床上躺着一个被被子包裹得严严实实的人，只有一绺灰白的头发露在被子外面。另有个二十出头的姑娘一脸痛苦地倚在母亲身上，一手捂着肚子"哎哟，哎哟"地叫唤，得知得等病床上的病人检查完下一个才轮到她，姑娘脸上的痛苦立刻翻了一倍，任由父母把她架去长椅上，倒在了母亲怀里。

多半是急性阑尾炎，谢迅在心里下了判断。顾晓音正改着合同，听到姑娘的呼痛声，她抬起头来，眉眼间便带了点同情的神色。长椅有六个位置，顾晓音原先坐在中间，瞧着这一家三口往她这边来，她连忙起身让出三个位置。这第四个位置原来就放着她的大衣和包，谁想着那三人坐下来，姑娘倒在母亲怀里，脚直接踩上椅子，蹬在顾晓音的包上。谢迅眼瞧着顾晓音那眉头又改成可怜之人必有可恨之处的无可奈何，却还是又往旁边挪了个位子。

她也真不着急回家。谢迅瞧着她又开始埋头于电脑间，倒觉得自己刚才懊悔没跟影像科同事打招呼乃是杞人忧天。难道她们律师真像顾晓音上回自嘲的那样，反正只要是工作，就算是在马桶上，也是计费时间，所以加班的环境不重要，活儿干出来就行？

他走去 CT 室外面的工作台，果然，蒋建斌的报告已经躺在台子上。医院的流程还是不合理，结果出来了，连通知都没有，于是病人要么坐着干等，要么全挤在台前，来一份瞧一份，既浪费时间又导致 CT 室外面永远乱糟糟的。谢迅一边想，一边拿起蒋建斌的报告，果然没什么大事，看来确实是被他自己女儿气到急火攻心才进了医院。

他拿着报告去找顾晓音。顾晓音正打着字，只觉一片阴影笼罩过来。也许又有病人需要坐下，站到跟前来"督促"她让位？顾晓音抬起头来，却见一张熟悉的脸。大概夜深困倦，又或是做文件做昏头了，她在这中心医院里堂而皇之地想，怎么是他？

谢迅看到顾晓音面露疑惑，接着向他缓缓展开一个笑容，眉头是展开了，眼里却有掩盖不住的困意，和那柴郡猫一模一样。他心里忽然软了几分，随手把报告递给她。"报告早出来了，你姨夫没事，快回家吧。"

尘埃落定，顾晓音的表情忽然就因着高兴而鲜活起来。"太好了！"她一边这么说着，一边合上笔记本，站起身来收拾东西。谢迅瞧着她一颗一颗扣大衣的扣子——顾晓音的手指算不上细长，但胜在匀称，每一个指甲都是蛋形，剪得很短，也没涂任何颜色。徐曼总是爱把她的小拇指指甲留得又细又长，他们亲热时，有时那指甲会不小心划过他敏感部位那层薄薄的皮，让他疼得一个激灵。

"你是下班路过还是专门来帮我看结果的呀？"顾晓音忽然停下来问。问者无意，听的那人却终于神魂归位，因着自己的胡思乱想而不禁有些脸红。顾晓音正盯着他瞧，自然捕捉到谢迅这一瞬间的羞赧。他为啥脸红？顾晓音心里一时警铃大作，难道被我说中了，他还真是专门来看结果的？那这脸红……

顾晓音在心里转了几道，还没个结论，只听谢迅回答道："我下班，去西门打车，刚好路过这里。"她松下一口气，不由得感叹自己果然是年纪大了，碰到点风吹草动就自作多情起来。然而那松下的一口气并没有如释重负的意思，反而幽幽地往她心里去了，未及她再想，谢迅又道："反正你早就打算蹭我的车，一起吧。"

顾晓音没提防他提起之前的话茬儿，那口气又往心里那曲径通幽处前进了些。但两人反正是邻居，这时候推脱未免显得矫情，再说到了这个点，两人一起爬楼总比一个人爬有意思些。顾晓音想通了这节，便愉快地接受了谢迅的好意。

不知是今晚戏太多，还是在医院的白色光源下盯着笔记本的时间久了，顾晓音上车便困倦起来。她和谢迅坐在后座的两边，顾晓音开始发困，便有意识地又往窗边挤了挤，把头靠在车窗上，免得万一在睡梦间占了谢医生的便宜。随着车辆的行驶，顾晓音的头时不时便在车窗上撞一下，那声音怪响的，谢迅不免关切地看顾晓音有没有事，却见她并无要醒的意思，还在继续打盹儿。他轻轻地笑了，便随她去。未儿，又是"砰"的一声响，顾晓音还是一点要醒的意思也没有。

司机倒是先沉不住气："小伙子，我这可已经怎么稳怎么开了，你这朋友还这么咣咣撞，倒叫人怪不忍的……"

谢迅没说话，也没动作。中年司机不禁在心里啐了一口，什么玩意儿，这大半夜的带姑娘回家，路上都不给人靠一靠。

光辉里车开不进去，司机只能给停在建国路辅路上。谢迅付了钱，拍拍顾晓音。顾晓音干多了在交通工具上睡觉的事，此时驾轻就熟地醒来，便佯装清醒地掏钱包，要付车费。被司机一句阴阳怪气的"不用，您朋友给过了"给挡了回去。

她讪讪地爬出出租车，被那冷空气打在脸上，倒清醒了大半。谢迅就站在路边，好整以暇地看她挤出一个不好意思的笑容。那笑容转眼变成惊喜，顾晓音提着齁沉的电脑包就往谢迅身后跑。

烤红薯摊子的大叔正在收拾东西。今晚的生意没有想象得好，他耐着性子等到地铁末班车收梢，还余三个烤红薯没卖出去，待要认命回家，又不甘心。又冻了二十分钟，他终于放弃希望，开始收摊，却见一姑娘不知从哪儿冲到他跟前，上来就要买俩。

一时峰回路转，大叔喜不自胜，就要把剩的三个烤红薯算两个的价钱给顾晓音。顾晓音付完钱，却把那第三个塞回大叔手里。"您也来一个吧，这大半夜的，来个热的正好。"

谢迅和顾晓音就这么边吃着烤红薯边爬楼。

"咱这一边锻炼，一边还能有吃的，也算超一流待遇了。"顾晓音不禁感慨道。

"嗯。"谢迅答应着，伸出手去，"电脑包我帮你背吧，看着够沉的。"

"不。"顾晓音拒绝，"负重爬楼可以消耗更多卡路里。"

谢迅还真想不到什么能反驳的理由，只好闭嘴，隔一会儿，顾晓音自己笑了，在夜晚的楼道里，跟小老鼠似的。

"笑什么呢？"

"我俩这天天加班的难兄难弟，倒是可以苦中作乐地组建一个'午夜爬梯俱乐部'。"

是"难兄难妹"。谢迅在心里纠正。五年级那会儿，他就悄悄借学习委员的职务之便翻看过班主任手里的成绩册，顾晓音她在南方长大，上学早，比他们小一岁。

刚才为什么没有像出租车司机说的那样，趁她睡着占点便宜呢？谢迅有点懊悔。

第十章　此去经年

"你那新客户长得不错呀！"罗晓薇对顾晓音说。刘煜到底还是叫她也跟着陈硕他们去某大的宣讲会，最近刘煜的生意如火如荼，招人的节奏远远赶不上项目的节奏，他也怕人招得太多太快，回头业务回落了自己还得吃下这个成本，因此决定多招几个实习生。

"实习生便宜又好用，尤其上市项目，又不是 rocket science（难做的事），还对律师费敏感，拿他们顶上刚好。"刘老板对他们说，"我看了陈硕给我的那三十来份简历，至少有二十来个能用的。你们三个每人面十个，咱们三取一，招十个实习生。"

"啊？你说谁？"顾晓音正忙着跟蒋近恩发信息，一时没反应过来。罗晓薇早听说某大伙食不错，因此提议三人赶早去学校食堂吃午饭。陈硕和顾晓音许久没回过母校，觉得这个提议也很不错，只是现如今某大食堂非学生饭卡不能买饭，顾晓音只好找还在校的蒋近恩帮忙。

"就那医药公司 CFO，我听刘老板说这个项目是你拉来的，主要由你做，莫非是准备近水楼台？"罗晓薇冲顾晓音挤了挤眼睛。她瞧见坐在前排的陈硕正从后视镜里观察顾晓音的反应，但顾晓音这个傻缺只是面露惊惶，急忙摆手说没有这回事。

就她这个段位，怪不得被陈硕扔在那里一挂许多年，罗晓薇在心里设想了一下顾晓音像咸鱼一样挂在阳台上风干的场景，觉得自己十分幽默。

"那你既然没兴趣，帮我创造点机会呗？"她故意把话这么抛出去。

果然，顾晓音踌躇了一下："我怎么好打探客户的私人情况……"

"不用你为难，"罗晓薇笑眯眯地再进一步，"你直接把项目交给我就行，回头行与不行我都自己担着。"

陈硕仍旧盯着后视镜，此时却换了一种心情。如果说刚才他的凝视出于难以启齿的独占心理，现在则可谓是师出有名的关心，他因此坦然地观察，并且准备随时在顾晓音招架不住时帮她一把。

没想到顾晓音四两拨了个千斤。"哎呀，这还真难办呢。这项目是我姐介绍来的，他们指名找我做，也是因为我比你俩便宜嘛。我是不介意让给你，可你得先说服刘 Par 把你的律师费打个六折……"

罗晓薇气结。谁不知道刘煜是跟手下员工一起吃午饭账要算到最后一块钱的主？想让他打折，至少也得是那种一年能贡献一两千万律师费的大金主。罗晓薇就算在他办公室里哭花了妆，也休想让刘老板为了她八字没有一撇的终身幸福少收账。

像是真心为罗晓薇的幸福打算一样，顾晓音又补了一句："要不回头项目做完了，如果有庆功会，我就装病，让刘老板带你去。刘老板反正每次都要带个人挡酒的，你刚好和程秋帆多喝几杯，套套看他是不是还单身……"

从陈硕的角度看，罗晓薇的表情十分精彩。于是他一方面感到欣慰，另一方面又感到些许惆怅。不知是兔子急了也咬人，还是这只他心目中的兔子已经悄悄背着他进化成了豪猪。

蒋近恩在佳园食堂门口等他们仨。某大门口的路况从来都跟老板的脸色一样变幻莫测，今天就门口最后那两百米，愣是堵了二十分钟有余。等蒋近恩和他们会合，四个人都有点饿得没脾气。顾晓音草草做了个介绍，蒋近恩就要把他们往楼上小炒带。

"别啊，"陈硕伸手拦住他，"咱就在楼下吃普通窗口，快，还更方便我和晓音回忆大学生活。我们那时候都是谁拿了奖学金谁上楼请客，二十八块钱一条的武昌鱼，要多难吃有多难吃。"

几个人都笑了，从善如流地跟着陈硕在楼下就座。佳园还是那样。一号窗口的牛肉炒饭总有几粒夹生的，二号窗口的湖南辣子鸡，从前找鸡肉需要放大镜，现在大家眼神不比从前，需要显微镜。罗晓薇尝了几样，表示难负盛名。陈硕反对，认为是佳园水平退步，他们当年还是很好很好的。顾晓音只是笑，这就像中国大饭店·夏宫的早茶吃多了，转头去吃金鼎轩，非说人家不如当年。

金鼎轩其实也冤得很。

陈硕和罗晓薇都健谈，顾晓音虽然不如他们，但蒋近恩毕竟是她表弟，占着个熟字。四个人从大学伙食谈到当下的宿舍条件，又扯到各种有的没的，一顿饭也算是吃得高潮迭起。快收尾的时候，陈硕问蒋近恩过两年毕业有何打算，蒋近恩吊儿郎当地说："搞得定我家老头就随便干点啥，搞不定就只好给他打工了呗。"

"可以啊弟弟！"罗晓薇举杯，"有想法！"

陈硕和顾晓音都面露少许尴尬。一个想着顾晓音这样谨小慎微的人怎么会有这样的表弟，听起来家里是有几个钱，可因此就狂成这样，至于吗？另一个想着甲之蜜糖，乙之砒霜，有人求之不得的东西，另一个恨不得避之千里，她虽不至于腹诽自家亲人，到底在心里为蒋近男叹了口气。

午饭高开低走地收了梢。陈硕拿出两百给蒋近恩，蒋近恩接过，挺自然地揣兜里，转身对顾晓音说："小音姐，你开完会再找我一下，有个事想跟你聊聊。"

顾晓音应了下来，蒋近恩道："那你们先忙。"跟另外那两位点个头就走了。

"你这弟弟挺有意思的。"罗晓薇对着蒋近恩的背影说，也不管他还没走远能不能听到。

"比那客户有意思？"陈硕冷冷地问。

罗晓薇没防备陈硕会来这么一下，一时吃瘪，等她回过神来，想找补却是不能够了，憋屈得很。宣讲会上除了陈硕，其他上台发言的都是君度别组的合伙人，罗晓薇心里更是一腔怒火无从发泄，面试的时候逮着小朋友简历的漏洞便下死手撑，把两个小孩撑到面如土色，噤若寒蝉，若不是为生计所迫，恨不得把君度永久拉黑。

陈硕站在讲台上也有恍惚的一刻。不知是这几年法律就业越发困难，还是君度确实打开了局面。大教室里座无虚席，两边走廊都站满了人。他高中学理科，本来没考虑过法律这种文科生的专业。尤其后来去了美国，每每听到法学院的同学自嘲数学不好只能学法律，他总在心里想：老子跟你们可不一样，我高考数学一百四十一分呢！他高三那一年，出了著名的孙志刚事件，几位法律人上书人大常委会，施行了四十多年的收容遣送制度因此画上句号。陈硕进入某大时，满心是正义和法治，要做的是像贺教授那样的人。他总觉得自己后来走上非诉律师的道路是寄情象牙塔之后不得不委身于现实，有好几年都对回学校看老师提不起劲儿来。时至今日，当初的那些遗憾大多转成庆幸，但当他看到师弟师妹们的简历，发现他们自踏入象牙塔之日，想的就是和现实沆瀣一气，因此从大一起选课实习都尽量往金融上靠时，陈硕还是像一个典型的中年人一样，在心里暗叹了一声人心不古。

顾晓音也衷心地觉得现在小朋友们的简历和自己那时真是不同了，她手上的简历几乎每位都有在海外一流大学交换的经历，许多还专门标出了交换时的成绩，表示他们即使是在国外一流法学院全英语教学的环境下也一样可以拿高分。她和陈硕大三那年，系里有两个去美国交流一学期的机会。为了争取一席之地，大家很是八仙过海、各显神通了一阵。她记得陈硕拿到名额却因为家里无法负担生活费用而必须放弃的时候，很是消沉了一阵，自己拉着他去吃烤串喝啤酒。十度的燕京啤酒，陈硕愣是把自己给喝醉了，还跑了三趟厕所。最后一趟跑完，他用刚洗过的湿漉漉的手攥住她的，大着舌头说："晓音，你等着看，我……我总有一天会去美国的，不但要去，我还要爬……爬藤！"

说完，他就那么攥着顾晓音的手，倒在桌上睡着了。顾晓音抽了抽，没抽出来，只得随他去，用另一只手拨他室友电话，两人一起把他架回宿舍去。她也喝了酒，手被他攥了许久，手上的湿意晕进心里，心里也潮潮的，不知是为他不平的多，还是庆幸不必分别一个学期的多。最后到底是自私的心理占了上风——陈硕还没醉倒的时候，她安慰他交流又拿不到学位，在找工作的时候远不如他年级前茅的排名有用，塞翁失马，焉知非福。那其实也是在安慰自己，好像她自己在这里面做得了一分一毫的主似的。

事实证明，顾晓音确实事前诸葛亮了一把，陈硕工作几年后真考进了 H 记，当年得了他放弃的名额的那位，因为在交流时几门课成绩不理想，毕业申请留学折戟沉舟。顾晓音自我总结为"该走的总是会走"，然而因为她从来也没得到过陈硕，其实他的走与留，和她也并没有什么相干。

就像他绕了那么大一圈，加入君度又跟她做了同事，又在她眼皮子底下找了新女朋友一样。

顾晓音第一次参加校招面试，拿着这些孩子的简历，只觉得每一个都比她当年强太多，每一个到君度来似乎都有点屈才。因此刚开始她的姿态放得特别低，几个面试常用问题问完，便主要解答对方可能会有的问题。不过四五个面下来，她慢慢回过味来：这一代的孩子比她们更早更多地接触世界，也比她们更早明白世界能给他们什么糖。顾晓音进入君度时，对资本市场一无所知，因此对低头板砖也无甚怨言，反正无论做什么项目，她自己也不多拿一分钱。现在的学生们早在网上被各种消息一遍遍洗刷过，只愁知道得太多，目标太明确，但刨除那些名词和八卦，他们仍然是和顾晓音他们当年一样青涩得未及踏入社会的人。从某种意义上来说，那些从网上获得的消息让他们显得比顾晓音当年更青涩。第六位面试的男生阐述了他想要做互联网大佬法律顾问的理想，言谈间对那几位大人物都十分熟悉，仿佛日日一起起居。顾晓音问，那为什么要做非诉律师而不是直接进入互联网公司，男生只想了一下，便回答："我觉得非诉律师适合我这样认真仔细又不爱和人争执的人，我是个九月中的处女天秤，虽然主要还是处女座的性格占上风，但毕竟会受到天秤爱好和平的影响。互联网公司竞争太白热化了，不适合我，我只能在律所做到合伙人之后再空降。"

顾晓音正想着这话要怎么接，对方又问："顾律师，您是什么星座？"

顾晓音满足了他的好奇心，默默把他刷掉了。

晚上见到蒋近恩时，她忍不住把这个故事讲给他听，并告诫他，找工作时别也干出在面试时谈八卦的蠢事来。

蒋近恩耸耸肩。"他要是不打算追你，是不该问你的星座。但你就为了这一条把人家刷掉，也太不够放松了吧！"

顾晓音故意板起脸。"你嫌我古板！能面试你的至少也是我这个年纪，只有更古板，没有最古板。"

蒋近恩思考了一下。"不，我觉得至少有一部分是因为你们律师这个职业太端着，我姐她们也是，说白了，还是你们太把自己当回事。我去面试实习的时候，那些程序员就没这些有的没的，你 code（代码）写得好，你就牛 ×，你 code 瞎 × × 写，再会说话也没用。"

顾晓音觉得这话倒是跟理沾了点边，可也太糙了些，便忍住了附和的想法，反问道："哟，原来你还面试过实习啊，中午是谁说搞得定你家老头就随便干点啥，搞不定只能给他打工了？"

　　蒋近恩面不改色。"随便干点啥也得干点啥不是，我要是想纯躺着，估计我家老头子能接受，我妈得天天整得家里鸡飞狗跳，到时候，你和我姐还得来求我干点啥。"

　　说到他姐，蒋近恩话锋一转："今天蒋近男找过你吗？"

　　昨晚顾晓音每拿到一份检查报告就发到家庭群里。最后一份 CT 报告出炉，谢迅也下了结论，她便只发了这结论。谢迅的原话是："报告都正常，很多老年人都有，以后有空查个冠脉 CTA① 或者冠脉造影，排除下冠心病就行。"顾晓音依葫芦画瓢，只把"很多老年人都有"几个字改成"很多人年过五十都有"，自诩既保持了内容正确，又照顾了姨夫的感受。

　　那之后，蒋近男单独给她发信息感谢她，顺便要了 CT 报告。其实顾晓音觉得蒋近男心里一定不好受，很想安慰她几句，然而说"姨夫还好没事"会显得大家在怪她，顾晓音同情蒋近男，但也说不出别的话来。她深恨自己嘴笨，只能劝她孕妇要早睡，蒋近男"哦"了一声，便再无下文。

　　蒋近恩像顾晓音一样左右为难，他二十年的人生里第一次体会到做双面胶的滋味。因为蒋近男被送去姥爷家寄住，他整个儿童时期跟蒋近男接触得都不算多，然而等他进入青春期开始叛逆时，蒋建斌和邓佩瑜跟他的那些矛盾都不断把他推向姐姐，而蒋近男也像终于接受了他这个弟弟一样，反馈给他长姐如母一般的爱。有多少次他和邓佩瑜为了他能不能打篮球、打游戏之类的琐事吵到不可开交，他总是躲到蒋近男那里去，有时在她公司，有时在她家里，蒋近男只要在北京，总会放下手里的事，带他出去吃饭，有时高大上如夏宫，有时就在甜水园的路边摊。蒋近男也不安慰他，只跟他聊些有的没的，但他仍然因此获得了安慰，像只炸毛的小动物慢慢平复下来，再被蒋近男送上车回家去。

　　蒋近男从没跟他说过自己的那些痛苦和不甘，大约是不想平白迁怒。蒋近恩自认是个懦夫，蒋近男不提，他也只当不知道。反正那些成人的事离他还远，而姐姐本就这么能干，他觉得老蒋也不至于瞎。他当然为蒋近男觉得不

---

　　① 冠脉血管成像检查。

公，然而一边是姐姐，一边是父母，他下定决心不让老蒋有把公司交给他的机会，却无法在像昨晚那样的情况里找到解决方案。

蒋近恩辗转反侧了一夜，觉得只能跟顾晓音谈谈。

顾晓音摇了摇头。看到她为难的表情，蒋近恩觉得有点失望。"小音姐，我姐她真挺难的，我爸妈……"蒋近恩叹了口气，自己也说不下去了。

顾晓音看着蒋近恩紧皱的眉头，不禁也有些心疼他。这许多年因果交叠的局面，绝非一朝一夕拆解得开。她只得对蒋近恩好言相劝："小男要是知道你也为这事不开心，肯定更不开心。你别太担心她，我们最近在一起做一个项目，经常能见到，我找机会开导她。"

蒋近恩来时只觉胸中有千言万语，到此刻却又吐露不出，只能点了点头。两人继续吃饭，过会儿蒋近恩忽然没头没尾地来了一句："你是不是对跟你一起来的那男的有意思啊？那人看着跟你就不是一路人，还不如我姐夫给介绍的那个医生呢。"

顾晓音一口茶含在嘴里，差点没喷出来。自己对陈硕那点意思难道这么明显，连蒋近恩都能看出来？可他又怎么能看出她和陈硕不是一路人？亏得她这么多年觉得两个人是心意相通的好友，只是无法再进一步。她刹住思绪，反问道："你干吗这么猜？"

蒋近恩闷头吃菜。"哦，上次你跟那个医生见了一面没下文，我妈问我姐你是不是有男朋友，她说你可能对一个同事有点好感，但也没谈。"

顾晓音长舒一口气，这个程度的信息，应该还不足以让大姨对她刨根问底。她在心里稍稍吐槽了一下蒋近男多嘴，但又立刻原谅了她——毕竟大姨这人，除了大姨夫，没人招架得住。

两人吃完饭，蒋近恩回宿舍，顾晓音打算在校园里溜达一下，便跟他就地告别。她拿出手机看了一眼，有几封工作邮件，还有几条信息，其中一条来自谢迅："今天来部里吗？"

她想了一下才明白，谢迅是化用了自己昨晚说的"午夜爬梯俱乐部"，不由得带着笑意回复："还在海淀，准备溜达一圈，在部里开门之前赶回来。"

对方回了一个大拇指，十秒钟后又跳出一条："早睡早起身体好。"

真是没朋友式的回复，顾晓音想着，嘴角的笑意更浓了。

她慢慢走在校园的小路上。这一带远离基建中心，因此多少还残存着她上学时的模样。大一时，她们在这条路尽头的体育馆上体育课。总是上午的最后一节，男女分开，男生班的老师体谅他们想吃午饭的迫切心情，往往提前五分钟下课，因此她们便怀着羡慕嫉妒的心情听那帮半大小子号叫着往林荫路那头的食堂冲去。那间食堂的招牌菜是卤味窗口的卤鸭心，等顾晓音她们下课飞奔过去，十有八九已经卖光了。

有些食物的美味，就在于那求之不得。顾晓音大一时若是哪天赶上了一份卤鸭心，一整天的心情都十分振奋。等她大三大四早上第四节经常没课，卤鸭心可以随便买的时候，她觉得那味道大不如前。然而好几回她从食堂买了菜出来，正遇上新一茬儿的大一男生，同样端着饭盆，带着满身的热气和汗味呼啸着往卤味窗口而来，端的是年年岁岁花相似，岁岁年年人不同。如果顾晓音是哲学系的，可能此时就会想到慧能，但她当时不过感慨了一下：后辈小子们的鉴赏能力果然堪忧。

走过这条路就到了体育馆，里面黑黑的，并无动静。顾晓音上学的时候，这里每周六有舞会，是大家公认的"交友"圣地。大一时，有室友蠢蠢欲动，顾晓音也被她们拉来过，结果被一两个社会上的人搭讪，从此对那儿敬而远之。

现如今姐也社会得很了，她想。

顾晓音再往前走，路过本校最有名的草坪，又过一条街，便钻进了通往湖边的小树林里。从这里到湖边都是小道，掩映在茂密的树木当中，走路时需得特别小心，免得惊动情侣们——他们总是像鱼一样悄悄藏在浅浅的树影里。顾晓音走了几步，拐过一道弯，见前方四五米处有人，她还保持着当时的警惕，以为是大冬天里还为爱坚持散步的情侣，不由得放慢脚步。

犹是夜色里，顾晓音还是立刻分辨出那是陈硕。她心里一动，不想被他看见，正准备等他走远了掉头回去，陈硕回过头来看了一眼，倒扬声唤她："晓音。"

顾晓音硬着头皮走上前去。"怎么你也还没回去？"

陈硕温声道："我和老师吃了个饭，想着都这个点了，就干脆去湖边走走再回家。你呢？跟你表弟聊完了？"

顾晓音点头，一时不知该说什么。陈硕倒大方得很。"那一起走走？"

事已至此，推脱倒也显得矫情，顾晓音只得从命。两人沉默着走过这片树林，面前豁然开朗，湖就在不远处。顾晓音上大学时幻想过许多次和陈硕一起单独在湖边散步，从来没有如愿过，没想到十多年过去，自己这愿望还有实现的那一天。只是覆水难收，两人最有可能在一起的机会早已错过。顾晓音望着远处的小庙和湖心岛，不由得生出"此地空余黄鹤楼"的苍凉感。

陈硕和顾晓音沉默着绕湖走了一阵。"坐一会儿？"陈硕指着不远处一条长椅问。顾晓音点点头，她今天其实穿了高跟鞋，眼下已有些后悔自己考虑不周。

"你记得大一那年冬天我掉湖里去的事吗？"陈硕望着对面的湖心岛问顾晓音。

"当然。"顾晓音笑道，"这事当时承包了我们一整个冬天的笑点呢，哪儿那么容易忘记。"大一那年的冬天，一群同学约好去上了冻的湖面上滑冰。陈硕这个南方人滑冰刀学得倒快，滑冰经验却到底不够，靠近湖心岛周围的地方，向来冰不够结实，他偏往那边去，直接掉水里，还是另一位滑冰的老大爷给救上来的。

陈硕也笑着挠挠头。"我差点就做了认命的南方人，到大四才敢再试着上冰。总算是如愿以偿了。"

顾晓音想到陈硕没能参加交换的事。你从来也不是个认命的人哪，她在心里说。

"后来在美国念书。冬天，法学院会把食堂和宿舍之间的一块空地变成滑冰场。直接浇筑的，只有法学院学生可以用。我当时一边想学校真有钱，一边还是怀念在这湖面上滑冰的感觉。没想到回北京好多年了，也没再来滑过。"

顾晓音看着已然有上冻迹象的湖面，认真地回答："你还有很多机会的。只是今晚你就别想了，看这上冻的情况，你要是上了湖面，还得再找个大爷捞你。"

陈硕呵呵笑了："看来过了这么多年，我们南方人还是得认命！"

其实我早已认命了，顾晓音在心里附和。她又想起《这么远那么近》，张国荣在里面有一句念白："我怀疑，我哋人生里面，唯一相遇嘅机会，已经错过咗。"

要用粤语，用一种事不关己的态度把这句话念出来，才符合气氛和心境。顾晓音第一次听到这首歌是在它发行好几年以后，张国荣早已纵身一跃，徒留传奇。网络上有很多人分析它的内涵、文化寓意、圈层标识……顾晓音最初只是觉得好听，在她成长的年代，粤语歌已经不再流行，她熟悉的只有《海阔天空》这种是个人都能哼出来的。

是那句念白让她深深地记住，并在以后的日子里不断重温这首歌。其实她不懂粤语，但那又有什么要紧，每当张国荣道出那句话，她就觉得这世上还有一个同病相怜的人。

当然，那是年轻时的顾晓音。就像年轻时的顾晓音会相信在没捅破的窗户纸那边和她心灵相通的人是陈硕，今夜的顾晓音忽然明白了，如果薛定谔的盒子无法打开，里面的猫是死是活又有什么要紧。窗户纸那边可以是陈硕，是沙楚生，是任何一个不打算和她顾晓音在一起的人，而她根本不必知道对方是否和她心灵相通，错误的心灵相通只能徒增遗憾和烦恼。

从明天起，做一个幸福的人。顾晓音觉得心里豁然开朗了，不由得想到这句海子的诗，虽然它早已被真假文艺青年们用烂了，但你别说，在这种时刻，还就是这句诗来得直接，表情达意。

陈硕还在想当年的事——在他失意时，顾晓音曾陪他喝过的酒，毕业的时候，他借着醉意假装不知顾晓音就在嘴边的表白……他这个好朋友，这些年在君度必定也吃过许多苦头，还是天真得很，怕是连罗晓薇十分之一的心眼都没有。如果组里没有自己，光她们两个，她还不知道得被罗晓薇欺负成什么样。陈硕忘记了可怜是可爱的同义词，在心里生出了浓浓的对老同学的保护欲，殊不知身边这位被他盖章"弱鸡"的同学心里轻舟已过万重山，早在想着喂马、劈柴，周游世界了。

此时月亮已从湖心岛的树顶升至天上，正怜悯地俯视着这同坐一条长椅却同床异梦的两人。两人又各怀心事地坐了一会儿，顾晓音站起来说："太冷了，我想先回去。"

"好，我送你。"陈硕也站起身来。顾晓音想拒绝，但想到北京城走一个对角线的打车费，在花钱买速度和深夜倒地铁之间，两害相权，决定一个也不选，还是牺牲自尊心蹭陈硕的车。她自觉刚刚想通了心事，简直明天就可以带着坦然的心理去拥抱邓佩瑜给她找的下一个相亲对象，此时便觉得这便宜不占白不占。

谢迅从地铁站口出来，点上一支烟，犹豫着要不要再给顾晓音发条信息。就像上帝听到了他的心声一样，他看见不远处一辆出租车停下，顾晓音从里面走了出来。

谢迅近视，可他到底是个要做手术的外科医生，因此他从来是两年换一副眼镜，且舍得在镜片上花钱。现在这副是上个月刚买的。他选了个便宜的框，配上蔡司号称"在夜里也能让一切清晰可见"的最新款镜片，花掉自己半个月的工资。

这镜片可能真的名不虚传，谢迅只一眼便注意到那车里还有一个乘客，看起来和顾晓音一般大，穿着西装和大衣，十分衣冠禽兽的样子。

第十一章　雪夜访戴

"谢医生?!"

谢迅正准备走开，听到顾晓音叫他。刚才那一会儿，他的心里许多念头已然翻涌而过，车里的这个人，纵然可能只是同事或者毫无关系的客户，也足以让他自问，他是更想向前还是退后一步。谢迅并不认为顾晓音从前倒在他头上的那瓶胶水在自己心里留下了任何旖旎的痕迹，前几天在餐厅门口碰见时，她那位显然是长辈亲戚的戒备眼神倒是还停在他心上，像黏在衣服上的脏米粒，不知何时已经被碾平风干，即使抠掉也还留有痕迹。他不由得自嘲，像他这样杂院出身的离婚男人，事业上止步于主治医生，好不容易买了小房子，马上还得卖了和前妻分，即使是像徐曼这样风花雪月的人，也会有被现实搓磨到难以为继的那一天，更何况是看起来十分务实的顾晓音。

然而顾晓音这声"谢医生"里含着一丝毫不含糊的惊喜，她还提着那个齁重的电脑包，脚步轻快地向他走来。在这冬夜里，谢迅被冻得动作和思想都变得迟缓，他像一个救助流浪动物的人看到一只新的野猫那样，既担心她怕人，又担心她不怕人。

眼前这只正要走到他面前，忽然停住脚步，毫不见外地把电脑包往他手里一塞，转身去拦住了正要收摊的烤红薯大叔。一回生，二回熟，大叔也没跟顾晓音见外，收了她一个红薯的钱塞了俩，朝谢迅那边努努嘴。"瞧你男朋友冻够呛，我今儿送他一个。"

大叔的河北口音还是那么喜兴，顾晓音自动忽略了那个"男"字，觉着自己让人半夜里提着个怪重的包挨着冻等自己是不那么像话。于是她飞快地说了句"谢谢您哪"，赶紧回身把一个还烫着的红薯塞到谢迅手里。"大叔请你吃的。"

那一点烫烧掉了谢迅心里最后一丝防线。在那些决定命运的时刻，上天给我们的提示往往少得可怜，因此它看起来和之前或之后的一刻并没有什么不同。除了谢迅的反应慢了半拍。他跟着顾晓音走出两步去，才想起来自己还没跟大叔道谢，急忙转身远远地点了个头。大叔笑着摆了摆手，两人都觉得他是冻傻了。

"去海淀开会了？"谢迅问。

"嗯。"顾晓音若有所思。这心不在焉的态度让谢迅不由得又想到车里那个人，想多问一句，自尊心却让他开不了口。于是两人沉默着边走边吃烤红薯，转眼进了单元门。午夜未至，电梯还在运行，谢迅想，大概今晚就这样了吧。他正要伸手按下电梯按钮，顾晓音忽然开口："要不今儿咱还是爬个楼？"没等谢迅反应，她立刻解释："这烤红薯热量也挺高的，我想消耗一点，心里踏实。"

其实顾晓音就算是说她现在要对楼梯进行检测，谢迅也会陪她把这戏演下去。然而她自个儿开了口，谢迅高兴得很，欣然从命。

"你记得高中语文学的《雪夜访戴》吗？是高一还是高二课本来着？"顾晓音忽然没头没脑地问。

谢迅仔细想了想，回答道："'乘兴而行，兴尽而返'那个？语文老师让背过，但好像不是课本里的，是高一课外阅读材料。"他说完觉得好笑，顾晓音这么问他，多半是醉翁之意不在酒，自己这么答，跟犯傻也没什么区别。

果然，在黑暗的楼梯间里，谢迅听到身边的人"扑哧"一声轻笑。他有点懊恼，又觉得顾晓音这样捉弄自己，倒是鲜活得很。也许是职业使然，这个姑娘总是看起来认真严肃的样子，只有偶尔她不设防的片刻，才会化出原形，像一条滑不溜的鱼，瞬间的工夫便挣脱了他的掌心，跳回水中不见踪迹，留他空叹水面的涟漪。

那轻笑果然化为一声惆怅的叹息："我今晚也算'雪夜访戴'了一把。王子猷说得对，兴尽而返，何必见戴？"

车里那个人莫非就是顾晓音的"戴"？谢迅不知自己恼的是这个，还是眼见着这条鱼又脱了手——他想起那个手拿羊肉串穿西装招摇过市的顾晓音，为什么她不能永远那样恣意地生活呢？

于是谢迅没接顾晓音那风花雪月的茬儿，而是转了个关公战秦琼般的话题："哎，你还记得你在新鲜胡同小学插班那会儿吗？"

"啊？"顾晓音对这个突然而至的转折有点不太适应，"等等，你还真是那时候跟我同过班？"

谢迅本来已经要追忆胶水事件，顺便问一句迟到二十年的："你为什么要这样对我？！"听到顾晓音的问题，在中心医院心外科以细心闻名的谢医生立刻捕捉到了漏洞。"你第一次见我不就认出来了吗，那时候你还说：'是你？'难道不是说新鲜小学那段？"

顾晓音连忙改口说她记得。谢迅以这许多年和三教九流打交道的经验，早参透了这一问之下第一个回答可能是历史，而第二个必然是小说的道理。于是他不动声色地引蛇出洞，貌似十分真诚地说："时隔这么多年你还能记得是我，你这记忆力没去做刑法抓嫌疑犯有点可惜啊。"

毕竟午夜将至，顾晓音又经历了劳累的一天，此时不疑有诈，直接就出了洞，还出得十分狗腿。"谢医生你这么妖娆的丹凤眼，辨识度忒高，让人难忘啊。"

谢迅心里受用得很，虽则如此，狠手还是要下的。他悠悠地说："是吗？当时我问你的时候，你说的可是觉得我像你的小学同学。"

如果楼道足够亮，谢迅就会看到顾晓音此时脸上密布红云，恼恨自己为什么要请谢迅这么腹黑的人吃烤红薯，全然忘记这个红薯乃是大叔买单。然事已至此，顾晓音只得道出自己是陪蒋近男领证时在登记处见过他。"我想提起这个原因也许你会尴尬，就瞎编了个理由，谁能想到你真是我的小学同学。"

谢迅正想着果然还是他的丹凤眼有辨识度，这点顾晓音看来没说谎。听到最后这句，他陡然明白顾晓音胡扯是为了免于揭开自己的伤疤。还真是个善良的姑娘，他想，这念头让他愈发难以放手起来。

"可你到底是怎么认出我的呢？我自己觉得我和小时候差别还挺大的。"顾晓音不解道。

谢迅笑道："我是医生，脸不一定记得清楚，倒是记得你头上那个疤的形状。何况你那时候在我们班只待了一个月就突然转学，反而给我们留下了深刻的印象。"

"你真厉害！"顾晓音由衷地说，没等谢迅把往事和盘托出，她又感慨："还好只待了一个月，我在你学校那个月特倒霉。一去就在体育课上被人推到钢管上摔破了相，班上还有个我忘了名字的男生，整天跟我对着干，我走之前专门去买了一瓶胶水倒他头上，这都没解气。"

谢迅觉得头顶凉飕飕的，像是顾晓音随时可以再变出一瓶胶水，以报当年之仇。他庆幸自己底没交得太快，就让顾晓音把仇记在那个无名氏的头上吧。

谢迅安全到达1003，正犹豫着准备说晚安，顾晓音说："周六我请你吃饭吧，上周的事还没谢谢你，今儿又拖着你白爬十层楼。"

沙姜鸡这周末又要奔袭去南京，谢迅早答应他周末帮他代两天班。"这周末我得加班。"他为难地说，心里想自己得跟沙姜鸡打个招呼，他的周末回头也许也有用得到的时候。

"没事，那再下周吧。"顾晓音同是天涯沦落人，痛快地表示理解。

"好。"谢迅应承下来，"其实我们院食堂挺有名的，这周六你要是闲着，也可以来试试。"

"行。"顾晓音答应完便说了晚安。临睡刷牙时，她望着镜子里的自己，忽然又想起王子猷。自己刚发了两句幽情，居然就被谢迅这厮给打岔打过去了，但原来他还真是自己的小学同学，这世界真是小。

"兴尽而返，何必见戴？"顾晓音躺在床上轻声念完这句，闭上了眼睛。

第二天，刘煜带着他的三个手下开会，罕见地当众发了脾气。

起因还是前一天的面试。同样是十分制，罗晓薇最高只给了一个七点五分，其他都在五六分徘徊，还有两个给了三分。相反地，顾晓音那组十个人，有两个九分，三个八分，其余也是六七分。陈硕的打分倒是呈纺锤形分布，四分一个，九分一个，其他都在当中。

刘煜把带评分的简历"啪"的一声拍在办公桌上。"你们这叫人怎么选，把罗晓薇面试的全刷掉，只招顾晓音面试的?!"

罗晓薇不服气道："我这批就是很差。你要觉得顾晓音放水，直接从陈硕那批招呗，反正我们只招两个人。"

"放屁！"刘煜怒道，"你还觉得委屈，他们俩无论打分手松手紧，每个人分数旁边都是标注了原因的，你的倒好，简历上除了分数，光溜溜的什么笔记也没有，我想复核都无从下手。"

罗晓薇这回没说话，刘煜想想又余怒未消地对着顾晓音说："你不要觉得你低头做事，抬头当个老好人就行。我们这一行也是逆水行舟，不进则退。你不能扛起BD（商务拓展）和带新人的工作，光靠合伙人给你分活儿，迟早有一天要被淘汰。"

陈硕坐在自己的位置上，眼观鼻，鼻观心。他何尝不知此时顾晓音被戳中痛处，必然噤若寒蝉，恨不得像兔子一样找个洞钻进去躲起来。但现在不是帮顾晓音出头的时候，刘煜的脾气他最清楚，你当面撑他，他非得加倍找补回来，让他把火发完了，才能再徐徐图之。

从前在明德时，刘老板倒没有这么火爆，陈硕想，大概上位者总是因为约束少而更容易放纵自己的脾气，更何况刘煜今天多多少少有点借题发挥敲打她二人的意思。罗晓薇这个时候跟他顶，一来大概是依仗着从前的情分，二来肯定也没体会到刘老板现在地位的不同——从前刘老板和他俩是前辈后辈的关系，但总还都是受合伙人剥削的associate（律师），现在人家是资方，而他俩还是劳方，资历的差距没变，可身份的鸿沟业已形成。罗晓薇若还躺在从前的情分上，只能说她是个傻缺。

如此算来，顾晓音主要还是被迁怒，而且刘煜对顾晓音话说得虽然狠，但细想下来，未必不是准备弃罗晓薇而培养顾晓音的意思。联想到最近刘煜私底下跟他聊天的时候提到，顾晓音竟然一改万年不变只晓得闷头刷计费时间的风格，拉了护生这么个项目来，看来终于开窍了，陈硕更觉得自己透过现象看到了本质。

招人的问题最终决定以邀请每个律师面试打分前两名来君度二面收梢。陈硕出了刘煜的办公室，顶着罗晓薇的目光，尾随顾晓音进了她的屋子。经过前晚，顾晓音自觉她对陈硕经年的旖旎心思已经被她打包收纳，锁进抽屉深处，所余无非坦荡的友情而已。她确如陈硕所料，现在心情低落得很，陈硕把他的推测一点点剖析给她听，让顾晓音找回了一点大学时两人相濡以沫的感觉。然而正因如此，顾晓音觉得陈硕因为对自己偏心而错判了形势。刘老板讲的其实一点不错，自己犯的这个"错误"，归根结底还是因为自己老好人，又对现状感到灰心，于是看到这些后辈镀金的简历和自若的谈吐，直接就觉得打分怎么也得七分起步。她和罗晓薇打出的那几分差距，说到底还是她俩现在的差距。

还没等顾晓音把这些讲给陈硕听，陈硕的秘书来敲门——这梢没能收得像刘煜想的那样体面——罗晓薇面试过的前两名接到秘书打过去的电话，都婉转表示自己的计划有变，也就是不当面打脸地拒绝了。秘书不知道怎样去跟刘老板讲，又不敢直接告诉罗晓薇，只好来找他俩拿主意。

陈硕看了顾晓音一眼："怎么办，实话实说呗。我陪你去跟罗律师说，咱们再一起找老板。"他站起身来，见顾晓音也起身要一起去，他摆手。"你别去了。"

顾晓音瞬间明白了陈硕的苦心。

果然，刘老板又发了一通火，直接把罗晓薇踢出这次的实习项目，只让陈硕和顾晓音交换面试对方的前两名，还特意嘱咐，人招来了让他俩带。罗晓薇说了几天"果然你们某大的人还是只能内部消化"之类的风凉话，连着一周每天中午扛着瑜伽垫去楼下健身房上课，有人问她怎么忽然发愤图强做瑜伽，罗晓薇只潇洒地回答："最近反正闲。"

多劳的能者此时正在慨叹自己的命运。除了面试实习生，这周程秋帆的项目在谈 Term Sheet[1]，而顾晓音一边跟程秋帆、蒋近男他们开着项目会，一边还得跟她妈和大姨一起在蒋近男和蒋建斌之间斡旋，有天她正回着她妈的消息，忽然想到"不是替梁太太弄钱，就是替梁太太弄人"[2]，她放下手机，倒笑了出来。

那边顾国锋也在打趣自己太太："你跟晓音怎么就像邓家的居委会一样？你是主任，她是副主任，成天那点鸡毛蒜皮的事把你们忙得团团转。"

邓佩瑶笑而不答。她和邓佩瑜、顾晓音三人有一个聊天群，和邓佩瑜母女有另一个群，还有一个她们四人都在的群。女人之间就是这么复杂的排列组合。她和顾晓音单独聊天的机会寥寥，若是有，也通常就事论事，倒是在那两个群里，顾晓音反而更活跃些。她这当妈的既不满，又舍不得真的不满，错过听女儿说话的机会。

---

① 风险投资协议。
② 出自《第一炉香》——作者注

顾晓音嘴角的笑意忽然变形，打了个喷嚏出来。她无奈地拿纸巾擦掉手机屏幕溅上的飞沫，把手机掉转过来，又专心看她的 Term Sheet。蒋近男和她爸的这笔糊涂账，即便如她俩一般亲近，她能做的也十分有限。相比来说，这个项目倒显得没那么难了——护生这轮融资加总起来也就一亿美金不到，却正应了那句老话——"池浅王八多"。领投的风投基金刚从某"魔术圈"[①]所请来一个法务总监，大概是新官上任，已经有了买方的大爷态度，但还没摒弃从前的工作时间，因此经常深更半夜要求和顾晓音打工作电话。前晚顾晓音刚和代表投资团的外所律师谈完 Term Sheet 新一轮要点，这位十一点半给她打电话要求把投资团责任归属从"severally but not jointly"改成"severally and jointly"[②]。

顾晓音接到电话有点蒙，没敢当时在电话里回应，只说自己考虑一下。挂了电话她就查参考书，确认自己没把一个错误的概念坚持了许多年，查完她又狐疑地搜索了对方的简历，如假包换的美国一流大学 JD（法律博士），"魔术圈"所五年工作经验。她给陈硕打了个电话，再次确认自己没搞错，这才写邮件问这位法务总监能不能第二天再打个电话。

对方一分钟之内就回复：现在就可以。

顾晓音小心翼翼地寻找措辞，告诉他他要求的改动会让每一个投资团的成员责任变大，问他是不是再考虑一下。

对方毫不犹豫地回答：不用，我们就是这个要求。

顾晓音觉得有点难办。好歹做了这么多年的乙方，她明白现在绝不是跟对方说"哥哥你法学院第一年 Torts（侵权法）没学好"的时候。毕竟是能自己单扛一个项目的顾律师，她在心里给自己打气，客气地挂了电话，接着便发出一封群发邮件给项目组所有人，说明自己收到这个单独的修改要求，如无异议，她会在下一稿改到 Term Sheet 里面去。

果然，那天晚上她还在爬着楼便收到投资团律师的群发回复：我们已内部

---

① 英国五大律师事务所的合称。——作者注

② 侵权法（Torts）概念。如果侵权被告多于一人，在"severally but not jointly"分责情况下，原告需要按照每个被告的责任比例分别进行追偿；如果是"severally and jointly"，则可向任意一个被告追偿所有赔偿金额，这个被告需要再向其他被告按比例追偿自己多付的部分。因此这个修改可能会导致投资团中每个投资人都面临全额赔偿再追偿的情况，对投资人不利。——作者注

讨论过，请忽略这个修改要求。

紧接着蒋近男发了一封邮件，给她的，只抄送了程秋帆：这傻 × 是谁啊？

顾晓音笑着回：孕妇你该睡觉了，明天再告诉你。

这周顾晓音每天都成功完成了深夜爬楼锻炼，但直到周五的晚上，她才把同属一个"俱乐部"的芳邻给想起来。芳邻在周三给她发过一次信息，十一点四十五发的，问她今天去"部里"否。彼时顾晓音正在被"jointly"和"severally"搞到怀疑人生，等她看到消息时已经快一点，如若谢迅当时是在楼下发的信息，此时可能已经爬上没头脑建的一百层大厦了。顾晓音想着第二天再回，第二天她直接给忘了。

于是周五晚上顾晓音在九点就给谢迅发去信息：我今天可能得去部里，估计最早十二点半，你那边怎样？

直到顾晓音爬上十楼，谢迅都没回。顾晓音莫名有种"你也没理我，于是我俩扯平了"的松快感，这让她更期待第二天传说中的中心医院食堂之旅了。

谢迅这周相当忙。不仅是他，整个组都如此。还好这个月心脏外科来了两个普外科过来轮转的研究生，沙姜鸡二话不说抢到了自己组里，稍稍帮谢迅分担了点打杂的压力，也给自己跑路留足了借口。张主任参股的医疗耗材公司出了个人工心脏瓣膜，这周首次进行临床实验，老金主的刀。由于是个要同时进行心脏瓣膜置换加心脏搭桥的高难度手术，老金点名沙姜鸡做了一助。被赶上架的沙姜鸡为防被老金教做人，只好兢兢业业地守在病人旁边做了几天术后观察和管理。直到病人转出监护室，他夹着的尾巴才松快了些，恢复欢脱的本色。转眼就是周五，他下午查完房，还没离开最后一间病房，就迅速在手机上叫了车，一路小跑去办公室，拎上行李就准备走。

谢迅看化验报告看得正出神，沙姜鸡伸出手在他眼前一晃："哥们儿，我走了，这里交给你啊！"

"OK（好）。"谢迅刚应承完，忽然想到周末和顾晓音的约定，他抬起头来。"哎，我说下回你再去南京……"

"下回的事等我回来再说啊，我这儿快来不及了。"沙姜鸡没等他说完就跑了。

沙姜鸡给司机加了五十块钱，好歹哄得司机愿意冒险走应急车道，在机场柜台关闭前两分钟换到了登机牌。也就是那寸劲儿，沙姜鸡前脚关上手机，后脚他严防死守了一周的病人就开始喊胸痛。值班的轮转研究生给了杜冷丁，镇痛的效果没见着，很快病人出现心率增快、血压下降的症状，四肢凉得跟冰块似的。护士找不到沙姜鸡，只好来找谢迅，谢迅去看了一眼，心中猛地一紧——这大概是遇到了心外医生术后最害怕的低心排综合征，只是不知道是因为再次心梗还是试验用的人工瓣膜出现了瓣周漏。他一边飞快地打电话给监护室准备床位，一边和护士跑步把病人连人带床推进了监护室。

好在这位病人刚转出监护室不久，身上的各个管道还没完全撤掉。护士迅速接上监护仪和动态血压监测，谢迅一看屏幕上心脏跳动的波形，心里凉了半截——果然还是心梗。护士推来心脏彩超机，他赶紧做超声看看心脏的情况。不幸中的万幸，人工瓣膜坚持得不错，但是整个心脏却因为冠状动脉罢工而像没了油的汽车一样，跳得有气无力，仿佛随时都要撂挑子。

病情虽然严重，好在心外也见怪不怪，在场的医生护士嘴上哀叹着晚上大概有人点错外卖触犯了夜班之神，手下还是各司其职开始了抢救流程。监护室的医生给病人气管插管，谢迅得了个空，赶紧遵循上报制度给老金打电话。

果然，老金接到电话愣了一下。"怎么是你？沙楚生那小子呢？"

谢迅实在找不到帮沙姜鸡搪塞的理由，只能如实相告。老金默了一默，大约是想骂人又觉得谢迅无辜，将怒气按下，只说自己尽快到，让谢迅协调下紧急手术的手术室。

八点一刻，谢迅和家属谈话签字结束，打电话通知手术室接病人。估计沙姜鸡快落地，他给沙姜鸡发了条信息，告诉他大概情况，让他能在面对老金的怒火之前先做下防灾抗灾准备。八点五十，麻醉都做完了，沙姜鸡还没回，看来还飞着。谢迅把手机收进裤兜，洗手上台。

这手术一做就做了四个小时。心脏打开，果然是一块小血栓堵住了之前心脏搭桥的血管入口，而人工瓣膜则如同在监护室心脏彩超机中看到的那样，质量还算过硬。老金帮张主任在心里说了声"哈利路亚"，清除血栓，重新把搭桥的血管吻合好。心脏复苏后，重新欢快地跳动起来。大家长舒一口气，老金骂骂咧咧的，手套一脱，下台跑路，留下谢迅带着轮转研究生继续干止血关胸的苦差事。

一点半，胸腔关闭，谢迅把轮转研究生留在台上缝皮，自己脱下手术衣，就坐在手术室板凳上，调整舒服的姿势放松筋骨，顺手拿出手机。手机里有很多沙姜鸡的信息，从最初的"我×"到痛定思痛的"我给老金发了求饶信息了，但愿狗命能留住"，再到最后的"老金回了！狗命暂时留住了。你是不是还在关胸？感谢哥儿们救命之恩"。沙姜鸡在这三四个小时里过山车式的心理活动让谢迅也不由得莞尔。然后他发现，有一条顾晓音的信息夹在沙姜鸡的哀号中。

轮转研究生这时候缝完了皮。已经这个点，谢迅觉得这些信息早回晚回，反正对方都是第二天早上才能看到，干脆把手机塞回裤兜里。他配合众人把病人抬到运送床上，又陪着麻醉医生和护士把床推回监护室，和监护室的值班医生交代完手术情况，才走回自己办公室。

想起那些没回复的信息，谢迅给顾晓音发了一条："不好意思，刚做了台四个多小时的手术，这会儿你应该已经到家了吧。"

没两分钟他就收到回复："嗯，果然十二点半到家，请叫我筹划小能手。"

筹划小能手，谢迅又被逗乐了。他干脆坐了下来。

"那请问筹划小能手，十二点半到家，现在怎么还在回信息呢？"

对话框显示对方正在输入，谢迅耐心地等着，却见那提示变回顾晓音的名字，可新的信息并没被推送进来。他正想着自己刚才那条是不是太过交浅言深，状态又变回对方正在输入，没多久跳出一条："习惯了。甭管多晚回家，总要再玩一会儿，不然就跟晚上被偷了似的，觉得亏得慌。"

谢迅想着顾晓音说这话时那惫懒样，嘴角再次弯了。

他俩你一句我一句地聊。夜班护士换班，上半夜的护士交完班路过办公室，见里面的灯还大亮着，便伸头进去看一眼，正见谢迅穿着手术室的衣服，面带笑容地盯着手机。大半夜的，护士觉得那笑容十分难以理解，莫不是刚才的手术把谢医生累傻了？她不禁开口："谢医生还没走啊？"

"啊。"谢迅如梦初醒般抬起头来，见到护士，连忙收起刚才未曾管理的表情，正色道："正要走呢。"

谢迅到家时，环卫工人早已开始工作。楼下那一片饮食店有几间隐隐透出灯光——那是开早市的档口在做准备。顾晓音跟他聊到两点多自去睡了，谢迅觉得手术后的疲累仿佛熬过劲儿了，反正无人干扰，他干脆留在办公室安安心心写完了术后记录。

第二天，谢迅从早上直睡到午后。他搬来后只添置了必不可少的家具，这里面就包括卧室的遮光窗帘。临睡时，谢迅没定闹钟，可把电话的铃声调到了最大。科里若是找他，就会打电话，没人打电话，他便可以睡到自然醒。

谢迅瞧了瞧时间。离中心食堂开门至少还有四个小时，在这之前，也不知道能找上个什么借口先见到顾晓音。冬天意味着无法逛公园，连约着跑个步这种借口都显得剑走偏锋。中心医院旁边有个电影院，可他和顾晓音好像还没到能一起看电影的份儿上。谢迅想来想去，没想出什么好主意，他干脆先简单粗暴地发了条信息："在干吗呢？"

这次换成他的消息石沉大海。谢迅倒也没多想——顾晓音毕竟昨晚也两点多才睡，对他们这些夜猫子来说，周末若不用加班，补觉是常有的事。想通了这一节，谢迅慢条斯理地起床收拾自己，从冰箱里捞出一盒速冻饺子下锅吃了，这才看到顾晓音姗姗来迟的回复。

"客户临时开会，惨。"

谢迅不由得也跟着同仇敌忾起来。这顾晓音伺候的客户是企业，不是病人。心梗不能等，融资有什么不能等的？殊不知若是企业看见了近在眼前的金胡萝卜，别说周末，春节也是等不得的。谢迅惊觉他在担心顾晓音的客户会议是否会危及他俩关于晚餐的约定。然而这种事不到最后一刻鲜少有定论。到了四点半，顾晓音还没有消息，既没说会开完了，也没说晚餐取消。谢迅焦躁了一阵，决定干脆还是去医院，要是顾晓音不来，他就再加会儿班。

他忽然又理解了一点他的前妻。从前徐曼还跟他在一起的时候，大约不知经历过多少次这种患得患失的心情——对于那个在等的人，这实在是种折磨。也许她真是受够了才离开自己，所以护士长说医生和护士最般配确实也有点道理，只有一个身不由己的人才能理解另一个。

但谁说身不由己的只有医生和护士呢，律师明明也是这么苦。

谢迅踏进中心医院的大门，恰是五点刚过。他一直握着的手机终于推送出一条消息，顾晓音说会终于开完了，现在就打车过来。

谢迅深觉自己运气不错，那厢顾晓音也有同感，她这几天得空时，研究了一下中心医院的职工食堂，发现网上一片溢美之词。论坛上的医生们表示中心医院的食堂乃是首选食堂，不仅菜品极丰富，口味令人感动，而且价格相当实惠，秒杀经年过誉的清华食堂，只有传说中夏有小龙虾、秋有大闸蟹的某国企食堂可以与之媲美。患者家属们则表示中心医院的食堂凸显了患者和医生之间的不平等，因为楼下患者食堂的水平就一言难尽，职工食堂又不对外开放。顾晓音这回不仅是被请客，还是被中心医院的"特权阶级"请客，这实在令她摩拳擦掌，跃跃欲试。

既然顾晓音已经在路上，谢迅干脆直接去了食堂。中心医院食堂的拿手菜之一是酱肘子，口味甚至可以碾压天福号。医院里的职工经常一买一整个带回家去，因此若不在食堂刚开的时候就去买，保准扑空。

他买好肘子，打定主意其他菜等顾晓音来了再买，便拣了个屏风后不起眼的座位坐下——自己抱着盒肘子在食堂苦等伊人。若真被同事——尤其是那些研究生瞧见，还真有点不好意思。好在顾晓音没多久便赶到，谢迅陪她参观一圈菜品，两人商量着又叫了两个小炒，两份煲仔饭。

"你们真幸福啊，网上说的果然名不虚传。"顾晓音尝了口肘子，又试了下宫保鸡丁——虽说是家常菜，可真不比老板请客时带她们去的高档餐厅做得差。"今天实在吃不了那么多，下次来得试试烤鸭。"她说完才觉得自己这是唐突了，凭什么一定有下一次呢，谢迅却没给她找补的机会，抢先应承了下来。

顾晓音低头，免得被谢迅瞧出她的尴尬，以及内心的一点欢喜。谢迅视线所及是顾晓音的额头，发迹线上有一片细软的绒毛，比她头发的颜色要浅那么一点点，给她的额头勾勒出一个温柔的弧度。

谢迅正心猿意马着，背后屏风背面有两人边说着话边坐了下来。其中一个挺耳熟的声音说："谢师兄真刻苦，昨天做完手术我差点累趴下，走之前路过办公室发现他竟然还在里面用功。"

另一个人说："那有什么用，我早打听过了，要想在心外混得好，他和沙师兄之间，绝对是沙师兄的大腿值得抱。沙师兄系出名门，以后早晚要上位的。"

这下连顾晓音都听出这是在八卦谢迅和沙姜鸡。她悄悄抬头看了眼谢迅，谢迅一脸严肃地在听墙脚。只听得第一个人又说："可我觉得谢师兄看起来水平比较高啊。"

另外那人似是扬扬得意道："你这叫只知其一，不知其二。你别看谢师兄看起来技术碾压沙师兄，从前又发过影响因子8的SCI，他最近这三五年可是一篇论文没发过。我听说啊，他早年出过严重的医疗事故，从此被主任放冷板凳，只能干脏活儿累活儿。不发论文是因为发了也没用。你看上星期那个大手术，金主任就点名沙师兄上，要不是沙师兄周末去约会小师妹了，昨晚能有他什么事！"

第十二章　恨铁成钢

顾晓音赶忙低头吃饭，假装自己什么也没有听见。刚上桌的煲仔饭煲边还嗞嗞作响，顾晓音为掩饰尴尬，随便拌了拌就挖了一勺放进嘴里。滚烫的米饭进入口腔，立刻烫破她一层皮。顾晓音想把饭吐出来，碍着谢迅又不好意思，正在嘴里左右腾挪那口饭的工夫，一只手托着一张餐巾纸伸到她面前。

"吐出来。"谢迅说。

顾晓音思想斗争了两秒钟，到底羞耻心屈服于实际需求，把那口饭吐在了谢迅手里。谢迅收回胳膊，用另一只手捻起纸巾的几个角，包起来搁在一边。他在从医的生涯当中处理过各种类似或是比这恶心许多的情况，然而那一团热而湿润的饭落到他手上的时候，浸润过纸巾传达到他手心的感觉还是触及心底。顾晓音的脸浮起一层可疑的红，谢迅想安慰她，又不知该说她没事还是自己没事，他干脆什么也没有说。

屏风后那两人还在聊天，爆料者的话说得越来越难听。顾晓音再也绷不住，逐渐坐立不安起来。她放下筷子站起身，想着怎样才能不太突兀地去告诉对方"你八卦的对象就在屏风后面，请停止"。却有人用手覆上她的手腕，顾晓音抬头，谢迅无声地摇摇头，另一只手示意她坐下来。

顾晓音仿佛的确获得了安慰，坐了下来。谢迅随之起身，用比平时更高的声音说："你刚烫到，我去买瓶冰汽水来。"说完，他从屏风旁走向卖饮料的小卖部，路过那两个研究生的桌子，却没有看他们一眼。

刚才还聒噪着的声音立刻停了下来。过了一会儿顾晓音听到爆料的那个说："我×，你看见没？"

另一个没作声，也许点了头，那个声音又说："你说他刚才听见没有？"

那个终于道："听他说话的声音像是就在旁边……"

"可他好像走过去的时候没看见我们，不然赶紧走，以防万一？"

那边传来一阵窸窸窣窣的声音。不久，两个半大男孩从屏风那边闪出身影，路过顾晓音的桌子，其中一个仔细看了看她。大概觉得听声音谢迅应该就在这桌，却不知顾晓音是何方神圣，他脸上充满疑惑。

又过了两分钟，谢迅回来了，手里还真提着一瓶冰镇的北冰洋。顾晓音接过："二人畏罪潜逃。"

谢迅露出个笑容，脸上却看不出特别的喜悦。顾晓音乖巧地喝北冰洋，什么也不问。她不想知道谢迅的秘密，就像她不想让谢迅知道自己曾经申请过很多北美的学校然后全部被拒一样。每个人都有自己的失败史，它只适合被束之高阁，永不想起。我们已经生活在这些失败带来的后果里，不需再时时温习这些不堪回首的来时路。

因为这个插曲，因为顾晓音是个好人，她接下来把她在网上读到的所有关于中心医院食堂的八卦都跟谢迅交流了一遍，说了比平常多两倍的话。谢迅相当耐心地配合她把这一场戏演完，末了还说："回头我把饭卡借给你，你可以挑自己有空的时候把你想试的菜试个遍。"

顾晓音喜滋滋地应下来，但不知为何，心里有种淡淡的惘然。吃完饭她问："你今晚要加班吗？"

出乎她的意料，谢迅摇了摇头。两人走到医院门口，谢迅问："叫个车一起回家？"他一顿，"我是说，叫个车一起回光辉里？"

轮到顾晓音摇头。"我还得回办公室。刚才开完会就来吃饭，还有活儿，今晚得干完。"

谢迅点头："那你叫车先走吧，我抽支烟。"

直到顾晓音坐上车，谢迅还站在那里。他的烟在嘴边露出一点微弱的红光，在周围乱七八糟各种灯光里看得并不真切。

谢迅抽完一支烟，想想这个晚上还是要有个收梢，他转头又往科室走。

晚班轮值护士在中心医院心外科干了二十多年，这会儿正坐在十七楼中间的护士站里看手机。夜晚人少了许多，偶尔有家属从病房出来打热水。有人经过，她便会抬头望一眼，若是同事，就打个招呼，若是家属，她便面无表情地继续做她的事。见谢迅从电梯上来就往监护室走，她笑着打招呼："谢医生来啦！"

"是啊。"谢迅远远地微笑颔首，倒也没有要过来的意思。

护士低下头去继续看她的手机。二十多年间，她眼看着一批批新人进来，有人只是短期，有人留了下来，有人风生水起，也有人就像谢迅一样，沉淀成了个普通的医生。

她在心里叹了口气，这小谢啊，长得一表人才，水平也不错，就是命不太好，父母不能帮衬，媳妇也不跟他过了，工作上虽然有能力有态度，但现在早不是吴孟超、林巧稚的年代，按老方法对待工作，可不就止步不前。护士是南方人，此时不禁一边可惜他那当保安的老子就算能把儿子培养进名校又怎样，一边又感慨老金果然是老精，手下的人拿得稳稳的，小谢连媳妇都丢了，这明明不是他的班，还要周末大晚上的来看病人状况。

她替谢迅操了好一会儿闲心，正打算做点正事，张主任的研究生收集完临床数据从病房出来，经过护士站，客客气气跟她打招呼，扯了两句有的没的便问："您见着谢医生了吗？"

护士不假思索地回答："见了，他刚上来没多久，你去监护室找他，应该还在。"

这正是刚在食堂里八卦过谢医生那位，闻言便往电梯间走，想暂避一阵。护士大姐凭着多年经验，立刻看出这当中有猫腻，断然将他喝住："等等，你们二十三床病人都要出院了，你就在这儿改下医嘱，别天天测血压，浪费人手。"

小伙子蒙了。本来躲在办公室里还不一定碰上谢师兄，这回被护士大姐扣在护士站，简直成了活靶子。怕什么来什么，眼瞧着谢迅从监护室那边往这里走，他赶忙低下头在电脑上一顿操作。

谢迅路过护士站，停下来从病历车里抽出几本下周一要手术的患者的病历，再次确认各类同意书都已经签字，麻醉科要的血型单和备血单也夹到了病历里。看完他把病历插回去，对二人说句"我先走了"，便往电梯间去。

研究生简直不敢相信自己如此顺利地过了关，他战战兢兢地抬起头，正遇上护士"一个医嘱都改得哆哆嗦嗦"的严厉目光，恨不得用打印机里的纸把自己埋起来。

顾晓音合同做到一半，看时钟指针已经指向十一点，今晚反正不可能在电梯收工前回家，她反而不着急了。刚工作时，顾晓音痛恨这些周五周六的会——俗话说打人不打脸，而这些会就像打在脸上的耳光，表明了就是要侵占律师的周末，反正他们也不能怎么样。周五还有个说辞，周六的会就更加赤裸裸的，让你一天开会，一天改文件，两天全部泡汤。顾晓音愤怒过，抱怨过，恨过自己的工作，最后她像大多数留在事务所里的律师一样接受了自己的命运。如果胳膊拗不过大腿，周末反正也要加班，不如不要抱怨算了，还省了那生气的力气。对此，自觉已是职场老人的顾晓音总结为：下跪可耻但有用。

周六早上，顾晓音收到开会召集时，还另外收到蒋近男和程秋帆分别发来的信息。程秋帆公事公办地说，实在抱歉，公司这边比较着急，要麻烦她加班。蒋近男倒是毫不客气地揭底："老袁这孙子，眼看着钱快到手，连周末都不想过了。"

顾晓音笑着回："天下乌鸦一般黑。这项目要是拖太久，你月份大了也辛苦，我就算卖你面子加个班吧。"

蒋近男回得很快："我们也就跟投，费不了那么多事。可惜好心把你拉进了火坑。"

要说火坑，程秋帆怕才是坑底的那个人，顾晓音想。五分钟前，程秋帆问她今晚大概什么时候能发合同初稿，顾晓音回答至少两点，让他别等。没想到程秋帆回过来一个苦笑的表情：我还在公司开会呢，两点不一定能开完。

难道程秋帆准备今晚就看合同给修改意见，让她明早改？顾晓音考虑了一下这个可怕情形的可能性，还是破罐破摔地决定中场休息一会儿。

音箱打开，还是上次没听完的歌，"……趁现在年少如花，花儿尽情地开吧，装点你的岁月我的枝丫……"

顾晓音跟着哼了一会儿，忽然想起什么，打开页面，在搜索引擎里输入谢迅的名字。

信息少得可怜。中心医院有个青年医生活动里提到过他，其他几条结果是同名同姓的人——有人写了一部盗墓小说，一看就不像这位能干出来的事，还有几条结果大概是模糊搜索，直接把他当成了金毛狮王谢逊。

顾晓音又往下翻了几页，出来一条论文的条目《Hsa-miR-278 通过介导 PI3K/Akt/mTOR 信号通路参与急性 A 型主动脉夹层形成的作用机制研究及构建相关动物模型探讨》。

她点开页面瞧，简介里倒是提到了心脏，是谢迅的论文无疑，只不知道是不是那两个小孩说的某某因子特别高的那篇。她又看了眼那天书般的题目，默默关上网页。

而那边刚好唱完最后一句："路途遥远我们在一起吧。"

离开职工食堂前，谢迅说要把饭卡借给她，她可以随时去。这便是给她方便却不想见面太多的意思？这是他的本意还是因为她听到了那些流言？

可她偏不想让他如意。

沙姜鸡周一来上班时脸色不怎么好看。谢迅估摸着这还是周末的后续，于是照例打趣道："被老金锤了？瞧你那脸色，赵丽蓉老师肯定得说你'白里透着红，红里透着黑'。"

若是平日的沙姜鸡，此时必得一撩大褂，摆出个婀娜多姿的身段，再情真意切地唱："保证你的小脸呀，白里透着红，红里透着黑，黑不溜秋……绿了吧唧，蓝哇哇的，紫不溜啾……"指不定还得伸手抬起谢迅的下巴，来一句："粉嘟噜的透着那么美！"让办公室里的同事和路过的小护士同时捂眼，非礼勿视。

但沙姜鸡今天并没有那个心情。他只勉强接下谢迅的哏，苦笑一声说："没有白，纯黑。"

谢迅和沙姜鸡毕竟是多年的交情，当下便明白沙姜鸡这定然是在小师妹那里吃了瘪，若是老金，沙姜鸡被锤十回也不会扁成这样。果然，沙姜鸡接着说："晚上不是你的班吧？下班陪我聊聊？"

"好啊，这大冬天的也没法撸串，要么咱找个火锅店，要么食堂买点啥去我家？"

沙姜鸡嗤之以鼻："去你家吧，火锅店太吵，聊不痛快。可你有点出息行吗？一周吃七天食堂还没吃够呢，外卖都得在食堂买，你这得是斯德哥尔摩综合征晚期了吧？"

谢迅也不与他争。他确实觉得食堂是最简单实惠的解决方式——自从他开始上大学，周末便也从食堂带菜回家，省了他和谢保华不少事。到了中心医院，这伙食又上了层台阶，谢迅满足得很。倒是婚后有时徐曼想下厨，他一边觉得徐曼的手艺还不如食堂，一边还是得捧场，不忍拂了太太的好意。人各有志。谢迅曾经觉得他和徐曼虽然几乎是南辕北辙的性格，在婚姻里求同存异得也挺好，就像他和沙姜鸡不也做了这么多年的好朋友。

两人下班后，去蓝堡背后那小街上买了驴肉火烧和几个小菜，又拎了几瓶啤酒。走到谢迅家楼下，谢迅掏出钥匙给沙姜鸡。"你先上去，1003。我抽支烟就上去。"

沙姜鸡奇道："你不一个人住吗？我又不嫌弃你，大冬天的你在医院没办法就算了，回到家还非在室外抽干吗，难不成怕吸自己的二手烟得肺癌？"

谢迅也没辩解，把已经掏出来的那包烟收回口袋里，跟着沙姜鸡上了楼。其实在室外抽烟是徐曼的要求。光辉里当然没有徐曼，但谢迅凭着惯性把这习惯带来了光辉里。

两人在谢迅那家徒四壁的客厅里坐下，一人打开一瓶啤酒。谢迅点上一支烟，算是续上了之前的场。

两口酒下肚，沙姜鸡迫不及待地倾诉起来。原来这次去南京，小师妹跟他摊了牌——她去南京读博就是希望能在那里留下来。之前沙姜鸡给她联系中心医院相关科室，小师妹兴趣缺缺，沙姜鸡以为是小师妹觉得中心医院相关科室不够强，或者怕留不下来，谁知道人家根本没有要回北京的意思。

沙姜鸡又灌了一口酒。"你说女人怎么就不能有个准话呢？我问她，那我争取调去南京行不行，她说我不能这么冲动，这也不行，那也不行，究竟要我怎样？你说她是不是就想拐弯抹角地拒绝我？"

谢迅沉思着跟他碰杯，两人走了一个。在揣测女人心思这方面，谢迅自诩绝不是专家。沙姜鸡若是听他的，也许还不如自己瞎琢磨的靠谱。毕竟除了小师妹这里，沙姜鸡一向在情场所向披靡，不仅自己获得一众小护士的青睐，还能在工作之余指导小护士们怎样搞定各科年轻男医生，而他只有在高中、大学时短暂地因为皮囊获得过女性同学的青睐。这个世界迅速地现实起来，大约所有人关了灯都区别有限，只有家世、背景、前途、身家，才是效力持久的春药。

谢迅有一点怀念年轻的时候。

办妥离婚手续后这几个月，护士长也找他聊过。话里话外那意思是他还年轻，赶紧从哪里跌倒就从哪里爬起来，找个"踏实"的女人好好过日子是正道。连人选护士长都有现成的——肿瘤科有个姓李的姑娘，南方三线城市来的，大约是因为长相一般，没能靠鸡医生的锦囊搞定年轻男医生，又因为肿瘤科经常需要照顾临终病人，因此在院外的相亲市场上也不怎么吃香，一拖就拖到了三十。

护士长没把话说透，可是谢迅明白她的意思。像他这样离过婚的男人，若非事业有成，本来就是女人退而求其次的选择，合该抛弃虚妄幻想，接受命运安排给他的适龄温柔女护士。

然而谢迅是个看起来好说话，内心却仿佛住着一个连的倔驴的人。若不是他内心认同的道理，想要靠约定俗成来说服他，只会事倍功半地将他推到反面去。在这点上，谢迅完全遗传了他老子谢保华。20 世纪 80 年代末，谢保华要从汽车兵岗上转业，好不容易听了谢迅他妈的劝，准备去找领导"通个气"，争取分去机关当司机。临要去的时候，谢迅奶奶拿出两瓶她用私房钱买的酒，让谢保华捎给领导，谁知谢保华大怒，干脆连气也不肯通了，任凭组织给他分去厂里当了司机。这件事，谢保华不是完全没有后悔过。谢保华跟谢迅承认，幸亏奶奶走得早，要是她老人家亲眼见着自己从厂里下岗，估计得活活气死。直到奶奶过世，她用私房钱买的那两瓶酒都没让人动过——这酒后来派上了大用场，在谢迅妈妈等待手术排期的时候，谢保华拿去送给医生，换来了一个日子。谁知道谢迅妈妈自己没撑到那时候，到底不能怪到酒的头上去。

其实谢迅觉得他爹不必为没能通气去机关而后悔。依老爷子那性格，就算真进了机关，也不可能在他妈生病的时候就能呼风唤雨，让她立刻做上搭桥手术。奶奶和妈妈都走得早，他爹那点混账事，说白了还是他父子俩挨上了后果。谢保华觉不觉得苦他不知道，谢迅真觉得没什么，至少他生活里那些挫折和痛苦，他自问没一件能怪到他爹头上去。

青出于蓝而胜于蓝，谢迅觉得他没做过和谢保华当年一样不知变通的事。他当年是为什么学了医，今日还是为了同样的原因每天来上班。从这点来说，他早已算求仁得仁。但其实谢迅的理想主义比谢保华有过之而无不及——他执拗地寻找自己喜欢的女性作为伴侣，不论背景，不论家世，谢迅甚至觉得对方若是离婚带着孩子他也不在乎，只要他喜欢。

他不愿意见那位李护士，因为这样于世俗意义上琴瑟合鸣的搭配，已让她在谢迅感情的天平上失了先机。

也许有天她倒要庆幸没有陷于我这么个贫穷的理想主义者的泥潭里呢，谢迅自嘲地想。

"你说，我要是干脆辞职去南京找个工作，小师妹会不会一感动就嫁给我了？"若说理想主义，沙姜鸡也不遑多让。

谢迅却觉得他可以这么对自己，但不能眼睁睁看着兄弟跳进火坑里去。"这种事还是得两个人商量着来。你真这么跳过去，她肯定会觉得压力特大，本来也许想拒绝，这下不得不嫁给你了。"

"×，那不正是我想要的吗？"沙姜鸡爆了粗口。

谢迅抽了口烟。"她能跟你结婚，未必能跟你过下去。你别害了人家。"

沙姜鸡明白谢迅说得对，尤其这人自己刚离过婚，可算是要理论有理论，要实验数据有实验数据，让他没法反驳。他心里烦躁，只得从别处找出口。"你这抽的啥破烟，这么呛。"他突兀地站起来，走去窗边打开窗户。

一阵冷风扑打在谢迅的脸上，他不禁打了个战。也许是幻觉，他觉得手边的手机也振了一下。低头却见手机真的亮了，一条信息恰在此时姗姗而来。

顾晓音问："你们夜班一般上到几点？"

谢迅摁灭香烟，拿起手机回复："正常早八点，但有时候第二天有事就继续上班。"他停下来，把"但有时候第二天……"那句删掉，又加上个"怎么？"按下发送键。

沙姜鸡眼看着谢迅刚才讨论严肃话题时紧绷的眉眼在看到手机信息内容时松弛下来，他强压住跃跃欲动的八卦之心等谢迅回完信息。那边刚放下手机，沙姜鸡幽幽地开了口："谁呀？"

"朋友。"谢迅应答如流。

沙姜鸡腹诽了一句。

隔壁的顾晓音打开卧室的窗户换气，闻到一阵烟味。也许是谢迅在抽烟，她想。然后立刻嘲笑自己简直自作多情得过分。又一阵烟味飘来，顾晓音关上窗户，转身便看到她随手扔在床头柜上的手机收到一条信息。顾晓音瞧了瞧内容，干脆赖到床上专心写起回复来。

她这条回复写了又删，删了又写，最后带着早死早超生的心情发了出去，随即手机被她扔到一边，仿佛眼不见心不烦。

"你们医院东门附近有个早点铺子，据说店主是安徽人，有几样别处吃不着的安徽早点。我一直想试试，奈何早点铺八点半收摊，而我们律师……嘿嘿，是夜猫子型选手，早上起不来。所以……嘿嘿，嘿嘿嘿嘿嘿……"

谢迅对着手机，觉得顾晓音那几声"嘿嘿"像是就在耳边。他能想到这姑娘打字的时候，脸上的表情大概就像那回穿着西装去买烤串被他远远瞧见一样，俏皮而浑不吝。

这倒是谢迅高看了顾晓音。对方并没有他想的那么厚颜无耻，没等谢迅回复，顾晓音又找补了一句："我在安徽出生长大，四年级才来北京。"

谢迅想起当年顾晓音插班时那奇奇怪怪的口音，顿时觉得多年的谜团终于得到解答。他正要回答，只听沙姜鸡说："朋友姓顾吧？"

谢迅下意识应下。沙姜鸡幽怨接话："明明今晚该你安慰我这个求之不得的伤心人。结果要我这个要文凭有文凭，要家世有家世的优质未婚男人旁观你这大龄离婚男被未婚女青年勾搭，你亏心不？"

谢迅抬头正色道："好像顾律师认识我之前，她亲戚就撮合过你俩吧？当时你怎么说的？'有钱的律师我还得思量思量，都沦落到跟你当邻居了，肯定也没挣着钱，这性价比比小护士可差远了。'你要是当时跟她成了，还有我什么事？"

沙姜鸡被噎得下不去，上不来，良久才憋出一句："所以我让你近水楼台，你就真上了？老谢啊老谢，咱认识这么多年，你可是破天荒地把我的劝给听了！"

谢迅刚回完顾晓音的消息。听到沙姜鸡的点评，他不自觉便代入顾晓音一贯的态度。"没错，我头一回觉得你的劝真挺值得听的。"

这厢沙姜鸡承受连环暴击不提，那边顾晓音笑眯眯地在看谢迅的回复。他果然一口应下，说自己这周四上夜班，如果周五早上走得掉的话就帮顾晓音带，问她要吃什么。太上路了，简直是瞌睡有人递枕头，假若陈硕能像谢医生这样……顾晓音惊觉自己在做不恰当的对比，她拍了拍自己的脑袋——想也不行，想也有罪。

"煎饼包油条，加两个鸡蛋。豆腐脑一份。这俩都不要香菜。你去的时候要是还有汤包，建议你来一份，汤包冷了不好吃，就不用给我带了。"

"好。"

沙姜鸡瞅着谢迅嘴角那点掩藏不住的笑意，相当不是滋味，觉得非得给这厮连排三个大夜班，每个晚上再来那么五六七八个夹层病人，方能解他心头之恨。

但出口不过一句："你小子来真的？"

谢迅自从动了这方面的心思，从未真正问过自己这个问题。顾晓音当然很好，工作体面，人也清秀俏皮，还保持单身简直令人匪夷所思。也许她之前遇到的男人都像沙姜鸡那么不开眼。也幸好他们都像沙姜鸡那么不开眼。

若说他俩四年级时萍水相逢的经历让谢迅对顾晓音念念不忘，那根本是胡扯。可是正是那一点点过往，让成年的顾晓音自带一点光环，而谢迅就像静夜里的蠓虫，被那一点点光吸引，身不由己地慢慢靠近，把那光的所在看了个清楚。

假若在食堂里，顾晓音听到他的过去便默默退出，谢迅也不会怪她。相反，他会觉得这不过是人之常情。用理想主义和道德羁绊去绑住一个人是难以持久的，谢迅在医院多年，早看明白了这些。那些住院的病人，若是家人和病人间没有深厚的感情，碍于关系不得不照顾，效果往往还不如干脆请护工。所以谢迅一点不觉得护士长张罗着给他介绍小护士，而给沙姜鸡介绍老金的侄女有任何不妥，相反，他觉得这是护士长看清游戏规则之后做出的最体贴配置——她只是漏算了谢迅是个贪心且宁缺勿滥的人。

既然顾晓音听完八卦没有退，自己绝没有退的道理。谢迅于是坦然回答："是啊。虽然她要是看上我约等于眼瞎，但我总得试试不是？"他终于把这话说了出来，也像是在说服自己。

沙姜鸡在心里又诅咒了一遍这看脸的世界。然而想到自己这位老友多年来被命运反复玩弄，他不由得将那讽刺的话咽下肚去，并且衷心希望谢迅这回别再所遇非人，也好顺便断了那些小护士的念，好好收心给他当追小师妹万一未果之后的备胎。

一墙之隔，顾晓音举着手机，傻乎乎地盯着那个"好"字，盯得它开出了一朵花来。

第十三章　那些花儿

顾晓音真正吃到她点的外卖，是在两个星期以后。

那是个周六的早上，谢迅值完夜班后，终于被恩准回家，赶在收摊前夕踏进安徽小吃的大门。因为是周末的关系，小吃店里坐了不少人，有几个讲着谢迅半懂不懂的话，大约是像顾晓音那样用食物化解乡情的。

还是有点不同，这几位早上起得来。谢迅在心里编派了顾晓音一句，老老实实地按顾晓音的要求排队买起了早餐。

"汤包也要打包啊？打包就莫得现吃好吃了噢。"收银台老阿姨提醒了一句。

顾晓音也是这么提醒他的，可谢迅想，煎饼包油条做出来，这种天气里自己打车回家大约已是将温不温，再等他吃完汤包，黄花菜不都得凉了？一念及此，谢迅顶着老阿姨批判的目光，按照原计划全点了外带。

到顾晓音家门前，煎饼果然还是温的。谢迅觉得自己幸不辱使命，按下顾晓音的门铃，过了挺久也没人开门。不仅如此，里面似乎一点声音也无。谢迅正准备伸手再按，忽然想到另外一种可能性。他掏出手机给顾晓音发了条信息，转身回了自己家。

果然，等他脱下外衣，收拾停当，顾晓音还是没回复。谢迅打开外卖的包装，把顾晓音的那两份食物放在暖气上，自己拆开那份汤包——店里都是用蒸笼上餐的，为了外卖，包子给转移到了食盒里，经过一路的颠簸，有几个破了，汤汁流出来，整个盒底汪了一层油。谢迅安慰自己，这样可以显著降低包子的脂肪含量，也算是自己为健康饮食努力了一把。

顾晓音回信息的时候，谢迅已经坐在他窗边那把椅子上，就着太阳打了两个小盹儿，喝下去三大杯浓茶——既是为了撑住暂时不睡，也实在是被冷包子腻的。

自己加完班睡了懒觉的顾律师，醒来后看到信息立刻冲去隔壁，看到的是满脸倦容，眼底有青色的谢医生。她自己也没好到哪里去，仗着她的睡衣看着齐整，是蒋近男才送她的炭灰色法兰绒，顾晓音直接把头发一把扎起，穿着拖鞋就来了。谢迅比她高不少，直接看到她头顶左后侧的头发鼓起一绺，明显是没梳头，只觉得又好气又好笑。

他递过塑料袋说："暖气上保温的。"

"您这都放我两回鸽子了，我今儿也没抱希望能吃上……"顾晓音讪笑着接过，打开看了看。谢迅眼瞧着顾晓音的眼睛闪出精光，她低头闻了一下，一脸陶醉地对谢迅说："闻起来就很正宗，太感谢了！"

谢迅怔了怔。他上一次获得女人如此惊喜的反应，是和徐曼快结婚的时候。徐曼听说他要和老金去台湾开个研讨会，便让他带一本鹿桥的《未央歌》。谢迅听说过这本书，据说是文艺青年的圣经之一。果然，他去台北没费多少力气就找了来，等他把那本厚厚的浅绿色书递到徐曼手上，徐曼也是这样激动不已。当时谢迅想，徐曼没跟他要过钻石，却能为一本书开心至此，这真是他的幸运。

那本《未央歌》，徐曼没有读完。也许这也是一个隐喻。

煎饼到底因为时间太长而过了黄金期。顾晓音一边狠狠咬着煎饼，一边想，以这韧劲儿，这煎饼倒是正宗的没跑了。她小时候也像现在一样爱睡懒觉，早上顾国锋骑车送她上学，她起得太晚，来不及吃早饭，总是在临出门时由邓佩瑶把早饭塞进她手里，她就那么侧坐在自行车后座上，一手扶着顾国锋的腰，一手攥着早饭，一路吃着去学校。无论是包子、煎饼、蒸饭……总是一路越吃越冷，到了学校门口，顾国锋非得看着顾晓音把最后一口塞嘴里了，才会让她离开视线。逢着吃煎饼的时候，那最后一口简直跟吃牛皮纸似的。其实她来北京的时候不过十一岁，但她的胃早已归顺，从此北京的那些焦圈、炸糕、死面包子都再入不了她的眼。

"您记不记得我刚来北京的时候，不肯吃姥姥准备的早饭，您就偷偷在上学路上给我吃稻香村的点心？"中午顾晓音去看邓兆真，便想起了这段往事。

"可不是嘛。"邓兆真坐在藤椅上眯起眼睛，"后来被你姥姥发现了，给我一顿数落。你啊，吃别的不行，吃稻香村的蜂蜜蛋糕，早饭就能吃八个。我好不容易才说服你姥姥，早饭就给你吃这个得了，连带着小男都沾了你的光！"

顾晓音在阳光里幸福地闭上眼。能拿稻香村糕点当早饭吃，当年那可是一般北京孩子做梦也想不到的好事。

"姥爷，您还记得我刚来北京的时候，上过一个月家门口的新鲜胡同小学吗？"

"哟，那可忘不了。你那一个月啊，又是摔破了脸，又是跟同学打架的，临走你还给同学头上浇一瓶胶水。人家爸爸来找我理论，我听着那来龙去脉，觉得肯定是那姓谢的小子先招你的，就道个歉，自个儿闷心里了。要是你姥姥知道，又得寻你的不自在。"

顾晓音跟着邓兆真的思路追忆似水年华，忽然没来由地听见"姓谢的小子"，不由得在心里嘀咕，这谢不能算是个特别烂大街的姓，难道……莫非……竟然……是同一个人？

她正瞎琢磨着，邓兆真叹了口气："小音啊，你姥姥最遗憾的是没见着你们第三代成家。现在小男有家庭了，我也松口气。等你和小恩都结婚，我的心思就了了。"

"姥爷您又来！"顾晓音从她自己的椅子上站起来，顺手捞起羊毛垫放在邓兆真脚下，自己跪坐在羊毛垫上，抱住邓兆真的腿，把头放在他腿上。

半晌，邓兆真听到腿上传来瓮声瓮气的声音："我本来最近可能是要处个朋友的，被您这么一说都不想处了……"

"瞎说。"邓兆真没动，可顾晓音知道他现在肯定是好气又好笑的表情。每次他一这样，额头上的三条横纹就变得更深，活像老夫子似的，"马上都要当小姨的人了，还这么任性。这一代代的人，是自然规律……"他感觉腿被抱得更紧了，心里一软，没能再说下去。

顾晓音侧脸枕在邓兆真大腿上，听到邓兆真的话，她不由得想到那遥远却必然会发生的事，一时悲从中来，眼泪就要夺眶而出。她怕眼泪流到邓兆真腿上被他发现，连忙松手起身，趁弯腰捡羊毛毯的工夫把眼泪擦了，坐回自己的藤椅上，又变回那个任性地插科打诨的顾晓音。"哼，您瞧着吧，这会儿您说得好像多大方似的。回头我处上朋友，周末都陪他了，看您难受去。蒋近男最早谈恋爱那会儿，您叨叨了没有一年也有半年！"

邓兆真笑眯眯地说："那咱打个赌，这回我觉着我能忍住。"

"赌就赌，您瞧着，我现下就给他发个信息，让他陪我逛公园去。"

顾晓音乘公交在地安门东站下了车，走几步就是荷花市场。远远地，她就看到谢迅。老高的一个人，穿件军大衣，在一卖风车的大爷身边站着。可巧那大爷也穿着同款军大衣，两人看着就跟同伙似的。顾晓音眼瞅着一个孩子拔了个风车下来，却把妈妈给的钱朝谢迅手上递，被孩子妈一把拉回去，"哇"的一声哭了。

谢迅正尴尬着，转眼看到顾晓音正在不远处笑意盈盈地看热闹，赶忙大步走过来。

别说，还真有点20世纪90年代摇滚明星的意思，那孩子要把钱给他，只怕是被美色所诱。顾晓音这么想，嘴里说的可是另外一茬儿话："今儿怎么忽然想起来假装卖风车的大爷了？"

律师的嘴贫起来，还真是让人招架不住。谢迅腹诽了一句，开口却是："可不，刚以假乱真了一个。"

顾晓音将他上下打量道："说真的，今天怎么想起来做这打扮，COS（角色扮演）何勇哪？"

谢迅故意做了个苦脸。"我今儿在我爸那儿，没打算在外面长待着，就没穿大衣，谁知道你大冬天的还有兴致逛公园呢？我爸的大衣跟我尺寸不一样，就这个还凑合。"

"你爸也够摇滚范的。"

"我爸也不是摇滚范。"谢迅的声音听不出波澜，"我爸在我医院的停车场看车，冬天没这个扛不住，就跟那卖风车的大爷一样，工作服。"

他眼看着顾晓音的脸噌的一下红起来，一时不知是该懊悔自己说了浑话，还是欣赏顾晓音那艳若桃李的脸色。顾晓音穿着一件炭灰色的半长大衣，围着浅灰色粗绞花棒针围巾，头上还戴着同款头顶带绒球的帽子——当然，绞花啊、同款啊这种细节，男人的眼里是看不见的，谢迅只觉得这式样特别衬顾晓音的脸色，那绒球又看着特别可爱，让他手痒想摸上一摸。

谢迅毕竟不是当年的毛小子了，他收回自己的心猿意马，温声说："我不是那意思。"

"对不起。"顾晓音还是小声嘟囔了一句。

"那……咱走走？"

顾晓音点了头，两人穿过荷花市场前的广场，沿着前海后沿往金锭桥走。毕竟是冬天，才四点，天光已经有点力有不逮的意思，可玩的人还兴高采烈的。上了冻的湖面上，许多人在滑冰，还有那不会滑冰的小孩或是犯懒的姑娘，在雪橇般的木椅子上坐着，让长辈或者男朋友推着走。

"你看你看！"顾晓音忽然跟发现新大陆似的往冰面上指——有个穿着旧式棉袄棉裤的中年汉子，像表演一样在人群里飞速滑过，还做出各种动作。

谢迅盯着那人看了一会儿，笑了："我总觉得我小时候就见过这人，当年他就这一身老棉袄，这么多年了还没舍得扔！"

顾晓音也笑："这你还记得，你对这儿可够熟的。"

谢迅对什刹海可不是够熟，而是熟得不能再熟了。他小时候北京的公园还没免费入场，谢保华心疼门票钱，就总带他来什刹海溜达，景色好，不花钱，还经常能看见点能人异士。一家人逛上一大圈，省下来的门票钱给谢迅买串糖葫芦还有的剩，除了谢迅他妈有时心酸点，全家都很满意。

但这话却不足为顾晓音道矣。谢迅刚才说错过话，绝没有再错一次的道理。他只拣谢保华给他说过的那些什刹海的故事讲给顾晓音听："说这皇上要建北京城，可是没有钱，就有人给他说，这沈万三是个活财神，找他就行。皇上问沈万三哪里有金银，沈万三答：'我哪儿知道啊。'皇上就说：'那为什么人家叫你活财神？一定是你妖言惑众，给我狠狠地打！'这沈万三被打得死去活来，只好说：'别打啦，我知道哪里有银子。'他带着官兵来到什刹海这儿，指着平地说：'就这儿，挖吧。'果然就挖出十窖银子来，一窖是四十八万两，总共四百八十万两。北京城修起来了，这埋银子的地方，就成了大坑，大坑后来有了水，就叫'十窖海'，后来说着说着，就成了什刹海。"

"原来是这样！"顾晓音眨着眼睛，"那跟什刹海连着的北海、中南海，是不是都挖出过银子？"

"那可不。"谢迅觉得他小时候从谢保华书柜里挖出来的那几本北京民间故事总算有了用武之地，"据说火烧圆明园以后，一直到民国，都经常有人在圆明园里挖出一整窖一整窖的银子。"

"哈哈哈哈哈！"顾晓音放声大笑起来，"怪不得你们北京土著一个个尾巴都翘到天上去，肯定是弯腰挖银子挖的！"

谢迅也无可奈何地笑，这也能皮一下，还真是顾律师的风格。

"话说，你约我上这儿来，我还以为你下午又去医院了呢。"顾晓音边说着话，边故作若无其事地塞了一只手到谢迅的大衣口袋。她戴了毛线手套，手在手套里握成拳头，正悄悄害臊着，有另一只手伸进大衣口袋里，隔着手套握住了她的。

手的主人在答她的话："之前是在我爸那儿，一会儿会不会被叫回去不好说，干脆选个离医院近的地方。"

这可谓是一本正经地胡说八道了。谢迅之所以选了什刹海，是因为这里不像正经公园那样要关门，他俩可以逛久一点。过两天就是春节，今年他一个单身土著，注定要和研究生们一起值班，因此这会儿被叫回去的可能性反而很小。

但这不打紧。顾晓音此刻一颗心正怦怦狂跳，完全顾不上他说了什么。天色已暗，两人各自感受着自己的心跳声，牵着手，谁也不说话，就那么在黄昏的湖边走。到了银锭桥，顾晓音不爱后海边上酒吧街的气氛，俩人干脆拐弯往胡同里钻，一来二去，谢迅看着街边的牌子，两人走到了铸钟胡同，他忽然又想起谢保华讲过的故事来。

"据说这铸钟胡同从前住着铸钟娘娘，是个铸钟匠人的女儿。当年为钟楼铸永乐钟的时候，钟怎么也铸不成，眼看着工期要到了，所有人都得被杀头，这铸钟娘娘心一横，就跳进了铸钟炉里，她爹只来得及抓住她的一只鞋。钟终于铸好了，可这钟一响，就像在念：'鞋，鞋，鞋……'"

谢迅正干巴巴地讲着鬼故事，后面忽然传来一阵清脆的铃声。"看车！"有半大的孩子骑着自行车，在谢迅侧身那一刹那风驰电掣地闪过。谢迅还没回过神来，手被顾晓音紧紧握住了，他诧异地望向她，路灯下顾晓音的眼睛亮晶晶的，像正准备偷吃的狐狸。

"你专门给我讲这个鬼故事，是想找机会占我的便宜吗？"

还没等谢迅反驳，一个冰凉又炽热的嘴唇碰上了他的嘴唇。顾晓音先下手为强，占了他的便宜。

　　理论上脱单成功的顾晓音最后还是自己吃的晚饭。两人刚在馆子里坐下点完菜，谢迅的电话响了起来——他专门设置过手机，只有某几个号码打来的电话才会无论时间和场合地振动加响铃，一旦响起来，那都是人命关天的事。

　　电话是沙姜鸡从监护室打的。"你小子，我给你打电话发信息都不回，非得从监护室打救命专线才行！"

　　顾晓音眼瞧着谢迅皱着眉跟沙姜鸡说了几句，当中还穿插"非得我现在赶回去吗？""老金真这么说？"就知道他们这晚饭大概是吃不成了。她从前也被从各种聚会和活动中拉回办公室过，或者更糟糕的——刚开始吃饭，一个电话打来，等她接完电话，桌上已经只剩残羹剩饭。如果是大学同学聚会，大家还能互相感慨天下乌鸦一般黑，若是和其他同学朋友在一起，便免不了被嘲弄几句"顾律师日理万机"。跟她工作性质差不多的只有一个在投行工作的高中同学，可人家出了名的每周头等舱四处飞，酒店积分多到自己出门旅行不用自掏腰包住酒店，大家便觉得这工作鲜花着锦，着实令人羡慕，不是顾晓音这种土鳖律师好比的。

　　谢迅接完电话，为难地看一眼顾晓音。他还没说话，顾晓音倒是干脆地先开口："是不是有紧急情况找你回去？那你赶紧走吧。这菜我吃不完带回去。"

　　谢迅大概复述了沙姜鸡的话，但现下不是详说的时候，谢迅起身说声："晚上电话联系。"拿了包便往外走。

　　顾晓音目送着谢迅离开，只见他疾走几步，快要出门又停住，转身去了门口的收银台，显然是要把饭账给结了。他还是在跟我客气啊，顾晓音有点甜蜜又有点怅惘地想。她招手唤来服务员，让服务员把点好的饭菜打包，谢迅走了，她一人坐着吃也没意思。

　　谢迅刚踏进心外科所在大楼的门，早在大堂等着的沙姜鸡便迎出来，笑盈盈道："可把你盼来了，走吧。"

　　谢迅拍掉沙姜鸡搭在自己肩膀上的手。"走去哪儿？马上要手术了，你不在监护室好好待着，上这儿来干吗？"

　　沙姜鸡看谢迅脸色不善，赶忙收起嬉笑的神色："这不是怕你不来才拿紧急手术做个幌子嘛。医务处小江刚从外地上庭回来，我看他都要抑郁症了，咱一起给他疏导疏导。反正你周末也没事……"

谢迅正色道："谁说我没事？"

沙姜鸡倒是一惊，转念一想，"我 ×，你不会已经跟朱磊那小姨子谈上了吧?!"还没等谢迅表态，沙姜鸡越想越伤心。"两周前你还在说她要看上你肯定是眼瞎，这女人眼睛瞎得这么快吗?! 你给她拌了啥迷魂药？为什么这个世界要如此对待我这个专一的单身狗，临近春节还要让你这么个离异青年来喂我一嘴狗粮?!"

谢迅又好气又好笑："没错，是我从监护室给自己打电话假装有紧急手术，特意把人家扔饭馆里来喂你狗粮的。"

沙姜鸡好不容易找回一点理智，心里还委屈得很。"小江那架势，摆明了是要找人喝酒的，就我那酒量能扛住吗？上回你家顾律师姐夫找我当伴郎，还没敬完两桌我就不行了，剩下的酒都他自个儿喝的！"

谢迅听到"你家顾律师"，心里软和了点，又想起朱磊是为什么找沙姜鸡当的伴郎，腹诽了一声活该。

他到底还是跟沙姜鸡去陪小江喝了酒。公立医院的医生谁都碰上过三五件糟心事，但这些跟专门处理医疗事故的医务处相比，那都是小巫见大巫。按小江的话说，能在医务处干上三年而不愤世嫉俗，那才是真正热爱生活的人。

这回小江大概真是不吐不快。二锅头刚打开，还没喝上，他已经开讲——他昨儿去保定处理一个医疗纠纷，今天早上才赶回来，憋了一整天，这会儿快炸了。

"这病人是个三十多岁的女的，前一段婚姻生过一个孩子，离婚以后跟前夫。她又跟了现在这个男人，比她小两三岁，一婚。结婚没多久，这女的怀孕了，产检发现胎盘位置不好，在从前剖腹产的疤痕上。保定当地的医院劝她不能要这孩子，万一孕期胎盘剥离，有生命危险。这女的觉得保定的医生信不过，来我们医院妇产科看，还是一样的结果：高风险建议引产，但引产以后还能不能有孩子难说。女的大概觉得她现在这男人没结过婚，有点对不起他，特想把孩子生下来。男的就不吭声，也不说支持，也不反对。就这么着，孩子怀到七个多月了，果然胎盘剥离，送来紧急剖腹产，孕妇大出血，最后大人小孩都没保住……"

沙姜鸡看了谢迅一眼。谢迅面无表情。小江闷下一杯二锅头继续说："她那个男人，之前由着女人胡来，屁都不放一个。女人死了，他开始跟医院闹，说我们不顾风险，鼓励他老婆继续怀，跑到法院告我们。当时他老婆各种知情书都签字的，但现在的法院碰到这种事情都是和稀泥，我们跟他调解了几轮，最后还是赔了二十万。"

小江又给自己倒了一杯。"这几轮调解都是我去的。那男人真是畜生，觉得女人冒着生命危险给他传宗接代是应该的。那嘴脸，真让人想冲上去揍他。"他又闷掉一杯。"我最看不过去的是我们稀里糊涂赔了钱，最后全到了这男人手里，刚好拿着再去娶新老婆。最可怜的是那女人的爸妈，独生女儿这么没了，唯一的外孙女又归女儿前夫，据说见都见不到，在法庭上哭得那个惨……"

三个人沉默地碰杯。这时候说什么好像都是多余，人死不能复生，×蛋的人永远×蛋，医生若能在这种情况下全身而退，一百多年前，鲁迅先生大概也不必弃医从文了。

顾晓音步出餐馆大门，冷空气打在脸上，她忽然有一种灰姑娘被打回原形的感觉。这个下午的一切都是那么不真实——她是怎么就头脑发热亲上了谢迅的嘴？她忽然想起小时候看过的电影，不爱学习的马晓晴爱上了个骗子，跟着他满世界地玩，还不知羞耻地唱："假如你已经爱上了我，就请你吻我的嘴。"

顾晓音到现在还能记得那个看电影的下午，她刚上小学，也许是一年级，又或者是二年级？双休日刚刚开始，邓佩瑶周末终于多了点时间，打开电视两个人一起看。中央六套刚好在放好几年前的旧电影《北京，你早》。看了几分钟，邓佩瑶就觉得这电影不适合顾晓音，但看到画面里那活灵活现的北京城，邓佩瑶最终没舍得换台，只在看完后跟顾晓音谈了很久的话，教育她不能变成马晓晴那样爱慕虚荣又眼高手低的人。不到十岁的顾晓音一边被马晓晴演的角色刷新世界观，感到又鄙夷又难受，还有一点对放纵生活的羡慕，一边觉得马晓晴和贾宏声长得真好看，好像他们怎么样都是应该的。

快三十的顾晓音现在很懂自己当年的心情——一个外貌俱乐部成员看到两张正当盛年的美丽的脸，确实很容易把道德标准抛到脑后。

但现在的顾晓音是一个凡事讲求逻辑和证据的律师，更有女人常犯的毛病，喜欢过度分析自己的行为和动机。顾晓音想了一晚上，把自己的唐突举动归结于谢迅乃是个失婚男人，这一方面让她心怀怜爱，另一方面又因此在潜意识里调低了警戒线，觉得对方更容易上钩。

如果谢迅也想到了这一层，会不会觉得自己过于轻佻，没有真的把他放在心上？毕竟如果是陈硕，同样的情境下她也不会有献吻的勇气。可是那不一样，另一方在顾晓音的脑袋里辩解道，陈硕毕竟和你是这么多年的同学，如果如此冒冒失失，回头朋友也做不了怎么办，谢医生要是不成，以后避着他走就是。

饶是如此，顾晓音还是懊恼了一晚上。十点多，门铃响了。她狐疑地去开门，外面是整晚销声匿迹、连消息都没有发来一条的谢医生。

喝完酒的谢迅敲开门见到顾晓音，正像一个在水里浸溺已久的人忽然被拉了出来。本来他觉得自己来找顾晓音只是需要为之前的仓促离开做个解释，更何况自己其实并没有去治病救人，只是被沙姜鸡骗去安慰了一个情绪急需拯救的同行而已。但当他真正见到顾晓音，一切豁然开朗，谢迅顺藤摸瓜地明白自己为什么从重逢伊始就被这个"老同学"吸引，以至在和她的关系上像一个还没有学会走路便想要奔跑的小孩——也许是天性，也许是因为她是个法律工作者，顾晓音身上有一种柔韧稳定的力量，连带她附近的人也跟着安心了起来。

谢迅用最概括的方式解释了沙姜鸡的恶作剧。顾晓音听了直笑："我说你怎么手术这么快就做完，如果不是病人虚报病情，那肯定得是你草菅人命了。"她把谢迅安置在沙发上，转身去厨房给他倒水。等她回来，谢迅却已经歪头靠在沙发上睡了。

还真是累坏了呢，顾晓音想了想，去房间抱床毯子给他盖上，又扶他躺倒在沙发上。谢迅那双丹凤眼，在闭着的时候，眼角向内低垂，而眼尾向眉梢挑去，呈现出一个赏心悦目的弧度。他不像陈硕那样永远笃定，永远在往前走，他睡着时还皱着眉，显得有些颓唐，像个被生活打败了的孩子。顾晓音想到她在谢迅食堂里听到的那些八卦。如果陈硕是那个她期待却无法成为的样子，谢迅则像一个运气更差的她。这让顾晓音起了危险的怜惜之心，她伸出手抚摸谢迅紧皱的眉心。谢迅仿佛松弛了下来，眉头被顾晓音缓缓抚平，却伸出一只手抓住了顾晓音的手，又把它拉到自己胸口的位置。

顾晓音紧张地盯着谢迅，发现他其实没醒，也许只是觉得脸上出现了异物，伸手挪开。她笑了，想到自己在办公室累得睡着时也是完全顾不上周围的条件，能闭上眼就好，谢迅他们当医生的，应该也差不多。顾晓音试着抽回自己的手，却没有成功，只得耐心地陪睡着的谢迅坐了一会儿。她的手正搁在他心上，扑通扑通的，顾晓音闭上眼睛感受那一下下的跳动，好像伸手就可以握住他的心脏。她忽然因为这个念头而骄傲，且心满意足起来。

她胡思乱想了很久。终于，谢迅睡沉了，手指的力道渐渐松开。顾晓音抽出手，关掉客厅的灯，回了卧室。

谢迅醒来恍惚了一阵才想起自己在哪儿，忙摸出手机看时间。早上六点多。大约因为顾晓音的客厅是暗厅，周围还是黑的。他坐起身来。手边茶几上放着一杯早已冰凉的水。一口下肚，低温对消化道的刺激连带着让大脑也觉得清醒不少。

谢迅开始回想昨天的事。他不得不感叹顾晓音真是个勇敢的姑娘，自己昨晚来找她，一半是因为沙姜鸡的乌龙，另一半是想表达个主动的态度——这才像个男人。然而他什么都没说就睡着了，果然喝酒误事，谢迅懊恼地想，顺便把这笔账也记在了沙姜鸡头上。

卧室门关着。谢迅站在门外听了一会儿，里面毫无声息。他一时走也不是，留也不是，肚子也不合时宜地饿起来。他掏出手机，待要发条信息给顾晓音，一行字打出又删掉。谢迅最后还是决定用最笨的办法最稳妥，他躺回沙发上，等顾晓音起来。

他对着天花板发了很久的呆。脑海里有种种思绪，胃里因为过于空荡，也有不少自己的想法。但也许是欠的觉太多，他迷迷糊糊又睡了过去，还做了梦。梦里有人坐在床边凝视他，他睁开眼使劲儿瞧，是妈妈。见他醒了，妈妈伸手摸他的头发，谢迅发出满足的喟叹，妈妈冲他慈爱地笑，却要抽手离去，于是他一把抓住妈妈的手。

他醒了，手里握着的却不是妈妈，而是顾晓音的手腕。顾晓音眼里被抓包的那一丝惊讶和羞赧还没藏好，却转瞬摆出个债权方的表情，甚至还从禁锢中伸出两根指头，挑上一缕谢迅的头发。

"当年被我用胶水浇过头顶的浑小子，就是你吧？"

她脸上那得意扬扬反败为胜的神色成功激起了男人天性里那点文明教化无法驯服的控制欲，当年的受害者不顾谁是始作俑者的前尘旧事，一定要在今天把那瓶胶水的账连本带利收回来。

顾晓音还没回过神，谢迅的脸已经出现在自己上方。她感觉自己的脸在发烫，而大脑却在胡思乱想。谢迅看着瘦，原来这么重，她昏昏沉沉地想。而那个人其实一手撑着在凝望她，见顾晓音并无不悦的意思，谢迅低头吻她，把她脑海里最后一丝清明也压了出去。

　　顾晓音并非从未吻过。她高中时的小男友在高考后的那个夏天吻过她，随即又因为高考失利去了南方，很快再无联系。这么多年过去，顾晓音只记得那个男生有很多口水，接吻后，她整个嘴唇都湿乎乎的，像被一只大狗舔过。除了少年的激情，初吻只是一种不过如此的体验。后来她读过小说里的情节，也不免幻想如果有一天她得到了陈硕，他们会否如此这般，如此那般，但一切终究发乎想象，止于想象。

　　谢迅的吻落在她的嘴角，像是试探似的，又像是安抚。等她终于习惯了两人近在咫尺的气息，他慢慢吮吸她的上唇，充满耐心，直等到顾晓音出于未被满足的感官像一条被捕捉上岸的鱼那样张嘴呼吸，他才深入其中，去探那唇齿之间的方寸天地。

　　他在那里流连许久。当顾晓音觉得他们干脆永远吻下去的时候，谢迅放开了她，顾晓音本能地皱眉表示不满，却在下一刻感到颈间湿热的鼻息和唇舌的触感，这种新鲜的体验让她难以自抑地伸手抱住了谢迅的头。

　　谢迅任由他发间那只手来指挥他的动作，当他含住顾晓音的耳垂时，那只手一把揪住了他的头发，于是他知道，这是她喜欢的地方。对方毕竟是一个貌似经验不甚充分的年轻女性，谢迅不介意和她一起学习她的身体。

　　顾晓音却不是那等只会坐享其成的人，她很快就有样学样起来。那只手从谢迅头发里抽出来，开始流连于他的颈间。顾晓音发现，谢迅的耳垂没有她那么敏感，但若是抚上他的喉结，则有美妙的效果。她试着吻上去，满意地听到一声喟叹，再伸出舌头，谢迅浑身僵直了一瞬，随即双手捞过她的脸吻了上去。

　　顾晓音的大脑一片空白，再回过神来，有种"原来如此，果然如此"的感觉。有人会因为身体的牵系而发生感情的联系，这样不可思议的事忽然显得顺理成章。顾晓音来不及想他们昨天才挑开窗户纸，是不是应该按部就班，在这种时刻她只想本能地攀附上去，让两个人贴得更紧。

　　谢迅感到有一只手从衣裳的下摆里游了进去，先在他的肚子上胡乱摩挲了一阵，又转移到背上，从上移到下，在腰眼的位置，那只手好奇地停留了一会儿，又伸出一根指头按了按他的腰窝，谢迅觉得痒，有种酥麻的感觉自脊椎由上而下。他一手仍扶着顾晓音的脸吻着，另一只手自觉地解开了皮带和长裤前襟与人方便。那人却颇不解风情地继续在他的腰窝里流连，转眼又发现谢迅的侧腰着实敏感得很，只需她上下摩挲，便能听到他难耐的喘息。

那纵火之人几次在抚摸他侧腰时半只手掌都落进了他的 boxer^① 里，却偏不肯继续往前。谢迅忍耐了一会儿，连吻都心不在焉起来，终于伸手带她探向丛林深处，把自己交到她的手上。强烈的刺激让他难以自持地弓起身子，终于下定决心要把爱情进行到底。

顾晓音还没换下睡衣，并没有任何碍事的衣物挡在他和那对温软的物事之间。很好，谢迅满意地想，低头含住。

在理智彻底丧失之前，顾晓音只来得及说了一句："去……去我卧室。"

---

① 男装内裤品牌。

第十四章　明月几时有

"在这里，我们一起给全国各族人民，香港特别行政区同胞、澳门特别行政区同胞、台湾同胞和海外侨胞拜年啦！"

邓佩瑜刚踏进邓兆真的门就听见朱军熟悉的声音。她边脱外套边凑到电视前看："今年又没有李咏！他出来太多了嫌他烦，不出来了又觉得还是他顺眼，不像朱军那么做作。"

"董卿保养得真好，她现在多大了？有没有四十五？你看朱迅和陈思思站她旁边是不是立刻就被比下去了？"

屋里中青两代男人照例不参与，任由邓佩瑜发挥。邓佩瑶笑眯眯地站起身。"我去给你们泡茶。小恩，你要喝茶吗？"

蒋近恩摆手，没等邓佩瑶再问，顾晓音笑道："他们年轻人要喝汽水。我已经买好啦。"

蒋近恩接过一瓶顾晓音递过去的饮料，却不肯给她占这个嘴上的便宜。"别倚老卖老啊。您还没嫁人呢，等您真嫁了人，我再叫您一声大妈！"

邓佩瑜正跟邓兆真认真讨论着倪萍和董卿作为主持人谁更好，听闻这句不由得插了进来："小恩，你跟姐姐说话别没轻没重啊。"又忍不住补一句："小音啊，你可不能再晃着了，新一年得好好琢磨琢磨找男朋友的事。"

邓佩瑶正端着两杯茶走进客厅，只听自己女儿说："不用琢磨，找好了。"她虽没完全从这句没头没尾的话里弄明白状况，但看到沙发那头老顾盯着她的眼神，也大概猜出了意思。亲妈没发话，大姨却已经跳了起来。"真的?! 哎呀太好了。是北京人吗? 什么时候带给我们看看?"

老顾貌似有点坐不住，邓佩瑶抛过去一个眼神，那意思是少安毋躁。毕竟是几十年的夫妻，老顾得到太太的信息，稍稍安定了些。

顾晓音觉得自己是有点冲动了，大姨这关今天可能不太好过。她赶紧摆出一个惯常的惫懒样子。"如假包换的土著北京人，可还没到能见家长的份儿上，大姨您这八卦之心还得按捺一阵。"

邓佩瑜听到那"按捺"两字，便再也按捺不住，"小音我跟你说，你也老大不小了，谈朋友要慎重，早点带来给我们把把关，万一不合适也能早点筛查出去。"

顾晓音心想，我可不就是怕被你筛查出去才不跟你说吗，脸上却笑眯眯地说："别呀大姨，人害羞，真的。"

邓佩瑜正要再发难，邓佩瑶已将茶端到她的面前。"喝口茶，你看你这进门还没歇呢。"没等邓佩瑜反应，她已在顾晓音身边坐下，"现在要是刚谈不方便带出来，就等过一阵稳定点再说。不过谈恋爱的时候总是觉得对方什么都好，要结婚过一辈子，性格背景什么的合不合适也很重要，不能光被恋爱冲昏头脑。"

"就是!"邓佩瑜附和一声，"你这男朋友做什么工作的? 家庭情况如何?"

顾晓音打定主意要赖到底。"大姨，大过年的您放过我吧。我真刚谈，等能介绍给您的时候，一定附上详细资料加三个月银行流水。"

邓佩瑜被气笑了："我是那钻钱眼里的人吗?! 我跟你姨夫结婚的时候，他穷得连一辆自行车都买不起。"

眼看连姨夫都被拖下水，顾晓音赶忙找补："您不是，您哪儿能是呢，历史已经证明您那是慧眼识珠。"

邓佩瑜还未善罢甘休："那小男见过吗?"

顾晓音低眉顺目道："见过，表姐那儿过关了。"

邓佩瑜这才坐下来，注意力又放到董卿身上去了。顾晓音心里长舒一口气，侥幸过关。她刚才说的并不全是哄大姨，一周前，谢迅难得晚上下班早，去她办公室陪她加班，正赶上蒋近男和程秋帆在附近谈公司的事，临时有个问题要问顾晓音，蒋近男就带着程秋帆也上她办公室来了。顾晓音接到蒋近男在公司门口打的电话，除非把谢迅藏壁橱或者隔壁办公室里，这相遇已是避免不了。顾晓音不愿意把谢迅藏起来，好像她觉得他见不得人似的，她干脆让谢迅和蒋近男大大方方地见了面。

蒋近男当面没说什么，顾晓音把两方重新介绍了一遍，她客客气气地问完问题就走。但顾晓音随即收到了满屏问题，大约蒋近男一踏出君度的办公室，就拿出手机写了一本《十万个为什么》。

顾晓音自知理亏，只好见招拆招，认认真真挨个答题。

"就上回我爸去医院那个接待的医生？"

"对。"

"我 ×，你俩在医院勾搭上的？"

"不是，他是我邻居。"顾晓音又把那句号删掉，加了个"兼小学同学。"

"朱磊还嘚瑟地觉得他那些破人脉有用，原来那天人根本是看在你的面儿上。"

顾晓音想纠正这一句，电光石火间又觉得没准儿表姐捅破了真相，她看了一眼正在刷手机，全然不知道这里发生什么的谢医生，心里油然升起一种"原来那时候你可能就惦记我了呀"的自豪感。

但她还是回复："不会，那时候还没勾搭上。"

"什么时候的事？"

"最近。"

"睡了吗？"

"嗯。"

蒋近男打来一个惊叹号，没多久又补上："效率可以啊妹妹。"

第三条紧跟着来了："长得不错，床上好使吗？"

顾晓音回了个"好使"，忍不住红了脸，悄悄看谢迅，还好他还在无知无觉地刷手机。

蒋近男却传来了灵魂发问："认真的吗？"

顾晓音想了想，回复："嗯。不过你先帮我保密吧，他离过婚，家境也不太理想。我怕过不了你妈那一关。"

蒋近男过了好一阵才有回答："离过婚的话是得多考查一阵。我帮你保密。但其实我妈那边过不过得去也不那么重要，最多她硌硬你几年。她看好的婚姻，也不见得就怎么样。"

最后这句话是不是在影射什么，顾晓音没敢多想。

春节的事，谢迅早跟她打过招呼——沙姜鸡回家过年去了，他们这个组里除了他，只有另一个上有老下有小的主治医生，过年加班这种要抛下全家的事，一般都是谢迅干。毕竟他的全家都在北京，今年又进一步缩减到谢保华一个人，舍他其谁。

但谁知道半路杀出个顾晓音呢？谢迅在这除夕的晚上有点后悔自己没留点后路。他陪谢保华吃完晚饭就回了医院，依据从前的经验，除夕这天，往往入夜之前比较冷清，病人都是半夜以后送来，而且送来就是大的——有一年除夕夜，谢迅连接六个夹层病人，破了科室纪录，那之后颇有一阵护士见了他都绕道走，生怕沾了这倒霉劲儿。

一两间病房里开着电视看春节联欢晚会。除夕还不回家的病人，一般是再也回不了家的。因此，在这时候，有些人分外留恋这人间烟火，另一些人病房门紧闭，恨不得当它不存在。谢迅掏出手机来给顾晓音发信息："干吗呢？"

顾晓音几乎秒回："看晚会呢。"

"在哪儿？"

"姥爷家。"

"全家都在？"

"嗯，就差蒋近男和朱磊。他们过会儿来。"

顾晓音正回着信息，邓兆真感慨道："今年小男成家了，过两年就轮到小音。我们这除夕的聚会，就像苏轼写的'人有悲欢离合，月有阴晴圆缺'。"

邓佩瑜笑老爹又掉书袋，其余各人却觉得这话正是有理。从前，邓兆真夫妇面前只有邓佩瑜一个，再加上顾家亲戚在安徽，春节是邓佩瑶和老顾难得回京探亲的时候，因此邓佩瑜夫妇总是在除夕夜吃完蒋家的年夜饭便来邓兆真这里团聚。后来有了蒋近男、顾晓音，又有了蒋近恩，一大家子到了过年热闹得很。再后来，邓佩瑶终于回京，年纪大了觉得南方的冬天冷，就还保持着春节在北京过的习惯，只是没多久姥姥走了。现在，蒋近男嫁人，也得先去婆家吃年夜饭，小的一个个飞出巢去，老的也渐渐觉得去日无多，可不是天下没有不散的筵席。

蒋近男九点出头才到。打完一圈招呼，蒋近男拿出四个红包，两个厚的塞给邓兆真和邓佩瑜，两个薄的递给蒋近恩和顾晓音，又掏出一盒化妆品送给邓佩瑶。

邓佩瑜奇道："这是做什么？"

蒋近男淡淡回答："给你们的过年红包。"

"怎么今年忽然想起来给我们发红包？"邓佩瑜下意识推回去，"结婚了更得会过日子，你们马上有孩子，多的是花钱的地方。"

蒋近男塞她手里。"不缺那两个，拿着吧，两边都有。"

邓佩瑜待要再推，老蒋发了话："收着吧，也是女儿女婿的孝心。"

邓佩瑜也就收了下来。

这边尘埃落定，蒋建斌便招呼朱磊："小朱，来陪爸爸打一局升级。"朱磊立刻听从丈人召唤，站起身来。老蒋又问邓兆真："爸，您今儿来一局不？"邓兆真直摆手："你们玩你们玩，我看电视。"

下一个被召唤的是蒋近恩。蒋近恩正聚精会神地在手机上打游戏，蒋近男给的红包被胡乱塞在裤兜里，露出一个大红色的角。他头也没抬。"让我妈陪你们玩。"

回答他的是蒋建斌在他后脑勺拍的一巴掌。"你妈跟你小姨看电视呢，咱几个爷们儿来！"

蒋近恩只得不情不愿地退出游戏，彩衣娱亲。

那边牌声响了起来，顾晓音趁她妈和大姨去厨房的空当坐到蒋近男身边悄悄问："啥情况？"

蒋近男还是淡淡的。"给你就收着。"

到底是一起长大的姐妹，顾晓音明白这是蒋近男还不想谈，于是她知趣地打住："到手的钱那必须得收着。可看你这脸色，我就怕你过两天连本带利跟我要回去。"

蒋近男脸色缓和了些。"没事。"

那边邓家两姐妹送来几碗醪糟汤圆，邓佩瑶递给蒋近男的时候说："小男，这醪糟我特地做得淡，你吃了没事。"

邓兆真接过碗，趁热吃了两口，看电视里唱起"长亭外，古道边"，不禁道："现在的节目太贫乏了，想搞点怀旧的音乐就唱《送别》，大过年的也唱，好像旧社会的小孩只会唱这个。我们小时候唱的歌可多了，有那个《三毛流浪记》的插曲，还有《苏武牧羊》……"他索性放下碗，又哼起那《苏武牧羊》的调子来。

"您还说人家大过年唱《送别》，我看您这又是《三毛流浪记》又是《苏武牧羊》的，比那可惨多了……"邓佩瑜在一旁评论道，被邓佩瑶笑着打断："你跟爸较什么真啊。"而邓兆真还在认认真真地要把那首《苏武牧羊》给唱完。

蒋近男端着她那碗醪糟汤圆，热气蒸腾上来，她忽然便有点眼热。这个年才刚刚开始，蒋近男已经有点心力交瘁。朱磊早早答应她，晚饭后按她家里的规矩去姥爷家。几周前，蒋近男试着问朱磊爸妈能不能来棕榈泉吃年夜饭，朱磊只说："让我妈安排去吧。"便懒得再和她讨论细节。蒋近男想着最远不过是去石景山，大过年的，北京城空得很，往来也不过是半个小时，便随他去。

除夕前一天，朱磊问蒋近男："咱家有多少现金？"蒋近男倒愣了。"没多少。这年头谁还留着大把现金在家里？"

朱磊正要出门上班，便对蒋近男说："你今天出门的时候，顺便取个六七万现金吧？"

六七万！蒋近男倒吸一口冷气。"要取那么多现金干吗？"

"我妈昨儿打电话了。明天咱去石景山吃午饭，我大舅新房装好了，晚上咱都上那儿吃团圆饭去。我妈和我姥姥姥爷一边得包个一万吧，你妈跟你姥爷也得同样处理，我大舅搬新家，也得包个六千八千的，还得给我表弟表妹们压岁钱……"

"打住。"蒋近男掐断了朱磊的思路，"你大舅搬家为什么要包那么多？还有你表弟表妹跟你同辈，又都十几岁了，为什么还得给压岁钱？"

"嗐，"朱磊不以为意，"总得包个双数吧，四千又难听。我是咱家第一个结婚的，他们都还小，包个压岁钱也吉利。"

蒋近男强忍住没把"你也不看看你自己每个月挣多少"这句话说出口，只问："这红包包多少是你妈要求的吗？"

朱磊挠挠头。"那倒没。我妈让咱们看着办。可也不能让她太丢面儿不是？"

蒋近男在心里冷笑一声，也没直接反驳，只说："那我看表弟表妹一人包两百意思一下行了。我也给小音小恩一人包两百。你大舅搬家这事，给少了你妈没面子，给多了说不过去，我去买个差不多的礼物，以后这种七大姑八大姨的人情都这么处理。"

朱磊像是想反驳，又没能说出什么来，只嘟囔了一句："小音都工作那么多年了，还要红包？"看蒋近男的脸色，他把剩下的话咽了回去，自个儿出了门。

除夕当天午饭的餐桌上，赵芳收到属于她的那个大红包，喜滋滋地夸赞蒋近男："小磊结了婚，终于知道给妈妈发红包了，这都是小男的功劳。"蒋近男在心里翻了一百个白眼，嘴上却还是得虚与委蛇："必须的，以后我每年盯着他。"

待到了朱磊大舅家，赵芳看到朱磊从后备厢里提出的礼盒，先前的满意消散了一多半，嘴里却说："你们还费心给大舅买礼物，包个小红包就行了嘛。"

蒋近男正难受着——她月份大了，长时间坐车未免辛苦，谁知朱磊大舅的新家竟然在房山那么远的地方——听得此话不由得回敬一句："谁给的钱不都是钞票，大舅想必也不缺那点钞票，礼物才能显出我们的心意。"

赵芳碰了这软钉子，却也没法挂下脸来。一行人上得楼去，朱磊笑呵呵地派发了红包，又有表弟起哄："一会儿群里还得靠你再发红包，我们抢。"

蒋近男假装没听到朱磊应下时那被奉承得十分受用的语气，也假装没听到赵芳音量可观的一句："厨房里忙不过来吧？我这就来帮忙。"这里并不是她的家，除了朱磊，她和这里的大多数人不过是忽然牵扯起关系的陌生人，远远还未培养起什么情分来。

有人在沙发上让个位子给她，她便坐下来。有人问她预产期，孩子踢不踢之类的问题，她也有问即答。又有人端来两杯茶给她和朱磊，她道过谢，等朱磊到她旁边坐下喝茶，她便拿手指悄悄捅他："我喝不了茶，去给我换杯白水。"

朱磊端起自己的杯子又喝了一大口，端起蒋近男的杯子，把那里的茶全倒自己杯子里，将那空杯子递还给她。"你自己去厨房倒。找不着水壶让我妈帮你。"

赵芳正在厨房里给她嫂子打下手，弟媳站在一旁，同她嫂子一起恭喜她福气好——这媳妇家里给买了豪宅豪车，一点不需要赵芳掏腰包，还一进门就怀了孩子。

赵芳心里是得意的，这归根到底是她生的儿子好，长得一表人才，靠他自己的本事进名校，还能考进中央部委。她正要鼓励弟媳的儿子争气，在体制内那几十年的惯性使然，先谦虚两句："小男靠家里估计也就这点了，她有弟弟的，家底再厚，最后还不是要留给弟弟？大小姐脾气倒是足得很，还没孩子，先请个全天阿姨烧饭做家务，金贵……"

蒋近男拎着空杯子一脚踏进厨房，赵芳最后原本跟着的两个语气词没能出口，倒显得"金贵"这俩字愈发铿锵有力，戛然而止。最后还不是要留给弟弟……原来她是这么想的，蒋近男心口冷冷的，却有种变态的不出所料的满意，果然她也是这么想的。

她故意忽略了赵芳迎上来问她是不是要喝水时矫枉过正的热情语气，倒完水也没留下寒暄两句，径直走回沙发上坐着。她不介意让赵芳猜测一下她刚才听到了多少，她偏不想做出平易近人的姿态，赵芳觉得她金贵，她便把这架势做足。

一直到晚饭，蒋近男都没露出任何端倪来，倒挺像个中规中矩的新媳妇。饭桌上，朱磊大舅招呼蒋近男吃红烧武昌鱼，蒋近男虽应了下来，却没动筷子，朱磊大舅便摆了长辈循循善诱的姿态。"小男啊，你现在怀着孩子，即使自己不喜欢，也得什么都吃点，孩子才能长得好。"

蒋近男嘴上什么也没说，也没动筷子，在桌下暗自用力掐了朱磊一把。朱磊差点没跳起来，硬着头皮打圆场："没事，大舅，小男她平时吃的，今天车坐久了有点难受，吃不下去，你随她吃什么。"

大舅立刻表示理解，又关心地建议："难受的话，那要不今晚别走，就住这儿吧，住你表姐那屋，她打个地铺。"

朱磊看蒋近男一眼，赵芳正要开口附和，蒋近男开口道："不了，我没事。我们吃完饭还得去我姥爷家，一家人等着我们呢。"

大舅不悦道："这么赶！我们今年搬到五环外，好不容易能放烟花爆竹了，我准备了不少，等着天黑透，一家人热热闹闹一起放！"

朱磊要开口，却没赶上蒋近男的速度。"那确实是抱歉了。这边赶过去怎么也得小一个钟头，确实没法留太久。"

大舅没再说什么，但这顿饭之后的气氛就冷淡了那么一会儿，亏得老朱力挽狂澜，奋力陪大舅喝酒，才算找补回来一些。为免夜长梦多，吃完饭，朱磊主动提出他和蒋近男该走了。赵芳把他俩一路送上车，见蒋近男径直拉开Q7后座的门，赵芳有些不悦道："小男你坐前面吧，要开那么久，还是晚上，你在前面好歹帮小磊看看路。"

蒋近男伸手从前排座椅侧面按调整位置的按钮，把副驾位尽量往前推，"妈，我坐前面真难受，现在肚子太大，前面空间不够。再说我反正也不认路，帮不上朱磊的忙。"

"×的……"牌桌上，老蒋忽然爆出一句国骂。声音不大，大约是打牌起了兴致，然而接着就传来蒋近恩的回答："我妈不就是您老婆，那还不是随……"剩下的句子被蒋建斌一巴掌打了回去，"让你小子浑！"

蒋近恩嬉皮笑脸地求饶，朱磊使劲儿憋着笑，姨夫背对着蒋近男，他的表情她看不见。邓兆真的耳朵近年越来越差，没听见这里的官司，但顾家母女却忍不住笑出了声，邓佩瑜放下汤圆的碗，一个箭步过去，一掌拍向蒋近恩后脑勺，却在半路上收了八成的力气："大过年的胡说八道！"

蒋近男低头吃她的醪糟汤圆。

牌桌那边似是渐入佳境，蒋近男吃完汤圆，把碗送回厨房。她刚打开水龙头，准备把碗洗了，邓佩瑶跟了进来。"小男你放着就行，一会儿我统一洗。"

蒋近男也没跟小姨客气，关上水龙头，把碗放进洗碗池里。只听邓佩瑶又语气犹豫地问："小男，我看你今天好像有点不开心？"

蒋近男心里一热，但她到底控制住了自己，只回答："没有，只是今天跟着朱磊跑了石景山和房山两个地方，可能坐车时间久了，有点晕车。"

"就这样？"

"嗯。"蒋近男答道。小姨一向细心体贴，这回答未必能把她搪塞过去，但要她向小姨抱怨婆家那些鸡零狗碎的事，蒋近男却做不到。婚姻里的那些龃龉，像是要聚成塔的沙，然而单拿出来却没有什么值得说的。难道她要抱怨去婆家亲戚家里做客，对方给她一个孕妇沏了茶？她亲妈刚刚也端出一杯茶来给她。

邓佩瑶看蒋近男的脸色，总觉得不像是只有晕车这么简单，但蒋近男显然不想细说，她也不好追根究底地问，只关切地说："春节走亲戚很累的。你月份大了，好好跟小朱商量下，这个春节多休息。"

蒋近男点头，转身走了出去。邓佩瑶又在厨房里停了一晌，才也回到客厅。

蒋建斌正从牌桌上站起来。"老顾，陪我去阳台抽支烟。"

邓佩瑜这回拦在了前头。"那可不行！小男在这儿呢。专家说二手烟比一手烟还不健康，你非要抽烟还是下楼保险。"

蒋建斌嘴里说着："哪在乎这一点！"手却已伸向他的外套。朱磊见这架势连忙起身说："爸，要不我陪您去吧，这外面怪冷的，别劳烦姨夫了。"

邓佩瑜又想拦。"小朱你别……"被蒋建斌瞪了回去。"我们爷俩的事你别管。"

蒋建斌和朱磊下了楼，蒋近恩坐在原地拿出手机来，见缝插针地玩游戏，被"赦免"的老顾得了空，也跟着看起了电视。

蒋建斌和朱磊下到一楼单元门口。朱磊掏出火，给蒋建斌点上烟。蒋建斌把烟盒递给他，他推脱了句："小男怀着孕呢，我最近戒了。"听到蒋建斌说"没事，咱都在室外"，朱磊又从善如流地接过岳父的烟，给自己点了一支。

两个男人避着人群抽烟的时候是他们最容易交心的时刻。点拨也好，敲打也好，在这放松的氛围里，一切好说。朱磊刚抽了两口，就听到岳父开口："听说你最近买了辆奥迪？"

"嗯，"朱磊坦然应道，"刚好摇到了号。这不马上有孩子了吗，买辆大点的车方便。"

老蒋沉吟了一阵："你在机关里，凡事还是低调些好。"

朱磊心里笑岳父想得太多。劝他低调，无非是觉得名车在机关里容易引人注目，尤其是奥迪，显得僭越，不合适。朱磊不是没想过。去年他刚升了副科级，若他运气好，明年能升科级，运气不好，后年论资排辈也能排上。要再往上，靠的却不是资历了。朱磊自问能力一般，自家靠不上，岳父虽然有钱，于他的仕途却也没有助力。与其奋力搏那虚无缥缈的前程，不如好好享受现在的生活，香车座驾，娇妻在怀。当然，朱磊并不傻，在人情世故方面他遗传了赵芳，一向收放自如，在哪里人缘都好得很。因此他早早铺垫得办公室里人人知道他太太乃是富二代，此番不过是岳父心疼女儿怀孕，要坐个舒服的大车，而自己则相当于司机，只是送完太太上班后不得不一路把车开来办公室而已。

但这些不足为岳父道也。他收敛神情，做受教状答道："您提醒得对。"

朱磊这一点随赵芳，在该低头的时候一点不含糊，是以蒋近男跟他谈恋爱的这许多年间也不是没吵过架，动过分手的念头，但就一直这么走到了今天。

蒋近男和朱磊相识于学校 BBS（网络论坛），两人在同一个版块混了很久，渐渐熟络起来。两三场版聚过后，其他版友开始起哄，朱磊也顺水推舟地开始半真半假地追求她。在蒋近男眼里，朱磊既没有什么能一眼挑出来的缺点，也没有什么让她怦然心动的优点。她既不点头，也不摇头，直到有一天他们又搞版聚，有人提议去白石桥钱柜唱通宵，深夜两三点，在蒋近男昏昏欲睡的时刻，朱磊拿起话筒点出一首《K 歌之王》。

他在一群半睡半醒的人当中看着蒋近男的眼睛唱出："你不会相信，嫁给我明天有多幸福，只想你明白，我心甘情愿爱爱爱爱到要吐。"

有人那天晚上喝多了，听到这句捂着嘴巴冲出包厢去吐。还醒着的人发出一片欢腾的笑声。蒋近男没有笑。她第一次发现朱磊确实有优点，他的男中音挺好听的。

与其说她爱上了朱磊，不如说她爱上了爱情本身，或者说，她决定和爱情试上一试。谁知道这之后就成了习惯，而习惯是致命的。蒋近男很小便明白爱情故事大半是骗人的。她在十几岁时看过很多很多的张爱玲，从此觉得人生的任何一种关系都经不住掰开来细细观看。她的父亲当年应该爱过她的母亲，但她父亲的爱在岁月里慢慢消磨了，尤其当她母亲从台上的"代战公主"变成文化馆职员——他们后来的经济条件再好，邓佩瑜的黄金时代也不会再回来了，她要依靠着丈夫和儿子过一辈子。也许她那么轻易地在自己和蒋近恩之间做了选择，正是因为看清了这点。姥爷和姥姥之间有没有爱情，蒋近男看不出。邓家夫妻关系最和睦的是小音的父母，然而这背后的代价是小音——邓佩瑶有过一个人回京的机会，她选择留在丈夫身边。

至少在自己和朱磊的关系当中，自己是占上风的那一方。

至少我要全心全意地爱我的女儿。蒋近男摸着自己的肚子想。

"你稍等。"顾晓音拿着手机避去阳台，却见蒋近男一个人坐在藤椅上正出神。上一次她看见表姐这个表情，还是她结婚那天的凌晨，那时她心生退意，却被自己劝了回来。

她那时做错了吗？顾晓音不知道。但如今表姐临盆在即，要再反悔却是不可能了。想到蒋近男今日进门时的脸色，顾晓音有点后悔自己当时没多听听蒋近男到底要说什么。

她压低声音对电话那头的谢迅说："现在不行，等会儿再说吧。"

第十五章　大千世界

　　顾晓音在另一把藤椅上轻轻坐下。屋里春节联欢晚会的声音还聒噪得很——尤其邓兆真年纪大了，听力渐渐下降，电视声音便开得越来越大。其他人在这环境里也不得不提高音量说话，就跟吵架似的，恶性循环。然而在这阳台上，纱帘滤过了部分光线，半关的阳台门虽说隔音效果有限，在心理上却像是另一个世界了。姐妹俩便像是坐在一个神祇随口吹出的透明泡泡里，和那外面的世界既似浑然一体，又仿佛完全隔离。

　　"在朱磊家不开心？"

　　因为是顾晓音，蒋近男简单说了下自己今天的种种。明明理智知道是不值得困扰自己的事，情绪却不肯放过。蒋近男说到朱磊大舅教育她为了孩子不能挑食，忍不住情绪翻滚，眼眶一热。她正努力压抑自己的情绪，顾晓音伸过来一只手握住她的手。那点手里传来的暖意让蒋近男心头一颤，一滴眼泪顺着脸颊流淌下去，她平静下来。

　　"幸好他家是北京的，不开心立马回家就是。要是去外地过年赶上这档子事，回来非立马离婚不可。"蒋近男顿了一晌说，"你那位谢医生虽然看着不错，怎么着也是离过婚的，你可别被恋爱冲昏头脑立刻跟他扯证，好歹搞搞清楚他为啥离的婚。"

没等顾晓音反应，她又说："也别等得太久，恋爱谈太久多半就结不了婚了。"

顾晓音暗暗笑了，能开始帮她想到这许多细节，说明表姐的心情好了那么一点。她赶紧帮忙岔开话题，像一个好学的学生那样问："为什么呢？"

蒋近男叹了口气："如果两个成年人能在一个城市保持谈很多年的恋爱而没有住在一起，那肯定是感情基础有问题，真正恋爱的人恨不得整天黏一块儿，黏着黏着总要住一起去的。住在一起的好处是你可以全面考察这个人，毕竟朝夕相处，想藏也藏不住，但住在一起时间长了就会倦怠，而且他总会有你不喜欢的地方，等热恋期过了，你就会觉得他的那些缺点越来越难以忍受。要打破这个僵局，只能换一个人。所以婚姻的本质是用法律的形式让你无法遵循天性喜新厌旧，而同居就像项目做尽职调查，不做风险太大，做完了赶紧交割，以免夜长梦多。"

顾晓音最近确实恨不得争分夺秒地跟谢迅黏在一块儿，一下被表姐说中，她有点不好意思，不由得嘴硬："你跟姐夫大学里可就谈上了……"她忽然意识到蒋近男的话也许正是从自身经历中提炼出的感想，再联想到蒋近男在出嫁前的反应，深恨自己说话不经大脑。

蒋近男却好像浑不在意似的。她十分平静地应了一句："所以说生育是上帝针对女人的阴谋，一旦有了孩子，不需要任何证书，你就跟一个男人永远绑在了一起。"像是觉得这样说对朱磊不公平，她又找补了一句："我嫁给朱磊也不完全是为了这个孩子。他对我还是挺好的，换一个人，也未必忍受得了我。"

顾晓音点了点头。"他对你确实挺好的。"朱磊脾气随和，顾晓音这些年旁观下来，多数时候是蒋近男把他压得死死的。只是两人之间虽分了胜负，放在朱磊家庭这个大环境下又未必如此，蒋近男家虽然条件好，却还没到公主下嫁那种程度，能让整个婆家把她供起来。

但那不重要，顾晓音天真地想，朱磊对她好不就行了，朱磊他爸妈又不可能搬到她老蒋家买的房子里去跟他们住一起。

顾晓音还想说什么，忽然传来一阵振动声，紧接着有东西亮起来，是顾晓音的手机。

"八成是你家谢医生等不及了。"蒋近男笑着，边说边起身走了回去。

顾晓音又让手机振动了一会儿，才迟疑地接了起来。

"喂。"

"在干什么呢？"电话那头传来陈硕低沉的声音。陈硕的声音在男人当中也算是低的，如果分声部的话，是妥妥的男低音。罗晓薇有回在办公室打趣他说："你就是占了声音稳重的便宜，别人只当你沉稳老实得很，跟你谈合同，谈着谈着就着了你的道。"

她们都笑。陈硕因为这声音的优势在电话会议里经常被当成合伙人，再加上刘煜的声调比较高，他二人被搞混简直是家常便饭。

而顾晓音今日后知后觉地发现，陈硕的声音不但有"合伙人"的感觉，还可以十分暧昧。那没头没尾的一句，恰像他本人站在近前咬她的耳朵，亲昵得很，亲昵到连自报家门都毫无必要。

顾晓音不自在地回答："陪家人看电视呢。"

"那挺好啊。"他轻笑一声，随即声音里带了一点点抱怨和委屈："我这个命苦的人可还在改合同呢。我爸妈这儿网速太慢，要用手机开热点才能远程登录公司电脑……"

陈硕的家在一座小城市。他上大一的时候，要回家还得从枢纽站倒上六七个小时的绿皮车。不只是交通，那里的所有基础建设似乎都要比一二线城市慢上许多年，因此每次陈硕回家，总有许多可以和顾晓音抱怨的事。

从前顾晓音总是津津有味地听他抱怨——那是他的家，他长大的地方。顾晓音可能永远也没法名正言顺地去看看那个地方是什么样子，那么听他说说也是好的。她恪守了一个好朋友的本分，但今天她却有莫名的火气在心头。她不相信她有男朋友这件事没被好事的人八卦到他耳朵里，他多半也知道自己喜欢了他这许多年，他不是还有女朋友吗？那这又是唱的哪一出？他怎么能假装一切还和从前一样，他怎么敢?！

顾晓音像一只准备咬人的兔子，她举着手机在阳台上来回走了两圈，终于深吸一口气："那你还不赶紧干活儿?！"

陈硕倒是耐心。"那倒没必要。我爸妈看了会儿电视已经去睡觉了，我随便干到几点都没人管。"

顾晓音闭了闭眼。"可我不能多说。快十二点了，我得去陪家人倒数。"

电话那头又传来陈硕的一声轻笑，顾晓音甚至能想到他的表情。他说："没事，去吧。"

挂了电话，顾晓音却没回客厅和所有人一起倒数。她眺望了会儿远处的天空——乏善可陈，因为有云，天空是层层叠叠的炭灰色，远处似有点点亮光照上云层，大概是五环外的烟火。顾晓音忽然窥探到了蒋近男凝望远处的心态，那不是因为天真的有什么好看，而是在那种毫无意义的细节里，有一点能够让思绪落脚的地方。

她不想去回想刚才的那通电话，索性看了很久的云。即便是在夜幕里，看久了也能注意到形状的流动和转变。忽然传来一阵电视里的欢呼声，是新的一年到了。

顾晓音拨了通电话给谢迅。响了很多声没有人接，也许他在忙。顾晓音把电话按灭，放弃自欺欺人，承认自己揣测过陈硕那通电话的用意——虽然他对自己的态度其实一直如此，并不因他有没有女朋友而改变。陈硕从没有交过本系或是同行的女朋友，因此顾晓音是他固定的吐槽对象，连他去美国留学那一年里，也仍然舍近求远地给顾晓音打电话。但往年不比今日，从前的顾晓音珍惜这种独特性，觉得是某种更深层的伴侣关系的前奏。现在她放弃了，又谈了新的男朋友，便忍不住要猜想对方究竟是惯性为之，还是暗含着后悔的意思。

她既希望陈硕后悔，又希望陈硕不要后悔。如果说顾晓音刚才望了那许久的云有什么收获，这就是收获。

她待要再想，蒋近男已在阳台门口唤她，她这才意识到自己在阳台待了太久，是该回去了。屋里牌局已经散了，所有人或坐或站地围在沙发周围，看春节晚会最后几个节目，顺便听邓佩瑜讲解今年春节邓家的安排。

说是邓家，其实是蒋家老少两代的安排。邓佩瑶夫妇和顾晓音反正也没有别的地方可去，春节总是和邓兆真在一起。邓兆真悉听小辈安排，自个儿仍旧津津有味地看春晚，邓佩瑜安排了大伙儿聚会和分散活动的时间，正准备拍板，朱磊忽然说："妈，初三我爸妈想约您和爸咱一家人一块儿吃个饭。"

"哟，初三哪，我下午两点有个事，要上石景山怕是赶不及。要不让你爸妈上咱家来吧？"邓佩瑜不假思索道。

朱磊正要说话，蒋近男开了口："不用你们麻烦，你们都上棕榈泉来就行。"

邓佩瑜立刻否定："那可不成。去你家你不得忙饭嘛，这大过年的，阿姨也回家了，你大着肚子别张罗。"

朱磊忙接过话来："妈您别担心，朝阳公园西门那些馆子都开着，吃饭的时候咱去那儿，绝不会累着小男。"

邓佩瑜还要再说，蒋建斌开口定了乾坤："我看这样挺好，这是孩子们孝顺的心意，咱应该去！"

朱磊松了一口气。赵芳是专门提出要他邀请蒋家去石景山的，当时他就说跑那么远干吗，不如在城里找个馆子吃顿饭得了。赵芳唠叨了他半天，说他既不是入赘，干吗这么上赶着。今儿他妈非拉着他俩先去石景山，再去大舅家，活活折腾了半个北京城，怕也是要在这上头找补来着。蒋近男虽没直接甩脸子，她那些话怕是有几句也还是让他妈不痛快，要是他再把丈母娘的建议传达回家里，他妈可能得气炸了。眼下两边都来棕榈泉这个方案，虽然他妈估计也不十分满意，但好歹是去他家，挑不出什么大错来，他努力一把，应该是能搞定他妈。

朱磊在心里叹了口气。女人就爱为这些鸡毛蒜皮的事较劲儿，麻烦。

邓佩瑶又问："晓音，你今晚回家住吗？"

顾晓音想了一下，才反应过来她妈是在问她要不要上她家去住。他们决定搬回北京后，在慈云寺买了套房，顾晓音因为已经念高二，来回跑不方便，就仍旧在邓兆真家住着。紧接着上大学，毕业后很快又租了光辉里的房子自个儿住，邓佩瑶给她留的那间屋子，她从没真正当过自己的房间。

"不用。"她假装打了个哈欠，"我住这儿就行。您明天不也还来吗，我就少跑一趟。"

邓佩瑶觉得有点遗憾。她和小音就像坐过站的列车，当日当次的票，错过不能再补。她重买了车票回去，一切为时已晚。顾晓音租下光辉里那房子，邓佩瑶去看过后，晚上回家悄悄抹了眼泪。光辉里离慈云寺明明就那一点路，顾晓音说图它在地铁站边上，方便，每天可以多睡十五分钟。可邓佩瑶总觉得这还是因为小音跟自己生分了，宁可租那破公房也不回家住。可既然已经生分了，这质疑的话便分外说不出口。

于是今晚她也只能故作无事。"也是，你这夜猫子早上起不来。我们要等你起床，怕是姥爷大年初一连午饭都不一定吃得上。"

电视里适时响起李谷一的《难忘今宵》。于是各人起身，一阵兵荒马乱之后，屋里终于只剩顾晓音和邓兆真两人。

"你早点睡。"邓兆真关掉电视，对顾晓音说。

"您先去洗漱，我接着就来。"顾晓音一边应着，一边翻阅手机里的信息。

谢迅还没有消息，几个群里有人发了红包，顾晓音努力点了一阵，进账三十几块，又重在参与地发了俩，成功在新年第一个小时内现金流为负。

听到邓兆真房门关上的声音，顾晓音也起身去洗漱。她和表姐从前用的漱口杯，姥爷还给留着。蒋近男结婚前，每年除夕她俩都留在这里守岁，就像十几岁时一样，两个人挤在一张床上。今年是第一次只有她自己。

顾晓音略感孤独地爬上床。因为她也是有了男朋友的人，顾晓音难以避免地想到明年或是后年自己会不会也步蒋近男的后尘。姥爷会觉得寂寞吧，她想。不过谢迅这个家伙好像说过，每到春节他这个北京土著都得值夜班，那自己留在这里好像也没事。

说曹操，曹操就到。顾晓音的手机振动，正是她的谢医生。

"还没睡？"谢迅在电话那头问。他像是在走廊之类的空间打这通电话，声音瓮瓮的。

"没呢。在我姥爷这儿，刚收拾完。"

"我看到一个你打的未接电话。刚在手术室里没法接。"

谢迅的语气带着抱歉。顾晓音想起自己刚才是接完前暗恋对象的电话，然后找了现男友，道德上的瑕疵感让她不由得试图举重若轻："没什么事，春晚看腻了，想你在干吗。"

"我吗？"谢迅的声音里有点疲惫的自嘲，"可能这两天特冷的缘故，今晚病人特别多。这才十二点多点，急诊已经送来了三个疑似夹层病人。"

顾晓音有点爱莫能助的辛酸。她只能安慰他："说不定今晚的病人都是赶早不赶晚呢？"

谢迅不能接受这自欺欺人的说法，但顾晓音的好意他心领了。医生的工作是这么重要却煞风景，以致在这阖家团圆的晚上，他也没法从工作里找出一两件有趣的事和女朋友分享。因此他宁愿转换话题："今年的春晚好看吗？"

顾晓音陪着邓兆真在电视机前断断续续坐了好几个小时，眼下却连一个能和谢迅分享的节目也说不出来。她只好如实回答："这个问题我怀疑只有我姥爷能回答你。"

谢迅在电话那头笑出了声来："我也有好多年没看过春晚了。上一回关心春晚可能还是因为 2010 年的小虎队。"

"整个春节你每天都要在医院吗？"顾晓音忍不住问。

"也不是。我的班排到初四，然后沙姜鸡那兔崽子就回来了。"谢迅电光石火间听明白了女朋友没说出口的话。"初四早上我就解放了，后面几天我都陪着你。这之前你要是有空，也可以来找我。"

顾晓音心里甜了一下。她打定主意，大姨没给她安排上的时间她可以多跑两趟中心医院，如果谢迅在忙，她就刚好在他办公室里加会儿班。

完美。

可惜没等顾晓音告诉男友这个喜讯。那边传来一阵嘈杂的声音，远远地有人喊了声："谢医生！您赶紧来看看。"

"可能第四个来了。"谢迅说完这句话，匆匆收了线。

他俩约好，初三顾晓音去医院找谢迅。初一晚上，顾晓音没忍住，先跑了一趟。这天邓家包了饺子，顾晓音得了个最好的借口。邓家春节的饺子向来是邓佩瑶调馅，顾国锋擀皮。邓佩瑶因为在南方久住，爱往饺子馅里和荠菜。这几年物流发达，北方过年也能买到新鲜的荠菜，邓佩瑶包了几回，全家都爱吃，这便成了邓家春节的保留项目。

顾晓音给爸妈打下手，三个人忙活一下午，包出一百多个饺子来。邓佩瑶照例划拉出五十个先冻上——这是要留给邓佩瑜的，接着数晚上吃多少，还能剩出多少来，顾晓音忽然说："妈，您晚上多下二十个给我带回家行不？"

邓佩瑶应着，手里还在数："我给你拿个盒，像给你大姨那样直接冻上，回头你要吃，自己下了就成。"

"您一块儿下了就行。我晚上回去就当夜宵吃了，懒得再下。"

邓佩瑶抬头看看女儿。"你夜宵能吃二十个饺子？"

顾晓音在邓佩瑶狐疑的眼神里低下了头。"好像是有点多，十五个吧，十五个就行。"

邓佩瑶觉得女儿那一点心思就像出洞的兔子，刚探出个脑袋，你咳嗽一声，它就缩了回去。于是她心下了然，只作不知。"行。你当夜宵的话，我等你临走再下，拿个保温盒装上，你吃的时候还能是温的。"

她到底还是给顾晓音下了二十个，装了满满一大盒。顾晓音提着这盒子，想给谢迅一个惊喜，于是没打招呼就直奔心脏外科。办公室没人，顾晓音绕去监护室瞅了一眼，也不见谢迅的踪影。她这才感觉出自己的莽撞——谢迅可能在手术，可能在病房，可能在急诊，可能在这个医院的任何角落。

顾晓音贼心未死，找了个凳子坐下，掏出手机给谢迅发了条消息："在干吗呢？"

谢迅倒是回得很快："溜回家陪我爸吃了个晚饭，这会儿正等着被召回医院呢。"

顾晓音心里倒是卸下了担子——原来是这样，当然是这样。她纠结了一会儿，把饭盒原样拎了回去。

初二一整天，顾晓音都过得挺心不在焉的，也许是因为头天晚上扑了空，让她对第二天能见到谢迅生出了格外的向往，饥饿营销可不都是这么做的。她又有点后悔没把那些饺子留在谢迅办公室，若是他看到了，也许无论多晚回家总还会来找她一下。

这患得患失的心情一直维持到晚上。晚饭前，程秋帆忽然给她发了条信息，祝她新年快乐。顾晓音看着这条没头没尾的消息和手机框上方对方正在输入的提示，直觉护生肯定有什么幺蛾子。历来春节，只有乙方给甲方拜年，甲方除了群发的信息，可极少有人会想到她这个小小律师，除非是在年节里派活儿，不得已得先说句场面话。

果然，下一条信息很快被推送进来，程秋帆说护生临时决定加融一轮 C1 轮融资，公司已经跟投资人谈好了意向，希望能尽快落实，问顾晓音能不能今晚就把 Term Sheet 按 C 轮条件照搬出来，明天跟对方律师开始谈判。"袁总希望能在元宵节前把 C1 轮做完。"

做了七八年的律师，顾晓音早对此练就充满禅意的态度。早年间，她看到这种消息便会血压飙升，立刻觉得自己接下来的两星期都得睡在办公室里，若是逢年过节，更忍不住怨天尤人一番。现在她冷静得很，C 轮 Term Sheet 改成 C1 轮首稿发出去，这是她今晚回家后十五分钟便能搞定的事，完全不值得为此恐慌。至于这个空降的 C1 轮融资到底有多少活儿，要等明天看到对方律师第一轮修改意见才能下定论。如果她今晚挨晚些才把文件发过去，对方怎么着也得看个大半天，等这电话会议再约上，怎么也得下午了。她和谢迅尚有一整天时间可以厮混。

这就是一个老律师的生存智慧。

她先给程秋帆回信息，告诉他今晚肯定把 Term Sheet 发过去，又告诉刘老板有这么一回事。这些做完，她把手机拿给蒋近男，给她看程秋帆发的信息。

蒋近男瞄了一眼。"老袁还是没忍住啊。"这句评论完，她又安慰顾晓音："你不用紧张，护生的 C1 轮，元宵节肯定融不完。"

顾晓音其实完全不担心这个。若真是一个紧锣密鼓的项目，她是不怕的。她最讨厌的是那种虎头蛇尾的项目，往往不分白天黑夜地忙上几天，然后归于长久的沉寂，有些项目还会在当中诈尸一回，把人整得鸡飞狗跳。"不患寡，患不均。"顾晓音觉得古人早已总结到位。

但她还是仔细听蒋近男给她解释：护生经过 C 轮融资以后，袁总和方教授的持股降到了 50.1%，袁总拉来的医疗界股东占股 20%，VC 投资人占19.9%，剩下的 10% 是员工股。这是个微妙的平衡，如果要再融资，除非现有的医疗界或 VC 投资人出让权益，否则袁总和方教授就会失去多数股权。袁总在 C 轮时就想劝说那几个医疗界股东出让一些股权，然而无功而返——大家都等着护生上市，财务自由，谁愿意在这临门一脚时赚这小利？袁总这时候想再融 C1，大概是 C1 轮投资人愿意给很高的估值，能让 IPO^① 价格再往上冲一冲，可这也意味着这块硬骨头他得更努力地去啃一啃。

顾晓音听完蒋近男的解释，觉得这个项目必然会往她最讨厌的那个方向进行。投资人既然要给高估值，怕是会在投资条件上锱铢必较，袁总又一定想赶紧把这估值谈定，好拿着谈好的合同去说服医疗界那几个股东出让股份。真是风暴的完美前奏。

但她决定以后再烦恼这些。初三的早上，她吃了谢迅没赶上的饺子，拎着笔记本电脑去中心医院——还带了零食，跟去春游的小学生似的。可她在谢迅办公室干活儿的愿望没实现。顾晓音走进心外科就迎来一众年轻医生护士眼光的洗礼。谢迅早已收拾好办公桌供她工作，顾晓音自己怂了，表示自己去楼下咖啡厅工作就行。

谢迅稍有点遗憾，本来觉得自己回到办公室还能多看顾晓音两眼，这下只能等午饭。不过两人到底刚确定关系没多久，科里的护士又八卦得很，晓音害羞也正常。他这一等就等到一点半——十一点半急诊送过来一个病人，等把病人安顿在监护室，体征平稳下来，两个小时已经滑过。谢迅急忙给顾晓音打电话，约在食堂见。

---

① 首次公开募股。

"你饿了吧？"他见着顾晓音便问。

"还真没有。"顾晓音照实说，"我喝了一大杯拿铁，至少三百卡路里，够一顿饭的。"

谢迅笑了："那现在想吃什么？"

顾晓音想了想。"说实在的，我现在就想吃个鱼香肉丝。"

"就这？"

"就这。咱的愿望就是这么朴实。"

顾晓音的愿望很快被满足。"你别说，这水平能赶上巅峰时期的小王府了。"她边吃边评论道。

真有这么好吃？谢迅疑惑地又夹了一筷子。"正常食堂水准啊。"

顾晓音感慨谢迅被中心医院食堂惯坏了。"当时只道是寻常。"

"还笑，等你哪天要不在这儿干了，就品出区别来了。"

"我哪儿可能不在这儿干。"谢迅又笑道。

顾晓音倒愣了一下。她从没见过有人这么笃定自己会一直在一个地方干下去，至少同龄人是不会的。上一代的人习惯了在同一个单位一待就是一辈子，但现代的社会哪儿有这样的人、这样的事，简直像尾生抱柱一样荒谬。她自己虽然在君度这一个地方一干这许多年，也绝不会认为自己可能会在君度退休。

也许医生这个职业不太一样吧。

他俩吃完饭，谢迅借机又问顾晓音要不要去心外科。"你要觉得大办公室人多，我开间单独的诊断室让你一人待着也行。"

顾晓音也觉得来中心医院坐一整天咖啡厅有点无聊，衷心觉得这个提议好。她抱住谢迅的胳膊，把头靠在他肩上。"还是我家谢医生足智多谋。"谢迅便任由她那么紧紧地抱着，半个人的重量都靠在他身上，他甚至不需要转头，都可以闻到顾晓音头发上的香波味。

"小音！"

谢迅只觉得顾晓音抖了一抖，随即身上的重量轻了。他疑惑地顺着顾晓音转头的方向也向那声音的来源看去。

邓佩瑜刚从老干部病房的专属小楼里走出来，刚好撞上这你侬我侬的小两口，男的还有点眼熟。等她想起这男的是谁，小音过年时又是怎么跟她介绍她的男朋友的，不由得怒从中来。

第十六章　云山雾罩

　　谢迅觉得来者有点眼熟，五官上看着跟顾晓音有几分像。难道这是她母亲？谢迅不由得也有些紧张起来，刚才那声"小音"听着来者不善。虽说他和顾晓音还没到见家长的份儿上，谢迅也不想给可能的未来丈母娘留个负面印象。

　　思前想后间，邓佩瑜已经走到面前。"小音，这位是？"

　　顾晓音已经从那最初的震惊中恢复回来，不再像一个谈恋爱被班主任撞见的中学生，事已至此，她索性牵了谢迅的手，甚至还支出一个无辜的笑容来。"大姨您忘啦？这是谢迅，小男结婚时那个伴郎沙医生的同事，上回姨夫来看病的时候，就是他帮着张罗的。"

　　邓佩瑜当然没有忘。不仅没忘记那回来医院，还没忘记来医院之前也撞见过这位谢医生，当时她记挂着小音的终身大事，旁敲侧击过小音。当时她是怎么回答的？她说这是个刚离婚的邻居！想到这里，邓佩瑜打定主意，得尽一切努力挽救即将失足的侄女，她恨不得现在就能把顾晓音拖回家去，但多年被蒋近男和蒋近恩两姐弟忤逆的经验告诉她，对付现在的年轻人，首要得沉得住气，徐徐图之，免得对方犟起来，反倒事倍功半。于是她勉强缓和了脸色。"哦，是吗？上次多谢你这位朋友。"还向谢迅点了点头。

　　谢迅刚要还礼，顾晓音却把他的手一扯，仿佛听不懂邓佩瑜话里的话似的。"大姨，您不用跟他这么客气。谢迅是我男朋友，咱麻烦他是应该的。"说完仿佛示威式地看谢迅一眼，那意思好像在说"你敢不认？"。

谢迅自然立刻表示确实是应该的，又恭恭敬敬地问邓佩瑜是来看朋友还是自己有事，有没有需要他帮忙的地方。邓佩瑜拿不准这谢医生是揣着明白装糊涂，还是当真把自己当成顾家的女婿了，然而伸手不打笑脸人，这架势看着，说不定是自家侄女主动追的这医生。她虽被顾晓音气得够呛，到底这是关起门来的家事，犯不着在一个外人面前发作。于是邓佩瑜只说自己来看望一个住院的朋友，这就走了。

这边邓佩瑜走出两人视线立刻给邓佩瑶打电话不提，那边顾晓音见大姨走远了，长舒一口气，松下劲儿来。她像一个刚遇上火警的人，刚刚还身怀大力地把一件件重型家具扛出火场以降低损失，现在逃出生天，只觉浑身脱力，连个塑料袋都拎不动了。

谢迅看她泄气的样子，觉得心疼又好笑。"这么如临大敌？"

顾晓音想到自己不久以前为了堵住大姨的嘴，主动供出谢迅离过婚，现在看来，只能说人无远虑，必有近忧。但怕什么来什么，她倒省了思考怎样把谢迅介绍给长辈们的劲儿，反正是骡子是马都已经遛过了，这会儿全家人怕是已经知道，自己回头耍赖要赖不退不换就行。

这么一想，顾晓音又鲜活起来。"我的大敌已经临过了，这叫已临大敌。"

谢迅笑了："你大姨不喜欢医生？"

顾晓音心说，我大姨哪儿是不喜欢医生，沙医生她喜欢得很哪，她这是不喜欢离异的穷医生。

这实话是不能对谢迅说的，但眼下她实在找不出更好的借口，只能支支吾吾地供出自己曾经"不小心"透露给大姨的情报。

谁知谢迅一点没有要恼的意思。"知道就知道了呗，反正迟早要知道的。"

顾晓音也觉得是这样。谢迅如此坦然，让她有自己果然没有看错人的骄傲感。这么一想，她竟有点无心插柳的畅快。"明天我打算上午去看姥爷，既然你连大姨都见过了，不如明天跟我一起去吧？"

谢迅却没立刻应承下来，只说先看今晚夜班情况如何。顾晓音没再追问，心里却到底有点不开心。护生投资人的律师偏在这时不识相，把她昨晚出的Term Sheet改了个体无完肤。顾晓音给程秋帆写了洋洋洒洒一大篇意见，痛诉对方的要求是多么的不合理，邮件在笔记本上要下拉两屏才能读完。写好后，她回头重读自己的邮件，只见满屏私愤。她叹口气，把刚才写的那些意见单独拷贝出来，邮件里只余一句，问程秋帆有没有空打个电话，一起过一下对方的修改意见。

程秋帆自己也在看那意见稿，收到顾晓音的邮件便立刻打了电话来。顾晓音实话实说，告诉程秋帆，自己觉得对方律师提了不少不太上路子的意见。律师邮件里虽然写着时间所限，他们的意见还没给自家客户先看过，乃是同时发给所有方，但对方也是知名律所，不太可能在客户要求往东时，律师非要往西，大概率还是客户授意要尽量把条件往保护自己的方向改，这邮件里的理由最多只能算是个烟幕弹——若是护生反应太大，客户便可以自称不知情，把锅扣在律师的头上，若是护生在这基础上跟他们谈，客户便坐收渔利。总而言之，客户大概率是存了试探的心理，想看看护生的底线在哪里。

果然，程秋帆沉吟一会儿，便请顾晓音把她觉得不合理的点指出来，自己先考虑一下。顾晓音跟他过了一遍自己的问题清单，末了还是多了句嘴："你上回说袁总特别在意公司的多数股权得掌握在他和方教授手里。其实现在很多公司为了多轮融资后创始人还有公司的绝对控制权，都搞多层股权结构，那些大的 IPO 上市时，创始人股份退回到 10% 上下也是有的。如果袁总担心的是控制权，还是有变通的办法。"

这些方法程秋帆其实早就跟袁总讨论过，奈何袁总不干——他既要控制权，也要股权。反正公司的权和钱这两样握在手里，其他方面，投资人要什么条件都可以随便答应。程秋帆不得不承认，这种想法虽然土，可也朴素实惠得很，而且无形中给愿意让出股份的方教授挖了个坑——若是他为了公司的长远利益考量，让出自己的股份，袁总就是第一大股东，再加上医疗界的股东有两个人的股份，自己不便出面，是由袁总代持的，他几乎不费任何力气就能一家独大。

但这些是 CFO 必须自己吞下的秘密，程秋帆听了顾晓音的话，只说他和袁总聊聊，争取尽快拿个主意。

顾晓音挂了电话，再看时间已是接近六点。刚才专心工作，没空想私事，现在她又想起来了，谢迅为什么不愿去见她姥爷呢？是介意下午大姨的态度，还是觉得跟她还没到那份儿上？莫非谢迅还有什么瞒着她？顾晓音百思不得其解，她听过了研究生传的关于他工作的八卦，也见过他的前妻上门找他，还能有什么比这更糟的？

谢迅说出那句"再看情况"便自觉失言。他和这个姑娘名义上认识了十多年，实际上认识了四个月有余，五个月不到，确定恋爱关系二十三天。他们还远没到能互相坦白过往情史的时候，然而谢迅觉得，从他的观察来看，顾晓音就算是谈过恋爱，在感情方面怕也还是接近白纸一张。一个这样单纯的人谈起恋爱，会觉得认定一个人且和他白头偕老是理所当然的事，因此无论是介绍给朋友，见长辈，甚至是扯证，都不必且不能遵循某种特定的计划，好像随意性乃是爱情的必要条件，一旦计划便亵渎了爱情。

谢迅从不是个一见钟情的人，但他也曾幼稚和单纯过。他去过大学女友的家乡，见过她家里的每一个人，她寝室住了六个人，另外那五个都把他当哥们儿。他们恋爱得最早，后来陆陆续续又有三个女生找了男友，他们便总在一起玩，有时是四对，有时是十个人。谢迅衷心觉得他和另外三个男生是一种接近连襟的关系。然而当他的女友终于抛下他，从前的这些朋友使他难以忍受——他和这些人的关系就像河的两岸，当桥还在时，从这里到那里是一条通途，如果不往窗外看，根本不知道桥的存在，可现在那座桥已经被拆了。

徐曼曾经问过他的情史。他自问历史简单，也曾和盘托出过。听完他的，徐曼说自己在他之前有过三个男朋友。她说这话时眼神忽闪忽闪的，像一只鹿。谢迅看到了徐曼的忐忑，心里生出无限的怜惜——她是这样在乎我的感受，谢迅感动地想。他从没希望徐曼在遇见他之前是一张白纸。他和大学女友恋爱了四年，自然什么都做过，就算没有，他也不会要求徐曼和他一样。谢迅没问徐曼关于她的三位前男友的任何问题，如果徐曼问他，他会回答，如果徐曼非要告诉他，他会听着，但他对徐曼的过去没有好奇心。

事实证明，好奇心杀死猫。当谢迅发现浏览器里有徐曼反复搜索他前女友名字的历史记录时，他才意识到徐曼远不如她当日谈话时表现得那么云淡风轻。谢迅在心里笑她只许州官放火，不许百姓点灯，把徐曼的表现当作爱他的表现。于是当徐曼有天提起她父母来北京看她，是不是两家长辈一起吃个饭时，谢迅便带谢保华见了徐曼父母——他明白徐曼多少是存了试探他的心思，但既然他是认真的，见父母不过是迟早的事，见了也就见了。

如果谢迅有再来一次的机会，他想他不会那么做。徐曼是很好很好的，然而在今时今日，谢迅确信他和徐曼不是一类人。也许他当年若是没有为了安抚徐曼的不安全感而让双方父母见面，他们能有更多的时间作为恋人而不是未婚夫妻相处，就能意识到这桩婚姻并非良配。或者说，徐曼也许能意识到他不是能带给她幸福的那个人。历来离婚总是女方吃亏的，因此即便出轨的是徐曼，谢迅在愤怒和挫败之余，也还是觉得对不起她。

这些当然不足为顾晓音道也，谢迅想。顾晓音大概就像从前的自己，恨不得即刻昭告天下她已交付一腔热血。他却不能由着她踏上自己走过的歧路。看着顾晓音失望又努力掩饰的样子，谢迅感到心软却又无可奈何。有些话总是要说的。顾晓音是个聪明人，就算他今天找个借口搪塞过去，顾晓音终有一天还是会回过味来。谢迅在心里感谢顾晓音就像个勇往无前的女战士一样，在她大姨明显看不上他的时候，偏要带他去见她姥爷，但他却不能鼓励她这么做。

更何况还有其他她不知道的事。

谢迅花了一下午想他要不要和顾晓音谈。当初她在食堂听到研究生八卦的时候，谢迅的心情远比现在平静——如果顾晓音问他，他会告诉顾晓音，如果顾晓音不问，他也不会说。过往故事就像前女友一样，虽然她们塑造了今天的自己，但如非必要，顾晓音还是不知道的好。

一直到晚饭时分他都没有答案。查完房，他带顾晓音去食堂。也许因为中午吃得晚，也许是顾晓音的心思不在这上面，她心不在焉地点了两个菜便罢。谢迅想不出怎样安慰顾晓音，心里也十分不好受，他安顿顾晓音坐下，自己去取菜，回来时还没放稳托盘，只听顾晓音问："你不会是离过两次婚吧？"

托盘里的汤碗抖动了一下，洒出些汤来。顾晓音正在心里解读谢迅这外科医生手抖的含义，却听到谢迅轻快地笑了。"没有。"他说。

顾晓音心里一块石头落了地，不由得埋怨自己关心则乱，居然问出这么智商离线的问题。那边男人心里想的是，连顾晓音这么个律师也能做出这样的猜想，可见女人无论职业、性格和经历相差几何，总还是有些地方是共通的。但在那一刻他下了决心，无论是怜惜还是警告还是剖白，他都不想瞒着顾晓音，如果这是个坑，就让他在同样的地方再摔倒一次吧。

"但说不定比离过两次婚更糟。"

谢迅迎上顾晓音震惊的眼神。"我跟你说过，我当心脏外科医生，是因为我妈。

"等到我进中心医院心脏外科的时候，我妈当年的病其实已经不归心脏外科管了，心内放支架就行。我当时觉得很空虚，再加上三甲医院现在都重科研，光会看病、发不了 SCI 的医生没有前途，我也就随大流，好长一段时间，心思基本都放在科研上，门诊、查房、手术这些过得去就行。

"几年前我刚升住院医师的时候，有一次五一该我值班，夜里妇产医院送来一个三十六周的孕妇。三十多，有流产史，好不容易又怀上了，还是双胞胎。那天晚上，孕妇自诉头疼加右上腹疼，连夜去妇产医院看，那边检查了一下，觉得不是产科问题，就给送中心医院来了。当时是夜里，急诊没有超声波检查，我觉得有可能是夹层，但孕妇没有胸背痛的典型症状，又不能贸然上 CT 影响孩子，我当时叫了会诊，跟普外和妇产科商量半天，最后还是建议先排除胆囊炎、胰腺炎这些更对症的病。排除所有其他病因花了整整三个小时，排除完，我们再次会诊，最后决定说服家属下决心做个 CT。

"先做了个平扫 CT，对小孩的影响要小点。但是平扫一般看不出来夹层，我看了影像觉得不好，又不敢确定，赶紧给老金打电话。我花了十分钟找到老金，他看了一眼 CT 就觉得夹层没跑，让我赶紧安排增强 CT，再把妇产科叫来会诊手术方案。做完增强 CT，夹层确诊，病人推到我们科的监护室，我和家属谈手术，签字，妇产科再跟家属谈剖腹产，两个科同时手术。这时候老金赶到，手术室也一切就绪，我们来接她，突然，她'啊'地叫了一声。"

直到这一刻，谢迅的表情都堪称冷静理智，像在说别人的故事，然而那一声"啊"像是喉咙里的气声，说不出地诡异，谢迅脸上浮现出似悔恨似愤懑的神情，道出那个悲剧的结尾："夹层破了。一尸三命。"

顾晓音不由得追问："妇产科没紧急剖腹产把孩子救出来？"

谢迅摇摇头。"妇产科看到夹层破了就走了，说他们也没法处理。"

"那后来呢？"

"后来家属在中心医院拉了半个月的横幅，说我们草菅人命。老金一口咬定我们心外没有过失，医务处调查完，最后也是这个结论，但医院还是赔了钱。老金跟产科的关系一度很僵。"

"你觉得自责？但这确实不是你的错啊。"顾晓音恳切地说。

谢迅再摇头。"我给她开了三个小时的检查。她要是能早半个小时或一个小时进手术室，母子三人都能活下来。"

"会诊给她开了三个小时的检查，"顾晓音试着开解他，"再说你当时还没那么多经验，非典型症状哪儿可能轻易下结论。"

"我当时忘记了我学医的初衷。"谢迅终于望向顾晓音，"那之后我下了决心，跟老金摊牌说我以后不打算分出精力来搞 SCI 了，我只想当个纯粹的医生。"

"这不也挺好。"顾晓音脱口而出，接着她忽然想到谢迅在这番话的开头说过不发 SCI 的医生是没有前途的，霎时间觉得自己参透了谢迅这番话的含义，有种"原来如此"的释怀感，又觉得谢迅小看她——她顾晓音难道是那种嫌贫爱富指望靠男人吃饭的人吗？她不由得存了些偏不让他轻易过关的顽劣心思，清清喉咙说："我们做上市项目的时候写招股书，在风险提示章节总要把所有风险罗列出来，并且写出最坏的情况，那意思是告诉投资人，你看我连最坏的都告诉你了，你还执意要买，赔钱活该。"

她凑近谢迅："谢医生，如果你是想说你可能养不起我，那不要紧，我工资还行，可以养你。"

谢迅心知顾晓音是想歪了。他从来没把她当成过那样肤浅的人，否则上回食堂两人听到墙脚时他就该解释，但这世上很多事情是越描越黑的，作为一个医生，他太明白这一点——他们多说的每一个字，都能被患者和家属演绎成三千世界，所以最好就是除了必须说的话之外一句不说，病历上能不多写的字一个也不要写。就像老金说的：想写小说的话，自己上网写去，不要留在病历里给他找麻烦。

于是谢迅只说："好，明天沙姜鸡回来我告诉他，他肯定少了不少后顾之忧。"

本该高枕无忧的沙医生，第二天和谢迅联袂出现在了顾晓音面前。新年里吃饭的选择少，顾晓音和谢迅商量好晚饭时分在一家火锅店碰头，谁知等顾晓音加完班赶到店里，有俩人在等她。

沙姜鸡倒也没装聋作哑。"顾律师不好意思啊，大过年的来当你们的电灯泡，我也是迫不得已。"

顾晓音倒是大方地坐下了。"欢迎，你来了，吃火锅我们还能多叫几样。"

沙姜鸡露出一种既感动又被这一口狗粮噎住的辛酸表情。"还是顾律师爽快，我今儿早上跟你家谢医生交班，说到晚上要加入你们，他那脸黑得就像锅底似的，立刻把办出院、接 ICU① 病人这些活儿全扔给我了。"

饶是知道这位的风格，顾晓音还是没憋住喷了一口茶。沙姜鸡见状，显得甚是无辜，就像他刚才只是预报了下天气，不知顾晓音为何反应过度一样。谢迅表面上不动声色，桌下的手却捏住了顾晓音的手。"先点菜吧，"他说，"你要问她的事，咱们边吃你边问。"

顾晓音的手被谢迅握着，菜点得完全心不在焉。好在沙姜鸡一心在他的事上，倒也没注意到。"长话短说，我的问题是，如果你和男朋友分居两地，他想去你的城市，你会拒绝吗？"

顾晓音觉得这问题透着奇怪。还没等她细想，谢迅道："你是不是又上南京去了？"

沙姜鸡爽快地承认："当然，我从南京来的。"

顾晓音试探着问："你女朋友在南京，你想去南京工作，女朋友不让？"

沙姜鸡挠挠头。"事情有点复杂，但差不多就这意思吧。"

顾晓音想了想，稍觉为难地看了眼谢迅。谢迅摩挲了一下她的掌心。"你随便说，别怕打击他。"

顾晓音斟酌许久，到底说了实话："如果是我的话，一般不会拒绝，除非我这里的工作机会明显比他原来的地方差很多。"

看沙姜鸡的脸色迅速垮了下去，她又不忍心地补充："南京毕竟是二线城市，更何况医疗这方面，全国来说，就算上海也很难跟北京比吧？"

沙姜鸡像是听进去了一点。未儿，他又问："如果有个大学同学追求你，假使你对他没有意思，会直接拒绝他还是继续当朋友？"

顾晓音心里一痛。如果不是知道绝无可能，她简直要怀疑沙姜鸡是在影射她。看来这世上与她有类似经历的人还有的是，却不是人人都像她一样及时回了头。

想到这里，她握紧谢迅的手，简直要对他感恩戴德起来。

沙姜鸡还满怀期待地望着她。顾晓音却无端想到自己这些年来的心路历程，一个人在死心以前，对方做什么都没有用，她总可以找到借口解释对方的行为，说服自己继续等下去。她之所以那么多年没跟陈硕开过口，大约也是因

---

① 重症加强护理病房。

178

为自知一旦开口，便是图穷匕见之日吧。

于是她问沙姜鸡："你跟她表白过吗？"

"没有，但我这么三天两头往南京跑，是个人都知道吧？"

"我 ×。"谢迅忍不住插了句嘴。顾晓音在心里叹了口气，果然跟她一样！可见这世上感情幸福的人各有秘方，不幸的人蠢的方法却都差不多。顾晓音忍住自己想上前摇晃沙姜鸡的脑袋告诉他"她不爱你"的冲动，婉转地表示对方未必真知道他的想法，尤其是——如果他们一直是很好的朋友。毕竟朋友和恋人的界限有时也不那么清楚。

但事实是对方也许只是懂装不懂，你非得在她面前说出了那句话，她才必须拨云见日，给你一个痛快。

顾晓音从自身经验出发，早已把素未谋面的沙姜鸡小师妹打入不受欢迎人群。沙姜鸡却还没死心，这一顿饭的工夫，把同样两个问题用不同方式来回问了许多遍，问到谢迅这个听众都失去了耐心。"我跟你说小师妹对你没意思你不信，现在晓音说了你也不信，让你直接去问小师妹你又不肯，是非得调去南京跟南墙迎头相撞才算完？"

沙姜鸡喝了两瓶啤酒，虽还没醉，眼睛已经有点泛红了。"我不甘心……"

顾晓音深深理解他的心情，谢迅其实也差不多，如果他们没有遇到彼此，此时这桌上不过是三个各怀伤心事的人。谢迅终究叹口气，拍了拍沙姜鸡的肩膀说："哥们儿，早死早超生。"

"沙姜鸡也挺可怜的。"和沙姜鸡告别后，顾晓音忍不住对谢迅说。

"你跟他说得过于委婉了。他现在这执迷不悟的劲儿，需要一大盆冷水，澡盆那种。"

"其实他应该也知道，只是做不到真的抽身吧。"顾晓音不想讲她的感同身受，"之前还觉得他挺风流的，没想到还有这么痴心的一面。"

"那要看是谁。"谢迅道，"在科里小护士面前，他还是那个风流的鸡医生。小师妹他放在心上了，才会不一样。"

顾晓音便问："那你呢？你什么时候把我放在心上的？"

这问题的正确答案从来都是"见你的第一面起"。但谢迅不想撒谎。他其实连第一面见顾晓音是什么时候都不太记得了，第一回小学的时候是这样，成人后也是如此。若说他觉得自己动了心，大概是顾晓音姨夫去医院那一回，可是既然他小时候就对顾晓音犯过浑，也许那时候也觉得她不同。无论如何，现在他们的手握在一起。谢迅恋爱过，也结过婚，再也不会在这种时刻觉得自己一定会和顾晓音白头到老，但他还愿意再尝试一下，如果他俩能像从前的歌里唱的那样一夜白头，永不分离，那听起来也不错。

只是眼下这题还得解。谢迅不愿骗顾晓音，据他对女人的理解，他若是说了实话，顾晓音会伤心。他也想反问顾晓音有没有把自己放在心上，够不够抵挡她家人对他的偏见。但他终究只是回答："不知道。潜移默化的吧。"

第十七章　月亮代表我的心

顾晓音给蒋近男打电话："初六你干吗？"

蒋近男正斜靠在沙发上，朱磊给她剪脚指甲——近来她月份大了，剪脚指甲还需要越过日益壮观的肚子，别扭得很。有一回正剪着的时候，朱磊见了，便自然而然接手过来。

"休息。"蒋近男懒洋洋地答道，"初三的那顿午饭吃完，我觉着我至少得三天才能缓过来。"

"那天下午，你妈上中心医院去了，我去陪谢迅加班，刚巧被她碰上。初六要联合我妈去姥爷家三堂会审呢，你得来救我。"

"我妈去了中心医院?!"蒋近男不由得坐直了身子，"你们俩还真是苦命鸳鸯，这都能被我妈撞上。"

那天，邓佩瑜坐进自己车里，就给邓佩瑶打电话。邓佩瑶不知道在忙什么，第一次打没有接。邓佩瑜一边发动汽车，一边继续拨电话。打到第三遍，邓佩瑶终于接了起来。

"干吗呢?!给你打了三遍电话才算找着人。"

邓佩瑶刚开口解释，邓佩瑜打断她："我刚去中心医院瞧个老领导，你猜我碰见了谁？你姑娘！她和小沙那个同事在一起，勾肩搭背的亲热着呢。这孩子！怪不得除夕那天不肯跟我们说实话，那个医生刚离婚！"

邓佩瑜忽然想到了什么，脸色一变，刚要再说，有人敲她的车窗。

谢保华今儿其实不当班，来取个东西。他从岗亭取了东西往外走，一眼瞧见一辆车从车位里开出来，像是要走的样子，可没两步又停下来。这一停不要紧，半个车身横在路上，这条路是救护车进出医院的必经之路。谢保华也没多想就上去敲窗，让司机赶紧挪走。

邓佩瑜放下车窗，耳机里邓佩瑶说了什么，她忙道："你稍等一下。"又问谢保华："什么事？"

谢保华刚开始还客客气气地说："同志，您要出车请赶紧的。"

邓佩瑜正被孩子们的事搅得心烦意乱，被谢保华这一打岔，正犹如点燃的火柴扔进汽油桶。她把眉毛一挑，瞪着眼睛问："我停这儿招你惹你了？"

邓佩瑜虽多年不上台，旦角的基本功到底还在。谢保华直觉眼前这女士忽然就跟吊睛白虎似的，瞪起眼睛，支起了架势，来者不善。他当保安这几年，刺儿头也见过不少，开车来医院的人，要么自己生病，要么身边人生病，谁心里不都窝囊着，因此他尽量和和气气的，予人方便，自己方便。

"您招不着我，可您这挡着路呢。"

"挡路？我挡了谁的路？！这大过年的停车场都空着，我看你们就是闲的！"

谢保华继续解释："您停的这个位置刚巧在救护车进出的路上。要是有急救病人进来，您人在车里，耽误的时间还少些，要是人走了，车停这儿，保不齐能出人命。"

邓佩瑜稍缓了些。"我人不是在这儿吗！何况哪里有救护车？"

就像上帝听到她的发言一样，这当儿，两人听到救护车的警铃由远及近，转眼拐进中心医院的大门。谢保华脸色一变。"快，别废话，赶紧挪车！"说着，他闪到一个不挡车道的位置，人还盯着邓佩瑜。邓佩瑜也赶紧发动车子，可这紧急关头，越忙越乱，挂挡第一回挂在空挡上，第二回挂好，又想起手刹还拉着。她正放手刹的时候，救护车已经到了近前，那呜拉呜拉的警铃声就在耳边了，谢保华一着急，往邓佩瑜的车前盖上拍了一巴掌。"赶紧的！"

邓佩瑜一哆嗦，这车终于走起来。谢保华指着方向，让她停到最近的一个车位里。弄完这些，谢保华摇头叹口气，走了。

邓佩瑜心思稍定。瞧着谢保华远去的背影，嘴里啐了一口："什么东西！"

她戴上耳机，邓佩瑶还没挂。"刚才怎么了？我听你那边兵荒马乱的。"

"没什么，碰到个多事的保安。可惜没看到他的工号，要看见我非得投诉他！"说完，邓佩瑜想到这插曲之前自己的心思。"小音以前说过这医生是她邻居，"她想想，到底没把"第三者插足"这几个字讲出口，"他不会是为了小音离婚的吧？"

"那不可能！"邓佩瑶在电话那头斩钉截铁地说。

"可不，我也这么觉得。"邓佩瑜听出了妹妹的强烈不快，赶紧找补回来，"可你记得不？上回咱全家吃饭的时候，小音说这个医生刚离婚。这要是刚离婚就来招惹咱们小音，也不能是什么好东西。"

邓佩瑶迟疑道："不会吧？小音不是说小男也见过他？而且他不还是小朱伴郎的同事吗？如果真有人品问题，这些孩子之间也会互相提醒吧。"

邓佩瑜听了觉得有点道理。小音这孩子是犟些。当年她不声不响地找个律所的工作，把老顾气得够呛，若是她自己，邓佩瑜是必定不放心的。但若是小男和朱磊都见过，那确实不同，自己的女儿女婿还是靠谱的，小男和小音那么要好，若是听说了这谢医生有什么首尾，应该也不会袖手旁观。

她到底是看着小音长大的。虽然不是亲妈，但邓佩瑶把女儿送回来自己还留在安徽的那几年，她心疼这母女俩，也像待小男一样地待小音，要说情分，和亲女儿也差不多。在邓佩瑜看来，顾晓音从没正式谈过男朋友，结果还这么年轻就找个离过婚的，就算邓佩瑶肯，她也不肯。

于是她下了决心："明儿小音要是去爸那儿，咱跟着去，一起当面问问她，把情况摸清楚。小音没谈过恋爱，要是一时糊涂了，咱得帮她把这个关。恋爱结婚可是一辈子的事，这谢医生长得虽然还可以，家里条件却不咋地，还离过婚，要是小音头脑发热跟他结婚了，不幸福，你这当妈的还不得跟着操心。"

邓佩瑶觉得女儿若是看准了，离过婚倒也没什么。毕竟现在这个社会，年轻人结婚离婚都比她们当年随便。她嫁给顾国锋的时候，家里也反对过，尤其是晓音的姥姥——她觉得女儿若是在安徽成了家，就再也回不了北京了。邓佩瑜也劝过她，当时晓音姥姥离退休不远，若是让邓佩瑶顶职，邓佩瑶就能回来。她那时也还年轻，回了北京再谈对象，虽然晚个两三年，也不会错过什么。但邓佩瑶认准了顾国锋，宁愿放弃回北京也要和他结婚。邓兆真随孩子自己决定，邓佩瑜最后也倒戈支持妹妹——晓音姥姥气得好几周没跟他俩说话，最后，邓佩瑶的婚礼也是邓兆真和邓佩瑜夫妇去的。晓音姥姥一辈子没看上自己这个二女婿，总觉得他拖累了邓佩瑶，直到顾晓音回北京，看在孩子的面子上，才施舍了顾国锋几分好脸色。

邓佩瑶这一辈子走过来，从未后悔自己嫁给顾国锋。只是她的选择是一回事，若要自己女儿因为婚姻而吃俗世的苦头，那又是另外一回事。邓佩瑶想了一下午，到晚上，到底给顾晓音打了电话，谁知顾晓音当晚既不接听电话，也没回她的信息，第二天早上，她起来看见顾晓音凌晨一点多回了条信息："妈您找过我？晚上一直在加班，这会儿才看见。我先睡了，明天起来再给您打电话。"

顾晓音这一"起"就起到第二天傍晚，临去和谢迅吃火锅时，才终于打了这通电话。邓佩瑶没说什么，也没提白天邓佩瑜催问她的事，只问顾晓音这几天什么时候去看姥爷。顾晓音实话实说："下午已经去了一趟，这会儿刚出来，可能后天再去吧。"

邓佩瑶深知女儿这是在行缓兵之计，她也不拆穿。"大姨说昨儿碰见你和男朋友了，想一起听你说说情况。后天你什么时候去姥爷家说一声，我约着你大姨一起。"

末了她又补一句："我不带你爸。"

顾晓音想，是福不是祸，是祸躲不过，但不管怎么样，她得拉上蒋近男做伴。"行。我后天说不定加班，明天晚上跟您和大姨确定时间。"

邓佩瑶一听就知道，这孩子肯定还要动点别的脑筋，也许是上表姐那儿搬救兵，也许到时候推说加班去不成姥爷家。她想到自己当年跟顾国锋谈恋爱，知道家里肯定不同意，故意拖到两边组织上领导都催他们结婚了，才在给北京的信里说这事。要说小音现在这些招式是遗传了谁，那还得是她自己。

因为有这层共情，邓佩瑶甚至连顾国锋那里都没透出点口风去。初六她特地选了个顾国锋午睡的时间去邓兆真家。邓佩瑜午饭前就来了，看到邓佩瑶，免不了埋怨她到得晚。邓佩瑶只笑，嘴里道："小音不是还没到吗，你这大姨倒是比我这当妈的还着急。"

"有其母必有其女！小时候我们去劳动人民文化宫玩，回回出门都得等你半天。"

两人正翻着旧账，顾晓音和蒋近男到了。今儿顾晓音是专门央着蒋近男去接她的，为的是绝不落单，给大姨一个吊打自己的机会。邓佩瑶见了她俩那黏糊劲儿，不禁在心里感慨，这表姐妹俩看着倒比她和邓佩瑜这亲姐妹还要亲。小时候她若是碰到类似情况，一定变着法儿保证邓佩瑜绝不在场。从小邓佩瑜便比她受宠些——邓佩瑜长得好，又有艺术特长，直到邓佩瑶已经比邓佩瑜高出五六公分了，她穿的还是邓佩瑜的旧衣服。那些吊腿的裤子和短一截的袖子，是青春期给她留下的最深的印象。若是她要挨骂，邓佩瑜不在旁边还好，若是在旁边，顾晓音姥姥少不了要数落她样样不如姐姐。邓佩瑜此时总是一笑而跑走，那笑容轻快随意，像夏天走在游泳池边上的人。

那笑容刺痛过邓佩瑶的心。

多年以后，邓佩瑶想通了，像邓佩瑜这样的人，因为从小被捧着，在人际交往中可谓天生钝感。她并非不在乎妹妹的心情，她是真的不懂。

然而邓佩瑜这一辈子就这样顺利地过来了，并没有因为这钝感吃过什么真正的苦头。她被调去文化馆时，邓兆真担心她承受不住，在和邓佩瑶的书信里反复表达过对她的担心。邓佩瑶也担心姐姐会因此一蹶不振，然而看到父母书信里的殷切，心里又有点不是滋味。她压下自己的情绪，给邓佩瑜写了许多信，打了不少长途电话。没过几年，老蒋发达起来，邓佩瑜又变回那个被各路人马奉承的公主，邓佩瑶当然为姐姐高兴，可也暗自感慨，命运之于她姐妹二人，实在是更偏爱邓佩瑜一点。

邓佩瑜悄悄对妹妹咬耳朵："一会儿咱俩一个唱红脸，一个唱白脸，小音怕我，我多问点，要是气氛不对，你赶紧往回找补。现在的年轻人啊，娇气。有时候我说小恩两句，他恨不得能跟我玩个离家出走。"

双方都算是"有备而来"，也没啥好藏着掖着的，顾晓音很快就交代了所有关于她和谢迅的基本事实：什么时候认识的，怎么认识的，谢迅年方几何，哪里念书，科室职称……这些答案吧，说错不错，但从邓家姐妹的角度来看，又着实肤浅了些——两人谈朋友也有一阵了，顾晓音既不知道谢迅工资多少，有没有房子，也不知道他跟前妻究竟是为了什么离婚的——顾晓音猜多半是因为谢迅太忙顾不上家庭，她同行里也有不少这样的例子，但这只是她的猜测，顾晓音是个律师，凡事讲求"高度盖然性①"，更何况离婚这种大事，应该适

---

①即根据事物发展的高度概率进行判断的一种认识方法，是人们在对事物的认识达不到逻辑必然性条件时不得不采用的一种认识手段。

用"排除合理怀疑"这种更高的标准，如果没有足够的证据证实谢迅的离婚原因，就不该用自己的猜想去误导长辈，损人不利己。

"你不在乎对方的经济条件就算了，你们年轻人，总是理想主义。"邓佩瑜恨铁不成钢道，"连他为什么离婚你都不搞搞清楚?! 万一他是因为出轨或家暴离的婚呢? 你就稀里糊涂直接往火坑里跳?!"

顾晓音还真没往这方面想过。她见过两回谢迅和徐曼在一起的情状，若是两人闹到那个地步，见面时不会是那样。但这些自然无从和大姨说起。谢迅确实从未仔细向谢迅解释过离婚的原因，既然他不愿意提，顾晓音也不会提起。

顾晓音正想着怎么搪塞大姨，蒋近男倒是闲闲开了口："我觉着吧，谢迅那个同事跟谢迅看着挺铁的，跟朱磊关系也不错，不然也不能来给朱磊当伴郎。他不也知道小音和谢迅谈恋爱吗，要谢迅真有那档子污糟事，以沙医生那八卦性格，恐怕早就跟朱磊说了。既然没说过，还一副乐见其成的样子，那就说明这婚离得没什么猫腻，说不定女方是过错方呢?"

邓佩瑜和邓佩瑶听了，也觉得确实有些道理，便放下了这个话题。顾晓音向蒋近男投去感激的一瞥，心里暗想自己把蒋近男拖来果然是对的。邓佩瑜又问："你还知道这谢医生家里什么情况? 他爸妈退休了吗? 做什么的?"

"他妈很早就过世了。他爸退休之后找了个单位当保安。"顾晓音有意没提这单位就是中心医院，以防节外生枝。

邓佩瑜和邓佩瑶对视一眼，两个人倒是想到一起去了——若是小音嫁给这位谢医生，倒是没有婆媳关系的苦恼，等他们以后有了孩子，就只能靠邓佩瑶带孙子。老谢当保安，这家庭条件也可想而知。邓佩瑜同情地看了妹妹一眼，转回头琢磨出味来，这么说来，这谢医生跟她前妻也不是因为婆媳关系离婚的，那到底是什么呢? 出轨? 不孕?

邓佩瑜把这些可能性在脑海里遛了一遭，还是觉得要亲见一回这谢医生，把他的情况摸摸透。于是邓佩瑜道："小音哪，我跟你妈也不是反对你和谢医生交往，但你毕竟感情经验少，有些事看得未必那么清楚。回头你把小谢带出来，大姨请客，咱一块儿吃个饭，也算正式介绍一下。"

"您别难为我了大姨。我们真还没到见家长的份儿上，更别说谈婚论嫁了。"顾晓音为难道，"才谈这几天就非拉着人家见我全家，显得我特别恨嫁似的。小男跟朱磊怎么着也谈了四五年才见过家长吧，轮到我这儿你们这么着急干吗？别把人吓着。"

"小男和朱磊大学里就谈了，你大学时候都干什么去了？现在得抓紧！"

"我倒觉得小音说得也没错，"一直沉默着的邓佩瑶开了口，"虽说小音不小了，两个人也确实得了解一段时间，上赶着不是买卖。"

邓佩瑜没想到邓佩瑶忽然倒戈，不禁剜了她一眼。邓佩瑶接着叮嘱："小音你要记住，婚前看缺点，婚后看优点。我们担心的那些是现实了点，你们年轻人不爱听，可这些都是以后共同生活可能面临的矛盾，婚前得看清楚，想清楚。还有，就算我们都见过了，认可了，你要是之后觉得不合适，那还是不合适，我们觉得再好，再不好，最后都还是你跟他过一辈子。"

三个听众各自在心里过了一遭。邓佩瑜想，这也许是妹妹自己婚姻里的总结，毕竟当年人人都不看好她和老顾，结果两人感情一直不错。也许她女儿也是这么个命，小音按条件说是能找个更好的，但也难说，要是这谢医生能像朱磊对小男一样对小音好，两个北京人，日子也不会差到哪里去。

她到底叹口气，退了一步："你妈说得对，上赶着不是买卖。"

话虽这么说，这有的时候，人不赶着买卖，买卖赶着人。没几天顾晓音又去中心医院，和谢迅吃了午饭从食堂出来，不防被谢保华瞧见了。

谢保华这天本来不当班。当天下午班的同事孙女突然病了，央他帮忙顶上个把小时，他也就应了下来。既然来了，谢保华就顺便在食堂吃个午饭。他刚拐上食堂那条路，只见谢迅跟个姑娘手挽着手从食堂里出来，朝相反的方向去——这方向看着是去新门诊大楼，心脏外科就在新门诊大楼里，这倒是没有错，问题是，这姑娘是谁？

谢保华站在原地想了半天，那俩人都走没影了，他才回过神来。这小子！他想，这才刚离婚几天，也不好好反省反省，又招上一姑娘！谢保华觉得他得摸摸情况，这么拿定了主意，他赶紧往那门诊大楼背面跑，紧赶慢赶地从另一头绕道去门诊大楼南门大厅，果然，还没等他喘完，谢迅和那姑娘从不远处迎面走了过来。谢保华清清喉咙，迎上前去。

"爸，您怎么在这儿？"谢迅看到谢保华，要说不错愕那是假的。

"老徐孙女病了，临时换个班。"谢保华解释着，眼睛可没闲着，一直打量着顾晓音，"这位是？"

两人的手还交握着，顾晓音听见谢迅喊爸，一时紧张，下意识就想把手抽走，却被谢迅紧紧握住。她心头因谢迅之前不肯跟她去看姥爷而萦绕的乌云一下消散不少。

"这是顾晓音，我女朋友。"谢迅道，"晓音，这是我爸。"

还真是女朋友！谢保华腹诽了一阵，脸上可一点没表现出来，"我今儿还有要紧事，过两天你跟晓音一块儿上家吃饭吧。"

顾晓音也想过可能什么时候就会在中心医院碰上谢迅他爸。但这种事只能自个儿想想，不好问谢迅。上回谢迅没去见她姥爷，顾晓音便不由得猜测他是否也只在他爸不当班的时候才让她来医院。然而每回她提出一个时间，除非安排了大手术，谢迅又总是一口答应，这让顾晓音感到迷惘。

高中谈恋爱时，遇见这种事，她会直接去问蒋近男，现在她不会了。在揣摩人心这件事上，谁也没有水晶球。高中时顾晓音觉得"别人是怎么想的"这个问题也像所有学校里学到的知识一样有正确答案——毕竟连语文、政治和历史这些文科学科，在考试时都有得分点。成人和学生的最大分别大概就在于此——成人的世界缺少正确答案，人心像一口古井，深不见底，又像一颗钻石，从任何一个角度看过去都会反射出不同的光线来。高中时她背过的那些答案，与其说是正确答案，不如说是出题人心中的答案，就像她现在做律师，同样一个交易可以有无数种起草合同和条款的方法，唯有客户点头的才是正确条款。

"真的要去你爸家吃饭吗？"顾晓音问谢迅。

"我家。"谢迅温柔地纠正她，"我就在那个院子里出生长大的。"

谢迅也觉得自己有点前后行为不一致。他自问对女人和爱情这件事有一定的了解，很清楚自己喜欢顾晓音，可是这种喜欢是不是可以称为爱，谢迅还没有结论。他想着不要重蹈覆辙，然而这一切又仿佛自然而然，水到渠成。他跟谢保华介绍顾晓音时，心里一点异样的感觉也没有，就像他们早已过了明路，谢保华不过是路上遇到问他们"吃了吗？没吃上家吃"那么随意舒坦。但仅凭这些就够了吗？谢迅不知道。他在前两段关系当中都经历过的那种如被火烤的焦灼和辗转反侧，在和顾晓音谈恋爱后并没有感受到。也许因为四年级时那段短暂的同学关系，和他给顾晓音留下的那个额角上的疤，谢迅在最初遇到顾晓音时，便有种宾至如归的熟悉感。他几乎不费什么劲儿，就在心里把顾晓音归类成了可信任的朋友，又自然而然地变成情侣——太自然和顺利了，简直不像爱情。

谢保华如愿以偿地见到顾晓音是在一个多星期以后——他们在中心医院碰上的那天是春节假期的最后一天，紧接着便是连上八天班。这八天班可能是谢保华自谢迅高考完最难挨的八天。谢迅忙，这一周谢保华都没能好好跟他在食堂里吃顿饭说道说道，这种事又不好和工友分享，谢保华一面想着要教育自家小子稳重，一面又忍不住得意地觉得他的儿子果然还是很抢手。上一次他有这种感觉，还是谢迅二年级的时候仗着自己不需要他买车票，组织了大院里几个小子跑了一趟香山。几个小子各自被抽了一顿。谢迅因为是始作俑者，被谢保华在院子里抽，以儆效尤，当然，更重要的是让另外那几个小子的妈满意。谢保华一边觉得这孩子着实该打，心里又悄悄地想，这孩子才这么点大就能拉着比他大的小子去香山那么远的地方，还真有点胆量和组织能力。

谢保华就怀着这种复杂的心情，像个毛糙的小青年一样，翘首以盼周末的到来。

顾晓音上家来的那个周末，谢保华周五就赶了回早市，挑了上好的茴香，打算第二天招待顾晓音吃茴香饺子。他早计划好了，第二天早上他要在护国寺小吃店买上那当日新鲜的烧鸡，再捎上几样点心，在荷花市场附近那个总排长队的铺子买一包糖炒栗子。务必让这闺女吃得既舒心美味，又不感觉刻意。

结果周五晚上他给谢迅发信息，告诉他自己的完美计划，谢迅立马打了个电话回来，告诉他顾晓音虽然是北京人，可是小时候在安徽长大，吃不惯茴香饺子。

这可把谢保华的计划全盘打乱了。北京人吃饺子，那顿一般就只有饺子配醋。他跟谢迅要是再来一碟干丝，黄瓜什么的，那都是超乎标准的讲究！这茴香饺子不能吃了，烧鸡一下子就没着没落起来。谁也不能光就烧鸡吃饭哪！他想了两三种替代方案，都觉得不尽如人意，想来想去，他又给谢迅打电话，问顾晓音爱吃啥。

谢迅听到他爸的问题，觉得有点好笑。"她不讲究，您随便。"

谢保华可不乐意。"随便上哪儿买去？我随便安排了茴香饺子，你说人家不吃，还随便！"

谢迅想想也对。"那您别麻烦了，我从食堂带几个菜回来就成。"

谢保华恨不得穿过电话去敲自家小子的榆木脑袋。"人家姑娘第一次上咱家来，你就让人吃食堂的外卖？"

谢迅心说，顾晓音她也不想来啊，不是您要人家上家来吃饭的吗。但腹诽归腹诽，还是得老老实实地给他爸支着："那不然您受累炸个酱，咱吃炸酱面吧？她爱吃炸酱面。"

"那没问题！"谢保华乐呵呵地应承了下来。挂上电话，他忍不住叹口气。谢迅这小子，前头连谈了两个南方姑娘。这好不容易谈个北京的，还在南方长大，不吃茴香饺子。这人吃不到一块儿，就过不到一块儿去……

虽说谢保华为谢迅的感情前途又操上了心，手脚可没闲着。第二天，他又起了个大早去早市，等他拎着肉和菜到了护国寺小吃店，外面的天还擦着黑。谢保华喝了碗面茶，又来了俩糖火烧，觉得这肚子终于落到了实处。可惜时间太早，糖炒栗子店要开门还得且等着呢，谢保华打算先回家，回头再来买，结果回家这一忙起来，就把这茬儿给忘了。

顾晓音踏进谢迅家那进院子，就闻到一股浓香。谢迅挺得意地跟她说："是不是特香？我爸这几年这酱炸的，越来越出神入化了。"

顾晓音连连点头称是。不过说实在的，这味儿虽然吸引人，这会儿顾晓音的注意力全集中在厨房里那棵树上——原来《贫嘴张大民的幸福生活》不是编的，真有人把树围在屋子里头。

谢保华边在围裙上擦手，边从厨房里往外走。"顾律师来啦？"

顾晓音有点不好意思。"叔叔好，您叫我晓音就成。"

顾晓音的口音虽然和老北京差得远，好歹是字正腔圆的北京腔。谢保华听着她那分得清清楚楚的前后鼻音，心里就透着高兴——他回回听徐曼说"北金"，都特想给她纠正一下。这会儿他已经忘了自己对于顾晓音不吃茴香饺子的怨念，衷心喜欢起自己这个"准儿媳"来。

谢迅可不知道他爹心里轻舟已过万重山，怕顾晓音尴尬，他主动提议带她在这杂院里转上一圈。顾晓音从善如流地答应了，还专门问了问朱磊故居在哪儿。两人转了一圈，回到谢保华那屋，还说着朱磊和谢迅小时候的事。

"朱家那小子是你姐夫啊？"谢保华端着菜进屋，禁不住插嘴道，"他那个妈可厉害了，只有她儿子降得住她。"他又感慨一声："他家搬走也好多年了。搬走的时候，朱磊只比这桌子高一点。"

顾晓音想到她和赵芳见过的那一两面，又想到蒋近男，觉得自己没法接这话。谢迅不明就里，可他觉得自个儿爹上来就跟顾晓音掰扯她表姐的婆婆，似有八卦之嫌，于是赶紧把话题扯回来："爸，面要是好了，咱趁热吃吧。"

谢家能坐六个人的长桌，终于又坐上了三个人。谢保华瞧着对面这一对，心里有点百感交集。这一百感交集，他就想喝一杯。谢迅大概也能猜出自己爹心里在想什么，自觉起身，去谢保华放酒的柜子里拿了酒和杯子，给自己和谢保华各满上一盅。

顾晓音等他二人碰了杯，各自抿上一口，方才拿起筷子拌酱吃面。谢迅说得没错，他爸的炸酱面做得确实好吃。顾晓音正想着，谢迅忽然皱着眉开口："爸，您今儿换了酱？"

"啊。"谢保华坦然承认，"晓音不是南方长大的吗，南方人爱甜口，我把酱里原先的黄酱都改成了甜面酱。晓音，叔叔这酱炸得如何？"

"特别好！"顾晓音衷心地说。

谢保华看了一眼儿子，那意思是"你看生姜还是老的辣"。谢迅觉得今儿这炸酱面甜得没法吃，可碍于顾晓音说好，只能硬着头皮往下咽。顾晓音向谢保华请教他这酱的做法，这下可算让谢保华逮着了，立刻好为人师起来："这酱，讲究小碗干炸，用的肉是肥瘦肉丁儿，配葱末儿，姜末儿，炸的时候不加水。我一般用一半甜面酱，一半黄酱，做的时候要加糖，但是也要加点盐。今儿你来，我就全用甜面酱，还多加了糖。"

顾晓音笑眯眯地把这些记在了手机备忘录里，准备回去跟邓兆真分享。邓兆真也爱吃炸酱面，但他那酱啊，总是炸得要么太稀，要么太咸。这回得了老北京人的秘方，一定包他满意。

谢保华见顾晓音这认真劲儿，心里更美了。再加上喝了点酒，他忽然就想起些个往事来："谢迅这小子啊，有时候不够体贴，你看今儿要是他做饭，指定不能想到调整下配方，照顾你的口味。他心里喜欢什么，表达方式有时候不一定对，你还得多担待点。我还记得他小学四年级的时候，喜欢班上一姑娘，这一喜欢，就偏追着人家犯浑，气得那姑娘临转学还专门拿一瓶胶水倒他头上……"

谢迅心里大叹不好，谢保华胡扯的这都是什么呀，他四年级哪里喜欢顾晓音了？！可这会儿顾晓音偏在桌下伸过手来，拉住他的手，嘴角挂着一抹甜笑，显然受用得很。这没法解释，只能自个儿把苦果给咽了。谢保华瞧着自家儿子脸色不对，还以为是怪他哪壶不开提哪壶，偏在新女朋友面前提那陈年情史。这么一想，觉得是有点不妥当，赶紧岔开话题。

谢迅见顾晓音没接他爸的话认领胶水事件女主角，到底松了口气。为了防止谢保华再对顾晓音胡说八道，吃完饭他去厨房刷碗都带着顾晓音。谢保华只道是这俩人刚恋爱没多久，黏糊劲儿还没过去，也没去厨房当那电灯泡。顾晓音终于没忍住，在谢迅满手都是肥皂泡沫的时候，从后面抱住他的腰。"原来你那时候就惦记过我呀。"

这时候绝不能说实话。谢迅避开问题："所以我不是一见面就认出是你了嘛。"

还真是。顾晓音想，当时谢迅脱口而出她的名字时，自己还吓了一跳，还专门去查过此人是不是江湖骗子。

过往种种忽然变得十分甜蜜。她一边想着，早知如此自己还在陈硕身上浪费个什么劲儿，一边又把谢迅抱紧了些，完全没考虑到谢迅是新近离婚人士，只在不久之前，也没她什么事。爱情让人失去逻辑，饶是顾晓音这样的法律工作者，也不能幸免。

第十八章　平安大道

　　北京的这个春天特别邪行。杨絮还没飘上呢，有几天气温就蹿上了二十几摄氏度，隔天又跌回个位数去。热的那几天，谢保华还穿着秋衣秋裤，大中午中心医院停车场正忙的时候，他顶着大太阳来回指挥人挪车，热得浑身大汗。谢保华脱了秋衣秋裤，隔天又给冻够呛。

　　"真没辙！"他跟谢迅抱怨说，"你们当医生的在大楼里不觉得，我们天天在那没遮没拦的停车场站着，真没处说理去。我这回学乖了，现下岗亭里，我短袖、圆领衫、秋衣、毛衣和外套各存了一件，随它气温变去。"

　　"您至于吗？"谢迅笑道，"天气不好，您就在岗亭里多待会儿。"

　　"那不行。"谢保华正色道，"咱这叫'本职工作'，做好革命的螺丝钉。哪能成天在岗亭里猫着！"

　　"成。"谢迅甘拜下风，"您岗亭要是没地儿放衣服尽管言语，搁我办公室也成。"

　　蒋近男也跟顾晓音抱怨现在这天气。她预产期在五月初，现在才三月下旬，可蒋近男觉得她女儿在肚子里貌似已经经年有余，可能是个哪吒。

　　"前天我的空可乐瓶没藏好，被朱磊见了，差点没跟我离婚。"她对顾晓音抱怨道。

"他干吗不让你喝可乐？"顾晓音不解道。

"谁知道，说咖啡因吧，一罐可乐就那么点，说糖多吧，我喝的那罐是无糖零度可乐。何况我上一次喝可乐都两三个月以前了。他一个大男人，翻到瓶子后就在那儿来回嘀咕，让人恨不得把他的嘴缝上！"

眼看着蒋近男有点激动，顾晓音忙安抚她："他也是为你和孩子的健康着想。可乐毕竟不是什么健康的饮料，能不喝最好别喝。"

"就为了堵住他那张嘴，我也懒得再喝了！"蒋近男恨道，"怀孕可真受罪，这才三十三周，我已经觉得真太遭罪了。前几天热，我下半个肚子恨不得要跟大腿贴一起，汗涔涔的。这两天转凉，这肚子又干得痒。月份稍微大一点，又是糖耐，又是每天量血压……你可千万别轻易要孩子，像我这样反应不大的，都觉得遭了老罪了，万一你摊上个孕吐什么的，那简直……"

"好，好，打住！"顾晓音拦住还打算继续发挥的表姐，"我只是一个刚开始谈恋爱的人，不要跟我讨论这么久远的未来。"

"你怎么知道是久远的未来？说不定哪天就中奖了呢。"

"那应该不会，"顾晓音有点不好意思，"我们还是挺小心的。"

"那就好。"蒋近男想，谢迅离婚不久，虽然和顾晓音谈上了，怕是一时半会儿也不会立刻想要再走进围城，他自己又是医生，在这方面恐怕比一般人更谨慎些，想到这儿，她不由得为顾晓音谋划起来："他自己那房子卖了吗？"

"不知道。"顾晓音茫然道。

"你啊！"蒋近男恨铁不成钢地叹口气，"亏你那个谢医生看着也是个傻的，不然你大概被他卖了还能帮他数钱。他房子那事自己要是不上心，你可得稍微盯着点，别他一犯傻，让他前妻占了便宜。"

清明节假期，谢迅照例被排了班。他小心翼翼地告诉顾晓音这个意料之中的噩耗，没想到顾晓音的反应相当正面："太好了，刚好我有个大项目。本打算长假三天每天做一点，这样刚好去办公室加一天班争取全做完！"看顾晓音振奋的样子，谢迅第一次生出了点吃味的心理——他习惯了每回节假日加班都对徐曼充满抱歉，现在他和顾晓音各自工作都忙，并不需要解释就可以互相了解，他感到了从未有过的自由，和它的难以承受之轻。

话虽这么说，真忙起来，谢迅还是由衷赞许这份"自由"。清明这天，他一直忙到晚上八点才告一段落，刚打算给顾晓音打个电话，然后去食堂吃晚饭，急诊来了个电话，说有个三十五周的孕妇自诉腹痛，血压也有点高，让心外来个大夫看下，以防万一。

谢迅在心里叹口气，这节假日的，别怕什么来什么。

甭管心里怎么想，谢迅起身就往急诊去了。在电梯里，他给沙姜鸡发了条信息："干吗呢？急诊喊我去看个孕妇，要是真是运气不好，碰上个疑似夹层，你可得赶回来帮我看着点三十七床的病人。"

电梯还没下到底楼，沙姜鸡的回复来了："得，我这火锅赶紧吃几口，都摊上您了，不是夹层也得变夹层，代我向那位不幸的孕妇致哀。"

谢迅笑着骂沙姜鸡乌鸦嘴，祝愿他下次值班打破科室夹层纪录。到了急诊门口，谢迅收回笑容，正色推开诊室的门，不禁愣住了。

这位病人他认识，顾晓音表姐，蒋近男。

蒋近男看见谢迅也愣了一下，不过随即就松了口气："晓音跟你打招呼了？他们这一个个的可够邪乎的，我这点不舒服，朱磊非得拉着我上医院，晓音还把你给叫来了。"

谢迅跟急诊医生交换了个眼神，后者显然为了不打草惊蛇吓着孕妇，所以没提怀疑夹层的事，见谢迅和病人还认识，急诊医生显得如释重负。谢迅问了蒋近男的症状，又查看了病历和刚测的指标——蒋近男从三十二周产检开始有血压偏高的征兆，三十四周的产检血压继续升高，现在又右上腹痛，虽然不是主动脉夹层的典型症状，但是跟他当年经手过的那个孕妇简直如出一辙，确实让人不得不往夹层上考虑。

他在心里狠碎了沙姜鸡一口。上回事件之后，张主任和老金专门就这种情况开过闭门会议，制定了心外的处理方法——如果遇到疑似夹层孕妇，立刻拉上妇产科一起跟家属谈话做 CT。妇产科不到，心外不做处理。这样万一孕妇被耽搁出了事，或者 CT 影响到了胎儿，妇产科也别想把锅扔到心外来。事实证明，这种防患于未然很有必要。上个月，有个轮转到急诊的年轻医生脑子一抽给一个十五周孕妇开了腹部 CT 检查，孕妇当时没说什么，检查也做了，排除疑似问题回家时，还显得挺高兴。结果家人第二天来大闹急诊，让医院签文件承诺对可能造成的一切小孩畸形情况负责。医务处调停许久，最后免费做了流产手术，还赔了不少钱。

当时他们还在聊天里说，以后大家肯定都对孕妇敬而远之，谁沾谁倒霉。可今天谢迅无法敬而远之，这里面坐着的不是普通的孕妇，是顾晓音的表姐……

谢迅拿来血压计，给蒋近男左右上肢分别量血压，两侧血压差了整整40mmHg。谢迅心里一沉，定定神，掏出手机假装自己要接电话，起身走出诊室。出门后，他立刻找了个僻静的角落，先打给诊室里的医生，让他立刻找妇产科来会诊。第二个电话，谢迅打给了老金，简短说了前因后果还有他和病人的关系，谢迅道："已经找了妇产科来会诊，但CT我恐怕现在就得安排上，怕就怕万一……"

"慌什么！"老金似是不耐烦地打断了谢迅的话，"女朋友的表姐就要打破流程了，下回遇上亲爹还不得忘记手术刀怎么拿?！"听谢迅这边没反应，老金好歹缓了缓。"你先去谈话，妇产科来了没异议最好，有异议让他们找我。要是CT结果不好，你跟妇产科协调好就把体外循环建上备着，我这会儿就在东单，回来快得很，他们剖腹产手术也得做一会儿。"

谢迅连忙应下。老金收了线，立刻有新的电话打进来。是顾晓音。谢迅着急进诊室，想按掉，想想又接起来，想必是蒋近男找了顾晓音。

果然，顾晓音直接就问急诊医生为什么找他去看蒋近男。对顾晓音，谢迅无法隐瞒，只能说了实话。顾晓音像是被吓傻了，电话那头一片沉默。谢迅连忙安慰她："一切要等CT结果出来了才知道，也许只是虚惊一场。"

顾晓音这下反应得倒快："嗯，但愿就是虚惊而已。表姐问我的时候我也没穿帮，你快去吧。"

情势紧急，谢迅来不及安慰顾晓音就挂了电话。回到诊室，妇产科的人果然还没到。谢迅用眼神暗示急诊医生稳住蒋近男，自个儿把朱磊拉去外间。

朱磊的第一反应十分典型："哥们儿你逗我呢？小男她就有点肚子疼，血压高了点，就这么着，就有生命危险了？"

这时，妇产科的医生到了，谢迅三言两语描述了病情，让对方去看一眼蒋近男的情况和数据，自己接着给朱磊科普。妇产科医生进去没两分钟，也沉着脸出来，谢迅的心又往下沉了一截，而朱磊也明白谢迅确实没在跟他开玩笑。

两人对朱磊长话短说：尽管现在医学指南认为CT的辐射剂量对于胎儿还是比较安全的，但是主动脉夹层要做全身的增强CT，目前也没有明确的证据能确保胎儿绝对安全，没有哪家医院哪个医生敢给他打包票。

"这都三十五周了，能先剖腹产再做CT吗？"朱磊问。

"不能。"两个医生异口同声地说。

"那你们的意思是说，做了CT可能会对小孩不好，不做CT，大人万一真是夹层，就必死无疑？"

"差不多。"

"可那万一不是夹层，不就白害了孩子吗？"朱磊垮着脸道。

谢迅顶着妇产科医生如刀的目光。"这么说吧，如果是我老婆，我肯定会做这个CT。"

朱磊有一阵没说话，像是在天人交战。临了他终于下了决心："做。"

谢迅绷紧的弦终于稍松了一根，妇产科医生去给CT室打电话开单子，他继续给朱磊讲万一真是夹层，接下来会怎么处理。朱磊听到建体外循环已经面如金纸，等他把妇产科和心外科接下来要做的手术都听完，朱磊愣了一晌，接着紧握住谢迅的手说："只能保一个的话，你可千万得把小男保下来！"

妇产科医生刚好回来，听到这话，"扑哧"一声笑了。"你当是电视剧呢？保大保小还能由得你选?！"

蒋近男刚听说要去做CT时还在打趣："这么严重？不会是夹层吧？"顾晓音跟她谈到谢迅的工作时，夹层似乎是最常出现的病种，蒋近男连夹层的全名也说不全乎，单记得这俩字了。等看到周围人的脸色，她后知后觉道："真的？是夹层？"

谢迅此时只恨自己平时跟顾晓音说得太多。"只是排除这种可能性。"

谢迅问急诊护士要了张推床让蒋近男躺着，和朱磊一起把蒋近男推到旁边的CT室。门口排队的病人很多，但是大家看到一个躺在床上的孕妇和旁边黑着脸的医生，没人对插队表示出意见。等蒋近男躺上CT台，谢迅直接进了影像科医生操作台，死死盯着实时扫描的屏幕。

随着CT发出的"吸气、呼气"口令，注射器里的造影剂被系统控制着注射进了蒋近男的手臂，电脑慢慢合成出造影的图像——和心脏相连的升主动脉的圆形横截面里，有一条清晰可见的弦线横跨其中，并且随着主动脉的走向，一路蜿蜒到大腿的髂动脉……

这图像谢迅见过许多回，但没有哪回像现在这样，让他头皮发麻，如坠冰窖。他立刻抄起手边的电话，打给心外监护室，让其做好准备，再给老金汇报情况，请他尽快赶回，又联系手术室，准备护士、麻醉、体外循环……接着，他冲出去找妇产科医生。"赶紧喊你们的人，准备手术！"

这一通操作完成，还得面对蒋近男和朱磊。朱磊刚刚把蒋近男的床推出CT室。在这种时候，谢迅一般把家属拉去一边谈，为的是防止病人情绪激动。然而这次一见他走过去，蒋近男也挣扎着要爬起来，谢迅赶紧把她按下。

"确诊了？"蒋近男听话地躺下，谢迅的举动已经说明了一切，她的心情反而比在CT室里平静了一些。

谢迅点头。

"接下来是做什么？"蒋近男接着问。

谢迅只得给她解释："先办理住院，进心外科ICU，等手术室准备好，麻醉后先建立体外循环，接着剖腹产，然后做心外科手术，要把升主动脉和主动脉弓全部用人工血管换掉，降主动脉要放一根血管支架，如果术中发现血管撕裂的位置不好，可能还需要换主动脉瓣膜和做冠脉搭桥。"

"如果在手术之前夹层不破，这手术成功率高吗？"蒋近男的语气冷静得不像在说她自己。

"还比较有把握，我们这儿去年的成功率达到了百分之九十，在国内也是顶尖的了。"

"好。那麻烦你们尽快准备吧，朱磊可以签字，我休息一会儿。"蒋近男说完，躺在床上，闭上了眼睛。

赶去ICU前，谢迅发了条语音给沙姜鸡，让他也赶紧回来。

沙姜鸡秒回了俩字："我×。"

谢迅刚对蒋近男承认她疑似夹层时，蒋近男的脑袋里是蒙的。感谢顾晓音的科普，她既知道这玩意儿是个炸弹，也知道这个炸弹甚至连它引线多长都无法判断。手术当然是越快越好，但快也未必救得了她的命。她躺在CT室的床上心跳如鼓——她就这么着要成为社会新闻里那些为了生孩子而送命的女人中的一个了吗？这个她曾经抱怨过使劲儿折腾自己的孩子，她是不是根本就看不见了？

十万个为什么在她的心里呼啸而过。

等她真的确诊，这个世界貌似开始为了救她而疯狂运转起来，蒋近男反而平静了下来。也许她会活下来，也许她不会，无论谢迅和他的同事们怎样努力，这其实都只是她蒋近男和命运图穷匕见的时刻。在嘈杂的医院里，蒋近男躺在简易推床上想她的一生。小时候，蒋建斌会把她放在二八大杠自行车上，骑车带她去动物园，春天的风把杨絮打在她的脸上，特别痒。她在邓佩瑜的后台偷偷往脸上涂过油彩，在剧团大院的花坛里捉过西瓜虫。后来蒋近恩出生，她背着大人悄悄拧过他的脸，把他疼得大哭，招来了大人，而她若无其事。青春期她恨爸妈，只有晓音和姥爷是她心里温柔的所在，哦，还忘了国子监自习室里的一个邻校男生，因为他总是在周末的下午去自习，她也老去。她统共跟他说过三句不到的话，但默默记下了他的自行车车牌……

据说人之将死，其一生会像电影一样在眼前浮现，不知是不是就像她现在这样。蒋近男在被推往监护室的路上正这么想着，一只手抚上她的手背。那手冰凉凉的，蒋近男不由得轻轻"啊"了一声。

顾晓音听到蒋近男"啊"了一声，想起谢迅给她讲过的那个故事，当即腿一软坐在了地上。旁边推床的护士还算眼明手快，把顾晓音扶了起来。

"晓音你还好吧？"蒋近男躺着问。

这声音在顾晓音耳里正如天籁一般，她不禁泪眼婆娑地看着蒋近男，又紧紧握住她的手。"我没事，你刚才忽然'啊'了一声，把我吓一跳。"

"谁让你手那么凉，一下子摸上来，把我吓了一跳。"

"没事，没事。"顾晓音带着泪水笑着摇头。

"你今儿在医院附近？怎么来得这么快？"蒋近男问完这句，又自己找到了答案，"哦，我明白了，谢迅这小子不是你找来看我的，是他给你报的信。"

顾晓音也没回答，只握着蒋近男的手轻轻地摇。她挂了谢迅的电话就冲出办公室，出租车司机瞧她那脸色煞白失魂落魄的样子，又是要往中心医院去，只差没建议她改乘救护车——倒是用最快的速度把她送到医院，车费二十多，顾晓音从钱包里抓出两张钞票，塞给司机就走。

她刚开始往CT室跑，跑了一段又停住，转身往心外跑——若是谢迅和朱磊瞒住了蒋近男，她出现反而会让一切穿帮。蒋近男的病床出现时，顾晓音已经在心外附近等了一阵。

两人只来得及说了这么几句，蒋近男就被送进了监护室。门外的朱磊和顾晓音对视一眼，两人都神色凄惶。

"怎么发现的？"半晌，顾晓音问。

"小男晚饭后觉得肚子有点疼。前阵子我看水木、十大那些社区、论坛有个孕版三十多周孩子没了的帖子，看了之后我就有点害怕。她这肚子疼了半小时不见好，我心里一着急，死活给她拉医院来了。"朱磊说完，喃喃道，"幸亏，幸亏……"

顾晓音想对朱磊说"幸亏你救了表姐一命"，然而她清楚地知道，蒋近男的命有没有被救回来，现在还远没有定数。

"你跟大姨和大姨夫说了吗？"顾晓音问朱磊。

"还没有，等小男进了手术室再说吧，省得老人跟着干着急。"

顾晓音点头，两人又陷入沉默。

沙姜鸡赶到监护室，只见这两人就这么干坐着，眼观鼻，鼻观心。他一时不知该同情谁，是朱磊，顾晓音，里面躺着的蒋近男，还是这会儿显然在争分夺秒做手术准备的谢迅。

朱磊终于看见了沙姜鸡，站起来不知为何便鼻子一酸。"你瞧这寸劲儿！怎么就小男摊上这事了呢？"

在几个主治医师里，沙姜鸡是全科室公认最善于跟病人家属谈话的，可这会儿他一句话也找不出来，只能拍拍朱磊的肩，再陪他坐下。

也许是因为沙姜鸡来了，朱磊感到心里又踏实一点，不禁喃喃向沙姜鸡倾诉："你不知道那阵仗多吓人，小男刚被送进去，几拨医生来让我签字，每人手里一沓纸……"

沙姜鸡只好道："都是流程，没办法。"

此时护士匆匆跑来。"谁是蒋近男家属？马上要送她去手术室，家属在门口等着，别走远！"

三人连忙站起身来冲到监护室门口，未几，蒋近男躺在 ICU 的大床上被推了出来。朱磊上前握住蒋近男的手，又不敢用力，只那么虚虚地贴着，跟在床旁往手术室走。到手术室门口，护士喊了句"家属到这儿就成了，别再跟着了"。朱磊迟疑地放开手，蒋近男冲他和他身后的顾晓音挤出个笑容，像是在说"你看我这不是活着撑到了手术室嘛"。顾晓音的眼泪立刻就下来了，然而怕被蒋近男看见，她仍旧努力睁着眼睛，直到蒋近男的病床被推进手术室门里，那自动门缓缓阖上，顾晓音心里一空，终于哭出声来。

朱磊心里也十分不好受，他匆匆拜托沙姜鸡照顾顾晓音，自己去找个地方给蒋近男父母打电话。沙姜鸡眼瞅着谢迅带着陪他值班的研究生进了手术室，估摸着暂时不需要自己，就陪顾晓音坐着，只见顾晓音哭一会儿从包里摸出张纸巾擦鼻涕，再哭一会儿再摸一张，没一会儿，椅子上就出现一座白色的"小山"。他实在不知道要怎么安慰她，换个不认识的姑娘，也许沙姜鸡还能搭住她的肩试图安抚一下，然而这是哥们儿的女朋友……沙姜鸡看了看自己的手，把它插进了口袋里。

手术室外的时间一向过得特别慢，像过了漫长的一个世纪，沙姜鸡的手机忽然响起来。走廊本来很安静，这声音把顾晓音吓了一跳。沙姜鸡道声"抱歉"，接起电话，顾晓音只听里面有个声音焦急地说："鸡医生，快，里面需要你帮忙！"

沙姜鸡条件反射式地站起来，刚要往更衣室冲，想到身边的顾晓音，他回头扔下一句话："我去帮个忙，你别担心。"

顾晓音眼看着更衣室的门慢慢合上。这一次她连哭都忘了，为什么连沙姜鸡也要叫进去，是蒋近男情况不好吗？她逼着自己不能胡思乱想。正在这当儿，朱磊回来了，见只有她自己，倒愣了一下。"沙姜鸡走了？"

没等顾晓音回答，手术室里又出来一个人，这次是心外那位研究生，出来便喊："谁是蒋近男的家属？"

"我是！"朱磊和顾晓音异口同声地说。

医生看了他俩一眼，对着朱磊说："病人在建立体外循环时出现血管断裂的情况，现在血压过低。我们需要先进行补液和输血才能手术，风险比较大，需要家属签知情同意书。"

朱磊签字的手有些抖。医生见多了这样的情况，此时多说无益，只留下一句"我们会尽力的"，便转身回了手术室。顾晓音咬着牙，像是在安慰朱磊，又像是在说服自己："他们这么说，就证明至少夹层还没破，只要夹层没破，小男会没事的。"

"嗯。"朱磊木然地答了一句。

"现在医疗纠纷多，他们医院的流程就是要让你签各种告知书，让他们在最坏的情况下也能免责。其实根本没那么吓人。"顾晓音还在喃喃地说。

朱磊刚坐下，又"嗖"的一下站起来。"我去抽支烟。"

留下顾晓音一个人在手术室门口。她死盯着那扇门，蒋近男不会死，蒋近男不会死，她像动物园里做着刻板行为的动物一样，在心里死循环默念这句话。倒不是觉得说多了有用，而是实在不知道还可以做什么想什么。不知又过了多久，有几个医生模样的人赶来，进了手术室。其中有一个，顾晓音觉得眼熟，她赶忙掏出手机打开医院的网站看。那人是金主任。另外那几个医生也许是妇产科的？那说明手术要开始了。顾晓音一阵欣喜，然而那欣喜只是一瞬而过，像有人冲她脸上吹了一口气，过去了也就过去了。

走廊尽头又匆匆赶来两个人，顾晓音抬头看，是邓佩瑜和蒋建斌。邓佩瑜显得六神无主的样子，看到顾晓音只问："怎么样了？"

"还没有消息。但刚才心外科金主任进去了，他是负责心外手术的，他进去应该说明前面都顺利。"顾晓音特别略去了血管断裂的那一段，既然手术室的灯还亮着，小男就还活着，活着就有救回来的希望。

邓佩瑜罕见地没有话可说的样子。她只略略点了点头，转身便在椅子上自个儿坐了下来。手术室外的椅子大概见惯了这种把自己当自由落体一样砸到椅子上的人，此时只摇晃了几下，便沉默地接受了她。

蒋建斌在她身旁坐下。邓佩瑜靠在他身上，小声嘤嘤地哭了起来。蒋建斌面色沉沉，但伸出一只手握住了邓佩瑜的手。

不知坐了多久，脚步声又响起，却是朱磊和蒋近恩。

"小恩你怎么来了？"邓佩瑜"唰"地站起身来。

"我姐抢救呢，我当然得来。"

"你们不是十一点熄灯锁门吗？我给你发消息的时候都十一点半了。你怎么出来的？"

"从水房爬窗户出来的。"蒋近恩理直气壮地回答。

"你这孩子！"邓佩瑜还要再说，被蒋近恩打断："别说这些次要的，我姐怎么样？"

"还在抢救。"蒋建斌开口道。

"还好我在楼下碰见姐夫……"蒋近恩话还没说完，手术室门又开了，这次有护士匆匆推着一个保温箱出来，后面还跟着医生。

"孩子！"顾晓音第一个反应过来，几个人随即一拥而上。

"看一眼行了！孩子要赶紧送NICU^①！"跟着的医生喊道。

"大人呢？大人怎么样？"朱磊和邓佩瑜异口同声地问。

"还在抢救，马上要做心脏手术。"产科医生丢下这句话就匆匆跟护士走了。

顾晓音他们又随着保温箱赶了几步，直到每人都看上了一眼那保温箱里的小人，看到她那红红皱皱的小脸，大家才放慢了脚步。脚步声和车轮在地面上经过的声音很快消失不见，午夜的医院走廊又是一片令人揪心的寂静。顾晓音帮大姨和姨夫去接了杯热水，几人又坐回手术室门口继续等。

即使是这么难熬的时刻，等待的家属时间长了也会困，人类就是这么眼高手低的动物。顾晓音靠着蒋近恩，邓佩瑜靠着老蒋，只朱磊自个儿坐着，头向后靠在墙上，慢慢也盹着了。

最先醒的也是朱磊。此时窗外的天色已有些鱼肚白，手术室的门终于又一次打开，朱磊瞧了一眼，连忙摇醒身边的人。"小男出来了！小男出来了！"

几人连忙站起来，邓佩瑜和顾晓音看一眼蒋近男，眼睛就红了。蒋近男还在麻醉中尚未清醒，身上盖着被子，可是床边有密密麻麻的管子，麻醉医生在床头拿着氧气球囊边走边捏，便携式监护仪在床上滴滴作响。沙姜鸡跟在病床旁，后面是老金，最后才是谢迅。

"手术成功了。"沙姜鸡紧赶两步，解下口罩，对朱磊他们说，"现在是还在麻醉当中，我们现在得把蒋近男送去心外ICU观察。你们熬了一晚，先休息休息吧。"

所有人争先恐后地向沙姜鸡表示感谢。沙姜鸡满脸疲惫地摆摆手，表示不用客气，转身归队。老金对家属点了个头，谢迅低着头，没和他们说一句话。

---

① 新生儿重症监护病房。

第十九章　人性的枷锁

　　顾晓音看完表姐，泪眼朦胧里看了眼谢迅。此刻谢迅低着头，她看不清他的表情。大约是谢迅通宵精神紧绷加手术强度大，已经累得顾不上其他了，顾晓音想。有那么一瞬，顾晓音想冲上前去抱住他，告诉他自己是多么感谢他把表姐从死神的手里拉回来，又是多么骄傲救了表姐的人是自己的男朋友——等谢迅正式成了一家人，这恐怕得是以后每年家庭聚会饭桌上大家津津乐道的故事。然而她忍住了，现在不是说这个的时候。

　　一家人目送着蒋近男远去，直到跟在最后的谢迅也看不见了，几人那勾着的目光才又回到当场。朱磊先回过神来："爸，妈，你们先回去休息吧，我在医院守着。"

　　"小朱你也从昨晚熬到现在了，你先回去休息，我现在打电话让老顾他们来顶一会儿。我和你爸等他们到了再走。"警报暂时解除，昨晚那个六神无主的病人母亲消失了，邓佩瑜还是那个运筹帷幄的邓佩瑜。

　　朱磊难得忤逆了一回丈母娘的意思："不用麻烦小姨和姨夫——还得我在这里守着，万一有什么情况需要签字，还得我来。"

　　"我陪着姐夫！"蒋近恩也急忙说。

　　邓佩瑜思忖了一晌，终是觉得确实是这个理。"好吧，那我和爸爸下午来换你的班。"

回去这一路是顾晓音开的车。大姨和姨夫到底年纪大了，熬了一宿，她也不放心让他俩单独开车回去。她把两位长辈送回家，自己打车回光辉里洗了个澡。本想小睡一会儿就回医院帮忙，谁知这一沾床，再睁眼已经中午过后了。

把她吵醒的是隔壁铁门关闭的声音。顾晓音飞奔出门，楼道里静悄悄的，仿佛刚才是她的幻觉。她走到谢迅门口听了一会儿，里面没有声音。大概真是幻觉，顾晓音想。转念之间她又跑回自己屋，摸出手机来看——工作相关的信息倒是有好几条，和谢迅的对话框里最后一条信息还停留在昨晚。

短短一夜之间，真感觉有一个世纪那么长。顾晓音想到早上谢迅最后留给她的那个疲惫身影，心里酸酸软软的。她和谢迅总是这样，明明两个人加班的时间差不多，总觉得对方更累一点，对方的老板压榨小朋友更狠，端的是只许州官放火，不许百姓点灯。

顾晓音刚走进心脏外科，有个年轻医生跟她打招呼："顾律师！"顾晓音正疑惑着，那年轻医生来到了近前。"您是顾律师吧？"他从口袋里掏出一张卡，"谢医生临走时让我把这卡交给您。"

是中心医院食堂的饭卡。顾晓音疑惑地掏出手机。她出门前曾给谢迅发了条信息，说她现在来医院，问他回家没有。几条回复静静躺在下方——谢迅说蒋近男情况还比较稳定，如果一切正常，两天后可以转去普通病房。他和沙姜鸡正准备回家睡觉，可能碰不上了。过几分钟，他又说他把自己的饭卡让值班医生转交给她。蒋近男出院前，她和家人都可以在职工食堂吃饭。

顾晓音为没见着谢迅感到有些遗憾，又觉得心里甜丝丝的。当医生家属的感觉真不错，朱磊见她就说谢迅给他带了午饭，还安排他和小恩去医生休息室休息。

说话间，邓佩瑜夫妻俩来了，后面还跟着邓佩瑶和顾国锋。一听蒋近男和孩子都情况稳定，邓佩瑜赶紧催着朱磊和蒋近恩回去休息。朱磊于是免不得又把谢迅怎样照顾他们说了一遍，以使丈母娘安心。

谢迅的饭卡很快就发挥作用。蒋近恩被赶回学校去，剩下六个人一起去职工食堂吃了晚饭。饭后，顾晓音把饭卡交到朱磊手上，邓佩瑜终是评论了一句："这小谢想得还真挺周到，这回多亏了他。"

顾晓音回到光辉里楼下，特意往谢迅的窗户望了望——是黑的。她上得十楼，在1003的门口又盘桓一会儿，终于还是那点让谢迅休息好的老母亲心理占了上风。反正这几天她打算天天去医院，总会遇见的。

结果人算不如天算。顾晓音天天下班就往中心医院跑，只有第一回碰到了谢迅。谢迅眼底还青着，神情有些许萎靡，只跟她交代下大人小孩的情况便急匆匆走了。第二天蒋近男出了监护室，转去普通病房。顾晓音赶着查房前到医院，遇到的是沙姜鸡。

就跟邪了门似的。陪护的朱磊、邓佩瑜、邓佩瑶都说常看见谢迅，可顾晓音每次去，碰到的都是沙姜鸡。顾晓音过了三四天忍不住问沙姜鸡谢迅这周都在干吗，沙姜鸡不假思索地告诉她，谢迅这周排了满满的手术，可巧都在傍晚前后开始，完美错过顾晓音的探视时间。沙姜鸡靠近顾晓音，在她耳边悄悄说："老金清明节假期可能被老婆整了，最近正看科里所有蜜运男青年不爽，谢迅这小子为你表姐那堪称是鞍前马后，饭卡都贡献出来了，这几天天天蹭我的饭卡，落在老金眼里，可不得整治整治？"

顾晓音听着，耳朵不禁红了红。谢迅这几天别说人影没见着，连白天给他发消息，回复都看着挺敷衍，多余的话恨不得一句没有。若是换了别人，该担心有情况了。但顾晓音当然相信谢迅——别人不明白，她还不明白？她自己忙起来，怠慢身边人一阵也是常事。这事不能只看一时一事，得看长期平均。

沙姜鸡望着顾晓音的背影，心里默默在谢迅欠他的饭钱上又加了笔利息。

蒋近男的女儿恢复得比她快。这个叫朱映真的小朋友一周就出了NICU，可以回家了。这天，朱家和蒋家经过层层精简，最后还是来了不少人。朱磊和邓佩瑜给孩子办好出院，第一件事是带去病房给蒋近男看。顾晓音趁午休时间赶过去时，邓佩瑜正抱着小映真站在蒋近男床前，赵芳坐在床边，老蒋、老朱和朱磊或坐或站，把病房挤得满满当当的。

顾晓音打完一圈招呼，忙凑过去看宝宝。这提前四周出生的孩子躺在保温箱里被推出来时还跟个小红老鼠似的，短短一个星期，似乎脸庞已经撑开了一点。顾晓音每天来医院都要去NICU门口隔着玻璃看她一眼，今天终于摸到小手。映真因达尔文反射握住前来挠她手心的那根指头，瞬间俘获了小姨的心。

朱磊走过来说："既然小音来了，妈，我先陪你们带宝宝回家。"这是前几天早商量好了的事。别说蒋近男这会儿还住在医院里，就算出院了，一时半会儿也不可能亲自照顾孩子。邓佩瑜把蒋近男预备的那些婴儿用品全搬到了自己家里——在小男完全恢复之前，她和月嫂顶上。赵芳本来也想分一杯羹，被邓佩瑜一句"你还上着班呢，还是我这儿方便"给堵了回去。

眼见着所有人都起身要走，赵芳也不得不站了起来。孙女比她想象的情况要好。她想着这孩子早产，妈妈又因为手术而不能喂奶，一出生就得喝奶粉，心疼得这几天偷偷掉了几回眼泪。今天她几次想问蒋近男恢复之后还有没有可能喂母乳，又几次自己把话咽了回去。

大人可怜，小孩也跟着受罪。她心疼地想着，再三叮嘱蒋近男好好休息，才跟着走了。

蒋近男的眼神一直追随着朱映真，等他们都走了，走廊里的声音也渐渐听不见了，她才回过神来。顾晓音握住她的手说："别难过，再过几天你出院就能天天看见宝宝了。"

蒋近男像是被这句话说服了，点点头闭上眼。"我睡一会儿，这一早上闹哄哄的。"

她大概是真乏了，没过多久便鼻息均匀。顾晓音帮她把床放得更低一点，让她睡得舒服。转身便看见谢迅走进病房。

谢迅像是对这个点看到顾晓音有点惊讶，但很快意识到原因："来看小外甥女？"

"嗯。"顾晓音怕吵醒蒋近男，声音压得低低的，"大姨和姐夫刚走，送孩子回家。"

"我瞧见了。"谢迅回答得也很简略，"你今天不上班？"

"趁午休来看看，一会儿就回去。"

谢迅默不作声。顾晓音好像也找不到什么特别可说的。两人像久别重逢的人，忽然见到了，彼此之间却有一层挥之不去的陌生感。

终于，谢迅又开口："我来查房。"

顾晓音"哦"了一声，见谢迅没动，才想起自己把监护器给挡住了。她连忙让开，谢迅记录了数据，笔尖在本子上顿了一下。"那……我先走了。"

"好。"

谢迅走出去又倒回来。"你要是还没吃午饭赶紧去吧，蒋近男这边离一会儿人没事。"

顾晓音走到电梯口，沙姜鸡从办公室里踱了出来。"哟，顾律师今天中午就来了呀。"

"是呢，今天小外甥女回家。"不知为什么，顾晓音对着沙姜鸡话反而多点，"你这是去哪儿？"

"去食堂搞杯奶茶。"沙姜鸡打了个哈欠，"今天忙死了，但是中午还是得跑一趟，来杯续命甜水。"

顾晓音笑了："那你别跑了，我正要去食堂，给你捎回来。"

"那我可不客气了哟！"沙姜鸡应下就打算转身，又被顾晓音叫住："哎，抱歉，谢迅的饭卡在朱磊那儿，我可能得去楼下患者食堂，要不我拿着你的卡帮你上楼买？"

沙姜鸡潇洒地拍出饭卡。"患者食堂那饭能吃吗?! 没关系，顾律师，你这顿饭我请了，就当是奶茶配送费。"

"好嘞。"顾晓音也没跟沙姜鸡客气。

她不辱使命，到了食堂，先给沙姜鸡买上奶茶才去买自个儿的饭。饭点还没完全过去，职工食堂里好几个窗口队都挺长的。顾晓音的前面是俩护士。顾晓音没打算听墙脚，奈何前面两位聊得风生水起，她想不听都难。

队伍缓慢往前挪动，顾晓音听出来这两位是妇产科的护士，负责跟手术的。两人在讲最近的妇产科手术室逸闻，顾晓音听了几耳朵，觉得还真有点意思。正当评书似的听着呢，其中一人说："不过要说惊险，还是一周前我跟的那个孕妇夹层惊险，心外科医生建体外循环的时候不知搞啥，把病人股动脉弄断了，那血喷的！"

听的护士惊呼一声："救回来了吗？"

说的那位仿佛心有余悸。"那医生当场就呆住了，反应过来的时候再拼命往里插。万幸那天手术室外还有一个心外的医生在，紧急来帮忙。当时孕妇血压已经很低很低了，麻醉师赶紧补液领血，跟家属谈话。那个孕妇命也挺大，最后还是救了过来。"

说话间，轮到了她俩。掌勺的师傅认识她们，笑问一句："今儿又有手术吗？你看你们后面都没人了。"

两人记得刚才背后还排了个人，回头瞧，果然不见了。顾晓音拎着沙姜鸡的奶茶急匆匆地往回走，心里一半冰凉，一半滚烫。

她在楼下兜了好几个圈。手里沙姜鸡的奶茶冰都化得差不多了，瓶壁上的水珠沾上几缕杨絮，那没沾湿的一点点毛蹭在手指上，痒极了。

顾晓音这才想起她的使命。她上到心脏外科所在的十九楼，却不想去办公室，正打算在护士站找护士帮忙，前几天给她饭卡的那个医生从身边经过，顾晓音如获至宝，连忙请对方代跑个腿，顺便跟沙医生打个招呼说自己着急回病房就不过去了。

蒋近男已经醒了。见顾晓音回来，她招呼顾晓音帮她把床摇起来。午后这会儿，多数住院病人在休息，蒋近男病房的门虽然开着，也安静得很。自从蒋近男出事，她们姐俩难得有这样独处的时候，顾晓音只听蒋近男幽幽叹了口气。

"真像一场梦啊。"蒋近男感慨道，"早上她们把孩子抱来，我好像都不太激动得起来。理智上知道这是我的孩子，但是感情上好像还没有在肚子里联系得紧。"

顾晓音坐到床边，小心握住蒋近男还带着留置针的手。"别瞎想。"

蒋近男笑了："我没有……我觉着呀，幸亏是这样，否则这都出生一周了，别说喂奶照顾，我连抱都还没能抱她一次呢，换了那些高激素水平的妈妈，还不得把自己折磨疯了。"

顾晓音也不知道自己该不该附和，只好说："等你出院回家，和宝宝在一起的时候长着呢，不差这几天。"

蒋近男像是被说服了，思路又飘到其他地方去："我跟你说，那天晚上 CT 做完以后，我还给程秋帆发了条信息，把第二天的午饭取消了。本来我还想写个邮件给秘书，让她把我接下来几天的安排都取消，后来我想，我可能随时就死了，我还操心这干啥，要是夹层破了，这也和我没关系了，要是没破活下来，等我醒了再处理这烂摊子也不迟。"

顾晓音静静听着。

蒋近男又轻叹一声："回头让宝宝认你家谢医生当干爹吧？只当个姨爹真是委屈他了，毕竟我们娘俩的命都是他救回来的。那天晚上幸亏是他值班，要是碰上个三脚猫，先开上几个无关检查，可能我就交代在这儿了。"

顾晓音很想跳起来大声说"你不用感激他！你俩的命也差点交代在他手里"，可她不能开口。她第一次体会到那些怀揣致命秘密的人的痛楚和辛苦——这些秘密将会永远拖累他们的人生，让他们也见不得光。

顾晓音只好低头看手机，假装有客户邮件要立刻回。

蒋近男看她这般魂不守舍的样子，倒是显得很理解："又有人夺命追魂？你赶紧先回去吧。朱磊一会儿也该回来了。再说整个心脏外科都知道我是谢医生的亲戚，对我照顾着哪。你看，就算是安排床位，都给安排了一个隔壁病友占着床位，人很少出现的双人间。"

顾晓音逃也似的离开了病房。

最近谢迅回家前，总要在楼下角落里抽支烟，眺望着楼上的灯光。

如果1004灯亮着，他抽完一支烟也就上去了。如果1004的灯还黑着，十二点前他爬楼梯，十二点后，他会留在楼下，再抽上两支烟。有一次等着等着，1004忽然亮起了灯光。幸亏，他想。随后他被一种浓厚的自我厌弃感吞噬，不得不再抽一支烟，缓上一阵再上楼。

谢迅自问是个不信邪的人。他既不敬畏鬼神，也不相信命运。他大学时宿舍在一楼，还在水房旁边，是推销的重点受害者。他从系里拿回一根人腿骨，转头给挂到宿舍门口，写了张字条："推销者按此处理。"同年，他楼上有人想不开跳楼。清早谢迅起床，刷着牙去阳台溜达，往下一看，正跟地上那张面目全非的脸打了个照面。他刷着牙又回去了，水房里另一个哥们儿听到外面的动静，跟着出去瞧了一眼，"噢"的一声蹿回来，发了数晚的噩梦。

然而有种力量确实在和他作对。当年那个孕妇之后，他只做临床，不做科研，是他自己深思熟虑之后的选择——谢迅一向这么觉得。既然谋定而后动，就不必回望。他在给蒋近男建体外的时候，究竟在想什么？谢迅发现他竟然回想不起来，他只记得血喷出来的那一瞬间，他头脑一片空白。回过神时，他想，完了。

那个病人究竟为什么非得是蒋近男？一夜之间，顾晓音的大姨从觉得他配不上顾晓音到感谢他救了蒋近男一命，这种荒谬感击垮了他。

沙姜鸡也觉得谢迅真挺惨的。那天生病的要真是顾晓音，谢迅说是自己女朋友下不了手，这事也就完了。偏这寸劲儿，孕妇夹层这种几年也碰不到一例的病，让谢迅摊上两回，第二回碰到的还是女朋友的亲表姐。沙姜鸡此时的心情，就像夏天站在一个招蚊子的人旁边，他真心实意地同情谢迅，也真心实意地感慨，幸亏自己不是他。

他其实觉得谢迅应该跟顾晓音谈谈，就算不和盘托出，稍微坦白几句就行。毕竟在他看来，蒋近男救回来了，孩子也平安，手术里出点意外，其实瑕不掩瑜。再说了，只要老谢自己不说，谁又会知道意外是怎么出的？手术里半截出来谈话的情况可太多了……老谢这几天如此颓废，还躲着顾晓音，说白了还是他自个儿心里那个坎儿没过去。

沙姜鸡带着这点上帝视角，看问题就不免更犀利些。他发现，从某一天开始，不仅谢迅躲着顾晓音，顾晓音好像也在躲着谢迅。他在医院里遇见顾晓音的时间越来越晚。之前顾晓音似乎喜欢在六点多点来，有时候坐一下就走，有时候陪蒋近男陪到八点多，中间总要来医生办公室串串门，看看谢迅在不在。现在她别说来办公室，就是探病最早也要七八点才来，就像踩着点等人下班一样。唯一的一次例外，是蒋近男出院前两天，她陪着姥爷一块儿，俩人六点半来，八点他去隔壁病房查看病人情况，顺带往里扫了一眼，已经走了。

但这些他没和谢迅说。毕竟谢迅已经够萎靡了，再把这些捕风捉影的猜测告诉他，不过徒增老谢的烦恼，显得十分不够朋友。谢迅依旧留意着顾晓音家的灯光。连续许多天，直到他决心上楼，1004都还是黑的。顾晓音最近可真忙啊，他不免心疼地想，工作和医院两头跑，也不知道她吃不吃得消。他见过那么多病人，表妹跑得那么勤的，顾晓音怕是绝无仅有。也是，谢迅想，顾晓音和蒋近男恐怕比亲姐妹还亲些。他的心里更堵了。

每天早晨，谢迅的心理压力比晚上小，因为顾晓音习惯律所的作息，不到九点半绝不出门，而他早上八点查房，七点半怎么也得去上班了。其实但凡他问过顾晓音，就会发现这种回避毫无必要，因为对方的回避型人格比他更胜一筹——听到秘密的当天，顾晓音收拾了几件衣服，暂时住到了邓兆真家，美其名曰防止姥爷不清楚蒋近男情况担心，她去陪着住两天。

顾晓音做了一周的缩头乌龟。蒋近男都出院了，她还赖在邓兆真家里。然而这种回避没能像从前一样发挥作用，一周里，顾晓音在工作上掉了几回链子，有一次甚至把A项目组的邮件群发给了B项目组的对家律师，还好只是无关紧要的内容，还好大家都熟，还是人家先发现问题，打电话来说会把这封邮件删掉。顾晓音在电话里千恩万谢，挂上电话，她坐在位子上发愣，无法理解为什么自己竟然犯了这样的低级错误。正在这时，罗晓薇来找她，说自己有个亲戚要去中心医院做支架，想托她跟男朋友打个招呼关照一下。

这个请求像最后一根稻草，被压垮的顾晓音用残存的理智告诉罗晓薇，支架归心内管，不归心外，而且她和医生男朋友已经分了，怕是打不了这个招呼。

罗晓薇刚转身出门，顾晓音立刻拿出手机，把这事先张扬的决定告诉谢迅。

对话框显示对方在输入，良久之后停下，隔一会儿又显示在输入，之后又停下，顾晓音盯着那行字，既觉得痛，又觉得痛快。

终于有个白色气泡冒出来，谢迅只写了三个字：对不起。

她扔开手机，把头埋在了臂弯里，像鸵鸟一样。

下 篇

———

　　然而掌握自己的命运是容易的，掌握别人的命运却是难的。

　　没有勇气的原因归根结底在于猜不透结局。

第二十章　撒豆成兵

顾晓音的生活回到原来的轨道，比她想象得还要快。

最近君度不太忙。不过那真的是最近的事。三个月前她和谢迅刚分手的时候，顾晓音忙得很，忙到她还来不及细想自己的事，一个月就过去了。最早是股市开始下跌，二级市场的流动性变差，一级市场反而火爆了一阵，大家为了上市项目都加班加点往前冲，生怕重蹈 2011 年的覆辙——有的公司错过最后一班车，然后遇上 2012 年漫长的资本寒冬，然后就再也没有然后了。

该来的还是会来。君度的项目冲出去了一两个，更多的进入休眠：有的公司干脆利落地把材料收到一边，跟投行律所说声"改日再会"，该干吗干吗去了，还有的不太能接受现实，总觉得市场很快就能回暖，每周的例会甚至是招股书起草会都要照开。刘煜从不出席这些没有意义的会。绝大多数时候，君度只派一个一二年级的小朋友去撑个场子，不然显得太不给公司面子。不只是律所，投行和审计师显然也是这样想的，大家心照不宣，每周都是各家那几个最年轻的小朋友去陪公司开个会。与其说是做项目，还不如说是心理咨询。

搪塞不过去的时候，顾晓音他们几个资深点的律师会打电话进去点个卯——刘煜专门提醒过他们，每周在每个停滞项目上记录的计费时间不得超过一个小时。道理他们都懂。眼前的这些个项目，等市场真回来的时候，谁知道还有几个能做下去，刘煜如果不想减记太多律师费，就得把这个压力传给下面的人。

上有政策，下有对策。陈硕忠实地执行这个要求，每个将死不死的上市项目，每周只花最多一小时。顾晓音觉得自己闲着也是闲着，该怎么干活儿还怎么干活儿，但只记一个小时的账。罗晓薇充耳不闻，公司要她做什么她就做什么，该记的时间一分不少。刘老板明示暗示了好几回都没用，最后只好把她从几个项目上撤了下来。

通常一个大所律师说自己不忙，那言下之意是最近的计费工时不多，或者，用顾晓音的话来说——"工分"不够。然而越是不忙的时候，找上门来的事往往越是又小又急。有好几个星期，顾晓音的"工分"几乎全是在正常工作时间之外挣的。总的工作时间比正常情况下下降了一半有余，但熬夜的日子还是那么多。

顾晓音这个人最擅长的是认清现实，坦然接受。因此她调整了自己的心态和作息——白天要是没什么事，有时她溜去蒋近男家看表姐和小真，有时她陪姥爷吃午饭。

邓兆真经常会问她最近的经济形势。他像每个长辈那样，觉得自家孙女的工作既然跟经济沾一点边，就一定对国家乃至世界的经济形势了如指掌，全然忘了自己刚参加工作时，校长让他兼教历史和语文，还被他义正词严地反驳过"革命的螺丝钉也是有形状尺寸的，怎么能不顾规格到处拧"。以前这种问题顾晓音一般推给蒋近男。现在蒋近男当了妈，她和顾晓音联袂出现在姥爷面前的次数大大减少，顾晓音只好勉强挑起这个重担。

蒋近男夹层的事，邓家上上下下都瞒着邓兆真。只说蒋近男早产，生产时大出血，所以不得不在医院住一段时间，暂时也无法亲自照顾小孩。顾晓音陪邓兆真去看蒋近男的时候，只说妇产科病床满了，不得不暂时安排在心外科的病房。这么拙劣的理由，邓兆真居然信了。也许是不忍心拆穿她们而装的，一家人心照不宣就好。

顾晓音现在体会到没带谢迅正式见家长的好处——当时谢迅的考虑虽然令她不快，现在想起来却是对的。分手后她忙，蒋近男在家养病，邓佩瑜忙着照顾外孙女，谁也没心思管她这档子闲事。等两个月后，全家好不容易又聚在一起，邓佩瑜问她小谢怎么没跟着一起来，顾晓音只淡淡地说他们上个月分手了。

全家都没说什么。在这个时代，年轻人的聚散和他们换工作一样，是常有的事。邓佩瑜觉得有点惋惜。因为谢迅的关系，蒋近男住院期间可算是受到了方方面面的照顾。按朱磊的话说，起码是司局级干部才可能有的待遇。从体制内转到体制外，邓佩瑜深深地明白有些待遇是钱买不来的，尤其是在这皇城根底下，因此她对谢迅的态度颇有改观。但顾晓音说分手她也没劝和。邓佩瑜想来想去，觉得家里有这种过硬的关系虽然好，可归根结底还是自家孩子的幸福最重要。小谢的条件委实还是差了点。

可惜。

顾晓音也觉得可惜。她还觉得遗憾——和一种对自己的瞧不上。可以说，命运玩弄了蒋近男、谢迅和她这三个人。冷静下来后，顾晓音觉得如果她能更理智，或者更强大，她应该不会跟谢迅分手。如果蒋近男是她，大概就不会。于是当顾晓音想起谢迅，除了惆怅之外，还有一种她自己也不愿承认的愧疚感。

顾晓音还小的时候，邓兆真爱对她和蒋近男说"楼房不如平房好"。论及原因，邓兆真最爱举的例子是住平房时邻居们互相照顾，一旦搬进单元楼，大门一关，谁也不认识谁，尤其是那些大塔楼，按邓兆真的话说："隔壁邻居都能一个月打不着一个照面儿。"

现下顾晓音又想起了这话。分手后她躲了一阵谢迅，渐渐觉得没有必要，于是，从前怎样，现在还怎样。她甚至给自己做了心理建设，如果在楼里碰到谢迅，她要怎么打招呼。然而好几个月了，他们一次也没遇上过。1003 的灯光时不时亮着，谢迅没有搬走的迹象。但他们就是这样人生不相见，动如参与商。

谢迅也有同感。有一次他过了半夜回家，走进楼道便听到脚步声——有另一个晚归的人在爬楼。他忽然激动了一下。除了顾晓音，谢迅几乎没碰见过其他因为晚归需要爬楼的人。他思想斗争了很久，决定等到十楼再偶遇，趁顾晓音开门的时候，他可以推开十楼楼梯间的门，像偶遇一样对她说："好久不见，今天又加班了？"如果顾晓音没有恼，也许他们还有机会做回朋友。

他正这么打算着，听到楼上"吱呀"一声门响，走在他前面的那个人拉开五楼的门进去了。原来并不是顾晓音，这个认知让他感到失望。楼道里重归寂静。谢迅在原地停了一小会儿，又继续往上走。只剩了他一个人的脚步声，在昏暗的楼道里，"踏，踏，踏"地作响。

听起来疲惫得很。

"现在可以说说你跟谢迅到底因为什么分手了吧？"百日宴过了几天，蒋近男终于找到个单独盘问顾晓音的机会。

"没什么特殊原因。谈着谈着觉得没意思了呗。"

'什么时候的事？'

"两周前。"

"你蒙谁呢？"蒋近男挖出这个坑，就在这儿等着她，"我上个月住院那几天，他们科的小医生还说好久没看到你了，问你是不是最近特忙。你找了个出差的借口，一次也没来看过我。我当时还觉得谢迅没什么异样，对我也还像头回一样照顾得很，就没多想。看来你那时候就已经把谢医生甩了，人家大概还想着挽回，在我面前表现得就跟没这事一样。"

顾晓音就知道她瞒得过所有人，可蒋近男这一关却未必过得去，她要遮掩一个谎言，便需要创造无数谎言。而且说谎这件事，有一次就有第二次。顾晓音不愿意对蒋近男说谎，她选择把真相和盘托出。

"其实我也无法判断他犯了这个错误是运气不好，手潮，还是上回那个孕妇夹层的阴影。"顾晓音说到最后，到底是帮谢迅辩解了一句，"但我想，出了这事他躲着我，说明他自己也觉得他是有责任的。"

蒋近男半天没说话。她知道自己手术时出了血管断裂的意外，可谁知道这里面还有这些弯弯绕。良久，她开口："这种操作本来也有一定意外的概率吧。好歹我活下来了，你也别为这事心里太过不去。"

顾晓音怀揣这个秘密三个月，只觉不堪重负。听蒋近男此言，不由得眼睛一热。这三个月来，她在心里预演过无数次跟蒋近男坦白的这个时刻，也不是没有想过蒋近男可能会这样回答。如果当日病床上的人是她，她此时大概满心是对谢迅走不出旧日阴影的怜惜。可命运偏不让这一切过关得如此容易，还差点赔上一个蒋近男。

顾晓音深吸一口气，把眼泪憋回去。"我明白你的意思。理智上我理解他，但是感情上我过不去这个坎儿。除了受害人是你，还有他的态度。如果他第一时间跟我说明情况，哪怕当时的错误再大些，也许我也会选择跟他一起向你请罪——毕竟最后没有造成无法挽回的后果。可他没有。如果我们要一起生活一辈子，彼此间的坦诚和信任不是最基本的吗？"

蒋近男看着情绪激动的表妹。更多的时候，适度的隐瞒和互相防范才是婚姻长期稳定的良方。谢迅这个经历过婚姻的人，也许正是因为悟出了这一点，才选择暂时对顾晓音隐瞒真相，免得她夹在自己和他之间难做。

但这种道理跟没正经谈过恋爱的顾晓音是讲不通的。蒋近男深知这一点，也不想白费那个力气。更何况顾晓音这个人，大多数时候看起来特别能屈能伸，随遇而安，可她要是轴起来，十匹马也拉不回。她决心和谢迅在一起的时候，连平时怕得要死的邓佩瑜都敢正面交锋，现在要是钻了谢迅不信任她的牛角尖，谢医生就算有医疗事故鉴定报告自证清白，怕是也拗不过她。

他就自求多福吧。

结论虽然是这样，蒋近男觉得，即使出了这个意外，谢迅仍然算得上她的救命恩人。毕竟按照顾晓音之前的科普，夹层病人最重要的是争分夺秒手术。那晚若是没碰上谢迅，也许她根本活不到确诊的时候。想到这儿，蒋近男说："你们之间的恩怨我不掺和，小真这个干爹还是要认的。本来我想找我大学同学当干妈，还怕你心里硌硬，现在反正你也不在乎他了，刚好。"

顾晓音没体会到这个"刚好"好在哪里。但在她俩之间，一般是蒋近男说了算，就像大姨和她妈之间总是大姨说了算一样。本来她许久没见到谢迅，从前那些甜蜜的日子就像黄粱一梦，留给她的只有时不时向她倾诉感情问题的沙姜鸡。现在谢迅还是要做小真的干爹，除了光辉里，他俩又多了一个可能再度相遇的原因。

顾晓音对自己说，她都能天天跟四舍五入前男友的陈硕当同事，眼下跟谢迅这一年见不上几面的局面，必须是小菜一碟。

说到四舍五入前男友，顾晓音和陈硕仿佛又回到了从前的好友关系——至少顾晓音是这么认为的。

顾晓音和谢医生分手的消息，陈硕很快就知道了。罗晓薇知道的八卦，可以默认为君度公司法组公告过的八卦。当然，顾晓音也不完全无辜——她跟谢迅谈恋爱这几个月里，光她的秘书就找谢迅安排了两回病人。众人听说顾律师谈了个中心医院的男朋友，都感觉自己离手握首都的医疗资源又近了一步。识相的为自己生病的亲戚找关系，还有那不识相的，一旦加上了谢迅的微信，恨不得就地变身看病中介。顾晓音为谢迅觉得烦，现如今一拍两散，更不想对每个人解释一遍自己这关系已经不好使了。罗晓薇八卦起来虽然招人烦，但偶尔也能派上用场。她跟罗晓薇揭开底牌之后，果然没有人再有亲戚生病来找她帮忙。也许还有那已经加上谢迅微信的人直接找上门去，那就不是她这个前女友管得着的事了。

事先张扬的八卦事件过去三周后，有一天刘煜召集陈硕、罗晓薇、顾晓音开早会，聊最近的项目分配。陈硕出现时，手上提着三杯星巴克。刘老板从来不喝咖啡只喝茶，这三杯显而易见是要和罗晓薇、顾晓音分的。自从陈硕谈女朋友，顾晓音就拒绝了他从前的咖啡赞助。现今既然不只是给她一个人，顾晓音也没客气。

陈硕把这当作某种许可。从那之后，他表现得就好像坐时间机器回到了从前，有事没事都上顾晓音那儿去坐坐。顾晓音见他表现得坦荡，便以坦荡之心待之。毕竟以前那么多年装坦荡都装了个八九不离十，更别说现在心里真正只余清风霁月。

罗晓薇并不这么认为。据她的观察，陈硕跟女友分手应该在顾晓音和谢医生掰之前。陈硕这个人向来滴水不漏，从来没显得为情所困过，所以具体分手时间不详。这里面有没有顾晓音谈了男朋友这件事的刺激也很难说。但罗晓薇觉得现在陈硕的一举一动，都像在等待一个合适的时机向顾晓音下手。别的不说，最近他们一群同事下楼吃午饭时，陈硕十有八九都不着痕迹地坐在顾晓音旁边，周五晚上还常常号召大家一起喝一杯或是进行别的娱乐活动。顾晓音从不回应，要么是装傻，要么是真蠢。

顾晓音完全没料到自己已经被分配到真蠢的阵营中。毕竟她和陈硕大学里还经常一起吃饭、上晚自习，互相在自习教室里帮忙占位。二十岁的两人若都能不擦枪走火，万万没有现如今深陷窘境的道理。因此她心存感激——这些周末的活动让她不用费心思考怎样填补失恋后空出来的大把不知如何挥霍的时光，完全没有意识到自己可能正站在回头草的青青草原里，随时可能成为某匹好马的盘中餐。

在这段不忙的日子里，顾晓音觉得她重新认识了自己的职业和生活。做律师这个职业的人总是自视过高，但实际上，大多数客户找律师不过是出于必需，是一种"你有我没有，那我可能就要吃亏"的心情，a sense of missing out

（一种错失感）。既然是这种不得已而为之的钱，一般人都花得不那么情愿，而且以顾晓音这么多年的经验来看，绝大多数客户既无法评判律师的水平，也不知道水平差距的后果。他们其实只是想找一个看起来值得信赖的人，对他们拍个胸脯说"你放心，我帮你包了"完事。

客户的这种懒惰和依赖心理很好地解释了为什么陈硕混得比她和罗晓薇都好。随着一个男律师年龄的增长，他在客户心目当中的可信程度会与日俱增，女律师就完全没有这种红利。当然，不仅客户，老板们也是这样想的。刘老板就曾公开说某某律师曾经为了和丈夫团聚而从香港搬回北京，只要有这么一次，就说明在她心目当中，事业不是第一位的。

因为有计费小时的存在，律所的工作就像是个吃派大赛，吃得越多越好，收到的回报就是更多的派。在眼下这个僧多粥少的时候，刘老板但凡有新客户，都直接交给陈硕。这么搞了几回，罗晓薇先坐不住了。她去刘煜办公室闹了一场，指责刘老板背信弃义，当年把他俩一起从明德带来君度的时候说得花好稻好，现在在稍微有点考验，立刻厚此薄彼起来。

刘煜一点不着急，他等罗晓薇把该说的话都说了，该发泄的情绪发泄了，才不急不忙地把罗晓薇平时让小朋友上项目电话会议充数、自己消失两小时做瑜伽，又或是找秘书帮她改招股书、算自己的计费时间之类的事给罗列了几样。见罗晓薇脸色稍变，刘煜满意地靠回座椅后背。"就我所知，这种事还有不少。你要能拿出和陈硕一样的敬业精神来，保证现在项目只多不少。我既然带了你们俩来，就是想把你们俩都推上合伙人位置的，但以今年的形势看，整个公司法组能升几个都很难说。我这也是为了有策略地一步一步来。今年把他推上去，明年业务量回升了，刚好可以全力推你。"

刘煜在最早开始布局淡季工作分配时就仔细考虑过，顾晓音是不会争的——她既不是那种性格，更加不可能和陈硕争。如果罗晓薇来争，他就先敲个大棒，再甩个甜枣。因为早有准备，刘煜这番话说得滴水不漏，自觉罗晓薇不可能还有意见，他信手抄起桌上的茶壶，给自己的茶杯满上了点，还给罗晓薇倒了一杯。"客户刚送我的金骏眉，还不错，你尝尝？"

罗晓薇到底没彻底驳了刘老板的面子。她接过茶杯，却没放到嘴边，只道："刘老板，你这画饼方法还是跟明德李老板学的。咱俩这么多年交情，你对我不用这么讲究方式方法。反而是我得提醒你一句，我这种你觉得能力不够的女律师，是从律师助理起步，跟你一个项目一个项目做过来的，从来没拒绝过你的项目。现在你这么费心培养陈硕，宁可拿我给他当垫脚石，最好确信他会永远留在这里，不会像当年你自己那样，带着客户另起炉灶。"

说完这些，罗晓薇把还没喝的茶放在刘煜桌上，走了。

刘老板许是良心发现，许是受到罗晓薇最后那句话的触动。总之他等了两三天，然后主动找罗晓薇聊，许诺她后续的项目公平分配。只是罗晓薇虽然貌似胜利，然而大势不可违，市场进一步低迷下去，陈硕也变得和她们一样闲。

所以说律师和医生这两个职业还是有本质的不同，人可以不需要律师，却不能不看病，因此顾晓音能有这么闲得发毛的时候，谢迅却是一年一年像永动机一样忙。顾晓音在心里这么想，对蒋近男说的却是："其实你真的挺幸运的。在市场低迷的时候休产假和病假，等你休养好再回去上班，项目肯定都回来了，你也不用像我一样，一边闲着，一边总觉得自己什么时候就保不住饭碗。"

蒋近男嗤笑一声："相信我，真的，肯定还是不生孩子最幸运。"

她这句话说得三分玩笑，七分自嘲。赵芳对小真留在姥姥家这个安排十分不满意，却又无可奈何。可一个人有了不满意，总得用什么方式发泄出来。赵芳回回往东边跑，总是先去邓佩瑜家看小真，再去棕榈泉看蒋近男。回回赵芳都得委婉地指出邓佩瑜或者月嫂的几个错处来。今儿是奶瓶敞着搁——北京那么大土，奶瓶怎么能敞着搁？明儿是孩子尿了拉了用湿纸巾擦屁股——这湿纸巾方便是方便，谁知道有没有化学成分？今儿觉得穿太少了不够暖，明儿又觉得捂着对身体不好。当然，这些是每个新手母亲必须经历的育儿原罪。可母亲自己这样是一回事，婆婆这样又是另一回事。更何况赵芳极有策略地不跟邓佩瑜直接提，她把这些意见先"委婉"地跟蒋近男说一遍，等朱磊回家，她再单独苦口婆心地跟儿子说一遍。

于是每回蒋近男得从赵芳那儿听一遍，再从朱磊那儿听一遍二手的"圣意"。她打定主意，身体再恢复一些，就把孩子和保姆全接回自己家，好歹堵上赵芳那张嘴。

顾晓音听着蒋近男的抱怨，只觉不可思议。她从她妈妈那里听到的二手信息是朱磊妈妈如何去大姨家只当甩手掌柜，一点要帮忙的意思也没有，令大姨十分不满，又不想让病中的女儿烦心，只能对自己妹妹吐槽。

但她当然没有把这些说给蒋近男听。

顾晓音从蒋近男家里出来，拿出手机叫车。星期五的晚上果然打车难，顾晓音如愿看到自己前面排了海量的人，坦然地给陈硕发了条信息："我这儿打不着车，你们先开始，我乘公交过去。"

　　若是平日，顾晓音就直接回家了。今日不同往常，刘老板下午忽然说晚上请大家唱歌。这种 20 世纪 90 年代的娱乐方式，也只有刘老板想得出来。罗晓薇心知刘老板有笼络她的意思，只说："怕是最近暑假，他老婆带儿子出门去了，刘老板一个人在家无聊，抓我们陪他玩。"顾晓音早计划好下班去看蒋近男，但老板组织的娱乐活动，虽说是自愿参加，却很少真正如此——除非是加班，给老板挣钱的时候，娱乐活动才被迫靠边站。

　　顾晓音预备点个卯就走。到了那里，却见气氛高昂，刘老板和罗晓薇各持一麦，在唱《广岛之恋》。她在角落坐下，陈硕凑到她身边说："你来晚了，刚才刘老板唱《隐形的翅膀》，那盛况你没看见。"

　　事实证明，当晚盛况迭起，错过一个根本不值得惋惜。刘老板唱起歌来还是 20 世纪 90 年代风，喝酒却年轻得很，喜欢玩深水炸弹。顾晓音抵挡不住，喝了半杯，立刻觉得头重脚轻，靠在沙发上不省人事。

　　到了十一点半，陈硕向刘老板告辞，要送顾晓音回家。刘煜醉意已浓，却还没尽兴，不由得道："你让她在沙发上睡就是，这么早走多扫兴。"陈硕只得把顾晓音公寓十二点停电梯的情况解释给刘老板听："再晚就得好几个人背她上十楼了。"

　　陈硕最终还是被放行。走出喧闹的 KTV，顾晓音在夜风里似乎清醒了不少。然而陈硕没能放心，坚持将她送回家，看她踏进 1004 的门，才终于道晚安。他看了看表，十一点五十五分。陈硕大步走去电梯，谁知道这么老的破电梯会不会提前几分钟下班。

　　电梯门在一楼打开，陈硕正要出去，却见电梯口站着一人。深更半夜的，他倒吓了一跳。那人像是也没想到电梯里还有人，盯着他看了两眼。陈硕侧身迈出电梯，那哥们儿走了进去。

　　掐点掐得这么准，这哥们儿不会被关里面吧？陈硕想。

第二十一章　纯真博物馆

谢迅最近真的很忙。

过去这几年，中心医院的心外科一直在深度参与某国产人工血管的临床试验。最早，小型临床试验在这里就是一个点，后来开始做大型临床，要搞多中心大样本，中心医院心外的病人数量在全国都名列前茅，张主任又一直强力推动这个项目，自然而然也就接着做了下去。眼看着临床试验数据积累得差不多，可以准备去CFDA[①]申请批准上市了，这带小朋友整理数据的工作，就自然而然地落在了谢迅身上。

说是"自然而然"，其实稍微有一点勉强。张主任这个项目一直是老金在配合他做，由他的组处理数据也是应该的。老金有谢迅和沙姜鸡两员大将，本来这种和科研挂钩的事情，谢迅不感兴趣，都是交给沙姜鸡。只是这段时间沙姜鸡为情所困，情绪低落，打不起精神来，谢迅只得主动请缨，接过这个摊子。

要问沙姜鸡为何为情所困，还得从两三个月前说起。

那会儿谢迅和顾晓音刚分手。有天沙姜鸡要拉着谢迅一起喝啤酒吃小海

---

① 国家食品药品监督管理总局。

鲜，声称"两个失意男抱团取暖"。那天谢迅刚好下班得先帮谢保华办点事，便跟他约在餐厅见。他到了餐厅，沙姜鸡却全无踪影，只发信息说："小师妹那里出了点事，你先点，我马上来。"等他点的那两三个小海鲜、四瓶啤酒上桌，沙姜鸡又发了一条信息："我 ×，我得赶去南京一趟，兄弟我对不起你。"

沙姜鸡在南京待了三天，老金和谢迅的信息一概不回，到了第四天的早上，他胡子拉碴、满眼血丝地来了，老金和谢迅那一肚子想骂他的话只得咽回去，又把他推回家睡觉。

真相在第五天大白：小师妹的医院出了医闹事故，她科室里的医生被砍。沙姜鸡下班时刷新闻刷到这一条，立刻打电话给小师妹。电话那头小师妹语无伦次——当时她就在现场，目睹行凶者走进来，一刀扎进师兄身体里去。他们这些学医的，见多了血和血泊里的人，但刑事事件毕竟是另一回事。

沙姜鸡当机立断，立刻冲向机场。等他已经坐在机场通往市区的车上，才发现自己这举动是多么莽撞。他给小师妹打电话，对方不接。发信息，对方没有回。沙姜鸡第一次痛苦地认识到自己和小师妹果然还没有到他自以为的那种关系——他只知道小师妹所住的小区名称，却不知道小师妹的具体地址。

他在小师妹科室等了两天。第一天小师妹没露面，第二天人来了，憔悴得很，见到沙姜鸡倒也不意外的样子，只说换个地方聊。

沙姜鸡跟着小师妹进了咖啡厅，还记得自己去买两杯咖啡——他俩现在可太需要这个了。两人坐下，还没等沙姜鸡开口安慰小师妹，小师妹先道："师兄，你以后别再找我了。"

沙姜鸡想，这是应激反应，等小师妹熬过这阵子，再从长计议。可惜自己不能日日在她身边。他正想着怎样自然地把这话题揭过，小师妹又道："我家里觉得我做医生辛苦又操心，给我联系了个区防疫站的工作，本来我一直在犹豫，昨天我想通了，今天来医院，就是来辞职的。"

这也不是什么大事。沙姜鸡想。小姑娘刚目睹一场惨案在自己面前发生，这时候打退堂鼓简直太正常。"防疫站也挺好的，"他顺着小师妹的话说，小心翼翼地不提起前两天的恶性事件，"体制内，听说福利也很好。"

"师兄，"小师妹抬起头望着他，"我已经想好要彻底离开医生这个圈子，请你把我忘了吧。"说完，她站起身，径直走了。

沙姜鸡在咖啡馆里傻坐了好一会儿。不知是该心疼自己，还是心疼小师妹那青色的眼底。她刚才说那些狠话的时候，还带着劫后余生者惯有的虚浮感。可她说的"彻底离开医生这个圈子"，是指也绝不考虑医生作为终身伴侣吗？沙姜鸡觉得事情未必有那么糟，也许她只是一时反应过度。沙姜鸡怀着希望，掏出手机给师妹发信息，想要安慰她几句，发现师妹已经把他拉黑了。

他在南京街头瞎晃了一上午，掉头又回医院去。小师妹科室里的同事神色复杂地告诉他，小师妹确如对他所说那样辞了职，人已经离开医院。一个大活人怎么可能就这样跑了？沙姜鸡耐心地给师妹打电话，打到第二天下午，手机号从不通变成了空号。

沙姜鸡人回了北京，三魂七魄倒像留了一部分在南京似的。没事他就发个信息给小师妹——也许哪天小师妹缓过来，把他从黑名单里放出来，也未可知。他给那个被刺的医生捐了一大笔钱，比他的家人朋友还关心其恢复情况。关于那个凶手的新闻报道，他咬着牙一篇也没落下——这一刀不仅让一个正值壮年的医生可能留下严重后遗症，也断送了他的爱情。

他当着谢迅的面给顾晓音发信息，问她这个凶手应当承担什么刑事责任。顾晓音把本科时学过的、能记得的杀人案刑事定罪标准全告诉了沙姜鸡，最后沙姜鸡抬起头，带着满意又有点疯魔的神情对谢迅说："我明白了，对小师妹的师兄，这凶手是杀人未遂，对我的爱情，他这是过失杀人！"

谢迅对此案的两个受害人都深表同情，这真是飞来横祸。

时间倒回出事那天的晚上。谢迅把啤酒送给邻桌的人，把海鲜打包拿去了谢保华家。海鲜不能留过夜，吃了晚饭的谢保华陪着谢迅又坐到餐桌边。等沙姜鸡的时候，谢迅也刷到了那条新闻，大概知道沙姜鸡为什么要连夜赶去南京，可对着谢保华，这些医闹的新闻他能不提就不提，只说沙姜鸡为了姑娘放他鸽子。沙姜鸡经年累月地追小师妹，连谢保华都知道这故事。听说这小子连夜赶去南京，谢保华叹一声："这孩子，做医生这么多年还这么沉不住气。"又叹一声："不过讨老婆也是得要点这种蛮劲儿，几十年前咱这胡同里有个特别漂亮的姑娘，三五个小伙子惦记着她。后来这姑娘因为家里成分不好被分去东北，就有一个小子，本来家里成分不错，都给分配了钢铁厂的工作，非扒火车跟着去了东北。我们都觉得他疯了，可人家最后真抱得美人归。"

在感情问题上，沙姜鸡也许和他一样欠缺运气，可他的态度确实比自己积极多了。谢迅和顾晓音相处的时间毕竟不长，就算有从前那新鲜胡同小学同学的历史在，也谈不上刻骨铭心。可不知为什么，两人的分手对谢迅来说，像是指尖里嵌进根小木刺，平日里觉得一切如常，可时不时地难免碰到，让人刺痛一下，待你掰着手指找，又无迹可寻。

谢迅挺理解顾晓音为什么要和他分手。他站在顾晓音的立场上，也未必能原谅自己，也许只会比顾晓音的反应更厉害。谢迅只是觉得自己有些窝囊。他告诉自己，让他如鲠在喉的未必是顾晓音，而是他失去顾晓音的方式。

他用这种方式和自己达成了和解。谢迅甚至觉得，既然沙姜鸡还是顾晓音的朋友，有一天他们仨重新心平气和地坐在一起吃火锅，给沙姜鸡排解感情问题也不是不可能的事。但情绪和记忆总会在某个奇怪的点相撞。有一天，科室里的实习生突发奇想，早上去安徽早点店买了些汤包和煎饼包油条带来办公室分给大家。谢迅瞧着那些不禁运输、破了底的包子，心里像被拨动了某根弦。别人都选包子，他偏选了煎饼包油条。那煎饼冷了，韧得很。谢迅一边费劲儿地啃，一边想，顾晓音为什么爱吃这个呢？可惜大概也没机会问她了。

又好比今天，他加完班，刚好赶上午夜前最后一班电梯，难得有人在这个时候离开大厦。谢迅觉得这个人眼熟，又想不起到底在哪里见过他。他成天见陌生人，这人看着跟自己差不多年纪，也许是从前哪个病人的家属。他这么想着，也没有特别在意。临睡前，他躺在床上，电光石火间，他想起他确实见过这个人。在他和顾晓音谈恋爱之前，有一回半夜遇着顾晓音，顾晓音就是从这个人的车上下来的。

他的睡意就这样悄然溜走了。

现代人最大的感情迷思是一生一世一双人。谢迅从未想过顾晓音分手后会从此孤身一人，她当然应该有自己的新生活，新的伴侣，新的追求。更何况从他所知道的信息来看，那位仁兄比他认识顾晓音要早。他俩谁是插曲还不一定呢。

但思想建设是一回事，看到对方是另一回事。今日之相遇，虽然不如两人牵手迎面款款走来那么刺激，然而这暧昧的时刻，和对方脸上志在必得的神情，都让谢迅深深地郁闷，犹如一只被好奇心杀死的猫。

即使是刚和顾晓音分手的时候，谢迅的感受也没有此刻那么复杂。被分手这件事，就像人生里的几乎所有事一样，都可以慢慢习惯。人类在这方面有惊人的耐力和适应能力。谢迅曾经以为顾晓音和他分手并不会比从前他经历的分手更加痛苦，然而在这个晚上，他深切地体会到了这一次的不同。如果说从前的分手是因为命运的捉弄或者旁人的移情别恋，这一次他怪不了顾晓音，也怪不了刚才遇见的那个男人，甚至怪不了他的工作。

是他自己把一切搞砸了。

谢迅爬起来，扭开床头灯，去客厅拿了一本书来看，是《纯真博物馆》。这真是个错误的选择。谢迅只看了几页，"啪"的一声把书合上，起身扔回客厅。走去窗前，把窗户打开，点着一支烟。他慢慢平静下来，摁掉烟头。谢迅又去书堆里拣了一本《于阗六篇》，终于在那些关于唐代墓葬建制的详细讨论里慢慢合上了眼睛。

第二天，他得空给房东发了条信息，问能不能提前解约。他这房子从前一个房客那里接手的时候，对方的租约还有一年到期，这眼看着也就只剩几个月了。谢迅刚交完这一期三个月的房租，他试着跟房东商量，这三个月的房租他不要了，能不能把两个月的押金给退了。

房东是一北京老太太。回回谢迅找她修房里的什么东西，老太太至少等上一天才回复，每次都说自己年纪大了跑不动，让谢迅自己解决。看到谢迅要搬走，老太太倒沉不住气了，半天就给回信息，说他可是跟自己签了新租约的，这租约期间要是想搬走，除非像上个租客那样自己找个接盘的，否则别说预交的房租和押金，她肯定还得让他赔租约期内的房租。

谢迅想了一下午，打消了搬家的念头。四个月的房租，说大不大，说小也是不小的一笔钱。要把这笔钱就这么闭着眼睛扔出去，谢迅自问经济实力还够不上。在现实面前，安抚自尊心的重要性显得微不足道。何况谁知道昨晚他不是杯弓蛇影，也许那个男人跟顾晓音根本不是那么回事，而他为此搬家简直可笑。

再说这种房东让他怎么好意思介绍给别人。谢迅打消了搬家的念头。

能把颓废状态坚持很久的人，除非是在这当中着了某种致瘾物品的道，否则就会渐渐呈现出一种演的状态。因为颓废并非人自然的状态，想要长期如此，除了重大打击发生后的很短一段时间，之后都得靠维持现状的毅力和一定程度的演。

沙姜鸡不是那种非得跟自己过不去的人。他在南京确实受到重大的打击。如果说那时还是一种突发性的刺激，那么随着时间的流逝，当他意识到小师妹已经毅然决然地 move on（继续前进），再也不会把他从黑名单里放出来之后，他才感到一种深重的、难以弥合的伤害。他从同学那里听说，小师妹已经在防疫站上班。医院那边感到很可惜，同时又觉得女生的心理承受能力差点，目睹这种血案，立刻打退堂鼓倒是也可以理解。沙姜鸡听了，觉得想笑又想哭。念书的时候，小师妹曾经跟他细述自己的职业理想，说自己要像吴孟超那样，成为一门泰斗，又噘着嘴跟他吵，为什么女医生达不到那样的高度，她偏要试一试。

沙姜鸡当时感到好笑，同时又深深地为小师妹骄傲。他衷心希望她和他能成长成像他父母那样各顶一方的资深医生。如果小师妹真成了吴孟超那样的牛人，他沙姜鸡转去医务处、院办什么的做做文职，给她当个贤内助，也完全可以。

现如今，那个要做女版吴孟超的人去了防疫站这种无关痛痒的地方。这让沙姜鸡觉得自己的医学追求忽然也被釜底抽了薪，变得没着没落起来。但沙姜鸡可不会一直沉浸在颓废状态里，那多消耗人，毫无必要。

因此沙姜鸡很快就反过来安慰谢迅——眼下，暑期实习生们就要到了，再过一阵，新一届的应届小护士和医生也要来到中心医院，与其纠结于过往的对错，不如好好探索一下这片新的蓝海。

谢迅哭笑不得。但还得接着接受沙姜鸡各种泥沙俱下的信息——他跟沙姜鸡做朋友这么多年，深知这是沙姜鸡解压和逃避现实的方式。这天晚间查完房，两人一起去食堂吃晚饭，沙姜鸡又给他带来两个八卦。

第一，是沙姜鸡今天去门诊的时候，瞧见了顾晓音她妈和她姥爷。虽然曾经的寥寥数面让沙姜鸡不能百分百确定就是他们。"可你要是还想挽回顾律师，是不是应该用这个借口去关心一下人家？"

瞧谢迅没什么反应的样子，沙姜鸡接着八卦第二条。这第二条可劲爆多了。史主任最近没跟张主任商量就收个病人。这病人只有二十岁出头，晚期心衰，基本上只能卧床，走两步都喘，卧床还不能平躺，得坐着呼吸，躺下的话就吸不上气。小伙子是山东人，四代单传，从小就胖，不爱运动。家人觉得他气喘是因为胖，等感觉不对、去医院检查时，发现是心肌肥厚晚期，心脏已经膨胀到占了大半个胸腔。

捧在手心里长大的儿子忽然被查出这种病，父母立刻想也不想就放下工作，专心带着儿子治病。本地的医院治不了，父母硬是不肯放弃，带儿子上北京来。第一家医院看完也不肯收，才又转到中心医院来。

"这小子也是命好。他来的那天，挂的是史主任的号。这要是咱们老金，肯定就给打发走了——病人已经是晚期，心脏膨胀导致肺部有长期淤血，肺功能也很差，就算能等到心脏移植排期，那时候他的身体条件估计也下不了手术台。前头那家肯定就是因为这个才把这家人推出去的。"

"那史主任准备怎么办？"谢迅问。

"史主任啊，他打算做自体心脏移植。"

谢迅点头。"听着没问题啊，如果没有合适的心脏，只能这么做。张主任觉得这个方案不对？"

"不是方案不对的事，"有实习生曾经开玩笑说谢迅就像年轻版的史主任，沙姜鸡想，这俩愣起来还真是像，"你想，这一山东来的四代单传的金孙，爹妈卖了房来看病的。史主任非得用这种非常规方案手术。我们当医生的知道这小孩在等到合适心脏前怕是就已经挂了，他爹妈未必知道。万一手术失败，后面不知道还得跟着几条人命。要不怎么医务处也来了呢，谁也不想上社会新闻。"

谢迅对医务处无动于衷。"医务处不就干这事的嘛。我感觉他们的本职工作就是确保所有医生都不要试任何新鲜有趣的方案，宁可病人病情恶化——反正那上不了社会新闻。"

"那可不。"沙姜鸡没听出谢迅话里的反讽之意，"史主任在这方面，可是有前科的。上回他非要给一个九十多岁的老头做TAVR[1]，我那医务处的哥们儿就差没自费去雍和宫上香。"

事实证明，有一就有二，史主任胳膊拗过了大腿，到底是把这个手术给做了。手术当天，谢迅刚好给老金的一台手术当一助，做完去重症监护室看病人情况，出来正赶上这个小伙子被送去监护。史主任难得也跟着。他的手术服汗湿了一大半，眼角眉梢都写着筋疲力尽。

"小伙子命真大。"谢迅不由得走过去对史主任感慨一句，"不过这全身插满管子的样子——他家人看了恐怕也得心疼一阵。"

"总比他躺在太平间的样子好。"史主任回答。

谢迅沉默了一阵。史主任说得对，什么样子都比躺在太平间的样子好，

---

[1] 经导管主动脉瓣置换术。

229

"您费这么大劲儿救他，是因为他家里四代单传？"

"不。"史主任看了谢迅一眼，"我救这种病人，多半是因为其他医生都拒绝了他，我觉得我要是手术成功了，就证明我的水平比那些人高。就算是失败，这种碰过好几次壁、走投无路的家属也不会真的对我怎么样。他们感谢我还来不及。咱们做外科医生的，谁想天天搞那些常规的，不都为了这些特例吗？"

史主任没头没尾地说了这么一通，想想还没正面回答谢迅的问题，又正色道："不过这可跟四代单传没什么关系，非说有的话，这小伙子受够了四代单传的害，要不是因为这个，他哪儿能拖到现在。"

谢迅在回家路上还一直回味史主任的话。

"听说你喜欢临床，不爱做科研，治病救人当然最重要，但你身处这个系统里面，如果非得跟它对着干，往往得不偿失。既然你临床做得好，应该争取早点主刀。"

大概史主任一心扑在临床上，没听说我连体外循环都能搞砸吧。谢迅听完史主任的话，并没有太往心里去。史主任其实比张主任还大两岁，据说是当年中心医院有史以来心外科最年轻的主刀医生。张主任是怎样后来居上的，历来有许多传言。年轻医生们普遍采信的版本是因为史主任没能得到20世纪90年代末那个决定命运的美国访学机会，而史主任身为最年轻的主刀医生却败给张主任，没去访学，还是因为他和前妻离婚，前妻来闹的那一场。在千禧年的环境里，停妻再娶和年轻医药代表，哪一条都够得上劲爆的桃色新闻。时也运也，谢迅现在想，徐曼当年采访史主任，非要揭他这块伤疤，被骂出去真的也不算冤。

如果他在徐曼之前先遇到顾晓音就好了，这个念头猝不及防地杀入谢迅脑海里。甚至更早些，如果他们大学里就能认识，反正还当过小学同学，要熟起来也快。也许他们会像蒋近男和朱磊那样，谈上好几年恋爱，然后顺顺当当地结婚，万一顾晓音像她表姐那样出了幺蛾子，他别说建体外循环了，可能连给老金当助手的勇气都没有……

但也有可能他们就顺顺当当地过了一辈子，像顾晓音爸妈一样。

想到这里，谢迅心里涌出一种陌生而难言的情绪。在二十出头的年纪，他也许会将此形容成悲伤，但他早已过了那一段，"悲伤"这个词对此刻的谢迅来说显得有些夸张，也许只是怅然。谢迅在楼下停下来，决定抽支烟再上楼。

他刚点着烟没多久，忽见顾晓音从远处走来。算起来他们两人没见面的时间总有小两个月了。顾晓音就像他有一次遇见的那样，穿着整套西装，手里提溜着一把用塑料袋套上的羊肉串。只是上回顾晓音显得怡然自得，脸上甚至还漾着笑意，眼下却显得心事重重。

谢迅不由得自责起来。此时，顾晓音像是看见了他，突然停下脚步，又仿佛不想让他难堪似的，径直往路边的水果摊走去。

其实，她一手拎着看起来挺沉的笔记本包，一手举着那些羊肉串，肩上还背着个女士包，哪里还匀得出手来拎一袋水果，怕只是为了找个理由避开他。谢迅苦笑，把他那刚吸两口的烟掐了，相当配合地走进单元门，却到底没坐电梯，只从楼梯间爬上了一楼往二楼去的转弯口，那里有一扇窗户正对着外面顾晓音来的方向。楼道里反正没灯，从里面可以看到外面，外面却看不到楼道里的人，正适合他这样失意的偷窥狂。

顾晓音却没在意风险已经自动走避，十分入戏地从路边大叔手里买了两斤梨。谢迅想得一点没错，她捎上这两斤梨，立刻觉得不堪重负起来。但顾晓音今日重重的心事却不是为了谢迅。昨天刘老板让手下三员大将都穿得正式点来——今日要去争取一个重要项目，反正现在大家都闲着，不如来个人海战术，显示君度对这个项目的重视和志在必得。顾晓音穿了全套西装和高跟鞋去办公室，中午却被临时告知下午的会不需要她参加。原来，秘书把君度预计访客人数提交过去后，客户说不要搞得那么复杂，刘老板最多带一个人去就行。刘老板当然选陈硕，罗晓薇和顾晓音都不用去了。

午饭后，罗晓薇端着杯咖啡踱到顾晓音办公室。

"我看你也不忙吧？"她说着，便自己找把椅子坐了下来。

顾晓音从来谈不上喜欢罗晓薇，但是此刻她能理解对方。罗晓薇和陈硕像左膀右臂一样跟着刘老板跳来君度，如今和她这个外来人口一起被抛下，心里想必不好受。

"你听说隔壁组徐 Par 的事了吗？"罗晓薇闲闲开口。

徐 Par？顾晓音有点不明白罗晓薇准备唱哪一出。"徐 Par 不是去独角兽公司当法务总监了吗？"

罗晓薇露出一个"你这么蠢活该被欺负死"的表情。"她可不是自愿走的，是君度让她走的。"

"不会吧？徐 Par 可是创始合伙人之一。"

"那又怎么样！徐 Par 从前是靠做国有大银行上市起家的，这块业务早就过时了，她最起码从十年前起就只是卖个履历，没什么实际业务。日子好过的时候，别的合伙人分点不想做的业务给她也没什么，今年这个样子，别的合伙人自己都吃不饱，谁还想跟她分钱。"

原来如此。顾晓音觉得十分惋惜。她刚进君度的时候，参加过几个徐 Par 组织的女律师活动，徐 Par 以上一代成功律师的身份给她们这些初出茅庐的小姑娘画了不少饼，她当时还颇受激励。现在看来，也许是当时徐 Par 就已经闲了下来，有更多的精力忙和业务无关的活动吧。

她正想着，罗晓薇又道："她自己倒是掩饰得不错，还在网上接受某公众号的采访，说她觉得律所不够挑战，要拥抱新经济新生活，自己给自己塑造了一个女神形象。她手下的那几个 associate 可被她坑惨了——一个都没带走。两个资历浅的被别组接手，mid-level（中级）到 senior（高级）那几个全被开了。"

"开了？"顾晓音吃惊道，"什么时候的事？"

"前两个星期。"

顾晓音缓缓松开刚才还握着鼠标的手，端起自己的杯子喝了一口水掩饰情绪。"一点也没听说啊……"

"那是，"罗晓薇略带讽刺地说，"我们君度现在也跟外所接轨了，裁人的时候不直接裁，让你自己辞职，这样既不用付遣散费，对外还可以说'我们从来不裁人'。"

"他们为什么愿意辞职呢？"

"很简单，这样好找下一份工作。"罗晓薇简直觉得顾晓音有点蠢得可爱了，"我最近也准备找两个猎头聊聊，以备不时之需。"

"你不需要吧？"顾晓音诧异道。

"谁知道呢？"罗晓薇起身准备走，"再说我要是能找到一份不错的工作，我还真就准备走了，刘煜这个孙子，我当年真是瞎了眼才跟他来君度。"

罗晓薇走后，顾晓音下意识打开领英，看了眼自己的联系人里有几个猎头。真的会到这一步吗？顾晓音又觉得不至于。但她这个月的计费工时不到一百是真的，这样下去，到年底显然很难交差。

顾晓音滑开手机，想跟蒋近男聊几句，又关上对话框——这几天小映真身体不太好，一直在发烧，蒋近男恐怕正焦头烂额，这时候不能去麻烦她。顾晓音思前想后，实在没有什么合适的人选，可她现在很想和一个亲近的人说几句话，哪怕不聊她刚听到的这些烦心事。

她迟疑地拨通了邓佩瑶的电话。

邓佩瑶在一个嘈杂的环境里问："小音？什么事？"

顾晓音立刻有点后悔。"没什么事，妈妈，你在哪儿？"

邓佩瑶显然觉得自己女儿不太可能无事找她聊天。"我在陪姥爷上医院。有什么事你说，没关系。"

顾晓音立刻有点紧张地问："姥爷怎么了？"

邓佩瑶像是走到了一个相对安静的地方。"姥爷没事，最近换季，他有点皮肤过敏，上次来看开了药，觉得还是没什么效果，今天陪他来复诊。"邓佩瑶叹了口气，"你姥爷年纪大了，也有点不懂事，今天还问为什么你大姨不陪他来，你大姨有车，我陪他来还得折腾坐公交。这段时间小真反复发烧，你大姨陪着小男也一趟趟跑儿童医院，哪里忙得了两头。"

顾晓音心里更难过了。"妈妈，回头你们看完给我发个信息，我帮你们叫个专车回去，别坐公交了，是挺折腾的。"

"不用不用，专车我也会叫的，我来叫就行。"

顾晓音思想斗争了一会儿要不要也赶去医院。她刚收拾好东西，邓佩瑶发来一条信息，说她和姥爷已经在回家的专车上了，让她放心。顾晓音悬着的一颗心这才稍稍放下，既然东西都收好了，她索性决定回家，却没想到在楼下看见谢迅。

今天的情绪波动已经够多了，实在不适合再和前男友狭路相逢。顾晓音拎着那两斤梨走到门洞口，还是觉得得来个双保险，她索性放下东西，坐在门洞口花坛上掏出手机来。

谢迅从窗户里刚好能瞧见顾晓音的手机——她一只手还举着那些个羊肉串，另一只手怪费劲儿地连着打开几个 app，又关上，最后打开一个视频，坐在那儿看起来。

原来她宁愿这么笨拙地浪费时间，也要避免再看见我，这个认知让谢迅的心骤然痛了。

第二十二章　万水千山

冷羊肉串腻得很。顾晓音吃了，整个晚上都觉得怪不舒服的。平日她最喜欢串上肥油边缘烤得焦黄的那一块，今日她觉得那几块肥油就横在她的胃里，抵死不肯被消化掉。

因为这个，顾晓音这天睡得特别晚。十二点半了，她还在看剧。不期然手机亮了起来，顾晓音心跳如鼓，拿起来解锁查看，是蒋近男。

"睡了吗？"

"还没。"

大概只过了半分钟，顾晓音手机响了。她接起来，听到对面有关房门的声音，然后是一整片沉默。

"陪我说几句话？"蒋近男问。

"好。"

"小真今天又发烧了。"蒋近男说话的语气还好，听着也不像哭过，只是疲惫。自从有了小真，蒋近男常常显得疲惫。顾晓音无法判断这是因为她生过那么一场鬼门边走了一遭的大病，还是这不过是所有新手母亲的通病，但她觉得心酸。那个凡事在握的蒋近男好像一夜之间被人偷走了。

"你累坏了吧？"

"也不是累。"蒋近男仿佛自嘲般说，"毕竟我家里有阿姨，有保姆。朱磊他妈觉得我过的可是神仙一样的日子。"没等顾晓音接话，她又说："可能因为我生完小真就得先自己养病，最开始没照顾她，等她回到我身边了，感觉挺陌生的。我抱她，她要找保姆，我有点嫉妒的，自己接手过来，好像又确实吃不消，只能再交回别人手上。传说中那种母女连心的感觉，我一点也体会不到。"

顾晓音很想引经据典地告诉蒋近男，这些都是正常的。但她没有这个能力。即使是两个女人，她们的悲欢也未必相通。和一个没生过孩子的女人谈论新手母亲那些繁复的育儿细节，就像跟一个物理学家讨论化学，约等于浪费时间。

蒋近男之所以这么做，大概是因为只有跟她可以讲。顾晓音想到这一层，感到很难过。她只能做个好听众，同时安慰她"小真再大点就好了"，就像对一个病入膏肓的人说"祝你早日康复"一样，这实在无法带来任何安慰，然而听的那个人必须回应，只能没话找话说。

"今天朱磊他爸妈在，我趁机提了下小真身体太弱，万一下周又发烧，搞不好百日宴得取消，请他们先给亲戚们打个预防针。朱磊他妈差点没跳起来，说小真从出生就在蒋家，朱家的亲戚就没几个见着孩子的，连百日宴也要取消，让她和朱磊爸爸的脸往哪里搁。"

"这……"顾晓音觉得她可以评论一句，"还是孩子的健康重要吧，亲戚要见孩子，什么时候不能见？顶多你受累点在家接待几回。"

蒋近男轻轻地笑了一声。"你啊，还是想得简单。晚饭后，我听到朱磊他妈在厨房跟他嘀咕，说他们这些年亲戚朋友的红白事可给出去不少红包，要是小真的百日宴再不办，这茬儿可就过去了，那他们可亏大了。"

以顾晓音从蒋近男那里听到的赵芳其人，这隐情可算是意料之外，情理之中。"朱磊怎么说？"

"朱磊？朱磊对他妈说：'您急什么呀？就算您没收着小真的红包，回头还有老二呢。'"

到底是多年的伴侣，蒋近男把朱磊的语气学了个惟妙惟肖。顾晓音叹了口气："你也别往心里去，朱磊多半就是搪塞他妈，不是认真在想老二的事。"

"他认真想也没事，只要他一个人就能把孩子生了。"

顾晓音知道她这是气话，想委婉地把话题拉回来。"那后来朱磊怎么跟你说的？"

"他自然是两面打太极，跟我说咱们先不取消，到时候要是小真确实身体不好，是取消还是他爸妈自个儿唱独角戏，让他们决定。"

"那你爸妈这边呢？"

"他们那边我早说了不准备办。我妈当然照例不太满意，不过最后也随我。"

顾晓音替蒋近男松了口气。有一个朱磊妈妈已经够难对付的了，如果再加上大姨，简直不堪设想。

"对了，"蒋近男忽然转变话题，"既然没有取消，我恐怕还得请谢迅。你介意吗？"

"啊，哦，没事。"

顾晓音回答得太快，反而不像毫无芥蒂的样子。蒋近男觉得她必须得追问一句："你确定？"

顾晓音一时回答不上来。早先遇到谢迅时，自己那瞬时心跳加速的感觉，要说已经完全翻篇了，无异于掩耳盗铃。但他们这段有疾而终的感情，过了这几个月，顾晓音也实在不知从何谈起。也许小真的百日宴倒是个不错的机会，她是小真的小姨，他是小真的干爹，各自师出有名，这场宴会过后就可以揭过，两人从此名正言顺地做朱映真小朋友八竿子打不到一起的两个亲戚。

但还有一事，顾晓音不由得道："我是真没事，但我俩同时出现的话，大姨不会出什么幺蛾子吧？"

"不会。"蒋近男先应了，又迟疑，邓佩瑜这个人，要是她不关心的人倒是不要紧，顾晓音的事，尤其是终身大事，被邓佩瑜放在了心上，这反而可能节外生枝。

还是得提前跟我妈打个招呼，不要多事。蒋近男挂了电话想。

像是听到大人们的纠结一样，朱映真小朋友接下来一段时间里都状态不错，不仅没有发烧，还能吃能长，进入一个传说中的"猛长期"。百日宴安排在周日。周五晚上，赵芳和老朱来看小真，赵芳抱着小真喜滋滋地说："瞧我们小真多体贴人！以后有了弟弟妹妹，肯定是个好姐姐！"

谁知这世上的事就是这么经不起一丝一毫的得意。周六晚上十点多，蒋近男喂夜奶时发现小真有点发烧，刚巧邓佩瑜打电话来问第二天的情况，蒋近男也就说了。

"又发烧?"邓佩瑜在电话那头听着就着急起来,"哟,那你赶紧给朱磊他妈打电话,明天的宴会取消吧。"

"这……"两周之前的蒋近男觉得如若小真生病这宴会就该取消,事到临头,却又不是那回事了。两周前,无论是她、朱磊还是赵芳,都有不少余地可以和朱家的亲戚朋友交代,非拖到办酒前一晚取消,无异于婚礼当天不出现,是要在对方所有亲戚朋友面前打赵芳的脸。蒋近男不喜欢赵芳,可她也不想这么让赵芳没脸。

"嗜,你犹豫什么呢?"邓佩瑜在电话那头不耐烦道,"你不好意思跟你婆婆说,我给她打电话。"

"别,妈!"蒋近男深知这事邓佩瑜完全做得出来。可邓佩瑜不知道的是,赵芳对她正怀着一肚子不满意,再来这么一勺火上的油,这俩人非干起来不可。她现在最不需要的,就是在这一地鸡毛里再添上更多狗血戏码。

"我让朱磊给他妈打个电话,先打个招呼,我们再继续观察小真的情况。也许就是个普通的发烧,明天就好了呢。"

"赶紧打,别耽误了事!"

朱磊给他妈打了电话,没人接,又给他爸打了,还是没人接。"恐怕是已经睡了。"他放下电话说,"明早看情况再说吧?"

"要不你给你妈发个信息?"蒋近男试着提议。

"可别!他俩睡得早起得早。明儿早上要是他俩起床的时候看到这信息,说不定早上六点半就能上咱家敲门来!"

蒋近男想想,也是这么回事。

夜里小真吐了一回奶,睡得也不如平时安稳。但是到了早上,温度降到37.8℃。蒋近男一夜没睡踏实,反复想着第二天的种种可能性和她需要采取的对策,恍惚觉得自己又回到了和朱磊结婚前的那个晚上。只是那时候她若是下了另一种决心,朱家人就算从此恨毒了她,搁在北京这两千多万常住人口里,大家也难再碰面的机会。今时却不同往日,除非小真好起来,否则哪一种选项都够她回头喝一壶的。

因此37.8℃虽然还算是低烧,蒋近男已经觉得感谢上帝。

赵芳订的酒店在亚运村。早年也是个赫赫有名的五星级酒店,承接过北京亚运会的接待任务。当然，那是快三十年前。赵芳把小真的百日宴选在这里，最主要的原因是朱磊的小姨夫在酒店工作，能给打个折不说，小姨夫还承诺把菜的档次再提高一档，且能自带酒水。邓佩瑜听到这地点时，颦眉道："这可够远的，小男她们那儿附近的五星酒店不挺多的吗？四季，凯宾斯基，威斯汀……"

幸好蒋近男拉住了她，邓佩瑜没再说下去。回头邓佩瑜对蒋近男说："我知道你的意思，我那不是心疼孩子吗？咱就选个近点的五星，朱磊家出不起我们出好了，还以他家为主。"

蒋近男坚决不同意。她既不想让邓佩瑜当这个冤大头，也不想给赵芳吃这个瘪。反正小真自己不知道也不会反对，会难受的那几个大人难受俩小时也就过去了。

不知是不是发表反对意见，这天，朱映真小朋友在车里闹腾得很，偏北四环这天特别堵，朱磊本来就被这交通闹了一肚子火，心里埋怨他妈死要面子活受罪，又不方便对蒋近男说，听小真不断哭闹，便忍不住对后座的蒋近男道："要不你把她从汽车座椅里抱出来得了。瞧她哭那样儿，可怜见的。咱这会儿反正也跟蜗牛爬似的。"

蒋近男也被这哭声闹得心神不宁，听到这话，不由得愈加没好气地顶回去："越是堵车越容易刹车，小真这么小的孩子，万一你一急刹车，咱大人没事，她脖子都可能折了你知道吗？"

朱磊想想也是这个理，他调整了一下自己烦躁的心态，自我安慰般对蒋近男说："今儿这个日子吧，虽然确实有点折腾，但我觉着办了也好，不然我妈老想着这事，回头还得操办。我们部里来了新领导，最近刚准备烧三把火呢，下周起我估计就得加班，哪儿还能忙这个。"

小真哭着哭着，吐了一大口奶，蒋近男忙着给她清理，没搭朱磊的话。

过了京承高速，交通总算是好了一点。宴席安排在十二点开始，赵芳千叮咛万嘱咐让朱磊十一点半务必到，等他们排除万难赶到酒店——十一点五十。

顾晓音在酒店门口等蒋近男。她坐地铁，倒是按照赵芳的要求十一点半准时到。客人们陆续到达，全是朱家的亲戚朋友，除了几个人她觉得眼熟，大概是蒋近男婚礼上见过，其余一概不认识。赵芳眼看着儿子媳妇不露面，时不时地就来问一下顾晓音，顾晓音不胜其烦，只好以迎蒋近男的借口上门口来站着。

蒋近男没迎来，倒迎来了谢迅。他好像也没料到会在酒店大门口遇到顾晓音，停了一会儿才开口："等你表姐？"

"嗯。"顾晓音回答。她又觉得自己该有个更自然的反应，于是道："好久不见。最近还是很忙？"

咱不是刚见过？只是你避而不见。谢迅想。但他当然没有直说，只道："是啊，一年到头这样，习惯了。你呢？最近也很忙？"

"那倒没有。最近市场不好，我们其实挺闲的。"

谢迅还想说什么，却见顾晓音神情一松，往左前方大步迈去。他随之回头，是蒋近男到了。

蒋近男从车上下来，又去开另一侧的车门，打算把小真先抱出来，再让朱磊去停车。眼瞅着顾晓音和谢迅俩人一起走过来，蒋近男愣了一下，也没往心里去。刚好有谢迅这劳动力在，她指挥谢迅帮忙把后备厢的婴儿车拿出来。

朱映真小朋友躺进婴儿车里还是很不开心。谢迅随口问道："小真不舒服？"蒋近男便把昨晚到今天的情况简要说了。谢迅不是儿科医生，不过还是习惯性问下温度，听到没到38℃，又瞧着小真精神还好，谢迅也没往心里去。

朱磊的车还没开走，邓佩瑜到了。车是邓佩瑜开来的，可看到门口这架势，邓佩瑜果断自己下车，让老蒋把车开去车库。她下来就直奔孩子，瞧着小真在哭，邓佩瑜伸手把孩子从婴儿车里抱出来。

"哟，这小额头够烫的，我觉得不止37.8℃吧。"

蒋近男出门前刚量过小真的体温，当时确实只有37.8℃，这会儿听邓佩瑜这么说，她伸手摸了摸，好像是比刚才热，但也有可能是心理作用。她迟疑地看了谢迅一眼说："要不你摸摸？我说不好。温度计在包里，一会儿朱磊上来才有。"

谢迅虽说是见识过无穷多的发烧案例，可人手到底不是仪器，他能摸出小真确实是发烧了，具体是37.8℃还是38.7℃，这一摄氏度之间的差距还真说不好。

"等朱磊拿来温度计，还是量一下好，这么小的孩子发高烧得重视。"

刚巧赵芳也走出来了，听到这句话不由得脸色一变，勉强支出个笑脸和邓佩瑜打了个招呼，便问蒋近男："小真周五不是还好好的吗，怎么又不舒服了？"

蒋近男没接这话茬儿。要接下，两人三五句话可能就得吵起来。当着她妈和一众外人的面，她觉得没必要。赵芳勉强领了这情，转而张罗着要抱小真去给朱家的亲戚朋友看一看。邓佩瑜不大情愿地把小真交给赵芳，等她走了，还要嘟囔两句："死要面子活受罪，可怜我们小真跟着倒霉。"

邓佩瑜心里记挂着小真，赵芳走出去没几步，她到底抬脚跟了上去。蒋近男既不放心小真，也不放心她妈，此刻只能跟顾晓音和谢迅抱歉地打个招呼就走。谢迅想跟顾晓音说话，一时半会儿却想不出什么有趣又合适的话题来，只得问："最近忙不？"

顾晓音没忍住，"扑哧"一声笑了。"不忙。我们看天吃饭的，最近市场不好，没什么活儿干。"

谢迅这才想起这问题自己分明刚问过，不由得也笑起来。

"沙姜鸡最近怎么样？他好久没联系我，小师妹追回来了吗？"

"没有。不过他状态回升不少，不像刚开始那么颓废了……"两人聊着，想起从前他们一起听沙姜鸡倾诉的时候，各自的心中不由得有点感伤。好在这时朱磊停好车赶到，老朱便来招呼着大家入席。

谢迅因为是小真的干爹，被安排和家人坐在一起。他们在二号桌，除了邓佩瑜和邓佩瑶两家七口人，就是朱磊、小真和谢迅。邓兆真本来要来，邓佩瑜觉得他最近身体不好，朱家的亲戚朋友又杂得很，劝他不必赶这个热闹，邓兆真也没跟她争。除了这二号桌，其他全是老朱和赵芳的亲戚朋友，其中一号桌是两人单位的领导，由他俩作陪。

赵芳抱着小真在一号桌坐了一会儿，小真哭个不停，让赵芳也有点拉不下脸。"我们闺女早产，她妈妈生她的时候动了大手术，难免养得娇惯。"她笑着对客人说，拿了个安抚奶嘴放在小真嘴里。小真喌上奶嘴好了一阵，然而还没等赵芳再跟客人说上几句话，小真吐了奶嘴，又大哭起来。

"这孩子……"老朱开了个头，想想又没说了。

赵芳想把奶嘴塞回去，小真左右摇头，就是不肯配合。她无法，把奶嘴塞进自己口袋里，抱着孩子拍着哄。蒋近男听到声音已然赶了过来，然而赵芳并没有要把孩子给她的意思。

"妈，孩子我来抱吧。"

"不用。就刚才奶嘴掉了，咱小真不高兴了。我拍拍就好。你看……"

这时，一个客人走过来，夸小真长得像奶奶，赵芳显得特别开心。"是呀，像奶奶，也跟奶奶亲！"

小真却非常不给面子地愈发大哭起来。蒋近男正要上前，朱磊拉住了她。"你让妈抱会儿。"

"你听小真哭的！"

"你看的那些儿科医生公众号不是说了嘛，小孩哭又哭不坏的。能哭说明肺功能好。"

顾晓音远远注意着这边的动静，一边替蒋近男焦心，一边还得按住时刻可能冲上前去的大姨。她在心里暗暗佩服赵芳，能把一个哇哇大哭的婴儿装作没事一样抱着，这心理素质也着实令人钦佩。

那边的朱磊终于也有点看不下去，上前对赵芳说："妈，小真可能饿了，让小男带她去喂会儿奶吧？"

老朱在一旁受了这许久的精神折磨，此时也帮腔："哎呀！那可不能饿着孩子，赶紧让小蒋喂奶。"

赵芳不大情愿地把小真交回给蒋近男。蒋近男接过小真，把她的小脸贴在自己颈间，觉得又比刚才烫了不少。她惊觉自己刚才注意力一直在赵芳身上，还没给小真量体温，赶忙回头吩咐朱磊拿体温计来。

"体温计？"朱磊好像有点意外，"在包里吧？包我搁车上了。"

"小真摸着滚烫，你赶紧去拿一下。不行咱得上医院。"

朱磊觉得蒋近男有点小题大做，真丢下这么多人带孩子上医院，回头他还不得被他妈念上几年。但看小真着实哭得可怜，朱磊也有点不放心，瞧着他妈正跟一个同事聊得开心，没注意到这边，他紧走两步去车库拿体温计去。

蒋近男抱着小真穿过宴会厅，还没到门口，顾晓音和邓佩瑜赶了上来，见蒋近男是要去喂奶，两个人都要跟着去。蒋近男实在没有精力应付邓佩瑜，便点了顾晓音的名，让她妈留在这里，一看见朱磊就叫朱磊去找她。

邓佩瑜对这个安排不是很满意，这种时候哪儿有不要亲妈要表妹的，顾晓音一个未婚的姑娘能帮什么忙。然而蒋近男脸色着实难看，就算是邓佩瑜，也看出此时还是不要强行抬杠好。她回到自己位子上，不由得对谢迅说："小男真是运气不好。"

这话当然可以有许多种解释，谢迅知道顾晓音从没对家人说过实话，不然他绝无可能坐在这里，只是他自己也不免在心里承认蒋近男确实运气不好。

"小音那孩子也是。说谈就谈，说分就分，一点也不跟我们商量。"邓佩瑜忽然把话题岔到顾晓音身上，倒是令谢迅有点措手不及。

此时谢迅的手机忽然响起来，是顾晓音。他看了一眼邓佩瑜，起身说："我接个电话。"边接通边快步往外走。果然，顾晓音焦急的声音传来："你快来，小真看着不对！"

谢迅一边让顾晓音描述症状，一边赶忙往客房赶。原来小真喝上奶不一会儿便开始吐奶，紧接着四肢抽搐，把蒋近男和顾晓音都吓得不轻。

谢迅上一次接触儿科还是本科实习的时候。看到小真两只小手不停地到处挥舞，哇哇大哭，又表现得十分烦躁，一时好几种疾病名称撞入脑中，倒没有哪种是他的专业范围里的。孩子毕竟不比大人，谢迅没有把握，也不敢贸然上手检查。好在现在是移动互联网的时代，按图索骥地对照小真的症状进行合理猜测，别说是谢迅，就连兽医也可以上手试试。谢迅顶着被蒋近男和顾晓音双重注视的压力，拿着手机查了几个自己高度怀疑的疾病，最后带着三分肯定对两人说："我怀疑小真是脑膜炎，最好还是赶紧去医院检查一下。"

"脑膜炎?！"蒋近男也愣了，"怎么会是脑膜炎?！"

谢迅不知道蒋近男对脑膜炎有多少认识。这个病人人都听过，但蒋近男会知道它的复杂性和严重性吗？谢迅无从判断。他倒希望蒋近男对此一无所知。万一他错了，只是普通的高烧惊厥呢？

蒋近男倒冷静下来了。她一手抱着还大哭的小真，另一手已经拿起手机来给朱磊打电话。谢迅见过她这一面，当她知道自己得了夹层时也是这样，一旦是既成事实，她就把那些当作已知条件，并不追问"为什么是我"这种别人难以回答的问题。

然而掌握自己的命运是容易的，掌握别人的命运却是难的。朱磊的电话不在服务区，不知是在地下室还是在电梯里，而小真拒绝被母亲安慰。谢迅眼看着蒋近男从冷静一点点又变得焦躁，像那快要决堤的大坝一样，按手机重拨键的手指越来越快，越来越重。他正打算开口说"要不还是边下楼边联系朱磊，别耽误事"时，客房的门铃响了。

谢天谢地，是朱磊。顾晓音刚刚已经收拾完蒋近男的包，因此朱磊一进门，蒋近男抱着小真朝他喊了声："小真情况不好，谢迅说可能是脑膜炎，咱们得立刻去医院！"随即就往外跑。

屋里的人呼啦啦地往外走，朱磊不由自主地跟着，到了电梯间才想起来，怎么着也得给赵芳打个电话。那边接通了，偏背景嘈杂，电梯里信号又差，朱磊说的话赵芳怎么也听不清。他的火气不由得蹿了上来，挂上电话用语音消息大声喊了一句："小真怀疑是脑膜炎，我们上医院去了！""啪"的一声按黑了电话。

赵芳的电话最终还是打了回来，在他们去医院的路上。朱磊在开车，没有接，蒋近男抱着小真坐在后排，自然也不会接。前排的顾晓音看了一眼朱磊，没提这事，而谢迅在试着联系他去了儿童医院的同学，夹着小真的哭声，他根本没留意到有电话在振动。

朱磊的电话便兀自在中控台上嗡嗡振动，响了一声又一声。

第二十三章　祖国的花朵

顾晓音是第一次踏进儿童医院的急诊室。

原来北京的儿童医院是这样的。她有点不着调地想。顾晓音小时候其实也没少生病，但那时候她还跟爸妈一起在安徽。也许是时代原因，也许是小地方的医院，也许兼而有之。她总是被邓佩瑶带去看病，一进门是个正方体的大厅，左侧是挂号，正对面是缴费，挂了号就可以去右手边一间小屋子里看病，那是急诊室。顾晓音绝大多数的时候是发高烧，医生只要看上一眼就会让她去抽血化验。化验室在一楼尽头，要走过一个细长的、永远幽暗的长廊。她总是晕乎乎地走到化验室，有人打开小窗，麻利地用针头在她手指上戳一下，收集血液。她就和邓佩瑶坐在化验室对面的凳子上等结果，几乎每次都是白血球过高，要打青霉素再挂水。于是她做皮试，打好疼的青霉素，再和其他病人一起坐在走廊里一字排开的椅子上挂水。

顾晓音到现在都忘不了那个感觉，挂水的那只手总是冷冰冰的，像变身成了某种冷血动物。小时候她总是期待生病，因为这样就可以请假，不必上学，可是每次坐在走廊上百无聊赖地挂水时又会后悔，然后再度循环。于是小时候的顾晓音期待自己生一场大病，能住院半个月的那种，不仅能至少大半个月不上学，还能满足她某种奇特的虚荣心。

但她现在衷心希望小真只是感冒发烧，最普通的、一点戏剧性也无的那种。

蒋近男今日仿佛特别倒霉似的，急诊排了长队，小真前面还有接近五百个号。一个在蒋近男前面两三个号的大婶试图抱着自己手里的孩子往诊室冲，被护士推了出来。"冲什么冲？你前面那么多人都还等着呢，就你特殊？"

大婶急道："孩子肚子疼，这都一身冷汗了！"

护士看了眼孩子。"孩子要真不行了，叫急救，立刻能插队，要没到那份儿上，院长的孙子来了也得等着！"

急诊室门口的人笑道："你糊弄谁呢！"

护士瞪了那人一眼。"总之神仙来了也得等着！"

朱磊为难地看着蒋近男说："怎么办？这少说也得个把小时，要不咱带小真先回家，过会儿再来？"

蒋近男摇头道："我就在这儿等着，万一小真情况不好，好歹在医院里。"

朱磊拗不过她。想着还得给赵芳一个交代，他拿起手机走远几步给赵芳打电话。谢迅想说话，又不知能说什么，想起自己有个大学同学在儿童医院，便也去打个电话碰碰运气。顾晓音陪蒋近男坐着，只听不远处朱磊道："嗯，等着呢……别，您别来了，不够添乱的……"

蒋近男忽道："你也去给我妈打个电话吧，就说我们到医院了，让她别担心，也别往这儿跑。"

顾晓音起身，又不大放心。"你一个人在这儿能行吗？"

"能行。"

谢迅倒是打通了自己同学的电话，可同学说自己早已转行，爱莫能助。他挂了电话，想了想，又打沙姜鸡的电话。

沙姜鸡听说要找儿童医院的人，第一反应也是那个同学，听说对方已改行，沙姜鸡在电话那头啐了一口："他肯定是走的时候闹得太难看，才会连个招呼都打不上。"说完他沉默了一小会儿，才道："我想想还能找到谁，你等我消息。"

谢迅放下电话，顾晓音已走到面前。她似是欲言又止，又终于下定决心道："你认识儿童医院的人吗？"说完她好像有点不自在，像是自己做了什么非分之举似的，立刻找补道："我怕小真万一真是脑膜炎，给耽误了，留下什么后遗症。"

如果自己还是她的恋人，此刻就可以把她拥入怀中，就算做不了什么，至少也可以安慰她。然而顾晓音此刻开口相求，怕是心里也挣扎过，因此始终低着头，几乎没跟他做任何眼神的交流……谢迅闭了闭眼道："我分到儿童医院的同学已经走了，我刚打过电话给沙姜鸡。他正在帮忙找其他关系。"

顾晓音惊喜地抬头，那眼神刺痛了谢迅的心。又一次，他感到自己的没用。也许他确实不是她的骑士，在顾晓音需要的时候，他没能帮上忙，不把事情搞砸就不错了。

"沙姜鸡认识的人多，希望挺大的。小真现在已经在医院了，总不会出大事，你放心。"他这么安慰她，自觉言辞贫乏，然而也许因为他毕竟是医生，顾晓音到底获得了安慰。她叹口气："还好今天有你在……"

仿佛是要附和顾晓音的判断似的，谢迅的手机此刻响了起来，是沙姜鸡。沙姜鸡通过医务处小江找了儿童医院医务处的朋友，今天是周末，人家不上班，但是会帮忙联系今天值班的医生。"你会陪着吧？我把你的电话留给对方了。"

谢迅应了下来。虽然他留在这里并不能增加任何边际效用，但要是能让顾晓音和蒋近男觉得安心，那也算是不虚此行。

他俩走去和蒋近男说了一下情况，让她安心。小真此时睡着了，小脸还烧得红扑扑的，但至少暂时安静下来。他们坐了一会儿，谢迅电话响了，接了起来。果然不远处有个医生等着。那医生跟谢迅接上头，又跟护士打好招呼，便走了。朱磊赶上去道了声谢，回来正赶上护士带着蒋近男往里走，瞧见他，不乐意地道："别那么多人一起进去，最多进两个大人得了。"

"谢医生，你陪我进去吧。"蒋近男道。

谢迅从命。急诊医生看到小真，又问了问蒋近男小真发病的过程，果然也和谢迅一样怀疑是脑膜炎。可是因为小真太小，又有过惊厥，不能立刻做穿刺确诊，还得先做 CT 排除颅内出血和颅内肿瘤。

"您不会是怀疑这孩子有颅内出血或肿瘤吧？"蒋近男的声音不由得微微颤抖。

"那倒不是。"医生显然也见多了这种情况，应对沉着得很，"但是这么小的孩子，既不能说话，症状也不会那么典型，必须得把可能的情况都考虑到。

万一孩子颅内压增高，做腰穿可能会造成脑疝。"

"嗯，可她还这么小，这些检查要怎么做？"

"CT 简单，会给孩子镇静剂，让她睡过去，做 CT 的时候你全程陪同。腰穿一般是局麻，如果你抱得住孩子，不给镇静剂也行。"急诊医生公事公办地说完，看了眼谢迅。"我现在就给你们安排做 CT，不过即使结果没问题，腰穿也得明早才做得了。刚才赵医生跟我打过招呼了，你们是希望住院一晚还是明早再来做？"

"我们住院一晚，劳您安排。"蒋近男立刻回答，甚至没看谢迅一眼。

谢迅跟在蒋近男后面走出诊室。蒋近男选他陪同，而不是孩子爸爸，多半是因为他是医生。顾晓音这个表姐，看起来永远镇定理智，无懈可击。"这个女人岂止是水泼不进去，硫酸都没戏。"沙姜鸡曾经这么评价她。只是她刚刚问检查怎么做，听医生回答的时候，在咬嘴唇上的皮。也许是用力过猛，撕开了一个小口，冒出血来，那血像是提醒了蒋近男自己身在何方，她舔了下嘴唇，又恢复成之前钢筋铁骨的她。

毕竟母女连心。一个女人做了母亲，就要承受自己的一部分生命完全不受自己掌控的命运。谢迅想到蒋近男被确诊夹层的那个晚上，即使是在那时，她看起来更多的是具有宿命感，而不是惶恐。

见蒋近男走出来，朱磊和顾晓音赶忙迎上。蒋近男大概说了下医生的判断和接下来的安排。朱磊听到有病床能住院一晚，长舒了一口气："能留在医院里就出不了大事！"

护士很快就叫了小真的名字。"妈妈跟着就行了，其他人等着。"谢迅皱了下眉头，但没有开腔。蒋近男对朱磊说："你趁这会儿去办下入院手续。"又看向谢迅。"今天真是麻烦你了，我们接着按流程走就行，你先回吧。"

顾晓音看着蒋近男的背影，不知怎么，鼻子一酸。好像从表姐得了夹层开始，命运的齿轮缓缓转动，向蒋近男碾压过去，然而自己除了一厢情愿地跟谢迅分了手，其实什么忙也没有帮上。她不由得看向谢迅，谢迅感受到旁边的目光，正要转头，《革命》开头那个不和谐的和弦响起，紧接着是三度和二度交替的十六分音符下坠音，候诊室里，附近的人全向他投来异样的眼光，诊室门口的护士更是直接剜了他一眼。

顾晓音熟悉这个声音，这是谢迅科室里又找他了，十次有十次，是需要他回去加班。她第一次听到这个声音时，还是在婚姻登记处。顾晓音想起当时徐曼那张欲言又止的脸，时过境迁，她也已经成为谢医生的前任。

果然，谢迅接完电话便说："科室里有急事，我得赶回去。你留在这儿行吗？"

顾晓音毫不犹豫地点头。谢迅却没有立刻走，他垂头看着顾晓音，顾晓音感觉到自己的脸慢慢红了，他是要伸手摸她的头发，还是她的脸？在儿童医院这种场合，是不是不太合适？但她终究只听到谢迅温声道："那我先走了，有事打我的电话，万一找不到我，打沙姜鸡电话。"

顾晓音去CT室门口等蒋近男。先回来的是朱磊，见顾晓音独自一人，他像是松了口气，对顾晓音说："小音，姐夫得麻烦你个事。"

"姐夫你说。"

"小真不是要明天早上才做穿刺嘛。我明早部里有事，实在没法在这儿陪着。你明儿能请一早上假陪陪小男不？我估计一早上就能完事。如果你不行，我问问我妈或者小男妈妈……"

"不用……"顾晓音听到最后那一句，下意识地先开口阻止，"我跟所里请个假吧，最近不太忙，应该可以。"

"那太好了！"朱磊如释重负，"你盯着这儿，我比谁都放心。"

说话间，蒋近男抱着小真出来了。"小音，你先陪你表姐去病房安置一下，我在这儿等到结果了去找你们。"朱磊道。

蒋近男下意识想拒绝，到底被顾晓音一句"小真在病房里也能睡得更好些"说服，只叮嘱朱磊，拿到报告后，不管是什么结果，先照张照片发给她，便被顾晓音带走。病房是双人间，隔壁床的家属见她们进来，刚要感慨这么小的孩子也要住院，看见小真睡着了，只压低声音自己嘀咕了两句。

小真还在药物作用下沉沉睡着，蒋近男把她放到床上，自己躺在旁边，把她拢在怀里。一切都还毫无定数，小真可能有颅内出血，颅内肿瘤，可能是脑膜炎，可能是其他病，也可能只是普通的高烧惊厥。蒋近男觉得自己像一个等待陪审团裁决的犯人，然而小真身上的气味是那样香甜，她又是那么累，竟然不知不觉就睡着了。

蒋近男是被小真的哭声吵醒的。药效已经过去，小真也饿了。蒋近男翻身起来，天色已近黄昏，她在小真的病房里，顾晓音在床尾的椅子上坐着，显然刚才也在打盹儿。见她醒了，顾晓音连忙站起来。

"CT 结果出来了吗？"

"出来了。风险因素排除，明天一早穿刺，所以我们没叫你。姐夫回去给你和小真拿点过夜的东西。"

朱磊赶在晚餐前回到病房，不仅带回蒋近男和小真的东西，还带了三个人的晚饭。"医院里能有什么好吃的东西，你辛苦一整天，还要接着熬到明天，必须得先吃点好的。"

"看人家老公多体贴。"隔壁床的妈妈对自己丈夫说，"我说点个外卖让你下去取你都不干，净让我吃医院里那又贵又难吃的食堂配餐！"

隔壁床的爸爸低声解释。顾晓音把床脚的桌子支上，一样一样地打开外卖盒。东西看着是不错，可是还是不如中心医院食堂的水平，她没来由地想。

三人吃完晚饭，朱磊问蒋近男晚上要不要把保姆接来。"你和小音也能休息得更好些。"

"你要回去？"蒋近男盯着朱磊问。她那目光让朱磊有点心虚，但他还是说："今晚我陪着也没有任何问题，我不就是想给你找个更得力的帮手嘛。明儿早上我真没法陪着，你也知道我们那新领导的德行……我已经跟小音说好了，她明天早上可以跟着，给你当坚强后盾。你要是需要我，我就今晚陪着你，明儿一早我直接从医院……"

"不用了。"蒋近男打断他，"你一会儿把保姆接来陪着我，让小音回去休息，明天早上再来。"

保姆来了，但顾晓音没走。"我看护士站那边有一个长沙发真挺适合睡觉的，我懒得再跑一趟了，就睡那儿就行。"

她想好了三五个用来对付蒋近男的理由，但出乎她的意料，蒋近男什么也没说，同意了。

这一夜顾晓音睡得很不好。朱磊送保姆来的时候带来两条毯子，她盖着其中一条，夜里倒是不冷，只是沙发太硬，不远处护士台的灯光明晃晃的，顾晓音用包盖住自己头的一部分，挡着光，勉强睡着了。

她梦见小时候和蒋近男挤在一张床上，两人刚看完《五个女子和一根绳子》，她在梦里又看到那五个姑娘穿着红衣服，一字排开，站在五条挂好的上吊绳后面。顾晓音在梦里又吓出一身冷汗，找蒋近男，蒋近男却不见了。周围越来越冷，她越来越着急。

"小男！"顾晓音在梦里喊了出来。她醒了。还躺在医院的沙发上，毯子不知什么时候掉到地上，怪不得她在梦里觉得冷。顾晓音翻了个身，脑海里却难以挥去梦里那个恐怖的意象。医院里四周惨白的墙壁，让她觉得瘆得慌。

都十几年过去了还是毫无进步。顾晓音自嘲。她翻身起来，走去小真的病房。门关着，从门上的小窗望进去，里面黑黢黢的，所有人应该都在睡梦中。

顾晓音又走了回去。

她再醒来的时候，发现脚边坐着蒋近男。

顾晓音挪过去，把头靠在蒋近男肩膀上。蒋近男没动，可是将头微微靠了过来。

"想什么呢？"顾晓音问。

"没什么。"蒋近男答。

"骗人。"顾晓音小声说。蒋近男还是没动弹，可是顾晓音知道她听见了，"小真不会有事的。"她拉着表姐的手轻轻地说，蒋近男握住她的手，她的手指冰冰凉凉的。

"嗯。"良久，蒋近男答道。

她们就这么静静地坐了一会儿。早晨悄悄到来，开始有人打开病房的门出来，打热水的，去冰箱里拿早饭的，看见她俩，有人望上一眼，有人只记得自己的事，头也不回地走过去了。

走廊里的人逐渐多了起来。护士推着小车去抽血。蒋近男握着的手机亮了，是朱磊打电话来问情况。她简单说完，两人收了线，蒋近男拍拍顾晓音的手说："我该回去了。"

穿刺安排在上午。因为小真已经住院，可以在病房里操作。医生先来给小真做皮肤局麻。"她就这样清醒着，能操作成功吗？"蒋近男想到她昨天在网上搜索时读到的那些因穿刺失败而碰伤脊髓，导致严重后果的案例，不禁担忧地问。

"没事。"医生显然不是第一次遇到这种问题了，"皮肤局麻对孩子好，穿刺成功率高。你也不想孩子受二次罪不是？一会儿你给她个安抚奶嘴，我操作的时候按住她就行。"

蒋近男觉得医生强调了"按住"这两个字。然而这轻飘飘的一句，就像

"何不食肉糜"一样，无法给她带来任何安慰。皮肤麻醉后要等半小时起效。到了时间，医生已经进了病房，小真许是见了生人，许是饿了，又许是因为她不过是个一百零一天的孩子，她开始大哭起来。蒋近男把安抚奶嘴塞进她嘴里，小真安静了两三分钟，医生的针头还没碰到她，她又吐掉奶嘴大哭起来。

"按住！"医生和旁边的护士同时喊。蒋近男用力抱住小真，然而收效甚微。小真像是一只怕被装进笼子的小兽，手脚不停地挥动，剧烈挣扎。"你俩站着干吗？来帮忙啊！"护士朝保姆和顾晓音喊。两人连忙上前，三个大人要按住一个孩子，然而收效甚微。隔壁床的父母早上带孩子去做检查，回来时看到这一幕，直叫作孽，又躲出去了。

几个人又试了一会儿，依旧徒劳无功。蒋近男只觉度秒如年，和她自己确诊夹层后随时可能会死的那一个多小时相比，有过之而无不及。终于，她听到医生对护士说："算了，你去拿点水合氯醛，这样没法搞。"镇静剂喂下去，她如释重负，然而当小真的身子慢慢软下来，强烈的愧疚感又像海啸一样打上心头。蒋近男在医生操作的整个过程中紧紧抱住小真，像巨浪里只有她二人在浮木上，稍不注意，小真就可能脱手而去。

"做好了。"医生终于说，"今天不一定能出结果，可能要明天早上。这期间孩子要是发烧，可以叫护士给点退烧药。注意观察有没有抽搐之类的颅内高压症状，有的话叫人。"

蒋近男只麻木地点头。这一场"脑膜炎"，到现在已接近二十四小时，却仍然没有定论。蒋近男恍恍惚惚地想，如果她更坚定一点，百日宴该取消就取消，也不至于如此。她和赵芳反正也跟"母慈子孝"没什么关系，其实并不在乎添上这一条。归根结底，是她自己的问题。

蒋近男一上午都陷在一种愧疚和焦虑的情绪中。小真没发烧，镇静剂的药效过去后她也没哭闹。保姆抱着小真乐呵呵地对蒋近男说："看我们小真多懂事，检查一定没问题。"蒋近男也只是勉强扯出了一个笑容。邓佩瑶给顾晓音打了个电话，说邓佩瑜要来，被她暂时拦住了。"您千万拦住大姨，别让她来，这儿不够乱的，也帮不上什么忙。"顾晓音着急地对妈妈说。朱磊也给顾晓音打电话，说找蒋近男没找着，问情况如何，听到小真做完了穿刺，现在情况还好，朱磊舒了口气："谢天谢地。我早上没法打电话都急死了。你跟小男打个招呼，下班我立刻上医院来。"

朱磊的电话还没打完，有一个电话插进来，顾晓音看了一眼号码，是她秘书。她犹豫了一下，还是跟朱磊说："姐夫，所里给我打电话，我得接一下……你放心，这里有我。"

秘书问顾晓音今天还进不进办公室，说刚刚开午餐会，刘老板在找她，问她干吗去了。顾晓音奇道："我今天请了事假呀，你没看到吗？"

秘书斩钉截铁地说没有。顾晓音简短说了两句家里有急事，挂掉电话去看自己的邮箱。原来在昨晚那兵荒马乱里她起草了一封给刘老板和秘书的邮件，然而不知因何打岔而没有发出去。顾晓音心里一沉，调出和陈硕的微信对话框，果然早上陈硕也发过消息问她怎么没有来。

她连忙把昨晚那封邮件修改几句发出去，又给陈硕留言说了自己的情况，请他帮忙在刘老板面前打个招呼。陈硕很快就回了："刘老板不太高兴，我帮你解释。你别担心，自己保重。需要帮忙就说。"

顾晓音也觉得自己搞砸了。但事已至此，她今天能做的都做了，明天去办公室再和刘老板解释吧。回到病房，小真睡了，保姆在劝蒋近男去休息休息，或者趁这个工夫回家洗个澡，别熬着。

"李姐说得对。"顾晓音插话道，"你放心，我俩在这儿盯着呢，不会有事的。"

蒋近男先是坚决拒绝，慢慢态度也有所松动，这一天半下来，她也觉得自己酸臭无比，便决定回家去洗个澡。可当她站在儿童医院的路沿边，顶着北京炎夏的太阳，用了三个叫车软件也没能叫到一辆车时，蒋近男深深后悔，并决定放弃。

"蒋近男！"忽然有人叫她。蒋近男在日光下眯着眼睛看了半天，才找到那辆摇下车窗的车。是程秋帆。"你在干吗呢？"程秋帆问她。他开车经过此处，不经意看见路边的蒋近男。只那一眼，程秋帆愣住了，他又仔细看了两遍才确认路边那个失魂落魄的女人是蒋近男。自从蒋近男生了孩子，几个月来，程秋帆再没见过她。他听说蒋近男生孩子时有点不顺利，但他一个单身男青年，总不好问蒋近男这种事。于是他只在蒋近男发的介绍朱映真的朋友圈信息下点了赞。

生孩子对女人的损耗太大了。程秋帆认出蒋近男之后，只有这个想法。她脸上的疲惫和焦虑无所遁形，令蒋近男看起来像是一下子老了十岁。程秋帆第一次觉得蒋近男大概需要帮助，于是他打开了车窗。

　　蒋近男认出程秋帆，便三步并作两步走过去。此时，后面的车对程秋帆在这拥挤的小街上停车招呼熟人非常不满，开始按喇叭。蒋近男就在这震天的喇叭声响里拉开车门坐了进去，车里开着空调，凉丝丝的，蒋近男终于舒了一口气。

　　谢迅上完头天的夜班，本想早上抽空赶回去看看。谁知一大早来了两个急诊病人，这一忙，就忙到正常下班的时候。早上他给顾晓音发过信息问情况，顾晓音只是简单回答两句，大概也是无心于此，他便没有再问。

　　谢迅走到儿童医院的住院部时，才想起自己并没有小真的床号。他掏出手机，准备找顾晓音，却发现顾晓音正站在一楼大厅的角落，不知在跟谁打电话。谢迅走过去，只听顾晓音道："真没事，大姨……啊，对，检查已经做了，明天才能出结果……您别担心，住在医院里不会有事的……表姐还好……您真别来……"

　　顾晓音打完电话，只觉像是打完一场仗那样身心疲惫。她锁上屏幕，抬头，却发现谢迅正站在三步之外，眼神关切地看着她。

　　顾晓音的眼睛忽然酸了。精神紧绷地支撑了一天多，顾晓音早已是强弩之末，她也顾不得面前这位是名不正言不顺的前男友，冲上前去抱住谢迅，把头埋在他的胸口。

第二十四章　甜美生活（2）

"你去哪儿？"

"棕榈泉。"

"怎么会在这里等车？"

"孩子有点不舒服。"

"没事吧？"

"没事。"蒋近男回答完这最后一句，便闭上眼睛，摆明是不想再说话。

还真把我当司机了。程秋帆在心里吐槽。他忽然想起，那为何只有蒋近男自己，孩子呢？最合理的推断是孩子还在医院里，那大概就不可能只是"有点不舒服"而已。程秋帆心里那一点不爽忽然淡了。"你一会儿还得赶回医院去？"

"嗯。"蒋近男闭着眼点了点头。

"时间不长的话，我送你回来吧。"

蒋近男睁眼看了他一眼，像是在确定他确有此意还是客气而已。程秋帆被这审视的目光瞧得有点不自在，不由得道："我估计你可能着急回去。现在叫车有时也不那么快。"

"好，麻烦你了。"

车开到棕榈泉，蒋近男直接带程秋帆进了地库。"我家乱七八糟的，今天就不请你上去了。我过一刻钟就下来。"

程秋帆在车里回了几个邮件，车门被拉开，蒋近男回来了。他看了眼时间，十六分钟。蒋近男的头发没有干，松松地扎在脑后。她整个人散发着一股刚沐浴过的潮湿气息，令程秋帆有些不自在起来。

原来她是回家来洗澡的，他想。他从未见过这样的蒋近男，头发潮湿，不修边幅，从前那种万事尽在掌握的样子完全无迹可寻。是家庭还是生育改变了蒋近男，程秋帆无从得知，他也懒得多想。

回儿童医院的路况总的来说还可以，只是到了最后五百米，开始无可避免地堵车。大医院总是如此。蒋近男挨了一个路口后，便不耐烦地开口道："算了，我下车走过去，反正也没多远，你也不用搁这儿堵着。"说完，她就像来时一样，眼明手快地拉开车门便走，只留下一句："今儿真亏了遇上你，谢啦！我回去上班后请你吃饭。"

程秋帆看她的背影大步走远，好像又恢复了他一贯认识的那个大刀阔斧的蒋近男，刚才偶然流露的那一点脆弱和无助荡然无存。他不知为何笑了一下，调转方向，从下一个路口开走了。

蒋近男走进病房，里面已经站了许多人。邓佩瑜，蒋建斌，朱磊，顾晓音，谢迅，保姆抱着小真。跟隔壁床父母二人带着一个孩子的情形相比，她这里浩浩荡荡，像是在开会。

"爸，妈，你们怎么还是来了？"蒋近男皱眉道。

"我们当然要来！"没等蒋建斌说话，邓佩瑜抢白道，"小真是我亲手带到这么大的，都住院了，不让我来哪儿行?!"

顾晓音紧张地看向蒋近男，怕她和大姨吵起来。但蒋近男只是叹了口气："你看这病房只有这么点大，两个孩子住着，就是两家人，我们这边来这么多人也会打扰别人休息啊。"

邓佩瑜原先那一肚子气忽然消减了不少。她回头看看另外那家的父母，递过去一个抱歉的眼神。顾晓音见形势稍缓，忙对谢迅说："我送你出去吧。"

病房里，这一边终于只剩下五个大人。没一会儿，隔壁床的孩子去做检查，见外人都走了，蒋建斌开口道："小男，刚才你干吗去了？保姆说你回家洗澡，孩子还在医院呢，这些事情可以放一放。你看，小朱正忙着，都请假提前下班……"

"我……"蒋近男还没来得及为自己辩解，朱磊先拦住了她。"爸，你别怪小男。我让她回去的。昨天晚上就是她和李姐顶在这儿，也确实得回去洗个澡缓一缓。"

蒋建斌脸色稍缓。"妈妈总是要多受累点。"

小真在第二天早上确诊脑膜炎。蒋近男在医生确诊时甚至有点如释重负的心情。比起之前几乎四十八小时充满未知的等待，这个结论显得并不糟糕，尤其小真还不是比较严重的分型。当然，一个三个半月的孩子，任何疾病都堪称严重，但依照蒋近男这两天在网上恶补的知识来看，只要不是那些必定留下后遗症甚至终身瘫痪的分型，就已堪称幸运。

一旦确诊，接下来就是治疗。由蒋近男这个外行看来，其实就是挂水。只是因为小真委实太小，就连挂水也像是个大型工程。顾晓音被所里召回干活儿去，朱磊头一天留到十点才走，他第二天早上专门打电话来叮嘱蒋近男，结果一出来立刻给他打电话，但他到底是上班去了。蒋近男和保姆忙活了一早上，中午邓佩瑜从家里赶来送饭时，即便蒋近男嘴里没能说出一句半句甜言蜜语来，心里还是默默承了妈妈这个情。

邓佩瑜看着现在的蒋近男，恍若也看到多年前的自己。蒋近恩小时候不知从哪里传染了腮腺炎，日复一日地发热，腮痛……小孩子既不懂克制，也不会忍痛，没完没了地哭，而蒋建斌刚下海没多久，完全不着家。邓兆真陪着邓佩瑜，带蒋近恩跑完西医院再跑中医院，跟邻居要来仙人掌，拔了刺，削两半给蒋近恩贴脸上消肿。两周的病程下来，邓佩瑜身心俱疲，她就是在那个时候下了决心把蒋近男送到姥爷家，因为她实在坚持不下去了。

邓佩瑜也曾怨恨过。曾经舞台上光芒四射的名角儿，变成苦苦相挨的准家庭主妇。她那文化馆的工作，有和没有也没什么区别。她有时实在无法，带着蒋近恩去上班，馆里的大姐一边投来同情的目光，一边安慰她："孩子小的时候，你总归要吃点苦，总不能指望你爱人帮忙吧？等孩子上学就好多了。好歹你生了儿子，我生孩子的时候，我爱人全家都在产房外等着，连他八十岁的奶奶都来了，听说我生了女儿，老太太立马走了。"

大姐有一条说得倒是没错。蒋近恩上小学后，邓佩瑜的日子确实好过了很多。蒋建斌的生意慢慢越做越大，她在文化馆办了提前退休，彻底做起家庭主妇来。时光轮转，看到今天的蒋近男，邓佩瑜差点就要把文化馆大姐传授给她的经验再传下去，但她终于忍住没有说。

另一头顾晓音也在焦头烂额。资本市场仿佛出现了一个短暂的窗口期，因此之前停摆的几乎所有项目都在加班加点，想趁着这个窗口期加快步伐，跑步上市。各家中介机构之前为了日后少减记服务费用而尽量避免将项目向前推进，现在忽然被要求交出早该完成的工作，只好默默吃下这个哑巴亏。

"早上刘老板勉强答应了你请假，但刚才还是忍不住让我叫你回来。"前一天，顾晓音送谢迅的时候接到陈硕的电话："你家里还好吗？需不需要帮忙？"

"这边好多了。你跟刘老板说一声，我一个小时之内回来。"顾晓音收了线，对身边的谢迅说："把你送走后，我自己也得走了，所里叫我回去加班。"

"我送你吧。"谢迅脱口而出，像是怕顾晓音有借口拒绝，他又补充道："我刚好回家，顺路。"

顾晓音本想说"不必了"，想到自己不久前一头扎进前男友的怀里，现在再拉出这个不熟的架势，未免显得虚伪。她跟着蒋近男折腾这许多小时下来，委实没有精力和兴趣再纠结于这些，干脆应了下来。

车行至顾晓音办公楼门口，顾晓音道了谢下车。谢迅见她一路上都在收发邮件，确是忙得很，此时纵然想借机聊上几句，也只能作罢。他目送顾晓音往办公楼门口走，却见有个男人提着个咖啡提盒从一旁走过来，叫住顾晓音。顾晓音非常熟络地和他说话，挑选起提盒里的咖啡，给自己拿了一杯，两人便有说有笑地消失在大楼里。

谢迅认得他。前段时间夜访顾晓音的那个。

原来他们是同事。

"别说你被叫回来了，张律师的孩子正住着院呢，也回来干活儿了。"陈硕边走边跟顾晓音聊，"我刚才买咖啡的时候，碰到我之前在明德的同事，她们是 issuer counsel（发行人律师），说是昨晚一直在办公室，今早去楼下健身房洗了个澡就回去了……"陈硕津津有味地讲了几句，看旁边的顾晓音心不在焉的样子，换话题温声问："家里出什么事了？"

"小外甥女脑膜炎。"

"是你那个做投资的表姐的孩子？没记错的话，好像很小吧？"

顾晓音不免又心情沉重地点头。

"你和你表姐感情真好。放心，孩子会没事的。"

你又怎么知道一定会没事呢？顾晓音在心里吐槽，但她没有说。旁人的善意需要小心珍惜，这是从小邓佩瑶和邓兆真给她讲的道理。

"张律师的孩子为什么住院？"顾晓音忽然问。

"不清楚。不过好像挺严重的，他老板给他特批了一周的假，结果才休了两天，他自个儿回来了，说是看组里忽然这么忙，不好意思自己休假。"

"呵。"顾晓音冷冷地笑了一声。陈硕从来没见过顾晓音流露出类似情绪，不由得看了她一眼。自动代入了吧，陈硕在心里叹口气，女人大概都是这样的。但这不重要，陈硕想，顾晓音既知根知底，自己又是律师，绝不会像他之前那几任女友那样，对他需要加班这件事抱怨连天。人和人之间果然还是要靠相同经验才能获得理解，但如果他要和顾晓音结婚，回头还是给她找个in-house（机构内部）的工作，两个人都还在律所里，确实没法顾家。

顾晓音并不知道陈硕此刻已经在安排她的未来。眼下他们就像临到开学忽然发现所有暑假作业都拖着没做的中学生，全都在赶着补作业。顾晓音喝了两口陈硕买的咖啡就搁在手边，再想起喝的时候，咖啡已经凉透。她不管不顾地往下喝了一口，胃疼。

别说陈硕，顾晓音也没想谢迅，甚至连蒋近男和小真都有些无暇顾及。第二天早上，她在回家路上给蒋近男发了条消息，问小真如何。蒋近男回得快而干脆："确诊了，正在治疗，不用太担心。"

蒋近男自己的状况倒远没有微信里写得那么云淡风轻。邓佩瑜还没走，下午朱磊带着赵芳来了。赵芳瞧着小真头皮上为了固定挂水针头而横七竖八贴着的胶布，先啪嗒啪嗒地掉了眼泪。赵芳掉眼泪，邓佩瑜也跟着擦眼睛。蒋近男把头别了过去，朱磊环住她的肩膀。

正赶上晚班查房，赵芳擦着眼泪问："医生同志，我想问问咱孩子挂的这是什么药？"

医生没抬头。"抗生素、降颅内压的药和激素。"

赵芳吃了一惊："这么小的孩子就要用激素？！别有什么后遗症啊。"

医生皱眉道："就是为了减少后遗症才用激素。这么小的孩子用了抗生素可能会刺激她的身体产生更多炎性介质，得用激素抑制住。"

赵芳不说话了，又掉了些眼泪。隔一会儿，似是心有不甘地问医生："不是说六个月前的新生儿有母乳保护一般不生病吗？我们小真没喝过母乳，会不会有这方面的关系？"

医生抬头看了眼蒋近男。"没有必然的联系。新生儿脑膜炎的发病原因很复杂，怎么可能用喝不喝母乳就能解释？"

"那就好，那就好。"赵芳唯唯诺诺道。邓佩瑜想开口反击亲家，被蒋近男的眼神制止。倒是朱磊帮她出了这个头："我看还是你非要搞百日宴闹的！小真本来体质就差，还被那么多陌生人摸来抱去的。"

赵芳想反驳又没开得了口，只摸着小真的小手哭。邓佩瑜觉得自己这个女婿没白培养。蒋近男闭上了眼睛。

顾晓音的忙碌没能维持几天。一周后，某中概股冲击上市，在定价的最后一刻，因为投行给的定价低于最后一轮融资价格，最后一轮投进公司的某大股东拒绝签字，上市计划随之搁置。这看起来是一个偶发事件，然而投资人的信心一旦发生动摇，形势便如多米诺骨牌般一泻千里。小真甚至还没出院，顾晓音这个小姨又闲到中午可以去看她了。

"幸好你这段时间都不用管工作的事，我看程秋帆焦头烂额的。他们还算幸运，离上市那临门一脚还有一小段距离。这一波冲出去又没上成的这几家以后不知道还有没有机会了。"

蒋近男怀抱着小真听顾晓音说着。那些她曾经滚瓜烂熟的人名和事显得这么近，又那么远。

顾晓音回律所的路上心情有点沉重。她跟蒋近男说工作上的事时，蒋近男明显心不在焉。也不是没有在听，或不了解内容，而是一种"已阅"式的无动于衷。从前的蒋近男不是这样的，她总是兴致勃勃地给顾晓音讲各种公司的八卦、人性的软弱与贪婪。现在的她别说讲，连听都意兴阑珊。

这念头一起，顾晓音没来由地想到《红楼梦》里宝玉说女儿出了嫁便从珍珠变成鱼眼珠。蒋近男眼里的光芒确实在慢慢消散……她被自己这想法吓了一跳，赶忙为表姐分辩——她现在是太累了，这只是暂时的权宜之计。然而这念头毕竟起过，顾晓音觉得她在心里已经悄悄背叛过蒋近男，这令她十分羞愧。

她刚回到办公室，陈硕踱进她的房间问："晚上有空一起吃个饭吗？"

顾晓音为难道："这两天家里事多，有点累……"

"咱们就在楼下红馆随便吃点。你反正也要吃饭不是？"

这理由确实让人无法反驳，加之对方是陈硕，顾晓音答应了。

两人在红馆坐定，刚点完菜，顾晓音瞧见两个熟人——刘老板和罗晓薇。她忙把自己的发现告诉陈硕，对方却显得不太奇怪的样子："哦，那也正常。"

这下倒换顾晓音疑惑了："什么意思？刘老板经常和罗晓薇一起吃饭吗？"

陈硕端起茶来，慢条斯理地抿了一口。知情者总是有些优势。他欣赏了一下顾晓音好奇的表情才解惑道："所里刚开了合伙人会议，罗晓薇今年没被考虑。我估计刘老板需要安抚她一下，把她稳住。"

原来如此。顾晓音表示了解，她随即想到这枚硬币的反面，刘老板没有安抚陈硕，他也没有显得失落。

"那么，看来要恭喜你？"

陈硕欣然颔首。"所以请你吃饭啊。"

身为律师，升成合伙人，就像童话故事里的 happily ever after（从此幸福）一样。没有人管他们之后的生活怎样，也无人关心人生是否有其他的选择，所有人之所求，无非是修成一个正果。顾晓音衷心地为陈硕感到高兴。她甚至后知后觉才想到这说明她根本没有被考虑，也并没有被当作落选后需要安抚的重点关怀对象。

陈硕像是读懂了顾晓音的心思。"刘老板安抚罗晓薇也不是因为她有多重要。毕竟她也是跟刘老板从明德一起"过档①"来的，刘老板不能显得过河拆桥。再加上罗晓薇这个人吧，特别事，你把她搞毛了，她不知道能作出什么妖来……要我说，你的水平比她高多了，吃亏就吃亏在不会来事。"

"不会来事"这个标签，邓佩瑜不知道多少年前就往顾晓音身上招呼过，因此顾晓音宠辱不惊地接受了这个评价。"你还为我鸣不平啊。"她笑道，"其实真没必要，你们俩有 LLM，还有好几年的外所工作经验，本来这些经历就更容易受到重视。更何况罗晓薇一直跟着刘 Par，这种忠诚度也应该获得回报。"

陈硕笑了。他在心里想，这位老同学工作这么多年还能这么天真地想问题，哪儿可能是罗晓薇的对手。这世上，就算是再正直的人，也无法抵御捏软柿子的诱惑，这就叫作人性。但话说回来，选择人生伴侣又不是模拟法庭，要

---

① 粤语中的跳槽之意。

那么强做什么？像陈硕这样顺利踏上人生新台阶的青年才俊，往往会在伴侣的选择上也有新的顿悟。有些人无限调低了未来伴侣的年龄下限，另一些人无限调高了自己对舒适阈值的要求，还有些时候，这两种倾向毫不违和地出现在同一个人身上。陈硕没有那么贪心。他从过去的经验里体会到小女孩要哄，要培养，要步步为营，恩威并施地把她们变成自己喜欢的样子，且成功概率不可知。陈硕已经过了那个需要新鲜感的年龄，顾晓音更像是灯火阑珊处的那人——陈硕觉得，他在多年后决定选择顾晓音，说明他是一个纯粹的人，一个脱离了低级趣味的人。

他对自己的决定非常满意。

"你志不在此也好。"陈硕探身，想借机握住顾晓音的手。偏在此时，服务员端上来一盘宫保鸡丁。他只好又坐回去。"你尝尝。我听说跟王府井君悦长安壹号的宫保鸡丁不相上下。"

"吃宫保鸡丁还得上君悦？"顾晓音疑惑道，"去那种地方的人不都奔着鲍鱼鱼翅去的吗？还有人真去那儿点宫保鸡丁？"

陈硕又笑了。顾晓音在这些方面的天真和见识短浅尤其显得她是个踏实过日子的人——他终是倾身向前。"晓音，我们在一起吧？"

宫保鸡丁这道菜，讲究一个"荔枝口"。酸甜，咸鲜，再带点微辣。若说这宫保鸡丁的辣都吃不了，那必然是个完全不能吃辣的人。可这红油吧，也不能说是一点辣也没有。顾晓音毫无心理准备地听到这句话，嘴里那口鸡肉上裹着的红油直冲气管而去。她还来不及做任何反馈，便只能捂住嘴，咳了个昏天黑地。

陈硕先被顾晓音的样子吓了一跳，等他反应过来发生了什么，他感觉这甚至是比顾晓音一口应承下来更好的反应。陈硕心里一软，忙起身走到顾晓音旁边轻轻拍她的背，又把茶杯端到她手边说："喝一口。"

顾晓音接过杯子喝了几口水，又咳了几轮，嗓子眼那点火烧火燎的感觉终于下去一些。她这才想起刚才陈硕的问题。"你刚才说什么？"

"你听见了，晓音。别装傻。"

"我是听见了。"顾晓音也没装，"但是，为什么？"

"感情哪儿有那么多为什么？"陈硕早已想好顾晓音可能提出的问题，"我们是这么多年的好朋友，我猜你在某个阶段对我有过好感，我也在某个阶段对你有过好感。如果说之前还没有意识到，那么你跟那个医生在一起，可算是让我醍醐灌顶了。现在你好不容易恢复单身，我当然要努力一把。"

如果是一年前的顾晓音，此时可能会喜极而泣。然而她此时显得有些呆滞，不仅陈硕不知道她在想什么，她自己也不知道。顾晓音头一次体会到感情中的模棱两可——她既不想拒绝陈硕，也暂时不想答应他。

但陈硕那么殷切地看着她，她不能不回应。顾晓音斟酌再三道："这有点突然，我从没想过……"

陈硕觉得以顾晓音的性格，这约等于他想要的答案。因此他并不急于逼迫顾晓音，那也许会带来相反效果。他大度道："你不用担心。给我个主动的机会就好。"

顾晓音微微红了脸。陈硕觉得妥了，穷寇莫追。他转换了话题。两人不咸不淡地又聊了些别的，大约因为有这个话题垫底，顾晓音显得有些心事，但她还是尽力配合了陈硕，就像她一直以来做的一样。

他俩吃完晚饭，刘老板和罗晓薇还没有结束。陈硕结完账，自然地对顾晓音说："我送你回去。就这几步路，要不我们腿儿着？"

顾晓音并不想腿儿着，但也没想出什么反驳的理由，就跟着走了。两人沿着光华路一路向东，直走到温特莱中心才往南。"你记不记得这里原来有个绿茶餐厅？你刚上班那会儿请我吃饭，非得选这家，我们排了好久好久的队才吃上。"陈硕忽然说。

顾晓音当然记得。她专门选了这家店，因为不贵，她请得起，更重要的是，排队的人多，她能名正言顺地和陈硕多待一会儿。她的确曾认真地渴求过眼前这个人。想到这里，顾晓音的心里软软的。也许她确实应该尝试一下和陈硕在一起，纵然时过境迁，她的心态有些不同了，但这到底不是陈硕的问题。

于是在光辉里楼下告别时，陈硕伸手拥抱顾晓音，她没有躲开。

顾晓音走进单元门。陈硕目送她上了电梯。他也没要求上楼。来日方长，他想。想到这里陈硕脸上浮现出温柔的神色，真是春风沉醉的晚上。他满面春风地离开了光辉里，一切看起来都像是个完美的收梢。

只除了那个在阴影里抽烟，猝不及防目睹了这一切的人。

第二十五章　胜券在握

"你跟顾晓音完了？"沙姜鸡查房的时候问谢迅。

"嗯。"

"那我追她你看怎么样？"

谢迅站定看沙姜鸡，沙姜鸡开始还继续往前走，见他停住，自己也停下来，谢迅怎么看他，他也怎么看回去。

到底是多年老友，谢迅在震动之余很快看出沙姜鸡不是认真的，他继续往前走。"不怎么样。"

"你看着一副还没完的样子，刚不还帮着张罗儿童医院的事了吗，顾律师没让你将功赎罪？"

谢迅回想起他前日撞见的那一幕，不禁满心苦涩："她应该有新男朋友了。"

"我×，顾律师可以啊。"沙姜鸡不由得钦佩道，"你这朵桃花还没谢干净，新的又开了。早知道她这么受欢迎，她表姐结婚那会儿我应该捷足先登的。"

"差不多行了啊。"谢迅脸沉了下来。

沙姜鸡就当没看见："都说了你还没完吧，她怎么这么快又找了一个？别是为了拒绝你编的吧。兄弟，这女人呢……"

"不是编的。"谢迅打断了他，"我在光辉里楼下见着他俩了。那人可能是她同事或者大学同学之类的，以前也见过两次。"

"我 ×。"沙姜鸡一时不知怎么接话，只好先以不变应万变，"那还真的只好……呃……请您节哀了。你还真是命途多舛，要是新认识的说不定两天就分了，碰上这种朋友转正的，一般都得往结婚奔。"

我可不就是那新认识的两天就分了的那种嘛，谢迅在心里苦笑。"看来最近我只能多从小护士那里寻求安慰了，你跟老金这气压低的，搞不好哪天就形成个强对流天气。"沙姜鸡喃喃道。

"老金怎么了？"谢迅问。

"你不知道？"说起八卦，沙姜鸡的劲头又上来了，"我们最近一直用的这批国产人工血管，老金怀疑张主任在公司参了股，所以才完全算临床试验，不搞套收。这一不搞套收，老金不干了，据说跟张主任当着陈主任、史主任的面吵了几回了。"

谢迅明白这其中的利害。套收的外快是科里的，几个主任肯定都有份，不搞套收、算临床试验的话，这笔收入就没了，如果还因此给张主任的公司做了嫁衣，只他一人有好处，老金心里不爽很正常。但谢迅有一事不解："为啥只有老金闹？陈主任、史主任不也要手术吗？"

"史主任不在乎这个吧。"沙姜鸡耸耸肩，"陈主任嘛，我不知道，他和张主任走得最近，也许他们私底下有什么其他的利益交换，说不定老金就是为了这个跳起来的。"

老金这么鸡贼而识时务的一个人，能跟张主任当面吵起来，这当中的利益关系怕不是小数，谢迅想。但这些反正跟他的工作无关，他决定事不关己高高挂起，这段时间自己小心别撞老金的枪口就行。

陈硕也觉得他和顾晓音是往结婚去的。如果他有幸听到沙姜鸡的高论，一定会觉得这哥们儿果然很有见识。其实那天晚上顾晓音没有答应他，当然，她也没有拒绝他，顾晓音只是说："让我想想。"

陈硕不介意顾晓音想。在这种时刻，操之过急是最要不得的，这会引起别人的逆反心理，尤其是顾晓音这种倔强爱自省的小姑娘。要循循善诱，要水到渠成，要让她以为她最后的结论是自己得出的，但陈硕其实在开口之前就知道，顾晓音不可能得出一个自己不喜欢的结论。

这倒不是陈硕自我膨胀的结论。那些年轻时苦苦求之不得的人，总会在心里占据一个特殊位置。除非两人经年不见，重逢时发现物是人非，那滤镜才有破灭的机会。像陈硕这样留在身边的，若是他起了心思，和其他不相干人士相比，确是遥遥领先。

连顾晓音自己也不知道她为什么没有立刻答应陈硕。她是一个正处在空窗期的、条件尚可的适龄女子。这么多年来，她和陈硕就像歌里唱的那样，友达以上，恋人未满。至少从她自己的角度来看是这样。陈硕竟然主动要求在一起，顾晓音当然觉得是意外的惊喜。但她却没有感到夙愿得偿。事实上，顾晓音觉得自己像是个刚学会游泳的孩子，踟蹰地站在深水区边，犹豫着要不要往下跳。

是因为谢迅吗？这当然是顾晓音首先问自己的问题。她觉得不是。

第二天，她忐忑不安地去办公室，发现陈硕并没有像她担心的那样做出任何进一步的反应。陈硕对她一如既往，就像昨晚的话题和拥抱从没有发生过。他仍旧自然而然地买了咖啡拿去给顾晓音，在她的办公室坐上一会儿，聊些工作上的事。

顾晓音如释重负，觉得陈硕果然是君子，而她可以安心地鸵鸟一阵。想不明白的问题，顾晓音习惯搁置一阵，有时候搁置一阵，答案忽然不期而至，又有的时候，问题自己消失了。顾晓音屡试不爽，于是觉得"懒是第一生产力"这种说法，不仅是懒人们的自我安慰，还是天道的隐晦表达。

君度发布了本年度新晋升的合伙人名单。出乎意料，陈硕和罗晓薇的名字都在榜上。没多久，有消息灵通的人士给大家科普，陈硕乃是货真价实地升了合伙人，罗晓薇呢，升的是 Non-equity partner（授薪合伙人）——这是纽约所从前发明出来的一套体系，大家的名片都是合伙人，但有些合伙人是货真价实每年分全所利润的，另一些只是涨了点薪水的 senior（高级）律师而已。这套体系传来亚洲，大家发现惊人地好用。因为客户都希望服务自己的是合伙人，而不只是普通律师，顶好这个合伙人还不太贵。仿佛一夜之间，许多律所都采用了这套体系，只有一两家自诩"白鞋"的美国律所负隅顽抗，并且因此在拉客户方面着实吃了不少哑巴亏。

看来，那天晚上在红馆，罗晓薇还是为自己争取到了一些利益，顾晓音想。名单刚公布那几天，大家都用同情的眼光看着她——同样年资的三个人，顾晓音本科学校还比罗晓薇好不少，结果呢，人家携手升合伙人了，只剩她还在原地。

顾晓音照例做鸵鸟。这年头，明星人设翻船这种大事，只要足够鸵鸟，熬过那风口浪尖，过一阵大家都能忘了，又何况她一个小律师。现代人的兴趣广泛而不长久，没有人会真的盯着一个陌生人的失败不放。果然，没过两天，大家发现陈硕和罗晓薇升的是不同含金量的合伙人，那八卦的焦点一下子就聚集到罗晓薇身上去了。有人觉得刘老板把两个手下一起带来，结果两碗水没端平，估计后续还有好戏看，另一些人觉得罗晓薇那是活该，她和陈硕对工作的态度简直是云泥之别，要不是刘老板顾忌名声和旧情，根本就不该提她。还有一小拨人觉得归根结底提陈硕不提罗晓薇是因为陈硕是男的，而罗晓薇是女的，他们小范围交流了一下意见，没有把话说出来。

这天，程秋帆忽然把一封君度邮件转发给顾晓音问："这是怎么回事？"

顾晓音瞧了一眼，是早上律师助理发给整个护生项目组的更新版 working group list（工作组名单）。她也收到了这封邮件，君度把陈硕加进了这个组。

她没想太多，回程秋帆道："我一个同事刚升了合伙人，大概刘老板要把项目转给他吧。"

陈硕自从表白之后，每天中午便十分自然地约顾晓音一起吃饭。顾晓音尴尬了两天，然而对方一没有设立名目，二没有大包大揽付账，让她连挑刺的空间都没有。也罢，顾晓音想，她也该给自己的过去一个机会。

收到程秋帆邮件那天，顾晓音便在午饭时间："刘老板要把护生项目转给你？"

陈硕早设想过顾晓音会问他，因此仍慢条斯理地把嘴里的食物咀嚼完，才不慌不忙地回答："嗯，我猜老板总得做个扶我上马的姿态，护生不是很久没有进展了吗，最适合做这个用处。"

"但我看刘老板自己也还挂着名？"

"估计是不想跟公司多解释吧。"陈硕在心里吐槽了一下刘煜这事做得不得章法，还得他小心翼翼地来填坑，"你一直跟这个项目，对接的人好说话吗？"

"公司 CFO 吗？"顾晓音不疑有他，"他人很好，专业也过硬。不过毕竟在护生的时间还不那么长，我感觉很多事情还是袁总直接拍板。袁总就……"顾晓音停顿了一下，最后还是放弃了吐槽的想法。"差不多就那种典型的民营企业家吧。"

陈硕点点头。是时候结束这个话题了。他不经意地问："我一个朋友在某银行工作，最近，他们那边法律部要再招一个律师，你有兴趣看看吗？"

同事之间互相介绍工作本是大忌。但因为对方是陈硕，顾晓音自然没有往歪处想，不仅如此，她甚至还抓住机会戏谑了陈硕一句："你这才当上合伙人，我要是走了，谁给你干活儿？"

这显然不是陈硕意料之中的回答。他不禁沉吟了一下："我当然是希望你留在这里，不过这个机会挺好的，如果你考虑'上岸'，我感觉不试一下可惜。"

"上岸"是每个在律所工作的律师迟早会想的问题。有人想想就付诸实践，有人想了一辈子，从律所退休了。小律师们都听说过几个传奇，谁谁毕业只在律所干了几年就跳去某创业团队，迅速实现财务自由。更多的人是因为内因或外因，需要找一份相对清闲的工作，宁可牺牲一部分收入。当然，这其中颇有一些不那么幸运的人，发现"上岸"以后收入是实打实地牺牲了，工作更清闲却只是传说，那是后话。

顾晓音相信陈硕不会介绍一份钱少事多的工作给她。"上岸"的机会不是时时有，憋着劲儿要找的时候往往容易掉坑，因此，顾晓音相信，当有兔子撞上树桩的时候，好好端详一下这只兔子是应该的。她接受了陈硕的好意，也和对方谈了两轮。对方倒是表现得很想签下顾晓音的样子，薪水给得也不错，但顾晓音迟迟下不了决心。究其原因，一是公司远在金融街，每天要跨越半个北京城；二是她在君度虽然忙，但反正无家无口，早就习惯了这个节奏，觉得做生不如做熟；最后，这个岗位严格来说跟她的执业方向不是非常对口，对方却像认定了她似的——顾晓音相当有自知之明，她并不是那种能力出众、能让人破格录取的人，事出反常必有妖，对方这么上赶着，很可能这其实是一个坑。

她拿到 offer 后考虑了一整周，心一横，把对方给拒了。

顾晓音告诉陈硕自己的决定时，陈硕已经从朋友那里听到了这个消息，兼送一句恼火的："哥们儿，先搞定自己女朋友啊，搞得我这儿跟上赶着似的！"陈硕在心里埋怨顾晓音死脑筋，只得尽力安抚对方："哥们儿别急，她还不了解情况，这几天我再做做她工作，她肯定来！"

对陈硕，顾晓音只说了自己三个理由当中的前两个。这毕竟是陈硕介绍的工作，对方还是陈硕的朋友，就算真觉得是坑，也不能拂了人这好意。她尤其强调了金融街太远，自己不想每天奔波这一点。

"你们这些北京土著！我说你什么好?!"陈硕差点没给气笑了，"你楼下就是一号线，坐到复兴门倒一站，阜成门站出来走两分钟就是。我那哥们儿可住西三旗，人家还没说公司远哪。"

顾晓音紧紧抿着嘴唇不说话。毕竟是多年朋友，陈硕一见顾晓音这表情，就知道她恼了。顾晓音一向如此——她越不同意你的话，就越像个鹌鹑似的不吭声，所以才招人欺负。陈硕在心里叹口气，莫名涌上点想要保护对方的柔情蜜意来，不禁安抚道："你光辉里的房子反正也是租的，如果真嫌上班远，回头在那附近再找个房子就是。"他想说又没说的是，其实他在那附近有个小房子，回头两人要是结了婚，刚好把房子装修了搬进去住，齐活儿。

他准备徐徐图之，必要的时候以退为进，就像现在，他明明掌握事情确定的走向，却不好向顾晓音道明。不管顾晓音现下的真实想法是什么，他只需听着就好，等她彻底明白，自然会回头。

陈硕觉得自己胜券在握。

三天后，顾晓音被叫去刘煜的办公室。陈硕透过玻璃墙看到她走过的身影，心里既有大局已定的笃定，又不免有些图穷匕见的紧张。这种谈话一向很短。陈硕不由得无心工作，只是随意翻阅几个网页，眼睛其实紧紧盯着办公室外的走廊。功夫不负有心人，十分钟后，顾晓音从他的门前走过。

不要现在就去，等她来找你，陈硕给自己做心理建设，顺便推测他和顾晓音将要发生的对话。顾晓音走过去时，表情堪称正常，至少毫无要哭的迹象。

真是个坚强的好姑娘，陈硕心里软软的，觉得自己果然没有看错人。

他正有一搭没一搭地想着，正主却去而复返，不仅如此，还进了他的办公室，顺手就关上了门。秘书早知道他俩关系好，因此不疑有他。陈硕却隐隐觉得事态有些微脱轨的迹象。此时，顾晓音靠在门上，目光灼灼地盯着他瞧，陈硕一面心里打鼓，一面又离题万里地想，顾晓音生起气来的眼睛竟然如此好看。

"你是什么时候知道的？"

陈硕推测过今日的种种可能。作为一个合格的律师，他仔细考虑过所有可能性，其中当然包括顾晓音兴师问罪的这一种。陈硕觉得顾晓音能把这些点全都连起来的可能性不大，但他还是出于职业习惯考虑了后招。

"几周前吧。"

很好，顾晓音想，看来这是一句实话。"刘煜跟你说的？"

"对。我不是故意想瞒着你。你知道，裁员这种事，在哪个律所都是机密，即使是我们的关系，我也没法先透风给你。你不会因此怨我吧？"

顾晓音咀嚼了一下"我们的关系"这几个字。"所以你找朋友帮忙安排了这个金融街的工作？"

"那倒没有！"陈硕知道现在不是托大的时候，"真是凑巧。他本来问我有没有兴趣，我就推荐了你，晓音。"陈硕站起身来，如果不是这碍事的透明玻璃墙，他现在应该把顾晓音拥入怀中，不过顾晓音反正马上也要走了，也许他这么做也无妨，陈硕向前一步，却被顾晓音戒备的眼神摁在了原地。

"晓音，"他收拾情绪又道，"我知道你现在肯定很难过。不过你换个角度想，塞翁失马，焉知非福。这个机会握在手上，谁管你是为什么要离开君度的？再说我们俩也不可能一直同时留在律所，迟早有一个人得'上岸'才行。"

原来如此。顾晓音终于想明白了前因后果。陈硕刚才的解释堪称无懈可击，只除了一点，刘煜说，这裁员名单是他和陈硕商量着定的。虽然刘煜和陈硕说谎的可能性各有 50%，但陈硕刚才那句话坐实了他的作案动机。

顾晓音的嘴角浮起一个嘲讽的笑容，转瞬即逝，令陈硕怀疑自己是不是看花了眼。她仿似沉吟了一会儿，忽然问："你在金融街是不是有个房子？"

"啊，对。"

"空着？"

"那倒没，租出去了。"

"收回来容易吗？"

这话题的走向颇令陈硕有点猝不及防。但顾晓音就像真的被他说服了一样，仿佛沿着计划两人共同未来的角度一直思想下去了。陈硕难以抵抗这种诱惑，未免被顾晓音带着跑。"随时。"

顾晓音收回刚才的笑容，带着几分悲悯的神色望着陈硕。她有点遗憾陈硕没有把他的郎心似铁贯彻始终，又埋怨自己没能忍住一偿夙愿的贪心，果然罪有应得。

"我们这么多年朋友，你应该知道，我最讨厌被人安排得明明白白的。"

顾晓音堪称平静地丢下这句话，拂袖而去。

顾晓音回到自己办公室，关上门，在办公桌前坐下。她现在应该做什么，还是什么也不做，顾晓音也不知道。她想起刚才在刘煜的办公室，自己问刘老板："为什么是我？是我能力不行，还是你需要开掉一个人，而别人都动不了，只能拿我开刀？"

刘煜从没见过这么咄咄逼人的顾晓音。在被通知裁员的时候，有人会哭，有人会恳求，还有人会愤怒。顾晓音不属于这些常见类型，事实上，刘煜觉得顾晓音的问题有点孩子气。

"这有区别吗？"他斟酌了一下，反问道。

"当然有！"顾晓音像一个课后答疑的学生，不依不饶地要追根究底，"前者是能力不行，后者是运气不好，对我来说，这两者差异巨大。"

刘煜在心里叹了口气。顾晓音还是年轻，有些事情的答案，大家心照不宣就好，强求对方宣之于口，十有八九只能获得自己不想要的那个答案。

顾晓音偏要强求。

"你一定要追究，只能是前者，所里的人事制度是很明确的。"刘煜特别提了一下人事制度，希望顾晓音明白，在这种事情上，所里自保是第一位的，谁也不想留下话柄，让员工有劳动仲裁的机会。

顾晓音张开嘴，想说什么，又终于没有说。

君度前两年花了不少钱把办公室装修一新，但办公室天花板还是保留了老式格栅灯，因为对律师们来说，明亮的办公室有助于加班不瞌睡。那光堪称惨白，真的刺眼得很。顾晓音站起身来，把办公室的灯关了。其实即使是这样，外面的自然光线也能让她看清屋里的一切，电脑虽然显得刺眼些，但也可以接受。只是如果要看文件，也许对眼睛不好。管他呢，顾晓音想，谁还会让我看文件？

一个昏暗的空间果然使人心情平静少许，像是受伤的动物找到一个可以暂时避雨的山洞，默默蜷缩起来舔舐伤口。没多久，秘书站在门外敲玻璃门，问她是否一切 OK。

不消今天结束，秘书可能就会听到消息，但顾晓音不想自己告诉她。她朝秘书摆摆手，表示自己没事，谢谢她的好意。又指指电脑，果然秘书觉得她需要工作，退回了自己的工位。

这样说其实也没错。项目不会因为顾晓音的个人变故而停止，很快就会有人接过她的位置，护生现在不就是陈硕的吗。邮箱里躺着的那些未读邮件，顾晓音还是凭惯性看了一遍。有一两封需要顾晓音进行回复。不，这些不再关你的事，顾晓音对自己说，这些邮件上还抄送了君度其他人，该谁管谁管。

她刚做好这心理建设。一封程秋帆的邮件被推送进来，问她关于护生员工激励方案的一个合同问题，顾晓音叹口气，翻出原始文件来看相关条款，回复了程秋帆。

她没有在回复里提到任何关于自己的事。

按下发送键，时间已接近中午。顾晓音不觉得饿，也不想在买饭的路上遇到任何同事，因此，她一直挨到两点才下楼买饭。实在不知道吃什么，顾晓音买了一份港式烧腊饭回办公室，秘书向她投来同情的目光，不知是因为已经掌握真相，还是单纯怜惜她吃饭太晚。

顾晓音打开饭盒，她能感觉到自己饿，却没有吃饭的欲望。港式烧腊饭倒有这个好处，她勉强吃掉那几块叉烧和两根菜心，这顿饭的精华已然下肚。顾晓音又胡乱塞了几口拌过酱油的米饭到嘴里，把剩下的全扔进垃圾箱。

如果能这样持续几天，应该对减肥非常有利，顾晓音忽然想到这点，自己也被自己的幽默感打动了。

程秋帆没有任何进一步的问题。顾晓音忽然意识到，她今天即使留在办公室，也无事可做。她很想找个人谈谈，但没有和人分享。成功或许还可以和父母、亲人甚至普通朋友分享，失败却万万不能够，唯有对一个人有全然交付弱点的信任和不怕对方因此看低自己的信心，才有可能伸出那只求援的手。

顾晓音决定回家睡觉，就像从前每一次失败的时候一样。她毕竟是一个很有经验的人。

正如顾晓音所料，即使有这么大的事发生，她回到家里拉上不怎么遮光的窗帘，换上睡衣躺下，很快就睡着了，甚至连梦都没有做一个。

但睡觉毕竟是一种暂时的麻醉，顾晓音醒来时，全然不知自己在哪儿，现在是什么时间。要过去至少十几秒，理智才慢慢超越混沌，而现实又一次沉重地、像重型卡车倾泻泥沙似的迎头而来。

外面已经黑了，顾晓音抓过手机看时间，晚上八点半。她很想干脆睡到第二天早上，胃却不肯答应。顾晓音认命地起床，随便抓了套 T 恤短裤穿上下楼。在夏天的尾巴尖上，小吃街热闹非常，每家店都在铺面外尽量多地摆上塑料桌椅，管他招牌上写的是什么风味的餐厅，家家门口都招呼上烤串的家伙，摆上成箱的啤酒和一盆盆的盐水花生、毛豆、小龙虾……顾客们显然相当吃这一套，这个点整条街坐得满满当当的，偶尔有辆车经过，简直步履维艰，时不时地还得违章按个喇叭，让食客给腾点位置借过。谈兴正浓的食客不悦地转头看一眼，把身下的塑料椅子往里挪一点，让那司机刚刚能通过，但凡科目二过得磕绊一点的司机，那都彻底没辙。

顾晓音喜欢光辉里，一部分原因就是喜欢这热火朝天的人间烟火，几十米外就是北京城最挥金如土的 SKP，传说中 Chanel（香奈儿）店要排队进去的地方，一街之隔，这里的人安之若素地吃着十几块一个的驴肉火烧，配五块钱一碗的西红柿汤，惬意地聊着天。如果仔细看，露天撸串的人脚下可能还放着两个名牌纸袋——有人端的能屈能伸，接地气得很。

顾晓音从街西头走到东头，一家店也没进。与其说是对食物没兴趣，不如说她是没心情与这世间同流合污。街尽头的大厦底商有个粥店，最后顾晓音踏了进去，也许是因为夏天，而这家店的冰粥还挺有名，冷气开得也足，这时候堂食的顾客还挺多。顾晓音进去的时候设想的还是堂食，最后打包了一碗粥、一个凉菜回家。

其实这些自己尽可以在家做的，绝对要不了五十块，她一个丢了工作的人，是该在花销上盘算盘算。顾晓音拎着袋子往家走，一路想自己的心事。她路遇趁夜色无证卖西瓜、卖桃子、卖盗版图书的人。一个中年男人在路边展开一张塑料布，摆了各种看起来极其廉价的玩具在兜售。他这样的货真能卖出去吗？会不会连成本也砸手里？

顾晓音忽然感到一点同是天涯沦落人的惺惺相惜，然而看遍那个摊子，实在没有一样自己可以下手的东西。摆摊的人看着十分白净，也许曾经也拥有过一份体面的工作，但不知为何，行差踏错便一点点落到这个地步。也许有一天，顾晓音回顾自己的职业生涯，也会自问她名校毕业，曾经手握一份体面的高级律所工作，究竟是怎么一步步走入一个死局的？想到这里，巨大的挫败感又涌上心头。顾晓音曾经在报纸上读到，2009 年时，许多失业的美国中年人感到人生丧失目标，因为他们的人生价值完全是基于工作之上的，工作一旦不存在，自我认知仿佛也被彻底动摇。当时顾晓音感到不可思议，现在她懂了。

她满腹心事地踏进小区，刚走到楼下花坛边，楼道里冲出一个半大孩子，正撞上顾晓音提着食物的那半边，袋子一下子脱手了，"啪"的一声摔在地上。小孩不知自己闯了祸，只在奔跑当中半回身说了句"对不起"，便疾步而去。顾晓音愣愣地站在当场，塑料袋里的粥经不起这冲击，已经全洒了出来，袋子包着一包液体，软趴趴地伏在地上，像她此刻的人生一样面目全非。

　　顾晓音终于悲从中来，在花坛边坐下，呜咽出声。

第二十六章　伯仁

　　顾晓音坐在花坛边哭了一阵。还好有夜色的遮拦，即使有人路过，也未必看得清她是谁。顾晓音刚来北京，还在新鲜胡同小学的时候，刚赶上随堂测验，也许是水土不服，也许是安徽和北京的教学内容有些区别，顾晓音只得了个刚刚及格的分数。卷子发下来，她忍不住哭了。正是课间，她的脸埋在交叉的胳膊里，能感觉到同学在她身边来来往往，偶尔有人的脚步略有迟疑，但却没有人真的问她怎么了，连她的同桌也没有，于是顾晓音忍不住哭得更凶了。

　　她在心里恨妈妈把她扔来北京。我要回安徽！她在心里呐喊，那里才有我的家人和朋友。我讨厌北京的食物，讨厌这些同学，讨厌这破天气！

　　十多年过去，顾晓音还能想起自己当时的心情。但她已经谅解了那些同学——最早她想哭的时候希望有人来关照她，后来她怕有人来问，会专门从大学宿舍躲去厕所一个人哭，现在她坐在夜幕里的花坛边上，懒得管有没有人看见，就算看见了又怎么样呢？

　　顾晓音就是这么成熟起来的。

　　她的情绪渐渐平复。远处有个大爷牵着一条狗，似是望着这里，见她抬头，大爷动作稍显不自然地带狗转个方向走了。无论是八卦之心还是陌生人的善意，顾晓音都无意去琢磨。她又坐了一会儿。在户外，被夜风吹着，顾晓音的脑袋似乎清醒了一些。一个理智的人站在她的位置上，会觉得她刚拒掉的那个 offer 几乎是现在最好的选项，难怪陈硕在听到她拒绝的消息时甚至没有试图说服她回心转意。但这个工作只怕十有八九是陈硕安排的，接受这个工作，就等于接受了陈硕。刘煜说裁员的名单是现有合伙人们讨论出来的，那么就跟陈硕无关。但刘煜也说了，他跟陈硕讨论陈硕手下的人员配备时，陈硕没有选顾晓音，而是选了两个资历更浅的年轻律师，也许是因为他们便宜……

我不杀伯仁，伯仁却因我而死。有一天陈硕想起她来，不知道会不会像王导一样有此感慨。姥爷一直教育她和蒋近男，凡事要把人往好的方面想，既然陈硕想跟她在一起，确实不能有上下级的关系。动用自己的资源给她找一个后路，也许是陈硕能做到的最好的事，自己不管不顾地对他发一大通火，的确失之偏颇。

只能怪命运任性地非得按照这个顺序安排她的人生，不费吹灰之力把一切搞得一团糟。

现在头脑毕竟不够清醒，还是明天再想下一步的事。顾晓音拿定主意，站起身来，去把伏尸楼道的晚餐拎起来扔了，并没有产生更多的、没有意义的情绪波动。她不想再去买一次晚饭。万一夜里饿了的话，就吃点饼干吧。顾晓音拿定了主意。只是之前已经睡了好几个小时，晚上不知还能不能睡着。顾晓音决定干脆爬楼回家，也许劳其筋骨之后，自己能睡得安稳点。

谢迅从电梯出来，正撞上爬上十楼的顾晓音。她是出门倒垃圾？顾晓音的鼻头上渗着一层细细的汗珠，应该是刚运动过。再仔细看，不知是不是错觉，顾晓音的眼睛微红，略有水光。

她不会刚哭过吧？谢迅想，莫非蒋近男的女儿出了什么事？谢迅不由得胡思乱想起来，然而无法开口问。他下意识地不想完全错过这时刻，便开口问道："爬楼锻炼呢？"

顾晓音没有开口回答，只拿那双湿漉漉的眼睛看着他，像是第一次遇见、需要看清对方长相似的。谢迅有一种错觉，下一刻顾晓音就会像那天在医院里一样投入他的怀抱。谢迅不想让顾晓音再碰上什么糟心的事，但他的身体诚实地希望顾晓音的麻烦越多越好。

"唉，"他终于听见顾晓音说，"挺久没机会爬楼，锻炼一下。"

两人同时想到他们曾经组建的"午夜爬梯俱乐部"，一时都有些许遗憾和感伤。谢迅先回过神来，问："小真这两天还好？"

"还好，"顾晓音答，"快出院了。"

"那就好，"谢迅说，"那就好。"

"嗯，"顾晓音轻轻应了一声，"我进去了。"

"晓音……"顾晓音正在拉门，闻声停下动作。

"沙姜鸡说想找个周末去聚宝源，让我问问你。"见顾晓音似乎没有反应，谢迅硬着头皮补充，"夏天吃涮肉确实是有点燥，这小子是馋了……"

"没事。等你们有具体时间了我看看能不能赶上。"顾晓音轻轻地说完，拉开门走了进去。

谢迅在自家门口站了一小会儿才进屋。他有些怅然若失，但更多是觉得顾晓音今晚一定遇到了什么不平常的事。从她的态度上虽然看不出特别的端倪，但可以感觉到。

是什么呢？谢迅思考了一下。事业、爱情、健康、家庭，人类的烦恼大都出自其中之一。顾晓音工作努力，事业上应该不会出什么问题，健康？不不不，不会的。最有可能的还是她和那个"男友"吵架。谢迅有点心疼顾晓音，又难以抑制地从心里生出些希望来。顾晓音不愿和他倾吐，也许正是顾忌到他们过往的关系。从情人变朋友确是难的，尤其曾经无话不说的两个人，要重新拉扯出距离来，就好像断开后没长好的骨头要打断重接那样疼痛。每一次对话的开头都需要找一个事由，既没有随意询问在干吗的权利，也没有在今天这样的时刻对对方的喜怒哀乐刨根问底的立场。但谢迅想过，如果顾晓音愿意，他也愿意继续做这个走钢丝的人，比起和顾晓音做陌生人，他还是宁愿收拾心情和过往，和顾晓音做朋友。小学四年级时没能实现的事，现在来做做看好了。

顾晓音在冰箱里找出一盒酸奶，坐在沙发上吃。人倒霉的时候，喝凉水都会塞牙。她撕开酸奶的塑料皮，小心地放在沙发扶手上，塑料皮干净的那一面朝下，她准备吃完和空盒一起扔。偏她吃了一半抬胳膊刷手机，胳膊碰到那张塑料皮，蹭上了酸奶不说，还把塑料皮带到了沙发上，刚好有酸奶的那一面向下！

顾晓音忙放下酸奶，去厨房拿抹布擦，可也许是酸奶过于浓稠，深色沙发垫子上那一抹白色怎么也擦不掉，还隐隐散发一点奶味。这一丁点的挫败感顿时再次压倒疲惫不堪的骆驼，顾晓音恨恨地扔下抹布，倒回沙发上又哭起来。

其实刚才她也想过借用谢迅的怀抱。不只这样，在办公室的时候甚至也想过要打电话给谢迅。但谢迅毕竟不能理解她的工作，她跟谢迅分手，又一而再再而三地想从他那里获得安慰，似有利用他之嫌。顾晓音恋爱的经验毕竟还少，没有懂得人和人之间那种浑然天成的信任和契合感是爱情生长的土壤。她哭了一会儿，在沙发上睡着了。

顾晓音没上班的第三天下午，陈硕有点着急了。

他经历过美国的金融危机，也见过许许多多像顾晓音这样被开掉的人。那时候陈硕刚从美国法学院毕业，在明德纽约办公室工作。从前念书时的迷思是美国的律所从来不裁人。然而有一天，陈硕所在楼层转角处的那间办公室忽然关了灯。早上陈硕还在茶水间见过那个三年级中东裔律师，中午他就消失了。第二天，陈硕的办公室"室友"和他八卦此事，他才恍然大悟。

那个人去了哪里，陈硕不知道。他闲来也曾搜索过那个同事的名字，却一无所获。"他运气不好。"陈硕的"室友"事不关己地总结道，"一二年级还算是刚来，五六年级已经能独当一面，三四年级是最危险的时候。"

信仰的倒塌就像多米诺骨牌一样，一旦第一枚开始松动，一溃千里不过是时间问题。陈硕体会到纽约律所工作之不可靠，立刻要求转回明德北京办公室。因为美国的经济肉眼可见地深陷泥潭，而中国当时仿佛独善其身。陈硕没有选错，他回国之后半年，好几个在纽约时熟识的同行也陆续被裁，虽然他们后来都找到了国内的工作，总算没有像那个中东裔律师一样杳无音信，但毕竟比陈硕被动很多。

七八年过去，陈硕回想当年的事，觉得那个中东裔的同事很不明智。西方律所的惯例是把所有律师的名字都放在网站上，既然他没有搜到过这个同事的名字，大概率是已经改行或者草率"上岸"。陈硕能理解一个人念完三年的法学院，又没日没夜地工作两年多，忽然遭遇职业上的死亡，一定会经历巨大的个人危机。但这种个人危机值得让人一蹶不振吗？陈硕不觉得。他那些被裁的同胞不都在或长或短的时间里顺利找到了工作？要论韧性，我们中国人还是比西方人强得多——陈硕最终得出这样的结论。

因此他并没有担心顾晓音。顾晓音只要是一个理智的人，她想清楚这来龙去脉并且回头接受那份银行的工作就几乎是确定的事。

那天被顾晓音抢白一番，陈硕当时当然有些恼，或者说，是感慨于顾晓音的不识好人心。但顾晓音甩手而去后，陈硕冷静下来，也确实觉得顾晓音此时无论怎样反应，也都很难责备她反应过激。他给她预备好的选项，无论怎样深思熟虑过，如果顾晓音觉得他在插手她的人生，他也没法辩驳。陈硕对自己说，只要方向和结果是对的，中间的这些细节，可以不必太过于计较。

他甚至体贴地没有在事发当天再联系顾晓音。没有经验的人会觉得一个被辞退的人必然需要很多人的安慰，这是错的。所有不相干的人的关心，其实都无异于往伤口上撒盐。一个失败的人在最初那几天里只需要她信任的那几个人的安慰，其余的人让她自个儿待着，才是最好的关心。如果不是升合伙人，如果他没有给顾晓音安排工作，本来他是那个最适合安慰顾晓音的人，顾晓音也一定会来找他！

来日方长，陈硕告诉自己。即使是在第二天他给顾晓音发消息时发现自己被拉黑了，也还是按捺着自己的性子继续等待。第三天，陈硕发现自己被顾晓音从黑名单里放了出来。他长舒一口气，觉得这事快翻篇了。

然而没有。他在一天之中给顾晓音发的几条消息全都没有回音。

蒋近男也略微觉得顾晓音有那么一点不对劲儿。前一天顾晓音来过一趟医院，跟从前一样，是中午来的。她陪蒋近男坐了会儿，逗了小真，和保姆聊了天，还跟隔壁床的那家妈妈说了一阵话。

顾晓音穿着上班的衣服，背着她平时的包。但蒋近男就是觉得哪里不对劲儿，非要指出的话，顾晓音今天比平时的她活泼，从主动跟隔壁床的妈妈说话来看，就算是称之为亢奋也不为过。蒋近男自认为相当了解这个表妹，往往是她有什么不开心的事需要掩饰的时候，才会如此矫枉过正。

怎样才能旁敲侧击地问到自己想知道的信息呢？蒋近男思考了很久，最后给程秋帆发了条信息，问他最近他那项目用过君度没。

程秋帆回得倒快："用啊，护生预计年内启动香港上市。"

还没等蒋近男打下一句，程秋帆又发了一条信息来："对了，你表妹去哪儿了？"

蒋近男着实吃了一惊，她立刻打电话给程秋帆。程秋帆也还是一头雾水。他早上收到又一份工作组名单，君度的表格里没有了顾晓音。他写邮件问刘煜，得到的答案是顾晓音辞职了，陈硕作为项目合伙人，回头会再安排其他associate对接护生，暂时所有事都找陈硕就行。

程秋帆觉得奇怪，前一天发邮件问顾晓音问题时还毫无端倪，怎么现在就辞职了？他当然想到过那种可能性，但顾晓音和蒋近男不说，他是绝不可能问出口的。

两人忽然一起触摸到事件的真相。蒋近男叹了口气。

"她没跟你说？"程秋帆停了会儿问。

"没有，提都没提。"

"她可能也是怕你医院这里忙不过来，还要为她担心吧。"

蒋近男不由得又叹一口气："谢了。"她说完这句挂上电话，思考良久，她拨通邓佩瑶的号码。

邓佩瑶接得倒很快。"哎呀小男，我正说要找你，你就打电话来了。"

这倒是蒋近男没想到的情况。"小姨您说。"

邓佩瑶有点不好意思。"我和姥爷在中心医院呢。姥爷最近总说自己有点不舒服，使不上劲儿，要上医院看看。我和你妈都劝他，这人上了年纪，当然不可能像年轻的时候一样，觉得哪儿哪儿都得劲儿。可他老说，都好几个星期了，我拗不过他，干脆今天带他来看看，让他自个儿放心。这到了医院，发现内科的号早就挂完了。本来我不想麻烦你的，可小音不是和那个谢医生分手了吗，估计也没法麻烦人家。你看能不能通过那个沙医生打个招呼，看今天能不能看上？"

"没问题，"蒋近男说，"我这就给小沙打电话。"

那边传来姥爷隔着挺远的声音："人家要麻烦就算了。中心医院也不远，我们明儿再来也成。"

"别，爸。咱来都来了。再说明儿我有事，没法陪您来。"

"你不能来让你姐陪我来也行。"

"我姐就更没空了，她还得跑儿童医院呢……"

"那就让国锋陪我……"

"别了爸！"温柔的邓佩瑶也不由得提高嗓门，"咱就今天麻烦下沙医生，今天就给您看了！"

顾晓音回到家，鞋子脱掉，皮包扔在门口，自己便倒在沙发上。人是奇怪的动物，忙的时候，有时顾晓音爬完楼回家还能有精力打扫一遍卫生再睡觉，而这几天仅仅是每天起床，无所事事地在家度过一天，偶尔下楼买个饭，就已经耗费了她所有的力气。

她打开电视，胡乱换了几个台。下午这个点，不是旧电视剧重播，就是骗钱的健康类节目，顾晓音想看下手机，手机在门口的包里，想找本书或者杂志来看——那还得起来去书架上拿，若是有那个劲儿，也可以去门口拿手机了。去看蒋近男和小真已经花掉了她三天的力气，顾晓音现在只想躺着。

顾晓音又换了一圈台，勉强选了个电视剧，纵然是没头没尾，她也这么看了下去，直看到夕阳西斜，屋子里黑洞洞的，她也懒得开灯。电视剧播完，放了几个广告，又接着放少儿节目，顾晓音也没换台。她又这么看了一会儿少儿节目，忽然听见嗡嗡声，响了好几声，顾晓音才想起这是她的手机，电视里一群中学生在竞答百科题，穿着红白相间或者蓝白相间的运动衫式校服，抢答联合国有多少会员国、是不是所有的企鹅都生活在赤道以南之类的题目。然而顾晓音看得津津有味，与此相比，振动的手机像是不值一提的事。

像是在进行一场无声的拉锯，顾晓音的手机一直响着。每十几声过去，电话会自动挂断一次，响到第三轮，顾晓音终于从沙发上爬下来，拎起门口的包，手伸进去摸手机。像是在跟她捉迷藏一样，手机兀自振动，但就是让顾晓音找不到。刚才还觉得随便振没关系的人，现在却急躁起来，顾晓音把包倒过来，把所有的东西都抖落在沙发上，有两三样滚落到地上，她也没管。终于被她找到那个始作俑者，在看到姓名时却又犹豫了一会儿，才终于按下接通键。

"晓音，你在家吗？"

"不好意思，我这会儿在外面呢。"

对方沉默了一会儿，说："晓音，别骗我了，我在你家门口，电话里的电视背景声音和门里的是一样的。"

顾晓音打开房门，可是没有开防盗门。"有事？"

"你都两天没来办公室了，给你发信息也不回。我担心你，来看看。"陈硕站在防盗门外，好像已经做好顾晓音不开门的准备。

"你看到了，我挺好的。"

陈硕也不恼。"既然挺好的，一起下楼吃个晚饭吧？也差不多是晚饭的点了。"

顾晓音下意识想找个借口拒绝，转念一想，该来的迟早要来，以陈硕的性格，大概也不可能就这么不明不白地收了梢，如果迟早得有个结果，不如就今天吧。

顾晓音那么痛快地答应下来，陈硕倒是没有想到。他做好了要哄顾晓音的心理准备，此时对方答应得那么轻巧，陈硕的心倒往下沉了一沉。

"你想去哪儿吃饭？"顾晓音带上门问陈硕。

"你家附近，你决定吧。"陈硕答。

"好，万达广场那儿有一家刀削面，要不就那儿吧。"顾晓音也没客气。

陈硕皱了皱眉，他本来设想是找一间环境好点的餐厅，可以好好和顾晓音谈谈，争取能让不愉快早日翻篇。刀削面……陈硕按下心里不爽的念头，他今天既然来了，姿态就得放得足够低，顾晓音喜欢怎样就怎样吧。

毕竟是底商，这间刀削面馆虽然不能和 SKP 楼上的那些餐厅比，好歹位置还安排得相对宽敞。一碗油泼扯面和一碗刀削面很快摆到两人面前，顾晓音拿起筷子拌了拌那面。

"晓音。"

"陈硕。"

两人各自停顿了一下。还是陈硕先道："你说。"

顾晓音也没客气，边拌面边开口："陈硕，别费劲儿了。"

陈硕脸色一变。"你是指什么？"

顾晓音的面拌得差不多了。她先吃了一口。"我的意思是，别在我这儿费劲儿了。"

"顾晓音，你把话说明白。"

他听到一声叹息。"我觉得我说得挺明白的。不用帮我找工作，也不用罩着我。"

"你知道，我……"陈硕的话被顾晓音打断，顾晓音咽下了那口面，也没着急吃下一口，就那么望着陈硕，像把自己如一本书一样摊开给他看，让他看到故事已经写到了尾声，后面明明白白地印着"The end（结束）"。

"那方面也不用费劲儿，我们真的不可能了。"

"为什么？"陈硕还不能完全死心。然而他在顾晓音眼里看到某种类似悲悯的神色。这么多年，顾晓音用各种各样的神情望过他——羞涩的，鼓励的，倾慕的，佩服的，欲言又止的……然而从没有这一种。

陈硕的心里崩塌了一块。

他俩沉默地吃完了面。还是顾晓音先吃完的，她也没着急走，仍然在那儿坐着等。直到陈硕吃完面，喝了汤，又貌似把后续的一切都做完，她才开口："走吧？"

陈硕站起身来。艰难地想找一两句话说。这不是终点，陈硕不信邪。"如果你回心转意……"然后他看到顾晓音的表情，还是那种爱莫能助的神色，就像倒霉的人不是她，而是他。

"我不会的。先走了，拜拜。"

我走得不难看，顾晓音告诉自己。她慢慢走下台阶，努力维持了一个八风不动的沉稳姿态，直到确信走出陈硕的视线，顾晓音越走越快，几乎一路小跑地回了家。

她再次把自己扔到那张沙发上，感觉回到了自己的兔子洞。然而悲伤就像暗夜里的涨潮一样，缓慢地、近乎温柔地淹没了她。她和陈硕这十年的友情就这么完了，曾经差一点就是凤愿得偿，居然在这么短的时间里急转直下，连曾有的那些也无法留下。如果没有陈硕的表白，他们还能做朋友吗？顾晓音想了一阵，又觉得自己庸人自扰。

手机上跳出一条消息。顾晓音打开，是沙姜鸡。"顾律师，择日不如撞日，你今明两天晚上有空一起去聚宝源吗？"

顾晓音记得谢迅说的是周末，怎么忽然改成了周中？难道谢迅看出她的情况，告诉了沙姜鸡？这不可能，她想着，不由得回复道："不是说要周末约的吗？"

沙姜鸡回得也快："馋了呀，等不到周末了。"

顾晓音难得笑了。"那可不巧，我今天已经吃过晚饭了，要不明天吧？"

"好嘞！"沙姜鸡放下手机，得意地瞧谢迅一眼，"看看，我出手，直接约到了明天。"

谢迅远远地给他竖了大拇指。

"别整这虚的，明天你买单。"还没等谢迅点头，沙姜鸡的手机响了，他接起来，听上两句，表情变得严肃。"你跟家属说了吗？行，拍一张照片给我，我立刻去问。"

他挂了机，抬头对谢迅说："我 ×，顾晓音她姥爷，验血报告不太对。"

谢迅站了起来。"什么叫'不太对'？"

"还不知道，刚刚内科打来的，说让我赶紧找个血液科大夫看一眼。老爷子中性粒细胞和白细胞都远超正常值，怀疑是白血病。"

谢迅也有点蒙。"顾晓音她妈知道吗？"

"还不知道。今儿门诊人特多，她妈带着她姥爷好不容易在下班前看上，看完都快六点了，我就让阿姨先带姥爷回去，让医生把化验报告给我。"沙姜鸡犹自震惊中，"你说这一家子撞什么邪啊？先来个孕妇夹层，跟着婴儿脑膜炎，小的还没出院呢，老的又得进来了……"

"别胡说。"谢迅打断沙姜鸡，"一份验血报告说明不了什么问题。"然而他心里想的是那天情绪低落的顾晓音，如果忽然又得到姥爷可能生重病的消息，不知道受不受得住。

第二十七章　各怀鬼胎

邓佩瑜接起邓佩瑶的电话。"姐……"邓佩瑶只说出这一个字，便哽咽起来。

邓佩瑜心一沉，然而她到底不是没经过事的人，很快便稳住自己。"出什么事了？先别着急哭，说说。"

邓佩瑶带着哭腔道："医生怀疑爸爸有白血病！"她又小声啜泣起来，哭了一会儿道："都怪我，我应该早点带爸爸去看，前段时间他就说不舒服，如果那时候……"

"没有的事！"邓佩瑜打断邓佩瑶，"别说还没确诊，爸爸真要得了这种病，也不是提前两天去医院就能治好的。你想这些，除了自己难过，没有其他用。"

邓佩瑶不知是被说服还是被邓佩瑜斩钉截铁的架势镇住了，她没再说话，但邓佩瑜能听到她在哭。这都是什么事！邓佩瑜想，一桩桩一件件都让她给赶上了，小的小的生病，眼看小真马上要出院了，她跟小男这俩虽然是来讨债的，好歹最后平安过关。现在老的竟然也生病！邓兆真能不能体谅下她们这些小辈，最好只是虚惊一场呢？

她定定神问："小沙怎么说？"

邓佩瑶忙道："沙医生给我打的电话。今天我们五点多才看上，沙医生就让我们看完先走了，他拿的化验单。他说让我们明天再回去一趟，安排个穿刺，再看要不要住院。"

"你跟爸说了？"

"当然没有直说。我跟他说医生打电话来，说他年龄大了，安全起见，最好再做一个检查，明天带他去做。"

邓佩瑜隔着电话点了点头。"嗯，你也先别跟小音或者小男提这事。一来还没确诊，说不定虚惊一场；二来小真还没完全好，出了这档子事，我怕小男受不住。"

邓佩瑶觉得是这个理。"沙医生会不会自己跟她俩说？要不我跟他打个招呼？"

"好。"

沙姜鸡对着手机发呆，良久，他站起来走去谢迅办公桌前，把手机递给他说："来自你未来丈母娘的最高指示。"

谢迅接过看了一眼，皱起眉头。"不告诉她？"

沙姜鸡抽回手机。"倒霉还是老子倒霉。明天给你垫背不算，还要做这种间谍一样的地下工作。我感觉我连聚宝源都吃不好了！"

"一顿吃不好就再来一顿？"

"那没准儿行！"

第二天，顾晓音睡到下午一点才起。头天晚上她看了整晚电视，上床后本来只打算刷一下手机便睡觉，没想到又因为翻到一本网络小说而一直看到凌晨四点。反正第二天也没人找她，无事可做，顾晓音在打开那本小说时对自己说。至于熬夜，她工作时熬得够多了，现在多一夜不多，少一夜不少。

看的时候，顾晓音还是很愉快的。总归都是那些故事，风花雪月，才子佳人。现在的故事往往有一个除了金子般的心外殊无长处的女主角，大概是方便顾晓音这样的普通人代入，因此尤其显得那些财富或智商都异于常人的男主人公情不知所起，一往而深，无论看的时候觉得多么感天动地，读完通通一声叹息：都是编的。

如果从前我把看这些小说的时间都用来钻研工作，今天会不会不至于落到这个境地呢？顾晓音不由得问自己。她在睡前这强烈的自我厌弃当中给熟悉的几个猎头发了信息，说自己想看看其他机会。从明天开始，要改变自己，她想。

因而当顾晓音按掉两三次闹钟，终于放任自己睡到一点的时候，她看着手机上的时刻，对自己的失望不禁又多了一点。果然还是如此。连起床时间都无法掌控的人，能对自己的人生做什么控制？

顾晓音这个自暴自弃的"早晨"因为看到猎头的回复而稍稍变好了一点。四条发出去的消息，有三个人回复了她。两个人问她要简历，显然已经不记得她到底是谁，剩的那一个回复："你想看什么机会，律所还是 in-house？"

顾晓音回答："都行。"消息刚发过去，她就后悔了。如此随便的回答，显然暴露了她找工作的急迫性。那么要么对方能推断出她被裁，要么会觉得她急于改变现状，以致宁可不挑。无论如何，都相当于她亲口告诉对方"我在君度干不下去了"。

但消息已经发了，如果现在撤回而对方其实已经看到，只会更加尴尬。顾晓音干脆不理，任由对方发挥情商。果然，对方只问今天下午有没有空打电话详聊，于是顾晓音欣然同意，约在三点。敲定这件事，她觉得今天有了一点希望，心态好像也积极了一点，可以计划一下其他的事。想到其他的事，她问沙姜鸡："晚上约几点？后海那家吗？需不需要我早点去排队？"

沙姜鸡秒回："必须得牛街总店啊，分店哪儿成？七点钟，不用排队，包在哥哥我身上。"

还能这样？顾晓音不知是该佩服沙姜鸡能量大，还是感慨这家伙舍近求远。但既然这样，下午她也许可以好好把简历润色一下再发给另外那两个猎头。顾晓音简单拾掇了一下自己，下了碗面，边吃边打开电脑，开始改简历。面刚吃一半，三点了。

她放下筷子。如果嘴里刚好有一口面而对方的电话进来，不管怎么说也是不礼貌的表现。时钟指向三点零二分，也许对方耽搁了一下，顾晓音想，还是趁这个时候来继续做简历。但是她无论如何也不能把思想集中起来，终于只是坐在那里发呆。

三点十分，电话终于响起。顾晓音立刻接起来，对方当然表示不好意思打晚了，然而语气里并没有什么愧疚的意思，顾晓音的"没关系"倒是全心全意的。电话只打了十五分钟，对方实在也没什么可跟她说的样子。顾晓音记得上次这个猎头找她，是三年前希望挖她去另一家排名前三的内资所。当时她满心想的是再过一年就去念 LLM，完全不为所动，对方花了至少一个小时给她分析市场形势，两家律所各自的长项短项，显得非常为她打算的样子。顾晓音感念在心，现在当然第一个想到她。

猎头在电话里还是很为她着想的样子："晓音，我建议你不要把 in-house 当作重点。In-house 的工作十有八九要看你的家庭情况，你现在还没结婚，当然要比那些结了婚的女律师好用一些。但是你的年龄摆在这里，说不定哪天就闪婚闪孕，资本家嘛，总归要看这些的。而且公司不像律所，一个萝卜一个坑的，养不起闲人。你现在这个资历，大公司的法务管理层你够不上，底下具体工作层面又 over-qualify（资历过高）了。小公司想少花钱用多面手，肯定会喜欢你这个背景，但又会顾忌到你的婚育情况，哪怕你肯承诺三年内不生孩子，人家也不一定肯相信的。"

"那其他律所呢？"

"我现在手里还真没有什么好的律所职位。招人的也有，一般都要两三年经验最多了。你也知道，今年年景不好嘛……不是我说，律所都短视，闲的时候恨不得 associate 都走光，忙起来又要求爷爷告奶奶地招人。我倒是不介意，反正是给我送 KPI[①]……"

顾晓音站在聚宝源门口时，脑子里还回想着猎头姐姐的这些话。那碗面她最后也没有吃完，当然简历也没有改好。她刚工作时听到的还是律师这一行越老越吃香，怎么她都还没混成合伙人，游戏规则已经倒了个个儿。世界好像在以一种跟她对着干的方式变化着。

"我跟你说，你家顾律师准有事。"沙姜鸡悄悄对谢迅说，"她下午还说她能来排队，律师什么时候这么闲过？"

谢迅也知道顾晓音心里有事，可他还没琢磨出来是什么。"她好像这几个月都还行，不太加班。"

"分手后动向掌握得可以啊。"沙姜鸡钦佩道，"不过她们又不是体制内，没活儿干，工作能保得住吗？呸呸呸。"

谢迅从没考虑过这种可能性。然而他怀揣着另一个秘密，实在不愿意顾晓音接连遭遇如此重大的两个挫折，不，不可能的，他对自己说，又捶了沙姜鸡

---

① 关键绩效指标。

一拳。"别乌鸦嘴了！"

"得，得！"沙姜鸡抱头鼠窜到顾晓音跟前，"顾律师，你没等很久吧？"

顾晓音听到这一声"顾律师"，心下有些惶然，但她努力支撑出了一个笑脸。"没，我也刚到。"

"那就好，那就好。"沙姜鸡说着，抄出电话拨个号码讲了两句。虽是周中晚上，聚宝源还是排着长队，有人见他们站在那儿，好心招呼他们排队，沙姜鸡的脸上更得意了两分，只回头说了句："谢了，哥们儿。"果然店里很快走出个人，直接把他们带了进去。

"实在没法给您专门留位子。外面那些人哪，下午三四点就开始排队。真没法留空桌子。这张桌子的人刚走，我瞧着位置还可以，没您上次来那个位置好，但也凑合，您和朋友就坐这儿吧。"中年男人安顿好他们，又专门给他们招呼来了服务员，这才退下。

"可以啊沙医生。"顾晓音等沙姜鸡点完菜，服务员也走了，才忍不住道。

沙姜鸡摆摆手。"我们医生这行，要多苦逼有多苦逼，钱少事多装孙子，只能偶尔用这点蝇头小利安慰下自己。这哥们儿是这个店的经理，前年他爹严重心梗，非搭桥不可，是老金和我救回来的，从此咱去聚宝源，任何时候都不排队！"

顾晓音心下感慨，确实，在现在这个社会，医疗和教育才是刚需，那些手握这两种资源的人，谁不得巴结着？她忽然想到："说到这个，小真入院的事也多亏了你俩。还没谢谢你们呢，今晚我来请客吧。"

"别啊，"沙姜鸡瞄了谢迅一眼，"今晚说好老谢请客的，不能便宜了他。你要请客，咱再找一天。"

顾晓音笑着答应，谢迅却觉得她那笑没到达眼底。如果她知道姥爷的事，还有心思跟他们坐在这里吃涮肉吗？

沙姜鸡显然也在想同样的事，场面一时有些冷清。还是谢迅开了口："小真什么时候出院？"

"应该就这一两天。"

"那就好。"谢迅和沙姜鸡同时如释重负地说，又觉得自己反应过度，果然顾晓音疑惑地问："怎么了？"

"没，就是感慨你表姐真不容易，现在小真这一关可算也过了。"沙姜鸡说完这话，意识到自己可能挖了个坑把谢迅埋了。唉，算了，沙姜鸡想，这时候顾得上一顾不上二，谢迅你就牺牲一下。

顾晓音也想到了表姐的事，不禁有些黯然。事已至此，说什么都好像是多余。好在这时涮锅和菜及时上来，三个人既找到了新的谈话内容，也找到了冷场时最好的掩饰方法。

民以食为天。古人诚不我欺也。

谢迅对这一餐本来寄予厚望，然而形势比人强，最终他们除了吃了一顿好肉，并没能说上几句谢迅想说的话。顾晓音倒是没有扭捏，和谢迅一起坐车回光辉里。不是死刑，谢迅松了一口气。然而要怎样再进一步，谢迅还没有想到什么好办法。

"原来生活可以更美的。"他莫名想到这句广告词。高中时，英语老师讲语法，拿这一句举例，到底是"can be more beautiful"还是"could have been more beautiful"？

"这两天有心事？"他终于还是在临分别时问。

顾晓音刚要开口回答，不知怎的便鼻子一酸。她想，原来还是有人关心我，即使我什么也没说，他也能看出来我不开心。顾晓音努力忍住眼里的湿意。不，不能就这样和盘托出，并且顺理成章地投入谢迅怀抱，那会让他怎么想她？失业之后想抓住一根救命稻草？那未免过于儿戏，且对谢迅毫不公平。过了这么久，顾晓音回顾自己当时分手的心情，竟然难以回溯当时的毅然决然是哪里来的。表姐好好地康复了，还请谢迅当了小真的干爹，这让她当时的分手显得真像个笑话。顾晓音惘然地想，也许错的是她。她已经在谢迅这个问题上草率过许多回，先招惹了他又没能好好待他。谢迅竟然没有因此恨她，还貌似有想要复合的意思，这让她既有点感动，又不由得觉得他傻——都已经离过一次婚的人了，还一点不长记性。但至少这一次她可以努力做得好一点，在她收拾好自己之前，不如两人只当朋友的好。

她勉强支撑出一个笑脸。"也没有什么特别的，所里有点事。"

"你能应付吗？"谢迅说完便觉得自己这话不妥，"我的意思是，如果有帮得上忙的地方，你尽管开口……"顾晓音在工作上能有什么他帮得上忙的，姥爷的事她又不知道，谢迅只恨自己嘴笨，说不出体面的话来。正想着怎么圆场，顾晓音说："我知道了，谢谢你。"

谢迅目送她走进自己家门。行医这么多年，他无数次被要求隐瞒病人的病情，大多数时候是瞒着病人自己，也有时候是父母、配偶、小辈，甚至兄弟姐妹。医院像是一本人性的百科全书，什么样的情况都能碰到。多数时候，这种隐瞒是出于爱——中国式的、沉重的爱。谢迅当然尊重病人或家属的意见，但他常常觉得，被蒙在鼓里并不是一种幸福，至少不是他想要的幸福。如果是他，他宁愿明明白白地自己安排生命当中最后那几周或者几个月，也不愿糊里糊涂地死了。

然而此时他又真切地感到为难，一方面觉得顾晓音合该知情，另一方面又能理解邓家姐妹的苦心，晓音一定是遇上了什么事，这时候要雪上加霜，不知道她受不受得住。

但他不能替顾晓音做判断或决定，即使顾晓音还是他女朋友也不行，何况她已经不是了。

谢迅叹口气，打开自家的门走了进去。

第二天，邓佩瑜午饭后就到了儿童医院——小真第二天一早出院，她先来看看，顺便提前运点东西回家。"本来你小姨也要来帮忙，我跟她说人多了添乱，让她等小真回家再去看她。"

"嗨，小姨跟我们客气啥，真有要帮忙的地方，一家人还能不好意思提？"蒋近男一边收拾东西一边说。

"那也是你小姨的心意。"邓佩瑜正说着，手机振动起来，"你看，才说你小姨，你小姨就打电话来了。"邓佩瑜边说边站起身来，抓着电话出了病房。"喂……"

蒋近男觉得她妈今天有点奇怪。就像那天顾晓音一样，要说行为反常吧，也没有，但就是哪里有点不一样。邓佩瑜今天有那么一点心不在焉——她和保姆当着邓佩瑜的面收拾了那么半天小真的东西，邓佩瑜一点意见都没提过，随她们！这可不是邓佩瑜的风格。蒋近男又把前因后果捋了一遍，觉得问题出在小姨的那通电话上，不对，在那之前。因为她妈看到小姨的电话就出去接了，如果小姨是像她妈说的那样打来问候小真的，这电话为什么非得出去接不可？

一定是顾晓音工作的事。小姨找她妈拿主意，她妈为了不想让她也跟着烦恼，干脆把她蒙在鼓里。蒋近男越想越觉得肯定是这么回事。可是小姨是怎么知道的？那只能是来自顾晓音本人。

所以顾晓音和她妈说了自己被裁的事，但决定瞒着自己。蒋近男自问她能理解顾晓音的苦心，但还是被这局外人的设定伤了心。

邓佩瑜不知道自己是怎么开到中心医院的。邓佩瑶在电话里说，邓兆真穿刺结果出来了，确实不好，但血液科暂时没有床位，而且还得做些检查排除其他可能性，因此沙医生暂时给他在全科找了张病床。

"这也是好事。"邓佩瑶在电话里说，"我跟爸说他有几个指标稍微有点偏出正常值，我们找了关系，让他先住院慢慢做检查，省得天天跑医院累。爸一听说是全科，倒是立刻同意了，还笑眯眯地说沾小辈的光搞搞特权……"邓佩瑶说着，又有些哽咽起来。

"我还在儿童医院，一会儿去接了老蒋一块儿过来。"

"别！"邓佩瑶忙说，"老蒋老顾他们明后天再来吧。今天忽然一起来，爸说不定也要怀疑。"

邓兆真今年八十二。要说邓佩瑜从没想过父亲哪天会走是不可能的，人生到了这个阶段，邓佩瑜见过各种各样的事，送走过自己的妈妈和蒋建斌的爸爸，还在蒋近男的病房门口等过，她心里激荡的甚至可能不是悲伤，而是对生活的疲惫。

大医院的门口永远是一个区域里交通最差的地方。邓佩瑜挨了无数个红灯才挪到医院门口。这最后两三百米的路，足足开了将近半个小时。然而这还没完，开到医院门口，外来车辆的车位全满，要等一辆车出来才能放下一辆进去。邓佩瑜前面的那辆车着了急，打开车窗朝门房喊："这也忒慢了！要是送病人的，非得给耽误出事不可！"

门房里走出一人，不急不忙地对那人说："您要真有急病病人，赶紧叫救护车，有绿色通道，保证不耽误您。稍微着急点的，自个儿从车上下来走两步路也就进了急诊大厅了。要还能自己开车或者在您车上等着进停车场，那耽误不出事来，劳您再等一会儿。"

前车那人被说得哑口无言，立刻把车窗摇了上去。邓佩瑜也心焦得很，可是无法。好容易进了医院停车场，邓佩瑜在外来车辆停车区绕了三圈，愣是没找到空车位。情急之下，邓佩瑜也懒得再等其他访客车腾出位子来，干脆把车停在旁边一个本院车位上，下车就往住院部走。

没走几步，有人撵上她。"这位女士，您留步。"

邓佩瑜停下脚步，上前这人穿着跟刚才门房那人一样的制服，看着有点面善，又不知在哪儿见过。

"这位女士，您车不能停在那儿！那是本院车的车位。外来车辆得停在外来车辆停车区。"

她想起来了，就这个保安，上次她来中心医院还找过她的麻烦。邓佩瑜不由得没好气地回答："你以为我不想啊？你们系统说有一个空位，我在那一区转了五圈，半个位子都没有！"

谢保华也不是第一次遇到这种情况，他给邓佩瑜解释道："您说的这个情况我们也知道，咱院这停车系统有时有一点延迟，放您进来的那会儿，可能排您前面的那辆车已经把最后一个车位给停了。劳您稍等会儿，再等一个车位。"

邓佩瑜不买账。"这边位子多着哪，我停一个怎么了？我看个人，半小时就走。"说完她转身就走。

谢保华却不肯和这个稀泥。医院里能求情的地方多了，若是不照章办事，这么大一医院还不乱了套去。他一把拉住邓佩瑜说："这不行，您必须得把车挪了。"

邓佩瑜也变了脸。"我还就非不挪了。你手放开！"

谢保华犟了一辈子。他妈、他媳妇，莫不为此跟他翻过脸。翻脸也没用，谢保华并不吃那一套。他妈和他媳妇去世的时候，他想想自己确实没给这娘俩啥好日子过。懊恼当然也是懊恼的，一阵也就过去了——那时候还不流行"坏情绪致癌"的理论，后来谢保华在医院工作，难免受了点这方面的熏陶，他偶尔想起谢迅他妈，便要感慨一句："唉，她这一辈子跟着我，真没过上一天舒坦日子……"

斯人既已逝去，原则就更没什么可置喙的余地了。谢保华用力拉住邓佩瑜的包。"您今儿还非得把车挪了。赶紧的！"

这"赶紧的"仨字唤起了邓佩瑜的记忆，嘿，还来第二回。邓佩瑜是谁？邓佩瑜可是在曲艺界混过的人，见过多少三教九流的人精！她师傅就在天桥混过，一个京剧演员，变起脸来比川剧演员还快。

邓佩瑜轻轻巧巧地把包卸了，好像毫不在意似的，自己接着往前走。谢保华抓着邓佩瑜的包愣了三秒钟。这人是怎么回事，包真不要了？他回过神来，赶紧再追上去拉邓佩瑜，此时邓佩瑜一脚已经踏上主楼的台阶，被他这么一拉，人失去平衡就倒在了地上。

"哎呀！"邓佩瑜叫起来。手紧紧握住左脚脚踝，眉头紧皱，好像受了莫大的痛楚。

"你……你怎么就摔了呢？没事吧？我拉你起来。"谢保华向她伸出手。

邓佩瑜才不会接。她继续捂着脚踝叫疼。这人来人往的当儿，周围也迅速聚集起三五个看热闹的人。

"别摔折了脚吧？"

"那敢情巧，就在医院门口，近水楼台了！"

邓佩瑜有点恼火，可她不能抬头看这可恶的看客长什么样。台已经打起来了，她这一出苦肉计非得唱完不可。又来了两三个人，看她满面愁容，有人催谢保华："赶紧扶她进去坐坐，真摔着了还是得拍个 X 光片。"

谢保华正犹豫着，邓佩瑜道："不行！就是他把我拉摔了的！他是医院保安，看我着急探视车没停正，就在后面追我，包抢去不说，还在我上台阶的时候推搡我，我这才摔了。我可不能跟他进去，要进去也得等他领导来。"

来中心医院的人谁没因为院门口太堵、停车场没位置、公共电梯等太久这些基础设施瓶颈而怨声载道过？因为这些事而被保安呛声的也不是少数，因此听到邓佩瑜这话，大伙儿一下群情激愤起来，一个大妈指着谢保华说："这也太不像话了，包都抢了，她还能跑哪儿去？还要拉人，无法无天了还！"

周围群众纷纷附和。谢保华还拿着邓佩瑜的包，还给她也不是，自己拿着也不是。他为难地看着邓佩瑜。"这位女同志，您怎么说话的来着，明明是您停错车在先……"

周围一下炸了。"停错车就能拉人吗?!""这些保安就会狐假虎威！""叫他们领导来！"众人七嘴八舌地说了一阵，谢保华有苦说不出，想抽身，却被围观群众牢牢围住，哪里也走不得。邓佩瑜坐在人群当中，一手还捂着脚踝，等着看谢保华这会儿怎么收场。

邓佩瑜走进邓兆真病房的时候，邓兆真早吃完晚饭了，连邓佩瑶都吃过了。邓兆真见邓佩瑜穿着个灰色塑料的定型鞋走进病房，没等邓佩瑶反应，他先挣扎着坐了起来。"这是怎么了?!"

邓兆真七十以后逐渐耳背，说话声音越来越大。这一下倒把邓佩瑜吓了一跳。她忽然想到自己刚进剧团那会儿，有一次练功当中摔了胳膊，吊着个膀子回家的时候，也是爸爸先冲出来，大惊小怪了一通。几十年过去，自己都当外婆了，爸爸还把她当作那个十几岁的小孩。

"快扶你姐姐坐下来！"邓兆真对邓佩瑶说。

"没事。"邓佩瑜道，这是个三人间，靠门的那张床还空着。她自己走过去坐下来，把那定型鞋脱了，从包里拿出自己的鞋穿上。"做个样子而已。一会儿跟你说。"

邓佩瑶有点不是滋味。邓兆真从前就疼邓佩瑜，虽然她是小的那个，可是邓家最受宠的一直是邓佩瑜。从小她穿邓佩瑜穿旧的衣服，捡邓佩瑜玩腻的玩具，邓兆真总是感慨邓佩瑜从小学戏是多么辛苦，好像全天下的苦都只有邓佩瑜一个吃了似的。现在到了病床上，还要担心她这个姐姐。从邓佩瑜下午说在路上，这会儿都过去两个多小时了，等她把爸爸都安顿好，姐姐才姗姗来迟，还要让爸爸担心……

她不禁没好气地对邓兆真说："您小声点，别惊着隔壁床老爷子。"

隔壁床老爷子的护工一直坐在椅子上看电视，这会儿转头对她们说："没事，老爷子半昏迷着呢，您要是能把他喊起来，他家人可得对您感恩戴德。"

连邓兆真都笑了，病房里一时充满欢乐的气氛。

邓佩瑜先问邓兆真的情况，邓佩瑶背着邓兆真向她使了个眼色，然后说："全科这边是新设的，病房比较新，病人也少。沙医生帮忙打了招呼，现阶段还有一些检查要做，检查期间就先住在这里。"

邓佩瑜问："那主治医生也是全科的？"

邓佩瑶看了眼邓兆真道："是的，不过如果万一查出哪个指标不太对，就会请那个科的医生来会诊。像隔壁这位老先生，就是心梗进的医院，也是因为心内暂时没病房了就住在这里，有需要的时候，心内的医生也会来看的。"

她又转向邓兆真道："爸，您先安心住着，把该检查的检查完。小沙跟我说了，您没大事，但是因为到底这个年纪了，医院怕担责任，先下个病危通知再说。这个年纪有一两个方面需要调养一下也是正常的，您就踏踏实实地调理好再回家。小沙好不容易给搞到的病床，要是搬出去，下次再想要住进来可就要碰运气了。"

邓兆真点头道："你说的有道理，我明白的。就是啊，这监护器和输尿管插着，我浑身难过。你要不跟医生说说，明天就拆了吧。"

隔壁床的护工一直边看电视边听着这边的谈话内容，听到这里，他插话道："老爷子，您可得配合，不能耍性子。这人的身体啊，要靠自己重视。您看您只比我这老爷子小一岁，您还能坐着聊天呢，他都躺着靠鼻饲了。但这骄傲使人落后，您千万别为了那一点不方便跟医生对着干。"

邓佩瑶向隔壁床护工投去感激的一瞥。果然邓兆真听了这话笑逐颜开道："您在医院有经验，确实说得有道理。我既然占了这病床的便宜，就多享受两天吧。"他又转向邓佩瑜。"你这脚到底怎么回事？不方便就不用来了，你妹妹在这儿呢。一会儿老顾来陪床，小真身体刚好转，你照顾小男和小真也辛苦，不要老往这边跑。"

邓佩瑜于是把下午停车场的事说了一遍。"我一直等到保安处的领导来了才让他们带我去照 X 光，没照出骨头的问题来，可是我非说脚踝疼，他们就给了我这个，让我过几天再去复诊。我跟他们说，这事可没完，非得给我个说法，好好处理了那个保安才行。"

要说邓佩瑜是"假摔"，也真冤枉了她。当天她觉得没事，可第二天早上起来，脚踝真肿起一大片来。头天 X 光都照过了，医生也下了结论——软组织挫伤。"幸亏昨天没让那个保安跑了。"邓佩瑜恨道。

可这就打乱了她这一整天的计划。本来她一大早要赶到儿童医院帮忙给小真办出院，再送小男和小真回家——女婿今天有会，请不出假来；赵芳和老朱没车，去了能帮的忙也有限；老蒋就更别说了，不够照顾他自己的。本来还可以找邓佩瑶和老顾，可老顾刚陪了夜，邓佩瑶白天接过手去，哪里能腾出工夫？邓佩瑜在心里又把谢保华恨了俩洞，正愁着，顾晓音打电话来，邓佩瑜接起说了两句，不由得大喜过望。

"你也要去医院啊？！哟，那正好，你先上大姨这儿来，开我的车去。我昨晚跟你姨夫在小区遛弯崴了脚，正愁今儿去不了呢。"

顾晓音临危受命。邓佩瑜把车钥匙交给顾晓音，照例叮嘱一番中央扶手盒里有钱，别花自己的钱交停车费。

现在停车费不都电子支付了吗？"知道了，大姨。"顾晓音乖巧地回答。

"你把小男、小真送到家，再来接我一趟，我也去她家看看。回头跟你一块儿回来。"

"好的，大姨。"顾晓音拿了钥匙要走。

"等等，小音。"

"啊？"

"你今天怎么不上班？"

"请假了。"

"年轻人不要老请假，会给领导留下不好的印象。"

"知道了大姨，小真出院，难得一回。"

蒋近男见到顾晓音倒是不怎么吃惊的样子，直接指挥她去跑各种出院的手续。顾晓音起先没觉得什么，不知不觉一上午过去，她渐渐回过味来。蒋近男一向以她的职场指路人自居，回回她在工作日来看她或者小真，就算知道她最近不忙，蒋近男都要问上两句。今天连大姨都问她怎么不上班，而蒋近男一早上没提这事，答案只有一个。

"程秋帆跟你说了？"顾晓音就这么没头没尾地开了口。

蒋近男也没装傻。"还等你找到工作再告诉我？"

"那你还不得把我吃了？"

"知道就好。"

顾晓音笑了。当然，蒋近男如果不自欺欺人，没什么事真能瞒过她的眼睛，特别是顾晓音的事。"我本打算今天跟你说的，省得你一下烦心两件事。"

"我烦心的事何止两件，多你一件不多，少你一件不少。"

"还出了什么事？"顾晓音吃惊道。

"也不是什么大事。我公司有个挺 senior（资深）的人走了，这就空了个位置出来。我听说有人想趁这个机会越过我上位，顺便再在我跟的 pipeline（渠道）上插一脚。"

"啊?！那你要怎么办？"

"也没什么怎么办，昨天我已经打电话跟老板表过态。背地里来这一手，是以为老娘我从此要当家庭主妇了吗？不过这局面也只是暂时稳住，我人不在，就永远会有人蠢蠢欲动地想染指我的地盘。所以我打算下周开始上班。"

"姐夫怎么说？"

"他？"蒋近男轻蔑道，"他当然是一边觉得我有带薪产假居然要提前销假上班是疯了，一边又觉得他自己的产假年假不用是天经地义的……"保姆和隔壁床家属都在，蒋近男硬生生打住，"我的事咱回头再说，你打算怎么办？"

"找工作呗。"顾晓音尽可能说得云淡风轻，"明天和下周一各有一个律所的面试。"

蒋近男似是放下心来。"我感觉你们律师在哪个所都差不多。等你找好工作，我跟程秋帆打个招呼，你直接把他那个项目带去新所吧？"

"这……"顾晓音为难起来，"不太好吧？"

"有什么不好？"蒋近男抢白道，"你们所都不仁了，你还能不义吗？现在可不时兴以德报怨，现在流行的是以暴易暴。"

顾晓音没忍住，"扑哧"一声笑了。"你先别着急，等我找好下家再说。"她未必能那么快找到合适的所，程秋帆也未必真有把项目连根拔起让她带走的能量，但这些变数，现在不足为蒋近男道也。眼前的问题是另一个。

"还有，我妈和你妈可不知道这事，你别跟她们说啊。"

蒋近男自然应下，这篇就算翻过了。然而蒋近男心里缓缓升起疑问——这么说她妈昨天背着她跟小姨说的不是这件事，她妈还能有什么事瞒着自己呢？蒋近男回想了一下这两天的事：小姨前天给她打过一个电话，找沙姜鸡给姥爷的检查开后门，难道是这个检查查出什么不好的结果来？不可能，蒋近男对自己说，上医院的事哪儿能都让她家人赶上，那可见了鬼了。

花开两头，各表一枝。蒋近男还没想明白邓佩瑜的古怪之处，顾晓音这个司机在出医院门时从扶手盒里翻出一张昨天晚上中心医院的停车收据来——要说邓佩瑜今天还真没白叮嘱她，儿童医院的出闸系统坏了，扫码付不了钱，非得现金不可。那盒子里散落的现金上，躺着一张停车收据。

因为是中心医院的，顾晓音多看了一眼。大姨昨天去过中心医院？顾晓音觉得奇怪，要说是因为崴了脚吧，大姨说是晚上和姨夫在小区遛弯崴的，可这张票是七点多点，时间上对不上。顾晓音左思右想没有答案，若是能问蒋近男就好了，可是蒋近男心里挂着各种事，不能用这些捕风捉影的东西让她烦恼。

她俩就这样在离真相一步之遥的地方擦身而过。

这天晚上，顾晓音久违地错过了电梯的点。从医院回到家已是凌晨一点多，她和蒋近男胡乱吃了些点心，转脸便去接邓佩瑜。下午朱磊回来，还带来了他爸妈。晚饭过后，老蒋也来了。一群人直到十点半才散。本来老蒋要开车，邓佩瑜不让——他晚饭喝了两杯，万一遇上交警怎么办？还是让小音开车送他们回家妥当。

于是顾晓音又当了回人民的勤务兵。

会不会遇到谢迅呢？顾晓音在回家的路上想。也许是她想得太多，花坛旁果然有一个人在抽烟。其实这也算不上什么了不起的缘分。这阵子谢迅养成了新的习惯，在楼下抽上两支烟再上楼。他自己也说不清是为了什么，直到看到顾晓音，他才恍然大悟，自己就是在守株待兔。

"兔子"倒也没有怎么扭捏便走上前来。"你也在这里呀。"

"嗯，反正也赶不上电梯了，抽支烟再上去。"谢迅说着，稍稍侧了侧身。

顾晓音当然看不见他之前按在花坛里的烟蒂。"那……你要上去吗？"说完她惊觉自己像是在做出某种邀请，不由得闹了个红脸，默默在心里希望谢迅一没有想歪，二没有看到她脸红。

而谢迅当然既欣赏了她的脸色，也十分受用地往歪处想了一下，可惜，他想，她只是词不达意而已。

但他决定笑纳。

"走吧。"

"午夜爬梯俱乐部"暌违多日后再度开张，两个人都稍有拘谨，又各自怀揣着些许秘密，倒像足了两个初次约会的人。

谢迅打定主意要主动一点："最近不太忙？"

"完全不忙。"顾晓音答道，"我离职了，正在找工作。"

第二十八章　粉墨登场

　　谢迅一时不知要如何作答。他在公立医院系统内，并不会立刻联想到饭碗除了自己还能被别人砸掉，因此他脑海里首先跳出来的竟然是"那还挺好的，顾晓音能有多点时间陪姥爷"。但这个秘密尚不足为晓音道也，谢迅犹豫了一下，说："之前的工作也挺辛苦的，刚好趁现在休息一下吧，接下来是换一家事务所吗？"

　　谢迅的犹豫被顾晓音看在眼里，被解读成他小心翼翼莫要触动自己刚被裁员的伤口。顾晓音心领了这份好意。"也不一定，找着什么工作算什么工作吧。"

　　这就不像是上份工作得以善终的意思了。谢迅终于后知后觉地意识到顾晓音可能还面临着另外一种麻烦。在北京这样的地方，生活的形态是如此多种多样，以至有时大家的悲欢别说不互通了，未经提醒，根本想不到那上面去。谢迅见过最多的离职，是徐曼那一份份走马灯似的工作，再要说的话，可能就是谢保华买断工龄下岗。后者是没办法，前者也是没办法，但并不是顾晓音这样的。

　　"别担心，一定能很快找到理想工作的！"谢迅尽可能让自己的语气显得诚恳而笃定。

"承你吉言。"

谢迅回家躺在自个儿床上琢磨，越琢磨越觉得自己笨。他一个对法律一窍不通的医生，对顾晓音说一定能很快找到工作，哪儿能有什么实际的安慰作用，保不齐就让顾晓音觉得自己不过是敷衍，说两句吉利话完事。那他当时，或者下次遇到顾晓音该说什么？"没事，有我在"？这未免太大尾巴狼了，"能帮上忙你只管言声儿"？这虽然确实是吧，但找工作谢迅帮不上忙，能帮上忙的事顾晓音还被蒙在鼓里。太难了，谢迅在心里感慨，要不是为了避免多一个人知道顾晓音的窘境，他简直想寻求一下外援，跟沙姜鸡说道说道。

谢迅第一次感到他被自己的出身拖了后腿——谢保华当年可是大院里数得着的不会说话，自己这张笨嘴，绝对有谢保华基因作祟的成分！

其实这就有点冤枉谢保华。安慰一个人需要莫大的技巧，别说谢保华和谢迅，就算换了侯宝林、郭德纲，也未必能说出什么令顾晓音当场喜形于色的话来。不过谢保华自己并没有觉得被冤枉，第二天他按照领导要求提着一篮水果去邓兆真病房探病的时候，确实有点拖谢迅后腿的感觉——他虽然恨邓佩瑜，可更恨自己一时冲动着了这婆娘的道，回头要传了出去，可不得连着儿子一起丢人？

谢保华想通了这茬儿，再加上他去病房时邓佩瑜又不在，只有邓兆真和邓佩瑶，因此他的道歉显得非常情真意切："老先生，我确实得给您和家人赔个不是，前儿我只顾着规章，没考虑到人情变通，给您添麻烦了。"

邓兆真起先并不怎么爱搭理他。谢保华领了领导的任务，必须得把这个歉给全须全尾地道了，不能留着再生事端。于是他赔着笑脸努力和邓兆真聊天，问点"老爷子贵庚，身体哪里不舒服"之类谢保华自个儿觉得没问题的"问题"，其实邓兆真的年龄在他床头的病人信息牌上就写着呢，完全是白问。这后一个问题，一出口就把邓佩瑶吓得一激灵，生怕这位知道什么邓兆真不知道的信息，再给抖搂出来，那可就前功尽弃了。

幸好谢保华并不知情，不然还真不好说。邓兆真不疑有他，这两天他连着输液，指标上虽然跟前两天一样，但多少有些心理上的效果。因此邓兆真今天觉得自己精神不错，既然谢保华问了，他也说上那么一两句："应该也没什么大毛病，前段时间我觉得哪儿哪儿都不得劲儿，就来检查一下。现在还有几项检查没做完，干脆先住在医院里，当作调养算了。"

谢保华毕竟在医院里干了这么多年。没像医生那样吃过猪肉，可他见过猪跑！他一听这话，就知道这老爷子肯定被家人瞒着哪。是什么病他不知道，可既然家人要瞒着，这病小不了！想到这一层，谢保华对老爷子生出了同情心，也不由得帮着宽慰老爷子："那可不，这中心医院的床位啊，可金贵着哪，您这能住到全科病房来的，家里肯定是费劲儿走了路子的，您可得赶紧配合着享受几天。"

　　这句让邓兆真听着十分受用。"其实啊，要我说，我就住在东四，要上中心医院，坐公共汽车也就几站地，天天都能溜达着来，真没必要占用这医疗资源……"

　　"哟，您也住东四呀？巧了，咱还是邻居哪，我就住四条派出所旁边那杂院里……"

　　"哟，那个院子得有几十年没变过样了……"

　　"可不是嘛，我打出生就住在那个院子里了。小时候一放学就上隆福寺玩，兜里一个子儿都没有，就且在那儿看！难得大人给钱上蟾宫电影院看场电影，就跟过节似的。"

　　"没错没错！我年轻的时候也爱上蟾宫电影院看电影，后来改叫长虹电影院，早几年已经不存在了。"

　　"是啊，好多都不存在了。好多老字号也变了味儿，护国寺小吃店的点心，现在做得那是大不如前……"

　　"就是就是……"

　　两人你一言我一语，还就这么聊了下去。邓佩瑶在旁边瞧着，虽然觉得这保安有点莫名其妙，可是看到邓兆真乐呵的样子，也觉得能有人来分分邓兆真的心跟他说几句话也不错。因此她就旁观着，中间还给谢保华倒了杯水。

　　谢迅来探望邓兆真的时候，就瞧见了这一幕：他自个儿的爹正坐在顾晓音姥爷的病床前，俩人兴高采烈地讲着老北京的典故，床尾凳子上一位女士正百无聊赖地看自己的手机，显然既插不进话也不想参与。

　　谢保华眼角的余光瞄到一个白大褂进来，估计是有医生来查房，他站起来给医生让位，抬头一看，倒是傻了眼。"怎么是你？"

　　谢迅也完全没想到会在这里遇上谢保华，两人交换眼神，各自得出一个错误结论：谢迅以为谢保华和邓兆真是旧相识，谢保华断定邓兆真心脏出了问题。

唯一知道真相的是邓佩瑶。这个谢医生，第一回见就是在这中心医院，小男住院的时候。还没等小音正式把这个男朋友介绍给自己，这两人就各奔东西。谁承想后来又在各种场合遇上。若问邓佩瑶谁适合当她的女婿，邓佩瑶必定选沙楚生。她倒不是嫌谢迅家里穷，可他毕竟离过一次婚。邓佩瑶到底是20世纪的人，总觉得一场婚姻失败，代表着两个人都有重大的错处，最起码也得是有点性格缺陷，要是出轨什么的，可更了不得。小音和谢迅在一起的时候，邓佩瑶什么也没说，听说他俩分手，邓佩瑶松了一口气。

可后续又遇见几次谢迅，邓佩瑶观察着，又觉得这个年轻人挺不错，也许离婚的过错方不是他？她让自己别多想，年轻人的事，得由他们自己拿主意。今日这个谢医生专门来看邓兆真，也许是还没死心？可他和这个保安又是什么关系？

谜底马上被揭晓。谢保华挠了挠头顶上总共没剩多少的那点头发，带着点不好意思地对邓兆真说："这是我儿子。"

"您是谢医生的父亲?!"邓佩瑶惊奇道。眼看邓兆真一脸迷惑，邓佩瑶忙向他解释："爸，谢医生是小男之前住院时候的主治医生。小男特别感谢谢医生，还专门让小真认谢医生当了干爹。"

"哎呀呀，"邓兆真有些激动起来，想抓住谢保华的手，奈何一只手上正挂着针，只得费劲儿地用另一只手攥住谢保华的手，"老兄弟，没想到咱们这么有缘！"

那将这天大的缘分攒在一起的谢医生本人却留意到邓佩瑶介绍他时半个字也没提到顾晓音，虽说这前男友的身份尴尬，邓佩瑶不想提也完全在情理之中，谢迅还是感到有些失落。

谢保华也没料到他和邓家的缘分还不止邓佩瑶说到的那些。听了邓佩瑶的话，再看邓兆真的反应，谢保华感到这下妥了，既有这前情在，谢迅还是邓兆真的医生，邓家绝不可能追究他的责任！他满意地想，等邓佩瑜发现他就是谢医生的爸爸，那情形得多有趣。这年头，得罪谁都行，可不能得罪医生！虽然他和谢迅都不是那等把私怨带进工作里的人，可邓佩瑜不知道呀。她还不得心里七上八下好多天?!

谢保华越想越美，不禁也两手握住邓兆真的手。"是呀老哥哥！"他偏头对谢迅说："小子，你该干吗干吗，我再陪老爷子聊一会儿。"

谢迅更坚定了自己之前的猜测，一时倒不知谢保华和晓音姥爷是旧相识这事对自己是有利还是有弊。邓兆真自己还被蒙在鼓里，他也不好多说，问了邓佩瑶几句老人精神如何，他们感觉全科条件好不好之类无关痛痒的话，便告辞出门。

刚走出病房没两步，邓佩瑶倒追了出来。"小谢！"

谢迅驻足。"阿姨。"

邓佩瑶掏出一张卡说："姥爷入院那天，小沙又把你的饭卡塞给我。你的心意我们领了，这卡你还是拿回去吧。姥爷现在还吃不了食堂的饭，病员食堂的伙食我们吃着也觉得还行，就不麻烦你了。"

谢迅心知邓佩瑶这是因为顾晓音的关系不想承他的情，倒也并不拆穿。"阿姨您先收着，也许您什么时候想换换花样，或者姥爷胃口好了忽然想吃什么，员工食堂的种类好歹丰富些。"

邓佩瑶为难道："姥爷这一回也不知道要住多久的院，不像小男那样……"她想着难过，不禁哽咽了一下，想到在小辈面前，邓佩瑶努力抑制自己的情绪。"你这卡也不能老放我这儿，你自己也要吃饭的。"

邓佩瑶在安徽生活了二十年，小时候那字正腔圆的京腔底子还在，但遣词造句多少受环境影响，说起话来有点混杂的效果。顾晓音说话就像邓佩瑶，大概是小时候地方上的底子，来了北京这么多年，北京话说得也就那么回事。然而谢迅爱屋及乌，听着邓佩瑶的口音觉着分外亲切，也分外地想对她好。

"阿姨，您真别客气。我平时一般都和沙楚生轮流买饭，有一张饭卡就行。何况还有我爸呢，这卡您就踏实地收着吧。"

"那……回头用了多少我再给你充回去。"

谢迅明白邓佩瑶这是态度软化了，非拦着不让还钱绝不是明智之举，因此他痛痛快快应下来："成。"

话说到这份儿上，邓佩瑶也只能笑纳。小男住院的时候，她顶过邓佩瑜两天，也明白有这张卡的许多方便之处。但因为是小谢的，这两天她愣是忍着没用。邓佩瑶回病房的路上又忍不住叹一口气，小谢这人真挺好的，可惜……

她叹口气迈进病房，正听见邓兆真对老谢说："哟，那小谢跟我家老二的闺女同岁。小谢结婚了没？我这个外孙女啊，做法律工作的，工作和学习都不让人操心，就是到现在还没解决终身大事。"

谢保华讪讪答道："嘻，这小子有点复杂，反正现在单着呢，我也管不了他。"

邓佩瑶生怕邓兆真接下来就要乱点鸳鸯谱了，瞧着谢保华也有点不自在的样子，她忙打断两人的话："爸！这是人家谢医生的私事，您别瞎问！"

"这怎么是瞎问呢？"邓兆真老大不乐意，但女儿都这么说了，他也不好继续下去，只能叹口气："小恩我是不指望了，我呀，就希望去见你妈之前还能看到晓音成家。"

谢保华忽然听到一个熟悉的名字——谢迅之前带回家来过的那个姑娘，可不就叫晓音？那姑娘是个律师，也对得上号，谢保华心里几道惊雷闪过，莫非自己之前完全错误，谢迅这小子不是来查房的，是来探病的？！老谢挺喜欢顾晓音，谢迅告诉他自己已经和顾晓音分手时，他颇惋惜了一阵，还鼓励过谢迅再把人家追回来。那小子当时是什么反应？置之不理！现在好歹还知道来未来丈母娘面前刷刷脸，算没白吃几十年的饭！晓音这孩子看着温婉柔顺，她姥爷和母亲也和善，唯独她大姨……想到邓佩瑜，谢保华忽然回想起今天自个儿是为什么来的。糟糕！他想，要真是同一个人，他可真给自家孩子拖后腿了。

像是怕他心存侥幸似的，顾国锋这时走进病房。"国锋来啦。"邓兆真赶忙招呼。"老谢，这是我二女婿，顾国锋，你叫他老顾就行……"

默默焦头烂额的不止谢保华一个。蒋近男才把小真接回家，就遇上工作小孩不能两全的职业妇女经典送命题。儿童医院安排小真下周二中午十一点去复查，偏偏蒋近男一个潜在投资标的公司的会要安排在下周二上午十点，这产假的最后几天里，蒋近男除了忙小真，就在安排这个会的时间和为此做准备。这个目标公司是行业新贵，手里掌握着一项重要技术，因此多的是送钱上门来的投资人。蒋近男约到这个会，说白了还是凭借自己在这个行业投过好几个项目，拿出"帮被投资公司打通价值链"的诱饵，才成功引起创始人的兴趣。

谁知和安排人带小真去复诊相比，约这个会简直算是小菜一碟。朱磊说自己走不开。"要是早上八点之类的时间，我打个招呼晚点去就算了，十一点这么不前不后的，上午去不了不提，一看说不定就看到下午两三点，一整天都去不了单位！"他倒也没让蒋近男重新安排。"你自个儿实在去不了的话，让你妈或者我妈带着去呗。"

若是平常，蒋近男也就让邓佩瑜带小真去了。可这会儿邓佩瑜刚崴脚，下周二到底能不能好？蒋近男觉得不能勉强。赵芳？不，蒋近男根本不考虑这个选项，万万不能。她给儿童医院先打了个电话，好说歹说，人家也没松口——非得改期的话，至少要再等一周。蒋近男不愿再让小真冒任何风险，她回过头来再跟朱磊商量，自觉自己能做的也都做了，朱磊应该体谅她，没想到朱磊还是一口回绝。

蒋近男不由得有些急眼："小真这回生病你管过吗？成天都是我和我妈在医院盯着。现在我有个重要的会不能改期，让你请一天假你就撂挑子！"

朱磊也不服。"谁说我撂挑子了？我都说了可以安排我妈带小真去，干吗非得我请假才行？你的工作重要，我的工作就不重要了？"

蒋近男气结。"你别忘了这回小真是怎么进医院的。周二这个会我好不容易才排到，要是能改我还不放心别人带小真去呢！让你支持一次我的工作就这么难?!"

"嘿，你可别把小真的病赖我妈头上。脑膜炎那是有潜伏期的，办不办百日宴，小真也都已经感染了。那天咱们把那么多人撂下就走，连招呼都没打，我妈都没怪我们。你可别起劲儿。也别说我不支持你工作，你非得把产假销了回去上班我都没说什么，也没告诉我妈，你还要我怎么支持你的工作，大老爷们儿辞职在家带孩子吗？"

两人越说声音越大，在客厅另一头的小真"哇"的一声哭起来，保姆连忙抱起她，哄着往房间去。蒋近男心里又是愧疚又是气恨，不由得冷笑一声："哪儿能劳烦您辞职在家带孩子呀，您成天开着部级干部的车去干个科员的工作，知情的觉得您特有事业心，不知情的还当您学雷锋呢。"

这就深深地扎到了朱磊的痛处。兔子急了都咬人，何况是朱磊。两个朝夕相处了十多年的人，彼此都知道对方的软肋在哪里，真要下起手来，稳、准、狠一个不少。朱磊像看陌生人一样看了蒋近男一眼。"别说得好像这些都是你自个儿施舍我的一样，也没看出你那事业忙出什么花来，这房子不还是在你父母名下，回头是你的还是你弟弟的可没准儿！"

说完朱磊拂袖而去，把蒋近男一人扔在客厅。

蒋近男看了一夜的电影。上一次她这么做，还是高中毕业时看《流星花园》。即使在没有蒋近恩时，蒋近男也讨厌蒋建斌和邓佩瑜刻意营造的那种妻贤子孝的氛围。蒋建斌是个传统的中国男人，他平生做过最离经叛道的事可能就是娶了邓佩瑜。"家庭倒是知识分子家庭，可惜自个儿是个戏子。"这是当年蒋近男奶奶对邓佩瑜的评价。还是邓佩瑜亲口告诉她的——那是小真刚住院那两天，邓佩瑜劝她："你婆婆坚持要摆这个酒，最起码心里还是宝贝小真的，我生你那会儿，你奶奶和你太奶奶一块儿在产房外面坐着等，听说是个女儿，俩老太太站起身就走了。"

现在的邓佩瑜讲起这些事，言语里已经不再有怨恨，更多的是懒得跟老太太计较的云淡风轻。当然，蒋近男想，因为你后来又生了儿子，还离开了舞台。这两件事之间的因果关系，以及蒋建斌后来的事业发达，让蒋建斌和邓佩瑜更心甘情愿地归顺了那些"传统价值"。蒋近男还小的时候，有一回春节联欢晚会放戏曲节目，刚巧有邓佩瑜从前的剧团，她不识相地问邓佩瑜要是没离开剧团是不是也能上春晚。当着全家人的面邓佩瑜是怎么说的？"上个春晚有什么可稀罕的，在剧团的时候天天得练功，苦得要死又没钱，哪儿有咱们现在的生活好。"

向来邓家的传统是初一那天再放一遍重播的春节联欢晚会，大伙儿就着节目吃午饭。单单那年，邓佩瑶要看北京卫视的春晚重播，全家从善如流，顾晓音想再看一遍前晚上了春晚的周杰伦，被邓兆真训斥："港台明星有什么好看的?!"哭了一鼻子。

蒋近男厌倦了父母那种模式，因此执意要走到它的反面去。邓佩瑜小心翼翼地瞒着蒋近男，但蒋近男知道，婚前蒋建斌在好几件事上颇看不上朱磊这个准女婿。其中之一是朱磊住进棕榈泉的房子，既没主动出个装修家电什么的，也没在准岳父岳母面前表现出一丝一毫的不好意思来。为此，蒋建斌罕见地跟邓佩瑜唠叨过好几回："我们结婚那时候，什么都没有。人家结婚的时候买手表，我为了给新房添置个电视，把手表给卖了，又借了钱才添置齐家电。你爸那时候说要赞助我们电冰箱，我死活不肯答应，跟他说：'佩瑜嫁到我家，就不该花您的钱了，该有的东西就算现在没有，早晚我也能给她置办上！'"

邓佩瑜劝他："时代不一样了。那时候大家都差不多穷。现在小朱要像你那么倔，放着好好的棕榈泉不住，非得让小男跟他挤石景山老公房去，你舍得，我还不舍得哪。”

蒋建斌慢慢接受了朱磊。有几回蒋近男在家人面前驳了朱磊的面子，蒋建斌还让邓佩瑜私下劝她："就算在咱家里随便点，在小朱的朋友亲戚面前可绝不能这样！"蒋近男从前以为老蒋是跟朱磊慢慢处出了感情，现在她琢磨出自己的天真——老蒋维护朱磊，因为朱磊现在是她的丈夫。既然这层法律关系确定下来，老蒋觉得她就该跟她妈一样，给朱磊提供一个妻贤子孝的家。

朱磊恐怕也是这么想的吧。刚才他对自己说的那些话，如果是在婚前，他怎么敢？他怎么敢？！蒋近男气得手微微发抖。

蒋近男看完《唐伯虎点秋香》，又看《东成西就》，张学友操着一口山东话跟在王祖贤后面叫"表妹"时，蒋近男哈哈大笑。朱磊打开卧室门，睡眼惺忪地说："还剩几天假期，别那么晚睡，回头生物钟倒不过来该难受了。"

蒋近男没理他，卧室的门又关上，那笑容却凝结在蒋近男的眼睛里。他竟像什么事也没发生过一样！经过了那白刀子进红刀子出的时刻，朱磊如若不直接服软道歉，两人合该冷战到分出一个胜负来。为什么不是这样？

蒋近男枯想了很久。《东成西就》都播完了，演职员表一栏栏滚动播放起来，她刚有点头绪。让自己夜不能寐的这一场争吵，对她来说可能是许多事缓慢积累后演变的爆发，是图穷匕见的时刻，对朱磊来说，不过是夫妻间拌嘴，说了两句重话。明天两人起来，无论寻着一个什么法子解决了小真复诊的问题，这事就翻篇了。

因此他根本不必放在心上。

蒋近男却不能。深夜里，小真的房间传来一阵哭声，是小真醒了。随即传来保姆哄孩子的声音，哭声渐渐变小，消失不见。隔一会儿小真的房门打开，保姆出来，被客厅的灯光刺了眼睛，皱着眉打量四周，见蒋近男还坐在沙发上，倒吓了一跳。

蒋近男起身关了客厅的灯。唯余电视机的光照在她脸上，深夜里，白惨惨的，保姆看不清她的神情，也不敢多问，只道："我给小真冲奶。"便匆匆走去厨房。不一会儿，保姆手握奶瓶回来，又向她点个头，闪身进了儿童房。房间里传出一两声小真的声音，大约是喝上了奶，又一会儿，卧室里传出朱磊的鼾声。蒋近男把电视的音量又调大了点。

快清早时，她在客厅的沙发上睡着了。醒来时钟已指向十点。蒋近男的身上盖着一张毯子，是小真房间里的。客厅餐桌上有保姆留的字条——她带小真下楼遛弯去，给蒋近男准备的早餐在厨房。蒋近男莫名想到她不知在哪里看到的一句话：现代职业女性的尊严全靠保姆维系。

说得没错。蒋近男在心里附和一句，下了一个决心。

"离婚？现在？"连顾晓音也吃了一惊，"出了什么事吗？"

蒋近男在心里苦笑。是了，连顾晓音也是这个反应，还能有别人觉得她不是舒心日子过腻了吗？

顾晓音也觉得自己有点反应过度。蒋近男并不是那种心血来潮的人，尤其是在个人问题上。全家人都觉得她能找个更好的，也正是因此，邓佩瑶当年甚至劝说过邓佩瑜别试着棒打鸳鸯，免得激起蒋近男的逆反心理，非得嫁朱磊不可。蒋近男虽然仿佛从来没对朱磊神魂颠倒过，竟然也一直把这段关系处了下去，久到邓家上上下下最后都把朱磊看顺眼了，觉得小男嫁他也不错。

在顾晓音看来，蒋近男一定是深思熟虑过的。她要的恐怕就是这种以她为中心的关系，因此宁可舍弃那些其他的外在条件——反正那些蒋近男自己都有，不必靠男人。表姐和表姐夫的关系是从什么时候开始有点变了味的？是结婚，还是小真的到来？顾晓音说不好。她并不觉得朱磊哪里有很大的变化，但是在某几个时刻，顾晓音清清楚楚地看到了蒋近男的痛苦和低落，这让她尤其感到费解。

"你别会错我的意思。"顾晓音找补道，"你怎样决定我肯定都支持，但你想好怎么跟大姨和大姨夫说了吗？"

"没必要花太多心思想吧。反正他们肯定要反对，想了也白想。"

我就知道是这样，顾晓音在心里哀叹一声，试着委婉地说服蒋近男："别的暂且不说，至少先做做大姨的思想工作？小真现在还小，光有保姆恐怕不行，还得大姨时不时出点力。"

"我爸那儿还真不好说怎样，我妈你还不知道吗，狠劲儿都落在嘴上。她就算现在威胁我要断绝关系，也就是一阵的事。不过你说得也对，我还是先跟你妈商量一下，让你妈找机会给我妈打个预防针，别让她觉得太突然。"

辉里这个破房子"财富自由"更远了，那也是没办法的事。

她把自己的想法说给蒋近男听。蒋近男冷笑一声："别管你现在需要多少钱，你该挣多少，那就是你的能力所在。你要是因为君度让你走，自己先心虚了，下家肯定继续占你的便宜。要我说，现在的工资一分不能少，这家不行换一家，反正律所那么多，你总能找到工作的。"

顾晓音把这话听了进去，可没照着执行。依她看，自己能力并不像蒋近男说得那么强，还是退一步求稳的好。谁知复试时对方见她对降低工资没提出什么异议，又在福利和团队配备上提出不少苛刻条件，美其名曰要给顾晓音机会证明自己，在这期间艰苦一点才能显得有主人翁精神。

这份工作就这么鸡肋起来，食之无味，弃之可惜。偏顾晓音这轮面试的其他几家公司和律所都委婉拒绝了她，要么简历如泥牛入海，要么见了一面再无下文。有那么一两家顾晓音自己觉得面试得不错，面完还积极给面试官发过感谢信，谁知对方面试时显得热络，邮件发过去就像投入黑洞。一天两天顾晓音还能安慰自己是对方没这个习惯或者忘记回复，慢慢她琢磨出味儿来，想要她的地方一定会主动热情，就像陈硕之前给她介绍过的那家银行。如果不热情，一定是她哪里没入人家的法眼，那她姿态再低，再主动，其实也都无济于事。

其实顾晓音妄自菲薄得太早。让她去三面的那一家还真把她当了香饽饽，还是难得的清仓减价的那种。老周最喜欢顾晓音这种被君度之类的一流所培养了五到十年又放弃的女律师。他不止一次在本所的管理层会议上讲："这种律师性价比最高，比合伙人强多了：既能独当一面，工资又低。更何况女的一般在这种时候要么就找个清闲工作甚至当家庭妇女了，要愿意继续在律所干的，那都是铆足了劲儿要证明自己的。别说那些没结婚的，就是结了婚的，一般也会心甘情愿推迟生小孩！"

顾晓音认定三面也不会有什么奇迹，干脆借着小真的事再拖上两天，好晚两天面对自己的失败。她们浩浩荡荡一群人进了儿童医院的诊室，医生瞧见她们就皱起了眉，问："孩子爸妈呢？"

保姆之前一直陪着蒋近男在医院里，认得医生，忙答道："孩子爸妈今天不巧都脱不开身。这是孩子姥姥和小姨。"

医生头也没抬。"脑膜炎复诊都不来，够重视女儿的。"她那重音专门落在了"女儿"两字上。三人心里各自五味杂陈，却没人敢接医生这句话。医生又道："诊室接待不了这么多人，姥姥是直系亲属，姥姥留下，你俩在外面等会儿。"

保姆乖乖把小真交给邓佩瑜，和顾晓音准备离开，刚转身，小真"哇"的一声在邓佩瑜怀里哭起来。"保姆留下吧，你在外面等着。"保姆领了这"圣旨"，赶忙把小真接过去。顾晓音想说一句，被邓佩瑜使了个眼色，咽下这口气走了。

"你看，我就跟你们说我还是得来。别说这腿没大事，就是断了也得来。"邓佩瑜一坐回车里便感慨。小真对汽车座椅不满意，更不满意保姆就坐在她旁边却不伸手抱她，哭了个上气不接下气。保姆尽力哄她又收效甚微，邓佩瑜听着心烦又不好说什么，顾晓音试图专心开车，实则心里焦虑得不行，没留神便闯了一个红灯。"哎呀！"邓佩瑜懊恼地喊了一声，"这个路口有摄像头，拍到就罚三分！"她想想又补一句，"何况小真还在车上呢，更要注意安全！"

四个女人在一片鸡飞狗跳当中回到棕榈泉。顾晓音下了车，即使在车库里，也莫名有一种呼吸到解放区空气的感觉。保姆终于把小真抱在怀里，顾晓音莫名想到一句陈硕喜欢的周星驰电影台词——"整个世界清静了！"

进电梯前，邓佩瑜电话响了，邓佩瑜接起来就说："我马上要进电梯，过两分钟打给你。"顾晓音没听到对方的声音，但响铃时她不经意瞄了一眼，是她妈。顾晓音没多想，大姨要是在忙，不给别人说话的机会就挂掉简直再正常不过。

小真在电梯里就已经趴在保姆身上睡着了。"把这孩子折腾坏了。"邓佩瑜心疼地说。可不，顾晓音心想，连我现在都很想找个地方躺着。一到家，保姆带着小真回屋，邓佩瑜对顾晓音说："我去换个衣服。"便走进卧室关上门。

顾晓音在客厅里晃了一会儿。刚打开电视，小真的房里忽然传出哭声，顾晓音忙把电视关了。

保姆抱着小真从房间里走出来说："小顾，小真好像饿了，你记得检查的时候医生说要离开医院多久才能喝奶吗？"

顾晓音傻了眼。"医生说这个了吗？我当时不在诊室里呀。"

保姆好像也有点内疚。"你看我这脑子，当时觉得记挺牢，回头就给忘了。咱问下姥姥吧，或者看看病历上有没有？"

邓佩瑜还没从房间里出来，病历是她拿着的。顾晓音在客厅找了一圈，没找着邓佩瑜的包。她让保姆在客厅等着，自己去找邓佩瑜。还没等顾晓音敲响房间的门，她听到里面邓佩瑜压低声音说："M4是什么？我不懂。医生说不能化疗，那他说爸还有多少时间了吗？"

顾晓音的手停在半空中，那个要敲门的手势已经变了形，她的手还在那里徒劳地举着。她刚刚听到了什么？顾晓音花了好几秒的时间才放任自己处理了刚才听到的信息。然而她的脑子是蒙的，像一辆突然在路中间趴窝了的车。如果说她在知道自己没考上好学校、没找到好工作或者被君度辞退的时候感到的除了挫败，还有对自己的失望的话，她现在只觉得这整个世界都 × 蛋。

邓佩瑜的声音又小声响起来："等过了这一周吧，周末我告诉小男。她昨天才第一天上班。小音那边——周末我一起说就行。"

邓佩瑶可能有点不同意见，邓佩瑜听了几秒钟又不耐烦地打断她："小音可能不告诉小男吗？"

顾晓音放下手退了回去。小真不知道什么时候已经不哭了，顾晓音坐在沙发上发呆，保姆蹑手蹑脚地从小真房间里退出来。看到她，保姆问："问到了吗？"

顾晓音茫然地看着她，然后才想起来自己刚才的使命。"姥姥还在打电话。"

保姆心想姥爷说得确实也没错，小顾这没孩子的年轻人，做事是不够妥帖。好在小真已经睡了，等姥姥出来再说吧。

邓佩瑜从卧室里出来，换了件衣服，除了脸色有点不好，还真看不出什么端倪来。"小音。"她唤。

"大姨。"

"你从楼下餐馆叫两个菜，我们三个人凑合吃一下吧。"

"好。"顾晓音应下，"保姆刚问，医生说小真什么时候能喝奶？"

"哦，"邓佩瑜答，声音略显疲惫，"她听错了，现在就可以喝。"

"行。那我去叫菜。一会儿保姆出来了您跟她说一声。"

"好。"

饭点已经过了，楼下餐厅菜送得很快。保姆还在房间里，也许是上午累了，正和小真一起睡。邓佩瑜和顾晓音给她留了一份，她们自己先吃午饭。邓佩瑜不想说话，顾晓音也不想说话。邓佩瑜以为顾晓音是上午跑过一趟乏了，顾晓音却是不知道怎么说掩饰情绪的话。她干脆不开口。

刚才邓佩瑜还没出来的时候她已经搜索过 M4，搜索结果指向一种白血病分型。那篇文章说现代医学对治疗白血病已经有很大进展，尤其是某些分型的治愈率非常高。顾晓音满怀希望地看下去，不是 M4，是 M3，只差一个数字。文章还说治疗白血病最重要的是进行精确分型后化疗。那为什么姥爷的医生不让化疗？还有别的隐情吗？顾晓音的情绪把她吹胀得像一条河豚，但她还得憋着。

"小音，这儿没什么事了，你回去吧。"两人吃完，邓佩瑜说。

"行，大姨，那我先走了。"顾晓音也没客气。她罕见地给自己叫了一辆出租车。

"大望路光辉里。"顾晓音对司机说。司机看了她一眼。这姑娘有哪里不太对劲儿。司机想。她说话的时候有种咬牙切齿的紧绷感。他不由得从后视镜里多看了她几眼。果然，车开动起来，这姑娘就开始哭，先是无声地流泪，她还试着用手擦，越擦越多之后又翻出纸巾来擦，转眼手里握了三四个湿了的纸巾团。她还擤鼻涕。大概觉得反正也被他听见了，她胳膊支在车窗上托着下巴，眼睛望着窗外，抽泣声越来越响。

也不知道是遭了什么事。

司机忍到光辉里也没问顾晓音到底怎么了，对北京出租车司机来说，这着实罕见。顾晓音下车付钱，用手机扫码时，连掉了两次湿纸巾团在地上。司机终于没忍住。"姑娘，你还年轻，没啥坎儿过不去的。过一阵，再难的事也能过去。"

顾晓音哭得更凶了，司机连忙闭嘴。

她的这一场歇斯底里持续到回家后很久才慢慢停下，与其说她不想哭了，不如说是她暂时疲惫到哭不下去了。顾晓音去洗手间胡乱擦了把脸，给蒋近男打电话。

大姨说得对，她不可能不告诉小男。这个时间点再坏，蒋近男身上既有的负担再重，她也不可能不第一时间把这个消息告诉蒋近男。

每晚一天，蒋近男能看见姥爷的日子就要少一天。蒋近男要是知道，是绝不可能答应的。

蒋近男听到这个消息的反应堪称平静。"姥爷自己知道吗？"

"不确定。"

"你什么时候去医院？"

"我准备一会儿就去。"

直到挂上电话，蒋近男也没说她要不要一起去。

蒋近男的线刚收，又一个电话打进来，是她在面试的那个所问她能不能把周四的面试改到周三。"最近比较忙，有一个需要见你的合伙人明晚得出差。"HR（人力资源）在电话那头解释。

也好，顾晓音想，能有个事情让她分一两个小时的神，是件好事。

病房里，邓佩瑶和顾国锋都在。看到顾晓音走进来，邓佩瑶明显吃了一惊。"小音，你怎么来了？"

"来看看姥爷。"

邓兆真显得挺高兴："小音来啦？"

"哎。"顾晓音坐到姥爷床边去，握住他没在挂水的那只手——那手上也有一个留置针。顾晓音鼻子一酸，努力忍了下去。

"这两天我觉得好多啦。"邓兆真脸色看着不好，但精神还不错，"医生说以我这个年龄来看，现在的指标很不错！现在的医院啊，看我年龄大，住进来做个常规检查也要先下个病危通知书，怕担责任！"

"爸！"邓佩瑶连忙打断他，"你别吓唬小音。"

"我怎么是吓唬她，"邓兆真不以为然，"而且现在不是撤回了嘛。我看啊，医院就是想吓唬你们，让你们买这个自费的白蛋白。"他转头又笑眯眯地对顾晓音说："不过这个几百块一瓶的白蛋白，我觉得好像输了以后精神是好了一点，不知道是不是心理作用。"

这时，护士走进来看输液进度，又对邓佩瑶说血库通知了，明天能给调来血。隔壁床的护工默默看着，等护士走了，对邓佩瑶说："老爷子有福气啊，医生肯定打了不少招呼，别说老爷子这个年纪，我看有些年轻的，一包血也经常要等好多天。"

邓佩瑶心里埋怨这人简直多嘴！她看一眼老顾，老顾坐着不说话。再看一眼顾晓音，顾晓音也没有特别大的反应。邓佩瑶忽然就明白，甭管小音是怎么知道的，她已经知道了。小音既然知道，小男肯定也知道。其实邓佩瑶这几天想，爸爸心里肯定也有数了，他只是心照不宣地配合着装傻。

现在还觉得秘密仍旧是秘密的，可能只有她姐姐邓佩瑜。

第二天，顾晓音预备了半个早上去律所三面，剩下的时间都打算在医院陪姥爷。结果她到中心医院的时候才十点刚过，邓佩瑜早上买的馒头甚至还没有全凉，刚好给顾晓音当早饭。

隔壁护工见顾晓音一身西装走进病房倒是吃了一惊，他趁着在水房遇见邓佩瑜的工夫问："您闺女是做什么工作的呀？看着真精神。"

"她是律师。"邓佩瑜答。

"哟！"护工竖起大拇指，"真有出息！"

事实上顾晓音这是被谬赞了，半个小时前，她刚刚把一家律所的 offer 丢在桌上，头也不回地走了。她的这场三面从早上八点开始，持续到九点半，offer 是当场就给了，像她预想得一样低。合伙人问她："明天能入职吗？"

顾晓音惊讶道："为什么要这么快？"

对方显然有备而来，告诉她最近本所业务非常好，因此急需人手。"这也是我们能这么快给 offer 的原因。"

"对不起。"顾晓音说，"我姥爷刚刚被诊断出绝症。我需要一段时间陪家人。"

"理解。"合伙人说，"下周一怎么样？"

顾晓音忽然就出离愤怒了。前一天的河豚憋到今天，炸了。有些事它可能会迟到，但不会不来。

一直到踏进邓兆真的病房门之前，顾晓音都处在一种极度暴躁的情绪里。一走了之时是很痛快，然后呢？顾晓音知道她不想后果是幼稚和错误的，就像拒绝陈硕给她介绍的那个工作一样。理虽是这么个理，但顾晓音是做不到的，这就是顾晓音和陈硕、罗晓薇的差距，怪不得别人。

顾晓音坐在邓兆真的床脚想这些事。邓兆真唤她，她连忙应下。

"小音，你给我剪个指甲，指甲长了我难过。"

顾晓音按姥爷的指示在床头抽屉里寻出了指甲刀，给邓兆真剪指甲。剪完手指甲，再剪脚指甲。邓兆真年纪大了，指甲灰白肥厚，莫说是剪指甲，倒像是一块块往下挖，灰黄色的粉末状指甲随着顾晓音一刀刀剪下去扑扑簌簌地落下来，她拿纸巾垫在姥爷脚下，慢慢地剪。

"疼吗，姥爷？"

"不疼，一点感觉也没有。"邓兆真显得颇为享受，"我小时候啊，我太爷爷也让我给他剪，他长灰指甲，那个脚啊，丑死了！"邓兆真吃吃地笑起来，像是重回了童年的日子。"那时候没有指甲刀，我就拿剪刀剪，有一次不小心给剪破了，流了好多血！不过他也不舍得骂我，跟我爸说是他自己剪破的……"

"嗯。"

"我太爷爷还教我唱《苏武牧羊》……"邓兆真说着，又哼起那顾晓音从来听不出歌词的调子来。这歌不是您小学音乐课上学的吗，怎么又成了您太爷爷教的呢？但顾晓音没有问，也没有提。

邓佩瑶和隔壁床护工从水房回来就瞧见了这一幕。"哟，您闺女可真孝顺。老爷子和您都是有福之人哪！"

邓佩瑶却上前道："爸，您怎么让孩子给您干这个？"说着就要从顾晓音手里把指甲刀接过来。

"没事，妈，我这马上就弄完了。您先歇着。"

邓佩瑶瞧着确实是。"那你弄完好好洗手！"

"嗯！"

等顾晓音去洗手，她还要再叮嘱一句："用点肥皂好好洗！姥爷有灰指甲，回头传染你可不得了。"

顾晓音不喜欢妈妈把姥爷说得跟传染源似的，但她没跟她妈争，乖乖地去洗手间仔仔细细洗完手回到病房，瞧见一个意料之外的访客。

谢保华端着自己的保温杯，跟邓兆真聊得正欢："还是您见得多，到20世纪50年代——我小时候，隆福寺早没有传统庙会啦……"

"对，后来的'东四人民市场'啊，实际上就是当年大雄宝殿的位置，那些摊贩都是政府专门聚集过去的，跟最早隆福寺庙会那些不是一批人。"

"那我可就不知道啦，我小时候天天得上那儿逛一趟，兜里一个子儿没有，就干逛！尤其是夏天，从入伏到白露，天天就在那卖蝈蝈和蛐蛐的摊子前蹲着……"

顾晓音正踌躇着是不是该退出去，邓兆真已经看见了她。"来来，小音，这是你谢叔。保华，这是我家老二的闺女，顾晓音。"

顾晓音只得硬着头皮上前唤了声"谢叔"，心里默默祈祷谢保华不要当场给她难堪。心里运筹帷幄的谢保华只是微微颔首，丝毫没有戳穿她的意思。这让顾晓音大大松了一口气，就差"临表涕零，不知所言"了。

他二人如此有默契地在邓兆真面前唱双簧，后来的邓佩瑜可不买账。她进得病房门，看到顾晓音，先皱了眉头。"小音，你怎么在这里？"

想到小男必定也已经知情，邓佩瑜剜了邓佩瑶一眼。这口气还没咽下去，让她瞧见了邓兆真床边的谢保华。

"你在这儿干吗？"邓佩瑜立即发难。

还没等谢保华搭腔，邓兆真先给打了圆场："佩瑜，你还不知道吧，小真的干爹小谢医生啊，是保华的儿子。你看，你们是不是不打不相识？"

邓佩瑜还真没想到事情还能往这个方向发展，惊怒之下不由得又望向邓佩瑶。看她的反应，显然并不是刚知道这事。邓佩瑜一时不知是气妹妹没跟自己说，还是气谢保华这个老东西居然生出谢迅这么个儿子来。幸好小音跟他分手，不然还得跟这个老东西做亲戚，她恨恨地想。她打算找把椅子坐下来，却发现椅子已经被谢保华占用，邓佩瑜更生气了。

"姐，你坐这儿。"有眼力见儿的邓佩瑶立刻站起来，"时间差不多了，我去给爸热午饭。"

中心医院有病员餐，但邓佩瑶觉得不够营养，也怕邓兆真不爱吃，还是每天给做了带来。她自己和老顾有时候怕浪费，自个儿把邓兆真的病员餐给吃了，多数时候还是用谢迅的饭卡。

中午时分，顾晓音拿着这张饭卡，去食堂给邓家除了病号外的一干人等打饭。那张她熟悉的脸就握在她的手里。谢迅拍这张照片时大概刚进中心医院，看着比现在年轻，更加严肃，且忧国忧民。顾晓音盯着那张脸看了一会儿，在来得及刹住自己的冲动之前先拨通了电话。

"喂。"谢迅掩下自己的惊喜，尽量沉稳地答道。

"是我。"顾晓音忽然有点卡壳，没头没尾道。

"我知道，你在中心医院？"谢迅听着顾晓音背后的嘈杂声，试探地问。

这让顾晓音想起了她的初衷。"对，我正准备去食堂买饭，我妈给了我你的饭卡，需要我帮你捎一份吗？"

谢迅心里妥帖极了，但他还没忘记自己是为什么把饭卡给邓佩瑶的。"你妈妈也等着吃饭吧？你别专门送来，我现在就去食堂找你。"他挂了电话就要往外走，刚巧在走廊上遇到来找他的沙姜鸡。

"你中午想吃啥？我让小护士一块儿买了。"

"今天不用帮我买，你管自个儿就行。"

"哟，"沙姜鸡饶有兴味地把谢迅拦了下来，"瞧你这满面春风又急不可耐的样子，莫不是顾律师在食堂等你？"

"被你猜中了。"谢迅说完就走，进电梯发现沙姜鸡也跟了进来，"你去哪儿？"

"你去哪儿，我就去哪儿。"

"不是小护士帮你打饭吗？"

"我改主意了。小护士常有而戏不常有。"

"今儿不行。"谢迅道，"你吃什么我给你带回来。"

"老谢，"这回换沙姜鸡正色道，"你要还想能再拿下顾律师，我劝你别蹚这摊浑水。"

谢迅果然停下脚步。还有救，沙姜鸡想。他继续解释道："顾晓音姥爷的报告咱一块儿看的，就是个时间问题。这段时间里，她见到你肯定得讨论她姥爷的病情，依她那性格，等她姥爷走了，她看到你就会想起这一段，你俩就彻底没戏了。"

谢迅想了很久，久到沙姜鸡觉得他被自己说服了。他正要开口问谢迅午饭吃啥，自己拨冗跑一趟食堂，谢迅问："这摊浑水我不蹚，你蹚吗？"

"我哪儿能……"沙姜鸡下意识连忙否认，"唉……我的意思是说，你想想变通的办法，各方面打好招呼，自己少出面。"

谢迅又按了一遍电梯按钮。"道理咱都懂。今儿如果躺在那里的是小师妹她姥爷，你能忍住自己不出面？"

沙姜鸡心说小师妹她自个儿就是医生。可这话若是说出了口，那就是抬杠，是给兄弟心口再扎上两刀。这种事沙姜鸡是绝对不会做的。他上道地转换话题，直接把自个儿要的午饭报给谢迅，并在心里为老谢唱起了"风萧萧兮易水寒"。

顾晓音就等在员工食堂外。两人都觉得自己该有很多话要说，然而待到真见了面，顾晓音只剩下一句："来啦？"而谢迅回以"嗯"。

他俩上一次同来员工食堂已经是很久以前的事了。谢迅看着顾晓音对各个窗口还挺熟悉的样子，心里难免有些五味杂陈。顾晓音买好大姨和她妈的饭，回过头来正要问谢迅吃什么，便迎上这欲说还休的眼光。她忽然想起自己在婚姻登记处第一次看到谢迅，当时他的眼睛也是这么欲说还休。也许是这双眼睛的魔力，或者是女人之间天然的相轻，当时顾晓音便在心里得出结论——谢迅离婚必然是徐曼的错。

就像今天他们没能在一起全是她顾晓音一个人的错一样。

"你想吃什么？"顾晓音收拾了一下心情才问出这毫无含金量的问题。

谢迅复述了沙姜鸡给他的订单。"我和沙姜鸡一人一份。"

"好。"两人一同往那柜台走。"谢谢你帮姥爷安排。"顾晓音小声说。

谢迅想安慰她，开口却是"别客气，再说沙姜鸡也出了力"。他说完才意识到自己这话颇有撇清的意思，正懊悔时，顾晓音又开口道："姥爷是不是再也不可能出院了？"

这就是沙姜鸡常说的"送命题"。谢迅在邓兆真入院后就千百次地想过，当有一天顾晓音开口问的时候，他要怎么回答，他想过各种回答方式，温柔的，严肃的，隐瞒的，虚虚实实的……有些他实践过，有些他从没用过或者不稀罕用，他在心中逐一排演过，只待临场发挥。

然而临场他决定，唯一尊重顾晓音的方式，是和盘托出他知道和不知道的，确定和不确定的。顾晓音不需要他帮她判断什么信息重要，什么信息不重要，顾晓音自己可以判断并向他进一步提问。

于是他就这么做了。

"……关键在于姥爷的身体还适不适合做化疗。姥爷这个年纪，一般是不建议的，"谢迅结尾得有些艰难，"因为有些病人的体质承受不了，化疗反而会加速……让人走得更快。血液科主任的意思是先观察一段时间，如果输血和药物能够让姥爷的指标达到可以化疗的程度，你们也希望化疗的话，他愿意一试。"

"这个过程能有多久？"

医生但凡听到这个问题，就像有承诺恐惧的人听到恋人问"你爱我吗"那样头皮发麻，然而恋人尚可试着顾左右而言他，医生少有逃得过去的。

谢迅只能勉力一试。"听主任的意思，不化疗的话，三到六个月。"

他刚准备说这也是常规估算，姥爷如果治疗效果理想，那又不同。只听顾晓音问："化疗疼吗？"

谢迅的心立刻软了。他抑制住迫切想要拥抱顾晓音的念头，控制着自己回答："据我所知应该还好，血液科……创伤性抢救比较少见……"

"不是怀疑还有肺癌吗？"顾晓音的声音更低了。

"姥爷肺里的病灶还比较早期，而且，"谢迅尽量让自己的回答显得不那么公事公办，"一般这种情况会先考虑主要矛盾……"

但是即便姥爷身体好，医生给化疗，又过了化疗这一关，肺里的癌细胞可能还是会夺去姥爷的生命。顾晓音这么想着，心下一片茫然。那些信息像海潮一样在她的心里涌上又退去，周而复始。

顾晓音回病房时，谢保华已经走了。她这才想起来自己忘了问谢迅，他爸为什么和姥爷很熟的样子。"唉，怎么只有两份饭？小音你的呢？"

"什么？"顾晓音正想着谢保华的事，足停了一晌才明白邓佩瑶问的是什么，原来她把自己的饭也给忘了，也不知道自己当时到底在想些什么。"啊，哦，我在食堂吃了。"

"这么快？"邓佩瑶嘟囔了一句，没往下问。

邓佩瑜罕见地一整个下午都留在病房里。除了姥爷，谁都能看出来，她在等蒋近男。邓佩瑶在心里叹气——她们姐俩的母女关系，各有各的无解。那些陈年的结还有没有解开的机会，全看各人造化。顾晓音姥姥去世的时候，她还在安徽，病中虽然也来看过，到底上着班请不出什么假来。探亲一回，奔丧一回，她和父母间的那些陈年旧事，再也没有被摊开和母亲细说的可能性。如今父亲也在人生最后一站的列车上，她还有机会吗？还想说吗？说了又还有意义吗？

邓佩瑶也不知道。她小时候觉得自己作为不被爱的孩子，和父母疏远也是应该的，道理在她这边。谁料想小音和她也并不比自己和父母更亲，这是她想的吗？当然不可能，然而命运就是这样一步一步把她们推到了相似的模式里。邓佩瑶自问是个普通人，普通到她甚至不觉得命运有和她作对的必要。她只是运气不好，自己睁大眼睛往前走，还是一步步走到今天。

邓佩瑜可没想这么多。蒋近男这些年别扭的劲儿，她也看在眼里。邓佩瑜觉得自己没错，老蒋也没错。蒋近男心里别扭，是受那些文艺作品的影响，等她自个儿当妈就明白了。说实在的，邓佩瑜常觉得蒋近男这孩子心硬得很，她和老蒋可比那些真重男轻女的父母强多了，可小男就像赌着一口气一样，非得别扭下去。她也不想想娘家给了她多少底气，若不是朱磊住着她家的房子，开着她家买的车，按赵芳那德性，小真出生能不给蒋近男气受？

也罢也罢，儿女都是来讨债的，邓佩瑜想。小男就算记恨自己，自己还不是得小心翼翼地瞒着她姥爷的病情，瞒不下去了就在这病房里等着她来。小男这一年多也真是，什么事都让她赶上了。赶明儿自己得问问，小男这种情况，是该去白云观烧炷香，还是该去雍和宫。

邓家姐妹俩正各怀心事，病房门开了，呼啦啦进来一群人。邓家姐妹对看一眼，不认识。这时，隔壁床的护工从午睡的迷瞪劲儿里跳了起来。"您来啦！"

这声音过于热情，连场面上待惯了的邓佩瑜都有点不适应。进来的是四个人：一个老太太，两个和邓家姐妹年纪相仿的中年女性，还有一个中年男性。两个中年女人中，年长点的邓佩瑶认识，是隔壁床老爷子的大女儿。看样子，这另外几个是老爷子的老伴、小女儿和小女婿。护工没事就跟她聊天，早把隔壁床老爷子的信息给她抖了个底朝天——这老爷子是第二次脑梗，已经在医院住了个把月了。医院之所以不赶他回家，是因为这小女婿是个领导。"能量可大着呢，本来想给安排到干部病房住单间的，一时排不上，才给安排到全科病房来了。我可盼着老爷子早点排上单间，连我这个护工也能沾光，晚上踏踏实实睡个觉。"

邓佩瑶不知道该说什么。邓兆真住院有些日子了，隔壁床除了这个护工，只有大女儿来过一回，坐了二十分钟，给护工塞了点钱，走了。久病床前无孝子，邓佩瑶试着理解老爷子子女的难处，何况自从邓兆真住进来，隔壁这老爷子少有清醒的时候。偶尔睁开眼睛呻呀几句，多数时间都在昏睡。

老太太颤颤巍巍地走上前去，摸着老头的手在床边坐了下来。"妈，您看，爸的情况好着呢。护工师傅二十四小时盯着，您放心，别老想着要自个儿来。"小女儿在旁边说。

"对，对，"护工连忙接过话头，"我呀，每天给老爷子擦身，清理口腔，虽然老爷子不能动弹，但这些个人卫生做好了，他也舒坦。"

老太太点点头，目光还没离开老头的脸。"劳您费心了。"

"应该的应该的，这都是咱分内的事。"

护工正客气着，门口又进来俩人，是全科的徐主任和老爷子的主治医生。"领导，您来啦。"徐主任进来便和那位女婿打招呼。

"陪岳母来看看岳父。"

"情况还是比较稳定的……"徐主任说了这么一句，转头去看主治医生手里的记录，随即走上前去，压低了声音要说话。老太太大概是怕自己碍事，或是知道有些话子女不愿当着自己的面讲，又握了握老头的手，对大女儿说："扶我坐到那把椅子上去，给医生腾点地儿。"

老太太挪开了，徐主任领着小女儿和女婿走到床前。"一周前开始有内出血的迹象。我们在努力控制，但老爷子长期卧床，器官难免会衰竭，你们也要有点心理准备……"

女婿颔首。"尽人事，听天命。"

"可不是嘛！"徐主任还在床前跟小女儿和女婿聊。护工站在病床另一端，一会儿摸摸被子，一会儿看一下输液情况，尽力显得殷勤。邓佩瑜在病房的一端看戏，顾晓音觉得人实在多，干脆出去给姥爷打热水，邓佩瑶让出了自己的椅子给老太太坐，这众生相使她心酸——老太太大概是这么多人里最想陪着老爷子的，可是也身不由己，只能在这过于热闹的病房里遥望自己昏睡的老伴……她忽然发现老太太眼睛合上，像是眯着了。邓佩瑶又盯着老太太看了一会儿，觉得不太对劲儿，她挪到跟自己说过两句话的大女儿身边，在她耳朵边上嘀咕了一句。

大女儿看了一眼自己妈，也觉得是睡着了，到底不放心，走过去轻轻推了推老太太。"妈。"老太太没反应，她又推了一把。"妈！"老太太还没反应，这音量倒是吸引了徐主任和主治医生的注意，两人忙走过来看老太太的情况。"赶紧去急诊看一下，老太太看样子也有点脑梗症状。"徐主任说，"我把你们送去，让小杨陪着你们。"

两个女儿连忙感谢徐主任，护工推来轮椅，徐主任和主治医生一起把老太太扶了上去，由护工推着，一群人又一阵风似的从病房里呼啸而去，只留老爷子还在睡梦中。

第三十章　虽千万人，吾往矣

但其实蒋近男这天没去医院。

也不是没打算去，蒋近男的车已经开到离医院还剩仨路口的地界。绿灯变黄，又变红。最靠近路口的那辆车踩了一脚油门，还是来不及，只好慢慢再往后倒车，免得压线被拍。眼看差点撞上后面一辆车，后面的车顾不得城里不让鸣笛的交规，连忙按喇叭示警。最前面的车还往后倒，大约是想让第二辆车也往后挪点，后面的车不知是位置有限还是不愿惯着前车，就是不动弹。蒋近男听到人声，转眼有人站在两车中间，开始争执起来。

会开到这条路来的车，除非是那根本不熟悉北京交通也不看实时地图的，否则十有八九是去中心医院——总之，若没有非来不可的理由，谁也不会专门上中心医院这儿来堵着。也正因如此，堵在这里的人，心情往往比那别的拥堵地段更差，更容易一点就着。这不，红灯已经变绿了，两个人还占着车道吵架。任后面的车鸣笛或者开窗劝阻，就是不理睬，非得把他俩的架给有始有终地吵完。

蒋近男的车排在这俩车后面两三辆的位置。她后面的车纷纷变道绕行，她和前面两辆车由于靠得近，无法调整位置，只能干等着。蒋近男奇异地发现自己并不着急，相反，她有点感谢这两个自私而不识时务的司机，是他俩帮她拖延了时间，使她可以晚一点去面对姥爷。

可惜这不是万灵药。又过了两三分钟，终于连那两个男人也吵完了，各自回到车里。蒋近男前面的车又动了起来。她以颤抖的手换 D 挡，感觉要用开卡车的力气才能将油门踩下去。还好到她前面一辆车时绿灯又变红，蒋近男长舒一口气，踩刹车换 P 挡，整个人松弛下来。她终于意识到，即使是想到马上要看到病中的姥爷的这个念头，也已经足以使她崩溃。人说为母则强，她不，当母亲这件事让蒋近男变得更脆弱了。

红灯变成绿灯，前头的车走了，蒋近男的车没动。后面的出租车司机等了十秒，短促地摁了下喇叭。蒋近男的车还没动，排第三的车忍不住长按一声喇叭，出租车司机同时摇下车窗，伸出头来喊："前面的司机愣什么哪！挪窝，赶紧的！"

蒋近男在这兵荒马乱当中下定决心，方向盘向右打满，掉头回去了。对面来的直行车没料到她这一步，急忙踩下刹车，也鸣了声笛表示不满。

"这女司机真牛 × 啊，就这十字路口，禁止掉头！四方都有监控看着哪。扣三分起步！"出租车司机边给他的客人上交规课，边赶紧趁着黄灯冲过路口。

可能已经被扣了三分的蒋近男一边往相反的方向开，一边不知道自己要往哪里去。她不想回家，也不想去上班。

蒋近男把车停在景山西街附近，溜达着去了北海公园。为什么去北海，还不是靠得近？而且北海好歹不像什刹海那样被开得面目全非，东西差不多还是老样子。已经是秋天了，北海里有不少各地游客。蒋近男忍不住低头笑，顾晓音小时候第一次跟爸妈回北京，玩的就是那几个景点：故宫、北海、长城、十三陵，小姨夫觉得小音该受点爱国主义教育，非要大早上的带她去看升旗，到现在姥爷家餐桌的玻璃板下还压着顾晓音一大早在天安门广场困得睁不开眼睛的照片。二十多年过去，本地人的北京已经翻天覆地了——四环、五环、顺义、望京……外地游客的北京还是故宫、北海、长城、十三陵，简直固执得傻气。

她停在九龙壁前细细端详。小时候，邓兆真带她和顾晓音出去玩，最喜欢考她们北京有几个九龙壁，在哪儿，有什么不同。九龙壁旁边有个仿膳，做宫廷菜的，邓兆真回回路过都要唠叨一次，他四十几岁的时候单位接待贵客去吃过一回，环境是多么高级，菜肴是多么精致可口。蒋近男默默记在心里，上班后拿到第一份工资，请全家在那儿吃了顿饭，果然就如网上食客点评的那样质次价高，邓兆真每吃一个菜都要叹一口气，说句"不如原来"。

这老头！蒋近男又笑了，她也不是唯一一个上当的，邓兆真每次来北海，必说20世纪60年代北海公园里卖的藤萝饼，把顾晓音馋得要死，有一阵天天都在琢磨哪里还能吃到。后来忽然有一天，顾晓音悄悄跟她说，她看了赵珩的《老饕漫笔》，藤萝饼根本不是北海公园里的，是中山公园的，当中隔着整整一个故宫呢！这出处不靠谱，味道自然也靠不了谱，顾晓音为此生了挺久的闷气——白瞎了她那么多的感情。

每次蒋近男想到这一片——景山、北海、故宫，总是邓兆真骑着二八大杠的自行车带着她和顾晓音来玩。顾晓音坐在大杠上，她斜坐在后轮车架上。后来顾晓音长高坐不了大杠，她把位子让给顾晓音，自己骑车跟着，再后来……她们是什么时候开始很少再跟姥爷一起出游的？蒋近男发现自己居然想不起来了。

她在北海转了一圈，跟着游客的步伐从文津街出口出去，继续漫无目的地往西走。走过两三条街就到了西什库教堂。她高中的时候，有一年平安夜悄悄带着顾晓音晚上溜出来，两人去看了一场《午夜弥撒》，等她俩再回到姥爷家，客厅里坐着面色铁青的姥爷和她妈，姥爷伸手拍了她一巴掌，接着赶紧让她妈给小姨和她爸打电话，说人回来了，让小姨别担心，让她爸不用接着找。

那是邓兆真唯一一次打她。

西什库教堂还是老样子。建筑很美，里面挺破的，陈旧的木质排椅上稀稀拉拉地坐着两三个在祷告的老太太。蒋近男选了一个不引人注意的角落坐下，在三层楼高的穹顶下，人显得格外渺小，兼有阳光经各处彩绘玻璃透进来，玻璃上各色人物有如沐浴圣光。蒋近男在那里坐了很久很久，久到她觉得自己应该从那些人物的脸上读出自己需要的答案来。

然而没有，他们只是静默地保持着原来的动作和表情。

蒋近男的电话在包里振动。她这才惊讶地意识到，自己出来这大半天，这是第一个找她的电话。原来无论对谁来说，她都不是不可或缺，小真有保姆，公司有同事，医院里有小姨……她在缓慢地消化自己的情绪，而这个世界照常向前，一点也不会因为她可能即将失去姥爷的惶然而发生任何改变。

那又是谁在这时候非她不可？蒋近男掏出电话看了一眼，程秋帆。

她走到教堂外接起电话。

"在哪儿呢？给你发信息写邮件都不回。"

"西什库教堂。"

这显然不是程秋帆意料之中的答案，他愣了好一会儿，又问了一句："你说你在哪儿？教堂？"

"嗯。"

"大姐你没事吧？好好的工作日你跑教堂干啥？"

"没事。我瞎溜达。"蒋近男懒得编理由，干脆瞎说。

程秋帆当然不会相信，但蒋近男信口开河，显然是不欲多说。他想到上次遇到蒋近男时她流露出的那一点脆弱，觉得两者之间必然有联系。只是眼下不是想这个的时候，蒋近男在电话那头问他："你找我什么事啊？"

"晚上你有空吗？我请你吃饭，想跟你谈谈护生上市的事。"

"上市的什么事？你电话里说不就得了。"

"电话里说不清，当面比较好。"

"这样，"蒋近男也没再逼程秋帆，"你着急不？今晚我有事。"

程秋帆挺着急的，然而蒋近男大工作日的都上教堂了，他也不敢催她。"那明儿中午行吗？"

"没准儿。"蒋近男答道，明天她可必须去医院了，可她还没想好是一大早去还是怎么着，"我明早给你发消息呗，反正肯定是明天。"

"也成。"程秋帆赶紧应下来，谁知道蒋近男今明两天有什么更重要的事，他甘居次要，只要明天见着她就行。

蒋近男确实有更重要的事。晚上，保姆带着小真进房间睡觉了，朱磊坐在沙发上看电视。蒋近男走到他面前说："朱磊。"

朱磊正看体育节目看得入迷，头也没抬。"嗯。"

"我们离婚吧。"

朱磊觉得自己可能听错了，他迷惑地抬起头来问："小男你说啥？"

"我要离婚。"蒋近男面色平静地重复了一遍。

"还为小真上医院那事生我气哪？"朱磊眼睛还盯着电视，"这都检查完了，不都挺好，咱俩没去也没耽误事。"

"跟那没关系，朱磊，我认真的。"

朱磊抬起头。"真不饶我啊？"他放下遥控器站起身，侧头观察蒋近男的表情，"真生气啊？别呀，我给你赔不是还不行吗？我那天真走不开。下回吸取教训！"

这么多年了，朱磊的这招从没有失败过。蒋近男进，他就退。伸手不打笑脸人，这是他妈妈从小教他的，朱磊老早就发现，蒋近男尤其吃这一套。只需姿态放得足够低，蒋近男这里还没有朱磊过不去的坎儿。

"朱磊，"蒋近男看他的眼神中没有怒气，甚至有点悲悯，在蒋近男的各种表情里，这是朱磊最讨厌的一种，"我没想跟你翻旧账，我就是不想跟你过了。"

朱磊终于意识到蒋近男可能真没在开玩笑。这种认知反而促使他采取了一种掩耳盗铃的态度。"小男，你刚回去上班压力大，我能理解。有压力咱们可以分摊，有矛盾也可以解决。夫妻之间，提离婚就伤感情了……"

蒋近男摇头。"朱磊，你别骗自己了，你知道我什么意思。"

朱磊当然知道，此时不禁有些被点破之后的恼羞成怒。小不忍则乱大谋，他对自己说。他努力使自己的情绪平复一二，尽量用和缓的语气对蒋近男说："好好，我知道了。今晚我先睡客房，等你冷静下来我们再找时间聊。"

蒋近男有些迷惑。和她预料的相比，朱磊的反应堪称平静。他既没有愤怒，也没有和她谈任何条件，就这样主动搬去了客卧，简直有一种坦然接受命运安排的殉道感。她是否太咄咄逼人？自己一下抛出这个重磅炸弹，朱磊可能是不太有心理准备。睡前的蒋近男叹了一口气，按下去客卧看一眼朱磊的心思，怀着一种复杂的心情睡着了。

第二天早上蒋近男起床时，朱磊已经出门，保姆和蒋近男说话的语气神态一切如常，不像是怀揣任何八卦信息的样子。蒋近男正吃着早饭，程秋帆的信息已然追来："中午OK？"

能让程秋帆这么坐不住的事，看来还真挺急。好在程秋帆运气不错，她至少目前还没遇到任何狗血的事，一会儿就能出门去看姥爷。想到这儿，蒋近男回复道："午饭没问题。"

中心医院永远是那么忙。生老病死那些之于个人和家庭来说大得不能再大的事，不过是医院的日常。蒋近男在邓兆真病房门口深吸一口气，挂上一个甜美的笑容，推门进去。

"姥爷——"

"你怎么也来了？"邓兆真看见蒋近男明显很高兴，开口却又不像那么回事。

"想您了呗。"蒋近男假装听不懂邓兆真的弦外之音。

邓兆真笑得十分开心，嘴上却还要说一句："你要照顾小孩，来看我一下就得了，别老跑。"

"那不行，我想您了就得来。"

"好好，你自己安排好了就行。"

"这还差不多。"蒋近男刚做出满意的表情说完这句，隔壁床忽然发出一阵挺大的动静，蒋近男进屋的时候，隔壁床就有一个护士在操作什么，她没仔细看，这会儿病人忽然发出几声急促的喉音，像是在挣扎之中，怪吓人的。她急忙看邓兆真的反应，邓兆真脸上还挂着点刚才和她说话时的笑容，正端起保温杯要喝水，倒不像是受到任何影响的样子。蒋近男稍放下心来，悄悄问邓佩瑶："隔壁这是在干什么呢？"

"吸痰。"

"动静这么大？"

"嗯，老爷子情况不太好。"

"姥爷会受到影响吗？"

"姥爷还好。"

蒋近男坐了大半个早上，快到中午她才走。"我后天再来看您。"临走时她对邓兆真说。"不用来那么多趟，带孩子要紧！"邓兆真还是那么说，蒋近男就当没听见。

"您觉得姥爷他自个儿知道吗？"邓佩瑶送她出病区时，她问邓佩瑶。

"他大概心里多少有点数吧，我觉得。这两天输过血之后，他没再问什么时候能出院的事，估计有个猜测。"

两人同时叹了口气。

"小恩来过吗？"

"还没，你妈也没告诉他，但说这周末带他来。"

程秋帆在蒋近男办公室楼下的餐厅等蒋近男。蒋近男在国贸一带除了夏宫，中午吃工作餐最喜欢去的就是这间餐厅，原因无他——就在她办公楼一层，一个"近"字胜过所有。蒋近男晚到了十分钟，不是她一贯的风格。

"早上忙？"程秋帆在蒋近男坐下时问。

"那倒没有，"蒋近男不觉得在程秋帆面前有什么好隐瞒的，干脆实话实说——家里有长辈住院，"你也知道中心医院附近那交通。"

程秋帆也想这蒋近男够倒霉的，怎么三天两头和医院打交道。但眼下他得和蒋近男聊的事也和医院脱不出干系去，只好用状似轻快的语气说："你还别说，我这事也跟中心医院沾点边儿……"

他把事情的原委细细道来。原来中心医院心外科的张主任是护生的股东之一，这几年间也在护生的心脏瓣膜、人工血管等项目的临床试验上出了大力，眼下中心医院心外科可算是护生最重要的临床试验点。因为这个，承销商要求对张主任的股份进行特别处理，实行三年的锁定期。张主任不肯，而承销商又出于各种考虑而坚持这一条，老袁两边都不想得罪，更不想自己跟张主任对着干，干脆把这烫手的山芋扔给程秋帆。

还真是什么事都能绕回中心医院去啊，蒋近男在心里默默感叹。

"张主任的股份是找人代持的吧？"蒋近男先问了一句。

"那当然。"

"那这事没什么，你自个儿想复杂了。"蒋近男先下了结论，甚至接着气定神闲地吃了两口菜。

"您倒是给解释下呢。"

蒋近男放下筷子。"很简单，承销商要赚承销费，张主任要等着护生上市股份变现，这二者的利益是一致的，所以只要被推到一定的地步，其中任何一方都会妥协，谁会跟钱过不去。但你猜老袁想让你推哪一方？"

程秋帆想了一下："承销商。"

"为什么呢？"蒋近男接着问。

"因为张主任的关系对老袁更重要呗，他要是真得罪了张主任，现在的临床点大受影响不说，以后要跟别的医院合作肯定也受影响。"

"聪明。"蒋近男笑眯眯地夸奖程秋帆，"你看你其实并不需要我这个军师嘛，自己想一想不就想到了。"

不，我需要你。程秋帆被那笑容晃了眼，在心里忽然冒出这一句。

蒋近男的笑不仅晃了程秋帆的眼，也刺激了正走过来的朱磊。天知道过去的这十几个小时朱磊是怎么过来的。他在客卧床上辗转一夜后强撑着去上班，情绪却在早晨逐渐发酵——蒋近男怎么能这样对他?! 朱磊越想越气，跟领导打了个招呼就在大中午奔国贸来了。他怕蒋近男不见他，专门没打招呼就去了她公司，秘书说她今天还没到，朱磊扑了个空，下楼正想着要不要打电话问保姆，却见蒋近男坐在斜侧方的餐厅里，对面坐着个男人，而蒋近男正展露出一个衷心愉悦的笑容。

一个他很久没见过的笑容。

理智告诉朱磊，蒋近男对面这个男人十有八九是在和她谈公事——若是真有私情，谁这么明目张胆地在办公室楼下约会? 但眼下朱磊顾不得这些，潜意识里他甚至觉得，就是要在蒋近男的工作伙伴面前给她难堪，蒋近男才会更在乎他，于是他毫不犹豫地走上前去。

"小男，我们谈谈。"

蒋近男看到朱磊，刚才脸上的笑容顿时消散。呵，靴子终于落地了，她想。

"我正在谈公事，你想谈什么我们晚上回家谈。"

她那忽然消散的笑容和公事公办的语气深深刺激了朱磊。"有什么事是比你的家庭更重要的? "朱磊故意把话说得很重，"还是说这位就是你要离婚的原因? "

还好今天跟她吃饭的是程秋帆，蒋近男莫名地想，朱磊要在他面前发疯就发疯吧，程秋帆应该不会介意的。

朱磊说这话的时候，心里就存了挑衅程秋帆的意思。按说这可不是朱磊一贯的行事风格，可他看着程秋帆神情变幻，心里有说不出的满意。打小赵芳就不断教导朱磊做人要会看眉眼高低，更要顾及他的行为举止对父母名声的影响——得给父母长脸。这固然是因为小时候朱家住在杂院里，家长里短多，也是因为赵芳和老朱都在事业单位工作，不是机关，胜似机关。

今儿朱磊觉得，原来一句不计后果的话出口就能让人这么痛快，他又好好欣赏了一下程秋帆的脸色。抱歉了哥们儿，今儿合该你倒霉，朱磊在心里说。

程秋帆倒真没觉得自个儿倒霉。好歹是在投行混到了 ED 的人，别说这小儿科的，再狗血三倍的场面程秋帆也见过不止一次。让他惊讶的是蒋近男——蒋近男的脸上既有意料之中的尴尬和挫败，也有自嘲，甚至是失败后的自暴自弃。程秋帆莫名想到高中时班上的学习委员，那个姑娘因为"早恋"而成绩一落千丈，被班主任当作反面典型在班会上当众批评时，脸上也有类似的神情。如果说前些日子程秋帆在儿童医院路边捡到的蒋近男像一个落水的人，所有的失魂落魄都写在脸上，现在的她更像即将做手术的病人，无论怎样尽力掩饰病容，显得姿态好看，脸色却骗不了人。

程秋帆正这么胡思乱想着，蒋近男抬起了头。程秋帆的思绪忽然停顿——他在蒋近男眼里看到了恳求，不是那种他熟悉的，蒋近男跟他要项目时的恳求，更像是请他高抬贵手。程秋帆先是吃了一惊，等他明白蒋近男的意思，又感觉有点不忍心，他几乎是立刻起身，看了一眼朱磊，又看了眼蒋近男。

"那我先走了。"

蒋近男长舒一口气，收拾心情转向朱磊，又变回了那个郎心似铁的蒋近男。"在我客户面前发疯发够了？"

"小男……"朱磊忽然又软了下来，"我会发疯也是因为在乎你啊……"他坐到程秋帆的椅子上，握住蒋近男的手，被蒋近男一把挣开，朱磊也没恼，倒像从前哄蒋近男时一样。"我们在一起这么多年了，现在又有小真，你忽然要离婚，我怎么可能不失态？昨天你提的时候，"朱磊故意没说"离婚"这俩字，像是承受不住似的，"我一下子都蒙了，完全不知道怎么反应，昨儿我一晚上没睡着，早上想假装没事去上班，在办公室坐了一会儿觉得还是不成，我得来找你！"

蒋近男无动于衷地听着。这个场景过于熟悉，从前他们几次闹分手，朱磊的挽回方法都差不多，最初蒋近男产生一种被人珍而重之的感动，慢慢地，她疲了，现如今再来，只有希望他赶紧表演完、声音小点别被邻桌听到的尴尬感。

她等朱磊说完，尽量心平气和地接着说："朱磊，我很抱歉，但我不想继续了。等过几天你心平气和了，我们谈谈财产分割。小真归我，其他好说。"

"凭什么小真归你？"

蒋近男甚至笑了一下。"那归你？你妈要吗？还是你准备自己带？"

朱磊刚才那句反问是下意识的，现在他意识到自己的错误——他轻敌了，觉得蒋近男不是来真的，这种轻敌使他根本没想小真的事，因此当蒋近男问出这串问题时，他发现自己没有好答案，只能绕圈子。

"你要真心疼小真，怎么忍心让她这么小就没有爸爸？"

"朱磊，"蒋近男忽然盯住朱磊的眼睛，"你现在想这些了？我自己快死过一次生出来的孩子，要空腹穿刺，饿得大哭又拼命挣扎，非得我把她按在病床上的时候，你怎么忍心的呢？"蒋近男的眼神里有诱蛇出动一般如泣如诉的神色，几乎迷惑了朱磊的心智。他喃喃道："我那时候……你真在乎这个，当时应该跟我说啊……"

蒋近男收敛了目光，又恢复到那个平静自持的蒋近男。"过了那个村就没那个店，你实在想不通就怪自己运气不好吧。"说完她叫来服务生。"买单。"

服务生应下，走去收银台又很快回来。"小姐，您这桌已经买过单了。"

那倒更省事了，蒋近男起身，对还坐在那里陷入沉思的朱磊说："你考虑一下我的提议。这段时间你先住棕榈泉也行，我先带小真去我妈那儿住一段时间，等你找到房子再说。"

蒋近男回到办公室，觉得还是应该把风险控制一下。她给保姆先打了个电话，让她收拾点小真的东西，上邓佩瑜家去。"去姥姥家住几天。"她对保姆和邓佩瑜都是这么说的。和朱磊谈妥前，蒋近男还不想把事情复杂化。

朱磊可没给她这机会。甚至在保姆和小真还没到邓佩瑜家时，他已经先上丈母娘家去了。邓佩瑜瞧着在沙发上抹眼泪的女婿，深深感到心力交瘁——姥爷要不行了，小男偏要在这个时候闹离婚，她到底是怎么想的?!

邓佩瑜思来想去，对朱磊说："小朱，小男跟你说了姥爷住院的事吗？"

朱磊抹了把眼泪抬起头来。"姥爷住院了?! 小男没说啊。"

"唉，"邓佩瑜又叹了口气，"姥爷查出白血病来，医生说没几个月了。小男和姥爷一向感情好，受到这个打击一时冲动也是有可能，你这段时间多关心她，我也劝劝她，肯定还有转机。"

"我一定，妈!"朱磊觉得可不就是丈母娘说的，小真和姥爷接二连三进医院，对蒋近男打击太大，她丧失理智了。离婚对女人来说向来是毁灭性的打击，即使是蒋近男这种条件，在这个年龄离婚以后也基本上不可能再找，等她恢复理智，就会想明白自己现在有多傻。

朱磊稍稍放下心来。他又坐了一会儿，任由邓佩瑜安慰了他一阵，才起身告辞，回去上班。

邓佩瑜脸色铁青了一下午。保姆带着小真刚进门，就被她这脸色吓了一跳，心想这家人今天一个个可都怪怪的。蒋近男给她打电话时，邓佩瑜没觉得，这会儿见到小真，她忽然琢磨出女儿这回还真是认真的，这是把小真藏到自己这儿，怕朱家把孩子接走。这一认知让邓佩瑜决定打起精神来应付这件事。刚好晚上老蒋有应酬，只有她和蒋近男吃晚饭，邓佩瑜硬是憋到晚饭餐桌上才跟蒋近男提起："下午小朱来过了。"

蒋近男果然紧张起来："他知道小真在这里吗？"

"他走了以后小真才到的，现在大概还不知道。"邓佩瑜语重心长地跟蒋近男交心，"小朱说他让你受委屈了。他确实不对，但你这样突然要离婚是不是也欠考虑？你和小恩小时候虽然没生过什么大病，医院那也是三天两头地跑。你爸哪次陪我去了？他整天忙事业，家里事无巨细还不是都得我来？我要像你这样，婚可能都离了三五回了。要我说，小朱还算体贴的，不怎么跟你要强，以你平时对他颐指气使那态度，要换了你爸肯定天天跟你干架。"

蒋近男保持沉默，邓佩瑜见蒋近男没反应，以为她有所触动，便接着说："我和你爸结婚之前，团里的团委书记给我做思想工作，有句话我到现在都记着，她说：'婚前多看对方的缺点，婚后多看对方的优点。'那时候我觉得听着怪别扭的，这几十年过来可越想越觉得在理。夫妻天天在一起生活，哪儿可能永远像谈恋爱的时候那样，怎么看怎么顺眼？你觉得他不好，他还觉得你不好呢！这夫妻之道就是该和稀泥的时候和稀泥，日子能过下去就行了。"

"可姥爷和姥姥的感情就一直很好……"

"那是你姥爷一辈子让着你姥姥！"邓佩瑜觉得自己似乎找到了问题的关键，"你要非找个像姥爷对姥姥那样对你的丈夫，那可一辈子开心不了！要我看，小朱已经很像姥爷了，非得跟你姥爷一样天天提前下班回家烧菜给姥姥吃，那哪儿行？！别说小朱不该这样，我也不想看你被惯成像姥姥那样唯我独尊的人，你姥姥命好，走在姥爷前头，舒服了一辈子。要是先走的是姥爷，姥姥还不知道被我们嫌弃成什么样呢……"

"姥姥不是你说的这样。"

邓佩瑜冷笑了一声："姥姥走的时候你才十几岁，你能看出姥姥是怎样的？你姥爷能太太平平活到现在，跟这十几年没有你姥姥折腾他也有很大关系。"她到底觉得自己扯远了。"总之，你和小朱闹别扭正常，小年轻一时头脑发热提个离婚也是有的，但要真离婚，我不同意！婚姻哪儿能像你这样当个儿戏，想结就结，想离就离。我和你小姨要都像你们这么任性，你和小音早就成了破碎家庭的孩子……"

蒋近男终于没有忍住，也让一抹冷笑挂上了嘴角。周围的人都说她长得像邓佩瑜，蒋近男小的时候不觉得，现在她觉得了——有一天她见客户时无意看到玻璃反射的自己，嘴上那一抹谄媚的笑可不就跟邓佩瑜假笑时的表情一模一样。她终究是邓佩瑜的女儿，再讨厌邓佩瑜的某些点，也不由分说地遗传了来。

"你和小姨把我和小音扔到姥爷那里，我们跟破碎家庭的孩子也差不了多少。"

"你……"邓佩瑜简直气结。她刚要发作，蒋近男却没给她这个机会。"我去看一下小真，晚上我上小音那儿住去。"

顾晓音的床像蒋近男记忆里她们在姥爷家共享的那张床一样挤，虽说是双人床，也就一米八宽。顾晓音有时晚上睡觉不老实，一条胳膊或是一条腿半夜砸到她身上也是常有的事。后来她去上大学，再后来顾晓音也上大学了，两人的生活渐渐交错开去。

没想到再次拥有类似的体验是在这种情境下。蒋近男苦笑了一声："我要是按原计划先跟你妈聊一下就好了。"

顾晓音只能勉力安慰她："你也不用想太多。大姨的战斗力，三个我妈也赶不上。"

蒋近男"扑哧"一声笑了："原来我妈在你心目当中是这种母夜叉形象。"

顾晓音叹口气。"大姨可能也是这段时间忙姥爷的事心烦，等她想通了，会支持你的。"

"你可太乐观了，"蒋近男苦笑，"结婚的时候牵扯到双方家庭的事就够多了，没想到离婚更甚。"

顾晓音觉得她这时大概应该说些什么，然而却想不出什么可说。她甚至首先想到的是谢迅和徐曼离婚的时候是否也这样和双方的家庭反复牵扯过，这让她莫名生出一点对蒋近男的愧疚之情。

"唉，不过，"蒋近男说，"你也别因为我而恐婚。我跟朱磊的头就没开好，以前一直顺水推舟地谈着，总觉得某天会分手，谁知竟然就一路推到结婚了。人的惯性真可怕。"

她停了停又说："要说我有什么可以教给你的失败经验，可能只有——如果没碰到你很喜欢的人，那么最好不要将就着结婚。中国式的婚姻，女人在婚姻里失去的远比得到的多。即使像我和朱磊这样看起来我强他弱的，一旦结了婚也完全不是那么回事。如果你不爱他，婚姻里的那些委屈和孤独就更容易让你难以忍受，还不如一个人过算了。"

顾晓音想起她和蒋近男在儿童医院度过的那一夜。小男是在什么时候感到难以忍受的呢？是那一夜，还是更早的时候？她无法开口问这个问题，却也无法不想。

蒋近男也没指望顾晓音会有什么回应。顾晓音这里就像一个避难所，说完上面那番话后，蒋近男忽然意识到，如果顾晓音结了婚，今晚她大概就只有酒店可去。这个发现让她陡然心情复杂起来。

顾晓音今天在医院待了大半天。说来也奇怪，明明没做什么，一天下来也还是累得很。想到蒋近男只会比她更甚，顾晓音提议两人休些休息。蒋近男没什么异议，关了灯，黑暗里蒋近男倒想起来，中午程秋帆走了以后，自己连信息都还没发一条。

于是她摸出手机，发了一条："今天实在不好意思。"

程秋帆觉得蒋近男这个歉道得不冤。他俩关系再好，也不意味着程秋帆会喜欢近距离观摩这种夫妻反目的尴尬场面。程秋帆着实为蒋近男觉着可惜，今日尤甚——莫名其妙当着同事或客户的面让你没脸，还要把对方牵扯进去，和给对方全公司发邮件痛诉家丑也不过是一步之遥，令人望之不寒而栗。然而这么一个上不了台面的丈夫究竟是蒋近男选的——这现代社会早没有包办婚姻了，说到底这还是蒋近男自己脑子进的水。

推出这个结论令程秋帆对蒋近男的观感微妙起来。因为这一点点的微妙，也因为程秋帆笃定蒋近男并不真的期待听到他的任何反馈，程秋帆收到蒋近男消息后没有回复。

蒋近男确实不认为程秋帆会回复，她发完消息就关机睡觉了。

黑暗里，顾晓音忽然嘟囔了一声："小男，我打算先不找工作了……"

回答她的只有蒋近男悠长的呼吸声。

第三十一章 不可回首

第二天早上，顾晓音和蒋近男一起去的医院。两人走进病房，顾晓音先变了脸色，蒋近男还没发现异常，只觉得顾晓音怪怪的，像是忽然石化在当场。问她，顾晓音只说没事。然而邓佩瑶明显知道自家闺女在想什么，几分钟后就找借口把顾晓音叫出病房，蒋近男当然也跟了出去。

"昨晚没的。"走出几步后，邓佩瑶说。

"谁？谁没了？"蒋近男还有点蒙。

"隔壁床老爷子。"邓佩瑶做了个轻声的手势，"当时我已经走了，你爸在陪床。说晚上十一点的时候老爷子情况不好，当时护工睡着了，还在打呼噜，也没发现。后来老爷子自己叫唤，你爸发现不对，赶紧喊醒护工，又叫护士和医生，医生来的时候已经晚了。老爷子大概一点多走的，据说走之前大声叫唤了一阵，怪瘆人的。后来又忙着穿寿衣，通知家属，一直忙到后半夜，搞得你爸也没怎么睡。"

"姥爷呢？姥爷受惊吓了没？"顾晓音忙问。

"你爸说姥爷一开始没醒，他这耳朵不好，有时候也是他的福气。后来医生来了，病房大灯打开，紧跟着后面又折腾，肯定也吵醒姥爷了。我今早瞧着姥爷心情还比较平静。隔壁床老爷子毕竟病情严重很多，前段时间也一直有内出血，跟姥爷还是不好比……"

"可您刚说那老爷子去世前叫唤了好久……"

"是啊，你爸给我说的时候，我想想那场景都觉得瘆得慌。"邓佩瑶不由得说出这一句，又想到小辈们的担心，赶忙找补，"不过我看姥爷今天真没觉得怎么样，早饭还主动要多吃一个包子。他们这个年纪的人，生死经历得多了，比我们看得开。"

两个姑娘都没有要再刨根问底的意思，邓佩瑶舒了口气。"不过隔壁床那个护工真是不行，老爷子家人来看的时候，表面工作做得不错，人走了就糊弄。你爸说昨晚护士也说要是发现得及时可能还能救回来。那家人一直蒙在鼓里，还觉得护工不错，每次来都塞钱给他……"

顾晓音听得难受。"妈，您别说了……"

邓佩瑶叹口气。"不说了不说了。前两天你大姨还问我要不要找护工，我当时就犹豫，准备等等再看。现在更加不敢了，还是自己家人照顾得细致，但你爸天天晚上陪，也确实累。"

顾晓音忙道："妈，最近我反正也不上班，我来值夜班。"

邓佩瑶摆摆手说："你哪儿行，姥爷夜里要上个厕所，你搞得动他吗？就算有这力气，你一个姑娘家也不方便，不成。"

蒋近男沉默。她家里倒是三个男人，可是一个也指望不上，邓家上上下下看起来不少人，只有姨父顶得上。

邓佩瑶像是看透了蒋近男的心思。"小男，你爸和小朱都忙，小恩还小，就你姨父合适。再说了，这么多年我们都在安徽，也没能照顾姥姥姥爷，现在出点力是应该的。"

蒋近男努力按下心里那些波浪，什么也没说。如果不能真的做出什么贡献，说几句漂亮话，无论是表衷心还是感谢别人，最多只能添堵。蒋近男在工作里早明白了这个道理——钱如果不能给够，那些愿景啊、价值啊不过都是引导人接受低工资的诱食剂。一言而蔽之——虚的。然而这世上能用钱解决的问题说到最后都是小问题，在医院里，钱既买不来医生的关照，也买不来靠谱的护工，真心愿意付出劳动和时间服侍病人的家人才是那稀有资源。

所以医院才是人性最好的万花筒，试金石。

说话间，几个人也在走廊里盘桓了有一阵，便一齐往回走。顾晓音她们刚来的时候，邓兆真还在打盹儿，这会儿醒了过来，瞧见蒋近男便道："小音来啦。"邓佩瑶刚张口想纠正，蒋近男拉住她衣服，示意不要。又拉着顾晓音一前一后走到床前。"姥爷，我俩都来啦。"

邓兆真喜上眉梢。"今天怎么赶巧，你们俩都有空？小男，你现在当妈了，别老往我这儿跑，照顾孩子要紧。"

"没事，没事，小真好着哪。"蒋近男坐下，拉住邓兆真的手，一下一下地抚摸着。邓兆真还在输液，手冰冰凉的。邓兆真是个知识分子，到了老，皮摸着还是细的，只是皱了，像内里的那个邓兆真缩了水，外面的皮囊收不回去，松松垮垮地挂在那里。蒋近男抚摸着邓兆真手背上的皱褶，是冷的。她默默掀起被角，把邓兆真的手盖住，仍旧在被子里握着他的手，不知道在想什么。

姥爷的精神确实还好，没怎么受到干扰的样子，顾晓音想，但她仍旧下了决心。

"我打算先不找工作，专心陪姥爷一阵。"中午在员工食堂里，顾晓音对谢迅和蒋近男摊了牌。叫谢迅是蒋近男的主意，顾晓音甚至没来得及阻止，蒋近男已经按下发送键。"他中午一般不在食堂吃饭……"顾晓音微弱地嘟囔了一句，被蒋近男用谢迅的回复撑到脸上："可是你姐姐我面子大。"

"我赞成。"蒋近男首先表态，"你想好了不影响下一份工作就行。经济上我给你做后盾。"

"工作上几个月半年应该影响不大，"顾晓音早想过这些细节，"反正律所的工作永远有，如果一时找不着太理想的，先去一家干着，回头再琢磨换工作也行。经济你也不用担心，我不是一直存着钱准备把我那个光辉里的破房子买下来吗，那笔钱足够我撑个一年半载的。"

"我还挺羡慕你的。"蒋近男由衷地道，"我要是能也扔开工作和小孩天天陪姥爷就好了。"她忽又转向谢迅。"哎，谢医生，咱姥爷这化不化疗的事，你说，要是你，怎么选？"

谢迅正想着如果他被点名回答是不是赞成顾晓音不找工作这事，他要怎么回答。当然，要真的问上他，可算是给他脸了，他现在可没有表达自己意见的立场。没想到蒋近男到底点了他的名，还给他出了道更难的题。他在心里暗暗叫苦。医生之道，首要是绝不能回答病人家属提出的"如果是你的谁谁你怎么选"这种送命题。他在蒋近男这里已经掉过一次同样的坑——蒋近男夹层的时候，他对朱磊说如果是他太太他就做CT，妇产科同事当时估计杀了他的心都有。然而蒋近男这回说的是"咱姥爷"，四舍五入可不就是他姥爷吗……谢迅虚弱的意志又动摇起来。

只是他毕竟不是血液科专家，谢迅斟酌之后道："可能还是得等姥爷病情稳定后跟血液科彭主任讨论一下才能判断，要不你们先把姥爷最新的化验单发给我，我找个血液科的哥们儿先看一下指标如何？"

他犹豫了一下又道："化不化疗这事你们也得和长辈沟通沟通，我们在医院里见得多，这个年纪的病人，一般子女都倾向于保守治疗，愿意担风险化疗的少……"

蒋近男不以为意。"咱按最佳方案来，我妈和小姨那边我负责做工作。"

顾晓音没有那么乐观，却也不忍打击蒋近男的积极性，她不由得担忧地看了谢迅一眼。谢迅当然明白她在想什么，眼下却只能说："先看看指标再说吧，跟彭主任聊的时候我来作陪，万一有需要解释的也能帮个忙。"

两人回到病房，邓兆真已经午睡。隔壁床上放着一个大包。顾晓音把带回来的饭拿给邓佩瑶，又问："这是？"

"下午要来的病人。"邓佩瑶边开饭盒边说，"据说是个肺癌病人，来做化疗。刚才她老公先送了点东西过来，人下午到。"

"这么快。"顾晓音不由得感慨一句。三甲医院就是这样，夜里前一个病人走了，第二天就有等着病床的病人搬进来，丝毫不忌讳这张床上刚死过人——有什么忌讳比自己的命更要紧呢？

在新的兵荒马乱到来之前，病房显得格外安静。午后刚刚偏斜的日头从窗户外晒进来，正打在隔壁床上，给人一种岁月静好的错觉。蒋近男坐在一边回邮件和消息，顾晓音小声跟邓佩瑶说自己的打算，邓佩瑶微微皱着眉，但没打断顾晓音。这当儿邓佩瑜也来了，瞧这两个小的都在，她心里就有些不痛快，只是压下没说。邓佩瑜一边归置她给邓兆真带来的东西，一边竖着耳朵听顾晓音在跟她妈说什么，听了一会儿，邓佩瑜实在忍不下去，插话道："小音你这是胡闹！姥爷这里有我和你妈，还有你爸和姨夫，这么多人照顾姥爷一个还照顾不过来？还得要你工作也不干了来医院守着姥爷？"她越说越激动，不由得把这两天积累的情绪一并释放出来了。"你们这一个个的，是嫌过得太舒坦了？一个要辞职，一个要离婚。姥爷还没死哪，你们的日子先不过了?！"

邓佩瑜说着说着，带了点哭腔。到底她是唱过京戏的，感情充沛起来，嗓门特别地大。邓佩瑶连忙站起身来想稳住姐姐，这话让姥爷听见可不得了。然而已经晚了，只听邓兆真缓缓问："谁要离婚？"

邓佩瑶立刻走上前去。"爸，您醒啦？要不要喝点水？"顾晓音担心蒋近男，又不敢看她，怕泄露了天机。邓佩瑜也没想到邓兆真真听见了她的话，此时怀着一肚子怨气，只不说话，倒要看她闺女自己怎么收这个场。

蒋近男早想过该不该跟姥爷说这事，但既然决心已经下了，蒋近男倒不觉得她应该一直瞒着姥爷。她苦笑——在大多数的情况下，她都堪称一个有决断的人，唯有朱磊，她没能在那么多年里和他分道扬镳，没能拒绝与之拉埋天窗①，就这么一步一步走到现在这种难堪的境地。这当然是她自找的，然而若要总结陈词，蒋近男想，即使只看这一次次的犹豫和软弱，她也无法违心地说她没有爱过朱磊。

她走上前去，再握住邓兆真的手，柔声说："姥爷，我和朱磊……我们可能确实还是不太合适，算感情破裂吧，所以我想……"

"幼稚！"邓佩瑜忍不住开腔。邓佩瑶向她使了许多眼色，邓佩瑜只当没看见。"爸，你说说她，她听你的。"

邓兆真却像没理解这件事的重要性一样，轻描淡写道："唉，你们年轻人的事，我管不了啦。"他像是忽然想起这一茬儿一样，"不过不管怎么说，小真要带好啊！"

"哎，一定，姥爷您放心。"蒋近男忙道。

"最近也没怎么看到小恩……"

邓佩瑜忙道："小恩在学校哪，这周末准来。"

"好，那我再眯会儿。"邓兆真说着闭上了眼，"你们忙你们的。"

周末很快就到了——至少顾晓音这么认为。医院里的日子，每天跟每天都特别像，总是围绕着一日三餐，两次查房，还有间中②的输液换药。顾晓音负责去食堂买午饭和晚饭，白日间给邓佩瑶打打下手，照说空闲的时间非常多，可是每日也就那么轻飘飘地过去了。谢迅最近忙，虽然白日都在医院里，晚上

---

① 粤语中的结婚之意。
② 粤语中的偶尔之意。

又都回光辉里，可顾晓音两三天才见他一回，还没谢保华来找姥爷聊天的次数多。

"最近老金跟张主任闹，故意在消极怠工，可把我和沙姜鸡忙坏了。"周五晚上，谢迅好不容易在饭点溜出来，跟顾晓音吃了个食堂。

"他闹什么呢？"顾晓音看着谢迅因为没吃午饭而狼吞虎咽的样子，要说一点没有触动是假的。她和谢迅现在是友达以上，恋人满过了又缺。谢迅对她还有那种意思吗？顾晓音也想过，但她没有勇气再主动一回，也委实不觉得自己有那个魅力让谢迅以德报怨，被她那么粗暴地分过一次手后还愿意主动追求她。

"钱呗，还能有啥。张主任有一个人工血管的临床试验算作了免费项目，这种临床试验我们一般还是会收病人材料费，这钱最后科里分掉，几个主任拿大头。这个人工血管的临床试验，张主任拍板不收钱，说是支持老同学创立的国内的新技术企业，老金早就闹过。他怀疑张主任可能有公司股份，不好意思收钱，一肚子邪火没处撒，气得最近排的手术都推掉好几个。"

"这也有点不负责任吧……"顾晓音道，"那病人怎么办？"

"小手术由我或者沙姜鸡代做，重要的手术转给另外两个主任。"

"他们没意见？"

"也许也有吧，不过现在是对张主任意见大还是对老金意见大还真难说……"

"等等，"顾晓音忽然问，"这公司叫护生？"

"对。"谢迅奇道，"你听说过？"

"在君度时候的客户……"顾晓音含混道，她下意识没提张主任的股份代持这件事，既有违职业操守，这种烫手八卦说给谢迅听也不合适。

蒋近男的这一周过得很慢。她等着朱磊再来找她，谈离婚或者谈小真。然而朱磊没有。蒋近男一天天等过去，朱磊就像忘了这茬儿一样。蒋近男觉得她就像一个写了长篇大论的学生，换来了老师的"已阅"二字，羞愤而怅惘。

"小朱怎么没来？"周六，邓家上上下下终于齐聚医院，蒋建斌见蒋近男一个人进来，便问。

"小朱最近工作特别忙，跟我说过了，改天再来。"还没等蒋近男回答，邓佩瑜抢先说道。

"工作再忙，周六抽点时间来医院看姥爷也是应该的。不至于就忙到了这个地步。"蒋建斌不太满意。

蒋近男要开口，被邓佩瑜瞪了回去。

"刚好你们都来了，我想说两个事。"邓兆真缓缓道。

众人心下俱是一惊，坐在邓兆真床边的顾晓音握住他的手。

"第一个呢，趁我还在，我想先把我和你姥姥那点财产安排一下。"

"姥爷！"顾晓音脱口而出，邓兆真用另一只手拍拍她，像是让她安心。"爸，您别说这些不吉利的，我们谁也不惦记那些，只希望您长命百岁。"邓佩瑶道。"就是，就是，"邓佩瑜也附和道，"我们什么也不缺，您别烦这些。"

邓兆真摆摆手。"我知道你们不惦记，我惦记着哪。万一哪天昏迷，来不及交代可糟了。"他又向蒋近恩招手。"小恩你过来。"

蒋近恩乖乖上前。"姥爷。"

"姥爷我和姥姥一辈子都是普通人。要说财富，就是你们这些儿女孙辈，还有一套老房子和一点存款。你是男孩，以后还是要靠自己，姥爷把存款留给你，房子分给两个姐姐好吗？"

"没问题。"

邓佩瑜张了张口，可没说出话来。

"那房子你们看，"邓兆真又转向顾晓音和蒋近男，"想留着还是卖了分钱随你们，你们两姐妹商量着来就行。"

"那还是好久以后的事呢，现在不用着急。"蒋近男发狠说，"您出院还不得回家住？"

邓兆真笑眯眯点头，也不纠正她。"第二个事呢，是我想过了，你们还是给我找个护工，多的不用，能夜里照顾就行。"

"爸！"顾国锋和邓佩瑶异口同声道，见老顾有话要说，邓佩瑶留给他先说。"夜里我照顾您，佩瑶她放心。"

"对。"邓佩瑶赶紧补充，"护工再怎么也赶不上自家人。"

邓兆真又摆手。"你们白天在这儿就行了。我这眼看也不是一天两天能出院，老顾晚上睡不好，回头自个儿身体拖垮了可不成。"

顾国锋还要辩白："真没有，我每天都睡得挺好！"

邓兆真也不反驳。"你们先找找看，看看有没有合适的。"

没等顾国锋再开口，邓佩瑜道："我觉得爸说的有道理，老顾，你不放心，晚上可以留晚点，护工也就睡个觉，扶着爸上个厕所什么的，没事。"

"那……先找找看，找到之前或者护工不行，还是老顾来。"邓佩瑶犹豫着同意了。

"平时我们出力少，这护工的钱我来出。"蒋建斌拍板道。

北京已是深秋，天黑得一天比一天早。蒋近恩早上起不来，等他到中心医院时已是下午，因此更觉得还没跟姥爷待多久，天色就暗了下来。邓佩瑜瞧着，便催蒋近恩早点回学校去。蒋近恩不乐意。"我跟姥爷还没说够话哪，你别催我。"

"要跟姥爷说话你倒是早点来啊，"邓佩瑜也没客气，"你自个儿来得晚怪谁，肯定是昨天晚上又打游戏，早上起不来。"

这倒被邓佩瑜给说中了。但蒋近恩现在是大学生，自觉早已不是被邓佩瑜抓到一次打游戏超时，下次随堂测验就得万分小心的毛头小子了，因此他理直气壮地怼回去："那有什么关系，晚点来就晚点走呗，又不是怕走夜路的小姑娘……"

这话还没说完，脑门上被他爹拍了一巴掌。"怎么跟你妈说话呢？你再坐会儿，过一刻钟跟我走，我晚上刚好上海淀吃饭，先送你回学校。"

蒋近恩没敢反对，只嘟囔着又往邓兆真那儿凑了凑。邓兆真哈哈大笑，安慰他道："年轻人起不来正常，平时不耽误上课就行。"

蒋近恩继续跟邓兆真扯那些有的没的，顾晓音悄悄靠近蒋近男，在她耳边问："小恩知道吗？"

蒋近男状似毫无反应，过了十几秒，见蒋近恩没有听见的迹象，才凑过去耳语道："不确定，应该不知道，但姥爷刚才那么说，他要是不笨，现在应该能猜着吧。"

就像要对蒋近男的观点进行反证似的。蒋建斌起身要带蒋近恩走，蒋近恩也没反对，趴在邓兆真耳朵旁边说："您下周要还没出院，我再来看您。"

邓兆真笑眯眯地答应："好，好。你好好念书。"

邓佩瑜把爷俩送出病房，回来对蒋近男道："小男，咱也走吧，小真和保姆单独在家一天了……"

邓兆真立刻道："对，你们赶紧回去看孩子。"

病房里只剩下邓佩瑶一家。这时五点刚过，天已擦黑，医院的工友送来了邓兆真的晚饭，顾晓音站起身说："我去食堂打晚饭，周末窗口开得少，晚去就没东西了。"

她还没走到电梯间，便听见邓佩瑜不快的声音："我当然得瞒着你爸！你爸要听说你想离婚，还不得被你气死。你忘记他上回是怎么进医院的了?！"

中心医院新大楼的电梯间一共四部电梯，除了一部抢救专用，其他三部永远是人满为患。尤其全科病房在大楼中层，顾晓音这段时间学到的经验是：若非周末，唯一能上去的机会，是电梯往上走的时候。显然今天虽然是周末也没好到哪里去，她正想着，电梯"叮"了一声，顾晓音犹豫着是赶这一班还是别撞破大姨和小男，正踌躇之间，她听到蒋近男略带疲惫的声音随着电梯门的关闭而远去："那还不是迟早的事……"

因为这一踌躇，顾晓音又等了一刻钟的电梯。闲着也是闲着，她给谢迅发了条信息："今天加班吗？"

对方回得很快："对，你在医院？"

"是。"顾晓音发完这条消息，电梯终于到了。她跟着满是人的电梯往下走，十二楼开了一次门，手机刚显示有消息进来，门合上了。十楼，顾晓音读到谢迅的信息："一会儿一起吃个晚饭？我还要写几份病历，大概半小时就能完。"

顾晓音跑着去食堂买了两份晚饭，又跑着回新大楼。电梯像是和她作对一样，越急越不来。顾晓音正烦躁着，有一条消息被推送出来，是谢迅说："抱歉，突然出了点事需要处理。可能七点才能弄完，你等得及吗？饿的话就先吃饭，别等我。"

顾晓音打出："没事，我等你"，想了想，把"我等你"删去，换成"我还不饿，你好了叫我"，才按下发送键。

电梯来了，许多像她一样等了很久的人从后面推搡着，把她一起裹挟到电梯里。不知谁是罪魁祸首，抑或团体作案，这电梯里充斥着北京冬天的出租车里时有的老油味，又加上是饭点，混上几种饭菜的味道，简直令人窒息。

顾晓音昏昏沉沉地挨过许多次停层，简直觉得她自己就要成为第一个在电梯里晕梯呕吐的人，全科的楼层终于到了。顾晓音奋力挤过人群，踏出电梯的那一刻，暖气不足的电梯间里那寒冷的空气简直让顾晓音觉得甘甜清冽。她深吸一口，举起手机看，谢迅没回，大概是已经忙去了。

顾晓音感到有些不快。她被自己的反应吓了一跳，这情绪可谓名不正而言不顺，更何况作为身不由己的小律师，同样的事在她身上可发生过太多次了。然而正因理智明白无误地指向那相反的方向，这种不快显得尤为不可忽视，简直像是在孤儿院里喝完一碗粥胆敢还要的奥利弗·退斯特。①

而顾晓音就像孤儿院执事想做的那样，直接将这种情绪绞杀在了襁褓之中。她走进病房，邓佩瑶正在收拾姥爷吃好的晚饭，见她提着两份饭回来，随口问道："你在食堂吃了？"

顾晓音本想说她一会儿再吃，被邓佩瑶这么一问，倒干脆顺着这个台阶下去了。邓佩瑶不疑有他，只嘟囔了一句"吃饭太快对胃不好"，便招呼起老顾来，让老顾先吃，自己打算先去把姥爷的碗洗了。顾晓音叹口气，起身要从邓佩瑶手里接过那些碗筷。"妈，您跟爸一块儿吃，这些我去洗就得了。"

邓佩瑶还要推托，老顾倒是发了话："你跟女儿客气什么，赶紧来吃饭。"顾晓音趁这时候把碗筷接过来。"我来就行了，妈您快吃饭，爸等着您呢。"

她洗完那些碗，又陪邓兆真看了会儿电视，谢迅的信息终于姗姗来迟："五分钟以后，新大楼楼下见。"

顾晓音平静地站起身。"妈，还要我做什么吗？"

邓佩瑶已经吃完晚饭收拾完，和老顾正看着电视呢，倒像是三代同堂的一家。见顾晓音这么问，邓佩瑶忙摆手。"没了，一会儿我伺候完你姥爷洗漱我也走，你有事就回吧。"

顾晓音亲了亲姥爷，又跟老顾打了招呼，走出病房。到底是晚了，电梯好等得多。她下到一楼，甚至离收到谢迅那条信息刚过去四分钟，但谢迅已经在大厅里等她。见她从电梯里走出来，谢迅把手里刚在摆弄的手机塞到口袋里，迎上前去。

"饿了吧？"

"还好。"

"食堂这会儿肯定啥也不剩了，咱出去吃个馆子吧？你想去后海的聚宝源还是南新仓大董？"

顾晓音斜眼望他。"谢医生，你今天发奖金了吗？"

---

① 英国作家狄更斯于 1838 年出版的长篇写实小说《雾都孤儿》的主人公。

谢迅讪笑。"没，"但他又立刻补充道，"没发奖金这两个地方也还是去得起的。"

顾晓音觉得又好气又好笑。"就吃个晚饭，别那么费劲儿了。咱去蓝堡那条街随便找一家吃了就得了。"

"那不行，"谢迅正色道，"我饿了，走不了那么远的路。"

顾晓音没辙。"那东四十条燕兰楼，刚好今天挺冷的，咱去吃个牛肉拉面，不能更奢侈了。"

"再加点烤串或者大盘鸡，成交。"

第三十二章　理智与情感

"今天有急症病人吗？"顾晓音一边挑牛肉拉面里的香菜，一边问谢迅。

"也不是。前两天我代老金做了台手术，手术挺成功的，但病人年纪不小了，还有慢性病史，预后不太好。刚才护士临时发现监护器显示指标不太对，让我去处理一下。"谢迅顺手接过顾晓音挑出来的香菜碟子，倒进自己碗里。即使已经来了北京这么久，顾晓音在细枝末节中还保持着一点小时候的生活习惯，比如说不吃香菜。

"你开始做手术了？"顾晓音抓住了最重要的信息，"恭喜啊！"她衷心道。

"不是你想的那样。"谢迅苦笑道，"小手术其实我和沙姜鸡早就在做了，不需要有职称。大点的手术，如果本身不是特复杂，或者风险可控而老金懒得做，也会让我们上场。最近情况比较特殊，他因为张主任那公司的事闹意见，基本上能撂挑子的都撂挑子，我和沙姜鸡因祸得福，多了不少独立做手术的机会。"

"也只有你觉得是因祸得福吧，沙姜鸡肯定觉得是'城门失火，殃及池鱼'。"

两人不由得会心一笑。顾晓音又问："那如果该老金做的手术你做了，会有风险吗？"她问出了这句话才意识到不妥，忙找补道："我没有不相信你技术的意思，你知道，律师做久了，总有点职业病，凡事都盯着风险因素。"

谢迅倒是浑不在意。"你担心的也不是全无道理。像今天这个病人，做的是三级心脏手术，按照流程，即使我上也应该有副主任或者副主任以上级别的领导在场指导，但像这种我挂老金名字开刀的事，只要手术成功了，一般没事，除非病人有什么门路调出手术监控录像来看，一般也发现不了。"

他没说的是今天这个病人也许并非一般的情况——病人是走了张主任的关系进的中心医院，点名要老金开刀，可结果老金正跟张主任不痛快着，病人是收下来了，手术交给了谢迅。这几天病人术后恢复得不太好，家属又觉得没怎么见着老金，正怀疑手术是不是老金亲自做的，闹着要看监控。谢迅虽说手术做得全无问题，到底是冒了老金的名，若是真的被查出来，他和老金怕是都要倒大霉。

这些却不足为顾晓音道矣，她还有姥爷的事要费心，这些破事就不必说给她听了吧。

但谢迅还有其他的事，此刻顾晓音大概是真饿了，正埋头苦吃她的那碗"二细"。餐厅里开着暖气，吃得顾晓音的鼻子上渗出一层细细的汗。谢迅盯着看了一会儿，不知为何心猿意马起来。

正在这时，顾晓音吃到一根混在面条里的香菜梗，香菜那奇怪的味道在嘴里炸开，顾晓音顾不得形象，伸手从嘴里把那罪魁祸首捞出来，抬眼看到谢迅的表情，以为是在看她出糗，不由得微微恼了。"别盯着我呀！"

谢迅猝不及防听到顾晓音这撒娇式的语气，当下心旌摇荡。上一次顾律师用这种语气对他说话，已经恍若隔世。这段时间里，谢迅也想过再试探一下顾晓音的态度，可一直没敢，今日顾晓音这句略带娇嗔的话让谢迅重拾勇气，他放下筷子，坐直身体，望着顾晓音道："晓音……"

始作俑者也觉得自己刚才好像有点过于娇嗔了，急于转换话题，她抹了一把鼻子上的浮汗，和谢迅几乎同时开口道："对了，下周二血液科主任来跟我们谈病情，我妈想在那个时候跟他谈化疗的事，你到时候能来吗？"

还没等谢迅回答，她又补充道："其实我们也知道希望很小。我妈主要是担心姥爷会痛苦，我和小男当然也担心，但又想把姥爷留得长一点。这决心好难下啊……我妈现在算是支持我暂时不找工作的决定了，但是让我编个好理由，预备出国读书什么的，别让姥爷发现了，替我操心。"

她望向谢迅，自嘲道："不过我发现当我接受自己就是废柴一根之后，做这些看起来不负责任的决定容易多了。单身还是有单身的好处，蒋近男何尝不想和我一样什么都不管，就这么泡在医院里，但她身不由己。"

谢迅把到嘴边的话咽了回去。现在显然不是顾晓音想谈风花雪月的时候，还好他没贸然开口。

于是他只说："周二你约好时间告诉我，我应该能来。"

周二很快到了，谢迅却没能践约。头一天他和顾晓音确认好时间地点，到了那时候，邓家的四个女人早早等在血液科，离和血液科彭主任约好的时间还有五分钟，沙姜鸡来了。

"阿姨，阿姨。"沙姜鸡一到，先殷勤地跟邓佩瑜和邓佩瑶打招呼，才又对着顾晓音说："本来谢迅要来的，临时科里有事把他留下了，他让我先过来。"

顾晓音还没来得及作答，邓佩瑜抢先道："一样的，小沙，你来了阿姨更放心。"

顾晓音下意识地望了邓佩瑶一眼。

沙姜鸡脸上不动声色，嘴上却道："哟，阿姨您可真抬举我了，您别说，今天这活儿吧，抛开私交什么的，还真是谢迅更适合干。他当年在血液科轮过一阵岗，比我内行！就可惜今天实在走不开……"

邓佩瑜面色一僵，刚要说话，血液科的小医生来带她们去见彭主任。见到沙姜鸡，小医生十分熟络地迎上前来。"哟，沙哥！是你朋友？"

"朋友犯得着我亲自陪着吗？我跟你说啊，至少得给咱家属的待遇。"

"一定，一定。"小医生乐呵呵地应下来，"看着有点眼生啊，还没住进来？"

"这不等着你们科的双人病房嘛，现在暂时安置在全科病房。"

小医生叹口气。"你懂的，我们科的双人病房确实紧张，三人的还容易点……"他悄悄附上沙姜鸡的耳朵，"不过有个病人可能就这几天了，你待会儿跟主任打个招呼，应该能转过来。"

"谢啦哥们儿。"沙姜鸡拍拍小医生的肩。

"好说，好说。"

那两人走在前面，跟在后面的邓佩瑜悄悄在邓佩瑶耳边道："看吧，小沙多能来事，你说小音跟他要能成了多好。小谢吧，咱就算不计较他的婚史和条件，就一瘪嘴葫芦，还没小音能说呢……"

邓佩瑶没接话，没摇头，也没点头。

一行人在彭主任办公室里坐定，小医生帮彭主任从系统里调出邓兆真最近的化验报告。彭主任瞄了一眼。"病人已经八十二了啊，这个年纪呢，一定要化疗也不是不可以，但要做好心理准备，有些病人本来还能拖一阵，化疗完人就没了。"

邓佩瑜自觉她应该代表邓家表个态："彭主任，我们肯定是相信您的判断。我爸的年纪确实是在这儿了，我们首要的是想保证他最后这一段别吃什么苦……"

顾晓音怀疑彭主任根本没看化验报告，听大姨这么说，她立刻按捺不住想要插话，却有一只手放在她胳膊上，示意她等等，是邓佩瑶。

"彭主任，我这儿还有之前几次的化验单，麻烦您看看？我爸的年纪是偏大了，但是他从最开始住院到现在，指标方面还是有不少改善的。我们是外行，不懂，想听听您的专业意见，评估下化疗的风险和效果再替他做决定。"

彭主任没接邓佩瑶递过去的化验单。"家属的心情我能理解，过去的化验单没用。来医院了肯定有改善啊，不然你来住院干吗，又折腾病人又折腾家属的，自个儿在家还能舒舒服服地把最后一段日子跟家人过了。我要是不怕占用公众医疗资源，也不怕你花钱，一直给老爷子输血，输白蛋白，老爷子的指标还能更好看。但这都治标不治本。老爷子现在的指标呢，能不能化疗在两可之间，你们一定想化疗，咱也可以试试，我尊重家属的意见。"

"咱听您的。""我们家属的意见有用的话也不来麻烦您了。"邓佩瑜和蒋近男同时道。

"你看你们家庭内部意见还没统一哪。"彭主任闲闲地道。

沙姜鸡在心里直叹气，他也没想到彭主任今儿会跟邓家打起太极来，要么是谢迅招呼没打到位，要么是彭主任确实觉得八十多的病人差不多得了，浪费时间。但无论如何，受人之托，忠人之事，沙姜鸡觉得他得帮顾晓音家一把。

"彭主任，"他笑嘻嘻地开口，"其实这都怪我和谢迅，我俩之前不想麻烦您，自个儿跟全科徐主任看过这些化验单。徐主任呢，是觉得化疗绝对没戏，我和谢迅看了觉得不是那么绝对，可我俩毕竟是心外的呀，外行。所以才给安排了一定来您这儿听听专家意见……"

彭主任脸色缓和了些。"老徐懂什么，他的外行程度我看跟你和小谢也差不了多少。这病人都确诊了，怎么住在全科？"

沙姜鸡忙道："这事怪我。老爷子住进来的时候您这儿没双人间了，我觉得三人间太遭罪，给安排了全科。"

"老徐当初死活要第一批搬进新楼，肯定就是算准了你们这种心思。没有过硬的技术，就只能靠硬件来笼络关系户了。"

别说沙姜鸡，邓家的人也听出彭主任和徐主任不对付，大概就是因为这个原因刚才拿捏她们。原因是弄明白了，解题思路却没有，还是沙姜鸡硬着头皮接过去。"我刚才在门口还和小周打听哪，看什么时候能转到您这儿来，看化验单会诊这种事咱还敢开口，您这儿病房金贵，全院皆知，真是不好意思开这个口……"

彭主任点点头。"血液科确实是，就算是三人间，也常年有几十号病人等着哪。不过你这事我知道了，这星期内可能能空出个双人间，你让小周帮你盯着。"

众人忙感谢彭主任。蒋近男看了沙姜鸡一眼，后者会意，又问道："那化疗这事您看？"

彭主任道："如果你们家属确实想积极治疗，愿意冒一定的风险呢，我们也可以看着指标试试。可能先上低剂量看下病人反应，如果老爷子身体扛得住，再往下走。"

蒋近男心知这大概是彭主任能说出的最不绕圈子的话了，于是也没追问，任由邓佩瑜和邓佩瑶又千恩万谢了一番，几人便要告辞。顾晓音却拉了一下沙姜鸡，又悄声对蒋近男说："你先带大姨和妈出去。"

那三个人先出了彭主任的门，彭主任也是见过各种情况，一点不惊讶："小姑娘你还有什么要问的？"

顾晓音咬咬嘴唇。"彭主任，我自己查了点文献。我姥爷这病，据说有一定的遗传几率，如果是这样的话，我妈她们，甚至我和表姐表弟是不是应该考虑每半年一年验个血检，测下指标？"

彭主任笑了，像是觉得顾晓音杞人忧天。"小姑娘，你想得太多了。这就不是你这个年纪的人该想的事。这人哪，得看开点，该有的，你躲也躲不过去，不该你有的，你折腾也折腾不来。我劝你多珍惜眼前的生活，思虑太多的人得癌症的可能性比一般人大不少。"

说完他拿起桌上的电话，自顾自地拨起电话来。

顾晓音还想说话，沙姜鸡忙道："彭主任您忙，我们先走了。"把顾晓音拉出了彭主任的办公室。

"我不明白。"顾晓音一出门便恨道，"这是一个血液科主任的回答吗？这种听天由命的说法，我随便看篇鸡汤文拜个活佛就得了，还费这个劲儿浪费医疗资源？"

沙姜鸡心里想，您和老谢还真是"不是一家人，不进一家门"，今儿得亏是他被扣在科里，自己顶上，不然的话，刚才在彭主任办公室里可能就是另一番景象。老谢啊老谢，我可又救了你一回，可嘴上说："姑奶奶您消消气，咱今天好歹是解决了姥爷的主要矛盾不是？你这问题确实用不着彭主任，我都能回答你，你妈妈和大姨查一次血，没问题的话就每年体检，看着有点问题就半年查一次。你和蒋近男应该没事，每年体检的时候稍微注意一下血液指标。要有哪项不对，记得跟医生提家族史。"

"谢谢你，沙姜鸡。"顾晓音由衷地说。

这倒让沙姜鸡不好意思了起来。他挠挠头说："我知道你觉得彭主任挺不地道的。不过呢，同为医生，说实话，我也能理解老彭。大家立场不同，考虑的方面肯定不完全一样。再加上公立医院病人实在太多，无论是主任还是我们这些小医生，大家都疲劳得很，这人啊，太累了以后就很难控制情绪和态度……"

顾晓音知道沙姜鸡没说的那些台词，姥爷在她们心中如珠如宝，在医生眼里，就是一个都八十二岁了还因为有关系而能够多占医疗资源的老头。如果彭主任有的选，他一定会让姥爷回家好好走了得了。

可是如果是彭主任自己的姥爷呢，他也一定不会这么想的！

顾晓音坚定了自己的心。"我明白，多谢你。"

想想她又补了一句："也帮我跟谢迅说一声，我改天再谢他。"

"嘻，你跟老谢还用得着这么客气。"沙姜鸡又恢复了那个不正经的自我，"唉，不过我估计要是能多见你一面，别说你是去谢他，就是你去砍他，他可能也会欣然赴约的。"

医院里的这一关算是过了。不过对蒋近男来说，周二这一天还漫长得很。那天之后，朱磊就像没发生过这事一样。前两天蒋近男给他发了条信息，问他什么时候能从棕榈泉搬出去，朱磊隔了大半天回了条信息："你来真的？"

蒋近男回复的那句"当然"紧接着就石沉大海，杳无音信。

她不想再等下去了。

蒋近男在街边停了车，选了个能看清客厅的角度，在自家楼下默默地守株待兔。九点过了点，客厅的灯亮了。

看到蒋近男进门，朱磊抬头瞧了一眼，那惊讶的表情一闪而过，朱磊又继续看他的体育节目，就像蒋近男只是加班晚归了一样。

蒋近男上前关了电视。"朱磊，咱们谈谈。"

朱磊似是茫然地抬头。"谈啥？"

"你不想提点条件吗？"

朱磊像是自嘲地笑了一下，又好像没有。蒋近男恍惚觉得他露出了一个柴郡猫式的笑容，正思忖着，朱磊说："我能提什么条件呢？这房子是你爸妈名下的，小真肯定得跟你。车值不了多少钱，这些年我们也没存下什么钱。别说平均分了，你就是打算净身出户，这好名声也花不了你多少钱。"

蒋近男听了这话，心里倒踏实不少。"别介呀，朱磊，你那辆 Q7 可是顶配，咱俩一起去 4S 店提的车，七十五万哪。或者你要是觉得这车卖不出价了，我拿 Q7，家里的存款和我这辆旧车给你怎么样？"

朱磊微微变脸，但很快稳住自己。"小男，我就这么说笑一下，你就立刻要跟我算这么细的账吗？我还是那句话，你不开心了咱可以沟通，要是我有做得不对的地方，沟通完我也可以改。人无完人，我们在一起这么多年了，哪儿能这么草率地说分就分，你不怀念我们从前的时光吗？"

蒋近男缓缓地摇头。"人没法靠着从前的时光过下去。朱磊，我想好了，你有条件可以提，这方面我愿意和你商量，但我要离婚，小真要跟我，这两件事你要不答应，我也不介意起诉。"

朱磊把自己甩到沙发后背上，仰头看了会儿天花板，抬头道："小男，你又来了。我们在一起这么多年，你就一直这么跟个武则天似的，什么都是你你你，你要怎样就怎样。也就是我，换了别人，你觉得真跟你处得下去？北京这么个地方，有钱的，有权的，或者年轻貌美的女人多了去了，比机关里的公务员还多。你觉得你一个要奔四的离婚女人带着个孩子还能有什么新生活？"

蒋近男一点不恼，她早明白，朱磊就是这么想她的，他只不过终于把心里话说了出来。这样也好，她想，离婚再怎么着都是个撕破脸的过程，反正是迟早的事。她缓缓道："那确实是不如你好找，北京户口，机关编制，不到四十岁才离一次婚，说不定过几年还能分个央产房。朱磊，那你可千万别跟我争小真，我要是一时想不开给你了，愿意当后妈的姑娘可不多，您这优质资产一下子就得贬值。"

朱磊仿佛思考了一下，再开口，声音显得十分疲惫："小男，咱们非得如此吗？咱能好好说话解决问题不？"

"成。"蒋近男答应得也挺痛快，"我也说得挺明白了，我要离婚。在这个前提下，其他问题咱们都可以商量着解决。"

朱磊叹了口气。"这结婚需要两个人同意，还需要恋爱和互相了解，离婚也得一样吧？小男，你这是在为难我。"

蒋近男那句"你到底想要什么"到了嘴边，又咽了下去。有些事，欲速则不达。

他们毕竟在一起那么多年，两人对对方的了解堪称透彻，朱磊像读过蒋近男的想法一样，说道："小男，你别想得那么容易。我实话告诉你，我不同意。反正到了这份儿上，我一光脚的不怕穿鞋的，你就看怎么着吧。你要不怕丢脸，去法院起诉也成。"

蒋近男微微一笑。"没关系，我不着急。你刚也认了，这房子是我爸妈名下的，咱话既然说到这份儿上了，那就麻烦你月底之前搬出去。起诉离婚除了麻烦点，我还真不觉得丢人。只是一旦走法院流程，财产分配肯定就公事公办了，经济上你搞不好还得吃点亏。"

说完蒋近男扔下朱磊，自己去卧室拿东西。卧室里乱七八糟的，被子没有叠，脏衣服扔得到处都是。蒋近男搬出去后，让做清洁的钟点工阿姨跟朱磊结工钱，没过两天，阿姨跟她说朱磊让她别去了。当时蒋近男还想，朱磊这应该是接受了离婚的走向，能省点是点。现在看起来，这钱是省了，活儿也没自个儿干。蒋近男忽然想起从前上大学的时候，朱磊是他宿舍里最爱干净的那一个——男生宿舍的卫生，谁看不下去谁打扫，朱磊总是第一个看不下去的。

蒋近男心有触动，不由得叹了口气。她退出卧室，朱磊还坐在沙发上看体育节目，就像刚才的对话只是夜晚的一个插曲，不足挂齿。只是当蒋近男转动门把要打开大门出去时，朱磊问："你是不是为了那天跟你吃饭那兔崽子，所以要跟我离婚？"

蒋近男差点乐了，她转过身来，脸上就带了点讥讽。"咱们的婚姻没个第三者就不能失败了吗？"

下得楼来，夜风一吹，蒋近男刚刚最后那句撑出来的一点点快感立刻消失殆尽。朱磊也没说错，现如今，她确实是个前程茫茫的奔四女人。蒋近男把颈上的围巾裹紧了些，快步走到自己车旁。她没去邓佩瑜那儿，也没去找顾晓音。白天她给自己在中国大饭店订了个房间——在朱磊搬出来之前，她想自己待着。邓佩瑜当然不能理解她的想法，但其实顾晓音也不能。离婚是一件如此孤独的事，了解婚姻的人不了解她，了解她的人没结过婚，也许这世上有那凤毛麟角般既了解她又结过婚的人——邓佩瑶也许能算一个，但邓佩瑶也不会支持她离婚，宁拆十座庙，不毁一桩婚。

所以她必须是孤家寡人。

蒋近男觉得没有酒的孤家寡人委实是可怜了点。于是她把刚脱下的外套又穿上，下楼去超市买红酒——酒店的小冰箱里其实也有，但标价太贵，而蒋近男今晚是自掏腰包，不能做那个冤大头。事实上，早先订酒店时，蒋近男就已经贤惠了一把，国贸这一圈七间酒店，蒋近男权衡半天，选了设施和服务都可以，只是因为陈旧而价格排名倒数第三的中国大。她现在到底是要单身养娃的人了，不能不稍微算着点。

她拎着瓶红酒往回走，自觉像是《乱世佳人》里的郝思嘉，也许用不了多久，她也会到不喝一杯就睡不了觉的地步。谁知道呢？蒋近男忽然生出了种"不然我就踩着香蕉皮走到哪儿算哪儿吧"的豪迈，又或是破罐子破摔的心态，还未及细品，她的电话响了。

"小男，"电话那头是邓佩瑶，"姥爷的治疗方案你怎么想？"

"小姨，您还在医院吗？"

"不在了，我刚走，在回家路上。"

蒋近男稍稍放下心来。"小姨，您怎么想？"

邓佩瑶轻叹一声。"刚才我跟你妈商量了一下，你妈的意思还是觉得应该保守治疗，毕竟姥爷年龄大了，相对来说吧，心态也比较脆弱，隔壁床老爷子走了，他面上不显，但除了那天早上，他这两天明显吃得不如原来香，还跟你们交代后事……"邓佩瑶忽然就哽咽了，蒋近男在电话这头心里难受，也没法说出什么安慰的话，只能沉默。

"但我还是不甘心……"未几，邓佩瑶收拾情绪又道，"姥爷的身体一向那么好，虽说年纪大了吧，但是跟同龄人比，身体硬朗得多，就这么放弃等……"邓佩瑶终究说不出那个字，"我不甘心……但彭主任也说了，万一化疗不好……我们要替他做了这个决定，结果是错的，几十年后我怎么去见他？"

"小姨，"蒋近男尽可能温柔地说，"没有错的决定。彭主任后来也说了，这化疗也有剂量多少之分，现在的医生，如果没有八九成的把握，根本不会冒风险让你做，所以如果到时候彭主任让姥爷化疗了，就说明姥爷的指标是可以的。"

"你说得对，小男。"邓佩瑶像是从蒋近男的话里获得了精神支撑，"咱们确实也不需要现在就做决定。唉，我确实有点没沉住气，昨儿晚上我做了个梦，梦见姥爷走了，早上醒过来枕头湿了一大片。唉，肯定是隔壁床老爷子给闹的……"

蒋近男已经回到房间，电视静音开着，手里拿着酒杯，慢慢听邓佩瑶讲医院里的事。邓佩瑶每天在医院里和姥爷朝夕相对，辛苦不说，精神上的压力也可想而知。她做小辈的不能分担，至少可以听小姨说说，给她分散点注意力。

邓佩瑶和蒋近男东扯西扯，讲了小半个小时。等蒋近男终于挂上电话，发现程秋帆给她发了好多条信息。前面都还在谈工作的事，最后一条他问："最近你忙啥呢？感觉十次有八次找不到人，这可忒不像您从前的风格了。"

蒋近男心烦，只觉得程秋帆怎么忽然就磨叨上了。对付磨叨的最佳方法是单刀直入使其闭嘴，于是蒋近男回了一条："忙离婚。"

果然程秋帆好久没再回复。蒋近男打开电视的音量，又给自己倒上一杯，看了一集毫无营养的综艺。临睡时，她发现程秋帆十五分钟前其实回了一条："为啥离婚呢？"

蒋近男想像王菲那样回"关你什么事啊"，多洒脱。但记者会上的王菲没喝酒，蒋近男喝了，微醺中，她想到临出门时朱磊的那句话，鬼使神差地回了句："我老公今天还问我是不是为了你这个兔崽子离婚的。"

发完她有点后悔。即使是她和程秋帆这么熟的关系，这话确实也有点过了。不过发就发了，万一程秋帆下回提起，她就说自己喝醉了胡说。蒋近男想清楚了这层，把手机搁在床头柜上，上床准备睡觉。伸手关灯时手机又亮了起来，居然还是程秋帆。

"那是因为我吗？"程秋帆问。

"我 ×，你有病吧。"蒋近男嘟囔着，恶狠狠地扔下手机，关灯睡觉。

第三十三章　不可贪嗔

"那是因为我吗？""那……是因为我吗？""那是因为我吗？"早上程秋帆对着镜子把重音来回倒腾，念了好几遍。昨晚发完信息，程秋帆也觉得自己冒失了。他忐忑地等了一个多钟头，终于放弃蒋近男还会回复的念头。等她起床再说吧，程秋帆想。

谁成想第二天早上蒋近男还是没回复。她不会生气了吧？程秋帆开始认真考虑这种可能性。是假装自己不过开了个玩笑，还是去找蒋近男聊聊？但蒋近男还在离婚当中，这个时间点未免不妥，然而话都出口了，作为一个男人，难道敢做不敢当？程秋帆胡思乱想了一会儿，又对着镜子彩排了他如果面对蒋近男要如何和盘托出，再摸出手机来，蒋近男还是没回。

你大爷的。程秋帆想。但他接下来想到的竟然是蒋近男是家里的老大，据她说就因为她爸是长子，所以一定得生个弟弟，所以她没大爷。

他把自己给气笑了。

蒋近男此时也在心里问候程秋帆的大爷。她可不知道程秋帆有没有这号亲戚，先问候了再说。早上醒来她检查未读信息，拉到最末，又看到程秋帆那条。他在开玩笑吗？就算再熟，这玩笑也过界了吧。蒋近男脑补了一下程秋帆站在她面前问"那是因为我吗"的样子，她忽然意识到，至少有一定程度的可能，程秋帆没在开玩笑，或者不仅仅是个玩笑。

你大爷的，把我当什么了。蒋近男决定把这条信息当一个玩笑处理，且没有回复的必要。

"老谢，你来得正好！"谢保华一踏进邓兆真的病房，邓兆真就热情招呼上了，"你是工作人员，快来给咨询咨询……"

谢保华费了点劲儿才搞清楚情况——隔壁床的中年女人这回住院，是肺癌复发。一年前刚发现的时候，化疗和手术都挺成功，病灶顺利给切了，没想到术后没到一年，又发现转移灶。好不容易住进医院，做完各项检查，医生来谈化疗方案，病人不乐意，觉得自己头一次化疗受了许多罪，头发也掉光了，现在复发就表示化疗没效果，不想再受那个罪。

中年女人坐在床上哭，她男人坐在床边的椅子上沉默，半天憋出句："还是得听医生的吧？"被女人抢白道："我看医生也就是按各流程治病，每次查房几分钟就查完了，谁知道有没有上心。"

"大妹子，你这么想就错了。"谢保华不辱使命地开口道，"中心医院的医生啊，每天查房、手术、门诊什么的都排得满满的，确实没法在查房的时候在每个病人跟前都花好多时间。可我跟你说呀，这是好事，为什么呀，要是你情况不好，或者得了什么疑难杂症，他们肯定天天在你跟前待着。我听你口音，也不是北京人，那你为啥上北京来看病呢，不就图北京的医生每天见的病人多，会看病嘛。你要是来了又不相信医生，那你来干吗来了，是吧？"

这一番话说得堪称合情合理，那丈夫忙道："就是，你看连医生都这么说，你就别胡思乱想了。"

"我可不是医生，我就是医院里一工友。"谢保华正想解释，却见谢迅走进病房来，他忙上前拉着谢迅对女人说："这是我儿子，他可是心外的主治医生，你让他说，是不是这个理……"

谢迅今日闲着也是闲着，索性来探望邓兆真，也争取能偶遇一下顾晓音。谁承想顾晓音今儿还没来，他却先踏入这清官难断的家务事里去。好在谢保华确实也已经把话说到位了，他作为"真正的医生"盖章就行。女人似是被说服了，可还在小声啜泣。谢迅在心里叹口气。这种转移复发的，确实不是什么好兆头。

"妈！"年轻的声音在病房门口响起，同时一个半大小子大步冲进病房来。

女人忙抹了把眼泪，露出个看似嗔怪实则欣喜的笑容。"你怎么不好好上学，跑这儿来了?!"

儿子一脸得意。"惊喜不? 我学校今天校运会，我跟老师打了招呼，坐高铁来的。高铁才四十分钟，还没北京地铁坐得久呢。"

"你呀，真是胡来!"女人脸上立刻带了一抹忧色，"你还没成年哪，万一路上被人贩子拐走怎么办?!"

"谁拐十几岁的人啊? 没成年才好，车票都不用买全票，便宜!"小伙子显得很有数的样子，"妈，你觉得怎么样，几天能回家?"他冲到床头热切地看着女人，女人一时语塞，她丈夫救场道:"你急什么? 你妈刚住进来，医生还在做检查呢，检查做完了做治疗，估计也就几个星期吧。这几个星期你好好学习，期末争取考进年级前百分之十，你妈心情好就恢复得快。对吧谢医生?"

谢迅忽然被点到名，似是如梦初醒，愣了一下忙接道:"确实，心情愉快有助于病人康复。"

儿子似有触动，又像是想要找回场子，便道:"我期中考试已经差点就进年级前百分之十了，要不是语文老师判我作文偏题，那妥妥的前百分之十。"

父亲脸上显然有得色，但嘴上却说:"就算年级前百分之十了，还得继续努力，你看谢医生这样能在中心医院当医生的，都得是一流医学院的博士。你要真想以后当能给你妈治病的医生，得年级前十才能稳进好医学院。"

儿子没搭腔，也许已经习惯了父亲的说话风格。倒是谢迅心里五味杂陈，曾经，他也是为了当能给他妈治病的医生才一心考医学院。即使是一棵树，现如今怕是也早已亭亭如盖，而他还在蹉跎。如果这回这个坎儿过不去，那是不是一种天意，或是他妈妈给他的暗示，该是时候想想其他选择了?

谢迅正胡思乱想着，冷不丁撞上谢保华探究的目光。谢迅小时候跟谢保华相依为命，各种斗志斗勇，练就了一身在谢保华跟前吹牛脸不红心不跳的好本领。这技艺好些年没用过了，到底有点生疏。谢迅稳住自己，没事一样看向谢保华。两人似是心照不宣般各自收回目光，谢保华又回过头去跟邓兆真聊起几十年前东四的那些事来。

谢迅意识到，他今天没跟顾晓音打招呼就来，大概算是扑空了。他已经坐了十分钟有余，再长，谢保华说不定就能看出点端倪来。可惜顾晓音今天不知为何，这会儿还没来医院。谢迅悻悻起身，说句"我得回科里去了"，就要跟众人告别。

偏顾晓音就在这时到了。早上她正要出门，程秋帆打电话来问她关于护生上市的事。虽说护生已经不是她客户了，可毕竟是她做了那么久的项目，程秋帆问她也情有可原，再说了，程秋帆是蒋近男的朋友，项目做到现在，也算成了她的朋友，帮个忙也是应该的。

程秋帆东问西问，电话打了快有一个小时。这北京的交通，一小时有一小时的样。顾晓音晚出门一小时，在路上足足比平时多花了四十分钟。她进得病房，眼看着谢迅正往外走，心下不由得懊恼。谢迅也有同感，奈何辞已经告了，再反悔无疑是在一众长辈面前捧出司马昭之心，不可不可。于是他只好也对顾晓音说："我科里还有事，先走了。"

顾晓音有些失落，可也只得点头。刚坐下十分钟，沙姜鸡发来一条信息："顾律师，今天在医院不？我和老谢中午打算去食堂吃砂锅，你来不来？"

一切都刻意得刚刚好，顾晓音笑眯眯地回复："来。你俩能出来的时候叫我呗？"

顾晓音在食堂占了个四人位，回绝了三拨人的拼台要求后，沙姜鸡带着个姑娘姗姗来迟。看到顾晓音，沙姜鸡满脸抱歉道："实在不好意思，临出门老谢被领导叫去了，他让我们先吃，他赶得及就来，赶不及下回再约你。"

顾晓音脸上难掩的失望被沙姜鸡看在眼里，一时不知道是该为谢迅高兴还是可惜，只好把话题岔开来："介绍一下，这是杨思墨，我女朋友，在儿科 ICU 工作。"

姑娘羞涩一笑。"叫我思墨就行。"

意料之外，情理之中。顾晓音连忙和姑娘打招呼。三人坐下还没够十秒，杨思墨站起身来。"我去买砂锅，晓音你吃什么口味的？"

顾晓音起身。"我跟你一块儿去吧？"

"不用，"姑娘又羞涩一笑，"你们聊着，我去买就行。"

顾晓音还在犹豫。"三个砂锅你端不了吧？"

"没事，她可以的。"沙姜鸡替女朋友作了答，"人家川妹子妇女能顶大半边天，她手上的力气有时比我都大，我现在面临严重的家暴风险。"

杨思墨白了沙姜鸡一眼，笑道："就你贫。"

"哎哟哎哟！"沙姜鸡抓住她的手，"妙儿，不，夫人我错了。"

"那麻烦你帮我买一个牛肉砂锅吧。"顾晓音道。"妙儿"这个名字，不知是杨思墨的小名还是他二人之间的爱称。她不知为何，忽然想到谢迅也曾咬着她耳朵叫"小音"，不由得微微脸红。

杨思墨却误会了，以为顾晓音是看他俩秀恩爱尴尬，因此急于逃离现场。"没问题，你也要牛肉的对吧，多加一份牛肉？"她问沙姜鸡。

"没错，辛苦妙儿。"

杨思墨翩然而去，顾晓音不由得八卦心起。"女朋友很漂亮啊，什么时候开始的？"

"那要看你问的是什么时候认识，还是什么时候到手了。"沙姜鸡吊儿郎当地回答。

"看来你还费了点劲儿才追到人家。"

"非也非也。"沙姜鸡连连摇头，"像我这样的黄金王老五，显然是她费了点劲儿才把我拿下。经过小师妹，我怎么还能去追女生？一朝被蛇咬，十年怕井绳呀——"最后那几个字被沙姜鸡用拖长的音调念出来，倒真有点历经沧桑的意味。顾晓音怕触及他的伤心事，连忙改换话题："那你们是怎么认识的？"

沙姜鸡瞬间收拾情绪，好像刚才那一点心事的流露只是顾晓音的幻觉。"说到这个，还得感谢你表姐。妙儿是儿科 ICU 的护士，我是去看小真的时候认识她的。"

"原来如此！"顾晓音恍然大悟。小真出生，到现在也不过是几个月的事，然而从那以后，桩桩件件的事接连发生，倒像是过了好些年。

沙姜鸡也意识到自己可能触及了顾晓音的心事，这几个月，对老谢和她来说，都挺不容易的。"其实吧……"

"真不好意思，我来晚了。"沙姜鸡刚冲动开口，谢迅到了。和一个医生约会，对方迟到简直是理所应当的事，顾晓音甚至没有多想哪怕一点点，倒是沙姜鸡奇道："这么快？"

谢迅没答他的话，只问："你们都点了吧？"

沙姜鸡回过神来说："思墨帮我们点的，大概齐该回来了。"

"那我去点下我的，顺便帮她把你们的拿回来。她一个人哪儿端得了三份砂锅？"

沙姜鸡还是那句："她可以，她力气且大着呢。"被谢迅白了一眼。"你别瞧着人老实就欺负人家……"

"嘻，她愿意……"

谢迅没再跟沙姜鸡啰唆，自个儿往砂锅窗口去了，顾晓音见状，忙起身前去帮忙。

沙姜鸡也没恼，可沙姜鸡自己才不会去帮这个忙。他掏出手机，给医务处小江发了条信息。对方回得也快，谢迅他们还没回来，回信已经来了。沙姜鸡看了一眼，皱着眉头把手机放回口袋里。

顾晓音喝了一口砂锅的汤，有点烫，不过非常鲜美。

"怎么样？不错吧？"杨思墨笑着问，"承包这个窗口的厨师据说是从安徽来的，用当地做法卤牛肉，香肠也是安徽香肠，咸咸的，煮在汤里特别鲜。"

确实。顾晓音恍然大悟，这风味跟小时候她在安徽吃的非常像，要说美中不足，大概就是没加鹌鹑蛋和皮肚。我怎么没早点发现这个好东西，晚上就给爸妈各点一份，他们肯定喜欢。

顾晓音想着，心情不由得愉悦起来。本来两个年轻的女生凑到一起就容易话多，杨思墨又活泼得很，因此很快和顾晓音热络地聊起来，倒把两个男人撂在了一边。

"你说这砂锅是安徽的？"沙姜鸡忽然发问。

"是呀。窗口的阿姨亲口告诉我的，如假包换。"杨思墨不假思索地答道。

"怎么跟我在南京吃到的砂锅口味一模一样？就是少了皮肚。"

谢迅和顾晓音对视一眼，两人都在对方眼里读出了"这州官竟敢如此明目张胆地放火，还不就地法办"的信息。那蒙在鼓里的"百姓"还无知无觉，天真地抢答道："你傻了吧，南京又称'徽京'，那可不是白叫的。我有一南京的闺密，有次坐网约车，正赶上她妈给她打电话，说了几句之后司机问：'姑娘，你是芜湖的吧？我家对门邻居是芜湖人，说话口音跟你一模一样。'"

沙姜鸡这时回过味来，忙道："那可不，就跟你似的，我第一次听你说话还以为你是重庆人，谁知道是成都的。"

顾晓音知道自己不该插话，可到底没忍住。"芜湖真就在南京边上，距离南京的高淳县比高淳离江宁还近哪……我们小时候去采石矶春游，经常遇到南京学校的学生。"

"咦，晓音你竟然是芜湖人吗？世界真小啊！"杨思墨立刻好奇地探问。

"我妈是北京人，之前一直在安徽工作，我在芜湖出生的。"顾晓音如实答道。

"哦，原来如此，我说呢，楚生说过你和老谢是小学同学，我刚还纳闷，难不成老谢是在芜湖上的小学？"

杨思墨有一点和沙姜鸡很配，顾晓音想，两个人都能说。估计永远不会冷场，也不会有心事说不出口的遗憾。前两天邓佩瑶还把她拉到一边，问她现在和谢迅什么情况。"从你辞职天天来医院开始，谢医生来探视也来得勤多了。你俩和好了？"

当着妈妈的面，顾晓音支吾了好久也只说出一句："不算吧。"她和谢迅好像进入了一种奇怪的关系里，要说只是好友，两人似乎都不甘心，但要复合成恋人，又差了那么一点点火候。也许双方都害怕再次失败，一心求稳。顾晓音发现她不知何时丧失了刚认识谢迅时的想象力，她现在无论如何想不出一个情境，能让她在那之中一击而中，把谢迅再次拿下。她也不是不想迈出那一步，她就是迈不出去，像一个面对数学考卷最后一题无能为力的差生。

她也不埋怨谢迅没迈出那一步，谢迅可能也跟她一样吧。这是两个差生之间的共情。顾晓音这么想就释然了——算了，再等俩月，圣诞或新年的时候再说。那时候人比较脆弱，既容易说服自己，也容易拿下别人。这是顾晓音得出的结论。

因此她和谢迅吃着饭，该聊啥聊啥。倒是杨思墨，一会儿从自己的砂锅里挑点肉给沙姜鸡，一会儿又从沙姜鸡的砂锅里挖个啥，不亦乐乎。

是恋爱的酸腐味道。

砂锅吃完，杨思墨挽起顾晓音的胳膊说："我们科室就在全科楼下，咱们一起走。"

她们像两个高中女生一样走在前面。

"我觉得杨思墨真挺好的，适合你。"谢迅忽然道。

"前一句话我同意，后一句话我也同意。"

"那你也稍微上点心哪。"

"我觉得我挺上心啊，"沙姜鸡无奈道，"你不用为她担心，川妹子厉害得很，任你是怎样的大男人，她们最后都会把你改造成耙耳朵^①。"

多说无益，谢迅决定闭嘴。

但沙姜鸡可不想闭嘴。"今天医务处到底说啥了？"

"没啥，就说他们还在跟病人家属协商。人家手里握着监控录像，责任是没跑的，如果医院不打算丢卒保车的话，先跟家属谈好赔偿，然后再处理我们吧。"

"丢卒保车?!"沙姜鸡惊道，"院里难道在考虑这个选项?!"

"现在看起来不是没有这个可能。"谢迅道。

沙姜鸡急了。"你说话别遮遮掩掩的，什么叫'看起来不是没有这个可能'，你以为你开记者招待会哪?!"

谢迅默然。"我本来也以为院里会尽量把事情压下去，影响越小越好。但现在看事情的走势，我可能太天真了。"

"可他们用你顶包也派不了什么用场啊，你不过顶替老金，这事的主要责任人怎么说都是老金……难道说……"沙姜鸡忽然想到了"卒"的另外一种可能指代，难以置信地望向谢迅。

谢迅默认了。

"老张把老金推出去，不是自断一臂吗？他为什么要做这种事？"

老金也在考虑这个问题。这次这事出的，从头到尾透着诡异。谢迅的手术其实没问题，到底是他手把手教出来的人，技术是过硬的。后续围术期^②病人预后不好，吃了不少苦头，这说老实话是个概率问题，病人年纪大了，运气又不太好。可是让任何一个医生来看，都不算是医生的责任。这个老张交到他手上的病人，自个儿看着是个普通人，家属也没啥特别的，一个简单的 III 级手术，老实说，让谢迅上已经算是用了牛刀——谢迅这小子虽然没有职称，但是在这一批主治医生里水平还是拔尖的……

"我 ×！"老金啐了一口，把他的烟头狠狠摁在烟灰缸里。他自己一开始没把家属的投诉当回事，术后家属不满意的多了，来闹的也不是没有，这些医务处都摆得平。病人家属说看那天手术前后都没看到他的时候他还不以为

---

① 西南地区方言，形容怕老婆的男人。
② 围绕手术的时期，包括术前、术中和术后三阶段。

意——你说什么就是什么吗？你又拿不出证据来。

两天后，医务处林主任给他打电话，老金在电话里急了："你说什么？医务处准备调手术监控录像？老林，咱平时无冤无仇的，你突然下这死手？医务处的关系户那么多，哪回我不是给你安置得好好的？"

老林也觉着自己挺冤。"老金哪，你这么说就伤感情了，你自个儿想想，但凡要是能有操作的余地，我敢这么得罪您这样手握实权的科室主任吗？平时我们医务处可都把您这样的当菩萨供着的。这回真是特殊情况，病人家属的背景太硬了，我们顶不住。"

老金从鼻子里"哧"了一声，阴阳怪气道："你别跟我说这是哪位委员的爸爸，委员加常委一共才二十五个人，数得出来的！"

老林气笑了。"要真是这种，就凭你这人精，还不早发现了，哪儿还轮得到这档子事发生呀。我告诉你——这老爷子的连襟，是咱院直属领导的爹！要说是隔了一层的关系，可偏偏哪，这老爷子的连襟年轻的时候外放多年，直属领导在他大姨家里长大，把这姨夫看得比亲爹还重要……"老林叹口气，"老金，我真不是不想帮你，爱莫能助啊！"

老林挂了电话，给自己泡了杯金骏眉。老金这个人哪，本事是有的，但还是沉不住气。沉不住气就会失去分寸，落了下乘。之前老张也找过他，就说吃个饭。两人找了家宁波菜馆，吃了东海刚开渔捞上来的大黄鱼，酒喝了一瓶，业务上的事一句没提。临走的时候，老张拿出个盒子给他。"人家送了我一盒金骏眉，我喝不惯这个，留着浪费，想来想去只有你是福建人。"

老林喝了一口茶。真是好茶，难怪要一千块一两。金骏眉这个茶，是2000年以后才研制出来的，那时候他都离开福建不晓得多少年了。但这么一来，礼就送得不着痕迹，送得顺理成章。若是已经要求上人办事了，这礼就不一定送得出去。更有那蠢的，一边开口，一边把礼物推过来，那不成了权钱交易了？这种礼物收了是要犯错误的！老张和老林，外人看着也不密切，但老林时不时往心外科塞两个关系户病人，老张照章全收，心外科要是有点啥事（就像上回的杨教授事件），老林也会着重上点心，尽量让它雁过无痕。这人跟人哪，总要互相麻烦，互相帮衬，关系才能拉得近。但老张一直把握着那个度，要是外人都看出他和老林好了，老林再帮他说话做事，难免就要打个折扣。

要谈为人处世，老金和老张之间的差距，那真是比主治和主任的差距还大，老林又抿了一口茶，然后小心翼翼地把茶叶盒子收到抽屉深处。

沙姜鸡回到科室冷静下来，把这事从头到尾想了一遍，总觉得还有哪里不对。但这接下来的事就不适合发信息问，于是他二话不说编辑了一条："晚上聚宝源？这天冷了就想吃涮肉了。"

小江很快回道："大冷天的，聚宝源排队太熬人了，要不就近随便吃个涮肉吧？"

"排什么队，牛街总店，位子包在我身上。"

小江几乎秒回："好嘞，跟着鸡哥有肉吃！"

小江给沙姜鸡说的故事和老林讲给老金听的差不多。这个故事条理清晰，符合逻辑，因此小江信了，老金信了，谢迅不知道听过细节没，但谢迅在这个故事线里纯属躺枪，他信不信也不重要。然而沙姜鸡是谁，沙姜鸡立刻问小江："病人家属怎么知道手术室有监控？"

小江笑："你傻了吧，这病人的外甥是直属领导，那还不知道手术室里现在都有监控？"

沙姜鸡还是觉得不对。外甥知道有监控是一回事，可就算这外甥把姨夫看成和亲爹一样，也不会在姨夫手术成功以后还专门提起这回事，但凡一件事不合常理，总有其他的原因在——沙姜鸡大学的时候特爱在课堂上看阿加莎·克里斯蒂，因此还没到医院上班时就窥探过许多人性的幽微，医院固然是一个更大的人性显微镜，许多故事和桥段对沙姜鸡来说，也算是 Deja-vu（似曾相识）。

老金没有想到这一层，也算是灯下黑了，活该他被人坑一把。这把重锤落下来，即使医院要保他，他这个主要责任人也少不了要停手术半年，搞不好还会被派到医务处或者乡下基层医院去反思。他们这些老金手下的主治也基本要跟着倒霉，估计要到老陈或者老史手下去坐半年冷板凳。有他爸和老张的这层关系在，沙姜鸡估计张主任会手下留情送他去老陈那儿，老陈那儿是能轻松些，也许他能早点把手上这篇论文写完……

又或者，沙姜鸡想，这半年山高皇帝远，刚好他可以缓口气，考虑点别的。

第三十四章　连环

　　陈主任和史主任在张主任的办公室里坐定，张主任亲自从柜子里拿了两个杯子出来，要给他们泡茶。

　　"你们来尝尝这个，前些日子我朋友给的福建红茶，据说是不错的，马上入冬了，龙井、碧螺春那些，就算是今年的也不新鲜了，就红茶还行……"

　　陈主任走过去拿起茶叶袋子看了一眼。"老张你这可谦虚了，这个茶我虽然没喝过，可听说过，大名鼎鼎的金骏眉，上千一两啊……"

　　"哟，是吗？"张主任貌似吃惊道，"还能有这么贵的茶？！给我的朋友就说他从福建捎来的，早知道这么贵，我可不敢收着。虽说没有什么利益关系，可君子之交，最好还是清淡如水。"

　　陈主任道："老张，你这话说得没错。不过我看呢，有的时候咱也可以略略通融些。据我所知，我们科在创收方面，和院里其他科，或者跟北京其他三甲的心外比，都算少的。我们几个倒是没什么，但年轻人要买房成家，确实压力大得很。"

　　张主任和史主任都没接话。陈主任等了一阵，见他俩没反应，只得叹口气说："你俩图个两袖清风，老金呢，只顾他自己。我可听说现在年轻医生流失去私立医院已经成了严重的问题，而且越是优秀的医生越容易流失——公立又苦又没钱，私立捧着钱求他们去。别等到咱们这儿的口子真开了，咱们着急就晚了，有个词叫'羊群效应①'……"

张主任也叹口气。"现在的年轻人，跟我们当年的想法不一样了……"他抬手示意正要接话的陈主任先别插话，清清喉咙道："其实我今天找你们来，是想聊聊老金的事。你们大概也听说了，老金这回让谢迅代做 III 级手术的事，造成了很大影响，医务处和院办的压力也很大，有很大概率我们保不下老金。"

他停了五秒，像是在给陈主任和史主任时间去琢磨这情况的重要性，接着他补充道："说实在的，这事我也有责任。我把病人交给老金的时候，没把这病人的背景说透。这位直属领导为人比较低调，不轻易塞关系户，老金平时一向精得很，我以为点到即止就可以了，就没把话说到位。没承想……这回直属领导直接要求调手术监控，可见也是真急了。"

陈主任摇摇头道："老金这可真是聪明反被聪明误，谢迅这小子也倒霉，说是'飞来横祸'也不为过。"

一直没说话的老史这时说："我听说手术还是成功的，就是围术期情况不大好。既然是直属领导，那这点起码的知识应该懂，就算老金自己上，可能也还是一样的结果。"

张主任又叹口气。"谁说不是呢?! 我现在就是想往这个方向努力，把家属和领导先安抚下来再说。但老史你只知其一，不知其二，这位领导呢，虽然确实是直属领导，但他本身不是业务线上提起来的，咱不能拿医生的标准要求他，作为科室领导，我肯定尽我所能，但到了这个地步，也只能尽人事，听天命了。"

陈主任附和道："老金这老小子，也算是夜路走多遇见鬼了！"

三位主任的碰头会开了半个小时，金骏眉只喝了一浇。该走的时候，老陈说："老史你先忙，我舍不得这金骏眉，再喝一浇再走。"

张主任嘴上笑着说："看把你抠的，老陈你这样可没必要，我刚开这一盒，你不嫌弃拿走就是。"可到底没赶人。老史说自己还有手术，先走了，老陈关上门，拿热水壶又给自己和老张兑上一浇水，趁热喝了一口。"好茶，真是好茶。"

"老陈啊老陈，你一个医学工作者，喝这么烫的茶，也不怕得食道癌！"

---

① 经济中个体的从众跟风心理。

老陈笑了。"老张，你就别'马列主义手电筒'了，你爱吃泡菜，那可是科里尽人皆知。咱俩啊，最多也就是五十步笑百步。"

两人哈哈大笑，老陈趁机挪步，从沙发上换到老陈办公桌对面的椅子上。"说说吧，老金这回到底得罪谁了？"

老张笑眯眯地就着茶杯吹了两口，抿一口茶。"差不多就是我跟你和老史说的这么一回事。我确实也有敲打敲打老金的意思，那阵子他不知道对我有什么意见，我交到他手上的病人，没有一个给我好好看的，这回犯事犯到直属领导手上，算他活该！"

"看来你不打算捞他？"

"那也真不是。老金这个人毛病虽然多，能力还是有的。不过说实在的，这回我捞不捞得上来，真得看他自己的造化。我们还是得有两手准备，万一老金被停职，咱得考虑一下他手下那几个主治的安排。对了，有个事我还得麻烦你……"

两人又聊了一阵。半个小时后，老陈手里拿着一盒茶从老张办公室出来，他走回自己的办公室，关上门，啐了一口："老张这个龟孙子，也没跟我说实话！"

谢迅坐了两个星期的冷板凳，跟医务处谈了一次话。医务处谈话前，老金从家里给他打了个电话，倒也没说别的，就语焉不详地让他说话谨慎。"咱爷俩现在可算是一条绳子上的蚂蚱，这些年我待你也算不薄，你小子可别在关键时刻把我给坑了。"

谢迅当时觉得不至于。等到医务处在谈话时仔仔细细问他手术当天的情况，话里话外地旁敲侧击，就差没直接问出"老金那天是故意自己不做手术让你上场的吗"，谢迅才琢磨出点其中的意味来。

老金到底是怎么得罪医务处的呢？谢迅百思不得其解。

闲着也是闲着，谢迅最近经常在办公室里看论文。除了整理历史病历，给沙姜鸡打饭，他现在确实也没事，刚好看看这些年他只记得放进收藏夹，却从来没有时间看的论文。沙姜鸡从他身边路过，先感叹"生于忧患，死于安乐"，再感叹"天将降大任于斯人也"，后来因为谢迅的病人都转给了他，老金又不在，他忙得死去活来，恨乌及乌地把谢迅打了一顿。

这天，陈主任踱进谢迅办公室的时候，他刚好就在看论文。"不错啊，小谢。"老陈拍着他的肩膀道，"沉得住气，抓紧时间学习，是个好材料！"

还好是下午查房的时间，办公室里就他在。谢迅在心里庆幸，他连忙站起身来。"陈主任，您怎么来了？"

"坐，坐。"陈主任按下谢迅，"我今天刚好没事，去跟老张聊了会儿天，这一来二去啊，就说到这回这档子事。要我说呀，你和老金都挺冤的，尤其是你，简直是无妄之灾。"

在科室里，陈主任很少和谢迅打交道。如果说他和史主任还因为徐曼的原因算得上不打不相识，偶尔说上几句话的话，陈主任和他可是八竿子打不着——陈主任既用不着他，也没有任何笼络他的原因和必要，因此陈主任接下来跟他说的事让谢迅大大吃了一惊。

"你这么年轻，又是老金手下数得出地能干，因为这事坐冷板凳太可惜了。我跟老金合计了一下，想把你暂时先调去监护室，虽然夜班累点，但是不至于让你闲着，家属要是再像上次那样来闹的话，监护室他们进不去，对你也是个保护。"

谢迅沉吟了一会儿。陈主任没立刻收获他想要的感恩戴德，心里着实不痛快，他脸一沉道："当然啦，你要是更喜欢坐坐办公室看论文消磨时间，就当我没说。"

谢迅并不傻。以他现在的情况，能去监护室暂时干一段已经是几乎最好的选项——专业上没有荒废，甚至看起来都只是一个平调，没有谪迁的意味。陈主任和他没有私交，这种调任没有张主任点头是不可能的，所以陈主任必然只是代替张主任跑个腿。然而，张主任又为何要卖他这个人情呢？若是老金的功劳，老金不可能不跟自己打招呼，难道是沙姜鸡？谢迅又觉得不像。坏就坏在这个人情给得谢迅还不得不收下——人家并没有开口要求回报，于是他也没有拒绝的理由，若是非要拒绝，倒显得着实不知好歹。

没什么更好的应对方法，谢迅只得应下："感谢领导栽培。"

陈主任点点头，走了。谢迅立即给老金和沙姜鸡各发了一条信息。老金没有回，沙姜鸡说："老谢，看来你这回是在风暴眼里了。"

风暴眼里一般相对平静。谢迅踱到邓兆真病房门口，觉得这一点也没说错。最近邓兆真的病情相对稳定，精神也不错，因此这病房里经常有欢声笑语，倒显得这中心医院不像医院，像个疗养院似的。邓佩瑶和隔壁床的女人熟了，两人时不时聊聊天，有时隔壁床的丈夫听邓兆真和谢保华说话听入了神，也插上两句话。顾晓音有时看书看剧，有时陪着长辈聊天，谢迅每回来，都莫名觉得这儿就跟世外桃源似的，简直让他流连忘返。

"小谢！"今天邓佩瑶看见他就连忙和他打招呼，"彭主任那边今天早上捎话来了，说明天能有病房，让我们准备准备，明天搬过去。多谢你和小沙帮忙！"

谢迅想说还是沙姜鸡出的力多，自己没帮上什么忙。可这样既显得矫情，说实在的，谢迅也不愿意自己在顾晓音面前摘自己的面子。他终于只是说："那可太好了，明天您打算几点搬？我来帮把手。"

"用不着用不着，"邓佩瑶忙摆手，"护士会推轮椅来接姥爷。姥爷也没什么东西，我和晓音加上晓音他爸足够。你那么忙，这种事情就不要麻烦你了。"

话虽这么说，第二天谢迅还是来了。"我感觉没多少东西，谁知道收拾收拾有这么多！还好小谢你来帮忙，没耽误你工作吧……"邓佩瑶边把两袋东西交到谢迅手上边说。邓兆真已经被安置在轮椅上，正笑眯眯地跟隔壁床的夫妻道别："祝你早日康复！"

"您也是！"隔壁床的女人说，"您真好福气，起居有女儿尽心照料，还有小辈忙前忙后，我们可太羡慕啦！"

"我瞧你儿子也孝顺着呢，你的福气还在后面哪……"

女人忽然被触动了心事，大概是想到刚刚收到的化验结果——情况不够理想，化疗暂时还没能压制住癌细胞的扩散，谁知她还有没有福气在七老八十的时候等着儿子媳妇照顾她呢，谁知她看不看得到儿子上大学……她心里一阵难过，嘴上却说："儿子哪儿有女儿好啊，只有女儿才会照顾人，您有两个女儿，可是双倍的福气……"

"没错！"邓兆真乐呵呵地把手搁在邓佩瑶手上，"我这个小女儿啊，从小就贤惠。小时候她姐一放学就跑出去玩，她放学就回家来帮忙择菜准备晚饭，特别会疼人。可惜她有十几年不在我身边，前些年才回北京，她妈妈先走一步，没享到她的福……"

这番话完全在邓佩瑶意料之外，她一时愣在当场，直到耳边响起隔壁床女人的声音她才回过神来。"可不是嘛，我住进来这短短一段日子，也受了大姐不少照顾。您这回转病区，以后就不能常见着了，我还有点难过。"

邓佩瑶已回过神来，笑呵呵道："咱也算是病友了，这病友啊，最好再也见不着！"

所有人都笑起来，连隔壁床女人那平时不苟言笑的丈夫都笑得额头上出了几层褶子。

血液科在老楼里。说是老楼，其实也不过就是十年左右，这些年中心医院的基建没停过，十年的楼在院里已经算是上一代的了。老楼在条件上和全科那些新的病房比，确实看起来要差一些，但胜在病房更加宽敞，双人间和新病房的三人间差不多大，每张病床旁边放一张陪床家属或者护工睡的行军床还绰绰有余。

邓兆真住进去的这个双人间在走廊末尾。顾晓音提着姥爷的东西，跟在姥爷的轮椅后一路走过病区走廊——这里和全科不大一样，全科的病房，白天的时候大家都敞着透气，在血液科，病房的门十有八九关着，顾晓音从房门上的长方形窗户往里看，十个病床有八个用塑料套子罩着，就像蚊帐一样……

"这是什么呀？"顾晓音小声在谢迅耳朵旁边问。

"这些是刚刚化疗完的病人，他们自身几乎没有免疫力，因此要罩上罩子，预防感染。"

"哦哦，"顾晓音了然道，"真不容易，夏天得多热啊。"

邓兆真的室友也住在这种塑料的"蚊帐"里——这是个看起来四五十岁的男人，自称"老宋"。邓兆真搬进去的时候，老宋端坐在他的"蚊帐"里，他的老婆坐在旁边支起的行军床上，两人正一起看电视。瞧见邓家这一行人进来，老宋皱了眉头。"这里是血液科，不能来这么多人，交叉感染起来就糟了！"

邓佩瑶忙给老宋赔不是，表示他们这也是难得，以后一定注意。老宋点点头，冷眼旁观了一阵邓家人，等他们把邓兆真扶到床上安顿好了，发问道："老爷子今年高寿？"

邓兆真答："八十二啰。"

"这是您的？"

"女儿女婿，外孙女，还有这小谢医生啊，是外孙女的朋友，来帮忙的。"

"哦，"老宋点点头，像是在心里拿个小本本已经记了下来，"医生给您分了什么型啊？"他问得就像是在问"吃了吗"那么自然随意，邓兆真却答不上来。"啊？什么型？"

还是邓佩瑶明白老宋的意思。"我爸是四型。"

"哦……"老宋又点点头,这回带了点同是天涯沦落人的同情,"我是一型。原来住你这床,早上出院的那个,运气好,是三型……"

只消再过两三天,邓家人就会体会到,在血液科病房,被问白血病分型就像被问是哪儿人一样理所当然,稀松平常。最好的是三型,这一型的治愈率高,因此三型的病人是整个血液科羡慕的对象,就像那出生就有北京户口的孩子似的,命好。

但这会儿邓佩瑶还没回过这味来,因此带了点钦佩的语气道:"您懂得可真多啊!"

老宋的表情没什么变化,看不出这句恭维是不是令他受用,他端坐在他的"蚊帐"里,矜持地答道:"久病成良医,久病成良医啊。"

没多久,血液科的主治医生来看邓兆真,邓佩瑶忙着和新医生介绍情况,谢迅站在一旁,便觉得自己不仅多余,恐怕还会让血液科的同事觉得他是家属请来监视的,反而帮倒忙。因此他打了个招呼便告辞离开,本来还想和顾晓音说一句,可偏不赶巧,血液科医生来之前,她接到一个电话,出去了。谢迅想着回头再给她发消息,没承想顾晓音其实就站在病房门口接电话,见谢迅出来,她跟电话那头打了个招呼,放下电话问:"这就走了吗?"

"嗯。"谢迅应下,又觉得应该解释一句,"血液科的医生来了,我留着碍事。"

顾晓音笑了,那笑容像是在说"瞧你又过分谨慎了不是",但她并没怪他,只说:"那晚上一起吃饭吧。"

谢迅走了得有好一阵,顾晓音这电话才打完。近来程秋帆隔上一两天就要找她一回,每次总有点关于护生项目上的事要问她。有时是问个公司架构上的事实性问题,一句话就能讲清楚,有时,就像今天这样,程秋帆问了她不少港交所审材料相关的细节问题,这一说起来,半小时眨眼就过去了。

顾晓音其实挺疑惑的。她离开君度也已经有一阵,护生这个项目上的工作是走之前就和陈硕交接好的。就算刚换人时程秋帆觉得找她更顺手,可现在这算是怎么回事?对陈硕的工作有意见?又或者,程秋帆难道对她有意思?不不不,这不可能,蒋近男介绍他俩认识都好久了,有意思也不至于等到现在,可是之前他俩毕竟是客户关系,不太合适……不不,程秋帆对她说话很客气,毫无逾矩的意思，再说了，也没见谁追求姑娘光打工作电话的呀……顾晓音胡思乱想了一阵，最后认为程秋帆最可能的动机还是给公司省钱——毕竟有问题问陈硕是按时间收费的，而她又不可能寄账单给程秋帆。

话虽这么说，当天下午蒋近男来看邓兆真的时候，她还是找机会把蒋近男拉到一边，向她打听了一下情况。没想到蒋近男听到程秋帆最近的不寻常举动时面露尴尬，还没等顾晓音全说完，蒋近男插话道："别管他，下次他再打电话你别接了！"

这等不由分说一棍子打死，可不像蒋近男的一贯作风。顾晓音觉察到了猫腻，细问之下，蒋近男也没瞒着她，原来上回那条微信之后，程秋帆憋了几天没憋住，还真去找蒋近男，说的那话虽然谈不上表白吧，也足以使蒋近男明白他的意思。

蒋近男把他骂了个狗血淋头，转身就把他的联系方式全部拉黑了。

"这……"顾晓音觉得程秋帆最近的所有举动都得到了完美的解释，原来如此，理当如此，但她还有一事未明，"我觉得程秋帆挺好的，就算你不喜欢他，也没必要拉黑他吧。你俩这么多年朋友，他得多伤心啊。"

"就因为这么多年朋友我才生气啊！也不知道这家伙什么时候有的心思，这时候说，不是给我添乱吗？！前段时间朱磊碰见我俩吃饭，回头就在那儿乱扣帽子，觉得我跟他可能有一腿，现在跟我说这个，那不是给朱磊递刀子嘛！"

顾晓音也觉得程秋帆的这个时机选得不是很好，虽则如此，她还是认为蒋近男有点反应过度。"他也就是抢跑了呗，罪不至死。要我看，程秋帆性格温和，作为小真的后爹人选还挺好的。当然啦，"顾晓音觉得她还是得申明自己的立场，"要是你不喜欢他，那程同学只能自求多福，围观群众的同情是不能当饭吃的。"

"我……"蒋近男露出点怅惘的表情，"我现在觉得喜欢对我来说就像圣诞老人，你一直听说他长什么样，见过他长什么样，于是小时候看到一个白胡子红衣服会说'ho，ho，ho（嗨，嗨，嗨）'的老头就觉得是圣诞老人，只有长大以后才知道那是假扮的。"

顾晓音握住她的手。"不是的，喜欢不是圣诞老人，圣诞老人并不真的存在，但是喜欢是存在的，你只是暂时运气不好。"

蒋近男长叹一声："不，应该说我是暂时还没运气好过。你呢？你跟谢医生打算什么时候复合？我们观众都等急了。"

"我们……"顾晓音感到自己语言的贫乏，过了一会儿，自嘲道，"我们大概只有在喜欢这个问题上运气好。"

轮到蒋近男戴上了智者的帽子。"可是除了喜欢，还有什么坎儿是跨不过去的呢？"

在一部电影里，此时顾晓音大约应该醍醐灌顶，幡然悔悟。可惜现实不是电影，顾晓音早就想过这个问题。爱像咳嗽一样不能控制，这话只说对了一半。咳嗽无法忍住，但爱可以，因为你可以爱一个人，但并不和他在一起。对于顾晓音来说，是否和谢迅复合的命题之所以那么难，是因为她没有勇气，而没有勇气归根结底在于她猜不透结局——如果她和谢迅再分手一次，那就意味着他们确实不合适，这判断既是对她的否定，也是对谢迅的否定，因此相对于要顾晓音承认她和谢迅不合适，她宁愿不再有试验的机会，就像一个差生为了不想拿到五十几分，宁可交白卷一样。交了白卷还能找其他借口，若是尝试了但做不对题目，那只能说是学艺不精，技不如人。

于是顾晓音立刻道："咱回去吧，一会儿大姨来了看咱俩在这儿嘀咕，肯定得找我们麻烦。"

顾晓音自以为过了蒋近男这一关，可晚上见到谢迅的时候，她又有点动摇。你就像小学数学题里掉在井里的动物，白天爬上去两米，晚上又掉下三米，顾晓音自嘲地想。

老金在他自家的沙发上坐着抽烟，电视机大声开着，他老婆下班回到家，看到这一幕，相当不满地径直上前关掉电视。"开这么大声，影响儿子写作业！"

老金其实也没在看电视，他只是想在白噪声里想事。然而接下来老婆从厨房里发出的声音可不能算白噪声了，至少得把那个"白"字去掉。"让你煮饭的！"老金没应声，厨房里响起老婆淘米的声音，因为不开心，老婆的动静比平时大了一倍有余，老金没法再想他的事，他又打开电视机。

五分钟之后，大概是饭煮上了，老婆边擦手边走进客厅，看见老金又打开了电视，声音还和刚才一样响，她更生气了，这回直接拔掉了电源。

"下午发了三条信息让你做饭，答应得倒是好好的，敢情全是放屁！"老婆边数落他边拿起茶几上的烟缸准备去倒，那里面已经有一堆烟头，"现在起码要推迟半个小时吃晚饭，你儿子一会儿肯定要喊他饿死了……"

"平时我不在家，饭不也照常能吃上吗？再说儿子晚半个小时吃晚饭怎么了？我小时候还有吃不上晚饭的时候呢，也没死。"

"你小时候在农村！咱儿子能跟你比吗?!"老婆拿回空烟缸，"就知道抽抽抽！光抽烟有什么用，以后我要是因为吸二手烟得了肺癌，就是被你害死的。"

老金愈发不耐烦了。"滚，别在这儿乌鸦嘴。"

老婆也知道老金心情不好，因此终究没再理论下去，她"乒乒乓乓"地打开客厅的窗户，让那满屋的烟味能尽快散去些——一会儿晚饭的时候儿子能少吸些二手烟，接着转身回厨房做晚饭去了。

老张为什么要安排谢迅去监护室呢？老金自从收到谢迅的信息就在想这个问题。如果是老张自己找谢迅说的这事那倒还好，从老陈这边绕了一圈，倒让老金愈发觉得这背后还有别的事。难道是老张因为什么渠道知道了自己匿名举报的事，准备收买谢迅来搞自己？

不可能，老金立即否决了这个想法。举报是匿名的，老张不可能知道是他，而且从种种迹象来看，上面还没有开始调查这件事，不然他应该有所耳闻。可是如果这事并没有泄露出去，老张为什么在这次的事里如此袖手旁观？难道真的就只是医务处说的，这次的病人来头大？老陈又在这当中扮演什么角色？老金又点上一支烟，他还是觉得这事有猫腻。

"我最近可能要去心外监护室工作一阵。"晚饭时，谢迅貌似随意地跟顾晓音说。

"老金居然放你走？"顾晓音迷惑地问。

谢迅心里暗叫不好。沙姜鸡在他刚跟顾晓音谈恋爱的时候曾经幸灾乐祸道："兄弟，你可得小心点，女律师和文艺女青年之间的区别，可能比人和动物还要大。先不谈别的，你在她面前撒谎，就得先掂量掂量，难度系数倍增。"

当时他怎么回答的来着？他满不在乎道："小护士又不给我买饭，我有什么需要对她撒谎的呢？"

他忘记这世界上还有一种白色的谎言，现在感觉脸生疼。

谢迅吞吞吐吐道："老金最近有点麻烦，暂时不能来上班。"

顾晓音没想到她的问题竟然问出了这么大的八卦，大惊之下细问谢迅，谢迅无法，只得和盘托出，包括陈主任下午来找他这件事。

"他们没安排沙姜鸡，只安排了你？"

"单从这件事来说，那倒是不奇怪，沙姜鸡他们按惯例要等到老金的处理结果正式下来了才会安排，现在安排我去监护室，主要可能还是怕家属闹上门来，那也说得过去。"

"你刚说觉得科里对老金袖手旁观有点奇怪，会不会老金在什么事上得罪了老张，老张借刀杀人？"顾晓音脱口说出这句话，又觉得这个评价未免过于阴谋论，连忙找补道："我只是胡乱一猜，你知道我们做律师的，凡事都先往最坏的地方想……"

谢迅也想过这些最坏的可能性。他把他想过的几种情况一一讲给顾晓音听，两人推测了一阵，一致同意此时先去监护室，看清楚现状再说。

顾晓音心里还想着那些弯弯绕绕，不由得握住谢迅的手说："你也别思想包袱太重，这事你不是首要责任人，风头过去就没事了。"

谢迅在心里苦笑，他虽然不是首要责任人，但身在局中，又可能被当作那杀人的刀，谁知道他有没有那个运气全身而退？然而他不想把自己这些负面的想法再加诸顾晓音身上——除了担心他，顾晓音也帮不上什么忙，她自己要烦的事已经够多了。

他回握住顾晓音的手。"放心，神仙打架，暂时还误伤不到我这小鬼身上，你看，我不还因祸得福地被送去监护室？这可比前段时间在办公室看论文有趣多了。"

第三十五章　老陈

　　谢迅在监护室刚上两天班，再次被医务处约谈。医务处上回跟他谈的是小江，这次林主任亲自上阵，问的问题只有一个：手术室监护录像显示，老金最开始在手术室里，但手术没开始时就走了。他是为什么走的？

　　这问题医务处当然也问过老金。老金显得十分问心无愧地一口咬定他当时有其他急事，无法亲自完成这个手术，再加上术前评估风险不大，手术也完全在谢迅可以驾驭的范围之内，本着医疗资源要合理有效分配的原则，他去手术室确认病人情况后，把手术交给了谢迅。

　　如果事情确实是这样，那么整个操作流程虽然不完美，但问题也不大——毕竟实际操作中，在紧急情况下越级做手术几乎是不可避免的，老林和医务处的作用，就是处理这些合理但未必合规的事，让医院还能顺利运转下去。如今问题的焦点在于老金是不是真有站得住脚的离岗理由。当天下午老金的另一个病人情况危急。据管那个病人的护士说，她在这场手术开始前大概一个小时，把这个情况汇报给病人的主治医生谢迅，而下午病人情况危急时谢迅在做手术，是老金来处理的。

　　医务处分别询问了老金、谢迅和护士。老金一口咬定自己是听到这个病人的情况后决定让谢迅主刀，自己去处理另外这个病人的紧急情况。这从时间线和逻辑上看是毫无问题的，但——老林专门去跟心外的护士长聊过，护士长说那几天老金有点心不在焉。

"这可就很不像老金会做的事了，你觉得呢？"林主任问张主任。

张主任缓缓点头。

林主任决定还是从谢迅这里着手。

"十六床病人的事，你是什么时候告诉老金的？"林主任问谢迅。

"我们进手术室的时候。"

"他当时是什么反应？"

"他表示知道了。"

"他离开手术室时说了什么？"

"他说他有急事先走一步，让我代他把手术做了。"

"他有说是什么急事吗？"

"没有。"

"你确定老金说了是急事？"

谢迅把原本插在兜里的手拿出来放在膝盖上，直视老林的眼睛。"林主任，我没法确定金主任说了'急事'这两个字，那时候我的注意力都在手术上。但我的印象里金主任是这么说的，更何况如果不是急事，金主任临时丢下手术也太不负责了吧。"

"我心想，那可不就是不负责嘛，要不然调查组查老金干吗，为了查完给他送面锦旗吗?！"林主任晚上跟张主任通气的时候，不由得抱怨道，"你们组这个小谢啊，也真挺木讷的，有些话挑明了说就不美了。"

"可不是，"张主任一边想心事，一边应付林主任，"可不是。"

"不过，老张，"林主任又说，"你别怪我多嘴啊，老金好歹也算是个能干的人，又不像老史那样木讷。我是不知道他怎么得罪了你，不过你真想让院里把他送去下乡一年吗？这一年谁给你顶上啊，辛苦的还不是你自己？"

"老林，"张主任叹口气，"你我相交十几年了，我是那种因为个人恩怨而不考虑大局的人吗？"

"那不可能，"林主任知道自己失言，赶忙往回找补，"这次上面的压力确实大，你也不容易。"

张主任又叹一口气。"这老金啊，说到底还是不信任我。你看到了现在，他还没来找我们通气，我们不知道情况具体如何，那怎么帮得了他。"

"没错。"林主任附和道，"也不知道老金在较什么劲儿，你看要么我再找他谈一次？我们掌握了情况，才好运筹帷幄嘛。"

张主任表示同意。老林正打算挂电话，又想起来："你也再跟谢迅聊聊，看他二人说的话对不对得上。"

张主任应了。挂了林主任的电话，他打给了老陈。这些年，他和老陈发展出相当的默契，张主任不好出面的事，老陈代他出面。心脏外科四个主任一起开会议事，有的事如果张主任提，老史或者老金一反对，这事就不好办，即使他非把这事办了，也显得不民主不团结。但老陈提就不一样了，另外两个副主任就算心里知道是怎么回事，表面上也不好说什么。张主任觉得，他下面这三个副手，老史和老金真缺了一个也没什么，要是老陈不在，他可就辛苦多了。《毛泽东选集》第一卷第一篇，《中国社会各阶级的分析》开篇就是："谁是我们的敌人？谁是我们的朋友？这个问题是革命的首要问题。"

"老人家的智慧，真是放之四海而皆准。"张主任经常这么对他老婆感慨。

老陈接完张主任的电话，没按张主任的要求找谢迅，倒是给护士长打了个电话。

护士长在科室里的地位，就像传统老年夫妻里的那个妻子。脏活儿累活儿都归她，看起来又无甚地位，是个绝对吃力不讨好的角色。然而凡事没有绝对，中年女人怕丈夫离家出走，到了老年，这情况就掉了个个儿。妻子管着钱，家里里里外外又是她张罗着，小辈有个什么事，还得有求于她。虽无贾母那个排场，要论家庭里的实权，那可是不遑多让。要不怎么说"多年媳妇熬成婆"呢？

这护士长就像个婆婆。当然，这么说，是把护士长说老了。护士长今年四十六，儿子才刚上大二。可她十八岁从护校毕业被分到中心医院，在这岗位上已然工作了二十八年。她来的时候，张主任还是主治医生，史主任还在医学院里，谢迅、沙姜鸡他们？按护士长的话说，他们还穿着开裆裤呢！这心外的大小事，没有护士长不知晓的，若是护士长不点头，那可什么也做不了！就拿那些临床试验来说，要能既把工作做了，科里又不因此减少收入使大家喝西北风，那就得套收，用试验的材料，开正常材料的单子，这全得经护士长的手！所以呀，那些精明的医生，比如说老陈，对护士长总是客客气气，有好处第一时间想到护士长——你不知什么时候就得求到她头上去。

张主任没跟老陈说实话这事，搞得老陈十分之不痛快——冲锋陷阵的时候知道用我，可底都不肯透，谁知道这后面有什么猫腻?! 他自知水平一般，这个副主任还是按资历排上去的，而且他只比张主任小两岁，等张主任退位了，这个主任也轮不到他头上，肯定要交棒给更年轻的老金或者老史，因此他向来兢兢业业地唯张主任马首是瞻，做好他副手的本份。

可这回老陈觉得自己得长点心眼，老金从前也没少给张主任办事、安排张主任的关系户，这回张主任说下手就下手，老陈觉得有点心寒。这回是老金，下回可能就是自己。再说张主任自己躲在后面，让他各种活动，万一老金没被搞走，还不把自己恨出一个洞! 老陈越想越觉得张主任很可能给他挖了个坑，这事要没处理好，被赶走的是老金还是他自己都未可知。

护士长当然知道老陈想问的是什么。当然，知道是一回事，说出来就是另外一回事了。护士长在自己的位子上稳稳当当地坐了这么多年，靠的是过硬的技术和更加过硬的情商。谁当正主任，护士长就站在他那一边，另外的三个副主任，她既不和谁走得特别近，也不疏远谁，一碗水端得平平的，科里的小医生背地里管她叫"伊丽莎白"——就跟英国女王似的，首相来了又走，就她岿然不动。

"陈主任，你也太看得起我了。"护士长听完老陈的来意便道，"谁不知道行政上的事张主任平时最信任你，这种事张主任要是都没告诉你，怎么可能会告诉我?"

老陈早料到护士长会这么回答，他是有备而来的。"我当然不能让你为难，可是啊，张主任让我绕过老金去找谢迅，又不说明白是为啥，我心里没底啊。你们还年轻，我可是过两年就要考虑退休的人，要在这节骨眼上行差踏错，回头连退休了都没有安生日子过……"

说完他沉默了一小会儿，给护士长时间去思考。感觉差不多了，他又道："你不好多说，我也不为难你，张主任这事我自己再考虑考虑，唉，领导交下来的任务，不干也得干啊……"他话锋一转，"可是老金前段时间自个儿闹别扭又是为什么呢? 我真不明白……"

"金主任那个人还能为什么，钱呗。"护士长想到那段时间老金给她带来的麻烦，不屑道。

钱？老陈想了想，他忽然觉得他抓住了某个重要的线索，一个能把前因后果串起来的线索。

"你是说上回有个医疗耗材公司做临床试验，张主任拍板不做套收那事？"他故意道，"就那点钱，老金犯得着为它和张主任过不去吗？不过张主任当时也挺奇怪的，老金那么上蹿下跳地反对，他也没改变决策。"

护士长倒觉得没啥。"主任嘛，决策都做了就不该改，要是金主任这么闹一下就改主意，以后大家还不逮着什么鸡毛蒜皮的事都闹？"

"确实，确实。"老陈已经获得他想要的信息。两人心照不宣地挂了电话。

关键人物谢迅此时并没有身为盘中棋子的自觉，他甚至想的是另外一个科室的事。下班后，他和顾晓音在食堂里吃了饭，又研究了邓兆真最新的化验报告。

"我妈这两天又纠结上了，"顾晓音边划拉自己盘子里的菜边对谢迅说，"姥爷这几天白细胞又升高了，彭主任问我们要不要给姥爷上点化疗药。"

"我记得你大姨反对化疗，你妈觉得可以试试。"

"当时确实是这样，按说彭主任现在主动提化疗是好事，可彭主任那意思吧，我们听起来，像是说姥爷要是不上化疗，坚持不了多久，可是上了化疗呢，也可能走得更快。所以随便我们家属想怎么样，反正死马活马都是我们的。"顾晓音越说越激动，说到这里，旁边一桌年轻医生的目光几乎已经毫无掩饰地往这边望过来。谢迅假装浑然不觉，仍旧做他的听众，还是顾晓音自己感受到那些目光的凝视，转头去看，那几个年轻医生见被发现，连忙低下头去。

顾晓音后知后觉地感到了自己做得不妥，抱歉地看了谢迅一眼。谢迅倒没有任何怪顾晓音连累自己收获异样眼光的意思。他想的是，彭主任所做的判断和甩给家属的锅，他们这些前线的医生谁不在天天这么做？当一个治疗决策模棱两可时，按道理来说是该医生决策，专业的人做专业的事嘛，可是这一年年下来，医患关系每况愈下，每出一个医闹，医院里各种烦琐的自保手续就又多一重。那些家属要医生救人的时候，仿佛你怎么样都可以，人要是没救回来，救就能变成了错处。在这种问题上，医院很少有自辩的空间，就算在理，也多数是要赔钱的——他们都笑称医务处是"送钱的观音"，病人有理没理，都能从医务处闹出钱来。而且这谁会闹谁不会，从外表和谈吐上完全看不出来，小医生刚入院的时候往往还觉得咱救死扶伤，怎能怕担责任？只消他自己目睹一两个例子，不出一年，就都成了"老菜皮"！

他妈妈当年生病的时候也是这样的吗？当然，那时候他还小，谢保华也从来没说过他被问过类似的问题（就算有，谢保华也不会觉得有问题）。因此谢迅从没站在另一方的立场上想过这件事，他甚至后知后觉地发现，虽说他学医是因为妈妈，选心外也是因为妈妈，但在那之后，妈妈对他的行医生涯的影响逐渐减小，近来甚至趋近于零了。

他回过神来，一时不知该怎么接顾晓音的话，倒是顾晓音先打破冷场，她不好意思地说："唉，抱歉，我有点反应过度……"

"我理解，"谢迅诚恳回答道，"虽然彭主任这么做可能有他自己的理由，但从家属角度来看，确实可能会觉得不负责任。"他把邓兆真的化验单拿过去仔细研究了一阵。"姥爷的白细胞确实非常高，估计这是彭主任考虑用更强力药物的原因，但是药物会让白细胞降到一个比正常值低得多的水平，在白细胞恢复正常值之前，防感染就成为重中之重，姥爷这个年龄一旦感染，就很容易出大问题。"

"但如果放着不管呢？"

"白细胞高本身代表炎症，如果不加以控制的话，也可能引起器官衰竭……"

顾晓音如芒在背。难怪邓佩瑶这两天吃不下睡不着，生病的是姥爷，她倒跟着立竿见影地瘦了，熬出两个熊猫眼来。在这种两难之间本来就够折磨人了，偏她还要帮最亲的人做抉择，决定他的生死……

谢迅像知道她在想什么一样，开口道："其实你应该劝劝你妈妈，她怕自己做错决定，左右了姥爷的生死。可在这样的情况下，连彭主任也不觉得有非黑即白的答案，何况是你妈妈？若是一个其他的家属，会觉得左右姥爷已经如此高寿，自己差不多尽到责任就得，选哪个都不要紧。只有那真正舍不得他的人才会去计较这两种方案当中的差别，怕自己选错方向增加姥爷的痛苦，或是缩短他和我们在一起的时间。因此你妈妈想采取哪种方案都对，即使姥爷自己知道了，也会支持你妈妈放心选的。"

顾晓音再也忍不住，两串眼泪扑簌簌地落下来。"你说得对。"她在泪眼婆娑中对谢迅说，"我们一起去和我妈说吧，这话由你说，我妈能更好受些。"

两人一起往血液科病房走。到了那一层，一个血液科的医生走上来和谢迅说话。谢迅跟他聊了两句，快步赶去邓兆真病房，却见顾晓音站在门口。

门虚掩着，隔着条缝能看到里面的情况。隔壁床没人，老宋老婆也不在，大约是去做检查。邓佩瑶摘下邓兆真的围脖，正给他擦脸。这围脖还是小真的——一圈塑胶皮，底下有个兜子，专预防吃饭时有撒下来的饭菜，不容易弄脏衣服。前儿蒋近男看邓佩瑶给姥爷喂饭，喂完还得换衣服，回家就找了个大的、能套住姥爷脖子的围脖送来。这是个小蜜蜂造型，黄黑条的，套在姥爷充满褶皱的脖子上，有种难言的喜剧效果。这人到了生命的最后，跟最开始的时候真差不多：得穿尿布、戴围脖，有时吃不下饭，只能吃稀的，还得要人喂。可愿意伺候老人的人天然比愿意伺候孩子的少，若是要自家人亲手伺候，更是难以企及的福分。

邓兆真一边享受着温热的毛巾，一边跟邓佩瑶说她小时候的事："那年组织上派我去昌平三个月，中间只有一个周末能回家。我一回家呀，就看到你躺在床上，烧得昏昏沉沉的。我一摸，觉得不好，立刻骑着自行车带你去医院，医生给你做了检查，肺炎！劈头盖脸把我那一通说，又庆幸还好去了医院，不然还不知道怎样哪。后来你妈跟我说，你是因为自个儿跑去什刹海冰上玩儿，都春天了，融冰了，你仗着人小胆大还往上去，结果就掉水里了。我气的呀，差点就想打你。"

邓佩瑶手上没停，继续擦着，嘴上问："那我妈和我姐呢，她们为啥没带我去医院？"

"你妈那时候工作忙，医学知识也不够丰富，觉得发烧扛两天就过去了。你姐在戏曲学校呀，不在家。"

邓佩瑶收回毛巾，放进温水里又淘洗了一遍，给邓兆真擦二回。"您别忽悠我了，我姐那时还没去寄宿，在家住着哪，她就是出去玩了，没管我。"

邓兆真像是叹了口气。"你姐呀，性格像你妈，在家里坐不住。总有发泄不完的精力，要不她怎么去当武旦呢？武旦要吃多少苦呀！你就像我，愿意在家里待着，坐得住。"

"可您还是偏爱我姐，没因为我像您就偏爱我。"邓佩瑶忽然放低了声音，可还是被门口那两人给听见了。

"那怎么可能！我和你妈对你们姐妹俩都是一样的……"

"可小时候姐姐总是样样都是新的、好的，我就只能捡她穿旧的衣服，不喜欢了的玩具。该她当知青的时候，您去求了人，1976 年组织要派我去安徽的时候，您说咱家已经走过一次歪门邪道了，不能再走第二次……"

邓兆真握住邓佩瑶的手。"瑶瑶，你怪爸爸？"

邓佩瑶把那已经涌到眼里的眼泪使劲儿往回憋，低头摇了摇头。"不，爸，我不怪您。我只希望您早日康复，我能花多点时间和您在一起。"

顾晓音不往里走，谢迅也只好陪她在病房门口站着听墙脚。说到这里，邓佩瑶忍住了眼泪，顾晓音却使劲儿捂着嘴不出声，哭着转身跑开了。

顾晓音在前面疾走，谢迅紧跟在后面，中控台的护士看见了，不免交换一个眼神。谢迅懒得理自己现下可能已经岌岌可危的名声，在顾晓音身后两步的地方跟随着。顾晓音终于在一个不显眼的窗边角落站定，仍背对着他。她已经不再抽泣了，但时不时仍吸一下鼻涕，大约是还在哭。

谢迅对女人哭一向无能为力——这样说有点不对，他也见过许多男人的眼泪，那同样令他不知所措。他想到徐曼哭的时候，他总是不确定如果他揽过她的肩或是干脆拥抱她，是有安慰的效果，还是会令情况更糟，毕竟徐曼哭的时候多数是因为生他的气。

顾晓音不是因为生他的气。他们可能已经不是那种关系了，然而谢迅将心比心，觉得顾晓音需要安慰，语言是苍白的，于是他伸手揽住顾晓音的肩。顾晓音僵了一下。不好，谢迅想，自己是不是越界了，应不应该松开手？就在此时，她转过身来抱住谢迅，鼻涕全擦在了他的白大褂上。

当医生的人多少有点洁癖，谢迅心下一沉，立刻有点不自在。然而他努力克服了自己的难受，事已至此，一会儿回办公室换一件吧，他给自己做好心理建设，抱紧了顾晓音。

老陈第二天七点刚过就到了科室。"陈主任早，今天这么早就来啦？"值班台的护士热情地跟老陈打招呼。

"今天事特多，不早点来不行啊。"说着，老陈把自己关进了办公室。

老陈在办公室里忙了半天，到了大家都上班的点，他笑眯眯地把门打开，该干吗干吗。中间得了个空，他去中心医院的干部病房溜达了一圈。本来他要找个医生聊两句，那个医生恰好不在，倒是病区护士长见了他，认识，寒暄了两句。

"张主任的高堂还住着哪？"老陈貌似不经意地问。

"在哪，"护士长指指背后，"十六床。"

"老太太好着哪？"

"好得很！您也知道，咱这里就跟高级疗养院似的，能不好吗？"

老陈点点头。"辛苦，辛苦。"

中心医院数字化改造之后，每个病区护士中控台背面的墙上，都安上了电子屏幕，上面写着每个病床的使用情况：占用与否，病人姓名，病情严重程度分级。老陈把十六床的名字记在心里，回自个儿办公室立刻记到小本本上。午休时间，他跟办公室门口护士站的护士打了个招呼："早上起早了，我在办公室里打个小盹儿，有人找我就说我不在。"

"好嘞，您好好休息。"小护士爽脆地答道。

老陈关上门，坐回自己桌前，他可没睡觉。他对着自己早上做的笔记和张主任高堂的名字在网上搜了好一会儿，终于给他发现了他要的东西。他又调出电脑上自己早上研究过的内容，看着看着，老陈露出了黄鼠狼看到鸡一样的笑容。

这边老陈心里有了底，一下觉得世界尽在自己掌握中。想起昨晚张主任还催他去找谢迅谈，老陈并不十分走心地叹了口气，决定还是得不辱使命。

"陈主任。"谢迅见老陈走进办公室，直冲他办公桌，连忙站起身来。

"小谢，你来我办公室一下。"这话说得不高不低，反正同一办公室的沙姜鸡和另外两个医生都听见了。沙姜鸡在谢迅路过他身边时拉了拉他的衣角，给他使了个眼神，那意思是提醒谢迅小心点，见机行事。

谢迅走了大概二十分钟，刚回来沙姜鸡就转到他桌边，咬着他耳朵问："怎么样？老陈要你干啥？"

"晚上再说吧，我得先去监护室了。"

"嘿，还真是皇帝不急太监急！"沙姜鸡自嘲着回了自己座位。他被这八卦煎熬了一下午，好不容易等到晚上，沙姜鸡抓着谢迅在食堂一个无人的角落坐定，便着急地问："怎么样？"

"咱先把饭点上吧。"

"点什么饭啊，快说，不说饭就别吃了。"

谢迅无法，只得老实交代。其实他跟陈主任谈之前和谈之后，对事件原委掌握的情况，实在也差不多。他明白陈主任想要把老金搞掉，这多半还是张主任授意的，至于这几位主任为什么忽然同室操戈，谢迅不知道，也想不明白。他更不明白的是陈主任为什么不断来找他——他印象里那天老金确实是说了自己有事走的，至于有没有用"急"这个形容词，他不记得了。但既然老金说有，别说他俩这么多年的师徒关系，就算同样情况换了陈主任，甚至是个陌生人，谢迅也不可能斩钉截铁地说对方没说。这是他做人的一贯原则，从谢保华那里一脉相承的老谢家的不懂变通和不会来事。

"我觉得老金这次真是凶多吉少，"谢迅大概说完，感叹道，"陈主任竟然问我尘埃落定以后想去他的组还是史主任的组。"

"你答了？"沙姜鸡问。

"我当然没有！"谢迅忙道，"我虽然在这些事上不如你，但如今的情况我也能看明白一些。我要是真给陈主任做了这把刀，以后还有谁敢要我。"

"不错不错，"沙姜鸡点头，"跟我混了这么多年有长进。"

"谢迅这小子，还真挺油盐不进的，也不知道他是迂腐，还是装傻。"晚上陈主任跟张主任汇报情况，就没有什么让张主任放心的消息。

"你说这小子怎么就跟了老金呢，"张主任痛心道，"这小子的性格简直就跟老史似的，我敢说老史的儿子都没这么像他！"

"那可不，"陈主任附和道，"老史那个医药代表老婆，简直把他三辈子的话都给抢着说了。"

两人哈哈大笑。张主任毕竟有心事，他先冷静下来。"这不行啊，还得再想辙。"

"老张，"陈主任抓住这个机会问，"不是我说，老金比我们小，正年富力强着，你干吗这次非要跟他过不去呢？要是因为他不服管，这次我看也敲打得差不多了。他都在家里蹲三周等待发落了，院领导的态度也挺明确地支持你，差不多就行了。"

"我看没有！"张主任恨恨道，谁都劝他差不多就行了，医务科、院办，现在还有老陈，可老金在背后搞他的时候是打算"差不多就行了"吗？为了那一点套收的费用，或许更多是嫉妒，这兔崽子竟然写匿名信举报，举报他以权谋私，私自持有护生公司的股权，因此在职务之中给公司行方便，违规在心外科进行护生产品临床试验。老金自以为这招聪明且掩人耳目，没料到这材料没多久就被交到了张主任手上。张主任甚至不用思考就能破案——全心外科明确知道这家公司和他的实际关系的只有两个人，老金和护士长。老金知道是因为项目归他的组操作，护士长知道是因为套收是绕不过护士长的，就像心外的其他任何事也绕不过护士长一样。老金不知道的是，护士长在这当中也有利益，所以她不可能去举报，唯一有可能的就是老金。

其实今天中午之后还有陈主任知道，但那就是另外一回事了。

张主任一直信奉不必把全部真相告诉不需要知道真相的人。当你需要指使一个人做事的时候，给他一个符合常识的理由就行，这理由含有多少真相，那要看他需要提供多少真相才能说服这个人。对于老陈，张主任甚至觉得自己给个理由就行——这么多年，老陈在副主任这个位置上，除了做他的副手，没做出任何成绩来，他应该对自己死心塌地。但因为是自己人，张主任还是选择说出部分的真相，对自己人要信任嘛。

他叹了口气，用推心置腹的语气和老陈说："老金太不识大体！你知道吗？就因为他觉得套收的钱他分得少了，居然去匿名举报！想要搞个玉石俱焚！这不仅仅是针对我，这是要把我们全拉下马！你说，我们要是不把他制服了，心外科还不得彻底乱套?! "

陈主任嘴上说："还有这内情?! 这老金太不像话，一点没有集体意识！"心里想的却是别的。张主任又拉着他谋划了一会儿，将顺了手上除了谢迅之外其他可用的牌。陈主任心不在焉，因此也没给出什么建设性意见，于是在张主任心里又巩固了老陈"不堪用，关键时刻脑子发挥不了作用"的论断。

其实这接下来的一整天老陈都在谋算，可惜这谋算的内容不能讲给张主任听，推翻他的错误印象。在去见张主任之前，老陈考虑的是和老金做一样的事——把他早上发现的"宝藏"写匿名举报信发给领导。但现在张主任既然能拿到老金的信，就很可能也会拿到他的。若是这样，他这一石二鸟不但不能成功，石头搬起来反而砸的是自己的脚。老陈反复思索，终于给他想到了一个办法，这办法不仅殊途同归，甚至有可能效果更好。

他满意地在自家书房里踱步。老陈家是两室一厅，小卧室原来是女儿的，女儿结婚以后，就改成了书房，但女儿的小单人床还留着，以备女儿带孩子回来住个一天两天的。

不知不觉都二十年了。老陈发现墙上贴着的那一堆女儿的奖状照片里有一张二十年前老张和他刚升任心外科正副主任时全科的合影。那时候他们都年轻，既想干一番事业，也想给自己奔一个好生活。谁知这二十年下来老张只把自己当成个跟班的、李莲英那样的货色。现在他手握股票的公司要上市，谁不知道上市是造富的机器，这下老张肯定不只自己财富自由了，连着子孙也能获得余荫。自己呢，连个单独的书房都没有。女儿回来的话得跟孩子挤一张床，女婿还得回自己家。他这一辈子，就给老张做了嫁衣！

第三十六章　六个便士

邓佩瑶终于还是下定决心，给邓兆真用上了化疗药。药用上，邓兆真的白细胞一下子降了下去。可紧接着邓兆真就开始发烧，连烧三天，把邓佩瑶急坏了。这三天里，别说顾晓音，连顾国峰她都没让来，自个儿也没离开医院，就在陪护床上睡，生怕邓兆真感染。好在第四天烧退了，不只如此，各项指标看着都不错，邓兆真精神也好了，连着两顿饭都是自己吃的，不需要邓佩瑶喂。这关闯过去，邓佩瑶长舒了一口气——她的决定没做错。

第四天晚上，顾晓音被恩准来医院看姥爷。看姥爷当然是重要的，不过同样重要的是，顾晓音想来看她妈。顾国峰也早早到了医院——邓佩瑶不放心夜里只有护工在，所以他来顶两天，让妻子能回家睡两天安稳觉。

"邓老，"隔壁床的老宋情真意切地当着邓佩瑶和顾国峰的面对邓兆真说，"您肯定是年轻的时候积了德，这医院里只见把父母扔给护工再不出现的儿女，什么时候见过嫌护工护理得不够精细自己上阵的呀。前两天您发烧的时候，邓姐天天急得那是吃不下睡不香，您嘟囔一声她都要赶紧放下手里的事来看看。"

"是呀，"邓兆真笑眯眯道，"是我的福气啊。"

邓佩瑶拉着顾晓音的手走到病房外，走到确定邓兆真听不见了，才找个地方坐下，给顾晓音说她这几天是如何殚精竭虑。顾晓音没插话，一直让妈妈说——她现在需要的首先是一个出口，能让她把精神上的担子卸下来，帮忙什么的都是其次的。她听妈妈说完，安慰她这个坎儿多亏有她，算是过去了，她的决策没错，见妈妈如释重负地笑了，顾晓音试着提了一句："现在姥爷病情稳定了，这周下半周，要不我或者大姨换你一段吧，你回家稍微歇歇，别把自己累坏了。"

"这哪儿算累呀！"邓佩瑶摆摆手说，"我就在病房里待着，不累不累。你小时候在安徽住院，我白天上一天班，晚上再照顾你一晚上，那才累哪，这不也好好地过来了。"她把顾晓音的手拿在自己手里，像把她抱在怀里一样。"妈妈不怕累，妈妈希望你和姥爷都好好的。"

顾晓音反手抓住妈妈的手轻轻地摇。见邓佩瑶没有拒绝，她把头靠在妈妈的肩膀上。小时候她就喜欢这样，邓佩瑶肩圆，她年轻时总恨自己穿衣服不好看，可顾晓音就喜欢妈妈这样——软软的，靠着特别舒服。自从她来北京，和妈妈渐渐疏远，她好久没这么做过了，今日一尝试，妈妈还是小时候那个软软的妈妈！顾晓音简直要落下泪来。

"妈妈，你太辛苦了，大姨为啥不来帮忙呀？"顾晓音靠在邓佩瑶身上嘟囔道。

"你大姨要忙小真呀。"邓佩瑶温柔地说。

"小真有保姆带着呢，哪儿需要大姨忙。"

邓佩瑶叹口气。"她也有她为难的事。前两天她还想打电话和我聊，我心里全装着你姥爷，也没空陪她说话，明天我还得打个电话开导开导她。"

邓佩瑜这几天确实心情很坏。蒋近男要离婚这事，女儿不听她的意见，女婿倒是指望着她帮忙，把自己老婆给劝回来。邓佩瑜倒想和蒋近男谈，蒋近男说一句："没什么可谈的，我已经决定了。"就把自个儿亲妈给打发了。她只好劝女婿："你别着急，也别答应她离婚，你不同意，她一个人也离不了啊，过一阵冷静下来你们再谈谈，肯定还有转机。"

朱磊依着丈母娘的锦囊妙计行事，蒋近男找他谈离婚的细节，他避而不见。果然，蒋近男试了几回之后，消停了！正当朱磊觉得果然还是丈母娘了解女儿时，他收到一张法院传票——蒋近男起诉离婚。他赶忙回家，发现家门口放着两个箱子，上面写着他的名字，再想开门，换了锁！

朱磊气势汹汹地去物业要说法。物业一脸为难。"朱先生，真对不起，您太太带着锁匠换的，我们也不能不让她换呀。"

"她现在不住这儿。我才是住户！"朱磊想起来了，他没必要跟物业废话，他也可以找个锁匠来换锁。可当他带了锁匠来的时候，这回物业把他拦住了。

"朱先生，真对不起，您太太是带着钥匙来的。您要是要撬锁再换，我们得确认您是业主，或者有业主的书面认可才行。"

朱磊可气极了，蒋近男也不是业主！蒋近男怎么就能把门锁给换了？！更可气的是，锁匠不肯白跑一趟，讹了他一百块钱才肯走。你不仁我不义，反正没处可去，朱磊干脆上蒋建斌公司，找岳父要说法去。

他今天还算有一点运气，蒋建斌在公司里。听说蒋近男要和朱磊离婚，蒋建斌的脸立刻拉了下来。朱磊脸上还维持着悲痛的神情，心里却燃起了希望——岳母看起来是帮不上什么忙，但是岳父要是站在自己这边，小男也没什么办法，她还能为了离婚跟父母断绝关系？经济基础决定上层建筑，棕榈泉的房子好歹是写在岳父名下的，小男不为自己，也要为孩子想一想。

这么分析完，朱磊心里就有了底。

蒋建斌问了朱磊几个问题。大概就是蒋近男为什么要离婚，他怎么想之类的。朱磊为了争取岳父的支持，把姿态摆得足够低，先来了个"罪己诏"式的表白，检讨自己前段时间因为工作太忙不够关心蒋近男；又援引他和蒋近男多年的感情，表明他们是有深厚感情基础的，他不愿意两人因为吵了几场架就"轻率分手"；最后摆出小真，"如果没有小真，可能我也就由着小男去了，可小真还这么小，家庭先破裂了多可怜。"他深深叹了口气，"小男还是事业心太强，她要能像妈妈一样，事事把家庭放在首位就好了。"

蒋建斌越听眉头越是深锁，这让朱磊感到他的话触动了岳父的心。"我知道了，你先回去吧。"蒋建斌听完后说——并不是朱磊期待的回答，但他很快做好心理建设，男人嘛，谋定而后动，不随便表态是正常的，尤其岳父这种见过大场面的人。

他放心地回了父母家。赵芳有点奇怪，问他为什么忽然回家住，朱磊下意识地回答："最近小真夜里经常闹，我睡不好，回来睡几天。"

"那确实，"赵芳把心放回了肚子里，"睡不着觉也干不好工作，你就在家里踏实地住几天吧，反正有保姆，你不在也不打紧。"

既然没打算离婚，还是先别说实话，要是现在把赵芳扯进来，回头小男的婆媳关系更艰难了，临睡时朱磊想。他觉得自己真是个体贴大度的丈夫。

蒋建斌思考了几天。邓佩瑜已经从朱磊那里听说他去找过老蒋，只等老蒋对女儿发难，把她规劝到正道上来。这一等就等到周末，蒋近恩也从学校回来，一家四口一起吃午饭时，蒋近恩问蒋近男姐夫怎么没来，邓佩瑜偏盯着蒋近男瞧，看她要怎么说。

"他不在。"蒋近男答道。

"不在"可能有很多种含义，出差也是不在，被踢出门也是不在，人在北京但是今天有事没来也是不在。蒋近男这么回答，既没说谎，又绝没有给蒋近恩提供任何真相。蒋近恩毕竟还是个孩子，听到这话，没深想就过去了，甚至没有多问一句，直接换了其他话题。邓佩瑜有些心焦——蒋近男怎么能跟没事人一样，自己的小家就要散了，那不是跟天塌了似的吗？她又拿眼去瞧蒋建斌，蒋建斌面无表情，像是不知此事一样。

好容易午饭后蒋建斌叫蒋近男去书房，邓佩瑜觉得踏实了。她坐下来给自己倒杯茶，心思全在那扇关起来的门后，以致拿起茶杯就喝，把自己给烫了一下。她恨恨地扔下茶杯，走去书房门口，隔着一道门，只能听到里面有两人说话的声音，具体说什么听不清，她正试着把耳朵靠近门缝，想听得清楚些，忽听得开门的声音，吓得邓佩瑜立刻站起身来，顺手拿起旁边书架上的一个摆设瞧，权当掩饰。

结果开门的是刚刚猫在房间里打游戏的蒋近恩。"妈，你在干吗呢？"

"找东西，没干吗。"

"嗻，"蒋近恩可没被蒙蔽，"你肯定是在偷听爸和姐说话。"没等邓佩瑜分辩，他又问："爸找姐到底有什么事啊？"

"什么事也没你的事！"邓佩瑜难得一次把蒋近恩往她多年与之搏斗的天敌那边推，"打你的游戏去！"

事出反常必有妖，蒋近恩自个儿在沙发上坐下，打开电视。"我现在还真不想打。"

邓佩瑜无法。沙发上坐着儿子，她也不能继续在书房门口逡巡。她心神不宁地刷了会儿手机，书房门开了，蒋建斌先出来，看了一眼电视，径自拿起遥控器，不顾蒋近恩抗议换了个台。蒋近男慢慢从书房里走出来，像是独自在里面想了会儿心事。肯定是被老蒋狠狠说了，邓佩瑜既欣慰又心疼地想。她一直等蒋近男在自己对面坐下，才关切地问："你爸说你了？"

蒋近男像是还深深沉浸在自己的思绪里，良久才答道："没。"

邓佩瑜一时没明白。"没什么？"

"没说我。"

邓佩瑜大大吃了一惊，难道老蒋找小男谈的不是她离婚的事？她不由得低声问道："那你爸找你说什么了？"

"离婚的事。"

邓佩瑜彻底糊涂了。"那他说什么了？"

"就离婚的事啊。"

"我知道，"邓佩瑜简直语无伦次起来，"我是他怎么说离婚这事？"

"哦，你是问我爸的态度？"蒋近男委实思考了一会儿，蒋建斌把她叫去书房问她为什么要离婚，蒋近男说完自己的理由，蒋建斌又问她准备怎么安排小真，有没有近期再婚的想法，蒋近男一一如实回答之后，蒋建斌沉默思考了一阵道："婚姻毕竟不是儿戏，我希望你能再深思熟虑一阵再做最后的决定。如果确实要离婚，小孩安排好，也不要和小朱闹得太难看，毕竟小真还要叫他爸爸的。"

蒋近男明白今天这场对话迟早要来。她在心里推演过各种可能性，但其中绝不包括今天这种，以至蒋近男毫无顺利过关的喜悦，倒像是司马懿面对西城城上抚琴的诸葛亮，不知对方葫芦里卖的到底是什么药。然而老蒋确乎说完这些就结束谈话，没有"但是"，没有"可是"，没有其他任何转折。

蒋近男斟酌了一下对邓佩瑜说："我爸说我自己安排好就行。"

"什么叫你自己安排好就行？！"邓佩瑜声音提高了几度，本就好奇的蒋近恩频频往这边望，她都没怎么注意。

"就是不反对，随便我吧。"

"不可能！"邓佩瑜拍案而起，她本想直说"我反对"，表明态度，又觉得在子女面前不该直接跟老蒋对着干，万一老蒋真是不反对呢？老蒋怎么可能不反对？邓佩瑜百思不得其解，儿女真是来讨债的，这边的账还没销，那边蒋近恩已经悄悄靠近。"姐，你们聊什么呢？一个个神神秘秘的。"

蒋近男也不打算藏着。"我准备跟你姐夫离婚。"

"你再好好想想！"邓佩瑜打断她道，"小真还那么小呢，哪儿能没有爸爸。"

"妈，你这就老古董了，"蒋近恩抢先接话，"姐就算跟姐夫离婚，姐夫也还是小真的爸爸呀，他又没死。"

"滚！"

邓佩瑜还是不甘心。晚上她趁着只有她夫妻二人时，半是询问半是抱怨地问老蒋："老蒋，你不是真支持小男离婚吧？"

"没错。下午小男说了她的理由，现在又不是20世纪90年代，离婚影响提干。她还年轻，真不合适的话，早点离也是好事，她能尽快翻篇找个更合适的，比跟朱磊耗着好。"

"你说得容易，"邓佩瑜不置可否，"小音这种未婚的还没嫁出去哪，小男还带个孩子，哪儿那么容易再嫁。"

"再不再嫁再说，朱磊这个人，没有大本事，人贵有自知之明，他能好好待小男，我们也不嫌弃他，可现在这都什么事啊。"

"哪儿有什么事？"邓佩瑜嘟囔道，"我看也都是些鸡毛蒜皮的小事，两口子过日子，谁没有这些鸡毛蒜皮的摩擦？咱不也是这么过来的？"

"去去去！"蒋建斌不乐意道，"他一个窝囊废能和我比？君子做大事不拘小节，但他首先做的要是大事！朱磊的房子和车是怎么来的？要是个识时务的人，就知道先把小家照顾好，就他一个科员，凭自己，可能吗？我最看不惯的是明明在机关里还非得买个豪车，这就是不识时务！没有自知之明！"

蒋建斌叹口气："我一直遗憾小男是女儿，不然以她的性格能力，一定能干出一番事业。但她现在做得也不错，所以我听说朱磊为了他在机关里那点前程，要小男委曲求全给他让位，别提多生气了。"

"我那时候不也是放下剧团的前途生的小恩嘛，夫妻间未必要计较这个……"

"那怎么能比，"蒋建斌不耐烦道，"你当时是唱戏的，小男这是正经做投资的事业。"

"唱戏的"。蒋建斌睡着很久之后，这三个字还深深扎在邓佩瑜心里。新中国成立之后，京剧演员早被人称为"文艺工作者""艺术家"，可原来在老蒋心里，她是个唱戏的！她的事业不值一提，放弃了也就放弃了。刚到文化馆的时候，她看到电视里的曲艺节目就立刻换台——实在瞧不得。老蒋现在倒心疼女儿在婚姻里受到委屈了，他当年不比小朱甩手掌柜得多？两个小孩上医院，哪次不是她自己带着去的。自己要是像小男这样一点委屈不能受，还不跟他离了好几回了？

邓佩瑜心有余恨地在床上辗转反侧了许久。

邓兆真这天觉得精神挺好，早上多吃了一个肉包子。邓佩瑶夸他："爸，您真棒。"他笑："你是把我当小真哪。"

邓兆真输完早上的液，下床去窗边晒晒太阳。今天早上宁静得很，小音没来，老谢没来，小谢也没来，隔壁床的老宋治疗效果不理想，心情差得很，躺在床上除了刷手机什么也不干。邓兆真有一点寂寞。

"老谢这几天可能不当班。"他自言自语道。

"您想他啦？"邓佩瑶笑道。

"是呀，老谢说起老北京的事特别有意思，我爱听。"

"我也爱听呀，可人家还有本职工作不是？"

"确实确实，不能耽误老谢工作。"邓兆真忙点头，"小音今天也不来呀？"

"小音早上说有点事，今天您就难为着跟我聊会儿吧。"

"不难为不难为，瑶瑶，爸爸爱你。"

邓佩瑶还笑着呢，眼泪"唰"的一下就下来了。她急忙避过身去拿袖子擦眼泪，邓兆真仿佛没看见，邓佩瑶忙又笑道："爸，您觉不觉得，小真就跟和小男一个模子里刻出来似的……"

"没错，跟你姐刚出生的时候也特像……"

"哟，我姐刚出生的时候啥样您还记得呀？"

"那可不，你刚出生时的样子我也记得呀。"

被邓兆真惦记着的谢保华在人群中打了个喷嚏，可他没想到是有人想他的缘故。几天前医院里来了一批家属，在那人来人往的门诊大厅里席地一坐，打出了一个"心外科张玉书主任手握上市公司股权，为谋私利，心外患者沦为非法实验对象"的黑底白字横幅，有人抱着一张遗像，逢人来问就发张传单，哭诉说他家老爷子在心外科做手术，心外科给用了张主任公司生产的产品，没签知情同意书，因此手术做得不好，病人很快就没了。保安来驱赶他们，他们也不和保安发生正面冲突，收拾收拾东西，换急诊大厅再来。保安再来，他们干脆把横幅收了，一群戴着黑袖套的人就在门诊和急诊大厅走来走去，跟散步似的，保安阻挠，他们说这是公共地方，他们又没影响医院秩序，谁也不碍！

确实，这群人跟传统医闹还真不一样。第一天早上张主任就给保卫科打了电话，保卫科科长在电话里百般道歉："张主任，不是我们不想赶人，他们又没闹事，后来连横幅都不打了，可是就不肯走，我们也怕万一赶人赶得不好反而闹出群众性事件，我没法跟领导交代呀！"

与此同时，社交媒体上开始流传一篇匿名文章，详细解释了张主任和护生公司以及此次闹事事件的关系。文章揭秘，张主任在护生的股份是由他母亲代持的，老太太常年卧床，由张主任破格安排住在中心医院的老干部病区，因此绝无可能是自己获得的股票。中心医院心外科是护生的临床试点科室。一般临床试验是由第三方公司负责操作的，患者签署知情同意书，这样有正规化的临床试验数据，方便拿产品销售证，可护生为了省钱，在中心医院心外科安排了小规模试验性应用，既没找第三方公司，也没告诉病人。家属闹事的这个病人就是用了护生产品的病人之一，术后没能挺过危险期。家人当时被糊弄过去了，最近发现真相，决定和医院要个说法。

"客观地说，病人术后出现意外可能有多方面原因，在没有看到病历的情况下，不能下结论说患者的死亡和中心医院心外科违规进行临床试验有关，"这篇文章的作者在最后总结说，"但是，护生公司正值上市关键阶段，笔者出于兴趣，研究了一下护生公司的招股书，发现张主任母亲代持的股份不受上市锁定期的限制，不知两者之间是否有关联。此次护生的上市，是否又会因为违规临床试验的曝光而受阻呢？"

"这年头，医闹比法院有用，社交媒体比纪委有用。"陈主任对史主任感叹道。病人家属闹事的第三天，院办让张主任暂时也停职在家。心外科一下少了张主任和金主任两个领导，大家都稍有点无所适从。老金的问题还没结，张主任又出了岔子，院办一时焦头烂额，也没空梳理心外的日常工作。山中无老虎，猴子称大王。张主任和金主任一下都不在，科里非必要的手术停了不少。年轻的住院和主治医生们一边觉得前途未卜，一边又忍不住苟且偷生，享受这段手术变少的日子。护士们最怀念的还是鸡医生。"简直是飞来横祸，股份也是领导拿的，收入也是领导拿大头，结果鸡医生就因为跟主任一起做了那台手术，现在也被停职了。"一个护士对另一个护士说，被护士长瞪了一眼。

沙姜鸡自己倒觉得还好。张主任第一时间就给他爸打了电话，一是送信，二是道歉，无端把他儿子卷了进来。老沙人虽然不在北京，像张主任这样的旧友和同学还颇有几个，了解完前因后果，也就让张主任不用太挂心。他自个儿打了一圈电话了解情况，联想到前段时间沙姜鸡跟他聊的事，他叹了口气。

身在桃花源里的谢迅现在倒真像有福之人了。手术台数变少，当然监护室里的活儿也变少。他甚至可以鱼和熊掌兼得，在工作之余着手修改起自己多年前的一篇论文来——这篇草稿静静躺在他的电脑深处好几年，要想发表的话，非得好好更新一下才行。谢迅说不上是什么让他决心再捡起科研来。是顾晓音和史主任的鼓励？是自己终于想通了身在体制内最终还是得按照规矩行事？还是他不愿为俎上鱼肉，为此打算发愤图强？现实是也许兼而有之，但谢迅在心里把最大的那朵小红花给了顾晓音。

顾晓音此时却无心赏花。程秋帆每天要给她打不知多少个电话，找她咨询护生的事，简直让顾晓音有一种回到君度的错觉。按理说，程秋帆不该找她，但程秋帆也实在没辙。护生正在上市的冲刺阶段，忽然出了张主任这档子事。代持本身并不违法，护生自认在和张主任等业内人士打交道的过程中也行得正，坐得端，并无行贿之嫌，因此在这方面，程秋帆是不担心的。倒是违规进行临床试验这事，若是没发酵还好，要是真发酵了，引来监管调查，往小了说，上市时间表需要后移，往大了去，因为类似事件胎死腹中的案例也不是没有发生过。偏袁总为了上市时能把价格定得高点，着力给资本讲一个充满想象力的故事，因此在这半年内启动了好几个新的 R&D① 项目。这些项目写到招股书和路演资料里是好看的，但任何一个新项目都堪称大型碎钞机，护生最近一两个季度的现金流为此承担了巨大的压力，急需上市获得的现金来回血。若是上市出现变数……程秋帆简直不敢再往下想。

社交媒体刚爆出新闻时，承销商就已经开始施压，程秋帆当然是先找公司法务和陈硕。护生内部的法务是护生初创时袁总推荐的他上驾驶学校时的同学。方总觉得这一位的业务水平高低他一个外行看不出来，可是三本学校的法律硕士学历，想来不是特别行，袁总劝他先找个人顶上再说，人家真有那金刚钻，也不会肯来咱这初创企业拿个每月几千块的工资就算了。方总不同意这个观点，他觉得护生有光明的未来，能在初创时加入护生，就像在马化腾还做 OICQ 的时候加入腾讯一样。但这个法务到底是入职了。方总觉得法务这块

① 研究与开发。

归袁总管，那自己就不要给他找事。袁总虽然也对此人的水平不太放心，但他听说某估值千亿美金的大电商法务总监也是创始人在上 MBA（工商管理硕士）课时随便从班里找的同学——冥冥之中，袁总觉得，这就是护生未来也可能成为千亿美金公司的一个吉兆。

护生能不能达到千亿美金还是后话，可是在上市之前的这个紧要关头，法务却成了瓶颈。程秋帆不指望他能搞定承销商，那边的压力只能先靠君度帮忙顶上一顶。陈硕建议先写个风险披露，把各种可能的情况都写到，这未必能说服承销商，但是如果承销商被说服了，这至少能最大程度地降低护生的法律风险。风险披露写出来了，法务却不肯批，原因是：他不觉得这件事会有如此大的影响，如果写进招股书里，他担心会有自我归罪的可能性。

法务不肯批，袁总也跟着犹豫。程秋帆纵然做过好几个上市项目，完全知道风险披露就是为了日后万一有事能用来防身的保险杠，但此时他说了不算——他不是律师，陈硕不是护生的员工，袁总在招法务的时候觉得他的三本学历可能不行，但此时此刻他才是袁总心目当中最可靠的法律人。这事拖了两天，承销商先坐不住了。一个公司在这种时刻要在风险披露上犹豫，承销商读出的是公司必然有什么自己知道但没有告知承销商的实际风险。承销商的团队负责人给程秋帆打电话，说两天后的内部投委会准备撤掉这个议程，程秋帆好说歹说安抚住了承销商，立刻给袁总打电话。

袁总终于急了。"必须得先把承销商稳住。"

程秋帆心想那可不。"那我跟陈律师说一下，先把他写的那个风险披露草稿发给承销商看。"

"唉，也只能这样，可是我们内部得把好关！"

程秋帆想这话说得也没错，可是也得看是谁把关啊。想了想，他委婉道："袁总，法务虽然对公司非常了解，但确实没有上市的实战经验。咱们可能还是得主要依仗君度陈律师那边。"

袁总觉得他已经提前想好了正确答案："这简单，你赶紧从一流律所挖一个律师来，咱们给他个执行法务的位子。让他专管上市。完全交给君度我真不放心，这些律师，还不知道站在哪边呢，咱公司一个项目做完就完了，承销商那边可是有源源不断的项目，我要是律师，宁可牺牲小公司的利益，也不能得罪承销商。"

程秋帆不得不承认，袁总还是精。可这节骨眼上，哪个名牌律所的律师肯跳槽来个上市生死未卜的公司，给一个什么都不懂的法务做副手呢？他想来想去，还是怀着点愧疚的心情，去捏了顾晓音这个软柿子。作为一个良心未泯的人，程秋帆给顾晓音争取的条件是——先做公司的上市法律顾问，全权负责和上市有关的法务，且直接汇报给他。

第三十七章　一手好牌

　　陈主任跟史主任和护士长通完气，给张主任打电话："老张你别急，代持公司股份不是什么大事，院里估计也是暂时避过社交媒体上的影响，今早给我和老史打电话也没提工作安排，这还是准备等你回来主持大局嘛……嗯你放心，我跟老史和护士长通过气了，我暂时代你安排一下科里的日常工作，每天向你汇报……老史？老史能有什么意见，他巴不得一点行政工作都不要做才好。"

　　张主任挂下电话，稍稍放了一点心。老陈这个人，从业务水平上来说，不堪用，但是必要的忠诚还是有的。等自己这场风波过去，可以活动一下，给他争取一个正主任待遇。毕竟他只比自己小几岁，若是自己退休，下任主任是轮不到他的。张主任原来看好老金，谁知道老金不识好歹，也罢，回头再提拔一个就是。

　　张主任把回头要做的事想了一遍，其实心里远没有看起来那么有底。说起来，这回闹出来的和老金去举报的是同一件事。但它闹出来的方式不一样，牵涉了舆情。一旦牵涉舆情，这事情就没那么好办。老金举报他时给他通风报信的熟人，此时避而不接他的电话，以往他关系网里那些个跟此事有关的人也支支吾吾的，不愿意和张主任多谈此事。张主任不怪他们。换他站在这些人的位置上，他也不敢管一件可能会舆情失控的事，惹来一身腥。但张主任急于搞明白的是，这件事是单纯的患者家属闹事，还是背后有人。患者家属要的不外乎是赔偿——赔偿是容易的，别说这种牵涉大规模舆情的事，这些年只要是病人和医院打官司，医院有没有理都得赔钱。可要是背后还有人在推波助澜，甚至从中主使，局势就复杂得多。首先他得找到这个人是谁，才能徐徐图之。

老金？张主任觉得不像。老金现在自身难保，虽说他可能有同归于尽的决心，但是拿同一件事做两次文章，却并不怎么符合常理。最有可能的是有其他人，要么跟老金联手，要么在借机推波助澜，想把他和老金一起搞掉。张主任自认做人圆融，不得罪人。既然没有敌人，那么打算搞他的人必定会从此事中得到好处，张主任从这个方向想，觉得老史和老陈虽然看起来都置身事外，但其实都有嫌疑。两相比较，虽然老史看起来正经，对政治斗争毫无兴趣，倒是他的嫌疑更大点。老陈是自己人，用人不疑，疑人不用。更何况，他年纪也那么大了，就算把自己搞掉，科主任这个位子也轮不到他。老陈虽然能力不够，但是他不蠢。

张主任这么推论下来，把史主任当成了头号嫌疑人，因为这个，院里来征求他意见，在尘埃落定前，他觉得谁更能胜任代主任，张主任不假思索地推荐了陈主任。

陈主任升任代主任之后的第一件大事，是收到了金主任的辞职信。两人都是副主任时，陈主任想的是如何一石二鸟，把老张和老金都搞下去。现在他当上了代主任，和主任的头把交椅之间，看起来只是程序问题，陈主任起了惜才的心，开始琢磨起怎样能把老金留住。

"你这还真是屁股决定脑袋。"陈主任在家里思索解决方案时，老婆打趣他，被他一手挥开。"去去去，你懂什么，这叫在其位，谋其事。"

老金要去的是一家私立医院。这家医院在老金出事前不久刚跟老金接触过一次，想挖他去当心外科主任。老金这边说完全不动心是假的，对方开出的价码，比张主任的收入还高一截。但老金前思后想了几周，还是拒绝了对方——钱只是一个方面，在老金这个级别，三甲医院的收入，在北京过个舒适生活还是绰绰有余的。当然，要按老金老婆的想法，把孩子送去美国自费念大学，那确实紧张点。可是在三甲医院系统里又自有它看不见的好处，好些年前，他老婆还在存钱给孩子交小学赞助费的时候，刚好她看上的那个小学校长托人求到他这里来，给自家老爷子做心脏瓣膜手术。老金二话不说亲自上阵，手术做得精细，病人恢复得也好。校长专门上他家去道谢，于是他老婆趁着这机会开了口。结果怎么样？赞助费一分没交，孩子就上了理想的学校。

"别只盯着钱，公立医院里的好处，是钱买不来的。"老金一直这么教育他手下的小医生。不过自从这些年私立医院发展了起来，老金也承认，对年轻医生来说，公立医院收入低，压力大，竞争也激烈。要不是北京土著或者家里有点底子的，为生活所迫，去私立医院也是一条路。老金不歧视那些选择私立医院的年轻人，但他觉得自己毫无必要。

至少是——当时毫无必要。

识时务者为俊杰。老金最开始还相信他出事是因为运气不好，碰上了后台过硬的病人。等到他发现张主任一点要捞他的意思也没有时，他就明白，不管泄密的是谁，总之张主任肯定知道自己写举报信的事了。历来枭雄做事都是愿赌服输，如果他匿名举报张主任成功，老金自认心外下任主任非他莫属；现在失败了，还被老张抓住个把柄，组织上就算不动他的位置，或者外放半年一年回来，只要老张还在，肯定就会确保他在中心医院心外科永无出头之日。

想通了这一节，老金甚至有点如释重负起来。他给那家私立医院的院长打了个电话，人家第二天就登门拜访，不仅再次请他出山，还把待遇又往上提了一提。

若说老金在听到后续新闻的时候完全心如止水、丝毫没有拍手称快，或是感慨自己未能再多按兵不动一会儿，那可谓毫不现实。但当老金听说老陈当上代主任之后，他那一丝的悔意也烟消云散。张主任不管怎么说也是个能人，老陈算什么？就算没有这些事，他老金也绝不可能给老陈当副手。

因此老陈无论怎样对老金动之以情晓之以理，老金只咬定一切已成定局，感谢他的厚爱。

"呸，什么东西！"老陈出门时啐了一口。

老陈留不住老金，可也不是完全不能给老金使绊子。老金决定去私立医院以后，先分别找了谢迅和沙姜鸡，想把他二人带去。两人都委婉拒绝。谢迅不想挪窝，沙姜鸡早已给自己联系好中心医院的整形科，打算转行，就算没有老金要走这事，他也不想在心外科再待下去了。老金掩盖住失望，转而挖了另一个老史手下的主治和自己组里的一个年轻住院医生。谁知那边一切都弄好了，老陈这边各种刁难，不肯痛快放人。

老金也算是正撞在老陈的枪口上。前儿他听院办那边传来的确切消息，说这次舆情影响太坏，虽说家人代持医药公司股份并不违反规定，小规模不规范临床试验在业内也是常有的事，但舆情一旦被引发，这些相对独立的事件就会被重新解读。社交媒体上的读者看到的是一个国内首屈一指的公立医院一流科室的主任手握"上市公司"股份，用职务之便给公司的违规操作开绿灯。因此，即使只是为了平息舆论，中心医院也不得不拿张主任开刀。这种大势所趋的事，上头处理起来比老金的案子要迅速得多，老金的处理意见甚至还没有出来，张主任已经被组织上通报批评，并且以提前退休代替停薪留职、党内处分等处罚。

按理说，张主任的事有了定论，接下来就该把陈主任扶正，但不知道为什么，组织上的正式委任一直没有来。老陈因此很焦虑，连带着工作也有些心不在焉，做手术要关胸时，纱布怎么数怎么少一块。所有人火烧眉头时，跟台的住院医生小声说好像看见陈主任为了止血把一块纱布塞在心脏后壁里面，也许在吸血后滑到了肺腔，被老陈劈头盖脸骂了一顿。然而走过的路不及老陈走过的桥多的住院医生倒是被收拾妥了，纱布还是找不到，手术室护士长最后温言软语求陈主任看一眼肺腔，果然在深处摸到了那块小小纱布。

相比之下，老金想好了退路，倒是显得比老陈举重若轻。

国不可一日无君，科室不能一日无正主任。老陈总觉得自己虽然占着这代主任的位置，但一日没能转正，一日心里就难以踏实。加上这纱布事件闹得他有点心有余悸，干脆放出话去，说自己行政任务太多，暂时不能排大手术。可这医生有阴晴圆缺，病人要生病却不挑日子，于是史主任忙得像是踩上了风火轮，非紧急病人的手术一概往后推，能让主治上的手术全安排主治上，饶是如此，科里还是兵荒马乱，医务处也收到好几桩病人投诉。

老陈觉得这样挺好。没有压力，院里就没有动力解决问题。前几天他找院办的人通气，院办的人支支吾吾，不肯给他个准话，把老陈气得要命。他任由心外乱了半个月，没有等来任命函，倒是院长亲自约他谈话，老陈觉得这回该是妥了，当天出门前还专门穿了老婆给买的新毛呢裤子和皮鞋——要当领导，内在重要，外在也不能太差了，难以服人。谁知院长话里话外打了一圈太极，告诉他院里是想提他当主任，但现在上面要求领导班子年轻化，新提的科室主任也不能年龄太大，因此准备提老史，请他高风亮节，理解院里的难处。

老陈不知道自己是怎么走出院长办公室的。过去这段日子，就像做了黄粱一梦。他还是那个副主任，好像没有失去什么，又好像失去了一切。老陈一不做，二不休，休起了病假——前两天是装病，后面就成了真病——他这一动气，从前的胃病重新发作。老陈想着自己这胃的毛病还是年轻的时候工作太忙老耽误吃饭落下的，更加悲从中来。

内科病房就在心外科楼下。老陈这一病，所有的人都来看他，别说老史和护士长，连沙姜鸡和已经办好退休手续的老张都来了。老张不仅来看他，还给他包了两千块钱，让他想开点。"再怎么样也别跟自己的身体过不去。"

老张走了，老陈的老婆攥着那红包埋怨他："你看你，你要是不搞那小动作，在老张手下安安稳稳退休，不比现在好？人家不知道你背后插了刀子，还给你送钱，你亏不亏心哪?!"

"妇人之见!"老陈心里也难受得很，可嘴上却不能承认，"没见过钱，才两千块钱就把你给收买了。他那个公司马上就要上市，两千块对他来说就跟你的二十块没分别。"

"姥爷，有人叫我去上班呢。"顾晓音抚摸着邓兆真的手背说。

"那多好，是律所、法院还是公司啊？"

"是个公司。"

"大公司吗？"

"还行吧，快要上市了。"

"哟，那是大公司呀，都上市公司了。你去那里负责什么业务啊，做公司领导的法律顾问？"

"差不多吧。"

老人的手背，总像是两只手的皮罩在了一只手上，多出来的那些就形成了沟壑。邓兆真手背上的皮随着血管形成了纹路，又在血管的纹路之间形成新的褶皱。然而褶皱之中的那些皮摸起来是滑的，这其实是老年人皮肤薄的缘故，但竟给顾晓音一种错觉，好像它比自己父亲那双中年的手更细腻一样。

医院里总有两种时间。急诊和手术室里的时间走得飞快，成天成小时地"哗"的一下就过去了。病房里的时间又过得极慢，若不是每天的早晚查房和三餐努力把它分割成了几个小块，那整块的时间都是囫囵的，沉滞的，午觉都睡醒好一会儿了，然而离傍晚查房的时间还远。顾晓音不得不承认，这段时间程秋帆每天好几个电话找她，对她是有益的。她开始这段旅程时，想的是和姥爷岁月静好地朝夕相处，然而现实是医院里每天的琐事，三餐，陪姥爷在隔壁老宋刷视频的背景声音中看中央台的电视连续剧。谢保华来的时候，姥爷一般兴致都很高，但除此之外，还是看电视的时候多。因此她们全家怀着略有不同的动机，全都希望谢家父子多来串串门。

只是闷是一回事，要顾晓音现在跟姥爷和妈妈说她要上班，她还开不了口。

"姥爷，我不想去，我想陪你。"顾晓音并不觉得自己在骗姥爷，她确实是这么想的，但她同时也知道，如果她完全不想去，直接回绝了就好，根本不必告诉姥爷。果然姥爷摇摇头道："傻姑娘，你的孝心姥爷都知道，但你还年轻呢，还是要以工作为重。你妈要是还没退休，我也不让她天天在这里照顾我的。"

邓佩瑶适时插话："是呀小音，机会不等人，姥爷这儿有我呢。"

"而且我感觉上个疗程效果很显著，说不定再过几个星期我也就出院了。"

邓佩瑶和顾晓音都心知这不可能。邓兆真撑过第一次"迷你化疗"之后的高烧期，各项指标和精神确实都恢复了不少。然而彭主任在祝贺老爷子身体恢复的同时，也私下里给邓佩瑶母女交过底："老爷子这情况，想根治是不可能的，每次下重药之后能熬过发烧期就会好一段，但接下去指标还会下降，需要再次用药。多数病人能撑上几轮，但你们家属还是要随时做好心理准备。"

邓佩瑶当时答应得好好的，出了彭主任办公室就抹眼泪。

"我还是有点担心。"晚饭时，顾晓音忍不住对谢迅诉苦，"万一护生那边忙的时候姥爷忽然不好，我不是得后悔死。"

谢迅做了这么多年医生，当然明白这种事情发生的几率不小，但他只能说："不会的，你别自个儿吓自个儿。"

顾晓音也是个相信科学的人，她知道凡事都有个概率，因此谁说"不会"都只能是在安慰她。然而她现在需要这样的安慰，虽然说起来显得自欺欺人，但她确实需要。

于是她假装被谢迅说服，转换了话题："你们科室的戏现在唱到哪一出了？"

谢迅也不知道这戏究竟唱到了哪一出。张主任退了，老金走了，院里倒是任命了史主任做正主任，但陈主任不服，直接住进了医院里。谢迅没怪沙姜鸡在这个时候另攀高枝，但他心里着实堵得慌。沙姜鸡若没走，他还能说服自己心外只是在经历换血，沙姜鸡走了，对他来说，立刻就有树倒猢狲散的意味。沙姜鸡去新科室报到的第一天，到了午饭时分，谢迅下意识抬头望向沙姜鸡空荡荡的办公桌，才意识到他的这个"长期饭票"已经不在心外，而他自己的饭卡还在邓佩瑶那里。

他掏出手机想给沙姜鸡发条信息，最后还是收了回去。

那天中午谢迅没吃午饭。

"估计陈主任过阵子还是会回来吧。科室经过这次折腾缩水了不少，中心医院也很少有从外面调入骨干力量的先例，我估计可能得保持现状挺长一段时间。"谢迅长叹了一口气，"私立那边要是晚两个星期找老金，或者老金晚两个星期再下决心，也不会搞成现在这样。"

换一个人也许会在心里吐槽谢迅胸无大志，儿女情长，但顾晓音只是举起手边的一次性塑料水杯说："祝我们都有光明的前途。"

顾晓音在护生的前途，确比她想得光明。她本来觉得护生的法务可能会护着自己的一亩三分地，把她当成个假想敌，谁知道法务自个儿想得很清楚——公司的期权他已经拿到，因此上市是头等大事，有人来替他担这个责任，把上市推上去，那是再好不过的事。等公司顺利上市了，他只要熬足年份就可以拿到全部股票，过上舒舒服服的日子，至于这几年他在公司做什么，那不重要！

如果程秋帆能听到法务的心声，一定会对他完全改观，刮目相看。这些年他见多了在公司上市前后兴风作浪的各式角色，像护生法务这样知道自己不行而不勉力为之的，不多。

顾晓音上任之后的第一件事，是把锁定协议①送到张主任面前。此一时也，彼一时也。从前承销商巴结着护生，而护生须得巴结着张主任，现在风水轮流转，张主任已不在位，倒要指望着护生的上市来安享晚年，承销商那边虽已箭在弦上，大概率是不得不发的，护生却也不敢在这个时候把姿态摆得太高。袁总最早还动过换承销商的念头，被程秋帆劝住："很快港交所就要聆讯，在这个节骨眼上换承销商，耽误时间不说，之前那些争取过我们的银行未必就

---

①承销商与公司的内部人士之间具有法律约束力的合约。规定在特定时期内，这些人士不可出售该公司的任何股票。

敢接手过去。"

袁总还有点不信邪，觉得程秋帆这是魄力不够，他悄悄联系了护生选秀时盯他盯得极紧的一家投行，说想见个面 catch up（叙旧），对方倒是一口应承下来，转天就定了个高级餐厅请袁总吃饭，然而全程对袁总抛出的话风只笑眯眯听着，一点要接的意思也没有。

因此顾晓音的这第一步，虽然稍有落井下石之嫌，结果却是皆大欢喜。

顾晓音觉得，她在医院里陪着姥爷的生活，就好像回到儿童时代。天光和人生都很漫长，日子也过得慢。一旦回到职场，人生简直像按下快进键，经常是她想着下午溜出去一趟看看姥爷，再回神时已过了医院的晚饭时间。如此几回之后，顾晓音干脆每天早上上中心医院，在姥爷病床前吃完早饭再上班。

"小音，你别天天跑，早上折腾一趟太累了。"没两天邓兆真就说她。

"不碍事的姥爷。我公司就在朝外，顺路！"顾晓音边嚼着嘴里的包子边说，"要是还像原来那样在国贸，我就不跑啦。"

"哦，这样。"邓兆真点点头，"那你早上跟小谢医生一起吗？"

顾晓音倒没想到姥爷能问出这话，一时包子卡在喉咙里上下不得。她好容易把那口包子咽下去，喝了口水。"早上时间没个准儿，约一起还得互相等，多费劲儿哪。"

"嗯。也对。"邓兆真没再深究这个话题。

其实顾晓音没说实话，今早她和谢迅就是一起来的。之前顾晓音确实顾虑着两人时间可能凑不上，又不想拖谢迅的后腿，就没主动说这事。可巧昨晚顾晓音加班，错过了电梯的点，倒又在楼梯间遇上了谢迅。

"这么巧！"

"不巧，"谢迅笑道，"我基本上还是隔日爬一次楼梯，只是你上岸后下班早了。"

两人都笑了，顾晓音有点不好意思。"明早我上班前去看姥爷，你想一起出门吗？"

"好。"

他们就这样心照不宣地开始早晨一起出门，有时到得早，还来得及去东门外安徽人开的那家早点店买个早饭。邓佩瑶吃着女儿带来的煎饼包油条，笑眯眯地并不戳穿。

谢保华能感觉到自己儿子可能在憋个大招。谢迅现在没了沙姜鸡这个靠山，每到饭点就只能来蹭他爹的饭卡。现在心外科里忙，多数是谢保华买了饭给他送去，难得有两人坐下来的机会，若是谢保华问起顾晓音，谢迅总显得非常不自在，甚至比谈起徐曼还不自在。

　　这小子。谢保华琢磨，他自个儿也不知道明不明白，这男女之间的缘分哪，有时候看起来深，可实际上就跟林间的鸟儿一样，你听到它在唱歌，甚至能看到它站在枝头，可能把它网下的机会，就那么一两回，你一瞻前顾后，它就跑了。

　　谢迅也觉得自己是瞻前顾后了。他想着别把顾晓音逼得太紧，等她姥爷好些，等她的工作有一点眉目，等自己有一点点拿得出手的成绩……谁知计划总没有变化快，光是心外这边，一桩桩一件件的事就让人喘不过气来。谢迅开始觉得，他确实不想，也不愿再等下去。

　　在这节骨眼上，邓兆真的病情又出现了反复。正如彭主任所预料的，"迷你化疗"的效果，只能坚持很短的一段时间。邓佩瑶这回也算有了经验，没怎么经过内心挣扎就同意进行第二轮的"迷你化疗"。邓兆真就跟上回一样，用完药，白细胞立刻下去了，但人也很快开始发烧。邓佩瑶一边安慰邓兆真和邓佩瑜这都是正常现象，很快就会好，一边自己每日焦心地盯着父亲。这一回邓兆真比上回发烧的时间长，到第四天才开始退烧，邓佩瑶那颗心在半空中整整悬了四天，这才终于慢慢降落下来。

　　同样长舒一口气的还有顾晓音。护生的港交所聆讯就安排在后一周，按道理她和袁总以及程秋帆都得去香港坐镇。可姥爷若是没退烧，她又如何能安心去香港？她私下跟程秋帆打了招呼：若是实在不行，请他和袁总先去，她在北京再等两天。程秋帆应下，却没有告诉袁总——这种未必会发生的事，若真是发生了，袁总也得体谅顾晓音，若是没发生，那也不必现在就让袁总知道，平白在他心里挂个号。

　　机票订在周日晚上。顾晓音白天就把行李拿去了中心医院，打算直接从医院去机场。谢迅说要送她去机场，顾晓音没答应——他来回折腾不说，这回程车费起码一百多，谢迅这纯粹是瞎浪费钱。于是她建议两人一起早点吃晚饭，晚饭吃完她自个儿走，赶晚上最后那班去香港的飞机，刚好。

　　谁知刚巧就在这一天，北京大雪。白天顾晓音坐在病房里陪邓兆真看雪景，邓兆真笑呵呵道："瑞雪兆丰年。"顾晓音心里想的却是她那晚班的飞机还能不能撑住，是不是必须得改早一班。到了下午三点，她的那班国航飞机果然被取消，在这之前的一班国泰还打算飞，只是可能晚点，顾晓音连忙改签，好容易打完和航空公司的电话，离飞机起飞还剩两个小时。顾晓音拎着箱子就往医院门口赶，走之前只来得及亲亲姥爷的脸颊。"姥爷你好好的，我周四回来就来看你。"

"好着哪，好着哪，"邓兆真挥手道，"你快走，路上小心。"

链子总掉在令人意想不到的地方。十五分钟后，顾晓音还站在中心医院的门口，焦急地等车。再等两分钟，她告诉自己，两分钟叫不到车，她就只能拖着箱子去坐地铁倒机场快线，如果她跑着去，也许还来得及。她从没有像现在这样希望飞机晚点过。

一条信息悄无声息地跳出来。陈硕问："你们到香港了吧？北京大雪……"

顾晓音站在雪地里，也顾不上客气与否，直接回了条语音："打不着车，估计要误机。"

陈硕直接把电话打了回来。"你在哪儿？"

顾晓音犹豫了一下，形势比人强，她实话实说："中心医院。"

"算你走运。我刚好也要去机场，而且就在附近，你原地别动，我来捎上你。"

顾晓音只差热泪盈眶。"太好了，谢谢你！"

电话那边的陈硕倒是不自然起来："别，我也不是专门英雄救美，咱也就是乙方的姿态摆得正。"

顾晓音收了线，果然陈硕的车已经在转角，顾晓音看清车牌，朝那儿使劲儿挥手，车停在她面前，陈硕下车帮她把行李挪进后备厢。两人坐进车里和司机一合计，非得先送顾晓音不可。

"幸亏我留了富余，不然这误机费我也得算到你们护生头上去。"

顾晓音只是干笑，没搭话。好险，她想，这一路的惊魂未定，顾晓音直到在登机口坐定才想起她今晚还有另一个约会。她看了眼表，五点零五分。还好谢迅还没找她，她赶忙给谢迅打电话。

谢迅听了顾晓音的解释后出奇地平静，他只是温声道："一路顺利。"

"好。回来我请你吃饭赔罪。"顾晓音不疑有他地挂上电话。

那一头谢迅挂上电话，嘴角却带了一抹自嘲的笑。下午顾晓音等车时，他刚好去找谢保华拿饭卡。见顾晓音提着箱子站在路边，谢迅觉得奇怪，刚打算走过去看看，一辆车停在顾晓音面前，下来一个他见过的人，熟门熟路地拎起顾晓音的箱子。

原来如此。他满心懊悔地想，果然如此。

第三十八章 西西弗斯

顾晓音是第一次到香港。

陈硕刚来君度的时候说过好几回，从外资所转到内资所的一大好处，是不需要再一遍遍地为上市项目跑香港这个渔村。"室外又热又湿，简直喘不过气来。室内空调开到非得再开暖气的地步。到处又老又旧，本地人住在笼子一样小的房子里，还觉得自己高大陆人一等。"

她心目中的香港还是人人向往的花花世界。明星遍地，到处纸醉金迷。童年的滤镜既深且厚，即便陈硕对它嗤之以鼻，而蒋近男说过好几次 SKP 的货比置地广场全多了，在香港机场降落的顾晓音还是难掩内心的雀跃之情。

直到司机既听不懂普通话，英文也不太行，公司明明给她订了港岛的 HYATT①，司机自说自话地把她拉到尖沙咀那一间。顾晓音看地图觉得不太对，跟他理论，大叔只管挥手，吐出一串连珠炮式粤语，让她赶紧付钱下车。

等她终于折腾到正确的酒店，早已过了半夜。港岛 HYATT 建在海边，顾晓音拉开自己房间的窗帘，望见小街对面一栋看起来有点年头的办公楼。

她拉上窗帘，把自己扔到了床上。明天会是漫长的一天，以及之后漫长几

---

① 凯悦，凯悦酒店集团的高档旗舰品牌。

天的开端。

第一天波澜不惊地过去。所有人在代表护生的外资所会议室里开了一整天会——说是一整天，顾晓音发现承销商的人哪怕是最低一级的分析员也拖到十一点才出现，承销商的律师来了两个，而护生自己的律师眼看着会一时半会儿开不起来，只留了一个三年级的陪客户说话，其他的人先回自己办公室干活儿去了。审计师倒是来得很齐，他们在另一间会议室里对数，并不理会项目上的其他人。

"你看，这就是袁总省钱不肯去印刷行开会的后果。"程秋帆悄悄在顾晓音耳朵旁边说。

程秋帆的话袁总没听见，可是很快有人非得让他听见抱怨不可。承销商的分析员对护生的律师吐槽茶水间连个像样的咖啡都没有，更别说是像印刷行里那样饮料、零食、冰激凌俱全了。

"楼下就有星巴克，要不我让秘书跑一趟吧。"护生的律师说。

程秋帆忙谢过她，又问能不能请秘书代订午饭。外资所的律师做这些也算是驾轻就熟，很快端来四杯咖啡，又送来点餐单，说所里开会一般都点这家的午饭。

袁总拿过一张。"哎呀呀，李律师，你们所里自己开个会都要点文华酒店的外卖呀。太高档了太高档了，怪不得律师费要收得那么贵！"李律师没有接茬儿，袁总继续自说自话道："这一份沙拉就要一百多，沙拉不就是拌蔬菜嘛，五星级酒店果然厉害。唉，我看我来一个三明治就好了。"

袁总都说得这么明白了，屋子里各人自然不好意思僭越，各人点一个三明治了事，倒是隔壁屋的审计师们没听到这场对话，好几个人选了那令袁总肉痛的沙拉。那四杯咖啡，分析员拿走一杯，承销商律师拿了一杯，剩下两杯被送去审计师屋子里，一会儿又原封不动地回来了。

"既然没有人要喝，为什么要买那么多？"袁总又嘀咕一句，拿起一杯递给顾晓音，"顾律师你来一杯。"又自己拿起最后那一杯。"算了，我也喝一个吧。"

顾晓音觉得她既能理解袁总，也能理解分析员和律师的态度。一个眼看着马上就要财富自由的人，在这些小事上斤斤计较，让年轻人看不起也是正常的。但话又说回来，中介机构再怎么在项目上付出努力，上市最后这一刻，那箭在弦上的紧迫感仍然是隔靴搔痒式的，毕竟没有人的身家真正和这场上市有关，而一旦手握实际利益，哪怕是顾晓音这种最后一刻上船，手里期权少得可怜的，都会不留余地地全情投入。

怪不得有投资人说企业家别怪员工没有主人翁意识，那一定是期权没给够。

就像上天要试探顾晓音的主人翁意识似的，第二天一早，承销商律师愁眉苦脸地来找她和李律师。对方吞吞吐吐地把事情说完，顾晓音和李律师都觉得难办——承销商那边本来负责这个项目的内部法务生孩子去了，手里的项目临时全转给了纽约的同事。这个同事接手项目之后审阅项目材料，发现君度的法律意见书在公司产品的上市审批流程是否完全合规这一点上略有保留，联想到前段时间某中概股爆出的业务造假事件，纽约法务非常紧张，要求亚洲这边必须解决这个法律意见书的疏漏，他才能给项目开绿灯。

承销商的分析员做过护生的尽职调查，当然知道是怎么回事——护生的某些产品在最初生产的时候，公司自己的厂房还没有建好，因此是先借用其他产品的厂房提交申请，接受国家体系考核，再补建新产品专门厂房，这样才能不耽误新产品上市。这就像国内的许多事一样，大家都这么干，说合规吧，不合规，但直属管理部门也知道你这么干，甚至了解这些公司的苦衷，因此默认了这种做法，从不执法。于是你要是问业务部门，业务部门觉得这么做合情、合理、合法，但你要问个律师，没有一个律师敢打包票这么做能行。

"这不就跟 VIE 架构①一样嘛，你从这个角度给你纽约的法务解释解释应该能过。"李律师安慰分析员道。

分析员觉得这话说得在理，按李律师的建议给纽约法务写了邮件，然而法务很快回复："VIE 架构是经多次上市被证明的，这可不一样，如果公司律师觉得可以接受，应当在法律意见书里体现出来。如果中国法律意见书不行，外资所的意见书涵盖也可以，但我必须看到法律意见书才能签字。"

三人面面相觑，不能相信自己在聆讯前遇到了这种针尖对麦芒的问题。但

①也称"协议控制"。是指境外上市实体与境内运营实体相分离，境外上市实体在境内设立全资子公司，该全资子公司并不实际开展主营业务，而是通过协议的方式控制境内运营实体的业务和财务，使该运营实体成为上市实体的可变利益实体。

他们都知道今天这个问题若是没解决，聆讯可能真的要黄，毕竟投行里的法务职级虽然不见得高，但他们否决的事，资深 MD 也未见得挽救得来。李律师立刻给陈硕打电话，而顾晓音把程秋帆拉到一边，也赶紧跟他交代了一番。

"这怎么办？"程秋帆果然立刻焦虑起来。

"李律师先跟君度沟通一轮，不行的话我再给陈硕打电话。"

程秋帆点头。"这要是几个月前，我们还能干脆把这家承销商炒了换一家，现在的形势是我们求着人家帮忙把项目做完，可千万不能在这种莫名其妙的地方掉链子。袁总可能会杀了我们。"

李律师没多久就回来了，朝顾晓音摇了摇头。虽说是意料中的结果，大家还是难免失望。"我再去给陈硕打个电话。"顾晓音拿起手机就走。

"晓音，你这不明摆着为难我吗？"陈硕在电话那头颇为委屈地说。

顾晓音也知道自己有些强人所难，但事到如今，她也不得不把老东家逼上一逼。"你别再搬出那套'一份法律意见书能毁掉一个律所'的理论了。谁不知道咱所前两年意见书都是客户让涵盖什么都给涵盖上，真要出事，也轮不到咱这一份。更何况你我都明白，这次就是纽约法务不懂中国情况钻牛角尖，公司本身的业务没问题。"

陈硕叹口气，颇为感慨地说："我早听说前同事转的客户最可怕，既熟悉所里的情况，又下得了狠手。今日一见，果然名不虚传。"

顾晓音并不觉得有趣。"谁不想乐呵呵地把项目给做了呢，我要是有别的辙早使了。"

陈硕也听出来顾晓音现在没心情开玩笑。"我是真想帮你，只是最近有两家律所刚因为法律意见书出了事，所以所里确实比之前更重视。说白了，现在就是个风险谁承担的问题，你想想，君度虽然从你在的时候就开始做护生的项目，到了上市环节还不是得被李律师他们这些外资所摘桃子？我们从上市本身能拿到的律师费实在有限，替外所和承销商担这个风险完全得不偿失。"

顾晓音明白陈硕说的是大实话，她还在君度的时候没少骂过外资所律师——自己的上市法律意见书里一共两条意见，还要加上一大堆前提条件，恨不得把责任全部撇清，却又压着在项目中功能极其有限的中资所把合规风险在法律意见书里涵盖了。这世界就是这么不公平。

"我能不着急吗？对你来说是一个项目的事，现在对我来说可是饭碗。"

顾晓音的示弱是有意的。她赌陈硕在她被君度开掉这件事上问心有愧，撇开老同学的情谊和两人之间的"历史"不谈，陈硕可能也很难袖手旁观她再被解雇一次。

"别急别急。"陈硕果然如她预料般态度松动下来，"我去跟刘老板商量一下，尽快给你个准信。"

"不是准信，是你得给我个解决方案。"

"我尽量，尽量。"陈硕招架不住，败下阵来，"护生是个什么样的染缸啊？把我们温柔的顾律师改造成了如此可怕的甲方。"

顾晓音在忐忑中等到下午四点，陈硕终于又打来电话。"晓音，承销商那个内部律师叫什么？"

"Yvette。"

这名字不常见，顾晓音念起来磕磕巴巴的。陈硕却像听到什么好消息似的，"是不是 y-v-e-t-t-e？"

"对。"

"那应该是她。听着，刘老板说君度确实没法把这个风险揽过来，但是刘老板和我以前在明德的时候都和这个律师打过不少交道。我们下午准备一下相关行业资料，也跟另外三家律所沟通一下，晚上纽约上班了，我们各方律师带着你和承销商团队一起给 Yvette 打个电话，大概率能说服她。"

"大概率"并不是一个包票，但顾晓音也无法再要求更多。一切要等到晚上见分晓。

承销商分析员早早给纽约法务写了邮件，约早上的电话会议。晚上七点，承销商的项目主管问："法务回了吗？"

分析员愁眉苦脸道："老大，纽约现在才早六点，她可能还没起。"

项目主管不以为然。"律师不是都不睡觉的吗？我有一次在美国出差，夜里三点给李律师老板发邮件想约个电话会议，人家立刻就打回来了。"

几个律师对望一眼，都假装没有听见。

八点过几分，纽约律师终于回了邮件。她说自己早上九点半已经安排了会议，可以十点半和亚洲通话。

"开玩笑，纽约早上十点半，这里都晚上十一点半了，不行不行，让她早点，早上九点半之前。"袁总不满道。

分析员再问纽约法务，她很快回复："我九点半才能到办公室，如果你们不介意，八点半我可以在去中城的火车上打这个电话。"

袁总又道："现在那边才七点！现在打完电话再坐车不行吗？"

问题被抛过去，又立刻被抛回来，言简意赅："八点半之前我不行。"一点要解释的意思也没有。

解释的人往往是底气不足，不解释的人，说明她既不必解释，也不打算改变答案。顾晓音深知求人办事这么步步紧逼效果可能会打折，然而这么干的是老板，她也确实没辙。现在万事俱备，只欠纽约的东风，会议室里，律师和投行的人争分夺秒地做其他的事，顾晓音和程秋帆陪着焦躁的袁总闲聊。

快到九点，顾晓音给邓佩瑶发了条消息，问姥爷今天情况如何。过了十分钟，邓佩瑶回了条语音："姥爷今天上午胃口和精神都好，下午开始有点发烧，刚才 38℃多，我一会儿临走再观察一下。"

这种情况也不是头一回了，但顾晓音还是有点担心。"还是叫护士来看看吧？"

"好，我这就叫，你别担心。"

顾晓音稍稍放下悬着的一颗心。那边程秋帆向她招手，示意电话会议马上就要开始了。顾晓音放下手机，挪到程秋帆旁边，好几个人围着电话会议系统坐定。"哔"一声之后，嘈杂的背景音涌入，香港的人不得不调小电话音量，接着一个女声道："Yvette is online（Yvette 在线）。"

亚洲这边的主讲人是陈硕，刘煜作为大老板，也时不时插几句话。正如陈硕所料，这位 Yvette 女士从前跟他和刘老板做过不少美股 IPO，因为熟悉，因此语气和立场都比早前和承销商分析员沟通时要柔和不少。陈硕讲解了这种做法的依据和通常的执法尺度，又给她举了几个已上市医药公司的例子。"这里面某某和某某公司的上市，贵行也有份参与，只要查一下档就知道，我可以打包票，那两个项目的中国法律意见书里也不可能认定这种操作是完全合规的。"

Yvette 女士沉吟了一会儿。"我需要考虑一下再答复，可以请承销商的律师们在线上再留一下吗？"

那当然是没问题。公司这边的所有人下线。程秋帆拉着顾晓音去茶水间，给会议室里还在跟纽约开会的承销商团队一点空间。大约二十分钟后，分析员推门进来。"搞完了，这位大姐还得想会儿，答应我们这边半夜前回话。她

sign-off（通过）了，我们连夜开投委会，放心，耽误不了事。"

顾晓音心说没到真的 sign-off 了谁知道，不过眼下也只能继续等。"可惜现在太晚了，不然干脆去看个电影再说。"程秋帆充满乐观主义地说道，"袁总确实该订印刷行的，律所的会议室虽然可以免费用，但是一点娱乐也没有，实在无聊。"

顾晓音笑着建议程秋帆跟袁总学习，在大伙儿讨论招股书上他不关心的内容时，刷手机上的小视频自娱自乐。两人有说有笑地回到会议室，顾晓音捞起留在座位上的手机，她的笑容凝结住了。

邓佩瑶在过去一个小时里发了好几条语音。顾晓音点开听，第一条是说护士来了，觉得姥爷的情况不是太好，要去叫值班医生。接下来一条是七八分钟后，说医生来了，让她别担心。又过了二十分钟，邓佩瑶哭着说："晓音，姥爷走了。"系统自动播放最后一条语音，也不知道是多久之后，稍稍平静下来的邓佩瑶带着哭腔说："现在大姨、大姨夫和小男都在赶过来，你爸在给姥爷换衣服。估计你在忙，忙完了再给我回个电话。姥爷走的时候没有痛苦。"

顾晓音茫然地把手机放在桌上，还那么站着。她好像身处在一个突然被抽了空气的真空世界里，刚才那几条语音是真的吗？就在那个电话开始的时候，这还是一个有姥爷的世界，它现在看起来一切如常，但姥爷真的不在了吗？

她就这么迷惘地站了好久，程秋帆看出不对，走过来问："晓音你没事吧？"

这句话就像打碎了过去那个世界的壳一样。顾晓音的眼泪喷涌而出。"我姥爷刚刚去世了。"

会议室里的人都往这边看过来，不知道为什么公司律师忽然精神崩溃。程秋帆忙揽过顾晓音的肩，把她带去隔壁一间没人的会议室。会议室灯黑着，不远处中银大厦楼体上的交叉线在夜幕里闪闪发光，姥爷听说她要来香港，还让她好好看看贝聿铭设计的中银大厦，然而这盛大的灯光也盖不住顾晓音心里汹涌而出的悲伤，她在过去无数次带着恐惧设想过这个时刻到来的时候会是怎样，但命运就是这么的鬼鬼祟祟，在人毫无防备的时候从背后抢出致命一击。

顾晓音在中银的灯光下号啕大哭。

她不知哭了多久，也许半小时，也许更长时间，有人敲会议室的门。她这才注意到程秋帆还一直陪她坐着。程秋帆打开门，承销商的分析员往里看了一眼，说："法务 sign-off 了。"

即使是程秋帆，在这个时刻除了如释重负，也感觉不到什么喜悦。而这个消息就像现实又照进了顾晓音的世界，她擦擦眼泪站起来。"总算过关了。"

"嗯。"程秋帆道，"明天的聆讯应该没问题，你这边也没什么更多需要做的，要不要跟袁总打个招呼先回去？"

顾晓音感激地点头。"你知道现在最快回北京的方法是什么吗？"

"深圳去北京不知道有没有凌晨的班机，没有的话，明早香港飞北京最早一班好像是七点。"

有了一点确实可做的事，顾晓音冷静下来。她留在漆黑的会议室里查了一圈机票，给自己订了明早最早一班班机。在黑暗里坐久了，打开隔壁大会议室的门，顾晓音被灯光晃得有些睁不开眼。她皱眉定定神，找到袁总，程秋帆显然已经跟袁总打好了招呼，袁总没等她开口便道："小顾你节哀，快赶回去，这边有我和小程坐镇，没问题的。"

从律所去酒店的路，打车最多只有五分钟。出租车司机在深夜里排了许久的队，拉到这么一单起步价的生意，不免想要骂骂咧咧几句，还没开口，他发现后座的女客人开始啜泣，一开始只是低低地饮泣，逐渐难以控制。不知道是被老板骂了还是被男朋友甩，司机心里想，深更半夜的，这个女仔也怪可怜。他把一肚子怨气咽下，打开音响，放起《海阔天空》。

顾晓音回到酒店，觉得情绪足够平稳了才给邓佩瑶打电话。邓佩瑶的声音沙哑，大约也是哭了很久。到了这个时候，反而没什么可说的。顾晓音告诉妈妈，自己明天大概中午能到北京，两人很快收了线。

可顾晓音还是不知道自己接下来该做什么，早上七点的飞机，她五点钟从酒店走，在那之前还有五个半小时，她要做什么？能做什么？睡觉是不必想的，顾晓音收拾了行李，才将将十二点。她茫然坐在床边，像是午夜钟声响过，一切恢复原形的灰姑娘。她下意识地想要用什么来填补自己内心空茫的虚幻感。

"你所拨打的用户已关机。"

顾晓音盯着手机屏幕上谢迅的名字，直到泪水把它彻底糊住。

早前顾晓音焦头烂额的时候，谢迅的一天正要收梢。这两天史主任带着科室大部队在上海参加全国年会，心外科本已萧瑟的门庭更加显得冷落。谢迅作为留守看家的主力，和几个小兄弟每天处理术后病人的病情，倒也忙忙碌碌的，一刻不得停。修改完研究生整理好的出院病历，正是九点来钟，然而他不想回家。这几日，谢迅多半时间会在办公室留到十一点左右，同事问起的时候，他只说在改论文，但他自己知道，十一点这个时间是有点讲究的。早回家难免会在无聊中胡思乱想，若是错过了电梯的点，这几天虽然不可能遇到顾晓音，但那独自爬上十楼的路程，简直像是往事设下的法庭，专门一步步拷问他是怎样得到又失去了她。

谢迅刚打开论文的文档，一个护士冲进来。"谢医生，史主任在电话上，你快来接一下。"

谢迅觉得奇怪，这大晚上的，史主任出着差能有什么事找他？别是紧急手术吧？呸呸呸，谢迅闪过这个念头，立刻告诫自己绝不能乌鸦嘴。他疾步跟护士走去中控台。史主任的背景声音嘈杂，像是在吃饭，却原来心内科在做一个冠脉介入手术，放支架的时候不知是操作不当还是其他原因，患者冠脉突然破裂，心脏骤停。心内科的医生一路按压着患者，从 DSA^① 造影室冲到外科手术室，同时，心内科主任的电话也打到了史主任那里。史主任说自己在上海时，那边已经准备听天由命地挂电话，史主任却道："等等，我打个电话，要是这个患者命好，也许还有救。"

心内科主任心想，放支架能把血管给捅破了，这位的命再好也就那样吧。但现在也不是说这个的时候。史主任挂了电话，立刻打给心外科护士站，问还有哪几个医生在科里。听到谢迅的名字，史主任心里稍稍有了点底，让护士把他给叫来，赶紧。

史主任把这事三言两语地说完，谢迅听明白了。"现在马上准备心脏搭桥？"

"对。"

"可是这是 IV 级手术……"

"级是人分的，这个时候守着这种教条，人就死了！你今晚要是已经走了，这个患者也必死无疑，但你现在既然还在科室里，那就是天意。赶紧去手术室，心内科都在按压了，做坏了算我的！先从股动静脉建体外循环，找到出血点缝住，然后取一侧乳内动脉搭一根前降支就行。你跟着老金和我做了这么

①数字减影血管造影。

多次了，能行！"

"史主任……"

史主任没让谢迅开口。"我知道你在想什么。这事和老金那次不一样，老金那个病人能等。这个病人再过半小时就救不回来了。"像是怕谢迅还有顾虑似的，史主任又道："事急从权。更何况这次是心内科出事故在先，出了事有他们先兜着，我这就给心内科主任回话，你快去手术室。"

史主任说完就挂了电话。谢迅在心里苦笑。史主任从前并不带他，当然不记得蒋近男的事。如果病人知道这段历史，大概也不会希望把这个手术交到他手上。不过史主任说得对，这个病人没的选，他也没的选，在直接向死神投降和跟命运杠上一杠之间，他和病人无疑都会选后者。

谢迅深吸一口气，喊上值班的住院医生，往手术室跑去。

谢迅迅速换好衣服冲进手术间，只见手术间的门都给撞坏了，轴承"吱吱呀呀"的努力想关上，门板却无动于衷。手术台上，心内科的大夫和护士还在不断对病人的胸口进行按压，心内科主任脸色铁青地站在手术间，连沉重的铅衣都没顾得上脱下来，看到谢迅，略有失望的眼神一闪而过。但这时候失望也没用，只能有什么人用什么人，心内科主任还是迎上来，沉声说："这个患者的冠脉很硬很脆，前降支堵得太厉害，血管壁一下就捅破了，然后出血导致的心包填塞，术前给了负荷剂量的阿司匹林和替格瑞洛，可能等会儿不太好止血。"

谢迅心中颤了一下，顶着负荷剂量的阿司匹林和替格瑞洛做心脏手术，大概和抱着孩子跑马拉松也没什么区别。但现在没有纠结的时间，再不上台，可能就不需要考虑关胸止血的问题了。住院医生已经洗完手在给病人消毒铺单，谢迅在心里默念三声"万事顺利"，戴上头灯和手术放大眼镜，洗手穿上了手术衣。

持续按压导致病人的身体剧烈震动，绝对不是搭建体外循环的最好状态。然而这时候说什么都没用，谢迅强迫自己冷静下来——做一个外科医生的前提条件是手要稳，然而如果有人在此时悄悄分散了注意力，看了他一眼，就会发现他执刀的手因为紧张而微微颤抖。别怕，谢迅心道，病人的身体本来就在震动，即使是手抖，可能造成的误差跟震动相比也是小巫见大巫。他这么想着，奇迹般地获得了一点安慰。谢迅让麻醉医生提前给病人肝素化，手术刀划开大腿的皮肤，为了抢夺时间，他简直是粗暴地分离开肌肉和筋膜，剥离出股动脉和股静脉，套上阻断带。体外循环医生将早已备好的管路递了上来。助手固定好管路，谢迅缝合荷包，切开血管，插管，收紧荷包固定，ACT[①]的结果刚好出来：＞六百秒，可以开始体外循环。谢迅向体外循环医生示意，开始运转机器。

看着鲜红和暗红的血分别充满了动静脉管路，心内科的医生终于停止按压，所有人盯着麻醉监护仪，眼看着病人的指标平稳下来，心内科医生长出一口气，不顾自己科室主任还在现场。"让我休息一下。"他脱力般沿着墙边坐下，把头埋在手臂里。

谢迅从病人的颈根部开始，划出一道长长的切口，一直到胸骨下缘的剑突——这个步骤神奇地治愈了他。他想到老金带他手术时说过许多次的话："我们做外科医生最享受的时刻之一就是把患者的身体整个划开，打几个小孔做微创手术有什么意思，不过瘾。"谢迅用骨锯锯开病人的胸骨，对老金的话深以为然。他看着肿胀的心包，跟体外循环和麻醉医生说："我要进心包了，注意出血。"划开紧绷的心包，切口果然涌出大量鲜红色血液。谢迅赶紧让助手用吸引器吸血，但正像心内科主任事先预告的那样，血仍然不断地从心包里涌出，谢迅一边安排输血，一边根据心内科医生给的线索找冠脉的前降支出血口。摸着硬如石头的前降支，谢迅心想，现在看来，放支架之所以会造成这么严重的后果，还是因为前降支在入口处就堵得太厉害了，甚至累及了冠脉左主干。也许这个病人最开始就应该选择搭桥，而不是支架，为了这小小的方便，他把自己直接送到了死神的面前。

好在史主任确实没说错，尽管是第一次主刀搭桥，但从前单是配合老金的手术，取血管也取了不下千根，剥离乳内动脉后，他按照已经形成肌肉记忆的步骤切开冠脉，用显微外科器械小心翼翼地缝合血管。缝上最后一针时，谢迅感到自己的心在怦怦乱跳，成不成功就看这一针了。

打结收紧，助手停止用吹管向搭桥接口处喷水，俩人都紧张地看着缝合的地方，十秒钟像十分钟一样慢慢挨过，看到再也没有鲜血渗出，谢迅才舒出一口气，至此，搭桥完成了。

然而他也知道，自己的挑战才刚刚开始。

[①] 活化的全血凝固时间，是监测肝素抗凝效果的一项指标。

病人在术前被给予了负荷剂量的阿司匹林和替格瑞洛，在体外循环运转的时候，出多少血都没事，可以重新回收到机器中，再通过股动脉打回患者体内。但是，到了停止体外循环、开始止血关胸的时候，血仍然会止不住地喷涌而出，只能靠输血。尽人事而听天命，但谢迅从不相信命运，也许这就是命运揪着他不放的原因。他想到当时他发现被送来的病人是蒋近男时的荒谬感，那时候他就应该知道，那是命运在对他做鬼脸。

不，我偏不信。谢迅抹了一把额头上的汗。"给鱼精蛋白，准备好输血！"

这一次心内科没当猪队友，主任亲自给血库打了电话，确保有足量的血。幸亏打了这个电话，患者出血9000毫升，输血10000毫升，终于和死神掰赢了手腕。

谢迅长舒一口气，觉得身子轻颤颤的，甚至有点站不住。他扶了一把手术台，稳住自己。

换回原来的衣服，谢迅从口袋里摸出手机想看下时间，却不知何时手机已经没电，自动关机了。

还得先在办公室充一会儿电，不然连回家的车费都付不了。谢迅打着哈欠往办公室走，今晚毫无疑问需要爬楼，但他现在累过了头，就算想要怀旧，也心有余而力不足。

他觉得这样很好，没料到命运对他狡黠一笑，早已在别处找补回今晚他手术成功导致它失去的一城。

尾声

　　沙姜鸡结婚，谢迅本来帮不上什么忙。沙姜鸡倒是想请谢迅当伴郎来着，杨思墨不反对，可是她没做好保密工作，跟家里人说漏了嘴。杨思墨父母一听女婿要找个离过婚的朋友当伴郎，当场就不干了。沙姜鸡只好负荆请罪，要收回成命。谢迅倒真没觉得怎样，可是这调侃沙姜鸡的机会却不能放过。"没事，你们四川女婿耙耳朵，这是全国皆知的秘密。"

　　到了婚礼前一天，沙姜鸡给谢迅打电话，叫他出来吃晚饭。谢迅觉得有点意外，但他还是赴了这个约。

　　"你结婚前一天晚上怎么想起来要找我吃饭？别是想打退堂鼓吧？"谢迅进门就打趣道。

　　"你别说，还真有点这想法。"沙姜鸡闷闷地说。谢迅这才发现他在自己出现之前就已经喝上了，此时面色微醺，说话也带了点酒意。他不由得赶紧坐下，正色道："出什么事了？"

　　"要说也不是事，"沙姜鸡转着手里的酒杯，"今天有人告诉我，小师妹今年年初结婚，上个月离了。"他死死盯着那杯里的酒，好像能用聚焦的目光把那液体弄沸腾似的。"这么大的事，她连提都没跟我提过。"

　　谢迅叹口气。是啊，要是真跟你提了，你这婚还真别结了。他不知怎么想到顾晓音跟他说过，蒋近男结婚前也打过退堂鼓。"现在回想起来，也许我当时就不该劝她继续把这婚结了"。当时谢迅心下觉得结婚确实不能当作儿戏，若是内心不甘，早晚害了自己也害了另外那个人，但当时他安慰顾晓音道："你做得没错，当时的那个情形，你表姐需要的只是一个附和她决定正确的人，不会真的想打退堂鼓。"

但时至今日谢迅真心实意地对沙姜鸡说："你别犯傻。你和杨思墨证都扯好了，现在分开也是离婚，不差那一个婚礼。"

"但小师妹不知道啊。"沙姜鸡嘟囔道。

这话谢迅就没法接了。站在朋友的立场上，他理解沙姜鸡的心情，可是没法劝解。

于是他俩沉默着吃菜，喝酒。

喝着喝着，沙姜鸡忽然站起身来，喊了一声"顾律师"就冲出餐厅。谢迅这会儿也有些上头，反应变慢，等他想到也许应该去把沙姜鸡找回来的时候，刚要举手跟服务员打个招呼，沙姜鸡已经拖着略显尴尬的顾晓音回到座位上。

"我跟你说，我就那么一眼，就看到晓音了。果然是她！"沙姜鸡自说自话地招来服务员。"来来来，给咱多加一份餐具。"

顾晓音婉拒了服务员端来的酒杯。"明儿不是你婚礼吗？你俩今天在这儿喝什么大酒呀？"

沙姜鸡醉眼蒙眬道："有些事，必须今晚喝明白，等过了今晚，喝明白也没用了。"

顾晓音用眼神向谢迅求助，谢迅趁沙姜鸡没注意，低声对顾晓音说："小师妹。"

即便没有沙姜鸡给谢迅的那些额外信息，顾晓音也明白了，一时不知是该心疼沙姜鸡还是杨思墨。不过眼下的情势倒是明白得很——她凑到谢迅耳边说："你可别也喝高了啊，我看咱俩把他弄回家都够呛，要是你也醉了，我只能打110。"

这话确实说得在理。于是接下来沙姜鸡要喝酒，谢迅也只是意思一下做个陪。好在沙姜鸡可能也想通自己做不了什么，不过一心求醉，很快他就求仁得仁。

谢迅把沙姜鸡架在他身上，顾晓音拿着东西，仨人站在路边等车。前两个司机看见沙姜鸡的醉态，都干脆利落地决定拒载。顾晓音只得屡败屡战，那边的罪魁祸首还在多事地叨叨："我看你俩也是干着急，你俩明明郎情妾意的，干吗一直兜圈子呢？"

被数落的两人心下各自酸楚，那始作俑者偏偏还没说完。"晓音，顾律师，看在我的面子上，你就再给老谢一次机会吧。自从你从光辉里搬走，老谢怕触景生情，就老住我这儿，之前是可以呀，可明天我结婚了，之后就不方便了。不过我也理解你，老谢这个人，在这方面除了脸，没啥靠得上的，不然为什么我比他在小护士里受欢迎呢？因为脸总会看腻的，但人格魅力永存！"

顾晓音尴尬地看向谢迅，谢迅给了肩上的沙姜鸡一巴掌。"你怎么不直接喝断片呢？"这回沙姜鸡挺听话，三人刚上车，他自动"关机"，靠在车窗上睡着了。

"最近还好吗？"谢迅问。顾晓音坐在副驾，谢迅只能从车门的窗户上看到一个模糊的侧影，看不清她的表情。

"还行。上市虽然做完了，但公司方方面面需要了解学习的东西还挺多的，好在程秋帆还挺有耐心，暂时没嫌我烦。"

"他和你表姐如何了？"

"没如何，来日方长吧。蒋近男刚获得自由，现在就是吴彦祖向她求婚，她也不会有兴趣的。"

"你呢？"顾晓音问，"工作还顺利？"

"挺好的，有篇论文这个月应该能发出去。史主任说明年可以试试评副主任。"

"太好了！"顾晓音真诚地说。

是挺好的。谢迅在心里想，要是护士长没有忽然发现他的价值，又要给他介绍女朋友就更好了。然而这些不足为顾晓音道也，于是他说："要是沙姜鸡和老金还在就更好了。"

他俩各自叹一口气。还是谢迅先道："不过他俩的选择对自己来说肯定还是正确的，老金收入肯定至少翻番，沙姜鸡现在也算拿牛刀杀鸡，钱多事少离家近。"

顾晓音沉默了一阵才说："大家都找到了好归宿。"

不，不是的！谢迅在心里呐喊。沙姜鸡、我、老金，我们都各自意难平，难道你就觉得现在已经很好了吗？你甘心吗？但他还没能把这句话说出口，沙姜鸡家到了。

"我就不进去了。"顾晓音跟着谢迅上了楼，眼看谢迅从沙姜鸡口袋里摸出钥匙打开门，她把手里的东西放在玄关，对谢迅道。

"好。路上小心。"

甭管头天晚上醉成什么样，第二天的新郎官沙姜鸡同学看起来还是精神抖擞，一身专门定做的西装，配上丝质领带和难得仔细打理过的头发，让人觉得这些年那些为他打过饭的小护士，毕竟还是有些眼光。相比之下，谢迅倒是顶了俩黑眼圈，一看就是前一晚没睡好的样子。

"现在是不是有点后悔，当年给你制造的机会没抓住？"蒋近男悄悄在顾晓音耳边说，被顾晓音拧了一把。若不是蒋近男提起，顾晓音已然想不起她还曾经被试图和沙姜鸡凑作对。时间过得真快。沙姜鸡作为当年的伴郎，自己结婚的时候没请当年的新郎，却把当年的新娘和伴娘请来参加自己的婚礼。顾晓音想，下回她一定得拿这个好好嘲笑一下沙姜鸡。

沙姜鸡和杨思墨都是南方人，因此婚礼设在晚上。虽然是春天，然而北京一向出了冬就入夏，中间堪能称上春天的那几天，植物和人赛着跑要享受这稍纵而逝的春光，赶不及地抽芽，开花，释放出大量花粉。婚礼设在霄云桥附近一家带花园的餐厅，杨思墨选了一条抹胸设计的蛋糕裙，胸部的造型像两块贝壳，显得她分外腰肢纤细，妖娆动人。要非在鸡蛋里面挑两根骨头的话，裙摆实在太大，沙姜鸡和她站在一起，被裙摆推出得有一米远，看着倒生分了。再有，婚礼这天多云，到了下午就有那么一点凉，杨思墨爱美，不肯穿披肩保暖，偏餐厅门口植物特多，她的脸沾上花粉过敏，红扑扑的，当然客人们想不到这茬儿，年轻的女客们都以为是化妆师下手重了点，年长的女客和男客人们只当她是冻的。

谢迅从早晨开始就跟着沙姜鸡，伴郎虽然当不了，沙姜鸡觉得还是得有他在，自己才算安心。谢迅经过昨晚，也觉得得在这大日子里亲自盯着沙姜鸡才好，以防他一时头脑发热，做出什么出格的事来。不过事实证明他这是多虑，沙姜鸡一觉醒来，像是把昨日和小师妹一起抛诸脑后，全情投入了新郎官的角色。

"酒醒之后我想明白了。"沙姜鸡找了个机会悄悄对谢迅说，"你说得对，不如怜取眼前人。"

谢迅没跟沙姜鸡说过这句话,但此时不是纠正他的时候。沙姜鸡能这么想,谢迅一边觉得放心,一边稍稍感到不是滋味。

杨思墨像大多数年轻女人一样,欢喜地接受了女朋友们和婚庆公司的建议,在婚礼这一天给沙姜鸡设置了重重关卡和阻碍,好让沙姜鸡能昭告天下,他爱杨思墨,并且为此愿意放低身段,接受不相干人士的刁难。殊不知这种面子工程,除了在婚礼当天令新郎百般不爽,而周围的看客获得消遣外,并不给新娘带来任何实际好处。

谢迅没经历过这些。他和徐曼结婚的时候,两个人去领了个证就完了。

婚礼的流程总还是那些,六点零八分入座,杨思墨父亲带她入场,交给沙姜鸡,双方父母讲话,如此种种,俗气是俗气的,但这俗气里充满了真心实意的喜悦,因此座下的人大多颇受感动。说大多数,是因为谢迅和顾晓音都默默在心里捏了一把汗,但愿沙姜鸡昨晚的那些情绪不要在今天这个好日子里流露出来。

如果非要给沙姜鸡评个分的话,谢迅觉得他今晚的表现可以打九十五分。他自始至终都很配合司仪的指挥,就像一个傻气地被幸福冲昏头脑的新郎。只在仪式快到结尾的时候,音乐忽然响起,主持人笑呵呵地把话筒递给杨思墨,而杨思墨深情地望着沙姜鸡,开口唱道:"我要你在我身旁,我要你为我梳妆……"

"这是新娘给新郎的惊喜吧?"顾晓音旁边的女客对她咬耳朵,"你看新郎都听傻了。"

沙姜鸡确实像傻了一样愣在台上,表情似是惊喜,然而那笑意不知为何却像是过期化妆品一样黏在脸上。像是知道她的疑问,谢迅悄悄告诉她:"这是沙姜鸡和小师妹的歌。"

顾晓音恍然大悟。

沙姜鸡在那首歌里的心理活动,别人无法体会。谢迅遥望着台上的兄弟,感到十分心疼。

一曲终了,杨思墨笑眯眯地看向沙姜鸡。沙姜鸡像是多愣了一刻,接着,他似是如梦初醒,又变成了一个深情款款的丈夫。

舞台上的戏还在演,台下的观众却各怀心事。沙姜鸡的表情横在谢迅心里，像是吃了块不消化的食物，既上不来也下不去。婚礼的食物总是难吃的，今晚尤甚。他苦挨到沙姜鸡敬完酒，科里的小兄弟们问他要不要一起去闹洞房，谢迅只笑笑。"你们年轻人去吧。"

他还有一事未了。

顾晓音跟沙姜鸡和杨思墨告辞，走出餐厅大门。谢迅被他科室里的年轻医生簇拥着，大约是要去闹沙姜鸡的洞房。顾晓音想着回头给他发信息打个招呼，自己便起身离场。她站在路边叫车，空气中飘荡着春夜独有的气息，也许不过是花粉罢了，顾晓音笑自己多愁善感。

"还没叫到车？"身后传来谢迅的声音。

"嗯。"

但此时顾晓音的手机画面转换，有一个司机接了她的单，会在三分钟后到达。

"天气不错，要不要一起往回走？"谢迅问。

"可是我刚刚叫到车。"

"我今天穿了高跟鞋，不太适合走路。"

"车已经到了，你要不要顺便搭我的车？"

…………

顾晓音在脑海里闪过了无数种回答，而谢迅也设想了一百种情境，在这一百种情境里，他都已经被顾晓音淘汰，只余无望的一厢情愿，和难堪的念念不忘。

太他妈难了。谢迅想。

"好啊。"顾晓音说。

（全书完）

图书在版编目（CIP）数据

细细密密的光 / 马曳著 . -- 长沙：湖南文艺出版社，2022.12
ISBN 978-7-5726-0886-5

Ⅰ . ①细… Ⅱ . ①马… Ⅲ . ①长篇小说—中国—当代
Ⅳ . ① I247.5

中国版本图书馆 CIP 数据核字（2022）第 194073 号

上架建议：畅销·小说

XIXIMIMI DE GUANG
细细密密的光

著　　者：马　曳
出 版 人：陈新文
责任编辑：匡杨乐
监　　制：毛闽峰
特约监制：刘　霁
特约策划：张若琳
特约编辑：高晓菲
特约营销：刘　珣　焦亚楠
封面设计：介末设计
版式设计：李　洁
出　　版：湖南文艺出版社
　　　　　（长沙市雨花区东二环一段 508 号　邮编：410014）
网　　址：www.hnwy.net
印　　刷：北京嘉业印刷厂
经　　销：新华书店
开　　本：700mm×980mm　1/16
字　　数：464 千字
印　　张：27.75
版　　次：2022 年 12 月第 1 版
印　　次：2022 年 12 月第 1 次印刷
书　　号：ISBN 978-7-5726-0886-5
定　　价：58.00 元

若有质量问题，请致电质量监督电话：010-59096394
团购电话：010-59320018